女英雄
여영웅

<지만지한국문학>은
한국의 고전 문학과 근현대 문학을 출간합니다.
널리 알려진 작품부터
세월의 흐름에 묻혀 이름을 빛내지 못한 작품까지
적극적으로 발굴합니다.
오랜 시간 그 작품을 연구한 전문가가
정확한 번역, 전문적인 해설, 풍부한 작가 소개, 친절한 주석을
제공합니다.

女英雄
여영웅

백운산인(白雲山人) 지음

조용호 옮김

대한민국, 서울, 지만지한국문학, 2024

편집자 일러두기

- 이 책은 《대한일보》에 1906년 4월 5일부터 같은 해 8월 29일까지 연재하다가 116회를 끝으로 중단한, 국문현토본 한문소설 《여영웅(女英雄)》을 저본으로 했습니다.
- 현대어역은 독자가 쉽게 이해할 수 있도록 원문의 의미를 벗어나지 않는 범위 내에서 자연스럽게 윤색을 가했으며 의미 전달을 확실히 하기 위해 필요한 부분에 한자를 병기했습니다.
- 한글에 한자를 병기할 때 괄호 안의 말과 바깥 말의 독음이 다르면 [ ]를 사용했습니다. 또 괄호가 중복될 때에도 [ ]를 사용했습니다.
- 번역문 뒤에는 원문을 수록했습니다. 원문은 현대 독자들의 독서에 도움이 되도록 띄어쓰기를 했으며, 연재 날짜와 회차 번호를 적시했습니다.

차 례

첫마디 말(緒言) · · · · · · · · · · · · · · 3
제1회 음양이 변하여 으뜸으로 용이 되어 오르고, 거짓 희롱한 것이 진실이 되니 호랑이를 탄 형세와 같다 · · · · · 4
제2회 무정한 느낌은 뜻을 둘수록 더해 가고, 이치에 맞는 간언은 도에 어긋나기에 거부하다 · · · · · · · · · · · 15
제3회 이름난 기생이 교태를 보이나 거짓 남자는 무심하고, 적괴의 목이 떨어지니 진실로 여아에게 용맹이 많도다 · 32
제4회 안비산에서 귀명부인이 큰 성공을 거두고, 사자동에서 순무어사가 기분 좋은 승전보를 전하다 · · · · · 61
제5회 개선하는 날에 오운정에서 큰 잔치가 벌어지고, 시부를 읊던 밤에 백화지로 사은이 내리다 · · · · · · · · 96
제6회 이 상서는 서번과의 전쟁에 출전하고, 장 각로는 대궐에서 혼사를 의논하다 · · · · · · · · · · · · · · 190
제7회 청주후는 용문산에서 노닐고, 옥공주는 호선사에게 글을 보내다 · · · · · · · · · · · · · · · · · 261

원문

緒言 · · · · · · · · · · · · · · · · · · · 411
제1회 變陰幻陽魁捷登龍 弄假成眞勢似騎虎 · · 412
제2회 無情之感有意而漸 合理之諫背道而拒 · · 416
제3회 名妓獻態假男子無心 賊酋隕首眞女兒多勇 · · 422
제4회 雁飛山歸命夫人大成功 獅子洞巡撫御史好奏捷 433
제5회 凱旋日大宴五雲亭 詩賦夜賜落百花池 · · · 446
제6회 李尙書出戰西蕃 張閣老議婚北闕 · · · · · 479
제7회 靑州候雲遊龍門山 玉公主書送虎禪師 · · · 507

해설 · · · · · · · · · · · · · · · · · · · 567
지은이에 대해 · · · · · · · · · · · · · · 588
옮긴이에 대해 · · · · · · · · · · · · · · 589

여영웅

첫마디 말(緖言)

 대개 사람의 품성이라는 것은 남녀 사이에 전혀 차별이 없다. 그런데 어찌 영웅이라고 할 만한 사람은 남자에게만 있고 여자에게는 없는 것인가? 여자라도 품성과 기운이 남자보다 더욱 뛰어난 경우가 있으면, 여자 중에도 반드시 영웅이라고 할 만한 사람이 있으리라. 여기 이형경(李炯卿)의 일대 사적을 보면, 여자 중의 영웅임을 알 수 있을 것이다.

 중국의 풍속에는 오직 남자만을 살아 움직이는 존재라 여기고 여자는 깊숙한 곳에 감춰진 존재로 여겨, 하늘이 내신 무한한 영웅성을 버려두게 하니 그 한탄스러움을 이루 다 말할 수 없다. 썩은 풍속이 한국에까지 흘러들어 와 여자를 사회적으로 버려진 존재라고 여겨, 나라가 진보되고 개명한 데로 나아갈 수 없으니 또한 한탄스러운 일이다. 이에 봄에 피어난 한 줄기 꽃무릇[1] 같은 이형경의 고사를 들어 여자 중에도 영웅이 있음을 드러내 밝히려 한다.

---

[1] 원문에 '등(燈)'으로 표기돼 있다. 이 꽃은 산에 자생하며 높이는 한 자 남짓하다. 잎은 가늘고 길며 땅속에 뿌리를 내린 채 줄기만 솟아나와 그 끝에 등롱 모양의 예쁜 꽃이 핀다. 꽃은 흰색, 붉은색, 노란색 등 여러 가지이며 음력 3월에 열매를 맺고 4월에 마르는데, 그 뿌리는 식용으로 쓴다.

제1회

음양이 변하여 으뜸으로 용이 되어 오르고,
거짓 희롱한 것이 진실이 되니 호랑이를 탄 형세와 같다
變陰幻陽魁捷登龍, 弄假成眞勢似騎虎

    명나라 가정(嘉靖)[2] 연간에 청주(淸州) 지방에 이영도(李永道)라고 하는 사람이 있었다. 곧은 절개와 맑은 풍모가 대대로 집안의 가르침으로 전해져 효성과 청렴함으로 천거되니, 황제께서는 이부시랑[3]을 제수하셨다. 집은 낙양에 있었는데, 한 달 사이에 운수가 불행해 시랑 부부가 갑자기 서거하게 됐다. 슬하에는 겨우 열 살이 된 어린 딸과 세 살배기 갓난 아들이 있었는데, 먼 지방에 살면서 서울에는 한 명의 친척도 없었다. 게다가 자녀들은 의지가지없고 가산은 흩어

---

[2] 명나라 세종(世宗) 때(1522~1566)의 연호.

[3] 이부(吏部)는 문관의 인사와 공훈이 있는 자에게 봉작을 주는 일을 담당했고, 관리들의 공과를 심사하는 일까지 맡았던 부서다. 시랑(侍郞)은 한나라 때 낭관(郞官, 상서를 도와 정무를 맡아보던 벼슬)으로 대성(臺省, 한나라의 상서성과 당나라의 상서성 및 문하성)에 재직한 지 3년이 지난 관원을 이르는 말이었고, 수·당 이후에는 중서성(中書省)·문하성(門下省)·상서성(尙書省) 등 3성의 장관 다음 직위였으며, 청나라의 옹정(擁正) 연간에는 정이품으로 승격시켜 상서와 함께 각 부의 당상관이 됐다.

지고 없어져, 단지 세 사람의 노비들만 남아 있을 뿐이었다. 겨우 장례를 마쳤으나 조석으로 상청에 올릴 음식조차 갖추기 어렵게 되니, 보는 사람마다 슬퍼하지 않는 이가 없었다.

그 딸의 이름은 형경(炯卿)이고 아들의 이름은 연경(延卿)이었다. 총명하고 영특함이 흡사 한 쌍의 형옥(荊玉)[4] 같아서, 신이한 보석과 기이한 재목처럼 서로 우열을 분별할 수 없을 정도였다. 그런데 형경 소저는 몸이 비록 여자였으나, 보통 사람을 뛰어넘는 담력과 지략이 세상의 경계를 초월해, 당세를 무주공산이라 여기고 모든 남자를 하찮은 존재로 봤다. 세 살 적부터 글을 아주 잘 지었고 경서와 사서와 제자백가서를 읽고 꿰뚫지 않은 것이 없었다. 재주와 학문이 날로 나아가고 달로 발전하니 여덟아홉 살에 이르러서는 문장이 이미 성숙해, 수천 글자의 글을 일곱 걸음 걷는 사이에도 지어낼 수 있었으며, 세상사의 이치를 짧은 시간에 명쾌하게 판결할 수 있게 됐다. 그 도도함이 마치 큰 강을 터놓아 큰 바다로 쏟아져 들어가게 하는 것 같았다.

부모는 비록 그 재주를 아꼈으나, 매번 그녀의 활달함과 뛰어남이 보통 사람을 훨씬 넘어서는 것을 보면, 도리어 기뻐하지 않은 기색을 보이면서 항상 경계를 했다.

---

[4] 중국 주나라 때에 변화(卞和)라는 사람이 형산(荊山)에서 얻어서 초나라 여왕(厲王)에게 바쳤다는 옥석.

"너는 여자가 되어서도 여자의 직분에는 하나도 뜻이 없이 오로지 남자들의 사업에만 힘을 쓰니 무슨 생각을 하는 것이냐?"

그러자 형경이 대답했다.

"사람이 세상에 태어나, 마음으로는 옛 성현들께서 남기신 가르침을 받고 입으로는 귀신을 울릴 만한 문장을 토해 내며, 안으로는 몸을 세울 정도의 행실과 대의를 수양하고 밖으로는 임금을 섬길 정도의 명예와 절개를 세우면 족합니다. 어찌 세속의 아녀자들을 본받아 한갓 바느질만을 일삼을 수 있겠습니까? 소녀는 비록 여자로 태어난 것을 면치 못했으나, 세상에 그렇고 그런 어리석은 재주꾼들은 마음으로 그윽이 비웃고 있습니다. 치마를 벗어 남자 옷을 입고 부모님 앞에서 아들의 도를 펼쳐내는 것이 원하는 바입니다."

부모가 처음에는 그 말이 망령되다고 꾸짖으며 막았으나, 소저는 두세 번 간절하게 아뢰었다. 시랑은 '어린아이가 지금은 세상의 이치를 몰라 비록 이런 말을 하지만 점점 자라면서 근본을 뒤집는 이치를 스스로 부끄러워하지 않겠는가?'라고 생각해, 제 뜻대로 하도록 두고서는 차분히 살펴보고자 했다. 부모는 그것을 장난으로 보았지만, 형경에게는 진정이었다.

소저는 여덟 살부터 남자 옷으로 갈아입고 날마다 시랑을 곁에서 모셨다. 시랑을 찾아온 절친한 벗들은 모두 영도의 아들을 칭찬하며 그 재주와 아름다운 용모를 아꼈으나, 어찌 여자가 남자로 변장한 것인 줄 알았겠는가?

소저의 나이가 열 살이 됐을 때 시랑 부부가 세상을 버리게 되니, 소저는 한결같이 예의와 법제에 따라 장례를 집행했다. 조문하는 선비들은 어린 상주가 곡(哭)[5]하며 우는 것이 애처롭고 안색이 슬픔에 싸인 것을 보고 눈물 흘리지 않을 수 없었다. 그래서 감탄하며 말들을 했다.

"어린아이가 예의를 아는구나! 이 형이 비록 열 살짜리 아이를 두었으나 오히려 다른 사람이 장성한 아들 열을 둔 것보다 낫구나!"

세월이 물과 같이 흘러 삼년상이 문득 지나가니 상복 벗는 날에는 나이가 이미 열세 살이었다. 옥 같은 얼굴과 꽃 같은 자태는 귀신을 놀래고 사람의 눈을 멀게 할 지경이었다. 3년을 초막에서 거처하며 오직 시서(詩書)만을 일삼아, 재주는 아름답고 넉넉해졌으며 소문과 명성은 사람들의 입에 회자됐다.

그러자 재상가의 소년 자제들 가운데 책 상자를 지고 따르는 자가 예닐곱 명에 이르렀다. 예부시랑(禮部侍郞) 장호(張琥)의 장자인 장협(張浹)과 차자인 장범(張汎)과 삼자인 장소(張沼) 및 처사 정공(鄭公)의 아들인 정안(鄭安), 태상

---

[5] 장례나 제사를 지낼 때 소리 내어 우는 일.

경 박관의 차자인 박홍(朴弘), 수찬(修撰) 위정근(魏正瑾)의 장자인 위문(魏紋) 등이 자리를 함께하는 벗이었다. 여섯이 모두 약관의 나이도 되지 않았으나, 총명함과 시문을 짓는 재능은 족히 일대의 기이한 재주꾼들이라 할 만했다. 그러나 모두 형경의 끝자리를 감히 넘보지는 못했다. 오직 장시랑의 셋째 아들 소는 타고난 바탕이 총명하고 지혜로웠으며, 뜻과 기운이 맑고 시원해 풍채와 도량이 적선(謫仙)[6]보다 못하지 않았고, 말씀과 생각의 넉넉함은 동파(東坡)[7]보다 훨씬 고매했다. 그는 형경과 나이도 같고 뜻과 기운도 합하여 지음(知音)[8]으로 여기며 조금도 거스름이 없었다.

하루는 형경이 여러 벗들과 외당에서 시문을 주고받다가

---

[6] 당나라의 대시인으로, 자는 태백(太白)이고 호는 청련(靑蓮)인 이백(李白)을 지칭한다. 귀신같은 재주를 지닌 사람으로 현종(玄宗)의 부름을 받아 관계에 진출했으나 뒤에 추방되어 방랑 생활을 했다. 두보(杜甫)와 동시대인인데, 두보의 시풍이 사실주의적이라면 이백의 시풍은 낭만주의적인 경향이 농후하다.

[7] 북송(北宋)의 문인으로 자가 자첨(子瞻)이고 호가 동파거사(東坡居士)인 소식(蘇軾)을 지칭한다. 아버지 순(洵)과 아우 철(轍)과 더불어 '삼소'라고 불린다. 당송팔대가의 한 사람으로 시는 송대 제일이라고 했으며, 그림과 글씨에도 능했다.

[8] 소리를 안다는 뜻으로, 마음이 통해 서로 친한 벗을 말한다. 초나라의 거문고 명인이었던 백아(伯牙)와 그의 연주를 듣고 속에 담긴 의미를 정확히 알아봤다는 종자기(鍾子期)의 고사가 있다.

안채로 들어오니 유모가 벗어 놓은 옷을 잡고 말했다.

"아씨, 아씨! 은혜로우시던 주인어른께서 세상을 버리셨습니다. 작은 공자(公子)는 아직 어리니 혼인을 하는 것이 급하지는 않습니다만, 여자의 몸이 되어 자취를 변화시켜 남자가 되고 시집가기를 원치 않으시니 앞일을 알지 못하겠습니다. 장차 어떻게 하시려는 겁니까?"

소저가 웃으면서 말했다.

"쓸데없는 말씀입니다. 저는 남자의 옷을 입은 채로 평생을 마칠 것이니, 어찌 시집가는 생각을 하겠습니까?"

그러자 유모는 무안해하며 물러났다.

몇 년의 세월이 흐른 뒤 장소가 찾아와서 말했다.

"듣자 하니 천자께서 돌아오는 가을에 알성과(謁聖科)9)를 치르겠다고 결정하셨다네. 그런데 두 각로(杜閣老)10)가 공사(貢士)11)를 뽑는 일이 매우 급하다고 아뢰니, 황제께서 내일 바로 과거를 베풀라고 하셨다네. 형의 문장이라면 장

---

9) 조선 시대에 임금이 문묘에 참배한 뒤 실시하던 비정규 과거 시험.

10) 각로는 당나라 때에 장기간 근속한 중서사인(中書舍人)이나 중서성·문하성의 속관에 대한 경칭이다. 오대(五代)와 송나라 이후에는 재상을 이르는 말로도 썼으며, 명·청 시대에는 고칙(誥勅, 천자의 훈계나 조서)을 관장하는 한림학사(翰林學士)를 이르는 말로 썼다.

11) 제후가 중앙 부처에 천거한 사람으로 재주와 학문이 뛰어난 선비.

원은 문제없을 것이니 미리 경하하는 바이네."

형경이 웃으며 말했다.

"궁하면 통하는 것은 하늘이요 오르고 가라앉는 것은 운수라서 앞서서 미리 보는 것은 어려운 법이라네. 하물며 이 아우는 갯버들 같은 자질에다 재주도 거칠어 과거 시험장에서 시험을 치르는 일도 견뎌내지 못할 텐데, 어찌 감히 벼슬에 나아가기를 바라겠는가?"

장생이 말했다.

"그렇지 않네. 형의 기이한 재주라면 황갑[12]을 취하는 것이 마치 양매[13]를 따는 것처럼 쉬울 것이야. 어찌 아무 이유도 없이 하늘이 준 때를 잃을 수 있단 말인가?"

형경이 마음속으로 생각했다.

'내가 이미 음양을 바꿨으니 이름이 급제자 명단에 오르고 몸은 청운에 올라 선조들의 영령을 위로하는 것이 어찌 아름답지 않겠는가?'

그러고는 마음을 정해, 다음 날 정생 등 여러 사람과 함께

---

12) 과거의 갑과에 급제한 사람을 뜻한다. 급제자의 이름을 책 끝에 붙이는데, 황색의 종이를 썼기 때문에 황갑(黃甲)이라고 했다.

13) 원문의 '이주(驪珠)'는 1) 흑룡의 턱 밑에 있다는 구슬로, 좀처럼 얻기 어려운 귀중한 보물, 2) 딸기 비슷한 열매를 맺는 과수인 소귀나무, 즉 양매(楊梅), 3) 용의 눈 등을 지칭하는 말로 사용된다. 여기서는 '따다'는 뜻을 가진 '적(摘)'자와 함께 쓰였기에 2)의 뜻이 맞다.

옷깃을 나란히 하고 시험장에 나아갔다. 명나라 황제가 여러 문신들을 거느리고 금란전(金鑾殿)14)에 나아가서 몸소 대책문(對策文)15)을 지으라고 했다. 시한은 정오까지인데 만약 창려(昌黎)16)의 문장과 우군(右軍)17)의 필체가 아니면 백지 답안18)이라는 평을 면치 못할 것이라 했다.

친구들은 모두 붓을 놓고 쓰기를 멈췄지만, 형경은 장생과 다섯 개의 초안을 잡아 정생 등 다섯 사람에게 주었다. 장생은 바야흐로 시험 답안지를 놓고 자기의 대책을 써 내려

---

14) 한림원(翰林院)의 미칭으로, 원래는 당나라의 전각 이름이었다.

15) 문체의 하나로 한나라 때에 관리 등용 시험에서 주로 정사와 관련한 내용이나 유교 경전의 의미와 관련한 내용을 토대로 문제를 내고, 응시자로 하여금 자신의 의견을 피력하면서 이에 답하게 한 것이다. '책(策)'에는 임금이 정책을 묻는 제책(制策)과 관련 부처가 정책을 묻는 시책(試策), 그리고 사대부가 개인적인 정견을 올리는 진책(進策)의 세 가지가 있었다.

16) 당나라의 문호로, 자가 퇴지(退之)이고 호가 창려선생(昌黎先生)이며 시호가 문공(文公)인 한유(韓愈)를 지칭한다. 당송팔대가의 한 사람으로, 유종원(柳宗元)과 함께 고문의 부흥에 힘썼다.

17) 진(晉)나라 사람으로, 자가 일소(逸少)인 왕희지(王羲之)를 지칭한다. 원제(元帝) 때에 벼슬이 우군장군(右軍將軍), 회계내사(會稽內史)에 이르렀기 때문에 이렇게 부른다. 글씨에 능해 못에 가서 글씨를 배우니 연못이 모두 먹처럼 검어졌다고 한다.

18) 원문의 '예백(曳白)'은 당나라의 장석(張奭)이 무식하여, 임금 앞에서 시험 볼 때 종일토록 한 자도 짓지 못하고 백지를 데에서 유래했다.

갔으나, 형경은 느린 걸음으로 거닐면서 대책문을 쓸 생각이 없는 것처럼 하고 있었다. 정오가 임박해 북소리가 울리며 재촉을 하자, 형경이 여러 사람 가운데에 홀로 서서 종이를 펼치고 커다란 붓을 휘둘러 파도가 솟구치듯 글을 토해 냈다. 눈 깜짝할 사이가 지나니 필법의 정밀하고 신비함은 용과 이무기가 움직여 바람과 구름을 변색시키는 것 같고, 문사의 웅장하고 호탕함은 구슬과 옥이 다투어 빛나고 귀신이 눈물을 떨구는 것 같았다. 정생 등은 마음으로 기뻐하고 정성으로 탄복했으며 깊이 부러워하고 사모했다. 장생이 손가락을 튕기며 칭찬했다.

"이씨의 재주를 평생 존경하고 우러러 왔지만, 오늘 이처럼 신과 같이 빠른 것으로 보면, 비록 조왕(曹王)[19]이 일곱 걸음 사이에 글을 완성했다고 한들 이에 미치지는 못할 것이다."

---

19) 중국 삼국 시대 조조(曹操)의 셋째 아들이고 무제[武帝, 조비(曹丕)]의 아우이며, 자는 자건(子建)이고 진사왕(陳思王)에 봉해졌던 조식(曹植)을 지칭한다. 어려서부터 글을 잘 지어 조조가 총애했는데, 조비가 그 재주를 시기해 해치고자 7보(步)를 한정하고 시를 지으라 했다. 조식이 이에 '콩을 삶는데 콩깍지를 태우니 콩이 솥 속에서 우는구나. 본디 한 뿌리에서 났건만 서로 애태우는 것이 왜 그리 급한가(煮豆燃豆萁, 豆在釜中泣, 本是同根生, 相煎何太急)'라고 지었다. 조비는 감탄하며 살려 주었다. 일찍이 사령운(謝靈運)이 천하의 문장을 한 가마니라 하면 자건 혼자서 여덟 말을 차지하고 있다고 했다.

형경은 엷은 웃음을 띠며 대꾸하지 않았다. 곧이어 홍운전(紅雲殿)20) 위로부터 홍로랑(鴻臚郎)21)이 이름을 불렀다.

"장원랑은 이부시랑 이영도의 장자 이형경이고 나이가 15세라. 탐화랑(探花郎)22)은 예부시랑 장호의 셋째 아들 장소이고 나이가 15세라."

그 다음으로 정생 등 5인이 차례로 대궐문의 황금색 급제자 명단에 이름을 나란히 올렸으니, 그들의 문장이 탁월한 것을 대략 알 만하다.

황제가 명을 내려 이형경과 장소를 옥좌 아래로 부르고, 만면에 기쁜 기색을 나타내며 그들의 형상을 살펴보았다. 아름다운 모양이 그 무리들 가운데 특출해, 마치 붉은 연꽃이 함께 피어난 듯하고 옥으로 깎은 나무가 다투어 비취는 듯해 위아래를 구분할 수 없었다. 황제가 크게 기뻐하며 이

---

20) 늘 붉은 구름에 에워싸여 있는 옥황상제의 궁궐을 지칭하는데, 여기서는 황궁의 전각 이름으로 사용됐다.

21) 당나라 때에 외국에 관한 사무와 조공을 맡아보던 홍로시(鴻臚寺)의 낭관을 지칭한다. 우리나라에서는 조회나 제사에 관한 업무를 맡아보던 통례원(通禮院)이 별칭으로 홍로원이라 불렸다.

22) 과거에서 2등으로 급제한 사람을 말한다. 고전 소설에서는 갑과에서 2등 합격자를 지칭하는 방안(榜眼)이라는 말이 거의 안 쓰이고, 3등을 지칭하는 탐화(探花)가 2등을 가리키는 말로 사용된 경우가 많다.

형경을 한림학사(翰林學士)로 삼고 장소를 한림편수(翰林編修)23)로 삼으니, 백관이 산처럼 외치고 춤을 추며 좋은 사람을 얻은 것을 경하했다.

---

23) 한림원(翰林院)은 당나라 초기 각계의 전문가로 구성된 제왕의 자문 기관이었다. 한림학사는 당나라 현종 때 상소문에 비답(批答, 상소에 대한 임금의 대답)하는 일과 황제에게 올리는 글의 기초를 맡았고, 덕종 이후에는 황제의 고문 겸 비서관으로 궁궐 안에 숙직하면서 장상(將相)의 임면(任免)과 후비・태자의 책봉 등에 관한 문서를 기초했다. 편수(編修)는 책을 짓는 일을 맡아보던 벼슬이다.

제2회
무정한 느낌은 뜻을 둘수록 더해 가고,
이치에 맞는 간언은 도에 어긋나기에 거부하다
無情之感有意而漸, 合理之諫背道而拒

 형경 등 새로 급제한 서른 명은 청개(靑蓋)24)를 든 화동(花童)을 앞세우고 금 안장을 얹은 백마를 타고, 아름다운 음악이 앞을 끌고 사환들이 길을 여는 것을 따라 유가(游街)25)를 했다. 조정에 가득한 대신들은 떠들썩하게 치하하고, 행로에서 보는 사람들은 인산인해를 이루었다. 학사의 절대적인 용모를 바라보니, 가볍게 움직이는 모양은 반악(潘岳)26)의 용모와 두여(杜預)27)의 전아함을 지니고 있었

---

24) 본래 무과에 장원한 사람에게 풍류와 함께 내려 유가(遊街)할 때 앞에 세우고 다니게 하던 의장을 지칭한다.

25) 과거 급제자가 광대를 데리고 풍악을 울리면서 시가행진을 벌이고 시험관·선배 급제자·친척 등을 찾아보던 일을 말하는데, 보통 사흘에 걸쳐 행했다.

26) 진(晉)나라 사람으로, 자는 안인(安仁)인데 재주 있고 글을 잘 짓는 미남이었다.

27) 진(晉)나라의 명장이자 학자로, 자는 원개(元凱)이고 호는 성(成)이다. 무제 때에 오나라를 격파하고 대공을 세웠으며,《좌전(左傳)》에 정통해《춘추좌씨전(春秋左氏傳)》을 지었다.

다. 한림의 준결하고 고매한 모양은 은은히 이백(李白)의 꽃다운 풍채와 두목(杜牧)28)의 호방한 풍모가 있었다. 그러니 그 둘은 모두 하늘의 신선이 인간 세계에 내려온 것처럼 여겨질 정도였다.

형경이 소년 학사로 대궐에 들어가 입직하면서 곧은 말과 올바른 논리로 임금 마음의 그릇된 점을 바르게 하니 천하가 모두 그 풍채를 사모하며 우러러봤다. 황제는 매우 기특하게 여기고 아껴 주니 영화와 총애가 모든 관료 가운데 으뜸이었다.

하루는 장 한림이 조정에서 물러 나와 이 학사를 방문했으나 만나지 못했다. 그래서 이생의 집으로 찾아가 곧바로 안채로 들어가며 시녀에게 물었다.

"상공께서 어디에 계시느냐?"

답하여 말했다.

"침실에서 책을 보고 계십니다."

한림은 몸을 돌려 그곳으로 향했다. 학사는 아직 세수도 하지 못하고 책상에 기대어 누워 있었는데, 한림이 갑자기 불렀다.

---

28) 당나라의 시인으로 자는 목지(牧之)이고 호는 번천(樊川)이다. 그의 시는 호방하고 작풍은 두보(杜甫) 흡사한 점이 있으므로, 사람들이 소두(小杜)라고 일컬었다.

"형은 어째서 아직도 일어나지 않는가?"

학사는 놀라서 급히 베개를 밀어 놓고 허리띠를 두르고 일어서서 맞아들이며 사과했다.

"어제 사무실에 문서들이 어지럽게 쌓여 있어 날이 늦어서야 겨우 귀가할 수 있었네. 사무가 너무 번다해서 한밤중에야 잠이 들었기로 몸도 단정치 않고, 세수조차 아직 못했네. 뜻하지 않게 찾아오셨는데 예를 잃고 맞이했으니 사죄하고 또 사죄하네."

한림이 보니 학사의 옥 같은 얼굴과 별 같은 눈동자는 봄날 잠에서 막 깨어난 듯한데, 덥수룩하게 헝클어진 머리는 구름처럼 흐트러지고 뺨 색깔은 변하여 엷은 홍색을 띠니, 그 고운 자태와 고상한 얼굴은 진정 모란꽃 가지 하나가 봄바람에 나부끼는 것과 흡사했다. 한림은 십분 탄복하며 술에 취한 듯 멍청이가 된 듯 눈을 이리저리 돌리면서 바라볼 뿐이었다.

학사가 세수를 마칠 즈음에 정 첨사[29]와 위 사인[30]이 이

---

29) 첨사(詹事)는 고려 시대 동궁(東宮)의 서무를 관장하던 첨사부(詹事府) 종삼품 벼슬로 문종 22년(1068)에 처음 두었다. 조선 시대에는 왕세자궁의 사무를 맡아보았는데, 고종 32년(1895) 이후 왕세자궁·세자시강원(世子侍講院)에 두었으며, 직급은 칙임관(勅任官) 3·4등이었다.

30) 사인(舍人)은 주나라 때에 궁중의 재정에 관한 사무를 맡아보던 벼

어서 당도해 담소를 나누며 서로 탄식했다. 시절은 3월에 이르러 해와 꽃이 다투어 붉은빛을 내며 옥난간에 반사됐다. 정생이 손으로 꽃가지 하나를 만지면서 미소 짓고 말했다.

"만약에 이 꽃과 같은 미인을 얻어 배필로 삼을 수 있다면 어찌 기쁘지 않으리?"

위생이 말했다.

"꽃에는 광채가 있지만 오래지 않아 져 버리니, 밝은 달의 맑고 고운 빛과 아름다운 옥의 따뜻하고 윤택한 것만은 못하지."

이윽고 술이 몇 차례 돌고 한림이 얼굴에 미소를 띠니 붉은 모란 흰 모란이 다투어 비치는 것과 흡사했다. 그는 별 같은 눈동자를 반쯤 굴려 모든 이를 둘러보며 웃고 말했다.

"여러 형이 모두 어진 아내를 두어 이미 금슬의 즐거움이 극진할 텐데 어째서 꽃과 달에 마음이 끌리는가? 나는 나이 열다섯에 아직 하분의 숙녀31)를 얻지 못했으니, 잠결에조차

슬이다. 후세에는 태자의 속관이 되거나 조명(詔命, 임금의 명령을 일반에게 알릴 목적으로 적은 문서)의 전달 또는 역사 편찬이나 조현(朝見, 신하가 조정에 나아가 임금을 돕던 일)·접견 등을 관장했다. 우리나라에서도 신라 이래 지속적으로 있어 왔던 벼슬이다.

31) 하분(河汾)은 본래 황하(黃河)와 분수(汾水), 혹은 그 사이를 뜻한다. 수나라의 사상가인 왕통(王通)이 이 지역에 살면서 이른바 당 태종의 정관(貞觀)의 치(治)라는 태평성대를 연 많은 인물을 배출한 데서

구하기를 어찌 스스로 그만둘 수 있겠는가? 꽃과 달의 자태는 비록 칭송을 받을 만한 것이겠지만, 때가 되면 떨어지고 이지러지니 비교할 수는 없겠네. 만약에 여자로서 말할 것 같으면 반드시 서시(西施)32) 정도의 자색을 구할 것이요, 남자로서 논할 것 같으면 반드시 이 형 정도의 용모를 구한 뒤라야 마음이 흔쾌할 것이라네. 그러나 서시는 이미 미칠 수 없고 이 형도 여자가 되기는 어려우리니 말해도 무익하겠지. 그래서 나는 맹세코 평생 결혼을 하지 않으려네."

여러 서생이 크게 웃으며 말했다.

"진정 자조(子操)33)의 말과 같다면, 이 자직(子直)34)이 남자로서 여자가 되어 장차 장 자조의 아내가 되어야겠네그려."

좌중이 이에 박수를 치기를 그치지 않으니, 학사는 장생이 자기 집안의 일을 상세히 알고 이와 같은 말을 하는 것인

하분문하(河汾門下)라는 말이 생겼다. 이 지역에서 아름답고 뛰어난 여성들이 많이 나왔는지에 대해서는 자세하지 않다.

32) 춘추 시대 월나라의 사람으로, 왕소군·초선·양귀비와 함께 중국의 4대 미녀로 꼽힌다. 월나라 범려(范蠡)의 계획으로 오나라 왕 부차(夫差)의 후궁이 됐고, 부차의 실책을 이끌어내 오나라 패망의 원인을 제공했다.

33) 장소의 자(字)나 호(號)를 말하는 것인데, 여기서 처음 사용됐다.

34) 이형경의 자나 호를 말하는 것인데, 역시 여기서 처음 사용됐다.

가 의심했다. 자못 평안치 않은 마음이 있었으나 밖으로 드러내지 않고 맑은 소리로 웃기만 했다.

이 무렵 모든 재상과 정승들이 다투어 이 학사와 장 한림의 용모를 아껴 구혼하는 자가 구름처럼 모여들었다. 그러나 한림은 뜻이 높고 학사는 여자라서 모두 미루고 사양하며 허락하지 않았다. 한림이 학사에게 말했다.

"이 아우는 부모께서 모두 생존해 계셔서 마음대로 처리할 수 없고 또 숙녀가 없어서 아직 아내를 두지 못했지만, 형은 어째서 하분(河汾)의 길이 더딘 건가?"

학사가 웃으며 말했다.

"이른바 숙녀라는 이는 어째 형에게는 얻어지기 어렵고 이 아우에게는 쉽다는 건가? 하물며 나이가 아직 어리고 기운도 약해 일찍이 결혼할 의사를 두지 않았으니, 성인께서 서른에 부인을 두라 하신 가르침[35]을 따르고자 하네."

한림이 답했다.

"형의 말은 너무 지나치네. 형은 부모를 모두 잃었고 동생은 아직 어리지 않은가? 때가 이르렀으니 혼처를 구하면 첫째는 집안의 일을 주장해 조상의 제사를 받들 수 있고, 둘째는 자손을 두어 조상의 영령을 위로할 수 있으니, 이 어찌

---

35) '서른에는 기운이 씩씩하니 아내를 얻어 가정을 꾸린다(三十曰壯, 有室)'라는 말이 《예기(禮記)》〈곡례(曲禮)〉편에 보인다.

효도라 하지 않겠는가?"

학사가 답했다.

"어진 형의 가르침이 사람을 감격하게 하나 후사가 있고 없고는 몸의 운수에 달린 것이니, 어찌 아내를 취하는 것이 이르고 늦음에 상관이 있겠는가?"

한림이 크게 웃고 말했다.

"이 형이 만일 아름다운 부인을 얻으면, 장차 기생집과 술집에서는 발자취도 접하지 못할까 두렵구먼."

학사가 말했다.

"기생집과 술집은 길가에서 방랑하는 자들이 방탕하게 노는 곳이니, 어찌 행실이 올바른 군자가 가까이할 곳인가? 비록 종신토록 혼인을 하지 못하더라도 창기로 하여금 문과 뜰을 밟지는 못하게 할 걸세."

장생이 비웃으며 말했다.

"형의 풍류로도 사람의 넋을 혼미하게 하고 눈을 어지럽히는데, 만약에 절대적인 여색이 있어서 웃음과 교태를 드린다면 애끓는 정조를 짓지 않겠는가?"

학사가 금부채로 얼굴을 가리고 웃으며 말했다.

"얼굴이 고운 여자와 음란한 창녀가 바른 사람의 마음과 뜻을 먼저 움직일 수 있겠는가? 형은 다른 말 말고 이 아우의 끝을 보시게."

말을 마치자 서로 크게 웃었다.

황제가 형경으로 하여금 도찰원도어사(都察院都御史)36)를 삼으니, 은혜에 감사하는 예를 마치고 직위에 취임했다.

이때에 국구(國舅)37)인 왕세충(王世忠)이 있었는데, 왕귀인(王貴人)38)의 아버지였다. 권세가 한 시대를 기울일 만해 만조의 신하들이 눈을 바로 보지 못하며 존경을 표했다. 세충은 자신의 위엄과 권세를 믿고 마음대로 행동하고 방자하게 굴면서, 유안(劉晏)이라는 선비의 아내 경(耿)씨가 아름답다는 말을 듣고 노비 수십 명을 보내 강제로 잡아 오게 했다. 유안은 그 위세가 두려워 감히 항명하지 못했다. 경씨는 그 강포함을 부끄러워하며 자결을 하려 하다가, 억지로 참고 숨기며 드러내지 않았다. 일행이 중도에 이르렀을 때 앞에서 가마꾼이 길을 여는 소리가 들렸다.

"어사의 행차가 앞에 당도했으니 잠시 길 한 편으로 피해라."

경씨가 주렴 틈으로 엿보니 붉은색 양산 아래에 옥 같은

---

36) 도찰원은 청나라 때의 벼슬 이름으로, 관리 및 각 성(省)의 감독을 맡아보았다. 우리나라에서는 조선조에 모든 벼슬아치의 잘잘못을 규찰하기 위해 둔 의정부의 한 분장으로, 고종 31년(1891)에 두었다가 이듬해에 폐지했다.

37) 왕의 장인.

38) 귀인은 황후 다음의 여관(女官)으로, 내명부의 종일품 작위다.

소년 재상 하나가 머리에 오사모[39]를 쓰고 몸에는 자주색 비단 도포를 입고 허리에는 황금 띠를 두르고 있었다. 무리 앞에 푸른 깃발이 나와 있었는데 황금색 글씨로 '한림학사 도찰원좌도부어사 이형경(翰林學士都察院左都部御史李炯卿)'이라 쓰여 있었다.

경씨가 속으로 생각했다.

'필시 지난봄에 장원급제한 이 어사일 거야. 평소에 명예와 절개가 있다고 했는데 마침 길에서 만났으니, 마땅히 원수를 갚고 원한을 풀 때로구나!'

그러고는 주렴을 걷고 뛰어내린 뒤, 몸을 날려 앞으로 내달아 큰 소리로 다급하게 외쳤다.

"신통하고 밝으신 어르신께서 특별히 한낱 아녀자의 지극한 원통함을 풀어 주소서."

말이 다 끝나지 않아서 길을 여는 자가 물러나라고 소리를 질렀다. 어사는 멈추라 하고 꽃무늬 부채로 경씨의 뒤를 가리게 한 뒤에 물었다.

"부인을 보아하니 필시 사족인 듯한데, 무슨 원한을 품어 이 같은 모습을 보이는 것이오?"

경씨가 눈물을 흘리며 대답했다.

---

[39] 관복을 입을 때 쓰는 깁으로 만든 벼슬아치의 모자인데, 오늘날 구식 결혼에서 신랑이 쓰는 모자가 오사모(烏紗帽)다.

"저는 선비 유안의 처 경씨입니다. 내외가 모두 잠영지족[40]으로, 저는 한번 유씨 가문에 들어가 아들 넷을 낳았으니 비록 도끼와 철퇴에 맞아 죽더라도 어찌 두세 가지 감출 만한 일이 있었겠습니까? 국구인 왕세충이란 자는 자신의 권세를 믿고 방자해 밝은 대낮에 노복들을 여럿 보내 이처럼 저를 겁탈하려 합니다. 한결같은 마음이 이에 이르니 진실로 만 번 죽어도 달게 받을 일이지만, 재앙이 지아비에게 미칠까 두려워 참고 명을 받아 세충의 부중(府中)[41]에서 죽기로 결심했습니다. 만일 하늘이 불쌍히 여기지 않으셨다면 어찌 오늘 상공을 만날 수 있었겠습니까? 엎드려 바라오니 각하께서는 천첩의 분함과 원한을 풀어 주셔서 성인께서 다스리시는 풍속과 교화를 도와주소서."

어사가 다 듣고 화를 버럭 내며 좌우로 하여금 세충의 집안 노비들을 잡아 묶어 순군(巡軍)[42]의 감옥으로 보내게 했

---

40) 잠영(簪纓)은 각각 비녀와 갓끈이란 뜻으로, 잠영지족(簪纓之族)은 대대로 벼슬을 역임한 가문을 말한다.

41) 재상이 집무를 보던 관아.

42) 고려 시대 순찰을 통해 도적을 잡기 위해 설치한 기관인데, 백성들 사이의 분쟁과 마소의 도살 등 국내 치안에 관한 모든 일을 담당했다. 나중에는 정치적 성격이 강한 금군(禁軍)의 임무를 겸했고 형옥을 다스리는 역할까지 담당했다. 조선 시대에는 임금의 명에 의해 죄인을 다스리는 일을 맡아보는 관청이었다.

다. 그리고 경씨를 위로하며 말했다.

"장차 황상께 아뢰어 부인의 깊은 치욕을 씻어 주겠소."

경씨가 머리를 조아리고 절하며 감사했다.

다음 날 아침 문안을 마친 뒤 어사가 반열에서 나와 아뢰었다.

"신이 듣사오니 사람의 윤리가 다섯이로되 부부가 그 가운데에 있다고 했사옵니다. 예로부터 성스러운 황제와 밝은 임금께서 천하를 다스리실 때에는 반드시 오륜의 가르침을 먼저 바르게 하셔서, 귀한 자나 천한 자나 구별 없이 남녀가 한집에 사는 인륜을 다하게 하셨사옵니다. 우리 조정에 이르러서도 기강이 다 베풀어져 있사옵니다. 그러나 오직 한 사람 왕세충은 국구의 위세를 믿어 방자하게 행하고 흉측한 독을 거리낌 없이 풀어 선비 유안의 처 경씨를 대낮에 겁탈하려 했사옵니다. 신이 사무가 있어 밖으로 나가다 그 변괴를 보니, 풍속을 해치고 허는 것이 이보다 심할 수 없었사옵니다. 신이 먼저 그 노비들을 순군의 감옥에 넣으라 했사오니, 엎드려 생각하옵건대 폐하께서는 굽어살펴 주시옵소서.

옛날 박소(薄昭)43)가 황제의 장인으로 국가의 사신을 죽

---

43) 한나라 고조(高祖)의 후궁인 박희(薄姬)의 아우다. 진평(陳平), 주발(周勃) 등과 함께 박희의 몸에서 난 대왕(代王)을 옹립해 천자로 삼았으며, 거기장군(車騎將軍)으로 대(代) 땅에서 황태후를 모셔 왔고,

였지만 끝내는 스스로 자결하고 말았으니 전한이 이로써 융성하게 떨쳐 일어났사옵니다. 그러나 황후의 오빠였던 두헌(竇憲)44)이 공주의 정원을 빼앗았는데도 그 죄를 바르게 다스리지 못했으니, 이로써 후한이 기울고 무너지게 됐사옵니다. 모름지기 전대의 흥망을 거울로 삼아 세충의 죄를 성토하시어 법사에 부치소서. 외척이 멋대로 하고 방자하게 하는 참람(僭濫)45)을 막아 세상의 풍속과 교화에 힘쓰신다면, 삼대 시절의 다스림은 날을 헤면서 기약할 수 있을 것이옵니다."

말이 임금을 분개시키고 기운을 북돋우게 하며 얼굴빛에 깊은 위엄이 서려 있으니, 조정 가득한 신하들 가운데 놀라 떨지 않는 자가 없었다. 천자가 이에 왕세충과 경씨를 모두 앞으로 불러 그 사정을 물었다. 천자는 분노가 끓어올라 왕세충의 국구 직책을 삭탈한 뒤, 그의 가산을 모두 몰수하고 경씨에게는 특별히 천금을 주어 돌려보냈다. 그리고 조서를

지후(軹侯)에 봉해졌다.

44) 후한 제3대 장제(章帝)의 황후 두씨의 오빠다. 화제(和帝)가 즉위하고 두 황후가 섭정을 하게 되자 두 태후와 함께 정치를 마음대로 했다. 동생들과 함께 권력이 조정을 울렸고 교만해져서 횡포를 부렸다. 화제가 재위 4년에 대장군 인수를 거두고 친정(親政)을 하려 하자, 황제를 죽이려다 발각되어 자살했다.

45) 분수에 넘쳐 너무 지나침.

내려 형경의 대문에 '이어사직간문(李御史直諫門)'이라고 표를 하니 당대의 명사들 가운데 탄복하지 않는 자가 없었다. 이로 말미암아 권세 있는 가문들은 자취를 가리고 남녀가 같은 길로 걷는 일이 없어지니, 문명의 기상이 의젓하게 이루어졌다.

하루는 천자가 조회를 파한 뒤에 대소 신료들에게 명해 글을 지어 올리라 했다.

이형경과 장 한림이 지은 시가 각각 1, 2등을 차지했다. 황제가 가상하게 여기고 권장하는 뜻으로 특별히 두 사람을 승진시켜 문연각 태학사46)를 겸하게 했다. 그들이 일찍이 영화롭고 귀한 자리에 이른 것으로는 당대에 짝이 없었다. 두 사람은 모두 은혜에 사례하고 집으로 돌아갔다.

학사의 유모가 보니, 소저는 금띠를 두르고 자주색 도포를 입었으며 차고 있는 옥이 쟁쟁 소리를 내고 기상이 높아 의젓하게 대신의 골격을 이루어, 조금도 여성으로서의 아름답고 가냘픈 태도가 없었다. 놀람과 두려움을 이기지 못해, 얼굴빛을 바꾸고 앞으로 나아가 밝게 깨우칠 요량으로 속마

---

46) 문연각(文淵閣)은 전적들을 모아 두고 천자가 강독할 목적으로 만든 것으로 태학사(太學士)가 관장했다. 명나라 때에 남경(南京)에 두었다가 성조(成祖)가 천도한 이후 북경으로 옮겼다. 청나라 때에는 북경의 자금성 안에 두었고 사고전서(四庫全書)를 소장했는데, 영각사(領閣事)와 교리(校理)를 두어 관장하게 했다.

음을 털어놓았다.

"소저는 몸이 황각(黃閣)[47]에 깃들고 일대의 이름난 선비가 됐으니 눈앞의 즐거움이 상쾌하겠지만, 이후의 일은 어떻게 하시렵니까?"

학사가 기뻐하지 않으면서 말했다.

"나는 부모님께서 살아 계실 때 이미 남자 옷으로 바꿔 입었으니 유모가 근심할 일이 아니에요. 하물며 또 몸이 청운에 올라 직위가 대신에 있으니 이미 어떻게 하기 어려운 지경에 이르렀어요. 어찌 번거로운 말로 저의 즐거움을 덜고 겁주는 것인가요? 내 비록 여자지만 차마 지아비를 두려워하고 시부모를 공경하면서 수건과 빗을 받들고 청소나 하고, 맛있는 술과 음식을 갖추어 손님들에게 제공하는 규방 여자의 모양으로 살아갈 생각은 없어요. 붉은 도포를 입고 옥띠를 두르며 붉은 수레와 말을 지휘해 적게는 공후(公侯)가 되고, 이름을 역사책에 올려 임금의 지극한 정치를 보필하여 백성에게 은택이 돌아가게 해 가문을 빛나게 하는 것이 내 소원이에요. 다시는 그런 말들을 하지 마세요."

그러자 유모는 아무 말도 하지 못하고 물러났다. 학사가 유모의 말을 들은 뒤부터 심사가 편치 않았으나 밖으로는 아무렇지도 않은 듯이 했다.

---

47) 의정부(議政府)의 별칭, 재상이 사무를 보는 관아의 문을 뜻한다.

하루는 술을 두고 벽류정(碧流亭)에서 성대한 모임을 가졌다. 때는 바야흐로 춘삼월이라 온갖 꽃들은 흐드러지게 피고 새들은 다투어 재잘댔으며, 수양버들은 아지랑이 같고 우거진 풀들은 비단을 짜 놓은 것 같으니 봄의 흥취를 환히 펼칠 만했다.

학사의 호 춘산(春山)이니 장 한림(張翰林) 벽초(碧蕉), 정 첨사(鄭詹事) 임정(林亭), 위 사인(魏舍人) 옥산(玉山), 이 시랑(李侍郎) 춘원(春園), 윤 원외(尹員外) 난산(蘭山), 여 시강(余侍講) 오봉(五峯), 원 대제(袁待制) 추담(秋潭)과 함께 팔선음(八仙吟)을 짓고 이름을 《팔선춘음집(八仙春吟集)》이라 했다. 봄 '춘(春)' 자 운을 끄집어내 각기 연구(聯句)를 이으니 다음과 같았다.

    봄꽃과 봄버들이 성안 가득한 봄에
    제비 날아와 단청한 집에서 짝 지었네
    春花春柳滿城春　燕子飛來畵棟春　(碧蕉)

    오색 채운이 금빛 누각에서 일어나는 날
    만세 소리는 봄 궁전에서 높이 울리리
    五雲彩動金樓日　萬歲聲高玉殿春　(春山)

    세상이 태평해 일이 없는 날에는

만 년을 아름답게 꾸밀 온화한 소리 들리고
四海升平無事日 萬年賁飾有聲春 (玉山)

봉황이 대궐 문에서 조서를 물고 오는 날에는
닭은 자하동에 봄이 왔음을 알리리
鳳凰含詔金門日 鷄敕鳴珂紫洞春 (林亭)

문 위에 앉은 수많은 백학은 삼청궁 위의 달과 같고
만 그루 버들 속 꾀꼬리는 봄 내내 지저귀네.
千門白鶴三淸月 万柳黃鶯百囀春 (春園)

남쪽 누각에서는 고요히 시 읊조리며 달구경하는데
북쪽 바닷가는 술로 가득한 봄 나라가 됐다네
南樓澹澹詩筵月 北海盈盈酒國春 (蘭山)

    읊기를 마친 뒤에 시를 아는 기녀로 하여금 그 가사로 노래를 부르고 등위를 정하게 했다. 기녀 중에 교연(皎然)이라는 아이가 '만 그루 버들 속 꾀꼬리는 봄 내내 지저귀네' 구절을 부르니, 서쪽 반열에서 홍불기[48]라는 아이가 '제비 날아

---

48) 홍불기(紅拂妓)는 본래 수나라의 명기인 장출진(張出塵)을 지칭한다. 당나라 장수 이정(李靖, 태종을 섬겨 수나라 말기 군웅 토벌에 힘썼

와 단청한 집에서 짝 지었네' 구절을 불렀다. 그러자 여러 벗들이 크게 웃으며 말했다.

"모란은 천하의 이름난 기생이니, 이 아이야말로 으뜸을 정할 수 있을 것이다."

그러자 모란이 나라를 기울일 만한 자색을 떨치고 일어나 손으로 흰 구슬로 장식한 단판(檀板)49)을 두드리며 웃음을 거두고 눈동자를 모아 '만세 소리는 봄 궁전에서 높이 울리리' 구절을 높은 소리로 불렀다. 노랫소리가 맑고 밝아서 구름과 해를 멈추게 하며 음률의 높낮이가 교묘해 날아갈 듯했다. 모든 손님이 손을 두드리며 환호하며 학사를 향해 치하하고 피로연50)을 청했다. 학사가 웃음을 머금고 옥폭정(玉瀑亭)에서 큰 연회를 베풀었다.

고 후에 돌궐과 토욕혼을 정벌했다)이 양소(楊素, 수나라 문제를 도와 천하를 평정한 장수)를 뵈러 갔을 때, 붉은색 먼지떨이를 들고 곁에서 모시고 있던 한 기녀가 이정을 눈여겨보고 있었다. 이정이 여관에 돌아왔는데, 밤에 자주색 옷을 입고 모자를 쓴 사람이 문을 두드렸다. 맞아들여 보니 한 미인이었으므로, 이정이 놀라 꾸짖어 물으니 곧 양소의 집에 있던 기녀였는데, 커다란 나무에 의탁하는 담쟁이덩굴이 되기를 원한다고 했다. 마침내 이정과 함께 태원(太原)으로 갔다.

49) 박달나무로 만든 악기로 박자를 맞추는 기능을 했다.

50) 피로연(披露宴)은 기쁜 일을 널리 알리기 위해 베푸는 잔치.

제3회
이름난 기생이 교태를 보이나 거짓 남자는 무심하고,
적괴의 목이 떨어지니 진실로 여아에게 용맹이 많도다.
名妓獻態假男子無心, 賊酋隕首眞女兒多勇

    학사가 옥폭정에서 큰 연회를 베풀었는데, 그 정자는 옥화산(玉華山)[51] 앞쪽 태청원(太淸園)[52] 안에 있었다. 정자가 위치한 자리는 매우 경치가 좋은 곳으로 하늘을 향해 크게 열렸는데, 소나무와 대나무가 다투어 푸른빛을 발산하고, 난새와 학이 서로 춤을 추며, 보기 드문 꽃과 아름다운 풀 그리고 기이한 바위와 푸른 절벽이 어우러져 특별한 세계를 형성하고 있었다. 백 길이나 되는 폭포가 나는 듯이 옥화산의 머리로 날아 떨어져서 온갖 꽃들이 피어 있는 연못에 물을 대니, 멀리서 보면 마치 수정으로 만든 주렴 같고 가까이서 보면 진주알이 담긴 소반 같아, '여산의 3천 자가 은하수로 흐르네(廬山三千尺, 飛流銀河水)'[53]라는 말과 매우

---

51) 중국 섬서성(陝西省) 동천(銅川) 북방에 있는 산.
52) 송나라 때에 궐내에 세워 잔치에 쓰던 태청루(太淸樓)라는 장소가 있었다. 이형경이 잔치를 베풀기 위해 세운 누각으로 보면 될 듯하다.
53) 이백(李白)의 〈망여산폭포(望廬山瀑布)〉라는 시에서 가져온 것으

흡사했다. 정자의 끝은 날개를 펼친 듯 좌우로 쭉 뻗어 있는데 비취색 대마루와 금빛 벽, 옥 같은 난간과 붉은 층계가 하늘로 우뚝 솟아 천여 명의 사람이 앉을 만했다.

일대에 이름 높은 문장과 사방 영걸이 집결하니 비단 두루마기와 저고리, 검은 깁으로 만든 모자와 두건을 쓴 사람들이 별처럼 모였다. 대나무를 사르고 번갈아 연주하니 봉황과 난새의 소리 같았고, 벌주를 마시며 세는 산가지가 뒤섞인 것은 꽃이 날고 달이 가득 찬 것 같았다. 한 무리의 미녀들이 좌우로 늘어서서 일으키는 향기로운 바람이 꽃다운 자리를 확 스치니 진정 일대의 성대한 잔치였다.

기녀 가운데 우영(于英)이라는 아이가 있었다. 나이는 겨우 열 넷이었지만 자못 물고기를 숨게 하고 기러기가 떨어지게 할 만한[54] 용모를 지니고 있었다. 그는 좋은 남자와 인연을 맺어 평생을 기탁할 소망을 가지고 있었다.

이보다 먼저 장소의 부친인 장 시랑은 자기 아들이 청춘에 영달해 바야흐로 꽃다운 이름을 떨치고 있으나, 아직 미

로 전문은 다음과 같다. 향로봉에 햇빛 비쳐 안개 어리고(日照香爐生紫煙) / 멀리에 폭포는 강을 매단 듯(遙看瀑布掛長川) / 물줄기 내리 쏟아 길이 삼천 자(飛流直下三千尺) / 하늘에서 은하수 쏟아지는가(疑是銀河落九天).

54) 원문의 '침어낙안(沈魚落雁)'은 미인을 보고 물고기가 부끄러워 숨고 하늘을 날던 기러기가 날갯짓 하는 것을 잊어 떨어진다는 뜻이다.

혼인 상태로 기녀들 사이를 두루 다니고 있으니 정한 곳 없이 방랑하는 행실이 있을까 걱정했다. 그래서 엄히 경계하니 한림은 비록 우영의 자색을 사모했으나, 엄한 아버지의 가르침을 어길까 두려워 몰래 속으로만 쌓아 놓고 감히 밖으로 드러내지 못하고 있었다.

우영이 자리에서 술을 따르고 있다가 이 학사의 옥 같은 얼굴이 환하게 빛나는 것을 보니, 마치 흰 연꽃이 갓 피어난 것 같았고 자태는 붉은 봉황이 나는 것 같았다. 넋이 나가고 눈빛을 빼앗기는 것도 깨닫지 못한 채 비교해 보니, 장 한림의 풍류와 광채는 학사에게 미치지 못해 현격한 차이를 보이는 것이었다. 우영이 크게 놀라 마음속으로 탄복했다.

'세상에 어찌 이렇게 기이한 남자가 있단 말이냐?'

우영은 촉촉이 젖은 밝은 눈동자 속에 일어나는 춘심을 억누르기 어려웠다. 그래서 사뿐히 비단 치마를 들고 연꽃 같은 걸음을 가볍게 끌면서 원앙 모양의 잔에 술을 부어 들고 교태를 머금으며 앞으로 나아가 낮은 소리로 고했다.

"저는 양주(楊州)의 천한 기녀입니다. 청춘이 아직 지나지 않았고 지금까지 남자를 경험하지 못했는데, 오늘 상공을 모시게 되어 평소의 생각을 기쁘게 이루게 됐습니다. 제가 악기를 배웠으니 원컨대 한 곡조 연주하고 술을 올리겠습니다."

그러더니 삼척의 녹기금(綠綺琴)55)을 부여잡고 줄을 고른 다음 〈봉구황(鳳求凰)〉56) 한 곡조를 연주했다. 이 곡조는 새로 지은 노래로 고대의 악부(樂府)57)가 아니었다. 자리에 앉아 있던 손님과 벗들은 그 음악을 이해하지 못했으나, 오직 학사와 한림이 해석할 수 있었다. 연주를 마치자 학사가 앵두 같은 입술을 반쯤 열고 맑은 소리로 웃으며 말했다.

"너는 이름난 기생이지만 나는 두목(杜牧)의 풍채가 없는데 귤을 던지려 하는 것58)은 무슨 뜻이냐? 나는 본래 정한 곳이 있으니 다른 날을 기다려 보아라."

우영이 얼굴을 붉히고 물러나니 좌우에 있던 모든 사람이 비로소 그 뜻을 알고 손뼉을 치면서 크게 웃고 말했다.

"자직(子直)은 졸장부로구나!"

---

55) 한나라의 사마상여(司馬相如)가 양왕(梁王)으로부터 받은 거문고인데, 명기로 일컬어졌다.
56) 봉황(鳳凰)이란 말에서 봉(鳳)은 암컷이고 황(凰)은 수컷을 지칭한다. 그러므로 이 곡조의 이름은 '봉이 황을 갈구하다'는 뜻을 가진다.
57) 악부는 본래 한나라의 무제(武帝) 때 설치해 음악을 관장하던 관청이었는데, 여기에서 채집되어 음악에 맞춰 불린 시가를 뜻하기도 하고, 의미가 확장되어 음악에 맞춰 부르는 일체의 시가(詩歌)와 사곡(詞曲)을 지칭하게 됐다.
58) 진(晉)나라의 반악(潘岳)이 젊어서 낙양 거리로 나서니 보는 부인들이 모두 귤을 던져 수레에 가득 쌓였다는 고사가 있다. 여성이 남성을 유혹하는 행위의 관용적 표현으로 쓰인다.

우영은 부끄러운 것도 깨닫지 못하고 눈물을 머금고 물러났다. 그러자 한림이 말했다.

"이 형이 일찍이 나에게 큰소리를 쳤기 때문에 우영에게 박정하게 말했겠지만 속으로야 어찌 마음이 없겠는가?"

학사는 웃음을 머금고 답을 하지 않았지만, 단정하고 씩씩한 용모와 엄숙한 기운이 사람의 뼛속을 뚫는 것 같으니 누구도 감히 떠들거나 웃지 못했다. 장생 형제도 얼굴빛을 고치고 공경함을 드러냈다. 날이 저물자 본부에서 급히 종을 보내 장·이 두 학사로 하여금 속히 들어와서 숙직하라 재촉하니, 모든 손님이 흩어졌다.

이 한림이 장 학사와 더불어 수레를 나란히 하고 가는데 한 쌍의 연꽃 모양의 황금으로 만든 초롱 속에 붉은 촛불이 환하게 앞길을 이끌었다. 문연각에 이르러 붉은 방석에 앉아 푸른 비단옷을 입고 글을 논했다. 그때 갑자기 창밖에 옥이 짤랑거리는 소리가 들렸다. 문을 열고 바라보니 황제가 미복 차림으로 달빛을 타고 산보하면서 근심스러운 모습으로 홀로 태호(太湖)[59]의 돌둑에 서 있었다. 두 사람이 크게

---

59) 파양호(鄱陽湖)·동정호(洞庭湖)·홍택호(洪澤湖)·소호(巢湖)와 함께 중국 5대 담수호의 하나로, 강소성(江蘇省) 남부와 절강성(浙江省)에 접해 있다. 이 작품에 나오는 중국 지명은 황궁 근처에 있는 것처럼 서술되고 있으나, 실제의 위치는 전혀 다른 곳에 있는 곳이 많아, 실제의 위치를 확인해 지리적 공간을 재구하려는 것은 무의미하다.

놀라 조복(朝服)60)도 미처 갖추지 못하고, 다만 복건과 흰 적삼 차림의 옷깃을 정리하고 띠를 끌며 엎어질듯 달려 나와 맞이했다. 황제가 두 사람이 다급해 하는 것을 보고 웃으며 따뜻하게 말했다.

"임금과 신하의 관계는 부모와 자식의 관계와 같다. 아비가 자식의 집에 들어가는 것이 어찌 놀랍고 당황스러운 일이겠는가? 경들은 안심하라."

그러면서 황제가 학사의 비단 이불 위에 앉으니, 그 은총과 사랑이 과연 이 정도였다. 두 사람이 좌우에서 모시고 서니 황제가 말했다.

"짐이 홀로 깊은 궁궐에 처하여 비록 울적한 마음도 있기는 하다. 그러나 바야흐로 비밀스러운 국사가 있어 경들과 더불어 방책을 상의하고자 미복 차림으로 여기에 온 것인데, 어찌 이리 크게 놀라는가?"

이 학사가 대답했다.

"신들이 대궐 곁에서 숙직하면서도 삼가고 조심하지 못했으니, 그 죄는 죽음으로도 용서될 수 없는 것이옵니다. 깊이 살피지는 못하겠사오나, 타이르는 말씀 가운데 비밀이라고 하신 것은 과연 무슨 일이옵니까?"

황제가 이 학사를 가까이 끌어 작은 목소리로 말하였다.

---

60) 관원이 조정에 나아가 하례할 때 입는 예복.

"남경의 주왕(周王)이 반란을 꾸미는 형상이 있는데 승상(丞相) 경태(景泰)가 안에서 호응한다고 한다. 경태의 일을 처리하는 것은 어렵지 않으나 주왕은 짐의 숙부이니 이를 장차 어떻게 해야겠는가?"

학사가 아뢰었다.

"사사로운 감정으로 국법을 가릴 수는 없사옵니다. 폐하께서는 경태를 국문(鞫問)하셔서 만약 주왕의 반란 형상이 사실로 드러나면 태묘(太廟)61)에 고하시고 천하에 반포하신 뒤 장수에게 명해 죄를 벌하시옵소서."

장 한림도 이 학사와 같은 말을 하니, 황제가 기뻐하며 궁궐로 돌아가려 했다. 학사가 앞으로 나아가 아뢰었다.

"밖에는 적국이 있고 안에는 모반하는 신하가 있으니, 흉측한 기미를 헤아리기 어렵사옵니다. 지존께서는 마땅히 자세히 살피시고 수레를 움직이시옵소서. 궁궐의 담이 비록 엄밀하다고는 하나 이목이 번다하니 매우 두렵습니다. 청컨대 폐하께서는 삼가셔서 가볍게 미복 차림으로 다니지 마시어 말하기조차 어려운 변고를 막으시옵소서."

황제가 놀라 마음이 움직이니 잠시 발걸음을 멈추고 난여(鸞輿)62)를 내오게 해 비로소 궁으로 돌아갔다. 한림은

---

61) 역대 임금의 위패를 모신 사당.
62) 천자가 타는 수레.

이 학사가 망언을 했다고 나무랐다. 하지만 과연 자객 두 명이 금천교63) 아래에 매복해 비수를 품고 있었다. 앞에서 이끄는 군사가 찾아내 달아나기 전에 잡아 법으로 다스렸다. 이때 사람들이 모두 학사의 앞선 견해에 대해 탄복했고, 황제는 총애와 도타움을 한껏 더해 역사책에 기록하라고 했다. 그러자 한림이 탄복하며 말했다.

"내가 자직 형과 더불어 같은 해에 급제했고 또 겸하여 같은 벼슬에 있기는 하지만, 그 앞서가는 견해와 멀고 큰 지혜는 미치기 어렵다. 참으로 제비와 참새가 기러기와 고니의 뜻을 알지 못하는 격이다."

이후로는 그를 더 존경했다.

황제가 이에 친히 대심원(大審院)64)에 나아가 국문하는 자리를 배설하고 경태를 엄하게 심문했다. 그리하여 주왕의 반란상이 백일하에 드러나고 천자의 위엄과 권위는 크게 떨쳐지게 되었다. 황제가 태극전(太極殿)65)으로 돌아와 모든 장상과 문무백관을 크게 모으고 남경을 평정할 계책을 물었

---

63) 궁궐 정문 안에 흐르는 명당수를 금천(禁川)이라고 하며, 그 위에 놓인 다리를 금천교(禁川橋)라 한다.
64) 법제상 최고의 사법재판 기관인데, 서구 또는 근대 일본의 산물이다. 여기서는 최고 재판소를 의미하는 일반 명사로 보면 된다.
65) 황제가 정사를 살피던 전각의 이름. 위나라 이래 대대로 써 왔다.

다. 원로대신인 탕여기(湯如虁)가 아뢰었다.

"남경이 매우 멀어 황제의 교화에 불복한 지 오래됐고, 하물며 골육의 친밀한 친척으로 이처럼 궤도에서 벗어난 짓을 했사옵니다. 주나라의 관채(管蔡)[66]와 한나라의 오초(吳楚)[67] 같은 자들이 없었던 적은 일찍이 없었사오니, 지금 마땅히 장수에게 명해 군사를 이끌고 나아가 복종하지 않는 자들을 정벌하게 하시옵소서."

참지정사(參知政事)[68] 왕정소(王廷韶)가 아뢰었다.

"원로의 말씀이 시의적절하옵니다만, 군대와 나라의 큰 일을 홀로 맡을 수는 없는 노릇이옵니다. 또 강남의 여러 나라들이 반드시 불안감을 품고 있을 것이니, 마땅히 대신 가운데 높이 바라며 복종하는 대신 한 사람과 재주와 국량이 특히 빼어난 자를 보내시옵소서. 그리하여 군사를 안무하고 절도를 지켜 남경을 정벌하게 하고, 여러 나라 및 군현을 순

---

[66] 관숙(管叔)과 채숙(蔡叔)을 지칭하는데, 모두 주공 단(旦)의 형제로 뒤에 난을 일으켰다가 피살됐다.

[67] 오초칠국(吳楚七國)의 줄임말로, 한나라 경제(景帝) 때 침범해 온 오(吳)·초(楚)·교서(膠西)·교동(膠東)·치천(淄川)·제남(濟南)·조(趙)의 일곱 제후국을 지칭한다. 모두 한나라의 명장 주아부(周亞夫)가 평정했다.

[68] 송나라 때의 벼슬 이름으로, 재상 밑에서 국정을 보좌했다. 고려에서는 중서문하성(中書門下省)의 종이품 벼슬이었다.

무하게 해 인심을 안정시키고 군사들을 온화하게 다스리도록 하시옵소서."

천자가 그 아룀을 가상하게 여겨서 서운(徐雲)을 명해 정남대도독(征南大都督)69)을 삼고 상방검(尙方劍)70)을 하사했다. 서운은 곧 위국공 서달(徐達)71)의 증손으로, 마음 씀씀이가 깊고 지략이 있었으며 군대를 쓰는 데 정밀했다. 이에 명하여 우위군사병부72)를 거느려 그날로 군사를 점검하게 했다. 그리고 이형경으로 대사마 겸 순무도어사73)를 삼아 남방을 편안하게 어루만지되, 군무에 관한 모든 일에 대

---

69) 남쪽을 정벌하는 대원수라는 뜻.

70) 임금이 사용하는 칼. 한나라에서는 임금이 일용에 쓰는 물건을 보관하는 일을 맡은 관청을 상방(尙方)이라고 하기도 했다.

71) 명나라 개국공신으로 처음에 곽자흥(郭子興)의 부장이었다가 태조에게 귀의해 전공을 세우고 대장군이 됐으며, 우승상으로 승차했고 위국공(魏國公)에 봉해졌다.

72) 위군(衛軍)은 황궁에서 황제를 근위하는 군사를 말한다. 우위군사병부(右衛軍士兵部)라는 명칭을 가진 부서가 실제로 있었는지는 자세하지 않다.

73) 대사마(大司馬)는 군사 업무를 맡은 최고의 지휘자를 말하는데, 오늘날의 국방부장관에 해당한다. 역사적으로는 대장군보다 하위에 있었던 적도 있지만, 후한 이후로는 대장군을 거쳐 대사마가 되는 것이 일반적이었다. 순무도어사(巡撫都御史)는 여러 곳을 두루 돌아다니면서 백성들의 마음을 위로하고 달래는 최고의 관리라는 뜻이다.

도독을 참모하라 했다. 그러자 장소가 아뢰었다.

"서운은 장수의 종자라 병마를 연습시키는 일에 능해 군대의 위엄을 떨칠 수 있을 것이옵니다. 그러나 이형경은 백면서생이라서 내직은 맡을 수야 있겠지만 군국대사를 참모하는 일에서는 그 책임을 그르칠까 두렵사옵니다. 신은 국가의 대사가 이로부터 잘못될까 가만히 저어하옵니다."

천자가 말했다.

"짐이 어찌 모르겠는가? 다만 참모로 종사하게 해 깊은 꾀를 내어 승부를 결정짓고 남방을 편안하게 위무해 풍속을 교화시키게 하려 할 따름이다."

장소는 말없이 물러났다. 서운 등이 곧바로 훈련장으로 나아가 병마를 조련시켜 크게 10만의 군사를 일으켜 남경으로 향했다. 칼과 창의 기운은 서릿발 같고 깃발은 하늘을 가렸으며, 장수와 군사들은 구름과 같고 군마는 용과 같았다. 정연한 군진과 당당한 깃발과 둥둥 울리는 북소리로 남경으로 진군하니, 행로의 인민들이 술병을 차고 나와 맞았다. 기강과 규율이 엄숙하고 분명해 추호도 범하는 것이 없으니, 남국의 인민들 모두 군대가 쉴 겨를도 없이 진군하는 것에 감복했다. 남경성(南京城)에 채 이르지 못해 진을 치고 빠른 걸음으로 성안으로 들어갔다.

주왕이 크게 노해 10만의 철기병을 이끌고 서로 마주 보며 둥글게 진을 쳤다. 주왕이 바라보니 천자의 군대 왼편 붉은 깃발 아래에 대도독 서운이 황금 투구를 쓰고 붉은 갑옷을 입고서 설모마(雪毛馬)74)를 타고 있었으며, 옆에는 소꼬리로 장식한 큰 독기(纛旗)75)를 좌우에 둥글게 벌여 놓고 있었다. 왼편 깃발 아래에는 한 소년이 머리에는 자금관(紫金冠)76)을 쓰고, 팔괘도홍포(八卦桃紅袍)77)를 입고, 허리에 백옥으로 만든 허리띠를 두르고, 손에는 산호(珊瑚) 채찍을 들고 연철백색마(連鐵白色馬)78)를 타고 있었다. 그 옥 같은 용모와 아름다운 풍채가 사람의 눈빛을 빼앗고도 남았지만, 대오가 어지럽게 흐트러지고 진법은 질서를 벗어나고 있었다. 주왕이 웃음을 그치지 못하고 채찍을 들어 서 원수를 가리키며 말했다.

"너는 명장의 후손으로 병법을 연습했을 텐데 어찌 이와 같이 무지한가?"

또 이 어사를 가리키며 말했다.

---

74) 털이 눈처럼 흰 말.
75) 황제의 수레나 군대의 대장 앞에 세우는 군기로, 큰 창에 소꼬리를 달거나 창날을 달아 만들었다. 원래 군대를 출정시킬 때는 둑제(纛祭, 둑에 지내는 제사)를 지내는 것이 법식이었다.
76) 자색의 금으로 만든 관. 소설《삼국지》에서 여포가 쓰던 관이다.
77) 옷깃과 소매에 팔괘 무늬를 수놓은 장삼.
78) 터럭이 동전을 연결한 모양처럼 생긴 얼룩이 있는 흰 말.

"어린아이에게 내 칼을 더럽히자니 매우 불쌍하고 가련한 일이나, 이름 없는 졸개가 감히 군진을 펼치니 네 조정에 인물이 없음이 가소롭구나."

이 어사가 웃으며 말했다.

"나는 조정에서 파견한 대사마 겸 순무도어사 이형경이다. 너는 울타리가 되어야 할 신하인데도 정도에서 벗어난 마음을 몰래 쌓고 있으니, 그 죄는 마땅히 도끼에 기름을 문혀야 할 것이다. 어찌 되지도 않는 말을 뱉는 것이냐?"

왕이 웃으며 말했다.

"하룻강아지가 범 무서운 줄 모르는구나. 네놈은 내 적수가 안 된다."

그러면서 말을 박차고 칼을 휘두르면서 곧바로 서 원수에게 달려들었다. 원수는 선봉 호유호(胡唯虎)에게 명해 맞서 싸우게 했다. 몇 차례 접전했으나 주왕이 용기백배하여 감히 대적하기가 어려웠다. 그러자 원수가 징을 울려 군사를 거두고 거짓으로 패해 달아났다. 이 어사도 군사를 거두어 서쪽을 바라보며 달아나니, 주왕이 승세를 타고 추격했다. 50리쯤 가니 산은 높고 길은 구불구불한데 나무들이 울창하게 우거져 있었다. 원수가 간 곳을 알지 못하게 된 이 어사는 단기필마로 맞서며 크게 꾸짖었다.

"너는 어찌 반란을 일으킨 나라의 역적으로서 감히 천자의 조정에서 파견한 대장을 핍박하느냐? 너는 그래도 악을 깨닫지 못하고 감히 나와 더불어 자웅을 겨루려 하느냐?"

주왕이 크게 노해 곧장 이 어사에게 달려드는데, 어사는 몸에 갑옷 한 조각도 걸치지 않고 단지 산호 채찍 하나로 주왕을 맞아 싸움을 벌였다. 수법에 조금도 당황하거나 어지러운 바가 없어 주왕의 방천화극[79]이 감히 가까이 접근할 수 없었다. 주왕은 대노하여 온 힘을 다해 험하게 싸움을 벌였다. 어사가 이에 말을 돌려 거짓으로 패해 달아나니 주왕이 추격해 돌고 돌아 반룡곡(盤龍谷) 안으로 들어갔다. 어사가 말을 박차 산으로 올라가서 주왕을 돌아보며 말했다.

"천자에게 반역한 자가 어찌 감히 나를 모멸하려 하는가?"

왕이 크게 노해 쫓아 올라가려 하는데 갑자기 한 차례 대포 소리가 나며 사방에서 함성이 천둥처럼 울리고 살기가 하늘에까지 뻗쳤다. 천병만마(千兵萬馬)가 열 겹으로 둘러싸 철통과 같으니 물 샐 틈조차 없었다. 주왕이 크게 놀라 치고 나가려 했으나, 자기 힘으로는 포위를 뚫기 어렵다는 것을 깨닫고 크게 당황했다. 이 어사는 채찍을 휘두르며 왕과

---

79) 화극(畵戟)은 반달 모양의 날이 쌍으로 또는 외날로 덧달린 무기로, 방천화극(方天畵戟)은 손잡이가 길어 창처럼 쓰는 무기다. 끝이 '정(井)' 자 형으로 되어 있어 걸어 당기거나 찌를 수 있게 만들었다. 남북조 시대 이후 차츰 창으로 대체되어 나중에는 의장(儀仗)이나 문지기 군사용 기물로 변했다.

논쟁을 하고자 했다. 그러다가 스스로 생각했다.

'천자께서는 어질고 정이 두터우시니, 만약 산 채로 잡아가면 반드시 죄인의 생명을 보전해 주실 것이다. 반드시 죽이고 용서치 말아야겠다.'

이에 군사들에게 명해 싸움을 더욱 급하게 하라 독려하니, 왕은 더욱 노해 어금니를 깨물고 이를 갈면서 어사를 통째로 삼킬 수 없음을 한스러워했다. 창을 들고 떨쳐 추격했으나 어사는 조금도 당황하지 않고 주왕에게 말했다.

"나는 천자께서 임명한 도어사다. 깃발을 빼앗고 장수의 목을 베는 것은 내 책임이 아니지만, 네 악의가 한결같이 고쳐지지 않으니 비록 목숨을 잃더라도 나를 원망 마라."

그러고는 한 자 길이의 창포인(菖蒲刃)[80]으로 더불어 맞아 싸우는데, 불과 세 합 만에 한 줄기 섬광이 홀연 칼을 좇아 일어나더니 주왕의 목은 땅에 떨어지고 선혈이 뿌려졌다. 어사가 머리를 말안장에 매달고 삼군에게 호령해 적군 가운데 투항하는 자는 함부로 죽이지 말라고 했다. 그러자 남군 가운데 옷을 벗고 투항해 오는 자가 반을 넘었고, 그들 뒤에 있는 군사들은 이미 서 원수에게 전부 참살을 당했다.

하늘 색이 이미 어두워져 징을 울려 군사를 거두니 큰 승리를 얻은 데다가 항복한 자만도 수만이나 되었다. 원수가

---

80) 단오절에 장식용으로 쓰던 나무칼. 창포도(菖蒲刀)가 맞다.

손을 모으고 사례하며 말했다.

"오늘 일거에 성공을 거둔 것은 모두 어사의 귀신같은 계산 덕분이오. 역적이 머리를 잃고 못된 무리들을 사로잡게 됐으니 다행함을 어찌 다 말할 수 있겠소?"

어사가 겸손하게 양보하며 말했다.

"하나는 국가의 커다란 복 덕분이며, 또 하나는 원수의 웅대한 계략 덕분입니다. 소생에게 무슨 역할이 있었겠습니까? 지금 적장의 머리를 얻었으나 성안의 인심이 흉흉해 안정을 찾지 못하고 있으니 때를 잃어서는 안 되겠습니다."

원수가 그럴듯하게 여겨 군사를 이끌고 성을 포위했다.

주왕의 비는 왕이 죽었다는 것을 듣고 슬픔과 분함을 이기지 못해 문무 관원들을 모으고 원수를 갚을 계책을 논의했다. 대장군 초여호(楚如虎)가 나아가 말했다.

"천자의 군대가 성을 압박하고 있는데 장수와 군사들은 용맹하고, 이형경의 귀신같은 꾀와 서운의 지략에 맞설 수 없습니다. 성을 바치고 항복해 종묘와 사직을 보전하고 하늘의 이치와 사람의 일에 순응하는 것만 같은 게 없습니다."

그러자 왕비가 크게 노해 무사에게 명하여 밖으로 끌어내 목을 베라고 했다. 그런데 좌우에서 간했다.

"적이 성 밑에 와 있는데 대장을 목 베어 죽이는 것은 심히 상서롭지 못합니다."

이에 곤장 50대를 치라고 하니, 초여호가 눈물을 흘리고 탄식하며 말했다.

"주나라의 사직이 이렇게 무너지는구나."

주왕의 비는 전 대장군 호유덕(胡惟德)의 딸이었는데, 장수를 배출한 가문의 유풍으로 자못 무예와 용맹을 갖추고 있었다. 이를 갈고 어금니를 깨물면서 장졸을 지휘해 어두운 밤 이경에 북을 치고 고함을 질러대며 적교(弔橋)81)를 타고 내려와 참호 위에서 싸움을 걸었다. 천자의 군대는 생각지도 못한 와중에 그들이 출전하자 군진의 한 쪽이 크게 무너져 20리를 퇴각해 진을 쳤다. 원수는 어사와 함께 선봉의 실수를 책망하고 계책을 상의했다.

그런데 갑자기 주왕 비 호씨가 군진 앞에 와서 욕을 하며 자웅을 겨룰 것을 도전한다는 보고가 들어왔다. 원수가 어사와 함께 군진에서 나와 둘러보았다. 저 호비가 머리에는 백금감주관(白金嵌珠冠)82)을 쓰고 몸에는 상련포(霜練袍)83)를 입고 있었다. 설화마(雪花馬)를 타고 손에는 이화창(梨花槍)84)을 잡고 진 앞으로 달려 나와 무예와 위엄을 드

---

81) 양쪽 언덕에 줄이나 쇠사슬 따위를 건너질러 거기에 의지해 매달아 놓은 다리를 말하는데, 여기에서는 해자(垓字)를 건너기 위해 성문과 연결해 올렸다 내렸다 하는 다리를 지칭한다.

82) 백금으로 만들고 구슬로 장식한 관.

83) 흰색 비단으로 만든 겉옷.

러내며 곁에 사람이 없는 것처럼 함부로 굴었다. 선봉인 표기장군(票騎將軍)85) 왕만세(王萬歲)가 창을 꼬나들고 말을 달려 나가 싸웠으나, 열 합도 되지 않아서 호비의 창법이 동에 번쩍 서에 번쩍하니 천자의 군대는 또 한 귀퉁이가 무너질 것 같았다. 원수가 경계해 군사를 거두려 했으나 호비가 더욱 급하게 싸움을 독려해 명나라 군대의 중군에까지 추격해 이르렀다. 어사가 속으로 생각했다.

'저 여자가 만인이 당하지 못할 용맹함을 지니고 있으니 내가 마땅히 한번 겨루어 봐야겠다.'

갑옷을 입고 말에 올라 산호 채찍을 들어 꾸짖으며 말했다.

"너는 뭣 하는 인간이냐?"

호비가 노해 말했다.

---

84) 배꽃같이 날이 흰 창이라는 뜻인데, 손잡이가 2m 정도이고 창날이 30cm 정도 된다. 창날 가까운 손잡이 끝부분에 60cm 정도의 화염 방사용 연료통을 달아 적이 접근할 때 불을 붙여 적을 향해 화염을 방사할 수 있게 만들었다.

85) 표기장군(驃騎將軍)이 정식 표기다. 표기(驃騎)는 날듯이 질주하는 것을 뜻한다. 중국 전한 이후의 무관직 관직명으로, 무제(武帝) 2년 (BC 121)에 곽거병(霍去病)이 처음으로 이 관직을 받았다. 처음에는 반란 진압을 위한 정벌군을 일으킬 때 임명하는 임시직이었다가, 후한 시대에 중앙 상비군을 통솔하고 정벌 전쟁을 관장하는 상설직으로 바뀌었다. 대장군과 동급의 대우를 받았다.

"들어서 뭣에 쓰려느냐?"

그러고는 말을 박차 곧바로 치고 들어왔다. 어사가 이에 허리 사이에 차고 있던 칠성보검(七星寶劍)86)으로 맞아 싸우니, 백여 합에 이르러서도 두 여장군의 신기한 기운이 더욱 힘나고 수법이 더욱 정밀해져서 서로 우열을 다투었다. 원수는 어사를 잃게 될까 두려워 징을 울려 군사를 거뒀다.

어사가 원수에게 말했다.

"저 여장에게는 절세의 용맹이 있어 힘으로 이기지는 못할 듯하니, 계책을 세워 사로잡는 것이 낫겠습니다."

다음 날 비밀스러운 꾀를 적은 것을 비단 주머니에 넣어 원수에게 드리며 이러저러하게 하시라고 말했다. 원수가 크게 기뻐하며 전군에 명했다.

"도랑을 깊이 파고 성채를 높이 쌓아 벽을 견고하게 하고 밖으로 나가지 말도록 하라. 늙고 병들고 허약한 자들을 가려 군진 앞에서 놀게도 하고 성 아래에서 앉거나 눕히기도 하라. 또 여덟 무리의 굳센 병사들을 가려 반룡산의 계곡에서 매복 작전을 펼친다. 제1대는 당정명(唐廷明), 제2대는 조개지(晁盖之), 제3대는 황정추(黃廷樞), 제4대는 진상지(陳尙志), 제5대는 요만년(堯萬年), 제6대는 왕문충(王文忠), 제7대는 호안(胡安), 제8대는 장락지(張駱之)가 맡아

---

86) 칼날에 북두칠성을 새겨 넣은 보검.

각자 정병 3천을 거느리고 차례로 매복하고 있다가 대포 소리가 들리거든 진지 하나를 구하고 그 전리품을 수습해 휘하의 군사들에게 상으로 주도록 하라."

또 공병장군(工兵將軍)87)에게 명했다.

"초자군(鍬子軍)88) 1천여 명을 거느리고 반룡산의 계곡 가운데 아홉 번 째 계곡인 도화동(桃花洞) 안에 커다란 함정을 파 놓아라."

작전 지시를 다 마치고 원수는 중군을 거느리고 성채를 뽑아 물러나 비봉산(飛鳳山) 아래에 이르러 진을 치고 두려워하는 뜻이 있는 것처럼 보이게 했다. 어사는 문관 서너 사람과 더불어 술을 가지고 반룡산 입구 화운봉(花雲峰) 꼭대기로 가서 잔치를 열었다. 누런색 천막을 높게 쳐 놓고 여러 순배 술을 마신 다음 군악을 크게 연주하게 했다.

호비는 이런 소식들을 탐지해 듣고 원수가 이미 퇴각한 것이 자기를 겁내 그러는 것인 줄로 알았다. 그래서 용맹을 믿고 자부하면서 자못 교만한 빛을 드러냈다. 그런데 갑자

---

87) 공병(工兵)은 군대에서 성 쌓기와 다리의 가설, 도로 개척 등 군사상의 토목과 건축의 일을 담당하는 병과다. 중국이나 한국에서 그런 임무를 담당하는 지휘관의 명칭으로 공병장군(工兵將軍)이 있었는지는 자세하지 않다.

88) 가래를 휴대해 땅을 파는 군사. 공병을 지칭하는 것으로 보인다.

기 높은 봉우리 위에서 북소리와 나팔 소리가 크게 일어나니 마음속에서 열불이 일어나 깨닫지도 못하는 사이에 갑옷을 입고 말에 올라 곧장 산꼭대기를 향해 달렸다. 하지만 화살과 돌이 비처럼 쏟아져 산으로 올라가지 못하고 다시 성 안으로 돌아와 화운산을 열 겹으로 에워쌌다.

어사는 문관들과 더불어 황색 깃발을 높이 세우고 말고삐를 느슨하게 해 천천히 걸어 곧장 반룡산으로 들어갔다. 호비는 수하의 맹장에게 명해 군사를 독려해 뒤쫓아 첫 번째[89] 골짜기인 청초파(靑草坡)로 가게 했다. 어사는 황색 깃발을 펼치고 천천히 걸어 수백 걸음 앞에 있었다.

호씨가 떨쳐 공격하려고 막 움직이려는데, 한 가닥 대포 소리가 울리면서 산골짜기 속에서 한 무리의 군마가 벌 떼처럼 쏟아져 나오는데 대장은 당정명이라는 것을 밝히고 있었다. 한바탕 싸움을 해 군수품과 말을 빼앗기고서 길을 내주고 번개같이 산골짜기 사이로 들어갔다. 호비는 황색 깃발 아래로 이 어사가 아직도 느릿느릿 걸어서 바로 앞에 있는 것을 보게 되었다. 호비는 분한 기운에 배알이 꼴려 온 힘을 다해 쫓아갔다. 두 번째 골짜기인 운문령(雲門嶺) 아래로

---

[89] 원문이 훼손되어 판독할 수 없는데, 문맥을 고려해 '첫 번째'라고 번역했다. 신문에 식자된 글자가 보이지 않거나 해독할 수 없을 때, 글자 수만큼 '○'로 표기하기로 한다.

이르니 나무는 하늘로 빽빽이 솟았고 암석은 기이하고 험해 물고기를 꼬챙이에 꿴 것처럼 줄지어 나가니 사람과 말이 모두 피곤했다.

좌선봉 원팔개(袁八凱)가 말했다.

"산길이 험하고 깎아지른 듯한 것이 매복이 있을까 두렵습니다. 원컨대 군대를 멈추고 척후병을 보내 매복이 있는지 수색한 뒤에 진군하소서."

호비가 노해 말했다.

"저 황색 깃발 아래에 있는 저 자를 잡아 죽여서 나의 분노와 원한을 갚으면 족하니, 오늘의 승패가 무슨 상관이 있겠는가?"

그러고는 끝까지 듣지 않고 빠르게 달려 곧장 향해 가며 동서를 구분하지 않고 있는데 갑자기 한 줄기 대포 소리가 들리더니 한 대장이 가는 길을 막아섰다. 호비가 눈을 씻고 바라보니 표기(票旗)[90] 위에 큰 글씨로 '제이대조(第二隊晁)'라 쓰여 있었다. 분한 기운이 속으로부터 일어나 창을 휘두르며 떨치고 달려들어 싸웠다. 한바탕 혼전을 치르고 또 길을 내주기에 호비는 또 군사를 거느리고 앞으로 나아갔다. 그런데 황색 깃발이 또 다시 앞에 있었다. 이렇게 연이어 험한 일곱 골짜기에 숨어 있는 복병을 가르며 나아갔

---

90) 부대장을 표시하는 깃발.

더니, 따르는 병사가 하나도 남아 있지 않았다. 오직 호비 혼자만이 한 자루의 창과 한 필의 말로 죽음을 무릅쓰고 앞으로 나아가며 황색 깃발 아래 있는 이 어사를 산 채로 삼키지 못하는 것을 한스러워했다.

어사가 뒤돌아보며 한번 웃고 말했다.

"호비는 길에서 겪은 고생이 너무 고통스럽지 않은가? 만약 손을 묶고 항복한다면 마땅히 천자께 아뢰어 너의 죄를 용서하고 너의 모토(茅土)[91]를 봉해 주고 자손이 영원히 그 복을 누리도록 할 것이다. 어찌 헤아리지 못하고 멀리 떨어진 곳에서 외로운 자취로 칼 숲 속을 뛰어다니는가? 그 가련함을 위로하노라."

호비가 그 말을 듣고 머리가 뻣뻣이 서서 관이 솟아오르고 눈이 찢어지고 열불이 나서 어금니를 깨물어 다 뱉어내며 말했다.

"내 너를 잡아 만 갈래로 찢어 놓지 못하는 것이 한이다."

있는 힘을 다해 말을 채찍질하니 어사가 탄식했다.

"저 여자의 혈성(血性)[92]이 천지를 감동시키기에 족하니

---

91) 임금으로부터 받는 영지(領地). 한나라 때에 임금이 제후를 임명할 때 오행설(五行說)에 의해 그 방면의 색(동쪽은 청색, 서쪽은 백색, 남쪽은 적색, 북쪽은 흑색)의 흙을 띠풀로 싸서 준 데서 유래했다.

92) 의협심과 열의가 있는 성질.

내 마땅히 다른 것을 주어 한을 씻게 해야겠다."

이에 함정 속으로 들어가 그 황색 깃발을 꽂고 그 전투복을 벗어 창에 걸어 놓고 좁은 길을 따라 말을 달려 비봉산의 성채로 돌아왔다.

호비는 그 계곡 속으로 달려 들어가며 바라보니 황색 깃발 아래에 붉은 겉옷을 입은 사람이 몇 걸음 앞에 가만히 서 있었다. 말을 달려 들어가 한 자루의 창으로 찌르니, 선혈이 뿜어져 옷 밖으로 흘러나왔다. 이로써 그 혈성이 감응된 것임을 알겠다.

간계에 속은 것을 알고 또 달려 나갔으나 열 걸음도 못 가서 '탁탁'하는 연이은 소리가 말에게서 나며 함정 속으로 빠져 들어갔다. 숲속에 매복해 지키고 있던 군사가 일시에 뛰어나와 호비를 결박하려 했다. 호비는 함정에 처박혀 있으면서도 번개같이 창으로 찌르는데 맞고 고꾸라지지 않는 자가 없었다. 그러나 산 채로 잡아 오라는 명령이 있어서 감히 손을 쓰지 못하고 일제히 앞으로 나아가 단단하게 묶으니 마치 고슴도치가 웅크린 것 같았다. 이런 모양으로 본채로 끌고 와서 내려놓았다.

원수가 어사와 함께 군대의 위엄을 크게 베풀고 호비를 장막 아래에 무릎 꿇리고 사나운 목소리로 물었다.

"너는 일개 아녀자로 감히 천자의 군대에 저항하니, 그 죄는 네 지아비보다 무겁다고 하겠다. 네가 뉘우치고 기꺼이 항복을 하겠느냐?"

호비가 말했다.

"죽이려면 죽이면 될 것이지, 웬 말이 많으냐? 지아비의 원수를 갚지 못하고 섬돌 아래에 포로가 됐으니, 죽어서도 눈을 감지 못할 것이다. 무슨 항복이 있겠느냐?"

어사는 그 형상을 매우 가련하게 여기고 뜻과 기운을 높이 우러러 친히 결박을 풀어 주며 말했다.

"나는 호비의 혈성이 신령을 감동시키기에 충분한 것을 알고 있소. 그대도 또한 천자의 지친(至親)이니 지금 투항해 그 복록을 받으면 그보다 좋은 것이 없을 것이오. 미혹함을 고집하는 것이 어찌 이리 심하단 말이오?"

그러고는 술을 주어 놀란 마음을 누그러뜨리니 호비가 한 줄기 긴 탄식을 토하며 말했다.

"주왕이 도리에 어긋난 일을 한 것이 아니라 경태의 유혹에 넘어가 임금을 무시하는 악행으로 해서는 안 될 밀계(密計)를 꾸몄습니다. 제가 간하였으나 천자의 군대가 갑자기 이르러 불행하게도 목이 잘렸으니, 저는 지아비의 원수를 갚고자 했을 뿐입니다. 천자의 군대에 저항하려 한 것은 아니었으나, 지금 지아비의 원수를 갚지 못하고 포로가 됐으니 오직 한번 죽으면 그뿐입니다."

어사가 말했다.

"아까 도화산 골짜기 입구에서 그대가 황색 깃발 아래 군복을 베어 거꾸러뜨리지 않았소?"

호비가 말했다.

"과연 군복을 베어 쓰러뜨리자 비린내 나는 피가 뿜어져 나왔습니다."

어사가 말했다.

"그렇다면 그대의 원수는 이미 갚은 것이오. 그대는 예양(豫讓)[93]의 고사를 들어 보지 못했소?"

호비는 묵묵히 눈물만 줄줄 흘릴 뿐이었다. 어사가 재삼 풀어 주고 깨우치니 호비가 결국 항복했다. 어사가 원수에게 말했다.

"호비는 세상에 드문 용사이니 마땅히 국가를 위해 크게 쓰일 것입니다. 그래서 죽이지 않고 사로잡아 위로하고 깨우쳐 항복을 권한 것입니다. 천자께 아뢰어 주왕을 죽이고 호비를 항복시킨 일을 갖추어 말씀드리십시오."

강남이 이미 평정됐다는 승전보가 올라오자 천자가 보고 여러 신하들과 의논해, 주왕은 죽었으니 특별히 그 죄를 사면하고 호비는 귀명부인(歸命夫人)으로 봉하라고 했다. 또

---

93) 전국시대 진(晉)나라 사람이다. 주군인 지백(智伯)이 조양자(趙襄子)에게 죽자, 원수를 갚기 위해 몸에 옻칠을 해 문둥이처럼 꾸미고 숯을 삼켜 벙어리가 됐다. 다리 밑에 숨어 기다리다가 조양자를 죽이려 했으나, 결국 붙잡혀 죽임을 당했다.

그녀를 왕으로 봉해 초현(楚縣)의 1천 호(戶)를 내여 제사를 보전하라고 했다. 호비는 그 은혜에 감사드렸다.

이때 남만(南蠻)94)이 대대적으로 쳐들어와서 교지(交趾)95) 이남에 변방의 봉화가 날로 급해졌다. 황제가 듣고 여러 신하들을 크게 모아 남만을 평정할 방책을 의논했다. 대신이 아뢰었다.

"주의 반란이 이미 평정됐으니, 그 승세를 탄 군사들을 옮겨 공격하게 하시면 북소리 한 번에 남만을 평정할 수 있을 것이옵니다."

천자가 크게 기뻐하며 전전도위(殿前都尉)96)에게 명해 도장과 칙서를 가지고 서 원수의 진영으로 가게 했다. 그러나 이때 서 원수에게는 질병이 있어 책임을 면해 주기를 청했다. 도위가 돌아와 천자에게 고했다. 천자는 이형경을 대원수로 삼고, 장소를 순무도어사로 삼아 네 필의 말이 끄는 수레를 타고 내려가라 했다. 장 어사는 명을 받고 이틀에 갈

---

94) 남쪽의 야만인이라는 뜻이다. 원래 만(蠻)은 중국을 기준으로 남쪽에 있던 이민족을 가리켰는데, 점차 부정적인 의미로 바뀌었다.

95) 베트남 북부의 통킹·하노이를 포함한 손코이강 유역의 역사적 지명이다. BC 111년 한나라 무제(武帝)가 남월(南越)을 정복하고 이 지역에 교지군(交趾郡)을 포함한 교지자사부(交趾刺使部)를 설치했다.

96) 궁전을 호위하고 황제의 명령을 전달하는 일을 맡았던 벼슬.

거리를 하루에 주파하면서 진영에 다다라 칙서를 전달했다. 이 어사는 대원수의 도장과 칼을 바꾸어 받았고, 서 원수는 서울로 돌아갔다.

다음 날 당정명을 명하여 좌선봉을 삼고 왕만세는 우선봉으로 삼아 각기 정예 기병 5천 명씩을 거느리고 척후를 하면서 진군하게 했다. 조개지는 후군을 담당하게 하고 귀명부인 호비를 장전익위장군(帳前翼衛將軍)97)으로 삼아 가까이 휘하에 두었다. 그리고 장 어사는 참모관으로 삼아 이 원수가 대군을 지휘해 남만국을 향해 출발했다. 기강과 규율이 엄밀하고 분명했으며 군용이 정돈되고 가지런했다. 복속하지 않는 자들은 정벌하니, 향하는 곳마다 대적할 자가 없었다.

진군하여 교지 땅 장가군(牂柯郡)98)에 이르렀다. 이곳은 열대의 아래쪽에 있어서 하늘의 공기는 뜨겁고 토양의 기운은 후텁지근하였으며, 눅눅하고 무더운 독기가 서린 안개가 해를 어지럽혔고 항상 축축한 비가 내렸다. 제갈무후(諸葛武侯)99)가 5월에 노수(瀘水)100)를 건너 불모의 땅에 깊이

---

97) 원수의 진영을 호위하는 임무를 맡은 장군.
98) 전한 때에 남월을 정복하면서 장가강 근처에 설치한 군.
99) 삼국 시대 촉(蜀)의 군사(軍師)였던 제갈량(諸葛亮)을 말한다.
100) 운남성(雲南省)에서 발원해 양자강으로 흘러가는 강.

들어가던 것과 복파장군(伏波將軍)101)이 만 리를 원정할 때 표식으로 세웠던 구리 기둥102)이 있었다던 곳이 여기였다.

앞에 망을 보면서 탐지하던 기병이 남만의 병사들이 이미 30리 밖에 이르러 있는데, 그 군세가 산과 들에 가득하고 살기가 넘쳐흐르며 그 예봉이 매우 사납다고 보고했다.

---

101) 한나라 무제 때 설치된 수군의 장군직으로, 그 위력이 풍파라도 가라앉힐 수 있다는 데서 유래한 이름이다. 후한 때의 마원(馬援)의 별칭이기도 하다.

102) 마원이 교지 땅에 이르러 구리 기둥을 세우고 한나라의 맨 끝 경계로 삼은 적이 있다.

제4회
안비산에서 귀명부인이 큰 성공을 거두고,
사자동에서 순무어사가 기분 좋은 승전보를 전하다.
雁飛山歸命夫人大成功, 獅子洞巡撫御史好奏捷

각설. 이 원수가 명령을 내려 말했다.

"앞길에 시내가 있으나 목마른 자라도 물을 마시지 말라."

또 명을 내렸다.

"무릇 적과 마주쳤을 때 맹수가 다가오더라도 놀라거나 괴이하게 여기지 말라."

또 명을 내렸다.

"적이 만약 패해 달아나더라도 추격하지 말라."

명이 내리자 삼군이 의심했다. 장 어사가 물었다.

"지금 이 여름철을 만나 군사들과 말이 모두 크게 갈증을 느끼는데, 어떻게 물을 보고도 마시지 않을 수 있겠습니까? 예로부터 남만군이 맹수를 앞세워 몰려오는 적이 많았는데, 군마가 그 흉악한 것을 보고 어찌 놀라지 않겠습니까? 적과 마주쳐서 뒤섞여 싸우다가 적이 만약 패해 달아난다면 군마는 승세를 타게 되니 어찌 추격하지 않겠습니까?"

원수가 칼을 어루만지며 말했다.

"군대에는 기강과 군율이 있다. 장군이 명령을 내렸는데 어찌 어지러운 말을 하는가?"

장 어사는 부끄러워하며 물러났다.

다음 날 남만병이 대대적으로 나와 두 진영이 원을 그리고 마주했다. 남만의 장수 하나가 있었는데, 얼굴은 쇠 빛 같고 수염은 창끝 같았으며 벗은 양팔에는 실오라기 하나 걸치지 않았다. 온몸은 비늘과 조개껍데기로 켜켜이 둘러싸 산을 흔들고 바다를 엎을 만한 기세가 있었다. 한 필의 권모마(捲毛馬)103)를 타고 손에는 개산대부(開山大斧)104) 잡고 크게 소리 지르니 천지가 진동했다.

이 원수가 장 어사와 함께 나가서 진세를 살펴보다가 이 괴이하고 흉한 자를 보고 여러 장수들을 바라보며 말했다.

"누가 저 괴이한 귀신을 잡아올 수 있겠는가?"

장전익위좌장군(帳前翼衛左將軍) 왕문충이 응해 말을 타고 나섰다. 어사가 경계하며 말했다.

"저 남만 것이 기세가 심히 흉하고 사나우니 가벼이 여겨서는 안 될 것이다."

문충이 방천화극을 잡고 말을 박차 곧장 앞으로 나아가

---

103) 털이 오그라든 말.

104) 산을 쪼갤 만한 위력을 가졌다는 큰 도끼. 무기 가운데 자루가 긴 도끼를 지칭한다. 《삼국지연의》와 《수호지》에 자주 등장한다.

서 말했다.

"남만의 장수는 성명을 통하라."

만장이 말했다.

"나는 남만국 원수 달달가(達達哥)인데 너는 누구냐?"

문충이 말했다.

"나는 명나라의 익위좌장군 문충이다. 너는 오랑캐 종자로 황제의 교화에 불복하고 남쪽에서 멋대로 화살을 겨누며[105] 우리의 땅[106]을 침범하니 그 죄는 진실로 용서하기 어렵다. 어서 손을 묶고 항복해 내 칼날을 더럽히지 말라."

만장이 크게 노해 곧장 문충에게 돌진하여 수십 합을 겨루었다. 비록 문충에게 만 명의 사람이 당해내지 못할 용맹이 있었으나, 어떻게 저 오랑캐를 당해낼 수 있겠는가? 기력이 점점 다해 바야흐로 말을 박차 뒤돌아서 달아나려고 했다. 그런데 생각지도 않게 한 줄기 섬광이 일어나며 개산대부가 강렬한 기세로 목덜미 아래를 갈라, 가련한 왕문충은 군진 앞에서 죽었다.

---

105) 원문의 '농희남작(弄戱南繳)'으로 작(繳)은 주살의 끈을 말하나, 남작이 무슨 뜻인지는 자세하지 않다. 문맥에 따라 '남쪽에서 멋대로 화살을 겨누며'라고 번역했다.

106) 원문의 '수복(綏服)'은 제왕의 직할통치 지역[王畿]에서 천 리 또는 천오백 리 바깥의 땅을 의미한다.

어사가 크게 놀라 군사를 거두려 하는데 표기장군 동악(董岳)이 이것을 보고 분노해 유성처럼 말을 박차고 진영을 나서 창을 곧게 해 한번 찔렀다. 그러나 그 오랑캐의 갑옷이 탄탄해 창끝이 부러져 버렸다. 어떻게 손을 써보기도 전에 만장의 대부가 이미 동 장군의 머리 위에 떨어지니, 뇌가 한 조각 갈라지며 비린내 나는 피가 솟구쳐 흘렀다. 동악은 허무하게 죽는 것이 한스러워 앞으로 나아가 날이 부러진 창으로 그 오랑캐의 눈을 찌르니 눈알이 튀어나왔다. 동악의 힘이 비록 대단했으나 정수리가 갈라졌으니 어찌 살기를 기대하겠는가? 이에 말 아래로 떨어져 죽으니 만장이 화를 이기지 못해 외눈을 부릅뜨고 흐르는 피로 얼굴을 덮으면서 곧장 진영 앞으로 치고 들어왔다.

동악의 아우인 동암(董嵓)은 벼슬이 호분도위(虎奮都尉)[107]에 있었는데, 형이 죽는 것을 보고 이를 갈면서 힘을 다해 싸움에 나섰다. 그러나 마치 산악을 마주 대하는 것 같으니, 어떻게 적을 당해낼 수 있겠는가? 동암이 적을 당할 수 없음을 알고 말을 돌려 달아났다.

달달가는 패해 달아나는 장수를 상관하지 않고 곧바로 진영 앞으로 치고 들어와 이 원수를 찌르려 하였다. 좌우에

---

107) 제왕을 시위하고 왕궁을 호위하는 일을 맡은 벼슬로, 호분교위(虎賁校尉)가 정확하다.

서 원수를 모시고 있던 장수 여덟 명이 나란히 출마해 철통처럼 둘러싸고, 여덟 개의 창끝이 일제히 찔러 댔다. 그러나 달달가는 그들을 벌레 무리처럼 보면서 왼쪽으로 막고 오른쪽으로 베는데, 그 세력이 마치 벽력이 진동하는 것 같았다. 한순간에 여덟 명의 장수가 다 죽거나 부상을 당하고, 만장은 마치 무인지경에 들어온 듯이 휘저으니 원수가 크게 탄식하며 말했다.

"명나라 장사 중에 저 짐승 같은 놈을 당해낼 자가 하나도 없다니, 어찌 성쇠(盛衰)의 기운과 무관하지 않겠는가?"

그러고는 직접 말에 올라 싸우러 나가고자 했다. 그런데 갑자기 한 장군이 머리에 황금쌍봉일월(黃金雙鳳日月)[108] 투구를 쓰고 몸에는 칠보수서쇄십(七寶水犀鎖十)[109] 갑옷을 입고 그 위에는 성홍운금(猩紅雲錦)[110] 군복을 걸치고 허리를 백옥사만대(白玉獅蠻帶)[111]로 묶고 손에는 한 자루 이화창(梨花槍)을 들고 원수에게 길게 읍하며 말했다.

---

108) 두 마리의 봉황, 해와 달 모양의 장식이 달린 황금으로 만든 투구.
109) 칠보로 장식하고 물소의 뿔 조각을 달아 화살을 막을 수 있도록 만든 갑옷.
110) 붉은색 바탕에 구름무늬를 수놓은 고급 비단으로 만든 군복.
111) 백옥을 붙이고 사자와 남쪽 오랑캐 왕을 아로새긴 허리띠다. 《삼국지》에서 여포가 착용했던 허리띠가 사만대(獅蠻帶)였다.

"죽을 죄인이 저 오랑캐와 더불어 한 판 사생결단하기를 청합니다. 성공하면 다행이지만 그렇지 않으면 맹세코 다시 돌아오지 않겠습니다. 원컨대 허락해 주십시오."

원수가 보니 그는 장전익위장군인 귀명부인 전 주왕 비 호철옥(胡鐵玉)이었다. 원수가 크게 기뻐해 급히 말을 달려 나가는 것을 멈추게 하고는 백옥으로 만든 원수의 잔에 미합중국(美合衆國)의 포도주를 가득 부어 권했다. 그러자 호비가 말했다.

"만약에 오랑캐의 목을 베면 상으로 마실 것이요, 불행하게도 돌아오지 못하면 저의 혼을 불러내 권하십시오."

그러고는 곧장 대완(大宛)112)의 도화마(桃花馬)113)를 타고 다른 말이 없이 똑바로 만장을 취하기 위해 달려 나갔다. 백여 합을 크게 싸웠으나 승부가 나지 않자 만장이 크게 분노해 말했다.

---

112) 한·위(漢魏) 시대의 사적에 보이기 시작한 서역의 나라 이름이다. 농경을 위주로 해 포도가 유명했고, 한혈마(汗血馬, 붉은 땀을 흘리며 하루에 천리를 달린다는 말)라는 명마의 산지였다. 인구가 조밀해 상업이 발달했으며, 그리스 문화의 영향을 받았다. 장건(張騫)이 서역에 사신으로 갈 때 흉노에서 도망쳐 처음으로 간 곳이 대완이었다. 그가 돌아와서 서역의 사정을 보고할 때 비로소 알려졌으며, 무제는 한혈마를 수입할 목적으로 군대를 원정보내기도 했다. 한나라 때는 서역 여러 나라 가운데 가장 밀접한 관계를 가진 나라였다.

113) 흰 털에 붉은 반점이 있는 말로, 월모마(月毛馬)라고도 한다.

"내가 평생 전쟁에 임해서 열 합 이상을 넘긴 적이 없는데, 저 얼굴이 옥 같은 소년이 감히 나와 다투어 백 합이 되도록 결판을 내지 못하고 있단 말이냐? 내가 너를 잡지 못하면 맹세코 다시는 하늘 아래에 서지 않을 것이다."

그러고는 서로 한창 싸움을 벌이는데, 두 장수가 용 같고 신 같았다. 멀리서 바라보는데 황홀하기가 마치 물을 차고 나는 제비가 쌍쌍이 거친 땅을 위를 오가는 것 같았다. 서로 막고 서로 밀고 반전을 거듭하며 안비산(雁飛山) 아래까지 접근하게 됐다. 그 산은 하늘로 통할 만큼 뛰어난 모양을 가진 곳으로, 나무가 매우 울창하고 바위가 험준해 사람과 말이 모두 접근할 수 없었다. 두 장수가 모두 말을 버리고 서로 혼전을 했다.

생각해 보면 한 사람의 남성 장군과 또 한 사람의 여성 장군이 싸움을 벌인다는 것은 우스운 일이라고도 할 수 있겠다. 해는 서쪽으로 떨어지고 산골짜기가 어둑한데 서로 상대를 죽이려는 마음이 있어서, 분노한 기운은 불과 같았고 눈에서는 별빛이 튀어나왔다. 도끼 하나와 창 하나를 땅에 던져 버리고 주먹으로 어지럽게 치는 가운데 머리가 서로 부딪치고 발끝이 서로 올라가며 밤새도록 악전고투했다. 여명에 이르러 서로 보니 하나의 핏덩이였다. 달달가가 기력이 점점 다하고 정신이 어지러워 입으로 아이고, 아이고 소리를 내며 말했다.

"장군의 신과 같은 힘은 과연 대적하기 어려우니 목숨만 살려 주십시오."

호비가 크게 외쳐 말했다.

"오랑캐 놈이 나를 많이 속이며 몰아댔으니 어떻게 서로 믿는단 말이냐? 네 목숨을 가져다가 천자께 상을 청할 것이다."

만장이 그 두 손을 묶고 본영에 가서 투항하게 해 달라고 애걸했다.

호비가 웃으면서 말하였다.

"오랑캐 놈이 항복하면 항복한 거지 무엇이 두려워 네 손을 묶는단 말이냐? 네가 항복하려거든 마땅히 말 앞에서 먼저 인도하며 본진으로 가자."

만장이 머리를 숙여 명을 받들고 걸음을 옮기는데 만장은 앞에서 끌고 호비는 뒤에서 감독하면서 골짜기 입구로 나왔다. 호비가 타던 대완의 말은 소나무 숲에서 기다리다가 호비가 오는 것을 보고 길게 한번 울고 길가에 앞발을 꿇었다. 호비가 타고 급히 채찍질을 하니 만장의 숨이 거칠어지고 걸음마다 엎어졌다. 본진 가까이에 이르자 만장의 마음속에는 갑자기 부끄러움이 생겨나 스스로 헤아려 보았다.

'내가 저자와 함께 이틀간 밤낮으로 쉬지 않고 싸우다가 손을 묶고 무릎을 꿇는 욕을 당하니 이런 수치는 죽어도 씻기 어렵다. 마땅히 저자의 목숨을 빼앗을 수만 있다면 죽어

도 영화리라.'

그러고는 큰 돌덩이를 하나 주워 죽을힘을 다해 호비의 가슴팍을 향해 던졌다. 호비는 말에 채찍을 가하며 급히 가다가 갑자기 피융 소리와 함께 한 개의 유성과 같은 돌이 한 줄기 번개처럼 날아오자 급히 창끝으로 쳐냈다. 그 돌은 다시 만장을 때려 뒤통수를 깨고 땅에 거꾸러뜨렸다. 호비는 '저 오랑캐 놈이 힘이 다하자 거짓으로 항복하고 갑자기 나쁜 마음이 생겼구나. 신의가 없으니 살려 둬서 무엇에 쓴단 말인가?'라 생각하고는 이내 그 머리를 베어 말안장에 달고 본영으로 달려 들어왔다.

원수는 호비가 살아 돌아온 것을 보고 기쁨을 이기지 못해 포도주 잔을 권했다. 호비는 단숨에 다 마시고 악전고투하던 일의 전말을 갖추어 모두 진술하고 만장의 머리통을 바쳤다. 원수는 그 머리를 가지고 진영 앞에서 호령하고 붉은색 초요기(招搖旗)114)를 휘둘렀다. 좌우의 두 군영이 북을 치며 함성을 지르며 남만의 군사들을 크게 궤멸시키니 크게 패해 달아났다. 태산처럼 쌓인 각종 수레와 말, 식량과 말먹이와 비단이 모두 왕사(王師)115)의 소유가 됐다.

---

114) 진중에서나 행진할 때에 대장이 장수들을 부르거나 지휘, 호령하던 깃발.

115) 왕의 군대.

남만의 패잔병들이 간신히 남만의 성도에 돌아와 패배를 고했다. 만왕(蠻王)은 달달가가 죽었다는 소식을 듣고 팔 한 쪽을 잃은 것 같아 크게 분노하며 길이 탄식했다. 그리고 여러 추장들과 더불어 왕사를 물리칠 계책을 의논했다. 좌추장(左酋長)이 꾀를 내어 말했다.

"대왕께서 직접 구비국(九貔國)116)에 가시어 다행히 원조를 얻을 수 있으면 반드시 대승을 거둘 것입니다."

만왕이 크게 기뻐하며 그날 바로 한 필의 매화록(梅花鹿)117)을 타고 출발했다. 구비국에 가서 비왕을 만나 힘이 넘치는 한 부대를 보내 구원해 줄 것을 청했다. 그러자 비왕이 말했다.

"내가 들으니 명나라 군사 중 원수의 신통함과 호비의 영용함은 세상에 드문 경우라 하더이다. 본영에 나아가 항복을 청하는 것이 낫겠소이다."

만왕은 크게 노해 옷깃을 떨치고 일어나 자기 나라로 돌아갔다. 행차가 중간에 이르렀는데 어떤 한 여자가 길가에

---

116) 비(貔)는 비휴(貔貅)의 하나인데, 범과 비슷하다고도 하고 곰과 비슷하다고도 하는 맹수다. 수컷을 '비'라 하고 암컷을 '휴'라 한다. 비휴국(貔貅國)은 짐승들이 우글거리는 고대 전설상의 나라로, 작품에서는 그런 나라 아홉 곳을 설정하고 구비국이라고 한 듯하다.
117) 사슴의 일종으로, 전신에 매화의 무늬가 있다.

서 슬프게 통곡을 하고 있었다. 만왕이 괴이하여 물으니, 그 여자가 눈물을 거두고 말했다.

"대왕께서 비국에서 구원병을 얻지 못하고 지금 한 필의 말로 돌아오시니, 위로는 나라의 부끄러움을 씻지 못하고 아래로는 사사로운 원수를 갚지 못하게 됐기에 통곡하는 것이옵니다."

만왕이 얼굴빛을 고치고 물었다.

"여인은 누구인가?"

여자가 답했다.

"신첩은 전 원수 달달가의 처 석호자(石虎子)이옵니다. 달달가는 두 군데에 복종한 인물입니다. 단지 용맹하나 무지해 적을 보고 선두에 섰고 죽을 줄을 알면서도 피하지 않아 패배를 쌓는 데에 이르렀으니, 죽은 것은 진실로 당연한 것이옵니다. 그러나 다만 국사가 위급해 숨 한 번 쉴 사이에 매여 있으니 기처(杞妻)118)를 본받지 않고 감히 무로(無壚)119)의 꾀를 진언하려 하옵니다. 대왕께서 한 통의 친서

---

118) 춘추 시대 제나라 대부 기식(杞殖)의 처. 기식은 제나라 장공(莊公)이 거(莒)를 공격할 때 종사했다가 전사했다. 그의 처가 그의 시신을 얻고자 성 아래에서 통곡한 지 10일 만에 성이 무너져 남편의 시신을 찾을 수 있었다. 장사를 지낸 뒤에는 절개를 지켜서 치수(淄水)에 몸을 던져 죽었다.

119) 자세하지 않으나, 무로(撫壚)의 오식으로 보인다. 한나라 때 사마

와 수레 한 대만 내어 주십시오. 마땅히 구비국에 들어가 서상군(犀象軍)[120] 한 부대를 얻어 오겠사옵니다. 신첩이 비록 재주가 없사오나 원컨대 선봉이 되어 죽음으로 일전을 겨루고자 하옵니다."

만왕이 말했다.

"내가 얻지 못한 구원병을 그대가 어찌 구한단 말이오?"

석호자가 말했다.

"신에게 계책이 있사오니, 만일에 그 원병을 얻지 못하면 스스로 죽어서 돌아오지 않을 것이옵니다."

만왕이 크게 기뻐하며 허락했다. 그러고는 함께 도성으로 돌아와 한 통의 서찰을 적어 주고 아울러 수레 열 대와 황금 백 근을 석호자에게 주었다. 석호자가 절하며 받고 여행길을 떠났다. 구비국에 이르러 화려하게 화장을 하고 뇌물을 물처럼 써서 비왕을 알현할 수 있었다. 비왕은 본래 여색을 좋아하는 성격이라서 달달가의 처 석호자가 본디 자색을 갖추고 있다는 소문을 들었던 터였다. 별관에서 접견할 때

상여(司馬相如)는 아내 탁문군(卓文君)과 함께 목로술집을 차리고서, 아내에게는 술을 팔게 하고 자신은 쇠코잠방이를 입고 잡역을 한 적이 있었다. 여기서는 탁문군이 귀한 신분임에도 부족한 남편을 위해 희생했던 것을 비유하는 것으로 보인다.

120) 물소와 코끼리를 타고 싸우는 군대.

비왕이 석호자의 안색을 한번 보니 달이 숨고 꽃이 부끄러워할 자태가 있었다. 마음속으로 매우 기뻐 몸을 굽히고 존경을 표하며 말했다.

"부인께서 멀리 강호를 건너와 귀한 발걸음을 수고롭게 하셨으니 과인의 바람이 이뤄졌습니다. 감히 묻건대 무슨 고귀한 가르침을 주시렵니까?"

석호자가 일어나서 두 번 절하고 조용히 말했다.

"첩이 불행하게도 남편을 잃고 천하의 영웅을 간절히 구하고 있사옵니다. 한번 대왕의 얼굴을 뵈옵고 만약 소원을 이룰 수 없다면, 다시 안남(安南)121)·섬라(暹羅)122)·파사(波斯)123) 등 여러 나라를 유람하면서 영웅을 구하려 하옵니다."

비왕이 몸을 일으켜 의자를 밀어 놓고 석호자를 밀실로 안내했다. 그러고는 특별히 큰 잔치를 베풀어 정성을 다해 환대하고 물었다.

"부인의 높은 안목에 과연 비국의 왕비가 될 수 있겠습니까?"

석호자가 말했다.

---

121) 지금의 베트남.

122) 지금의 태국.

123) 페르시아의 음역어로, 지금의 이란.

"대왕의 신과 같은 풍채가 용 같고 호랑이 같으니 다시 묻고 논할 것도 없사옵니다. 신첩에게는 소원이 있는데, 알 수 없으나 대왕께서 과연 들어주시겠사옵니까?"

비왕이 말했다.

"맑은 가르침을 주신다면 감히 따르지 않겠습니까?"

석호자가 눈썹을 찡그리고 한참 있다가 탄식하고 소리를 삼키며 말했다.

"제 지아비 달달가가 명나라 군대에 의해 죽었는데 첩이 만약 신의도 없이 다른 사람에게 가면 천하의 비웃음을 얻을까 두렵사옵니다. 원컨대 대왕께서 제 마음과 곡절을 불쌍히 여기시어 서상군 한 부대를 징발해 제게 맡겨 주시옵소서. 그러면 첩이 마땅히 거느리고 결사적으로 싸워서 지아비의 원수를 갚고 나라의 부끄러움을 씻겠사옵니다. 그렇게 되면 첩의 소원은 이뤄지는 것이옵니다. 왕의 뜻은 어떠하시옵니까?"

말이 끝나기 무섭게 비왕이 바로 허락하며 말했다.

"대군을 하나 조발하는 것이 무슨 어려운 일이겠습니까? 그러나 부인께서 만에 하나라도 실수를 할까 두려우니 과인이 그 한쪽 팔을 돕겠습니다."

그러고는 즉시 석호자와 더불어 군사 훈련장으로 가서 서상군 3만을 점고하고 당일로 출발했다. 석호자는 일이 이미 이뤄진 것을 알고 친서를 보내 선봉이 될 것을 청했다. 비왕이 즉시 도장과 칼을 주고 군중에 명령을 내려 선봉의 명령을 따르지 않는 자는 죽이고 용서치 않을 것이라 하니 전군이 숙연해졌다.

남만의 경계에 이르니 만왕이 마중 나와 삼군을 크게 먹인 뒤에 곧장 명나라 진영으로 향했다.

석호자가 서상군을 이끌고 명나라 진영 앞에 진을 쳤다. 명나라 군대는 엄중하고 건장하고 용맹한 만병이 서상군을 전면에 몰고 나오는데, 켜켜이 쌓인 뿔과 우뚝 솟은 코가 울부짖으면서 짓밟아 오며 살기가 하늘에 가득한 것을 바라봤다. 모든 군사들은 다리가 떨리고 쓸개가 오그라들어, 서로 얼굴을 쳐다보며 아무 말도 하지 못하고 감히 나서 싸움을 하려고 하지 않았다. 그때 한 명의 군위(軍尉)[124]가 말했다.

"지난번 원수께서 내리신 명령을 기억하지 못하는가? 어떤 맹수가 있더라도 당황하지 말라 명하셨네. 원수의 신과 같은 계산을 헤아릴 수 없으나 반드시 승리할 방책이 있을 것이니 어찌 놀라고 두려워하겠는가?"

그러자 군사들의 마음이 조금 안정을 되찾았다.

석호자가 진영을 나와 싸움을 거니 원수가 장 어사와 더불어 진영을 나가서 살펴보았다. 군사는 용맹하며 말은 강하고 맹수가 앞에서 위협하고 있으니 그 세력이 매우 흉했

---

[124] 장교.

다. 석호자는 흰 군복에 은 갑옷을 입고 한 필의 금빛 눈동자를 가진 짐승을 타고 한 자루의 큰 칼을 들고 있었는데 무게가 백 근은 됨직했다. 얼굴 모양은 기이한 꽃이요 맑은 달과 같았으나, 기색은 마치 가을 서리요 강렬한 태양 같았다. 용맹을 뽐내면서 휘젓고 다니는 것이 곁에 사람이 없는 것 같았다. 원수가 왕만세에게 나가 싸울 것을 명했으나 위축된 기색이 있었다.

그러자 호비가 나서서 말했다.

"마땅히 제가 죽기로 싸우겠습니다."

분연히 출마하니 원수가 또 포도주가 든 잔을 권했다. 호비가 단번에 마셔 버리고는 이화창 한 자루를 잡고 곧바로 진영 앞으로 나가서 말했다.

"석호자야 너는 내 높은 이름을 아느냐?"

석호자가 대답했다.

"이름 없는 졸개를 어떻게 알겠느냐?"

호비가 웃으며 말했다.

"이름이 천지를 흔들고 위엄은 사해를 진동하는 주왕의 호비 방춘[125]의 이름을 네가 알지 못하니, 너는 오랑캐 땅에서 진주알이나 캐는 일개 여자에 불과하구나. 더 꾸짖을 것도 없으나, 네가 무장하고 진영 앞에 출마했으니 무슨 뜻인

---

125) 앞에서는 철옥(鐵玉)으로 나오나 이후 방춘(芳春)으로 나온다.

가를 묻는 것이다."

석호자가 크게 웃으며 말했다.

"네가 빨리 머리를 바쳐서 수고롭게 죽은 외로운 넋이나 되지 마라."

호비가 말했다.

"네 남편 달달가도 나와 힘겹게 싸워서 마침내는 내 칼 아래에서 죽은 귀신이 되었거늘, 하물며 너처럼 얼굴에 화장하고 손으로 바느질이나 하던 물렁한 뼈를 가진 여자이랴?"

석호자는 달달가란 말을 듣고 눈에서 갑자기 불꽃이 튀어 마치 한 줄기 번개가 태양을 뚫고 올라가는 것 같았다. 그래서 다른 말을 하지 않고 곧바로 호비에게 달려들어 3백여 합을 크게 싸웠다. 해가 이미 서쪽으로 지니 석호자는 황혼 중에 말을 박차 남쪽을 향해 도망쳤다. 호비가 힘을 다하여 추격해 거리가 백여 걸음도 남지 않았는데 석호자가 허리 사이에 가지고 있던 한 덩이 유성추(流星鎚)126) 알이 곧장 호비의 가슴팍을 향해 날아왔다. 호비가 번쩍하며 다행히 유성추 알을 피했다. 호비는 대단히 노해 비창법(飛槍

---

126) 줄로 쇠망치를 양쪽에 묶어서 쓰는 무기로, 하나는 정추(正鎚)라고 해 던져서 적을 공격하는 데 사용하고, 하나는 구명추(救命鎚)라고 해 수중에 가지고 있으면서 자신을 보호하는 데 쓴다.

法)127)을 써서 몇 번이나 어지럽게 던졌다. 그러나 석호자는 눈이 밝고 손이 빨라 손으로 창을 잡으니, 과연 두 여장군이요 한 쌍의 천신(天神)이라 할 만했다. 양 진영에서 등불을 붙여 들고 징과 북을 쾅쾅 두드리며 바야흐로 야간 전투를 독려했다.

석호자는 호비가 던진 창을 잡았다. 호비는 마음속으로 갈채를 보내며 생각했다.

'오랑캐 여자의 본령이 보통 사람보다 훨씬 뛰어나구나.'

그러면서 석호자에게 말했다.

"징이 울려 싸움을 거두지도 않고 밤기운도 맑고 온화한데 네가 살고 내가 죽을지 내가 살고 네가 죽을지 결판이 나지 않았다. 두 호랑이가 서로 싸우니 자웅이 곧 결판날 것이다. 우리가 모두 여자로서 싸움터에서 용맹을 뽐내고 있으니, 이 또한 인간 세상의 한 영웅일 것이다. 벌판에서 공을 세워 이름이 역사에 전해질 것이니, 어찌 용렬한 장부들과 견줄 수 있을까보냐? 내가 큰 술잔으로 한잔 권하리니 네가 한잔 술을 마신 뒤 서로 세상에서의 회포를 위로하고 죽어야 할 싸움을 결정짓도록 하자. 그러면 비록 서로의 칼에 죽더라도 한이 없을까 한다."

그러고는 황금으로 만든 큰 잔에 강남제일춘(江南第一

---

127) 창을 던져서 상대를 공격하는 방법.

春)¹²⁸⁾을 가득 따라서 왼손으로는 이화창을 잡고 오른손으로 석호자에게 권했다. 석호자는 조금도 의심하거나 거리낌 없이 얼굴빛을 자연스럽게 하고 칼을 앞에 놓고 손으로 마주 잡고 한 번에 벌컥벌컥 마셨다. 그러고는 본진에 있는 주류 담당 병사에게 명해 푸른 옥으로 만든 큰 잔에 교지(交趾)의 홍초주(紅椒酒)¹²⁹⁾를 가져오게 해 호비에게 권했다. 호비도 한 번에 다 마시니 두 진영의 장사들이 모두 다 갈채를 했다. 호비가 석호자에게 말했다.

"한잔을 서로 권하니 평생지기의 신성한 인연을 다 이룬 것 같구나. 이제 충분히 일대 영웅의 기운을 드러낼 수 있겠다. 지금 이후로 인세와 귀신의 경계가 영원히 결정될 것이니 어찌 빛나지 않으랴?"

석호자가 웃으며 말했다.

"네가 용기는 있다만, 아녀자의 침착하지 못한 모양을 면치 못하는구나. 왕을 위한 일이 아직 끝나지 않았으니 다시는 많은 말 하지 마라."

그러고는 말을 박차고 칼춤을 추면서 나아오니 호비도 창을 잡고 서로 싸움을 벌였다. 한 번은 위로 가고 한 번은

---

128) '춘(春)' 자에 술이라는 뜻이 있어 문맥상 술의 이름으로 보이나, 자세하지 않다.
129) 산초나무의 붉은 열매로 만든 술.

아래로, 한 번은 왼쪽으로 한 번은 오른쪽으로 가며 한바탕 달게 싸워 백여 합에 이르렀다. 석호자의 칼 쓰는 법은 번쩍번쩍 번개 같고 호비의 창술은 조각조각 배꽃 같아, 우렛소리가 문득 일어나고 바람과 구름이 문득 변하였다. 그런데 아아! 호비의 정해진 운수가 불행하게도 이미 다되어 뜻하지 않게 창날의 중간이 부러지게 되었다. 수법이 당황스럽고 어지러워지니 번쩍하는 큰 칼의 섬광과 함께 가련한 호비의 한 가닥 맑은 넋이 아득히 하늘로 올라갔다.

석호자가 서상병을 지휘해 곧장 명나라 군사들을 향해 돌진해 오니 기세가 비바람 같아 천지를 뒤흔들 정도였다. 명나라 군사가 큰 혼란에 빠지자 이 원수가 말을 박차고 진영을 나아가 급히 여러 장수들에게 명해 군진의 구석들을 막으라 하고 산호 채찍을 들어 한 번 휘둘렀다. 그러자 서상군은 다리가 후들거려서 감히 앞으로 나아오지 못하고 돌아서서 본진을 향해 달려가며 서로 밟아 댔다. 두 군대가 급히 징을 울려 군사들을 거두니 곧 밝아졌다.

석호자가 돌아와 구비왕 및 남만왕과 함께 의논했다.

"비록 호비는 제거했으나 이 원수의 귀신같은 술책은 세상에 드문 것이옵니다. 만일 승리를 얻고자 한다면 군사를 세 길로 나누어 적병을 의심하게 해야 승리할 수 있을 것이옵니다. 비왕께서는 서상군 한 부대를 나누어 도화산(桃花山)의 작은 길을 따라 곧장 명나라 군사의 배후를 치시옵소서. 만왕께서는 본토의 병사를 이끌고 팔운산(八雲山)을 따라 밤에 양초(糧草)를 겁략하시옵소서. 그리고 좌우로 유격하면서 진격과 퇴각을 거듭하시다가 명군이 패해 달아나거든 그 뒤를 추격하시옵소서. 그러다가 비왕께서 실패하시는 경우가 생기면 원조해 주시옵소서."

비왕이 물었다.

"그러면 석호자께서는 무엇을 하려 하시오?"

석호자가 말하였다.

"저는 칼 한 자루와 한 필의 말로 한 부대를 감당하며 머리와 꼬리가 서로 조응하게 하고 배와 등이 서로 구원하게 해 연환유격(連環遊擊)130)의 세력을 갖출 것이옵니다. 그러니 대왕들께서는 조심해 전투에 나가셔야지 장비만 우선으로 여기지는 마시옵소서."

비왕과 만왕이 각각 본부의 군사들을 이끌고 길을 찾아 행군했다.

한편 이 원수는 장 어사를 불러 의논했다.

"호비의 영용함은 천하무적이었소. 큰 공을 세우고 불행히 목숨을 바쳤으니 진실로 절절하게 마음이 아프오. 석호자의 용력을 따라갈 자가 없고 지모까지 겸비했으니 비록 영웅 남자라도 대적할 자가 없을 것이오. 그러니 마땅히 기

---

130) 고리를 이어 유격전을 펼치겠다는 뜻.

묘한 계책을 써서 유인해야 할 것이오. 듣자 하니 비왕은 도화산에 들어가 우리 배후를 칠 계획이 있고, 만왕은 팔운산을 따라 우리 본진을 칠 계획이 있다고 하오. 비왕의 호방하고 강건함은 오랑캐 무리와 같지 않으니 어사의 헤아림이 아니면 공을 세울 수 없을 것이오. 청컨대 어사는 용맹한 장수 8인과 정예병 1만을 거느리고 한결같이 여기 이 비단 주머니 속에 있는 계책대로 해 이러저러하게 행군하시오."

또 조개지를 불러 말했다.

"장군은 정예병 1만을 거느리고 도화산 뒤쪽에 매복했다가 붉은 깃발을 보게 되면 이러저러하게 하라."

왕만세를 불러 말했다.

"장군은 정예병 1만을 거느리고 말에 재갈을 물리고 방울을 뗀 뒤 낮에는 매복하고 밤에는 행군해 도화산 앞 골짜기 입구를 따라가다가 흰 깃발을 보면 이러저러하게 하라."

또 사태세(史太歲)를 불러 말했다.

"장군은 불화살을 잘 쏘는 군사 3천을 거느리고 이러저러하게 하라."

호정안(胡廷安)을 불러 말했다.

"장군은 정예병 5천을 거느리고 안개 속에 숨어 있다가 이러저러하게 나아가라."

명령을 다 내린 뒤에 원수는 석호자를 산 채로 잡을 계책을 골똘히 생각했다. 그래서 시중드는 아이 몇을 데리고 북초루(北醮樓)131)에 올라 몇 말의 술을 올리고는 일을 시킬 만한 적당한 사람이 없어 울적한 채로 있었다.

이때 문을 지키고 있던 관리가 어떤 여자 도인이 원수를 뵙기를 청한다고 아뢰었다. 원수가 크게 기뻐하며 누대를 내려가 맞이했다. 그 여관132)은 생래적으로 얼굴이 백옥 같고, 눈은 가을의 별빛처럼 빛나며, 팔(八)자 모양의 눈썹은 은은히 강하(江河)의 빼어난 기운을 띠고 있었다. 머리에는 진주와 팔보133)로 장식된 연화관(蓮花冠)134)을 쓰고 있었고, 몸에는 구름무늬가 수놓아진 얇고 가벼운 살구색 비단옷을 입고 있었으며, 허리에는 세 겹의 봉황새 꼬리 무늬가 새겨진 띠를 두르고 있었고, 발에는 구름과 물고기 문양이 수놓인 신을 신고 있었다. 왼손에는 비취로 만든 옥여의(玉

---

131) '초(醮)'는 결혼할 때 술로 신에게 제사 지내던 의식, 또는 승려나 도사가 제단을 만들어 놓고 기도하는 것을 뜻한다. 초루(醮樓)는 그런 의식을 거행하던 망루란 뜻이 되고, 북초루(北醮樓)는 북두성을 향해 초제를 지내는 망루라는 뜻으로 읽을 수 있다.

132) 여관(女官)은 본래 옛날 궁전에서 대전과 내전을 가까이 모시던 궁녀를 뜻하지만, 여기에서는 여성 도사(道士)를 지칭한다.

133) 팔보(八寶)는 천자가 사용하던 여덟 가지 옥새를 총칭하는 말인데, 여기의 맥락과는 관계가 없다.

134) 본래 나라 잔치 때 추던 춤의 한 가지인 연화대(蓮花臺)에서 동기(童妓)가 쓰던 연꽃 모양의 관을 뜻하지만, 여기에서는 생긴 모양이 연꽃과 같은 것을 지칭하기 위해 쓰였다.

如意)135)를 들고 있었고 오른손에는 선약(仙藥)136)을 들고 있었다. 꼿꼿이 선 채 나아와서 몸을 숙여 예를 표하니 원수가 한 번 보아도 신령스러움이 가을 물 같고 기운은 커다란 무지개 같아 십분 경애하게 됐다. 이내 답례하고 말했다.

"정성과 인연이 얕아서 일찍이 맺어진 적이 없었는데 다행히 뵙게 되니 비루한 마음이 씻깁니다. 감히 머물러 계시는 곳과 고명한 도호(道號)를 여쭤도 되겠는지요?"

여관이 몸을 펴고 대답했다.

"빈도(貧道)137)는 금광산(金光山) 영진동(靈眞洞) 자허관(紫虛舘) 주인인 위태랑(韋太娘)이라 합니다."

원수가 말했다.

"선인께서 어찌 진세(塵世)에 나오셨는지요?"

여관이 말했다.

"자허진군(紫虛眞君)138)의 명을 받들어 바야흐로 종남산(終南山) 숭복궁(崇福宮)139) 옥선도인(玉仙道人)의 동부

---

135) 도교에서 도사가 지니던 도구로, 나무·옥·철 등으로 만들었다.
136) 원문의 육지화람자(肉芝花藍子)로, '육지'는 생명을 연장시킨다는 선약을 가리키나, '화람' 또는 '화람자'에 대해서는 자세하지 않다.
137) 덕이 적다는 뜻으로, 중이나 도사가 자기를 낮춰 부르는 말이다.
138) 자허원군(紫虛元君)과 같은 뜻으로, 도교에서 모시는 여자 신선.
139) 중국 하남성(河南省) 등봉현(等封縣) 북쪽에 있는 도관(道觀)이

(洞府)를 찾아가다가 마침 이곳에 이르러 전에 놀던 인연을 다시 이으려 하니 이것은 묵은 빚입니다."

원수가 물었다.

"신선은 범인과 멀리 떨어져 한 번도 손길이 닿은 일조차 없는데 지금 전에 놀던 인연을 다시 잇는다고 말씀하신 것은 무슨 뜻입니까?"

여관이 낭랑하게 웃고 말했다.

"원수께서는 불에 익힌 음식물에 가려져서 전세의 일을 모두 다 잊었을 것입니다. 그대는 백옥경(白玉京)[140] 수문학사(修文學士)였고 빈도는 황금루(黃金樓)[141] 태사(太史)였다가 함께 인간 세상에 귀양 왔으니, 이것이 어찌 옛 인연을 다시 잇는 것이 아니겠습니까?"

원수가 사례하며 말했다.

"선랑께서는 신비한 결과를 닦고 올라가 복록과 지혜를 아울러 갖추었고 범부는 진세에 마음이 묶여 완고하기가 비

다. 한나라 만세관(萬歲觀), 당나라 태을관(太乙觀)이 북송 시절에 승격해서 숭복궁이 되었다. 여러 차례 전란을 거치면서 소멸과 복구를 반복하다가 명나라 때에 완전히 없어졌다.

140) 천상의 중심에 천존(天尊)이 산다는 옥경산(玉京山)을 말한다. 황금과 백옥으로 꾸며진 궁궐이 있어 후에 경도(京都)를 뜻하게 됐다.

141) 황금으로 만든 누각이란 뜻으로, 천상의 누각 이름으로 쓰였다.

할 곳이 없는데 부끄럽게도 무슨 말씀을 하십니까?"

은근히 정성을 다하니 사귐이 긴밀해져서 한 마디의 영서(靈犀)[142]가 서로 비추는 것 같았다. 원수가 말했다.

"왕사가 출정한 지 이미 여러 달이 지났는데도 꼬물거리는 저 오랑캐들이 한결같이 날카로우니, 장차 말끔히 쓸어버려야만 끝날 형세입니다. 다만 남만의 장수 석호자는 영용함을 비할 자가 없어 가벼이 대적할 수 없으니 세 치 혀를 빌어서 열흘 정도만 허송하게 할 수 있다면 남방을 깨끗하게 만들 수 있을 것입니다."

여관이 말했다.

"빈도 또한 대명국의 신민입니다. 지금과 같은 국사의 위기를 만나 감히 한번 배운 힘을 써 보지 않을 수 있겠습니까? 제가 비록 재주는 없으나 한번 시험해 볼 터이니, 원수께서는 걱정하지 마십시오."

원수가 손을 잡고 크게 기뻐하며 말했다.

"선랑의 붉은 정성이 새벽별처럼 빛나니 감히 감사를 표하지 않겠습니까?"

여관이 말했다.

"석호자는 어디에 있습니까?"

---

142) 영묘(靈妙)한 무소라는 뜻으로, 무소의 뿔은 중심이 뚫려 있어 양쪽으로 통한다. 지식과 의사가 자연스럽게 통하는 것을 비유한다.

원수가 말했다.

"지금 들으니 비왕은 도화산으로 보내고 만왕은 팔운산으로 보내고 스스로는 유격의 형세를 이루겠다며 한 필의 말과 한 자루의 칼로 남쪽을 향해서 갔다고 합니다. 가만히 생각해 보니 남쪽 옥광산(玉光山)에 오래된 절이 있는데 분명 여기에 머물러서 잠을 잘 것 같습니다. 원컨대 선랑께서 한번 신발을 옮기시어 그가 군대를 움직일 수 없게 할 수 있다면, 이는 선랑의 큰 공이 될 것입니다."

선랑이 개연히 몸을 일으켜 겨우 누각 아래로 내려서자마자 옥여의를 한 번 던지니 문득 한 줄기 푸른 무지개가 됐다. 홀연히 몸을 날려 무지개다리를 밟고 가니, 원수는 그의 도술이 신령스럽고 기이함을 알고 신기함을 이기지 못해 마음속으로 사례할 따름이었다.

각설. 비왕은 서상병을 거느리고 도화산으로 들어가 산 뒤쪽의 작은 길을 따라 밤중에 명군의 성채를 공격하려 했다. 황혼 무렵에 도화산 뒤로 나오니 나무는 별로 없고 암석은 험준했다. 그래서 말이 대오를 이루지 못하고 물고기를 꼬챙이에 꿴 것처럼 줄지어 나아가려니, 온갖 고통을 다 겪게 됐다. 그런데 갑자기 붉은 깃발이 달린 깃대 위에 붉은 등이 매달려 산의 언덕 앞에서 흔들거리는 것이 보였다. 너무나도 놀랍고 의심스러워 전군 가운데 주저하면서 두려워하지 않는 자가 없었다. 이때 갑자기 대포 소리가 한 번 들리면서 한 무리의 군사들이 가는 길을 막아서는데, 맨 앞에 있는 장수는 조개지였다. 호령 소리가 한 번 나더니 화살과 돌이 비 오듯 쏟아져 서상병이 감히 앞으로 나아가지 못했다. 크게 당황한 비왕은 생각했다.

'석호자는 나를 죽을 곳에 빠뜨리고 구원하러 오지 않으니 어떻게 한단 말이냐, 어떻게 한단 말이냐?'

이에 선봉대로 하여금 배후가 되게 하고 배후에 있던 군사로 선봉이 되게 하여 다시 도화산 골짜기로 들어가려고 골짜기 입구에 이르니 이미 하늘이 밝아졌다. 그런데 갑자기 깃대에 달린 백기가 높은 곳에서 휘날리고 있는 것이 보였다. 또 의심스러운 생각이 들어서 군대를 멈추고 주저하고 있는데 함성이 크게 일어나며 사나운 군마가 좌우의 산골짜기 속으로부터 물밀듯이 튀어나왔다. 그리고는 골짜기 입구를 철통같이 둘러싸 물샐틈없었다. 비왕이 이에 하늘을 우러러보며 탄식했다.

"석호자는 내가 곤경을 겪고 있는 것을 아시오? 어찌 오지 않는 것이오?"

비왕이 서상병을 거느리고 도화산 골짜기 안으로 들어가 있으니 앞뒤가 다 막혀서 나아갈 수도 물러갈 수도 없었다. 놀란 마음을 추스르지도 못했는데 갑자기 대포 소리가 나며 사태세의 부하 화궁수(火弓手)143)들이 만 대의 불화살을 일시에 아래로 쏘아 대니 불이 초목에 옮겨붙었다. 물소와 코끼리들이 불에 익을까 두려워하며 서로 부딪히면서 도화산 골짜기 입구로 뛰어나오니 일당백이 아닌 놈들이 없었다. 불이 짐승들의 털에 옮겨붙어 온 산에서 미쳐 날뛰니 그 형세를 당해낼 도리가 없었다.

바로 이때 어사가 거느린 군사가 도착해 부장(副將) 감숙룡(甘肅龍)으로 하여금 비왕을 잡아오게 했다. 숙룡이 정예 부하들을 거느리고 진영 앞에 나아가 크게 외쳤다.

"구비왕은 진 앞에 나와 항복하면 죄를 용서할 것이다."

구비왕이 듣고 크게 기뻐하여 부하들과 골짜기를 정돈하고 스스로 손을 묶고 투항했다. 숙룡이 비왕을 묶어서 어사 앞으로 끌고 가니 어사가 위로하고 깨우치며 말했다.

"남만이 제왕의 덕화에 불복하고 군사를 놀려 국경을 침범하니 그 죄는 진실로 용서할 수 없는 것이다. 네가 그 악함을 도와 왕사를 수고롭게 하니 너를 마땅히 죽일 것이로되, 귀화해 명을 기다리는 것이 매우 가상해 네 옛 작위를 돌려주고 고국으로 돌아가게 하겠다. 해마다 들어와 조공을 바치고 번신(藩臣)144)의 예를 잃지 말거라."

비왕이 머리를 조아리고 기쁘게 복종하며 곧장 서상병을 거느리고 머리를 감싸 쥐며 쥐가 숨듯이 본국으로 돌아갔

---

143) 불화살을 쏘는 군사.
144) 대국에 신하의 예를 갖추는 속국의 왕.

다. 비왕은 석호자가 오지 않아서 가슴속 가득히 감정이 쌓여 그 근심을 이길 수 없다는 말을 퍼뜨렸다.

만왕은 본토 병사들을 거느리고 팔운산의 작은 길을 따라 명군의 양초를 공격할 생각을 하고 있었으나, 비왕이 거느린 군사들의 동정을 알지 못하고 석호자의 소식도 알지 못해 울적하게 고민을 하고 있었다. 그런데 한 무리의 군마가 생각지도 못한 곳에서 길을 막아섰다. 맨 앞에 서 있는 대장 호정안은 칼을 빼 들고 말을 달려 나오면서 말했다.

"만왕은 별 탈 없는가? 우리가 기다린 지 이미 오래됐다."

그리고 만왕을 바로 공격했으나, 만왕은 싸울 마음이 전혀 나지 않았다. 호정안이 한 손으로 잡아 내려서 쇠사슬로 단단히 묶어 어사의 휘하로 끌고 왔다. 어사가 사나운 목소리로 말했다.

"꼬물거리는 너희 오랑캐 종자들이 제멋대로 날뛰어 그 죄가 용서받을 수 없는 지경까지 범했으니 용서할 수 없다."

그러고는 무사들에게 명해 끌고 나가 목을 베라 하니 만왕이 귀화하기를 애걸했다. 어사가 이에 만왕과 그 부하로서 투항한 자들을 모두 돌아가게 하니 남방이 평온해졌다. 서상군을 무찌른 장수들이 어사의 휘하에 모여 함께 본진으로 돌아오니 원수가 전군을 크게 먹이고 한편으로는 천자께 승전보를 띄웠다.

각설. 석호자는 과연 옥광사(玉光寺)에 들어가 새벽이

오기를 기다려 비왕의 배후를 구원하고자 해 바야흐로 갑옷을 풀어 놓고 앉아 있었다. 그런데 갑자기 어떤 선랑이 무지개다리를 타고 하늘에서 내려와 앞에서 예를 표하며 말을 하는 것이었다.

"태을(太乙)145)은 별고 없는가?"

석호자가 너무나 놀랍고 의아해 말했다.

"선랑께서 저를 칭하여 태을이라고 하는 것은 왜입니까?"

선랑이 말했다.

"그대는 태을성(太乙星)이고 나는 천을성(天乙星)146)으로 함께 인간 세상에 귀양을 내려왔소. 나는 지상의 선랑이 되고 그대는 세상의 영웅 여자가 되었는데, 전세의 업이 다 끝나지 않았고 현재의 인연이 또 여기에 있으니 진실로 어찌 기쁘고 다행한 일이 아니겠소?"

석호자가 물었다.

"선랑께서는 어떻게 제가 태을성인지 아십니까?"

선랑이 말했다.

"그대의 등 뒤에 북두칠성 모양의 검은 사마귀가 있을 것

---

145) 음양가(陰陽家)에서 말하는 신령한 별의 하나. 하늘 북쪽에 있으면서 병란·재앙·생사 따위를 맡아 다스린다고 한다.

146) 별 이름으로, 북극신의 별칭. 전투를 맡고 사람의 길흉을 알려준다고 한다.

이니, 이것이 어찌 명확한 증거가 아니겠소? 그대가 더러운 빛에 가려져서 전생의 일을 잊은 것이라오."

석호자가 듣고 너무 놀라고 기뻐서 말했다.

"신선의 맑은 가르침으로 마치 구름과 안개를 헤치고 파란 하늘을 본 것 같으니, 기쁨을 이기지 못하겠습니다."

그러고는 또 물었다.

"우리는 남만국 사람입니다. 국민의 의무로도 이처럼 시국이 찢긴 때를 당했고, 나라에 큰 전쟁이 났으니 애국의 정성이 없을 수 없을 것입니다. 하물며 제 남편은 대원수로서 군사를 거느리고 적에게 나아갔다가 불행하게 죽기도 했습니다. 공적으로는 대의를 펴지 못했고 사적으로는 커다란 원수를 갚지 못했으니, 인간 세상에 살아 있으면서 뜨거운 피가 끓습니다. 그래서 구비국에 가서 구원병을 청해 바야흐로 싸움을 독려하고 있으니, 감히 묻건대 승패가 과연 어떻게 되겠습니까?"

선랑이 웃으며 말했다.

"인간의 시비 다툼도 반드시 서로 간여할 수 없는 것인데, 하물며 나라의 흥망과 전쟁의 승패를 어떻게 미루어 논할 수 있겠소이까? 다만 그대에게는 선과(仙果)[147]가 있어

---

147) 복숭아를 달리 이르는 말이나, 여기서는 신선과의 인연이란 뜻으로 쓰였다.

서 저절로 정해진 운수가 있을 것이니, 오늘 만나는 마당에서는 다만 하늘에 대해서만 이야기 나눴으면 하오."

그러고는 소매 속으로 손을 넣어서 복숭아를 한 알을 꺼내 먹어 보기를 권했다. 석호자가 감사를 표하고 깨무니 깨닫지도 못하는 사이에 정신이 시원하게 뚫렸다. 아득히 생각해 보니 전생의 일이 마치 눈앞에 있는 것 같았다. 선랑이 또 웃으며 말했다.

"다정한 형은 과거 일을 생각해낼 수 있겠습니까?"

석호자가 말했다.

"형과 제가 모두 선계의 선관으로 날마다 서로 조원전(朝元殿)148) 예주궁(蕊珠宮)149)에 있을 때 옥황께서 상으로 물품을 주시던 것이 어제인 듯합니다. 그때 형에게는 향을 주시고 제게는 칼을 주셨으니, 지금 생각해 보면 형은 도관의 주인이 되고 이 아우는 여장군이 된 것이 그 징조 아니었겠습니까?"

깨닫지도 못하는 사이에 꼬리에 꼬리를 물고 이야기가 이어져 돌로 만든 평상과 대나무 창 사이에서 이미 사흘이

---

148) 조원(朝元)이란 도교의 신도가 노자(老子)에게 참배하는 일을 말하는데, 여기에서는 옥황상제와 선관들이 모여서 회의를 하던 전각이란 뜻으로 쓰였다.

149) 도교의 경전에 나오는 선궁(仙宮).

지났다. 선랑이 새벽에 일어나 이별을 고하니 석호자는 흔쾌하게 나가서 배웅을 했다. 선랑은 다시 홀연히 무지개다리를 타고 하늘로 올라갔다. 석호자는 단지 싸움의 기미가 아직 아득하다 생각하고 갑옷을 입고 말에 올라 도화산 골짜기 입구로 달려갔으나, 전쟁의 기운은 이미 말갛게 개어 있었다. 이유를 물으니 마을 사람들 가운데 난리를 피해 갔던 자들이 어지럽게 모여들어서 답했다.

"왕사가 큰 승리를 거두고 비왕과 만왕은 크게 패하고 투항해 목숨을 겨우 보전해 귀국했습니다."

석호자가 하늘을 우러러 길게 탄식하고 말했다.

"내가 선랑이 그릇 인도하는 데 따라서 군대의 기회를 크게 잃어 국왕으로 하여금 낭패하게 만든 일은 충성스럽지 못한 것이다. 또 비왕으로 하여금 곤궁한 데 처하게 한 것은 의롭지 못한 것이다. 군사를 빌리고도 약속을 실천하지 못한 것은 신의가 없는 것이다. 이 세 가지 허물을 지니고서 무슨 면목으로 세상에 살 수 있겠는가?"

그러고는 드디어 칼을 빼서 스스로 목을 베어 죽었다. 전후의 영용함이 천지에 부끄럽지 않고 귀신에게 부끄럽지 않으니 천고의 영웅이라고 할 수 있겠다.

각설. 이 원수는 남방을 이미 평정해 백성들을 위로하고 편안하게 어루만지고서, 빠른 시일에 군사를 돌이켜 회군했다. 한 줄기 봄바람에 독기(纛旗)는 서서히 흔들리고 징 소리와 북소리는 쿵쾅거렸으며 말들은 방울 소리를 냈고 사람은 개선가를 불렀다. 행군이 황도(皇都)에 이르니 천자가 백관을 거느리고 교외로 마중을 나왔다. 옥수로 이 원수의 손을 잡고 위로의 말씀을 내리고 또 장 어사를 위로하여 따뜻함이 융숭하고 극진하니 역시 드물게 성대한 전례라고 하기에 충분했다.

제5회
개선하는 날에 오운정에서 큰 잔치가 벌어지고,
시부를 읊던 밤에 백화지로 사은이 내리다
凱旋日大宴五雲亭, 詩賦夜賜落百花池

    이 원수가 개선하는 날에 천자는 문무백관을 거느리고 교외로 나아와 환영했다. 그리고 말고삐를 나란히 하고 궁으로 돌아와 태극전에 나아가 여러 신하들의 하례를 받았다. 이 원수가 군대를 이끌고 나간 뒤 주왕을 평정하고 남만을 평정하던 전말을 아뢰어 올리니 천자가 얼굴에 큰 기쁨을 나타냈다. 그리고 이형경을 특별히 승진시켜 병부상서(兵部尙書)로 삼고 훈일등150) 청주후(淸州侯)151)에 봉했으

---

150) 공훈을 정할 때 매기던 등급인데, 우리나라에서 이런 방식으로 정한 것은 대한제국에서 처음이고 일본으로부터 영향을 받은 것이다. 1901년 처음으로 〈훈장조례〉를 반포했으며 1907년에 정착됐다. 여기에는 훈위(勳位)와 훈등(勳等)이 있는데, 훈위는 공훈의 순위이고 훈등은 공훈의 등급이다. 가장 높은 훈위는 대훈위이며 그 아래로 훈과 공(功)을 두었다. 훈과 공은 각각 1등에서 8등까지 나뉘었다.

151) 《주례(周禮)》에 따르면 임금은 신하들에게 작록을 주어 부리는데, 작(爵)은 그 귀(貴)를 다스리는 것이고 록(祿)은 그 부(富)를 다스리는 것이다. 작의 순서는 공(公)−후(侯)−백(伯)−자(子)−남(男)−경(卿)−대부(大夫)−사(士)의 순서로 낮아진다. 그러니 청주후(淸州侯)

며, 6군의 병마를 관장해 거느리게 하고 백모황월(白旄黃鉞)152)을 주어 정벌에 관한 일을 전담케 했다. 또 장소를 승진시켜 예부상서(禮部尙書)로 삼고 훈이등 서주백(徐州伯)으로 봉했다. 서운도 승진시켜 양광대도독(兩廣大都督)153)으로 삼고 훈삼등 운남백(雲南伯)으로 봉했다. 왕만세와 조개지 이하 모든 장수들을 승진시키고 상과 작위를 주었으며, 장교와 사졸들에게도 큰 상을 내렸다. 그리고 주왕의 비 호방춘을 추증해 충렬형주국부인(忠烈荊州國夫人)154)으로 봉하고 순국훈일등155)으로 기록하고 그 아들을 봉해 주왕으로 삼고 다시 그 제사를 이어가게 했다. 특별히 석호자를 의열부인(義烈夫人)으로 봉해 나라를 위해 몸을 바친 충성

는 청주(淸州) 지역을 다스리는 제후로 작위는 후(侯)가 된다. 이어지는 다른 사람들의 훈등과 작위도 마찬가지로 이해하면 된다.

152) 흰 깃대 장식이 달린 황금 도끼로, 임금이 적을 정벌할 때 쓰던 상징물이다.

153) 광동(廣東)과 광서(廣西) 지역의 군대를 통솔하는 최고사령관이다. 남쪽에 있는 군구(軍區)를 관장하는 벼슬이므로, 운남백(雲南伯)의 작위를 내린 것이다.

154) 부인(夫人)이라는 말에는 여러 가지 뜻이 있으나, 여기에서는 제후의 정처(正妻)를 뜻한다. 따라서 충성스럽고 절개 있는 형주후의 정처라는 뜻이 된다.

155) 나라를 위해 죽었기 때문에 훈일등 앞에 순국(殉國)을 덧붙인 것이다.

심을 표창해 신하와 백성들에게 권장했다. 특별히 위태랑은 자허관착거(紫虛觀捉擧)156)로 봉했다.

이 원수와 장 어사 등 모든 장수들이 머리를 조아리고 은혜에 감사하며 절하고 만세를 부르며 춤을 추었으며157) 일제히 만세를 불렀다. 장수와 장교와 사졸들이 일제히 만세를 부르니 그 소리가 천지를 진동시켰다. 천자가 특별히 내장부(內藏府)158)에 명해 금고에서 은 백만 냥을 내어 오운정(五雲亭)에서 최고의 연회를 베풀라고 했다.

이때는 여름인 음력 4월 보름께라서 녹음은 물빛과 같아 일대의 경치가 검푸른 색 구슬 바다를 이루었다. 이 무렵 개선문(凱旋門)을 크게 세웠는데, 높이는 대장기를 세울 만했으며 둥글기는 달과 같았고 구름이 활모양으로 휘어져 하늘에 펼쳐졌다. 커다란 천막을 오운정 아래 봉래원(蓬萊園)에 대대적으로 설치해 군악은 크게 울리고 불꽃은 별처럼 빛났다. 황제는 비빈들과 더불어 군복과 갑옷 및 투구 차림으로

---

156) 착거(捉擧)의 의미는 자세하지 않다. '착(捉)'에 '관장하다, 맡아보다'의 뜻이 있으므로, 주지(住持)와 비슷한 의미로 쓰인 것으로 보인다.

157) 원문의 '산호배무(山呼拜舞)'에서 '산호'는 백성들이 만세를 불러 임금을 축복하는 일을 의미한다. 한나라 무제가 숭산(嵩山)에서 제사를 지낼 때 백성들이 만세를 부른 데서 유래했다.

158) 임금의 세전(世傳), 장원(莊園) 및 기타 재산의 관리를 맡은 관청.

오운정에 임했다. 옥수로 큰 백옥잔(白玉盞)을 들고 포도주를 가득 부어 이 원수에게 권하면서 말했다.

"경은 나라에서 신망을 크게 받는 기둥과 주춧돌 같은 사람으로, 공훈을 세우고 군대가 개선가를 부르며 돌아오게 했소. 그리하여 국경이 깨끗하게 안정을 찾고 사직을 편안하고 온전하게 해, 짐으로 하여금 변방에 대한 근심을 놓도록 했소. 경의 우뚝한 공과 업적은 능연각(凌烟閣)159)과 역사에 기록할 만한 일이오."

원수가 두 손으로 기쁘게 마시고 아뢰었다.

"신이 천자 폐하의 위엄을 쥐고 제왕의 신령에 힘입어 남만을 평정했사오니, 이는 폐하의 커다란 복이옵니다. 또 장사들의 충성과 용맹으로 이룬 것이니 신에게 무슨 공훈이 있겠사옵니까?"

천자가 차례로 술을 부어 주니 장졸이 모두 천자의 은혜를 입고 기뻐하는 소리가 지축을 흔들었다.

이때 갑자기 생황(笙篁)160)이 내는 소리 같은 학의 소리

---

159) 당나라 때 공신들의 초상을 걸어 두던 전각이다. '능연(凌煙)'은 그 기상이 하늘을 찌를 듯하다는 말이다. 당 태종이 천하를 통일한 뒤인 643년에 훈신인 장손무기(長孫無忌)·두여회(杜如晦)·위징(魏徵)·방현령(房玄齡)·이정(李靖) 등 스물네 명의 초상을 그려 여기에 걸어 두게 했다. 이후 후한 때의 기린각(麒麟閣)과 더불어 공신들의 화상을 그려 보관해 두는 곳의 대명사로 쓰였다.

가 구름 너머의 하늘로부터 점점 가까이 들려왔다. 모든 이가 다 이상하게 여겨 머리를 들어 살펴보니, 어떤 선랑이 한 마리의 백학을 타고 천천히 내려와 천자 앞에서 절을 했다. 천자가 물었다.

"선관이 티끌세상에 내려오시니 어찌 큰 상서로움이 아니겠는가?"

원수가 앞으로 나아가 자세히 살펴보니 곧 위태랑이었다. 그래서 천자에게 무릎을 꿇고 아뢰었다.

"이분이 석호자를 묶어 두어 대공을 세운 위태랑이옵니다."

천자가 말했다.

"선인의 노력이 있어서 기이한 공을 세웠으니 너무나 감사하고 또 감사한 일이로다."

선랑이 아뢰었다.

"빈도는 세상 밖의 사람인데 어찌 저울눈만큼의 공으로 감히 큰 공을 세운 사람의 작위를 상으로 받을 수 있겠사옵니까? 그러나 어제 예주궁으로 아침 문안을 갔더니 옥황께서 가르침을 내리셔서 '네가 대명국의 벼슬과 상을 받았으니 마땅히 천자께 절하고 감사를 표해야 할 것이다'라고 말씀하

---

160) 아악에 쓰이는 관악기의 하나다. 큰 대로 판 통에 많은 죽관(竹管)을 돌려 세우고, 주전자 귀때 비슷한 부리로 불게 되어 있다.

시기에 지금 여기에 와 은혜에 감사를 드리는 것이옵니다."

그러고는 이 상서를 돌아보며 말했다.

"상공은 훈업(勳業)과 공명(功名)이 일세를 빛내고 진동시키니 진실로 하례할 일입니다. 그렇지만 아름다운 인연이 가까이에 있으니 삼가서 미혹된 생각을 고집하지 말고 천명을 순순히 받으십시오."

원수가 승낙하며 말했다.

"감히 명을 따르지 않겠습니까?"

조정에 가득한 벼슬아치들은 모두 그 뜻을 이해하지 못했지만, 오직 장 상서는 마음으로 괴이쩍게 여겨 생각했다.

'삼가서 미혹된 생각을 고집하지 말라는 말은 아주 수상하단 말야.'

천자가 태사에게 명해 위태랑의 공적과 벼슬을 적은 첩지161)를 받들어 앞으로 나아오게 하니, 선랑이 은혜에 감사하는 절을 마치고 이 원수에게 말했다.

"다시 서로 만날 날이 있을 것이니 내 말을 저버리지 마십시오."

그러고는 생황을 불며 학을 타고 홀연히 하늘로 올라갔다.

---

161) 첩(牒)은 글씨를 쓴 나무조각이라는 뜻이다. 첩지(牒紙)는 관리를 채용할 때 쓰는 임명장이나 공문을 지칭한다.

해가 저물어 잔치를 파하고 각기 집으로 돌아갔다. 이 원수는 표문(表文)162)을 올려 원수의 직임에서 해임해 줄 것을 애걸해, 다만 대사마(大司馬)의 직위만을 유지하게 됐다.

하루는 이 상서가 조정에서 퇴근해 한가한 틈이 나서 장 상서 삼형제와 여 한림 호 학사 등 십여 인과 더불어 남방으로 원정을 갔던 일을 논했다. 이야기가 주왕의 비 호방춘과 달달가의 처 석호자의 영용함이 세상을 덮을 정도였다는 데 이르자, 꼬리에 꼬리를 물고 찬양이 이어졌다. 그때 장 상서가 말했다.

"무릇 여자 중에도 영웅은 있다네. 그런데 이 두 사람은 여자의 본색으로 영웅의 본령을 드러냈지만, 혹 본색을 숨기고 봉(鳳)을 황(凰)이라 하며 기(麒)를 린(麟)163)이라고 해 세상을 현혹시키는 자도 있으니 어찌 애석하지 않은가?"

이 상서가 웃으며 말했다.

"천하에 어찌 이와 같은 일이 있겠는가? 무릇 영웅이라면 용과 같이 변화해 발톱과 어금니를 동쪽 하늘에 드러내고 비늘을 서쪽 구름에 감춰서 사람이 그 천변만화하는 형상을

---

162) 마음에 품은 생각을 적어서 임금께 올리는 글.

163) 봉황(鳳凰)과 기린(麒麟)은 암수를 지칭하는 한자가 다르다. 봉황 중에서 '봉'은 암컷을 가리키고 '황'은 수컷을 가리키며, 기린 중에서 '기'는 암컷을 가리키고 '린'은 수컷을 가리킨다.

알 수 없는 것이라네. 어찌 그 영웅의 본색이라는 것을 헤아려 알 수 있다는 것인가?"

장 상서가 웃으며 말했다.

"옛날에 목란(木蘭)164)이 종군해 오랑캐를 정벌하러 가서 12년 만에 큰 승리를 거두고 돌아와 공이 한 나라를 덮었지. 목란이 금빛 나는 옷을 벗어서 전우165)를 보여 주자 그제야 비로소 목란이 영웅이 된 것을 알았다네. 목란은 여자 중의 영웅이라고 할 수 있을 것이네."

이 상서는 속으로 장 상서의 말이 의심하는 사이에서 나온 것이라고 생각하니, 그 말 속에 담긴 놀리고 업신여기는 뜻이 깊이 거슬렸다. 그러나 또한 얼굴에 드러낼 필요는 없었기에 다만 응하고 승인하는 얼굴을 하고, 마치 호리병 속에서 금단(金丹)166) 한 알이 왼쪽으로 구르고 오른쪽으로 돌면서 엿보는 것처럼 할 뿐이었다.

---

164) 중국 고대의 여성으로 6세기경의 칠언 고시인 〈목란사(木蘭辭)〉에 의해 전해지는 인물이다. 이 작품에 따르면, 그녀는 남장하고 늙은 아비를 대신하여 출정해서 12년 만에 개선했는데, 전쟁이 끝난 뒤에야 처음으로 가련한 소녀인 것이 밝혀져 전우들을 놀라게 했다고 한다.

165) 원문의 '화반(火伴)'에서 '화(火)'는 다섯 사람으로 조직된 두 열의 군사를 말한다. 따라서 '화반'은 10인조 내에 있는 동료 군사를 뜻한다.

166) 도사가 황금으로 제련한 금액(金液)과 단사(丹砂)로 제련한 환단(還丹)을 말하는데, 이것을 먹으면 신선이 된다고 한다.

장 상서는 충분히 의혹의 단서를 더 확보하게 된 것 같아 온갖 의심스러운 생각이[167] 눈썹 끝으로 솟아나와 거의 병이 날 지경이었다. 그래서 꾀를 하나 생각해내 단옷날에 취화원[168]에서 큰 잔치를 베풀고 널리 공경학사(公卿學士)들을 초청해 경도회(競渡會)[169]를 열었다. 취화원은 태화산(太華山)[170] 아래에 있었는데, 그 속에는 태액지(太液池)[171]라는 연못이 있었고 연못에는 열 척의 용주(龍舟)[172]

---

167) 원문의 '구의산광(九疑山光)'으로, 구의산은 중국 호남성(湖南省) 영원현(寧遠縣) 남쪽에 있는 산이다. 여기서는 의심이 겹겹이 생기는 모양을 비유한 것으로 쓰였다.

168) 취화(翠華)란 천자의 의장 가운데 물총새의 깃으로 꾸민 깃발이나 수레 덮개, 혹은 제왕의 수레 또는 제왕을 이르는 말이다. 취화원(翠華園)은 천자가 소유한 정원의 의미로 쓰였다.

169) 배를 타고 서로 빨리 건너가기를 겨루는 모임.

170) 중국 섬서성(陝西省) 화음현(華陰縣) 남쪽에 있는 화산(華山)을 지칭하는데, 중국의 오악(五嶽) 중에 서악(西岳)에 해당한다. 산의 중봉(中峰)을 연화봉(蓮花峯), 동봉(東峰)을 선인장(仙人掌), 남봉(南峰)을 낙안봉(落雁峯)이라 하고, 이 셋을 화악삼봉(華岳三峯)이라 칭한다.

171) 연못 이름. 한나라의 태액지는 장안의 서북쪽에 있던 건장궁(建章宮) 북쪽에 있었고, 당나라의 태액지는 장안의 동쪽에 있었던 대명궁(大明宮) 안에 있었으며, 명나라와 청나라의 태액지는 북경의 서원(西苑) 안에 있었는데 연못의 물은 옥천산(玉泉山)에서 흘러들어왔다.

172) 뱃머리에 용머리를 조각해 장식한 배다. 본래 임금이 타는 배지만, 여기서는 그 모양만 취한 것으로 보인다.

가 있으니, 대개 황도에서도 웅장한 곳이었다. 이날 거마가 구름처럼 모여들었는데, 이 상서는 조금도 의심하거나 의아하게 생각하지 않고 수레를 재촉해 제일 먼저 도착하니 일대의 이름난 인물173)들이 차례로 다 모였다.

바야흐로 취화원에서 잔치가 벌어지고 있는데, 갑자기 어떤 사자(使者) 하나가 백우신전(白羽信箭)174)을 받들고 말을 달려와서 급하게 말했다.

"이 상서 등 모든 문신을 천자께옵서 조서를 내려 부르십니다."

이 상서가 수레를 기다릴 틈도 없이 곧바로 출발해 걸어서 단봉문(丹鳳門)175)으로 들어가니 중사(中使)176)가 연달아 재촉하며 나왔다. 모든 문신이 뒤를 따라 일제히 당도하니, 이 상서가 앞서서 들어가 문화전(文華殿)177) 앞에서 절

---

173) 원문의 '명의(名依)'로, '의(依)'는 문맥이 통하지 않아 다른 글자의 오식으로 보인다. 문맥을 고려해 '이름난 인물'로 번역했다.

174) 백우전(白羽箭)은 흰 깃털로 장식한 화살이다. 여기서는 천자가 명령을 전달하는 데 신표로 쓴 백우전을 지칭하는 것으로 보인다.

175) 붉은 봉황 장식이 있는, 천자가 출입하는 문.

176) 내밀히 보내는 칙사.

177) 내각의 하나로, 명나라 때 두었는데 태학사가 관장했다. 청나라 때는 자금성 동화문(東華門) 안에 있는 전정(箭亭)의 남쪽에 있었는데 매년 2월 황제가 이곳에서 경연을 열었다.

하고 무릎을 꿇었다. 천자는 다음과 같은 조서를 내렸다.

"오늘은 단오가절(端午佳節)이다. 백관이 단오첩(端午帖)[178]을 지어 올리는 일은 이미 성대에도 있었던 일이었다. 지금 사방에는 일이 없고 온 백성이 함께 즐기고 있으니, 단오절 시를 지어서 태평성대를 일컫는 순임금의 음악[179]을 대신해 쓰도록 하라."

모든 문신들이 칙어(勅語)[180]를 공손하게 받들어 만세를 부르고 절을 했다. 천자는 이에 각자에게 붓과 벼루 및 화전(華箋)[181]을 내려 주고, 자신이 먼저 어온(御醞)[182]을 한잔 기쁘게 들이키고 시 한 수를 지은 다음에 창화하여 올리라고 했다. 그 시는 다음과 같다.

단오절에 여러 신하들과 잔치를 여니

---

178) 단옷날 신하들이 임금께 지어 올린 시를 기록한 문서.

179) 원문의 '봉의지소소(鳳儀之簫韶)'다. '봉의'는 '봉황의 의용(儀容)'이란 뜻으로 태평함을 나타낸다. '소소'는 순임금이 만든 풍류의 이름이다. 《서경(書經)》〈우서(虞書)〉〈익직(益稷)〉 편의 '음악을 아홉 번 연주하니 봉황이 와서 춤을 추었다(簫韶九成 鳳凰來儀)'라는 말에서 차용한 것이다.

180) 황제의 말씀.

181) 정확히는 화전지(華箋紙)로, 시나 편지 등을 쓰는 종이를 말한다.

182) 임금이 마시는 술.

창포는 푸르고 앵두는 붉으며 만물이 다 새롭도다.
남풍이 남훈전183)에 불어오니
다행히 태평시절을 만나 만민이 즐긴다네.
天中佳節宴群臣　蒲綠櫻紅物物新
南風吹到南薰殿　幸値昇平樂萬民

이 한 편의 시에 포함된 뜻으로 성인의 기상을 엿볼 만했다. 이 상서가 붓을 잡고 시구를 완성해 쌍운(雙韻)184)으로 드리니 그 시는 이와 같다.

영웅호걸이 만나는 자리에서 여러 신하들이 즐기니
순임금 시절의 노래가 지금 날로 새로워진다.
금 술잔이 가득하고 창포는 푸르니
성인의 교화가 모든 백성에게 똑같이 더해지네.
風雲際會樂群臣　舜代詩歌今日新
金樽泛泛菖蒲綠　聖化同添億兆民

---

183) 남훈전(南薰殿)은 요임금의 궁전으로, 순임금이 오현금(五絃琴)으로 읊었다는 〈남풍(南風)〉이라는 시의 한 구절인 '남풍지훈혜(南風之薰兮)'에서 따온 것이다. 당나라에도 같은 이름의 궁궐이 있었다.
184) 두 글자를 같은 운자(韻字)로 놓는 것.

장 상서가 이어서 지어 바쳤는데 그 시는 이와 같다.

성스러운 제왕이 현신을 얻는 것을 살아서 만나니
우주엔 봄이 가득하고 만물은 새롭다.
단오절 잔치에 천자를 모시고 취하니
대명국(大明國)의 일월이 인민들에게 비춘다네.
生逢聖王得賢臣　宇宙同春萬物新
拜醉端陽佳節宴　大明日月照人民

여러 신하들이 모두 차례로 창화시를 지어 올렸다. 천자는 얼굴을 화려하게 하고 옥 소리로 낭랑하게 읊고 금비필(金批筆)[185]을 들어 순위를 정했다. 그러고는 명을 내려 모든 신하들이 백화지(百花池)[186]에서 목욕하도록 했다. 여러 신하들이 명을 받들어 은혜에 감사를 표했지만, 이 상서는 홀로 마음속으로 불안해했다. 그러나 장 상서는 기쁜 기색이 있는 것 같았다.

---

185) 비필(批筆)은 왕이 신하들의 글에 비답할 때 사용하는 붓을 지칭하는 것으로 보인다. 금으로 장식했거나 금가루를 섞은 용액으로 글씨를 썼기에 금비필(金批筆)이라고 한 것으로 추정된다.

186) 온갖 꽃들이 만발한 연못이란 뜻인데, 이런 이름을 가진 연못이 있었는지는 자세하지 않다.

백화지는 태액지의 원천에 있었는데 맑은 물결과 흰 돌이 맑고 시원한 곳이었다. 수심은 목까지 잠길 만한 정도였고 사방의 바닥이 고르기 때문에 깊거나 얕은 곳이 없었다. 목욕을 할 때에 물이 들어오는 곳에 온천수를 부어 놓으면 차가운 시내가 따뜻한 기운을 띠고 진한 향기가 밴 물이 때를 다 씻어 주었다. 온천수가 땀과 기름을 부드럽게 씻어낸다고 하는 것은 바로 이런 것을 일컫는 것이었다.

  천자가 평복 차림으로 여러 신하들을 거느리고 잠시 옥보(玉步)를 옮겨 백화지에 이르니, 온갖 꽃들이 흐드러지게 피어서 그야말로 온통 긴 봄이었다. 기러기와 사슴, 새와 짐승과 물고기들은 모두 기뻐하는 것처럼 풍교와 교화가 가득한 정원에서 흠뻑 봄에 취해 있었다. 천자가 이에 여러 신하들에게 명해 옷을 벗고 연못 속에서 목욕을 하라고 하니, 신하들이 절하며 사례하고 연못 옆에 옷을 벗어 놓고 어지럽게 물속으로 들어갔다. 천자는 기쁘게 웃으며 즐거워했지만, 오직 이 상서만이 홀로 즐겨 들어가려 하지 않았다. 천자가 이에 이 상서를 재촉해 목욕을 하라고 명했다.

  이 상서가 목욕을 하라는 명을 받고 정색하며 대답했다.

  "임금과 신하 사이는 부모와 자식 사이 같으니, 어찌 감히 숨기는 것이 있겠사옵니까? 그러나 비록 임금과 부모의 면전이라고 하더라도 높은 벼슬아치의 지위에 있는 자가 기러기나 오리와 같이 온몸을 내놓고 물속에서 목욕한다는 것은 무람없고 오만하기 그지없는 것이며 가벼이 멸시하는 것이옵니다. 하물며 지존의 앞에서 이런 외설스러운 행동을 할 수 있겠사옵니까? 신은 비록 도끼로 죽임을 당하더라도 감히 명에 따르지 못하겠사옵니다."

천자가 실심하고 고하여 말했다.

"경의 말이 옳다."

그러고는 기쁘지 않은 기색을 띠고 편전(便殿)187)으로 돌아갔다. 이 상서가 표문을 올리고 죄를 기다리니 천자가 부드러운 말을 내리고 이로부터 경애하는 마음이 크게 도타워졌다. 그러고는 특별히 벼슬을 올려 문연각 태학사 경연 일강관(文延閣太學士經筵日講官)188)으로 삼아, 매일 밤마다 편전으로 불러서 경전의 뜻을 토론하고 《사기(史記)》를 연구해 고금의 치란(治亂)과 득실(得失)을 강론하니, 은혜가 날로 더해졌다.

장 상서는 이 상서가 남자가 아니라 여자임을 알았다. 날마다 더욱 의혹을 가지고 그 종적을 밝히려 했으나, 시행할 만한 계책이 없었다. 그래서 금과 비단을 내어 천하일색의 창기를 구해 달라고 추천을 의뢰했다.

---

187) 임금이 평상시에 거처하는 전각.

188) 문연각과 태학사에 대해서는 각주 46) 참조. 경연(經筵)은 임금 앞에서 경서를 강론하는 자리를 뜻한다.

이때 항주(杭州)의 기생 중에 동정월(洞庭月)이란 자가 있었는데 나이가 열여섯이었다. 시문과 거문고, 바둑과 가무, 서화에 걸쳐 정통하지 않은 것이 없었고, 달 같은 자태와 꽃 같은 얼굴이 천하제일이었다. 황금 열 근을 주고 그를 기적에서 빼내 서울로 데려다가 별장에 두고 조용히 물었다.

"네가 이 상서를 모시고 한번 사랑을 받을 수 있다면 몸은 반드시 부귀하게 될 것이고, 나는 집안을 기울여서라도 너에게 상을 내릴 것이다. 힘써 볼 생각이 있느냐?"

동정월이 마음으로 의심해 조용히 물었다.

"상공께서 비천한 첩으로 하여금 이 상서의 사랑을 얻게 하려는 데에는 반드시 곡절이 있을 것입니다. 상서의 사랑을 얻는 것이 상공께 무슨 이익이 있기에 집안을 기울여 상을 내리신다는 것입니까? 원컨대 상공께서 분명하게 가르쳐 주시면 첩이 죽을힘을 다해 보답하겠습니다."

장 상서는 그가 총명하고 지혜로우며 민첩한 것을 알고 밀실로 데리고 들어가 숨김없이 다 말했다.

"내 나이 서른에 아직 아내를 얻지 못했다. 널리 천하의 숙녀를 구하고 있지만, 역시 쉬운 일이 아니라서 그런지 엎치락뒤치락하는 마음이 있다. 지금 이 상서 형경은 문무를 아울러 갖추고 부귀가 모두 온전한 일대의 호걸이요 천고에 드문 영웅이다. 다만 의심스럽고 분명치 않은 점이 있는데, 남자가 아니고 여자인 것 같다. 만일에 그가 여자라면 그 배필은 내가 아니라면 누구겠느냐?

지난번 백화지에서 목욕하라는 은전을 베푸셨을 때, 천자께서 직접 가르침을 내리시어 백관이 모두 목욕을 했던 일은 실로 예사롭지 않은 특별한 은혜였다. 그런데 이 상서는 정색을 하고 직간을 한 뒤 표문을 올려 사죄하는 데까지 이르렀다. 그가 종적을 숨기는 것이 너무나 수상하다. 그래서 천하의 이름난 기생인 너에게 권해 알아 달라고 하는 것이다. 그의 성별을 똑똑히 확인만 할 수 있다면 그 은혜는 잊기 어려울 것이다."

동정월이 한참동안 조용히 생각하다가 눈썹을 찡그리며 말했다.

"상공께서 시키는 바에 의해 첩이 이부(李府)에 들어간다면 분명 천 겹의 구름처럼 의심이 쌓일 것입니다. 첩의 종적을 지금부터 스스로 결정해 수십 일 안에 그 속내를 명백히 알아 올 터이니, 원컨대 황금 백 근만 주십시오."

장 상서가 황금 백 근을 주니 동정월이 이 상서의 개인 저택이 있는 곳 한쪽 귀퉁이에 있는 누각 하나를 샀다. 이부는 장락궁(長樂宮)[189] 북쪽 영춘원(永春園)의 동쪽에 있었다.

---

189) 섬서성 장안현 서북쪽에 있는 궁전이다. 진(秦)나라 때의 궁전인 흥락궁(興樂宮)을 한나라 고조가 수리하고 이름을 장락궁(長樂宮)으로 고쳤다.

산은 밝고 물은 자주색을 띠었는데 소나무와 대나무가 다투어 푸른빛을 내니 나무가 우거져 산림의 정취를 풍겼다. 그 누각은 크기가 수십 자[190]나 되고 금빛 벽은 영롱했으며, 밖에는 열두 개의 옥난간으로 둘러지고 원앙지(鴛鴦池)에 닿아 있어, 신선들의 누대라고 할 만했다. 누각에는 이미 옛날에 없어진 진기한 그림 만여 권이 있었고, 뜰에는 기이한 꽃과 아름다운 풀 수십 종이 심어져 있었으며, 한 그루 반송(盤松)[191]이 울퉁불퉁하고 구불구불했다. 아래에는 구리로 만든 옛날 다구가 있어서 조주(趙州)의 월단차(月團茶)[192]를 달이고 있었다. 푸른 옥을 사방으로 둘러싼 달은 연못 속에 둥글게 가라앉아 있는데, 연잎은 돈을 새로 펼쳐 놓은 것 같았다. 한 무더기 금빛은 푸른 개구리밥 풀 속에서 일렁거리고, 한 쌍의 붉은 원앙이 연못 속에 조성된 섬들 사이를 둥글게 돌았다. 왼쪽 언덕 물가에 심어진 너덧 포기의 모란꽃에서는 자색과 황색이 흐드러지게 피어나 서로 비추고 있었는

---

[190] 원문에는 '수십 홀(數十笏)'로 되어 있다. '홀'은 벼슬아치들이 임금께 아뢰거나 명을 받을 때 그 내용을 잊지 않기 위해 글을 쓰던 수판(手板)이다. 도량형의 단위로 사용된 적이 없어 정확한 길이를 알기는 어렵지만, 《예기(禮記)》〈옥조(玉藻)〉편에 법제상 홀의 길이가 2척 6촌이라고 나와 있어, 대략 70cm 내외의 길이를 가졌던 것으로 보인다.
[191] 키가 작고 가지가 옆으로 퍼진 소나무.
[192] 산차(山茶) 가운데 큰 것.

데, 태호석(太湖石)193)이 꽃떨기들 속에서 가파르게 솟아 있었다. 오른쪽 언덕 물가에는 금실을 드리운 포도가 한 그루 있는데 한 쌍의 백학이 그 그늘 속에서 다투어 춤을 추었다. 부드러운 대나무 평상에는 만리장성의 벽돌로 만든 옛 벼루가 놓여 있었고, 가요문(哥窯紋)194) 고려자기 여러 종류가 진열되어 있었다. 옥으로 만든 목이 긴 한나라의 향로에서는 편복향195) 한 가닥이 살라지고 있었다. 벽오동으로 만든 일곱 자 녹기금(綠綺琴)196)에 촉연현(蜀然絃)197)을 걸어서 금실로 만든 집 속에 넣어 책꽂이 옆에 세워져 있었다. 용의 얼굴이 그려진 장지에는 칠보(七寶)198)로 장식한 금빛 비단실이 달린 비단 장막이 드리워져 있고, 검은 비단으로

---

193) 봉우리, 계곡, 마을 등의 형태가 있는 돌.

194) 잘게 갈라진 것처럼 보이는 도자기의 무늬.

195) 편복(蝙蝠)은 박쥐를 의미한다. 편복향(蝙蝠香)이 박쥐의 분비물 혹은 배설물로 만든 향을 의미하는지, 박쥐 모양으로 생긴 향을 의미하는지 자세하지 않다.

196) 한나라의 사마상여(司馬相如)가 양왕(梁王)에게 받은 거문고.

197) 거문고 줄로 쓰는 실은 촉중(蜀中), 지금의 사천성(四川省) 중부에서 나는 비단으로 만든 것을 으뜸으로 쳤기에 이렇게 말한 것이다.

198) 불교에서 말하는 일곱 가지 주요 보배다. 《무량수경(無量壽經)》에 따르면 금·은·유리·파리·마노·거거·산호, 《법화경(法華經)》에 따르면 금·은·마노·유리·거거·진주·매괴다.

감싼 책상 위에는 《태평광기(太平廣記)》[199] 한 권이 펼쳐져 있었다.

동정월이 머리에는 와룡관(臥龍冠)[200]을 쓰고 몸에는 학창의(鶴氅衣)[201]를 입고 손으로 옥여의를 놀리면서 그 사이에 단정히 앉아 있었다. 그 모습이 황홀해 마치 봄바람 가운데 앉아 있는 둥근 달 같았다. 고개를 들어 누각의 편액을 보니 푸른 실로 만든 굴대 속에 빛나는 금빛 글씨로 '강남제육교지루(江南第六橋之樓)'라고 쓰여 있었다.

동정월은 그 사이에서 한가하게 쉬거나 술을 두고 성대한 모임을 가지면서 명사들과 사귀었다. 운자를 내고 낭랑하게 읊조리며 시인들과 좋은 관계를 유지하기도 했고, 혹은 거문고를 뜯거나 바둑을 두거나 책을 읽거나 꽃을 품평하거나 하니, 고요히 고상하고 전아한 데 힘쓰는 것이 일세에 으뜸이었다.

하루는 이 상서가 공청에서 퇴근한 여가에 소운정(嘯雲亭)에 앉아서 한가하게 고사(古史)를 보고 있었다. 졸졸졸 시냇물이 들려주는 음악 소리에 그윽이 흥취와 느낌이 샘솟

---

199) 송나라 때에 이방(李昉) 등이 황제의 명으로 지은 5백 권으로 된 설화집.
200) 말총으로 만든 관으로 제갈량이 이 관을 썼다고 한다.
201) 빛이 희고 소매가 넓고 가장자리를 검은색으로 꾸민 윗옷.

는 것도 깨닫지 못했다. 그런데 갑자기 거문고 소리가 뚱뚱 소리를 내며 한 줄기 맑은 바람을 따라서 귓가로 들려왔다. 상서가 머리를 들어 소리 나는 곳을 찾으며 말했다.

"이것은 무슨 소리며 어느 곳에서 들려오는 것인가?"

이에 시종을 불러 말했다.

"네가 나가서 들어 보아라."

시종이 분주히 소리를 찾아보니, 그 소리는 꽃 숲속에서 들려오는데 분명 대나무 밭을 뚫고 들려오는 소리였다. 그 소리가 육교루에서 들려오는 것임을 알고 상공에게 고했다.

"거문고 소리가 육교루에서 들려옵니다."

상서가 말했다.

"거문고를 뜯는 자는 손가락 끝의 묘함을 아는 자로구나. 그가 누구인가?"

시종이 말했다.

"강남 항주에서 으뜸가는 기녀 동정월이옵니다."

이 상서가 그 얼굴을 한번 보고 그 소리를 한번 듣고자 해 시종에게 명하여 동정월을 불러오라고 했다. 시종이 명을 받들고 육교루에 가서 상서께서 경애해 모셔 오라 한다고 전했다. 동정월이 거문고를 배우는 아이를 불러 벽오금(碧梧琴)202)을 받들라 하고 옷깃을 떨치고 부지런히 가서 소운

---

202) 껍질이 초록색을 띠는 벽오동으로 만든 거문고다. 전설상의 황제

정이 이르렀다. 상서가 명해 누대에 오르라 하고 자리를 주었더니, 동정월이 절하며 말했다.

"은혜로운 상공께서 천한 계집을 높이 부르시니 감히 명을 따르지 않겠습니까?"

상서가 그 안색을 보니 맑고 빼어나며 상쾌하고 시원한 것이 신선계의 사람 같았다. 이에 너무나 사랑스러워 거문고를 한 곡조 타라고 했다. 동정월이 자리를 피해 몸을 굽히고 거문고 줄을 고른 다음 한 곡조를 탔다. 그 소리가 매우 처절하니 상서가 눈썹을 찡그리고 말했다.

"이것은 열여덟 박자로 된, 채염(蔡琰)203)이 지은 〈호가곡〉204)이 아닌가?"

인 복희씨(伏羲氏)가 벽오동에 봉황이 머물다 가는 것을 보고 거문고를 만들었다고 한다.

203) 후한 사람으로 옹(邕)의 딸인데 음률에 정통했다. 하동의 위중도(衛仲道)에게 시집갔으나, 남편이 죽고 자식도 없어 집으로 돌아왔다. 헌제(獻帝) 흥평(興平) 연간 천하가 어지러웠을 때 흉노족에게 끌려가 12년을 살면서 아들 둘을 낳았다. 뒤에 조조(曹操)가 풀어 줘 고생스럽게 돌아와 동사(董祀)에게 재가했다. 〈호가십팔박〉을 지었다.

204) 엄밀히는 〈호가십팔박(胡笳十八拍)〉이 맞다. '호가곡(胡笳曲)'은 일반 명사처럼 쓰이는 악부 가운데 거문고 곡 가사의 이름으로, 남송(南宋)의 오매원(吳邁遠)·도홍경(陶弘景), 양(梁)의 강홍(江洪), 당의 왕창령(王昌齡) 등이 지은 것이 있다. 채염이 지은 작품은 〈호가십팔박(胡笳十八拍)〉으로, 흉노에 포로로 잡혀가 12년 만에 돌아와 난리의 아

동정월이 말했다.

"상서께서 지난날 남방에 출정하셨을 때 석호자가 지은 것이온데, 북방에 열여덟 박자가 있으니 어찌 남방이라고 열여덟 박자가 없겠습니까? 이것은 매우 처절한데, 상공의 공이 우주를 덮고 이름이 일월을 진동하니 석호자의 노래는 상공을 원망하는 것이 아니라 스스로 아파하는 것입니다. 그래서 연주했습니다."

상서가 말했다.

"맑고 한가롭고, 깊고 고요한 곡조 하나를 듣고 싶구나."

동정월이 대답했다.

"무릇 거문고[琴]라는 것은 금(禁)하는 것이니, 나쁜 마음을 금하는 것입니다. 그래서 옛날 성인께서 음악을 만드셨을 때에 거문고로 천지의 바른 소리를 삼으셨습니다. 붉은 봉황이 날아오르고 백학이 날며 벽력이 울리고 비바람이 몰아쳐 신과 사람을 변색하게 하는 것은 사광(師曠)[205]이 소

품, 비분한 마음을 진술한 작품이다. 일설에는 채염이 흉노에서 중국으로 돌아와 호인(胡人)을 생각하면서 갈대 잎을 접어 애원하는 소리를 냈고, 뒤에 동중서(董仲舒)가 모사해 이 곡을 만들었다고도 한다.

205) 춘추 시대 진(晉)나라의 악사로, 소리를 잘 분별해 길흉을 점쳤다고 한다. 《여씨춘추(呂氏春秋)》에는 '진(晉)나라 평공(平公)이 큰 종을 주조하고 악공들에게 소리를 들어 보라고 했는데, 다들 음률에 맞는다고 했지만 사광만이 맞지 않다고 했다. 평공이 묻자 후세에 음률을 아

리를 살피는 것이요, 바다와 하늘이 텅 비고 바다와 산이 푸르러 그 소리가 아득하고 망망한 사이에서 나는 듯한 것은 성련(成連)206)이 소리를 배우는 것이요, 높은 산이 우뚝하며 흐르는 물이 가득 차서 넘쳐서 아주 깨끗하고 멀리까지 텅 비어 신령한 물소의 뿔처럼 서로 비추는 것은 백아(伯牙)207)가 소리를 아는 것이니, 먼저 그 정경을 알고 그 바른 소리를 구했기 때문입니다.

무릇 높고 큰 집에서는 총애를 받고 영화롭고자 하는 마음이 말 달리듯이 쫓아가게 되고, 시비를 가리려는 마음이 다투어 일어나서 도도하게 세상의 번거로운 일에 가려지고 번잡한 욕심에 빠져들게 되어 바른 소리가 나올 수 없습니다. 상공께서 그 바른 소리를 듣고자 하시오면 잠시 자취를 옮겨 정신을 맑게 하고 마음을 넓혀 보십시오. 그러면 바른 소리를 들으실 수 있을 것입니다."

는 자가 있으면 음률에 맞지 않다는 것을 알 것이기에 임금을 위해 부끄러워한다고 했다. 과연 악사인 연(涓)이 와서 듣고는 음률에 맞지 않는다고 했다'는 이야기가 실려 있다.
206) 춘추 시대에 거문고를 잘 타던 사람으로, 백아의 스승이라고 한다.
207) 춘추 시대 초나라에서 거문고를 잘 타기로 유명했던 사람이다. 그의 거문고 소리를 잘 알아들었던 종자기(鍾子期)와의 관계에서 '지음(知音)'이라는 고사가 유래했다.

상서가 말했다.

"어느 곳에 그런 아름다운 경치가 있는가?"

동정월이 대답했다.

"첩이 거처하고 있는 육교루가 그런 곳입니다."

상서가 말했다.

"그곳도 도시 가운데에 있는 곳인데, 어떻게 그런 경치를 얻을 수 있겠는가?"

동정월이 말했다.

"상공께서 한번 보시오면 그곳이 아름다운 경치를 가진 곳이며 바른 소리가 나오는 곳임을 아실 것입니다. 상공께서는 헤아려 보십시오."

상서가 이에 몸을 일으키며 말했다.

"아무튼지 한번 가서 보겠네."

그러고는 종자에게 명해 옥여의를 받들게 하고 육교루에 이르렀다. 계곡물은 졸졸 흐르고 푸른 벽은 밝게 빛났으며, 소나무와 계수나무는 잘 가꾸어져 있었고, 문과 거리는 맑고 깨끗했다. 단지 화살 한번 날아갈 만한 거리에 이런 신선의 마을 같은 곳이 있었던 것이다. 저절로 정신이 상쾌해져 마치 불로불사약인 금단(金丹)을 한 알 먹은 것 같았다. 대사립을 열고 들어가니 구불구불한 꽃길이 똬리를 튼 뱀처럼 서른여섯 구비를 이루고 있었다. 동정월이 빙 돌아서 상서를 이끌고 육교루에 이르니, 열두 개의 옥난간이 꼭 광한전

(廣寒殿)208) 같았다. 상서가 동정월에게 말했다.

"정말 한 폭의 그림처럼 아름다운 경치로구나!"

동정월이 대답했다.

"석양 무렵이라서 푸른색·노란색·보라색·녹색이 비록 비단에 수놓은 것 같기는 하지만, 진정 거문고를 뜯을 만한 시간은 아닙니다. 나무 그림자가 어둑하고 이슬 기운이 푸르고 시원해 숲속에서 학이 놀라 울어 대며 원숭이들이 길게 소리를 지르기 때문입니다. 조금 더 시간이 흐르고 달이 봉우리 위에 떠올라 일대의 경관이 깊숙하며 모든 소리들이 적막해져야 때가 됩니다."

상서가 속으로 기뻐하며 뒷짐을 지고 꽃밭과 연꽃이 핀 연못 사이를 천천히 걸으며 좌우로 완상했다. 기쁘게 얻은 것이 있는 것 같아 속으로 생각했다.

'저 동정월은 이 세상에서 아주 뛰어난 인물이로구나.'

그러고는 방황하면서 돌아보니 수레바퀴처럼 둥글고 밝은 달이 동산 위로 완연히 올라와 있었다. 동정월이 상서에게 말했다.

"영광스럽게도 상공께서 누추한 곳에 오셔서 발길을 머무르시는 것은 거문고의 바른 소리를 듣고자 하시는 것이니, 그 감격과 송구함을 이길 수 없습니다. 제가 지금 재계하

---

208) 달 속에 있다는 전설상의 궁전.

고 머리를 감고 와서 줄을 고르고 소리를 돋우려고 하니, 원컨대 상공께서는 그 소리를 판별해 보십시오."

그러고는 비단옷으로 갈아입고 보석이 달린 허리띠를 매고 왔다. 옥으로 만든 돈대 위에 바르게 앉아 손이 움직이는 대로 한번 희롱하니 그 소리가 화창해 사람을 기쁘게 했다.

상서가 말했다.

"이것은 대우(大羽)[209]가 아닌가?"

또 다른 곡으로 변주하니 그 소리가 마치 꿩이 나무에 오르는 것 같았다. 상서가 말했다.

"이것은 대각(大角)이 아닌가?"

또 변주해 다른 곡을 연주하니 그 소리가 마치 소가 골짜기 속에서 우는 것 같았다. 상서가 말했다.

"이것은 대궁(大宮)이 아닌가?"

또 줄을 급하게 바꾸어 다른 한 곡조를 뜯으니, 그 소리가 슬프면서도 아파서 사람으로 하여금 눈물을 흘리게 했다. 상서가 말했다.

"이것은 청상(淸商)[210]이 아닌가?"

---

209) 대우(大羽)·대각(大角)·대궁(大宮)은 모두 오음(五音)의 우·각·궁과 관련되는 것으로 보이나, 앞에 '대(大)'가 붙어 그 소리가 어떤 종류의 소리가 되는지는 자세하지 않다.
210) 오음 가운데 상(商)의 소리로, 특히 맑은 음을 낸다고 한다.

동정월이 손을 멈추고 옷깃을 추스르며 말했다.

"상공께서는 소리를 잘 아는 분이라 할 수 있겠습니다. 이것이 이른바 바른 소리라는 것입니다."

상서가 말했다.

"이런 소리들이 전해지지 않은 지 오래됐다. 〈광릉산송풍곡(廣陵散松風曲)〉211)도 오늘날 사람은 타지 못하는데, 하물며 음악 소리 가운데 정말로 드문 바른 소리라면야! 자네는 거문고의 스승이라고 할 수 있겠네. 어떻게 신령한 거문고를 배워서 이런 곡조들의 묘미를 꿰뚫을 수 있었는가? 그 변화된 소리도 듣고 싶구나."

동정월이 자리를 피해 대답했다.

"옛날에 사광이 변조의 우조(羽調)212)와 치조(徵調)213)의 소리를 연주할 때 제왕(齊王)이 놀라 얼굴빛이 달라졌다 합니다. 상공께서는 비록 영웅의 기상을 가졌더라도 반드시 정신을 안정하지 못하실 것이니 도리어 타지 않는 것만 못

---

211) 〈광릉산(廣陵散)〉은 거문고 곡의 이름으로, 진(晉)나라의 혜강(嵆康)이 은자에게서 전수받았는데 그의 사후에는 전하는 사람이 없었다. '송풍곡'에 대해서는 자세하지 않다.

212) 전통음악에서 사용된 악조의 하나로 씩씩하고 맑은 느낌의 곡조.

213) 중국 음계인 오조(五調) 중의 하나로, 궁(宮)·상(商)·각(角)·치(徵)·우(羽)의 5성 가운데 치가 주음이 되는 조이다. 이 선법은 조선 초기의 평조(平調) 선법(旋法)과 같은데, 화평한 소리를 낸다.

합니다."

상서가 말했다.

"나는 만 리나 떨어진 전장에 나가서 벼락이 하늘을 흔들어도 얼굴색이 바뀌지 않았었네. 비록 호걸 대장부라도 나와 같은 자가 없는데 어찌 거문고 한 곡조를 듣고 얼굴색이 달라질 수 있단 말인가?"

동정월은 영민하고 지혜롭고 민첩해, 그 말을 듣고 상서가 남자가 아니란 것을 확신했다. 이에 말했다.

"상공께서는 비록 옛날 여와씨(女渦氏)214)가 거문고 곡조를 지은 것이라 하더라도 소리를 아는 데에 더할 것이 없습니다."

상서는 실언을 했다는 것을 깨닫고 곧바로 몸을 일으키며 말했다.

"밤이 이미 반이나 깊어 정신과 기운이 피곤하니, 변화된 소리는 뒷날에 다시 와서 들어야겠네."

그러고는 본부로 돌아갔다. 동정월은 상서를 보내고 몰래 장 상서에게 고했다. 장 상서는 마음으로 홀로 기뻐하며 자나 깨나 바라는 것이 급했다. 그러나 끈을 이어 줄 사람이

---

214) 중국 상고시대 임금의 이름이다. 복희씨(伏羲氏)의 누이로, 오색(五色)의 돌을 반죽해 하늘을 깁고 큰 자라의 발을 잘라서 사극(四極)을 세웠다고 한다.

전혀 없어 밤낮으로 근심하고 생각할 뿐이었다.

하루는 동정월이 장 상서를 찾아왔다. 상서는 밀실로 이끌어 은근히 마음을 드러내어 말했다.

"이 상서가 남자가 아니라 여자라는 것은 분명히 알았으나 시행할 만한 계책이 없으니 어찌하면 좋단 말이냐?"

동정월이 한참 있다가 말했다.

"제게 계책이 하나 있는데, 이렇게 저렇게 행하실 수만 있다면 반드시 들어맞지 않을 리가 없습니다. 그러나 만약에 혹시 조금이라도 서툴러 누설되면, 이 상서는 비록 부인이라도 특이한 성격이 있으니 그대로 어긋나게 되어 다시는 얻을 수 없을 것입니다. 상서께서는 충분히 삼가고 비밀스럽게 행하십시오."

상서가 크게 기뻐하며 말했다.

"너의 말이 아름답다. 마땅히 깊이 삼갈 것이다."

동정월은 장 상서에게 영웅호걸의 풍모가 있음을 알고 백 년의 약속을 의탁하고자 했다. 그래서 마음을 다해 이 상서와의 혼사를 주선하기를 매우 열심히 했다.

이때 산동에 커다란 기근이 들어 인민들 중에 굶어 죽거나 집을 잃고 떠돌아다니는 자가 날마다 천 명씩이나 나왔다. 천자가 크게 걱정해 장 상서에게 특별히 산동성순무도어사(山東省巡撫都御史)를 제수해, 도장과 깃발을 지니고 가서 모든 도(道)의 인민을 알아듣도록 깨우치고 어루만지며, 창고를 열고 곡식을 내어 곤란하고 고통스러운 사람들을 구휼하라고 했다.

장 상서가 그날로 떠날 차비를 차려 길을 나서니 백관이 동문 밖 길에 장막을 치고 상서를 전송했다. 조정의 신하들이 모두 모였지만 오직 이 상서만은 오지 않았다. 장 상서가 괴이쩍게 여겨 한참을 기다렸지만 끝내 그림자도 나타나지 않으니 어쩔 수 없었다. 할 수 없이 길을 나섰지만 슬픈 기색이 드러났다. 그러자 백관들이 서로 돌아보며 말했다.

"장 상서는 호걸스러운 남자요 충성스럽고 곧은 신하입니다. 그러나 천자의 명을 받고 동쪽으로 가면서 깃발은 잘 나아가지도 않고, 또 얼굴에 기쁘지 않은 기색이 있어 마치 아녀자와 같은 모습을 보이고 있으니 도통 그 이유를 알 수 없습니다."

장 상서는 이 상서와 나이도 같고 함께 수학한 사이에다가, 마음과 뜻을 같이해 서로를 알아보는 정이 있었다. 하물며 깊이 바라는 바가 있어서 벼슬길을 나란히 걸으면서 쉬거나 머리를 감는 한가한 때에도 옷깃을 함께하며 잠시도 떨어지지 않았던 사이였다. 그런데 이번에는 사명이 너무나 급해 손을 잡고 이별을 고하지 못하고 동문에서 전별한다고 생각해 고심하며 기다렸던 것인데도 얼굴 한번 보지 못했다. 천 리나 되는 먼 길을 가게 되어 갔다가 돌아오는 데 1년이 넘는 기간이 소요될 것이니, 어찌 마음속에서 슬픔이 일어나지 않겠는가? 아름다운 물과 밝은 산, 역에 선 버드나무와 정자 옆에 핀 꽃을 바라보면서도 이 상서 생각이 어둑하니 자리 잡고 있었다. 입으로는 시를 읊으면서도 마음은 요란해 입을 꾹 다물고 말없이 말이 가는 대로 수레를 몰았다.

50리쯤 나아가 산양역(山陽驛)215)에 도착하니 커다란 누대가 하나 있었다. 그 누대는 본래 산양군에서 유명한 명승지로 이름난 구조물이었다. 임금 소유의 정원이었는데 천자가 이 상서에게 상으로 내려 쉬면서 목욕하는 별장으로 삼게 했다. 장 상서는 그 누대에 대해서는 알지 못하고 무심하게 구경하면서 다만 행차를 재촉해 나아갈 뿐이었다. 그런데 한 무리의 사람들이 길가에서 기다리고 있다가 한 통의 편지를 올리는 것이었다. 뜯어보니 그것은 이 상서의 편지였다. 편지에는 다음과 같이 씌어 있었다.

> 형경은 형이 천자의 명을 받들어 동쪽으로 간다는 것을 듣고 먼저 별장에 나아가 정성을 다해 한번 이별을 고하고자 하네. 형이 빛나게 돌아봐 주기를 바라네.

---

215) 중국에 산양역(山陽驛)이 고유 지명인지는 확인하지 못했다. 산의 남쪽과 강의 북쪽을 양(陽)이라 하고 산의 북쪽과 강의 남쪽을 음(陰)이라고 하는데 산양역이 고유 지명이라면 산동성에 있는 태산 남쪽에 있는 역 이름으로 보인다.

장 상서가 편지를 다 읽고 크게 기뻐 웃는 얼굴을 두 손으로 감싸 쥐는 것도 깨닫지 못했다. 이에 기다리던 사자에게 앞에서 인도하라 명하고 수레를 돌려 그곳으로 향했다. 행차가 화살 몇 번 쏘아서 닿을 만한 곳에 이르니 커다란 별장이 막아섰다. 옥으로 만든 난간과 그림이 화려한 문설주에는 금빛과 파란색이 휘황했고, 산 빛과 물소리가 좋은 데다가 소나무와 계수나무가 가리고 있어서 신선의 마을이요, 하늘과 통하는 복지(福地)라고 할 만했다. 장 상서가 수레에서 내려 옥란교(玉欄橋)에 이르니 이 상서가 모가 진 두건과 검은 적삼으로 대지팡이를 들고 내려와 기쁘게 영접했다. 장 상서가 손을 잡고 말했다.

"형의 신선과 같은 모습을 여기에서 볼 수 있으리라고 어찌 생각할 수 있었겠나?"

이 상서가 웃으며 말했다.

"남자가 어느 곳에서든 만나지 않겠는가?"

장 상서가 이 상서를 보고 말했다.

"형은 휴가를 얻어 이름난 정원에서 유유자적하고 있고, 나는 천 리를 달려가서 천자의 위덕(威德)을 과시하는 일을 해야 하네. 하지만 이는 모두 성은이 미친 바이니, 다시 어느 날에나 형과 더불어 손을 잡고 함께 돌아가 녹문(鹿門)216)에서 밭갈이 할 수 있을는지?"

이 상서가 웃으며 말했다.

"물러나 쉬면 녹야당(綠野堂)217)이요 스스로 내키는 대로 즐기면 경호수(鏡湖水)218)라네. 어째서 녹문에서 밭갈이 한다고 말하는가?"

장 상서가 말했다.

"양홍(梁洪)219)은 옛날의 열사(烈士)220)였는데 그의 아내 맹덕요(孟德耀)221)와 함께 녹문으로 돌아가 숨었다 하니

---

216) 중국 산서성(山西省) 우형(盂縣)의 서북쪽에 있는 지명이기도 하고, 중국 호북성(湖北省) 양양현(襄陽縣)의 동남쪽에 있는 산 이름이기도 하다. 양양현의 산에서는 당나라 시인 맹호연(孟浩然)이 은거했다.

217) 푸른 초목이 우거진 들에 세워진 집이라는 뜻이다. 당나라 재상 배도(裴度)가 지은 별장으로, 그는 여기에서 백거이(白居易)·유우석(劉禹錫) 등과 시주(詩酒)를 즐겼다.

218) 거울처럼 맑은 호수라는 뜻으로, 당나라 시인 하지장(賀知章)의 시 〈회향우서(回鄕偶書)〉 두 번째 수에 등장한다. 그가 절강성(浙江省) 영흥(永興) 사람이었기에 경호는 그 지역의 호수로 추정된다.

219) 후한 때 평릉(平陵) 사람으로, 많이 읽어 통하는 것이 많았으며 훈고학(訓詁學)에 뛰어났다. 그의 처 맹씨와 더불어 패릉(覇陵)의 산중으로 들어가 농사짓고 길쌈하는 것을 업으로 삼았다. 장제(章帝)가 등용하려 하자 성명을 바꾸고 산동성에 은거했다.

220) 나라를 위해 절의를 굳게 지키며, 충성을 다해 싸운 사람을 뜻한다. 양홍은 제왕의 부름에 사양하고 산림에 은거했으므로 열사라고 하기는 어렵다.

221) 양홍의 아내다. 살이 찌고 용모가 추했으며 피부가 검고 힘이 세

이 어찌 일생에 즐거운 일이 아니겠는가?"

이 상서가 말했다.

"형의 말이 틀렸네. 나와 형은 형제이자 친구네. 어떻게 양홍과 견줄 수 있단 말인가?"

서로 박수를 치며 담소를 나누다 보니 이미 해가 저물었다. 장 상서는 숲속의 별장에서 묵었다.

여기서부터 이야기가 두 가닥으로 나누어진다.

동정월이 장 상서의 혼사를 깊이 생각했으나 시행해 볼 만한 꾀가 없었다. 그런데 하루는 갑자기 백학 한 마리가 육교루 앞에 있는 연꽃 위로 훨훨 날아와 앉아 길게 울었다. 동정월이 이상하게 여겨 급히 수가 놓인 신발을 끌고 그 앞으로 가서 손으로 그 깃털을 쓰다듬어 보았다. 학은 마치 잘 훈련된 것처럼 놀라거나 움직이지 않았다. 동정월이 보니 학의 왼쪽 겨드랑이 아래 작은 호리병 하나가 매달려 있었다. 마음속으로 너무나 놀라고 이상하게 여겨 호리병 입구를 열어 보았다. 그러자 호리병 속에서 갑자기 한 선인이 나와 동정월에게 예를 표하고 말하는 것이었다.

돌절구를 들 수 있었다. 서른이 넘도록 시집을 가지 않았는데, 부모가 그 이유를 묻자 양홍과 같은 사람을 얻으려 한다고 했으므로 양홍이 맞아 혼인을 했다. 맹씨가 혼인하고 처음으로 몸을 꾸미고 들어오니 양홍이 7일 동안 외면했다. 예전의 모습으로 돌아가니 양홍이 기뻐하면서 맞이했다고 한다. 덕요(德耀)는 자이고 이름은 광(光)이다.

"그동안 별고 없었는가? 내가 들으니 형이 인간 세상에 적강(謫降)222)하여 신령한 거문고를 얻어 그 조화를 빼앗았다 하니 그 재주가 경하드릴 만하오."

동정월이 절하고 청해 맞아서는 함께 누각 뒤에 있는 봉래정(蓬萊亭)으로 가서 손님과 주인의 예를 펴고 앉았다.

"감히 묻건대 선인께서는 무슨 맑은 가르침을 주시려고 더러운 세상에 오셔서 욕되게도 비루한 인간을 찾아오셨습니까?"

선인이 웃으며 말했다.

"저는 자허관 주인 위태랑이라고 합니다. 지난번 이 원수가 출정했을 때 사소한 공훈이 있다고 성은을 두텁게 입은 적이 있지요. 또 듣자 하니 형이 전생에 하늘에 있을 때 천을성과 장난치고 희롱했다고 인간 세상에 적강했고 천을성도 인간에 적강했다고 합니다. 전생의 죄 때문에 이 세상에서 받을 벌이 있어 이름을 청루223)에 두고 있지만, 장차는 천을성의 부실(副室)이 되어 백 년의 부귀를 누리게 될 것이니,

---

222) 천상에서 죄를 지은 신선이 인간 세상에 귀양을 와서 사람으로 태어나는 일을 뜻한다.

223) 청루(靑樓)와 홍루(紅樓)는 중국에서 기녀들의 영업집을 구분하던 방식인데, 홍루는 몸을 파는 곳이고 청루는 격조 있는 풍류 장소였다. 우리나라에서는 청루와 홍루의 구별이 그다지 엄격하지 않았다.

미리 축하를 드립니다."

동정월이 물었다.

"천을성은 과연 누구입니까?"

"예부상서 장소입니다."

또 다시 물었다.

"그러면 천을성의 원 부인은 누구입니까?"

"남만에 출정했던 이 원수가 그입니다."

동정월이 놀라서 물었다.

"이 원수는 우주를 기울이고 진동시킨 호걸 남아입니다. 어떻게 남의 아내가 될 수 있겠습니까?"

위태랑이 웃으며 말했다.

"운수가 시켜서 저절로 그렇게 된 것이니, 반드시 누설해서는 안 됩니다."

동정월이 또 물었다.

"선랑께서 이·장 두 사람에게 하늘이 맺어 준 인연이 있다는 것을 분명히 아신다면 어째서 월하노인(月下老人)[224]이 되어 중매를 하지 않습니까?"

---

[224] 인연을 맺어 주는 신격의 중매인이다. 당나라 위고(偉固)가 여행하다가 달 아래에서 자루에 기대 책을 읽고 있는 이인(異人)을 만나 그 자루 속에 있는 붉은 줄이 무엇이냐고 물었는데, 그 노인이 그것은 인연을 맺어 주는 실이며 이 실을 가지고 부부가 될 남녀의 발목을 묶는다고 대답했다고 한 데서 나온 고사다.

위태랑이 말했다.

"때가 아직 이르지 않았으니 미리 움직일 수 없습니다. 그러나 빈도는 옥황상제의 명을 받고 장차 진진(秦晉)[225]의 좋은 인연을 맺어 주려 합니다. 먼저 형을 방문한 것은 단지 한마디 할 말이 있어서입니다."

동정월이 물었다.

"그 가르침을 받고자 합니다."

위태랑이 말했다.

"장·이 두 상서가 비록 삼생의 인연이 있으나 아직 절대 그 음양을 드러내서는 안 됩니다. 시기가 점점 다가오기에 명을 받들어 남자는 남자가 되고 여자는 여자가 되게 해 도요(桃夭)[226]의 약속을 이루려 합니다. 만일 그 일을 행하려고 하면 마음과 힘을 무한하게 다 써야 하며 무한의 시절이 지나야 그 일을 이룰 수 있을 것입니다. 형은 이리저리 행하며 성실하게 마음에 담아 두십시오."

동정월이 절하고 은근히 말했다.

---

225) 춘추 시대 진(秦)나라와 진(晉)나라가 대대로 혼인 관계를 맺어 왔기에, 두 성씨가 혼인을 통해 인연을 맺는 것을 '진진지연(秦晉之緣)'이라 한다.

226) 혼인을 지칭한다. 《시경(詩經)》〈주남(周南)〉〈도요(桃夭)〉 편 서(序)에 여자가 투기를 하지 않으면 남녀가 바르게 되고 때에 맞추어 혼인을 하게 되므로, 나라에 홀아비와 과부가 없게 된다는 말이 있다.

"삼가 마땅히 가르침을 받들겠습니다."

위태랑이 말했다.

"빈도는 이제 이별을 고합니다."

그러고는 호리병 속으로 들어가서 생황을 한번 부니 백학이 하늘로 뚫고 가 버렸다.

이때 천자가 자신전(紫宸殿)227)에 행차해 백관들과 더불어 어전회의를 열어 산동을 구휼할 방책을 논했다. 또 사방의 변경과 각 성(省)의 정치를 논해 현명하고 어진 재목을 택하라 했다. 여러 신하들이 차례로 나와 아뢰는데 매사가 타당했다.

성관(星官)228)이 정오를 알리는 종루(鐘漏)229)가 울렸다고 하는데 갑자기 어디선가 생황 소리가 들리더니 파란 하늘에서부터 새가 우는 소리가 나며 점점 가까이 오더니 한 마리의 백학이 궁전의 벽옥으로 된 뜰 앞에 내렸다. 어떤 한 선랑이 머리에 진주팔보관(珍珠八寶冠)230)을 쓰고 몸에는

---

227) 당나라 때의 궁전 이름.

228) 천문을 관장하던 관리.

229) 종과 물시계.

230) 팔보(八寶) 문양을 새기고 진주를 박은 관이라고 보면 될 듯하다. 이 작품이 주로 기대고 있는 도교(道敎)의 팔보(八寶)는 진주·마름모·경쇠·무소뿔·엽전·서물·파초 잎·거울이다. 진주는 깨끗한 영성미를, 마름모는 대자연의 승리를, 경쇠는 경과 상통하여 즐거움과

구름무늬 수를 놓은 얇고 가벼운 비단옷을 입고 발에는 금신발을 꿰고 손에는 옥으로 만든 생황을 들고, 걱정스러운 모양으로 학의 등에서 내려 전각 아래에서 절을 했다. 천자가 보고 태사(太史)[231]로 하여금 묻게 했다.

"선랑이 하늘로부터 내려오니 무슨 고상한 가르침이 있는 것이오?"

선랑이 말했다.

"빈도는 지난날 은혜를 입었던 자허관 주인 위태랑이라 하옵니다. 빈도는 옥황의 명을 받잡고 곤륜산(崑崙山)[232] 서왕모(西王母)[233]의 현포도관(玄圃道觀)[234]으로 들어가

기쁨을, 무소뿔은 행복을 상징한다. 또한 엽전은 마귀를 제압하고, 서물은 복되고 길한 일이 일어날 조짐을 나타낸다. 파초 잎은 농촌의 부와 길상을 표시하며, 거울은 그 빛이 악마를 물리쳐 흩어지게 한다는 의미를 지니고 있다.

231) 옛날 중국에서 기록을 맡아보던 관리.

232) 중국의 서방에 있는 최대의 영산(靈山)이다. 서방의 낙토(樂土)로 서왕모가 산다고 하며, 아름다운 옥이 난다고 한다.

233) 중국 곤륜산에 살았다고 하는 옛 선인으로, 성은 양(楊) 또는 후(侯)씨이고 이름은 회(回)라고 한다. 주나라의 목왕(穆王)이 서정(西征)해 요지(瑤池) 위에서 만나 왕모로부터 선도(仙桃) 세 개를 얻었다고 한다. 또 한나라 무제가 장수(長壽)를 원하고 있을 때 그를 가상히 여겨 선도 일곱 개를 가지고 내려와 주었다고 한다.

234) 전설상으로 중국 곤륜산의 위쪽에 있다는 선인의 도관.

는 중이었는데, 바야흐로 길이 황성을 지날 때 잠시 보니 살기가 넘치고 있었사옵니다. 그래서 대궐을 살펴보니 반드시 아랫사람으로서 윗사람을 해치고자 꾀하는 자가 있을 것이옵니다. 빈도가 비록 세상 밖의 사람이지만 본디 대명국의 백성이고 또 천자의 은혜를 입었기에 이를 알려드리는 것이옵니다."

태사가 이 말을 천자에게 고했다. 천자가 태사로 하여금 조용히 그 방법을 물으라 했다. 선랑이 비밀히 말했다.

"척리(戚里)235)에 법도를 벗어난 자가 있어서 반드시 천자를 범할 모의를 하고 있을 것이옵니다. 막고자 하신다면 먼저 매복을 두어 생각할 수 없는 일에 대비하시옵소서."

태사가 물었다.

"어떤 매복을 써야 생각할 수 없는 일에 대한 방비가 되겠소?"

선랑이 말했다.

"이것은 군대를 동원해 막고 보호할 일이 아니옵니다. 모름지기 검객을 써서 궁전의 벽장 사이에 매복해 있으면, 사흘이 안 되어 반드시 큰 변고를 막을 수 있을 것이옵니다."

또 물었다.

---

235) 장안에 있던 동네 이름으로, 한나라 때에 천자의 내척(內戚)과 외척(外戚)이 살고 있던 곳이다.

"검객을 어떻게 구해야 하오?"

선랑이 말했다.

"봉래원 왼쪽 육교루에 동정월이란 자가 있을 것이온데, 거문고를 잘 타는 자이옵니다. 그의 아우 무산운(巫山雲)도 또한 경국지색이온데 평소에 선계를 따라 공손대랑(公孫大娘)236)의 혼탈무법(渾脫舞法)237)을 배워 검술이 신과 같사옵니다. 모름지기 이 사람을 구하면 10만의 적병을 대적할 수 있을 것이오니, 바라건대 소홀히 하지 마시옵고 조심해 거행하시옵소서."

태사가 이 말을 천자에게 고했다. 천자가 말을 전해 감사를 표하고 마음을 써서 방비할 것이라 하니, 선랑이 몸을 날려 학을 타고 바람처럼 하늘로 올라가 사라져 버렸다.

천자가 곧 이 상서를 부르게 했는데, 이 상서는 이때 산양의 별장에 있으면서 장 상서와 더불어 이별하던 중이었다. 조서를 받고 곧장 황도로 향해 달려가 천자 앞에 엎드리니 천자가 비밀스럽게 말했다.

"자허관 주인 위태랑이 와서 이러저러한 말을 했소. 깊이 믿을 것은 못 되지만 말한 바가 상도에서 어그러지니 어떻게 조처해야겠소?"

---

236) 당나라의 기녀로 검무(劍舞)를 잘 추었음.
237) 흐리게 하고 빼앗는 춤 법이라는 뜻.

이 상서가 아뢰었다.

"비록 그가 세상 밖의 무리이지만 결코 속여서 말할 사람은 아니옵니다. 반드시 소견이 있을 것이니 평상시 일처럼 지나치지 마시고 방비하시옵소서. 거짓이라도 방비해 다른 변고가 없으면 진실로 해가 될 것이 없사온데, 만약에 정말로 그런 일이 있으면 다행스러움을 어찌 다 말할 수 있겠사옵니까? 원컨대 성상께서는 급히 대비책을 세우시옵소서."

천자가 말했다.

"경이 태사 진정방(陳廷芳)과 함께 상의해 처리하시오."

상서가 명을 받들고 곧바로 본부로 돌아와 몰래 진 태사를 불러 물었다. 태사는 그날 있었던 일을 세세하게 알려 주었다. 그러자 상서가 말했다.

"이 일을 미루어 둘 수 없으니 그대는 모름지기 무산운이라는 자를 맞이해 비밀스럽게 일을 시행하시오."

태사가 곧장 동정월의 집으로 가서 그 전말을 알리니, 동정월이 말했다.

"제 아우 무산운은 지금 파릉(巴陵)[238]에 있으니, 여기서 천 리나 됩니다. 만약 부르고 싶으면 제 집에 있는 전서구(傳書狗)[239]를 보내면 됩니다. 이 개는 하루에 천 리를 가니

---

238) 호북성(湖北省) 악양현(岳陽縣) 서남쪽에 있는 산 이름.
239) 편지를 전하는 개란 뜻인데, 본래 편지를 전하는 비둘기란 뜻의

그 편지를 보면 반드시 삽시간에 이를 것이니, 내일 황혼 이전이면 여기에 올 수 있을 것입니다."

태사가 재삼 단단히 부탁하니 동정월이 편지 한 통을 써서 집에서 기르는 유명한 개에게 매어 주었다. 그 개는 높이가 여섯 척이고 두 귀가 땅까지 늘어져 입으로 말은 못하지만 사람의 말은 잘 알아들었다. 목에다 편지를 매고 즉시 떠나 다음 날 이른 아침에 파릉 무산운의 집에 도착했다. 무산운이 방금 전에 일어나 꽃에 물을 주고 뜰의 계단을 한가롭게 거닐다가 홀연 언니가 기르는 천리구(千里狗)가 편지를 매고 오는 것을 보았다. 무산운이 기뻐하면서 말했다.

"너 왔구나!"

그러고는 손으로 그 편지봉투를 열어 보았다.

근래에 별고는 없니? 지금 큰일이 있어서 상의하려고 하니 신중히 해 시간을 끌지 말고 삽시간에 와 주렴. 네 밝은 얼굴을 눈에 두고 방황하며 기다리고 있어.

글을 읽고 천천히 개에게 떡과 고기를 먹이고 먼저 가게 했다. 그러고는 단후의(短後衣)240)로 갈아입고 행장을 단단

'전서구(傳書鳩)'와 같은 발음을 취한 것이다.
240) 일하기에 편리하도록 뒤쪽을 짧게 만든 옷.

히 꾸리고 칼춤을 추면서 무지개를 타고 삽시간에 육교루에 도착했다. 태사도 이르러 동정월과 함께 기다리고 있다가 문득 보니, 한 줄기 맑은 바람이 불어오면서 한 미인이 삼척 길이의 칼을 지니고 바람처럼 오는 것이었다. 동정월이 기쁘게 악수를 하면서 말했다.

"왔구나, 왔어!"

그러고는 태사와 함께 인사를 나누고 그 일에 대해 모두 말했다. 무산운이 개탄하면서 말했다.

"국가에 일이 생겼는데 어찌 감히 근심을 다하지 않을 수 있겠습니까?"

그러고는 태사와 비밀리에 약속하고 급히 그 기약을 좇아 충분히 행장을 꾸린 다음 자신전의 벽장 속에 숨었다. 한밤중에 이르자 과연 한 줄기 흰 무지개 같은 기운이 전각의 한 귀퉁이에 꽂히면서 비릿한 바람이 확 일었다. 무산운이 일이 있음을 알고 정신을 집중해 맹렬히 그 기미를 살폈다.

무산운이 언뜻 보니 한 줄기 푸르고 붉은 기운이 전각의 귀퉁이에 꽂혔다. 그러고는 겹겹이 이어진 물고기 비늘 모양의 갑옷을 입고 머리는 뿔이 난 것처럼 하늘로 솟은 어떤 여인이 손에 삼척의 비수를 들고 성큼성큼 걸어오는 것이었다. 또 다른 여자 하나는 손에 큰 칼을 들고 그 뒤를 따라 이르러 곧장 전각 안으로 들어왔다. 무산운은 그들의 종적이 매우 날랜 것을 알고 온 신경을 곤두세워 탐지하다가 칼을 들고 뒤를 따라가서 큰 소리로 꾸짖었다.

"야 이 귀신들아, 어찌 이리도 무례하단 말이냐?"

그 여자는 크게 놀라 얼이 빠졌다. 그리고 머리를 돌려 자세히 쳐다보더니 칼로 찌르려고 했다. 그러나 무산운은 눈이 밝고 손은 빨랐으며 기술은 신의 경지에 이른 자라서 칼을 들어 막았다. 한 여자가 또 협공을 하자 무산운이 왼쪽으로 갔다가 오른쪽으로 갔다가 하면서 한 자루의 칼로 두 싸움을 벌였다. 금빛이 번쩍번쩍하여 조금도 빈틈이나 실수가 없었으며, 정신은 두 배나 더 맑아졌다. 싸움이 반나절에 이르자 비룡상천세(飛龍上天勢)[241]를 맹렬히 사용해 갑옷을 입은 여자를 베어 넘어뜨렸다. 머리가 땅에 떨어졌는데 크기가 구리 솥만 했다. 승세를 타고 그 여자를 잡아채 산 채로 사로잡았다. 한 손으로 그 여자의 팔뚝을 잡고 큰 소리로 외쳤다.

"갑사(甲士)[242]들은 어디에 있습니까?"

이 상서는 무산운이 실수할까 저어해 무사 백 명에게 명해 지붕 밑에 숨어 있게 했었다. 갑사들이 호령을 듣고 일시에 함께 뛰어나와 그 여자를 결박해 비단옷을 입히고 감옥

---

[241] '나는 용이 하늘로 올라가는 형세'라는 뜻.

[242] 직업군인을 가리키는데, 중국 주나라 때 상층 군인을 부르던 데에서 기원한 명칭이다.

에 가두었다.

대궐이 소란한 관계로 병부상서가 횃불을 붙이라 명하여 전각 속을 살펴보았다. 과연 예기치 못한 변고가 있었지만 이미 깨끗하게 정리된 뒤였다. 무산운에게는 궁궐에서 공을 기다리라 하고, 형틀을 크게 갖추어 그 여자를 신문했다. 여자가 자백했다.

"죽은 여자는 월국(越國)의 유명한 칼잡이 일지청(一枝靑)이고 저는 그의 제자 일지홍(一枝紅)이라 합니다. 승상 엄세번(嚴世蕃)이 만금을 걸고 사서 모아 하비(何妃)를 제거하면 마땅히 제 딸이 임금님의 사랑을 받을 수 있을 것이라 하면서 일을 일으킨 것이 여기까지 이른 것입니다. 죽을죄를 지었습니다. 죽을죄를 지었습니다."

상서가 그 사실을 모두 아뢰니 천자가 크게 노해 엄세번을 잡아 국문하라 하고 일지홍을 특별히 사면하라 했다. 그러고는 무산운을 부르니 무산운이 천자 앞에 엎드렸다. 천자가 말했다.

"네가 큰 공을 이루고 사직을 맑게 안정시켰으니 너를 초국부인(楚國夫人)으로 봉할 것이다."

그러고는 상으로 황금 백 근을 주고 하 귀비에게는 황금 5백 근을 주니 무산운이 머리를 조아리며 은혜에 감사를 표했다. 진 태사가 아뢰었다.

"무산운의 언니 동정월이 힘써 주선해 큰 공을 이루게 됐으니, 원컨대 폐하께서는 특별히 은혜를 내려 주시옵소서."

그러자 천자가 명하여 동정월을 부르게 하고 제군부인(齊郡夫人)으로 봉하고 황금 50근을 주었다. 하 귀비도 상으로 금 3백 근을 주니 동정월이 절하고 은혜에 감사를 드렸다. 이 상서가 아뢰었다.

"동정월은 거문고 곡을 잘 타서 〈남풍해온곡(南風解慍曲)〉[243]도 잘 탈 수 있사옵니다. 금(琴)이란 것은 그 그릇됨을 금(禁)하여 임금의 그릇된 마음을 바로잡는 것이오니 어전에서 한번 연주하기를 원하옵나이다."

상이 크게 기뻐하며 거문고를 연주하라 하고 동정월이 〈남풍곡〉을 한 번 연주하니 전각 위로는 훈풍이 때맞춰 불어오고 뜰아래에서는 어둑한 구름이 모두 걷혔다.

천자가 말했다.

"짐이 마땅히 마음에 담아 둘 터이니 너는 번뇌하지 않아도 된다."

동정월이 물러나자 천자가 병부상서 이형경과 문학으로

---

[243] 《공자가어(孔子家語)》의 〈변악해(辨樂解)〉에 의하면, 〈남풍곡(南風曲)〉은 순임금이 지었다고 전하는 노래 이름이다. 옛날에 순임금이 오현금(五絃琴)을 뜯으면서 〈남풍〉을 지었는데, 그 시에 '남풍이 솔솔 불어오니 우리 백성들의 울분을 풀 수 있겠도다. 남풍이 때맞춰 불어오니 우리 백성들이 재산을 늘릴 수 있겠도다(南風之薰兮, 可以解吾民之慍兮, 南風之時兮, 可以阜吾民之財兮)'라는 구절이 있다.

시종하는 신하들을 불러 침향정(沈香亭)244)에서 잔치를 베풀었다. 술이 반쯤 취하자 천자가 웃으며 말했다.

"예로부터 충신과 어진 신하들, 공이 으뜸이 되는 명장들이 어찌 남자에게만 있고 여자에게는 없었겠는가? 무릇 남녀는 똑같이 하늘에서부터 품을 받았고245) 똑같은 인류이되 여자에게 그런 사람이 없는 것은 왜인가? 짐이 한탄하고 애석해하는 바로다."

이 상서가 아뢰어 말했다.

"여자는 남자와 더불어 동등한 권리가 있지만, 교육을 받은 것이 없고 학문을 닦은 것도 없으니, 동등한 권리를 잃게 되어 무리 가운데서 우뚝하게 드러나는 자가 있다는 것을 듣지 못했사옵니다. 만약 하늘에서 낸 특출한 재목이 있다면, 진실로 규중에서만 번거롭게 왔다 갔다 하면서 단지 아녀자의 짓만 하지는 않을 것이니 어찌 없다고 하겠습니까?"

천자가 웃으며 말했다.

"진실로 그럴 것이오. 그러나 비록 그렇다 하더라도 만약에 특출한 여자가 있어서 음(陰)이 변하여 양(陽)이 되어 세상에서 활동한다면, 그 혼인의 길은 과연 어찌해야 하겠소?

---

244) 당나라 궁중에 있던 정자 이름으로, 이곳에서 현종과 양귀비가 작약과 모란을 관상하면서 이백(李白)을 불러 시를 짓게 했다고 한다.
245) 원문의 '품수(稟受)'는 선천적으로 타고남을 이르는 말이다.

가령 경으로 하여금 여자인데 남자가 되어 국가에서 공훈을 세우고 천하에 빛을 드러낸다면 마땅히 어떻게 하겠소?"

이 상서가 아뢰었다.

"마음과 성품이 발현되는 바는 각각 주가 되는 바가 있을 것이옵니다. 만약에 신으로 하여금 시험 삼아 생각해 보라 하신다면, 규중에 죽치고 있으면서 사방을 경영하지 못하고 화장품에 구속되어 있고 밤새 바느질이나 하며, 수건과 빗을 받들고 키질과 비질을 일삼게 한다고 하더라도, 그것으로 영웅의 기운이 꺾이지는 않을 것이옵니다. 신의 소견이라면 반드시 시집을 가지 않을 것이옵니다."

천자가 말했다.

"그러나 그대는 여자가 아니오. 남자의 성품으로 어찌 여자의 마음과 태도를 알 수 있겠소?"

그러고는 육궁의 비빈(妃嬪)246)을 불러 물었다.

"그대들이 만약 남자가 되어 세상길로 나아갈 수 있다면 끝내 지아비를 따르는 일에 대해서는 어떻게 하겠는가?"

한 궁인이 대답했다.

"가령 신첩이 남자가 되어 공을 세우고 이름을 날려 만국에 빛나더라도 남녀의 길을 가지 않고 음양의 즐거움을 모른다면, 이는 결코 하늘이 낳은 만물의 이치가 아닐 것이옵

---

246) 왕비[妃]와 궁녀[嬪]를 아울러 이르는 말.

니다. 그래서 여자의 옷을 갈아입고 한때의 권도를 따르며 백 년의 아름다운 배필을 취해 부부의 즐거움을 영원히 누리다가, 만약에 국가에 큰일이 생기면 분수를 따라 충성을 다하는 것이 옳은 일이 아닌가 하옵니다."

상이 크게 기뻐하며 상을 내려 주고 잔치를 파했다. 이 상서는 마음속으로 생각했다.

'성상께옵서 말씀하시는 가운데 뜻을 숨겨 놓으신 것 같다. 내가 끝내 성상의 총명함을 속일 수 없는 것이 하나요, 내가 이름이 천하를 울리고 있지만 이는 단지 남자로서 그런 것이니 또한 색다른 모습은 아닌 것이 둘이다. 표문을 올려 평생의 기개를 드러내는 것만 같지 못하겠다.'

그러면서 문을 닫고 생각하고 또 생각했다.

'본색을 드러내면 청혼하는 남자들이 있을 것이니 이것은 결코 할 수 없는 일이다.'

머뭇거리고 방황하면서 처신할 계책을 깊이 생각하고 있었다. 그런데 갑자기 하늘에서 옥피리 소리가 바람을 따라 들려오더니 한 마리 백학이 너울너울 내려오는 것이었다. 이 상서가 보니 그 백학 왼쪽 날개 위에 작은 호리병 하나가 걸려 있었다. 그 입구를 여니 어떤 선인 하나가 시원하게 나와서 이 상서에게 예를 표하고 말했다.

"별고 없으십니까? 빈도는 자허관 주인 위태랑입니다."

이 상서가 말했다.

"내가 선생이 국가에 공을 세웠다는 말을 들었습니다. 성상께 경고했으니 하늘을 떠받친 공이라 하겠습니다. 감사하는 마음을 마음에 새기겠거니와 지금 이곳에 귀한 걸음을 옮겨 바람처럼 임해 주신 것은 반드시 고상한 가르침이 있기 때문일 것이니, 정말로 기쁩니다."

선랑이 말했다.

"상공께서는 전생의 일을 기억하십니까? 상공의 전신은 태을성군(太乙星君)이었고 지금 예부상서 장공은 천을성랑(天乙星娘)247)이었습니다. 태을이 천을과 서로 희롱하는 말을 했고, 이 때문에 천제의 꾸지람을 만나 인간 세상에 적강했습니다. 공이 비록 재주와 학식을 감추고 있으나 끝내는 반드시 천명을 어길 수 없습니다."

상서가 말했다.

"무슨 말입니까?"

선랑이 말했다.

"상공께서 온 세상을 다 속여도 빈도를 속일 수는 없으니 상공은 천명을 따르십시오."

이 상서가 말했다.

"선형(仙兄)께서 가르치는 바가 내 마음과 합치되지 않

---

247) 천상에서의 이형경과 장소의 성별이 인간 세계에서의 성별과 바뀌어 있는 점이 주목된다.

을까 두려우니, 많은 말씀은 하지 마십시오."

선랑이 헛웃음을 한번 웃고 상서를 돌아보며 말하였다.

"다른 날 규방에 들어앉게 됐을 때는 내가 한 말이 귓속에 쟁쟁할 것인데, 어째서 지나치게 자랑하는 것입니까?"

그러고는 백학을 타고 하늘로 솟아올라 가 버렸다. 이 상서는 마음속으로 전생에 쌓인 업이 아직 다 해소되지 않은 채 자신의 눈과 눈썹에 얽혔음을 알고, '내 씩씩한 마음을 반드시 얼음처럼 녹이리라' 생각하며 길게 탄식했다.

하루는 동정월이 그 아우 무산운과 더불어 소매를 나란히 하고 왔다. 이 상서가 특별히 산속에 있는 정자로 맞아 차를 달여 대접하고 기쁘게 서로 대화를 나누었다. 동정월이 이 상서에게 말했다.

"오늘날의 인물들 가운데 출중한 자를 매우 많이 보아 왔지만, 상공처럼 호걸스럽고 따뜻하며 진중한 분과 장 상서처럼 맑고 빼어나고 아름다운 분은 없었습니다. 전세 부처님이 수행한 결과가 아니라면 필시 성군이 적강한 것일 테니 매우 특이하게 생각합니다."

이 상서가 웃으며 말했다.

"어찌 그런 사람이 이처럼 드물 수 있겠으며, 어찌 다만 우리들 몇 사람에 그치겠는가?"

한참 담소를 나누고 있을 즈음에 홀연 원로대신인 오국공(吳國公) 범제현(范齊賢)이 들렀다는 보고가 들어왔다.

상서가 사죄하며 동정월과 무산운 두 사람에게 산정(山亭)에 머물러 있으라 하고 외당에 나아가 찾아온 손님을 영접했다. 조금 있다 다시 산정으로 들어오니 동정월이 물었다.

"큰 손님이 오셨는데 중대하게 의논할 만한 일이라도 있었습니까?"

상서가 웃으며 말했다.

"그렇지 않네. 범 원로께서는 연로하심에도 불구하고 다른 자식이 없고 다만 아가씨 하나가 있는데 금년 나이가 열일곱이라 하네. 혼사를 의논할 만한 적당한 곳이 없어 머뭇거리다가 시집보낼 때가 너무 늦었고, 그래서 몸소 내게 통혼하고자 굽혀서 찾아오신 것이라네."

동정월이 치하하며 말했다.

"혼례를 치하하지 않는 것은, 그것이 인생의 당연한 차례이기 때문입니다. 그러나 저는 치하를 드리고자 합니다. 일찍이 듣건대 아름다운 숙녀는 군자의 좋은 짝이라고 했습니다. 제가 알기로 범 원로의 따님은 용모가 꽃 같고 덕성이 옥 같아, 상공께 좋은 배필이 될 것입니다. 이것이 축하하는 첫 번째 이유입니다. 또 상공께서는 공로가 이미 높고 춘추가 바야흐로 씩씩한 때임에도 아직 부인과 어울리는 즐거움을 누리지 못하고 계십니다. 그런데 지금 얻기 어려운 현숙한 처자가 대신의 가문에서 나왔으니 상공께 잘 맞습니다. 이것이 축하하는 두 번째 이유입니다. 원컨대 상공께서는 아름다운 때를 잃지 마십시오."

상서가 웃으며 말했다.

"내 뜻은 조복의 띠를 늘어뜨리고 옥홀(玉笏)248)을 잡은 채 천하를 태산처럼 편안하게 만들어 두고 급한 물결처럼 용감히 물러나서, 푸른 들과 평온한 샘물가에서 한가롭게 쉬며 뜻을 같이하는 친구들과 더불어 날마다 서로 시를 읊조리다가 여생을 마치는 것이라네. 아내를 두지 않겠다는 것은 어렸을 때부터 정한 것인데, 어찌 중간에 길을 바꿔서 구차하게 아내를 두는 더러운 짓을 하겠는가?"

동정월이 웃으며 말했다.

"상공의 말씀이 틀렸습니다. 무릇 결혼이라는 것은 모든 복의 근원입니다. 상공께서는 내시도 아니고 또 승려나 세상을 버린 무리도 아닌데, 어째서 인륜을 상하게 해 조상께 죄를 얻으며 우주에 비웃음거리를 남겨 주십니까? 상공의 말씀을 받아들일 수 없습니다."

상서는 자기 말의 이치가 바르지 않은 것을 알고 박수를 치고 크게 웃으며 말했다.

"월랑(月娘)은 여자인데 어째서 사람을 가려 시집을 가려 하지 않고, 남에게만 아내를 얻으라고 권하는 것이오?"

---

248) 옥(玉)으로 만든 홀(笏)로, 홀은 벼슬아치가 임금을 만날 때 조복에 갖추어 손에 쥐던 패를 말한다.

동정월이 말했다.

"첩은 논할 것도 없지만, 상공께서는 일찍 결정하십시오."

그러고는 무산운과 더불어 육교루로 돌아왔다. 무산운이 괴이하게 여기며 물었다.

"이 상서는 특출한 남자인데 어찌 아내를 얻으려 하지 않아? 내가 상서를 보니 여자이지 남자는 아닌 거 같아."

동정월이 말했다.

"그것을 어떻게 알았니?"

"매번 혼인하는 이야기만 나오면 미세한 붉은 색이 눈썹에 드러나던데? 기개는 뛰어나지만 여자의 본색은 면하지 못하는 걸!"

동정월이 말했다.

"무슨 도깨비짓 같아. 하늘의 선녀가 모두 주선하고, 성상 폐하께서도 권유하시는 일이고, 세상 사람들 모두 의심하고 있지만, 좀처럼 해결할 방도가 없네. 이것이 근래의 한 문젯거리지."

무산운은 상서가 남자인지 여자인지 알지 못하고 그 언니 동정월이 이 상서와 말을 주고받는 즈음에 자못 의심스러운 말이 있었다. 이에 마음으로 의심하고 괴이하게 여기다가 그 언니에게 물었다.

"언니가 아까 이 상서와 더불어 한자리에서 차를 마시며 담화할 때 의심하는 부분이 있는 것 같았는데, 왜 그랬어?"

동정월이 말했다.

"이 상서는 남자가 아니라 여자라서 온갖 의심스러운 점이 눈썹 끝에서 나오는 거야. 그가 남자가 아니라 여자인 것을 알았지만, 한결같이 뻗대며 거스르고 있으니 분명히 밝혀낼 도리가 없어 우려하고 있어."

무산운이 말했다.

"그가 남자인지 여자인지 밝혀내는 게 무슨 상관이야?"

동정월이 말했다.

"내가 평생 의탁하기를 바라는 사람은 장 상서 한 사람이야. 그런데 장(張)은 이미 이(李)를 굳게 마음에 두고 있어서, 그녀를 원실(元室)로 삼은 다음에 나를 부실(副室)로 삼겠다는 거야. 그래서 이가 여자인 것을 밝혀내려는 것인데, 이가 천성을 바꾸려 하지 않으니 우려하는 거지."

무산운이 말했다.

"언니가 이미 몸을 허락하기로 했다면, 천하에 어찌 장 같은 남자가 없겠어? 또 구차하게 왜 이의 다음이 되려고 해? 내 소견으로는 따로 사해의 영웅호걸을 구해서 백 년의 기약을 의탁하는 게 좋을 것 같은데, 왜 이렇게 번거롭게 구는 거야?"

동정월이 말했다.

"이것은 전생에서 만들어진 큰 인연이야. 하늘의 인연은 이미 정해졌으니 고칠 수 없는 거지."

무산운이 말했다.

"하늘의 인연이 과연 이미 정해져 있는 것이라면 그냥 기다리면 되지. 왜 마음을 쓰고 생각을 해서 이뤄야 해?"

동정월이 말했다.

"하늘이 정한 것도 반드시 사람이 하는 바를 얻어서 이뤄지는 거니까. 그래서 마음을 쓰는 거지."

무산운이 생각하다가 꾀를 하나 떠올려 말했다.

"이 상서로 하여금 따르지 않을 수 없게 만들 꾀가 한 가지 있는데 언니가 시험해 볼 생각이 있어?"

동정월이 기뻐하면서 말했다.

"그 꾀를 한번 들어 보고 싶구나."

"내가 칼 한 자루를 들고 가 위협해서 만약 따르면 다행이고 그렇지 않으면 죽이는 거지. 무슨 해로움이 있나?"

동정월이 말했다.

"이 상서는 천고에 드문 인물이고 국가의 동량인데 어떻게 죽일 수 있니? 또 그의 무술은 네가 견줄 수 있는 바가 아닌데 네가 반문(班門)에서 도끼를 놀리겠다는 거야?"249)

---

249) 원문의 '반문농무(班門弄舞)'는 춘추 시대 노나라의 유명한 공인(工人) 반수(班輸)의 문 앞에서 도끼를 놀린다는 뜻으로 자기의 분수를 모르고 까부는 것을 기롱하는 말이다.

협객인 무산운은 품성이 거세고 사나워 조금도 마음에 거리끼는 것이 없이 구름 밖의 기러기나 고니 같은 성질이 있었다. 반소의 문 앞에서 도끼를 놀린다는 말을 듣고는 번개가 달리는 것처럼 성질이 나서 옷깃을 떨치고 몸을 일으키며 말했다.

"언니는 잠시 머물러 있어. 내가 시험해 볼 테니. 제가 죽든지 내가 살든지 상관없이 한바탕 승부를 걸어 볼 거야."

그러면서 바람처럼 가려고 하니 동정월이 손을 끌어당기며 말했다.

"내가 이 상서와 더불어 이미 마음으로 교감을 나누고 있으니 너는 조금도 끼어들지 마."

무산운이 더더욱 격렬해져서 참고 있지를 못했다. 동정월이 만단으로 깨우치니 무산운이 부득이 그만두었으나, 마음에는 편치 못한 기색이 있었다.

하루는 정자 앞에 모란이 활짝 피자 동정월이 이 상서를 예방해 말했다.

"제 집의 울타리 안에 낙양홍(洛陽紅)250) 한 그루가 있는

---

250) 낙양화(洛陽花)는 모란을 지칭한다. 《군방보(群芳譜)》라는 책에 '당송 시절에 낙양화가 천하에서 제일이었다. 그래서 모란이 마침내 낙양화라는 이름을 갖게 됐다(唐宋時, 洛陽花冠於天下, 故牧丹竟名洛陽花)'는 말이 나온다.

데 꽃이 바야흐로 활짝 피었습니다. 약소하게나마 작은 술단지를 준비했으니 상공께 감히 한잔 청합니다. 상공께서 비루하다 하지 않으시고 은혜를 베풀어 주실는지요?"

상서가 기뻐하면서 복건(幅巾)251)을 쓰고 걸어서 봉래정에 이르렀다. 만 떨기 모란이 영롱하고 찬란해 황홀하기가 마치 자운동(紫雲洞)252)에 들어온 것 같았다. 기쁨을 이기지 못하고 배회하면서 구경하고 있는 동안에 동정월은 정자 위에 술을 갖다 놓았다.

동정월이 상서를 정자 위로 맞이해 백옥으로 만든 술잔을 올렸다. 상서가 기뻐하며 말했다.

"사람이 세상에 살면서 꽃을 마주 대하고 한번 취하는 것이 어찌 쉽게 얻을 수 있는 즐거움이겠는가?"

큰 잔으로 열 잔을 연달아 마시자 기분 좋게 흠뻑 취했으나 담소하는 것은 평상시와 같았다. 무산운이 말했다.

"상공께서 몸은 가장 중요한 자리에 계시고 이름은 천하에 가득하시니 뛰어난 경치를 구경하실 뜻이 있으실는지 모르겠습니다."

---

251) 옛날에 유생들이 도포에 갖추어서 머리에 쓰던 건이다. 검은 헝겊으로 위는 둥글고 삐죽하게 만들었으며, 뒤에는 넓고 긴 자락을 늘어지게 대고 양옆에는 끈이 있어서 뒤로 둘러매게 되어 있다.

252) 자줏빛 구름이 가득한 마을.

상서가 말했다.

"그런 뜻이 왜 없겠는가마는, 다만 마음에 구속을 받지 않을 수 없으니 어찌 뛰어난 경치에 가 볼 수 있겠는가?"

무산운이 웃으며 말했다.

"만약에 지척 간에 있다면 상공께서는 과연 거닐어 보시겠는지요?"

상서가 말했다.

"그렇다네."

무산운이 말했다.

"여기에서 가면 태화산[253]이 황도의 북쪽에 있는데 길이 봉래정과 통합니다. 잠시 발걸음을 옮기시면 아름다운 물과 이름난 산이 마음과 눈을 상쾌하게 만들어 줄 뿐만 아니라, 선불(仙佛)과 어깨를 두드리며 과거와 미래의 일을 함께 토론할 수도 있습니다. 바라건대 한번 가 보시겠습니까?"

상서가 말했다.

"어떻게 갈 수 있는가?"

무산운이 말했다.

---

[253] 화산(華山)은 섬서성(陝西省) 화음현(華陰縣)에 있는 산인데, 그 서쪽에 소화산(小華山)이 있어 태화산(太華山)이라고도 불린다. 명승으로는 연화봉(蓮花峯), 도교사대동천(道敎四大洞天)이라 하는 태극동(太極洞), 서현동(西玄洞), 노군동(老君洞), 왕자동(王子洞)이 있다.

"저를 따라 한번 가시지요."

상서가 어깨에 메는 가마를 대령하라 명하여 무산운과 함께 삐걱거리며 정자에서 화살 한 발 날아갈 만한 곳으로 들어갔다. 그러자 하늘이 갑자기 열리고 산색이 밝고 아름다워 신선의 마을에 온 것 같았다. 그래서 가마에서 내려 걸어서 계곡을 따라 올라갔다. 한 굽이를 지나니 한 채의 누각이 붉은 노을과 채운(彩雲) 사이에서 아득하게 보였다. 상서가 마음속으로 기뻐하면서 무산운에게 말했다.

"여기가 여섯 마리 자라가 금 기둥을 떠받치고 있다는 삼신산(三神山)254)인가, 고송(古松)과 흐르는 물이 있다는 백학관(白鶴觀)255)인가, 흰 구름과 황죽(黃竹)이 있다는 요지연(瑤池淵)256)인가? 만 개의 구멍이 영롱하고 열 개의 눈이 황홀해 천상인지 인간 세계인지 알지 못하겠구나."

한참 말을 하고 있는데 갑자기 어떤 신선이 금관을 쓰고 옥으로 만든 노리개를 달고 성큼성큼 걸어와 상서의 손을

---

254) 중국 발해(渤海) 가운데 있어 신선이 살고 있다는 봉래(蓬萊), 방장(方丈), 영주(瀛州) 세 산을 말한다.

255) 강서성(江西省) 성자현(星子縣) 오로봉(五老峯) 아래 있는 도관(道觀)으로, 당나라 때 지어지고 송나라 때 승천백학관(承天白鶴觀)이라는 이름이 내려졌다.

256) 주나라 목왕(穆王)이 서왕모(西王母)를 만났다고 알려진 곤륜산(崑崙山)에 있는 연못이다.

잡고 기쁘게 환영하며 말했다.

"형이 인간 세상에 적강해 열 길 붉은 먼지 속에 살고 있다가 지금 이곳에 왔으니 어찌 하늘이 정한 인연이 소중하지 않으랴?"

상서가 웃으며 말했다.

"속세의 범부가 감히 선계를 밟았는데 선형께서 후하게 돌봐 주시니 진실로 감사하지만, 스스로 돌아보니 망령된 생각에 부끄러움을 깨닫지 못하겠소이다."

선인이 상서의 손을 잡고 말했다.

"전생의 일을 일일이 떠들어 댈 필요가 없으니, 원컨대 함께 영액(靈液)257) 한 바가지씩 마시고 때 묻은 마음을 씻어 버립시다."

그러고는 돌로 쌓은 전각 밑에 이르니 푸른 벽이 천 길이나 되고 신령한 샘이 하나 있었다. 그 절벽에는 붉은색으로 세 글자의 전자(篆字)258)가 새겨져 있었는데, 샘의 이름을 세심천(洗心泉)259)이라고 했다. 상서가 먼저 한 바가지를 마시니 갑자기 정신이 깨끗해지고 마음의 문이 활짝 열렸

---

257) 영험이 있는 신령스러운 물이라는 뜻인데, 도교에서 '이슬'을 부르는 말이다.

258) 진나라 이사(李斯)가 만들었다는 글씨체.

259) 마음을 씻어 주는 샘이라는 뜻.

다. 눈을 들어 한번 돌아보니 이곳은 곧 전생에서 노닐던 곳이었다. 이에 선인에게 말했다.

"선생은 소미성군(少微星君)260)이 아니오?"

"그렇다네."

"이곳은 영원동(靈源洞)이 아니오?"

"그렇다네."

"이 누각은 조원루(朝元樓)가 아니오?"

"그렇다네."

"지난날 제가 선형 및 천을성군과 함께 경림춘(瓊林春)261)을 마시고 모란꽃 시를 지었는데, 선형의 시에 '백옥루 앞에 있는 최고의 향(白玉樓前第一香)'이라는 구절이 있지 않았소?"

선인이 말했다.

"형이 아직도 잊지 않았구려? 그때 천을성군이 형의 시구에 대해 '황금의 땅 위에는 두 명의 아리따운 자가 없다네(黃金地上無雙艶)'라고 읊었는데 이것도 잊지 않았소?"

상서가 말했다.

"생각이 날 듯하오."

---

260) 소미(少微)는 별의 이름으로, 태미(太微, 사자자리 서쪽 열 번째 별)의 서쪽에 있는 네 개의 별이다.

261) 술 이름으로 추정되나 자세하지 않다.

선인이 말했다.

"형이 티끌세상에 떨어져 세상에 다시없는 공을 세우고 더 이상 이룰 수 없는 이름을 드날리고 있으나, 진정 이것은 본분 밖의 특출한 일이오. 예로부터 지금에 이르기까지 우주를 돌아보건대 어찌 형처럼 빛나는 자가 있겠소? 비록 그렇다고는 하나 형이 기질을 변화시키고도 천수를 누릴 수 있을 것 같소? 진실로 이처럼 한다면 이는 하늘의 명령에 순종하지 않는 것이며 사람의 도리를 따르지 않는 것이오. 형이 하늘과 사람 사이에 으뜸이 되는 이치를 꺾고 어기니 큰 흠이 될까 두렵소. 형은 하늘의 명령에 순종하고 사람의 도리를 따라서 만고에 기이한 일을 밝게 드러내기 바라오. 잘은 모르겠으나 고견이 어떠하오?"

상서가 말했다.

"선형이 무슨 가르침을 주려는지 알지 못하겠소이다."

선인이 손뼉을 치고 웃으며 말했다.

"형이 온 세상을 다 속일 수 있다고 해도 나까지 속일 수 있다고 생각하오?"

상서가 말했다.

"나는 정말 일관되게 빛나고 밝은 것을 일생의 본령으로 삼고 있는데, 어찌 온 세상을 속인다고 할 수 있소?"

선인이 말했다.

"속이지 않는다고 속이는 것은 누구를 속이는 것이오? 하늘을 속이는 것이오?"

상서도 웃으며 말했다.

"나 또한 마땅히 생각은 있으나, 이미 추고 있는 춤이니 소매를 거둘 수 없고, 이미 뽑은 칼이니 칼집에 그냥 넣을 수 없소. 나는 이미 세상에 나왔으니 지금 어찌 바탕을 변화시킬 수 있겠소? 비록 천명에 순종하지 않고 사람의 도리를 따르지 않더라도 천수를 다 마칠 수 있으니 그 외에 어찌 다른 것이 있겠소?"

선인이 말했다.

"그렇지 않소. 그대가 전생의 인연을 깨달았으니 반드시 생각하는 바가 있을 것이오. 그래도 직접 눈으로 보는 것만은 못할 테니, 형은 나를 따라 한 곳에 가서 꼭 보아야 할 것을 한번 봅시다. 분명 환하게 풀려 마음을 돌이킬 것이오."

그러고는 손을 잡고 한 곳에 이르니 돌벽 위에 옛 전자로 쓴 글이 있었는데, '천을성 장소가 태을성 이형경을 취한다'는 내용이었다. 선인이 상서를 가리키며 말했다.

"이것을 보면 하늘에서 정한 것임을 알 수 있을 텐데 아직도 깨닫지 못하겠소?"

상서가 마음이 가라앉아 입을 다물고 있다가 말했다.

"황천께서 왜 나를 여자로 태어나게 해, 변변치 못한 허드렛일이나 하는 남의 아내가 되게 하셨단 말인가?"

길게 탄식하고 씩씩한 기운이 사그라져 버렸다. 그것을

보고 선인이 위로하며 말했다.

"그대에게는 무한한 복록이 있으니 탄식할 필요 없소."

상서가 말했다.

"다만 내가 내 한계를 부끄러워하는 것이오. 나는 남의 아내가 되어 머리를 숙이고 마음으로 순종하고 싶지는 않소. 그것이 만약 하늘이 정한 이치를 배반하는 것이어서 비록 신께 쫓겨나더라도 맹세코 눈썹을 그리고 번거롭게 수선을 떠는 모습을 보이고 싶지 않소. 한번 죽으면 만사가 다 끝나는 것이라고 결심했으니 뒷날 무엇을 의심하리오."

선인이 말했다.

"형의 자그마한 마음은 어찌 이렇게 꽉 막혔소? 한 여자로 이름이 천하를 울렸는데, 만약에 본색을 드러내지 않는다면 누가 여자 이형경이 하늘을 덮을 만한 우뚝한 공을 세웠는지를 알겠느냔 말이오? 다시 생각해 보시오."

상서가 화를 벌컥 내며 말했다.

"내게 한번 정해진 마음이 있는데 그대가 힘을 다해 권유하는 것은 도대체 무슨 뜻이오?"

이 상서가 끝내 돌이키지 않으니 선인이 재삼 권유하고 수고롭게 간구해도 한결같이 미혹된 데 빠져 아집을 부렸다. 그러자 선인이 벌컥 화를 내며 왼쪽 겨드랑이 아래 수놓은 비단 주머니에서 석 자 길이의 용천검(龍泉劍)262)을 빼들었다. 그 칼은 금빛이 번쩍번쩍해서 사람의 눈빛을 빼앗을 정도였다. 이에 춤추듯이 칼을 휘두르고 곧바로 달려들며 말했다.

"너는 천명을 거역하고 사람의 도리를 어지럽히는 못된 놈263)이니 비록 나라에 공이 있으나 세상에 머무르게 놔둘 수는 없겠다."

그러고는 한 줄기 흰 기운으로 변해 몸 주변을 두르니 한기가 뼈를 시리게 했다. 상서가 정신이 아찔하고 넋을 빼앗겨, 비록 영웅호걸의 기운이 있더라도 문득 일시에 사그라져 버렸다. 이에 후회하면서 말했다.

"내가 마땅히 허물을 고칠 것이나 차마 입으로는 말을 할 수가 없습니다."

그러고는 말없이 얼어붙어 서 있으니, 선인이 큰 소리로 꾸짖어 말했다.

"네가 옥제의 명을 받들라."

그러고는 이 상서를 무지갯빛 속으로 끌고 들어가 곧장 옥청경(玉淸境)264) 속으로 가니 한 떨기 붉은 구름이 있었

---

262) 중국의 보검으로 본래는 용연검(龍淵劍)이라 한다. 진(晉)나라 때 오(吳) 땅에 자색 기운이 우수(牛宿)와 두수(斗宿) 사이로 뻗치는 것을 보고 장화(張華)라는 사람이 만들었다고 한다.

263) 원문의 '우물(尤物)'은 '가장 뛰어난 사람' 혹은 '얼굴이 잘생긴 여자'를 뜻하지만, 문맥에 따라 '못된 놈'이라 번역했다.

는데, 이곳은 곧 상제(上帝)의 자리였다. 이때 은은한 소리가 들렸다.

"이형경아 하늘의 운수가 이미 정해져 있으니 미혹된 데에서 아집을 피우지 말고 곧바로 마음을 돌려 큰 복록을 누리도록 해라."

이 상서가 이에 머리를 두드리며 말했다.

"감히 옥황상제의 가르침을 따르지 않을 수 없사옵니다."

또 명했다.

"네가 이미 마음을 돌리고 가르침을 받들기로 했다면, 증거로 삼을 수 있는 문건을 써서 올려라."

좌우에서 붓과 벼루를 가져오니 상서가 붓을 휘둘러 글을 써서 옥제의 섬돌 밑에 올렸다. 그러자 또 명했다.

"네 죄를 특별히 용서하니 네가 황도에 돌아가 천자에게 표문을 올리고 본색을 드러내도록 해라."

이 상서가 명을 받고 물러나 바야흐로 옥청문(玉淸門)을 나서는데 종소리가 한 번 들렸다. 갑자기 정신이 상쾌해져

---

264) 도교에서는 하늘을 서른여섯 가지로 분류하는데, 삼청경(三淸境)이라 불리는 태청경(太淸境) · 상청경(上淸境) · 옥청경(玉淸境)에 각각 열두 가지의 하늘이 속해 있다. 옥청경에는 자색 구름으로 덮인 전각이 있고 푸른 노을이 그것을 둘러싸고 있는데 신선을 비롯한 많은 신들이 산다고 한다. 그리고 최고 신격인 원시천존(元始天尊)은 대라천(大羅天)의 중심부에 있는 옥경(玉京)에 있다.

서 좌우를 돌아보니 아까 그대로 푸른 벽 아래에 서 있었다. 무산운이 곁에 있다가 말했다.

"상공께서 정신을 거두고 얼음처럼 서 계시던데 무슨 생각을 하셨습니까?"

이 상서가 말했다.

"잠시 하늘의 문으로 올라갔다 왔네."

무산운이 사례하면서 말했다.

"상공께서는 선계의 업보가 지중하고 복이 크니 보통 사람들과 견줄 수 없겠지요. 만만 경하를 드립니다."

이 상서는 부끄러운 기색을 띠며 본부로 돌아왔다.

한편 이 상서의 저 광경은 별다른 일이 아니었다. 무산운은 검을 배우는데 신과 같은 경지의 기술을 터득했다. 그래서 동정월이 있는 육교루의 후원 봉래정 아래 한 구역을 영원동 복지로 바꾸었다. 그리고 무산운 자신도 선인으로 바꾸고 기이하고 괴이한 변화의 기술을 베풀어 이 상서의 손으로 작성한 증거 문서를 얻었던 것이다. 무산운은 동정월에게 돌아와 말했다.

"증거가 되는 문서가 여기 있으니 일은 이미 잘되게 돼 있어. 언니가 시집을 가게 됐으니 내게 잔치를 베풀고 술 한 말을 가져와 피곤한 머리를 편하게 풀어 줘야 해."

그러고는 서로 크게 웃었.

이 상서는 본부에 돌아왔으나 울적하고 즐겁지 않았다.

문을 닫아걸고 손님을 거절하고 혼자 후원에 있는 수황관(修篁舘)265)에 거처하면서 백방으로 생각하고 종일토록 생각에 잠겨 골몰했다. 이때 이종형(姨從兄) 유천령(柳天齡)이 찾아와서 만나고 싶어 했다. 유씨는 천성이 진실하고 지식과 견문이 민첩하고 통달했는데, 현재는 이부낭중(吏部郎中)266)의 벼슬에 있어서 모두들 유 중랑267)이라 불렀다.

상서가 그를 맞아 인사를 나누고 다과를 대접했다. 유 중랑이 상서를 보고 말했다.

"근래 무슨 병이 있는가? 신색과 기운이 수척해졌으니 왜 이처럼 됐는가?"

상서가 말했다.

"별달리 병이 있는 것은 아니고, 단지 봄을 타니 자연 음식이 줄고 기운이 울적해져 문을 걸고 수양하는 것이지요."

중랑이 말했다.

"상공은 성정이 거세고 체질이 건강하니 봄바람이 고통

---

265) 수황(修篁)은 키가 큰 대나무다. 따라서 수황관은 키가 큰 대나무가 우거진 집이라는 뜻이다.

266) 낭중(郎中)은 진나라 이후의 벼슬 이름인데, 상서를 도와 정무를 맡아보았다.

267) 엄밀히 말하면 낭중과 중랑(中郎)은 같은 벼슬이 아니며 맡은 일도 달랐다. 중랑은 창을 들고 궁중의 각 전각문을 숙위하며, 황제가 외출할 때는 수레를 호위하며 동행하는 무신이다.

을 줘 조리해야 할 일은 거의 없을 것 같은데. 어째 기운이 크게 상해 거의 병에 걸린 듯하니 분명 걱정이 과도한 기색이 있네그려. 그 진실을 들었으면 하네."

상서는 재삼 물어도 승낙을 하지 않으려다가, 그가 진실한 사람이라는 것을 알았으므로 겨우 말을 했다.

"형은 내 본색을 아십니까?"

중랑이 말했다.

"자네는 강남에 살았고 나는 사천(泗川)에서 태어났으니 서로 거리가 수천 리요, 왕래가 끊어진 것이 20년이니 어떻게 세세한 사정까지 알 수 있겠는가?"

상서가 말했다.

"형제가 마음이 통하는 것이 마치 무소의 뿔이 서로 비추는 것 같으니,[268] 무슨 말인들 하지 못하겠니까? 나는 본래 여자이지 남자가 아닙니다. 부모님께서 모두 생존해 계실 때부터 남자 옷으로 갈아입고 글을 읽고 무예를 배워 지금까지 10여 년에 이르렀습니다. 중간에 겪은 일들이야 오라버니께서 아시는 일일 테고요. 그런데 지금에 이르러서는 천자께서조차도 의심하시지만 한결같이 감추고 있는 형편

---

268) 원문의 '영서상조(靈犀相照)'는 영력이 있는 무소의 뿔은 하나의 구멍이 있어서 뿌리에서 끝까지 통한다는 뜻으로, 두 사람의 마음이 잘 통함을 비유적으로 이르는 말이다.

입니다. 그런데 며칠 전에 봉래정에서 속임수 같은 일들이 있어서 지금까지 우려하고 있는 것입니다."

중랑이 갑자기 말했다.

"내가 어머님께 들으니 다만 남매 두 사람 뿐이라 하셔서 마음속으로는 늘 의심했었지만, 본색을 감추어 공을 세우고 이름을 날린 것이 여기에 이르렀으리라고 누가 생각했겠는가? 정말로 일세에 기이한 일일세. 그러나 이 지경까지 이르러서 과연 어떻게 처리하려고 하며, 또 속임수라는 것은 무엇인가?"

상서가 자세하게 그 전말을 고하니 중랑이 말했다.

"무산운 자매는 모두 경국지색이 있고 또 많은 장기가 있네. 동정월은 음률에 정통해 그 조화를 빼앗을 수 있을 정도며, 무산운은 검술을 배워 그 신묘함이 헤아릴 수 없는 데다가 천변만화하는 술법에 이르러서는 다 이야기를 하기도 어려울 정도니, 반드시 이 두 사람이 속임수를 꾸몄을 것이네. 하늘이 파랗고 해가 하얗게 떴는데 무슨 상제의 명이 있단 말인가?"

상서가 말했다.

"저도 의심을 하고 있지만, 제가 그날 당한 일은 비록 성인(聖人)이 와서 당하더라도 별다른 도리가 없었을 겁니다. 그럼 어떻게 해야 하겠습니까?"

중랑이 한참 동안을 골똘하게 생각하다가 말했다.

"우리 고향에 한 여선(女仙)이 있는데 심신을 정련하는 술법을 배워 대낮에도 하늘에 오르는 것을 마치 평지를 걷듯이 한다네. 또 하늘의 무사들을 불러내 남의 위험과 어려움을 잘 풀어 주니 그 신통함은 헤아릴 수 없을 정도이지. 그래서 구고성(救苦星)[269]이라 부른다네. 이 사람을 맞아 올 수 있다면 그 문서를 찾아, 하늘에서 받은 본색을 드러내지 않고 또 일세에 부끄러움을 끼치지도 않을 수 있을 것이네."

상서가 말했다.

"세상을 버린 사람들의 기괴한 일을 어떻게 깊이 믿을 수 있겠어요?"

유 중랑이 말했다.

"상공은 관여치 말고 다만 내 신상에 맡겨 두시게. 내 마땅히 죽을힘을 다해 주선해서 상공으로 하여금 그 천성을 임의대로 할 수 있게 하면서도 천하에 웃음거리가 되지 않게 할 터이니. 상공의 뜻은 어떠한가?"

상서가 골똘히 생각하다가 말했다.

"나는 깊이 믿을 수 없지만, 오라버니께서 알아서 처리해 주십시오."

중랑이 말했다.

---

[269] 사람들의 괴로움을 건져 주는 별이라는 뜻인데, 도교의 신인 태을구고천존(太乙救苦天尊)을 말한다.

"내가 마땅히 여선을 받들어 모셔 오겠네."

그러고는 그날로 차비를 차려 곧장 사천성의 구룡산(九龍山)으로 찾아가, 구고성을 만나 예물을 드린 뒤 찾아온 뜻을 말했다. 구고성이 말했다.

"빈도가 산문을 나서지 않은 것이 50년입니다. 속세의 희비와 사람들의 화복을 내가 어째서 간섭해야 합니까?"

중랑이 말했다.

"이 일은 다른 자질구레한 일과 다르니, 원컨대 발걸음을 잠시 옮겨 은혜를 베풀고 선업을 쌓으시면, 또한 어찌 공과 행동을 원만하게 만드는 일이 되지 않겠습니까? 하물며 여선께서는 아름다운 호를 구고성이라고 하셨으니 반드시 고통을 구원해 주는 자선심이 있으실 것입니다. 이름을 돌아보시고 은혜로운 뜻을 베풀어 주십시오."

구고성이 깊이 생각하기를 반나절이나 한 뒤에 말했다.

"빈도의 평소 마음에 자선심이 없는 것은 아니지만, 다만 이 상서에게는 이미 하늘이 정한 것이 있으니 비록 본색을 노출하고자 하지 않으나 그럴 수 있겠습니까?"

중랑이 말했다.

"마침내 본색을 노출하게 될지는 지금 미리 헤아려 볼 필요가 없습니다. 다만 무산운이 가지고 논 것은 다만 일시의 나쁜 뜻에서 나온 것일 뿐만 아니라 상제의 명을 마음대로 바꾼 것이니 어찌 커다란 죄가 되지 않겠습니까?"

구고성이 말했다.

"이 또한 정해진 운수 가운데 한 수일 뿐입니다. 한바탕 장난을 어떻게 다 관리하겠습니까?"

중랑이 말했다.

"만 리나 찾아와서 한결같은 마음으로 하늘에 맹세합니다. 만약에 여선을 받들어 모시고 함께 갈 수 없다면 마땅히 물에 뛰어들어 살아서 돌아가지 않겠습니다."

구고성이 탄식하며 말했다.

"빈도가 한번 가는 것을 아끼지 않을 것이니, 고귀한 손님은 마음 놓으십시오."

그러고는 손에 여덟 개의 호리병을 잡고 한 줄기 금빛을 방출했다. 구고성이 중랑의 손을 잡고 말했다.

"빨리 저리로 따라가십시오."

잠시 몇 발자국 옮기니 금빛이 눈을 쏘아 감히 돌아보지 못하고 다만 두 귓가에 바람 소리만 들릴 뿐이었다. 눈 깜짝할 사이에 구고성이 말했다.

"유 중랑은 눈을 뜨고 살펴보십시오."

중랑이 눈을 들어 한번 살펴보니 이미 동정월의 거처인 봉래정에 도착해 있었다. 그런데 갑자기 귀청을 찢을 듯한 벼락 소리가 들려왔다. 크게 놀라 피하려고 했더니, 금 갑옷을 입은 신장(神將)이 한 미인을 호위하고 들어왔다. 그가 바로 무산운이었다. 미인이 미심쩍게 한번 웃고는 구고성에게 말했다.

"너는 무슨 요괴인데 감히 우리 수행하는 사람을 욕보이려고 쳐들어온 것이냐?"

구고성이 크게 노해 말했다.

"네가 상제의 명을 마음대로 고쳐서 억지로 이 상서에게 문서를 받아냈으니, 네 죄로는 마땅히 아비리지옥(阿鼻利地獄)[270]에 떨어져 천 자루의 칼에 고통을 겪어야 한다. 어찌 감히 오랑캐의 어지러운 말을 지껄여 대느냐?"

무산운이 입을 열어 저주하니, 무수한 신장이 하늘에서 내려와 금 갑옷을 입은 신장을 밀쳐 버렸다. 그러자 무산운이 손에 칠성검(七星劍)[271]을 들고 휘두르면서 구고성을 향해 곧바로 공격했다. 구고성은 손에 들고 있는 옥여의를 써서 좌우로 막으면서 한바탕 싸움을 벌였다. 구고성이 무산

---

270) 정확히는 아비지옥(阿鼻地獄)이 맞다. 무간지옥(無間地獄)이라고 번역하는데 8대 지옥 가운데 가장 아래에 있고 가장 고통스러운 지옥이다. 오역죄를 범한 극히 중한 악인이 이곳에 떨어진다고 한다. 소승의 오역은 아버지를 죽이는 것, 어머니를 죽이는 것, 아라한을 죽이는 것, 화합을 파괴하는 중, 부처의 몸에서 피를 나오게 하는 것을 말한다. 대승의 오역은 절을 파괴하고 불상을 불 지르고 삼보의 재물을 훔치는 것, 삼승법(三乘法)을 비방하고 가르침을 천하게 여기는 것, 스님을 욕하고 부리는 것, 소승에서 말하는 오역죄를 저지르는 것, 인과의 도리를 믿지 않고 음행 등 10가지 악업을 짓는 것을 말한다.

271) 도교에서 숭상하는 북두칠성이 새겨져 있는 장검.

운의 본령을 헤아리고 문득 조천세(朝天勢)272)를 한번 펼쳤다. 무산운이 그것이 거짓 술책임을 알고 비검법(飛劍法)273)을 써서 맹렬하게 그 여선을 찔렀다. 구고성이 변해 한 덩어리의 흰 구름이 되니 무산운도 한 마리의 금빛 독수리로 변해 날개로 치며 발톱으로 할퀴었다. 독수리는 구름 속으로 들어가고 구름은 독수리를 감싸면서 서로 대치하기를 반나절이나 하다가, 구름과 독수리가 함께 땅으로 떨어져 일시에 본래 모습으로 돌아왔다. 무산운과 구고성 모두 수행하고 비술을 배운 사람이었지만, 구고성은 자선심을 근본으로 하고 무산운은 숙살심(肅殺心)274)을 위주로 했다. 무산운의 방책과 검술이 구고성에 비해 모자라지는 않았지만, 구고성의 본령은 신선의 업을 닦은 결과로 나온 것이고 무산운의 본령은 협객의 업을 닦은 결과로 나온 것이라서 서로 적수가 되지 않았다. 본래의 모습으로 변하자 구고성이 무산운에게 말했다.

---

272) 검을 상단에 쥔 자세라 하여 상단세라고도 한다. 검도에서 아침 하늘에 해가 떠 있는 자세로 검을 잡는 것을 말하는데, 검을 머리 위로 올려 언제든지 공격할 수 있는 유리한 자세다.

273) 몸을 날려 칼을 휘두르는 검법으로 직역할 수 있으나, 그 상세한 자세나 방법에 대해서는 자세하지 않다.

274) 숙살(肅殺)은 쌀쌀한 가을 기운이 풀이나 나무를 말려 죽이는 것을 뜻한다.

"서로 가르고 죽이려는 마음을 더하는 것은 좋은 뜻이 아니니, 흉기를 버리고 말로 이해관계를 따져서 승부를 내는 것이 어떤가?"

무산운은 금 갑옷을 입은 신장을 압두하며 나온 거동을 치우고도 굳이 상대의 목숨을 끊고자 했기 때문에, 얼굴에 기쁘지 않은 기색을 띠면서 말했다.

"네가 살려 주고자 하는 마음이 있을 때는 문득 남을 겁박하고, 죽이려고 하는 마음이 있을 때는 갑자기 아첨을 하느냐? 내가 살거나 죽거나 한바탕 결판을 낼 것이다."

구고성이 웃으며 말했다.

"이것은 서로 원수를 지은 집안의 사사로운 원한이 아니다. 남을 위해 마음을 다하려는 것은 너나 나나 일반인데 하필 죽이려는 생각으로 서로 부딪힐 것은 무엇이냐?"

무산운이 그 말을 듣고 얼굴색을 조금 풀었으나, 끝내 평온하지 않은 뜻은 남아 있었다. 동정월은 한바탕 풍운이 이는 것을 보고 풀어서 깨우치며 말했다.

"이 일은 승부에 각을 세울 필요가 없으니, 마땅히 좋은 얼굴로 처리해 가자."

그러고는 구고성을 맞아 봉래정 위로 인도했다. 또 무산운을 불러서 서로 손님과 주인의 예를 펴서 앉게 했다. 유 중랑이 문밖에서 배회하고 있으니, 그가 누구인지 구고성에게 물었다. 구고성이 말했다.

"그는 내 고향 사람인 유 중랑이라고 합니다."

동정월은 그가 이 상서의 세객(說客)275)임을 알고 자리로 맞이해 오게 했다. 네 명이 차를 다 마시고 난 다음에 동정월이 물었다.

"선인께서 과연 무슨 뜻으로 더러운 곳에 광림(光臨)하게 되셨는지는 알 수 없으나, 제 동생이 어리석어 윗길인 선인께 불경한 일을 저질렀으니 끼친 죄가 큽니다. 선인께서는 제 낯을 보아 포용력을 베풀어 주십시오."

구고성이 미처 답하기도 전에 무산운이 화내며 말했다.

"저 짐승 같은 것이 이형경의 세객이 되어 팔려 온 것이니, 서로 말로 해결하는 것이 일의 이치상 당연해요. 만약에 본모습으로 저항한다면, 마땅히 각기 정신을 다해 승부를 결정하는 것이 또한 당연한 것이고요. 신장들을 써서 조원전에 나아갔을 때 충분히 경멸을 받았으니 큰 모욕을 받은 것이에요. 그런데 지금 언니는 내 낯을 보아서라니, 왜 그래요? 이것은 상선(上仙)276)이 닦은 맑은 결과라고 할 수 없으

---

275) 능란한 말솜씨로 각지를 유세하고 다니는 사람을 말하는데, 여기서는 특정인을 위해 말을 대신하는 사람을 지칭한다.

276) 도가에서 구분한 삼청의 하늘 가운데 태청(太淸)의 세계에 속한 구선(九仙) 중 최고 계급에 속하는 선인이다. 태청의 세계에는 구선이 있고, 상청(上淸)의 세계는 구진(九眞)이 있으며, 옥청(玉淸)의 세계에 구성(九聖)이 있어 모두 이십칠 위(位)다. 태청에 속한 선(仙)은 상선

니, 제가 어떻게 모욕감을 느끼지 않겠어요?"

동정월이 꾸짖어 말했다.

"네가 다소간에 거친 기운이 있어 매번 일을 가지런하게 처리하지 못하니, 하물며 큰 손님을 공경하지 않는 것에 대해서리요?"

그러고는 구고성에게 사죄하며 말했다.

"대저 상서 이형경은 세계에서 드문 영웅이라서 사람들이 태산과 북두처럼 숭앙하는 바입니다. 다만 본분을 드러내지 않는 것이 근래의 큰 문제 가운데 하나이니 그 이유를 알지 못하겠습니다."

무산운이 말했다.

"이 상서가 온 세상을 속이고 평생 지내는 것이 옳으냐?"

구고성이 말했다.

"이 상서가 정녕 여자인지도 알 수 없지만, 가령 여자라고 해도 남자 옷으로 갈아입는 것이 죄가 아니고, 하물며 국가에는 전례가 없는 공을 세웠는데 무엇이 문제가 되느냐? 남자가 되고 여자가 되는 것은 개인의 자유와 권리에서 나오는 것인데, 하필 여기에만 마음을 기울여 온 세상이 떠들썩하게 그 진실을 드러내고자 하니, 어찌 괴상한 일이 아니

(上仙)·고선(高仙)·대선(大仙)·현선(玄仙)·천선(天仙)·진선(眞仙)·신선(神仙)·영선(靈仙)·지화(至化)의 아홉 등급으로 나뉜다.

겠느냐? 그래서 내가 산문을 내려와 그 어지러움을 풀려고 하는 것이니, 다시는 이 상서의 일로 시끄럽게 떠들지 않기를 바란다."

"너는 하나만 알고 둘은 모르는구나. 이 상서가 음에서 양으로 변한 것은 다만 모든 사람이 의심하는 데 그치는 것이 아니다. 밝고 밝은 하늘의 명이 있어서 그러는 것이니 다른 말이 있을 수 없다. 너는 팔려 온 세객 주제에 사소한 본령을 드러내 내게 모욕을 주었으니, 네가 괴상한 일을 한 것이 아니면 누가 괴상한 짓을 한 것이란 말이냐?"

"밝고 밝은 천명이 있다고 말하니 어떤 증거가 있느냐?"

"이 상서가 손으로 쓴 문서가 어찌 증거가 아니겠느냐?"

"지금 어디에 있느냐?"

"어디에 있냐는 말이 무엇이냐? 지금 옥청경 안 영소보전(靈宵寶殿)277)에 있지, 어디에 있겠느냐?"

"많은 말 할 것도 없이 네가 나와 함께 옥청경으로 가서 상제를 뵙자. 만약에 없다면 너희들은 크게 쫓겨날 것이고, 있다면 마땅히 이 상서의 본색이 드러날 것이니, 눈을 크게

---

277) 능소보전(凌霄寶殿)이라고도 한다. 도교에서 가운데 하늘에 있는 궁전인 미라궁(彌羅宮)의 첫 번째 궁전으로, 옥황상제가 여러 신선들로부터 조회를 받는 곳이다. 도교 사원에서 옥제에게 공양을 바치는 처소의 명칭이기도 하다.

뜨고 볼 필요가 있느냐?"

무산운은 마음속으로 '저것이 큰소리를 친다마는 어찌 하늘에 오를 방도가 있단 말이냐'라고 생각해 떨치고 일어나 말했다.

"네가 하늘에 오를 방도가 있다면 내 어찌 수긍하지 않겠느냐?"

그러자 구고성이 머리에 꽂은 옥비녀를 던지니 커다란 붉은색 다리가 생겨났다. 흰빛이 밝게 빛나고 차가운 기운이 일어났다. 구고성이 무산운을 돌아보며 말했다.

"네가 나를 따라올 수 있느냐?"

무산운이 그 말을 듣고 분하여 말했다.

"너는 네 다리를 따라서 가라. 내게도 하늘에 오를 다리가 있다."

그러고는 칼을 던져 붉은 다리 하나가 생겨나게 했다. 한 쌍의 붉은 다리와 한 쌍의 선인이 구름과 잇닿은 사이로 성큼성큼 뛰어갔다. 몇 발자국을 가서 무산운이 보니 백옥경 부용성(芙蓉城)[278]의 문이 아득하게 눈앞에 나타났다. 마음속으로 헤아리며 '이것이 정말 천상인가? 이것은 봉래원의 하늘과 같은 것인가?' 하면서 매우 의아해 주저하고 있었다. 그런데 구고성이 문득 성문으로 들어가기에 무산운도 바라

---

278) 중국 고대 전설상의 선경(仙境).

보다가 따라갔다. 옥빛과 그 기운이 영롱하고 찬란한데, 한 채의 금빛 전각이 우뚝하게 붉은 구름 속으로 솟아 있었다. 네 글자로 된 금색의 전자(篆字)가 빛을 내며 걸려 있었는데, 거기에는 '옥황보좌(玉皇寶座)'[279]라고 쓰여 있었다. 구고성이 섬돌 아래에 엎드리자 무산운도 역시 엎드렸다.

조금 있다가 붉은색 도포를 입은 선관 하나가 전각 앞에 서서 교지를 전하며 말했다.

"너희들이 무슨 고소할 것이 있느냐?"

구고성이 고했다.

"인간 세계 이형경의 문서가 보좌 앞에 있다고 하니 한번 얻어 보기를 원하옵니다."

선관이 말했다.

"마땅히 품(稟)[280]하여 아뢸 것이다."

그러고는 전각으로 들어갔다가 돌아와서 교지를 내렸다.

"이형경은 명나라의 재상으로 으뜸의 공이 있는 신하다. 무슨 문서가 있다는 것이냐? 무산운이 상제의 명을 사칭해 그렇게 꾸민 것이니 그 죄는 마땅히 용서하기 어렵다."

구고성이 다시 고했다.

---

279) 옥황상제가 앉는 자리라는 뜻.

280) 웃어른이나 상사에게 어떤 일의 가부나 의견 따위를 글이나 말로 묻는 일.

"이형경은 남자이옵니까, 여자이옵니까?"

선관이 붉은 명부를 살펴보고 말했다.

"남자다."

또 고했다.

"이가 남자인지 여자인지 의심하는 것으로 한 나라가 크게 의심을 하고 있사오니, 그가 정녕 남자라는 증서를 내려 주시어 아래 세상의 의심을 풀어 주십시오."

선관이 교지를 전하며 말했다.

"증서를 가지고 서로 진실을 따질 필요가 없다. 천상에 구리거울 하나가 있는데 이형경이 인간 세상에 적강할 때 그 거울 뒤에 새겨 놓은 글이 있다. '천을성은 동쪽 군주(郡洲)의 대명국(大明國)에 영웅호걸 남자로 태어나 이름을 이형경이라 할 것이다'란 말이 그것이다. 그 거울이 여기에 있다. 상제께서 특별히 내려 주시는 것이니 인간에 돌아가 다시는 시끄럽게 떠들지 말라."

구고성이 절하고 구리거울을 받아서 무산운에게 보여 주며 말했다.

"명백한 증거가 여기에 있으니 네가 보고 분명히 해라."

무산운은 마음속으로 매우 이상하게 여겼으나, 입으로는 황급히 말할 뿐이었다.

"구리거울이 천상의 보물이면 어째서 그 실제의 일을 그대로 써서 말해 주지 않고 글로 썼는가? 반드시 깊이 믿을 수는 없다."

 선관이 무산운의 말을 듣고 벌컥 화를 내면서 황건역사(黃巾力士)281)에게 특명을 내려 풍도옥(酆都獄)282)으로 압송하라 했다. 그러자 구고성이 애원하며 말했다.

 "어리석음이 깨어지지 않아서 끝내 아집으로 인해 하늘의 가르침을 거역했사옵니다. 죄는 마땅히 죽어야 할 만큼 크지만 며칠 지나면 반드시 뉘우치고 깨닫게 될 것이니, 용서하시어 함께 인간 세상으로 돌아가게 해 주시옵소서."

 두세 번 수고롭게 애걸하니 선관이 상제의 조서를 가져다가 판결해 말했다.

 "그 죄를 용서하고 인간 세상으로 살려서 보내노라. 한결같이 미혹됨을 고집하고 있으면 마땅히 벼락을 맞는 벌을 받을 것이니, 깊이 생각해라."

 무산운이 어쩔 수 없이 공손하게 말했다.

 "다시 이형경이 여자라고 말하면 마땅히 하늘이 내리시

---

281) 도교에서 법을 지키고 마귀를 굴복시키는 힘이 무궁한 신장(神將)이자 신선의 종복이다. 대다수는 도교의 법보(法寶) 속에 숨어 살며, 최고위 신선의 명을 받든다고 한다.

282) 사천성 충현(忠縣)의 서남쪽, 양자강의 서북 연안에 있는 현의 이름. 수나라 때 처음으로 두었는데 뒷날 이 땅에 삼라전(森羅殿)을 지어 염마(閻魔)가 사는 곳으로 삼았다. 도가에서 귀신이 일을 하는 지옥으로 일컫는다.

는 죽음을 받을 것이옵니다."

글을 써 선관에게 올리니 구고성이 은혜에 감사하고 절을 했다. 문을 나와 무산운과 함께 다시 붉은 다리를 타고 내려와 봉래정에 도착했다. 동정월과 유 중랑이 소식을 기다리고 있다가 기쁘게 맞이하니, 그 일에 대해 모두 이야기했다. 동정월은 반신반의해 마음과 정신이 안정되지 않았다.

그러나 유 중랑은 자못 기쁜 기색을 띠고 구고성과 함께 동정월과 무산운 자매를 이별하고 이 상서에게로 돌아와 사건의 전말을 자세하게 고했다. 이 상서는 구고성에게 감사를 표했다. 그러나 이것은 한때의 속임수로 넘기는 술책에 불과해 백 년의 앞길을 어떻게 처신해야 할지 몰라 얼굴에는 자못 걱정하는 빛이 나타났다.

각설. 무산운이 동정월에게 말했다.

"모두 옥황상제의 조서로 결정하고 판단한 것이지만 남자인지 여자인지가 아직도 판결이 나지 않았으니, 장차 어떻게 해야 좋은 결과를 맺게 될까?"

동정월이 깊이 생각하고 말했다.

"내게 계책이 하나 있다. 이 상서로 하여금 그 본색을 감추지 못하게 할 테니 너는 너무 괴로워하지 마라."

"무슨 묘책인데?"

"아직은 완벽한 생각은 아니니 우선 점심이나 먹자. 그 뒤에 함께 그 일을 이루면 어찌 큰 묘책이 아니겠니?"

각설. 장 상서가 부과된 일을 끝내고 다시 천자에게 복명했다. 천자가 크게 기뻐해 특별히 우각로로 승진시키고 일등 원훈의 신하로 삼았다. 그러고는 조서를 내려 말했다.

"이번에 장소가 산동 여러 도(道)에서 살아 있는 영혼 수만 명을 살려냈다. 짐의 어린 자식들로 하여금 다시 살아나는 은혜를 입게 했으니, 이는 곧 장소의 공이다."

이로써 장소의 이름은 일세에 진동하게 되었다. 천자가 하루는 장 각로를 불렀다.

"경의 나이가 이미 서른을 넘었는데도 아직 결혼을 하지 않고 있으니, 위로는 조상들께 제사를 지내지 못할 뿐만 아니라 부모께는 맛있는 음식도 대접하지 못하고 있으며, 아래로는 뒤를 이을 혈육을 얻지 못하고 있소. 이것은 조상과 부모께 불효하는 일이오. 또 경이 재상공경의 신분으로 아직도 배필이 없으니 조정의 체통을 깎는 일이라 하지 않을 수 없소. 경이 무엇을 숭앙하는 것이 있기에 이처럼 고집을 피우는 것이오?"

장 각로가 웃으며 말했다.

"신은 뜻하는 바가 있어서 세월이 늘어지다가 여기에 이르렀으나, 아득하여 끝내 이룰 날이 없으니 그것이 한스러운 바이옵니다."

천자가 말했다.

"경이 무슨 뜻하는 바가 있으면 어찌 짐에게 자세하게 말하지 않는 것이오? 짐은 임금이자 부모이고 경은 신하이자 자식이라 할 수 있소. 모두 집안사람이자 부모·자식 사이인데 무슨 말인들 하지 못하겠소? 또 혼인하고 아내를 취하는 것은 사람의 윤리에서 매우 큰일이라 심상하게 내버려두고 헛되이 세월을 보내서는 아니 되는 것이오. 경이 만일 뜻이 있으면서도 짐에게 말을 하지 않는다면, 경이 짐을 등지는 것이니 숨김없이 모두 고하시오."

각로가 엎드려 은혜에 감사를 드리고 조용히 아뢰었다.

"병부상서 이형경은 신과 더불어 죽마지교(竹馬之交)를 맺었고, 또 나이가 같아 친함이 남다르니 정이 형제와 같사옵니다. 그 얼굴색을 자세히 살펴보고 그 언어를 들어 보면 미세하게 여자의 태도가 묻어나옵니다. 그런데 그의 사업과 공훈은 이르지 않은 곳이 없고 옛날 대신들의 풍모도 있사옵니다. 또 그 품성이 엄밀하고 굳세고 바르고 대범하니 함부로 친하게 굴 수가 없사옵니다. 그런 까닭에 주의를 하고 살펴보았으나 아직 미혹됨을 깨지는 못하고 있사옵니다. 신의 한결같은 마음이 이 사람에게 기울어져 있으니, 비록 늙도록 결혼을 하지 못하더라도 잊을 수가 없사옵니다."

천자가 다 듣고 구슬이 울리는 듯한 목소리로 한번 웃고 말했다.

"경은 대문을 바라보며 수절하고 있는 격이로다. 짐도 이 말을 들은 것이 또한 오래됐으되, 그가 남자인지 여자인지 분간하지 못하고 있으니, 짐이 갖는 미혹도 역시 크도다."

각로가 아뢰었다.

"폐하께옵서는 어떤 곳에서 들으셨사옵니까?"

천자가 말했다.

"거문고의 명인 동정월이 여기에 주의하고 자세하게 연주곡에 담아 고백해 아뢰었기 때문에 분명하게 들을 수 있었소. 그러나 근래에 그 아우 무산운과 더불어 힘을 다해 주선하면서 이형경의 마음을 돌려보려 하고 있다는데, 결과가 어떤지에 대한 소식은 아직 듣지 못해 울적한 상태에 있소."

그러고는 바로 동정월을 부르라 했다. 동정월이 그 아우 무산운과 더불어 막 묘책을 의논하고 있던 참에 갑자기 천자가 부른다는 소식을 듣고 기뻐하며 무산운에게 말했다.

"일은 이미 다 됐으니 오늘은 반드시 성공할 거야."

그러고는 예복으로 고쳐 입고 사자를 따라 궁궐로 들어가 천자의 옥좌 앞에 엎드렸다. 이때 장 각로도 곁에 엎드려 있었다. 천자가 말했다.

"이형경에 관한 일은 네가 이미 그 본색을 알아냈느냐?"

동정월이 전말을 자세히 고하고 아뢰었다.

"이형경이 끝내 드러내지 않으니 매우 난처하옵니다."

천자가 웃고 말했다.

"일이 이미 이 정도까지 진행됐다면 아주 어려운 것은 아니로다."

그러고는 이형경을 부르라 했다. 이 상서는 천자의 조서를 받자 조복을 입고 천자가 있는 궁궐로 달려가 옥좌 앞에 엎드렸다. 그런데 장 각로와 동정월이 이미 어전에서 일을 아뢰고 있었다. 마음속으로 천자가 부른 뜻을 알고 마음이 불안해 머리를 두드리며 우러러 아뢰었다.

"산동에 크게 기근이 들었는데 어사인 장소가 구휼해 살아 있는 영혼들을 구제했사오니, 폐하를 위해 경하를 드리옵나이다."

천자가 용안에 기쁜 빛을 띠고 말했다.

"산동이 구제된 것은 짐도 매우 기뻐하는 일이오. 그런데 짐에게는 한 가지 근심이 있는데 아직 풀리지 않아서 그것이 마음을 막고 있소."

상서가 말했다.

"폐하께서는 사해에 군림하시어 모든 일을 친히 주관하시니 어찌 하늘만큼의 근심이 없으시겠사옵니까? 그런데 말씀 속에서 한 가지 근심이 있다고 하신 것은 신이 잘 이해하지 못하겠사옵니다."

천자가 말했다.

"짐의 근심은 다른 근심이 아니라 경에 대한 근심이오."

상서가 말했다.

"폐하께옵서 무슨 일로 신을 근심하시옵니까?"

천자가 웃으며 말했다.

"경의 아비 시랑이 세상에 살아 있을 때 슬하에 아들과 딸 둘만 있다고 한 것은 짐이 들었던 바이오. 지금은 경과 한림(翰林)283) 형제 두 사람이니 또 누이가 하나 있소?"

상서가 아뢰었다.

"누이는 하나도 없사옵니다."

천자가 말했다.

"그렇다면 다만 형제 둘 뿐이오?"

말했다.

"그렇사옵니다."

천자가 말했다.

"옛날에 시랑이 살아 있을 때 선대 황제께 올린 표문이 있는데, 그 표문에는 일찍이 '신에게는 아들 하나에 딸이 하나 있사옵니다'라고 말했기에 알고 있는 것이오. 그런데 지금 다만 경의 형제 두 사람뿐이라고 말하니 짐은 의아하오."

그러고는 장 각로를 돌려보내니, 장 각로는 동정월과 더불어 물러났다. 천자가 상서에게 말했다.

"임금과 신하, 부모와 자식 사이에 어찌 터럭 하나 만큼이라도 서로 숨기는 일이 있는가?"

상서가 아뢰었다.

---

283) 앞에서 한 번도 언급되지 않았지만, 이형경의 남동생이 과거에 급제해 한림의 벼슬에 있는 것으로 설정되어 있다.

"신이 어찌 감히 임금과 부모를 속일 수 있겠사옵니까? 신의 아뢰어야 하는 말은 장황한데 날씨가 너무 더워서 옷깃을 바로잡을 수 없사옵니다. 원컨대 폐하께옵서 특별히 포용하는 어진 마음을 내리시어 신에게 며칠만 겨를을 주시오면 마땅히 표문을 올려 마음을 펼쳐 보이겠사옵니다."

천자가 허락하니 이 상서가 물러나와 집 대문을 닫아걸고 손님을 사양했다. 그리고는 손수 표문 한 통을 써서 가죽으로 된 상자에 단단히 봉하고 직접 천자에게 올렸다. 천자가 친히 받으니 상서는 물러났다. 이에 바야흐로 상자를 풀어 표문을 반쯤 읽었는데 비서관이 들어왔다.

"서번(西蕃)284)의 토곡혼(吐谷渾)285)이 보내온 격문이 비서성(秘書省)286)에 들어와 폐하께 가지고 왔사옵니다."

---

284) 티베트족이 지금의 서장(西藏)에 웅거해 세운 나라 이름으로, 토번(吐番)이라고도 부른다.

285) 진(晉)나라 때에 선비족(鮮卑族)인 도하섭귀(徒河涉歸)의 아들이며 모용외(慕容廆)의 서형(庶兄)이다. 섭귀가 죽은 뒤에 모용외가 부락을 통솔하게 되자, 토곡혼이 도와서 무리를 이끌고 음산(陰山) 가에 거주하다가, 서진(西晉) 말에 농(隴)을 넘어 서쪽으로 가서 새로운 나라를 세웠다. 시대가 전혀 달라 토곡혼이라는 이름만 취한 것이다.

286) 후한 환제(桓帝) 때에 처음으로 비서감(秘書監)을 두어 경적(經籍)·도서·저작 등에 관한 일을 관장하게 했는데, 남북조 시대에 이르러 그 사무를 비서성에 두어서 관장하게 했다. 여러 이름으로 바뀌다가 명나라 때에 한림원으로 통합됐다. 우리나라에서는 고려 시대에 두

천자가 가지고 들어오라 하여 그 격문을 열어 보니 다음과 같이 씌어 있었다.

서번의 천자는 대명국의 천자에게 격서를 전하노라. 하늘은 높고 말은 살이 쪄서 철기병(鐵騎兵) 백만을 거느리고 관중(關中)287)에 모여 사냥을 행하고자 한다. 그런 까닭에 통보해 알게 하노라.

천자가 읽기를 마치고 '이것은 이형경이 아니면 함께 상의할 수 없겠구나' 하고 이 상서가 올린 표문을 감추었다. 그러고는 모든 신하들을 법전(法殿)288)으로 불러 상의했다. 신하들이 모두 아뢰었다.

"이형경이 아니면 이 임무를 담당할 수 있는 자가 없사옵니다."

이에 천자가 조서를 내려 이형경을 불렀다.

어서 경적·축소(祝疏)·상소문 등에 대한 사무를 관장하게 했다.
287) 지금의 섬서성(陝西省) 땅으로, 동쪽으로 함곡관(函谷關), 서쪽으로 농관(隴關), 남쪽으로 무관(武關), 북쪽으로 소관(蕭關)이 있어 사방으로 둘러싸인 데서 온 말이다. 진나라의 근거지였다.
288) 임금이 여러 신하들의 조회를 받거나 외국 사신들을 접견하는 정전(正殿).

제6회
이 상서는 서번과의 전쟁에 출전하고,
장 각로는 대궐에서 혼사를 의논하다.
李尙書出戰西蕃, 張閣老議婚北闕

각설. 천자가 서번의 격서를 보고 급히 전전중랑장(殿前中郞將)[289]에게 명해 깃발을 가지고 가서 이 상서를 불러오라 했다. 이 상서가 말했다.

"임금께서 명으로 부르시면 수레를 준비할 시간도 기다리지 않고 출발하는 것은 이미 성인께서 행하신 일이니, 임금을 섬기는 도리를 어찌 감히 공손히 받들지 않겠는가. 그러나 나 이형경은 이미 표문을 올렸는데도 그 답을 받지 못했으니, 남의 신하로서 나가고 처하는 것에 감히 명을 받들지 못하겠네."

사자가 돌아와 그 말을 아뢰니 천자가 용도학사(龍圖學士)[290] 서계(徐階)에게 명해 이형경에게 가서 명령서를 전하고 함께 돌아오라고 했다. 서 학사가 천자의 명령서를 받

---

[289] 전전(殿前)은 천자의 정전 앞을 뜻하고 중랑장(中郞將)은 중간급 장수를 뜻한다. 따라서 대궐을 지키는 부대의 중간급 장수를 뜻한다.
[290] 송나라 때에 설치한 관청인 용도각(龍圖閣)의 학사.

들고 이부에 가서 전하니 이 상서가 공경히 명령서를 받들고 읽었다. 다음과 같이 씌어 있었다.

국가에 일이 있으면 반드시 기둥과 주춧돌 같은 신하가 필요한 법이다. 서변이 침략을 알려 왔으니 경이 아니면 더불어 의논할 수가 없도다. 경은 즉시 부름에 응해 와서 내 속마음을 괴롭게 하지 말지어다.

이 상서가 읽기를 마치고 천자에게 아뢰는 글을 적어 서 학사에게 주었다. 천자가 그 글을 읽으니 다음과 같았다.

신은 반평생 임금을 섬겼으되 발자취가 모호해, 표문을 올려 면직을 애걸하고 몸을 시골에 묻으려 하옵나이다. 원컨대 폐하께옵서는 신의 관작을 거두시고 신에게 형벌[291]을 내리시어 조정의 기강을 엄숙하게 하시옵소서.

천자가 크게 놀라 태학사 호유중(胡維中)에게 명해 다음과 같이 전하게 했다.

---

291) 원문의 '사패(司敗)'는, 진(陳)·초(楚) 두 나라에 있었던 형벌을 맡던 관리를 말한다.

"경이 오지 않으면 마땅히 짐이 가서 찾으리라."

이 상서가 명을 받고 다시 장계(狀啓)292)를 올려 아뢰었다.

신은 도끼를 피하지 않고 지금 시골로 내려가려 하오니 원컨대 폐하께서는 신을 용서하시옵소서.

그러고는 곧바로 병부상서의 도장과 깃발을 풀어 병부에 보내고 즉시 복건을 쓰고 푸른 도포를 입고 푸른 노새를 타고 동문 밖으로 달려 나가 30리쯤 떨어진 곳인 금수장(錦樹庄)293)에 머물러 숙박하고자 했다.

그런데 갑자기 한밤중에 길을 치우라는 시끄러운 소리가 문밖에서 들리고 등불이 환하게 빛났다. 붉은 옷을 입은 비서관이 상서에게 고해 말했다.

"천자께서 막 도착하셨습니다."

상서가 갈건야복(葛巾野服)294) 차림으로 농막 앞에서 천

---

292) 임금의 명령으로 지방에 나간 벼슬아치가 임금에게 올리는 서류.

293) 아름다운 나무로 둘러싸인 별장이란 뜻인데, 역사적으로 유래가 있는 고유 명사는 아닌 것으로 보인다.

294) 칡 섬유로 짠 두건과 베옷이라는 뜻으로, 은사나 처사의 거칠고 소박한 의관을 이르는 말이다.

자를 맞이하고, 조용히 모시고 서서 말씀이 내리기를 기다렸다. 천자가 수레에서 내려 상서의 손을 잡고 말했다.

"경이 짐을 저버리는 것이 어찌 이리 심하오?"

상서가 대답했다.

"신의 죄는 만 번 죽어도 아까울 것이 없사오니 감히 다 대답할 수 없사옵니다."

천자가 또 말했다.

"경은 왜 짐을 저버리는 것이오?"

상서가 대답했다.

"신이 폐하를 저버리는 것이 아니오라, 폐하께오서 신을 저버리시는 것이옵니다."

천자가 말했다.

"짐이 언제 경을 저버렸다는 말이오?"

상서가 대답했다.

"폐하께옵서는 어째서 신의 본색을 밝혀내려 하시옵니까? 신의 평생 뜻은 단지 충성으로 임금을 섬기고 효도로 부모를 섬기며 세상에서 공을 세우고 이름을 세워 역사에 이름을 남기는 데 있고, 이것이 큰 바람이옵니다. 그런데 폐하께옵서는 억지로 신의 뜻을 빼앗고자 하시기에, 표문을 올려 사직하고 산림 속에서 몸을 마치기로 이미 뜻을 결정했사옵니다. 폐하께오서 도끼를 내려 죽이신다 해도 신의 뜻은 돌릴 수 없사옵니다."

천자가 말했다.

"국가와 사직은 중요하게 돌아보지 않는가?"

상서가 대답했다.

"국가와 사직은 모두 근력이 강한 남자들의 책임이지 어찌 구구하게 여자 하나에게 매어 있다고 하시옵니까?"

천자가 온갖 말로 위로하고 말했다.

"장소가 아뢴 것을 가지고 한번 말을 내어 본 것이오. 지금과 같이 위급한 때를 당해, 짐에게 과실이 있다고는 하나 경이 어찌 이처럼 화를 내는 것이오? 짐이 지금부터 다시는 이 일에 대해 말을 하지 않을 것이오."

그러고는 좌우에 명하여 역사책에 기록하라 하고 또 깨우쳐 말했다.

"짐이 마땅히 경과 더불어 한 수레에 타고 조정으로 돌아갈 것이니, 경은 더 이상 많은 말을 하지 말라."

상서가 아뢰어 말했다.

"성상의 마음에 고민을 끼쳐드린 것이 또한 신의 죄이고, 성상께서 수고롭게 움직여서 이리로 행차하시게 만든 것도 신의 죄이옵니다. 신이 죄를 산처럼 지고 있으니 어찌 감히 조정에 설 수 있겠사옵니까?"

천자가 재삼 알아듣도록 깨우치고 간절하게 말리니 상서가 아뢰어 말했다.

"신의 뜻은 이미 결정됐사오나 성상의 가르침이 지극히

엄하시고 나랏일이 또한 급하니, 신이 비록 재주가 없사오나 시험 삼아 한번 나아가 말가죽에 시체를 싸게 하는 것이 신의 소원이옵니다."

천자가 크게 기뻐해 조복을 가져오라 명해 몸소 자신의 손으로 대사마의 도장을 달아 주고, 함께 네 마리의 말이 끄는 수레를 타고 조정에 돌아오게 됐다. 상서가 예복의 띠를 드리우고 홀(笏)을 들고 천자를 곁에서 모시고 서니 마치 태산과 같은 기상이 있었다. 수레가 벽제성(辟除聲)295)을 울리며 도성의 문으로 들어오자 도성의 모든 인민들이 손을 들어 이마에 얹고 말했다.

"이 상서께서 도성에 들어오셨으니 국가에는 근심거리가 없어질 것이네."

천자가 조정에 돌아와 모든 신하들을 크게 모으고 서번을 칠 방도를 의논했다. 좌각로 조악(趙岳)이 말했다.

"서번이 10년 동안 군사를 길러 중원을 넘보니 그 강함을 감당하기 어려울 것이옵니다. 먼저 사신을 보내 화친을 맺고 그 날카로운 기세를 피하는 것이 옳을까 하옵니다."

---

295) 임금이나 관리 등 지위가 높은 사람이 행차할 때 선도하는 군졸들이 다른 사람의 통행을 막고, 길에서 비키게 할 때 지르는 소리를 말한다. 벽제는 원래 개벽(開闢) 혹은 소제(掃除)의 뜻으로 길을 열고 더러운 것들을 치우게 하는 것이었으나, 점차 귀인이나 관리들의 위엄을 과시하는 의례로 변질됐다.

그러자 태학사(太學士)296) 왕정룡(王廷龍)이 아뢰었다.

"좌각로는 마땅히 죽여야 하옵니다. 서번이 비록 강하고 사나우나, 우리는 정예병이 백만이고 장수는 천 명이나 되며 곡식은 10년을 버틸 만하옵니다. 그런데도 한번 싸워 보지도 않고 먼저 화친을 맺자는 것은 나라를 팔아먹는 역적이니, 먼저 조악의 머리를 베어 백성들에게 사죄하시옵소서. 그리고 빨리 정예 병사를 선발해 복종하지 않는 무리를 정벌하고 나라의 위엄과 무예를 떨치게 하시옵소서."

천자는 그 말이 옳다고 하였다. 좌각로의 벼슬을 거두고 군사를 내어 싸우는 것으로 단안을 내리니 조정 전체가 숙연해졌다. 천자가 이형경을 대원수로 삼고 표기장군 서정방(徐廷芳)을 부원수로 삼고 서울에 있는 병사 10만 명, 관중의 병사 10만 명, 하내의 병사 20만 명을 조발하고, 원수의 휘하에서 통합해 지휘하라고 했다. 그러고는 어전의 황개(黃蓋)297)를 내려 정벌의 위엄을 보이라 했다. 이에 대원수가 군사 훈련장에 가서 군사를 점검하고 서둘러 출발했다. 깃발은 하늘을 가렸고 북과 나팔 소리는 우레처럼 울렸다.

---

296) 중국과 한국에서 학문의 교육과 진흥의 책임을 맡던 최고 지위자인데, 우리나라에서는 홍문관 대제학을 태학사라고 불렀다.

297) 황제의 의장(儀仗)의 하나로, 양산처럼 생긴 덮개를 누런색의 비단으로 감싼 것이다.

천자가 우각로 장소에게 명하여 감군어사(監軍御史)[298]로 삼고 대원수의 휘하에 예속되라고 했다. 장소는 마음속으로 불만스러웠으나 황제의 명이 갑자기 내리니 도의상 회피하기가 어려웠다. 그래서 그날로 떠나 30리 떨어진 만마관(萬馬關)[299]에 군사를 머무르게 하니 정정당당하고 숙연한 것이 범접할 수 없었다.

명나라 군사가 계속 가서 함곡관(函谷關)[300]에 이르러 관중의 병사 20만을 취하게 됐을 때 원수가 장 어사에게 명을 내렸다.

"어사에게는 이미 지휘의 책임이 있으니, 먼저 관중에 들어가 군사 조발을 감독하시오. 열흘 기한을 줄 터이니 대군과 옛 옹주부(雍州府)[301]에서 만나도록 합시다. 만일에 명령을 어기는 것이 있다면 목을 벨 것이오."

어사가 말했다.

---

298) 군대를 감독하는 일을 맡은 벼슬.

299) 만 마리의 말도 감출 수 있는 관문이라는 뜻인데, 우리나라에서는 전주부성(全州府城)과 만경강 일대의 호남평야의 곡식을 보호하기 위해 전라감영의 남쪽에 축성된 성의 관문 이름이었다. 중국에 동일한 고유 지명이 있었는지는 자세하지 않다.

300) 중국 하남성(河南省) 북서부에 있어 동쪽의 중원으로부터 서쪽의 관중(關中)으로 통하는 관문이다.

301) 옛날 중국의 아홉 주(州)의 하나로, 지금의 섬서성과 감숙성.

"열흘 한정이라는 것은 관에 들어가는 기간에 불과합니다. 어느 겨를에 군사들을 조발하고 길에 올라 옹주부에서 만나 합칠 수 있겠습니까?"

원수가 말했다.

"닷새의 기한을 더 줄 테니, 다시는 많은 말 하지 마시오."

어사가 불만스러워했다.

"이것은 나를 죽이고자 하는 것이오. 내가 원수와 더불어 동창이자 함께 급제한 아름다운 연분이 있어 정이 마치 형제와 같은데, 무슨 불평과 틈이 생겨서 고의로 나를 법으로 다스리려 합니까?"

원수가 말했다.

"천자를 위한 일에는 흐트러짐이 없어야 하오. 그대는 재상의 중임을 맡고 천자를 위한 일을 담당하게 됐는데 어찌 감히 수고스러움을 지껄이는 것이오? 이 말은 예나 지금이나 바라는 바가 아니니, 어사를 위해 취하지 않으려 하오."

어사가 또 입을 열어 말을 하려고 하니 원수가 커다란 목소리로 말했다.

"어사는 조정의 대신이다. 천자를 위한 일에 힘쓰지 않고 군대의 기강을 따르려 하지 않으니 이는 크게 불경스러운 짓이다. 하물며 군대를 이끌어 가는 어사로서 만약에 많은 말을 한다면 반드시 군법에 따를 것이다."

어사는 가슴속에서 분노가 치밀었으나 형세를 어쩔 수

없어서 본부에 돌아와 부하를 거느리고 관중으로 향했다. 그러나 걸음을 천천히 해 가면서 겨우 관중에 도착하니 이미 12일이 지나 버렸다. 도끼와 깃발과 도장을 표시로 명을 전하고, 도장을 관중의 총독과 맞추어 보고 병사 20만을 조발하는 데 또 12일이 지나갔다.

대군이 이미 옹주부에 도착해 사흘이 지나자 어사가 관중의 군사를 거느리고 겨우 옹주에 도착했다. 원수가 크게 노해 군대의 위엄을 크게 베풀고 장 어사를 잡아 오게 해 신문했다.

"군대가 모이기로 한 기한이 이미 열흘이나 지났으니, 어사는 군율을 무시하는가?"

어사가 말했다.

"형세가 자연히 그렇게 된 것이지 법을 우습게 본 것이 아니오. 원수가 법대로 하려거든 법대로 하면 될 것이지 어째서 노해 묻는 것이오?"

원수가 도부수(刀斧手)302)에게 명해 끌고 나가 목을 베라 하니, 도부수가 어사를 끌고 장막 밖으로 나갔다. 어사가 얼굴색을 조금도 변하지 않은 채 훈련장으로 나가니, 좌우에서 간했다.

"비록 어사를 원수의 휘하에 예속시키라는 황제의 명이

---

302) 큰 칼과 큰 도끼로 무장한 병사.

있었으나, 본시 황제의 명을 받드는 사신의 자격입니다. 또 진중에 임해 싸움도 해 보기 전에 먼저 대신을 죽이는 것은 길조가 아닌 듯하니, 원수께서는 용서해 주시길 바랍니다."

원수는 노기가 좀 풀어지자 군령장(軍令狀)303) 작성의 임무를 맡은 관리에게 명해 어사 장소의 죄를 대죄케 하는 일을 거행했다는 문서를 쓰게 했다. 장 어사는 입으로 한숨을 토하고 본부로 돌아와 병을 칭하고 누워 버린 채 천자에게 죄를 구걸하는 표문을 썼다. 또한 병 때문에 직책을 잘 수행할 수 없다는 표문도 써서 천자에게 올리고 그 답을 기다리며 군대를 따라가지 않았다.

원수는 대군을 거느리고 곧장 나아가 서량(西凉)304)에

---

303) 군대에서 명령의 내용을 적어 시행하던 문서.

304) 중국 오호십육국 시절의 한 왕조(400~421)로, 왕성은 한족인 이씨였다. 이씨는 농서(隴西)의 명가로 대대로 군의 태수를 지냈다. 후량(後凉) 여광(呂洸)의 말년에 이고(李暠)가 대중에게 추대되어 돈황(敦煌) 태수가 되어 대도독 대장군 양공 진이주목(大都督大將軍凉公秦二州牧)이라 자칭하고 연호를 제정해 독립 체재를 취했다. 동방으로 세력을 뻗쳐 감숙성(甘肅省) 주천(酒泉)으로 옮겼으나, 독발선비족(禿髮鮮卑族)과 저거흉노족(沮渠匈奴族) 등의 압박이 심해 국세를 떨치지 못했다. 417년에 이고가 죽고 그의 아들 이흠(李歆)이 뒤를 이었으나, 저거몽손(沮渠蒙遜)과 싸우다가 패해 죽고 420년에 수도인 주천을 빼앗겼다. 그의 동생 이순(李恂)이 대중에게 추대되어 뒤를 이어 돈황을 지켰으나, 재차 몽손에게 패하고 자살함으로써 421년에 멸망한다.

이르렀으나, 서번은 아직 군대를 움직이지 않고 있었다. 그래서 군사를 주둔시키고 그들의 움직임이 있기를 기다리면서 근심이 없도록 대비했다.

장 어사는 병을 칭해 표문을 올리고 옹주부 관운사(觀雲寺)에 머무르면서 속으로 이 원수의 행동을 생각해 보았다.

"필경 본색이 노출될까 봐 꺼리고 싫어서 그러는 것이지. 이번에 당한 일도 그런 데에서 나왔으니 내가 복종할 수 없었던 것이고. 그러나 다른 날 구혼을 할 방책에 이르러서는 원만하게 이룰 방법이 없으니 장차 어떻게 그 묘한 꾀를 얻을 수 있단 말이냐?"

백방으로 생각을 해 보다가 병이 생겨서 자고 먹는 일조차 편치 않았다. 그에게 딸린 부하 관리 가운데 우사마(右司馬)305)인 조지춘(趙之春)이 장소에게 나아와 말했다.

"상공께서는 지위도 매우 높고 공훈과 명성을 쌓은 것도 이 원수보다 훨씬 뛰어납니다. 그런데 이 원수는 상공을 찍어 누를 뿐이니 반드시 복종해서는 안 됩니다. 하지만 상공의 직책은 행군을 지휘하는 것이고 또 제왕을 위한 일은 중대한 것이어서, 공적(公的)으로 근심을 다하지 않을 수 없었

---

305) 사마(司馬)는 주나라 이후의 관직 가운데 하나로 육경(六卿)에 속해 군정을 관리했는데, 품계가 비교적 낮은 벼슬이었다. 우사마는 그보다 바로 하위에 있는 무관직 벼슬이라고 보면 될 듯하다.

을 것입니다. 이 때문에 상공께서 울분이 쌓여 병이 생기고 점차 위험한 지경에 이르셨습니다. 공적으로나 사적으로나 감당할 수 없으니 어떻게 하면 좋겠습니까?"

어사가 말했다.

"비록 이와 같으나 나는 이미 표문을 올려 면직을 청했네. 아직 회답을 받아 보지는 못했지만, 지금의 정세는 나아가 군대를 따라갈 수도 없고 물러나 조정으로 돌아갈 수도 없네. 그래서 병이 난 것이지."

이런 이야기를 나누고 있는 참에 홀연 역졸이 와서 보고하기를, 전전좌승(殿前左丞)306)이 명을 받들고 금빛으로 보해진 천자의 답서를 가지고 왔다는 것이었다. 장 어사가 억지로 예복을 갖추고 향안(香案)307)을 펼쳐 공경스럽게 받아 그 글을 읽었는데, 내용은 다음과 같았다.

---

306) 송나라 때에 군무에 관한 일을 통할하던 전전사(殿前司)에 딸린 벼슬 이름으로 보이지만, 실제로 그런 벼슬이 있었는지는 자세하지 않다. 대궐에서 황제의 측근에 있으면서 명령을 전달하는 역할을 맡은 중상급의 관리로 이해하면 될 듯하다.

307) 향료 또는 향로를 올려놓는 받침상이나 받침대를 뜻한다. 향은 향내를 풍기는 물건이나 제전(祭奠)에 피우는 향내가 나는 물건의 통칭으로, 향기가 많은 나무의 진이나 조각 또는 잎으로 만들어 불에 태워 향기를 피웠다.

짐이 듣건대 경이 만 리나 먼 곳으로 출정했는데 질병이 몸에 들어왔다고 하므로, 간이 까맣게 타도록 근심이 깊도다. 그러나 다만 공적인 일이 우선이고 의리와 본분이 매우 중하며, 하물며 경은 많은 군사를 이끌고 나아가 날카로움과 무딤을 누구보다도 잘 알 것이다. 경은 국가를 생각하고 끝까지 죽을힘을 다해 공을 세우고 빠른 시일 안에 돌아오기를 깊이 바라노라.

읽기를 마치자 성스러운 황제의 위로와 깨우침이 은근함을 깊이 감동하게 됐다. 그러나 하나는 원수와 화합하지 못하고 둘은 정말로 몸에 병이 있는지라 어떻게 해야 할지 알 수 없었다. 이처럼 여러모로 깊이 고민하고 있는데 갑자기 백학 한 마리가 울음소리를 길게 내며 구름을 뚫고 동쪽으로부터 날아와 푸른 하늘을 배회하다가 뜰의 난간 아래에 내려앉는 것이었다. 어사가 보니 한 선인이 백학의 등 위에 앉아 있었다. 그는 도사들이 입는 옷을 입고 조용히 어사가 누워 있는 곳으로 걸어왔다. 어사가 일어나 앉아서 물었다.

"선인께서 욕되게도 멀리 더러운 세계로 오셨으니 무슨 맑은 가르침이라도 있는 것입니까?"

선인이 말했다.

"상공께서는 저를 모르실 것입니다. 저는 자허관의 주인 위태랑이라 합니다. 지금 군사가 만 리나 출정하는데 상공께서는 표문을 올려 면직을 청했지요? 비록 천자의 조서를 받으셨으나 형세가 매우 맹랑하게 된 것은 사람들이 이미 미루어 아는 바입니다. 만약 이 기회를 놓치면 국가의 일이 잘못될 것이고 상공의 일도 역시 낭패를 겪을 것입니다. 상공께서는 저를 허황되다고 생각하지 마시고 저와 함께 이 학을 타고 가서서 되어 가는 판세를 보시지요."

장 어사는 위태랑이 신통하다는 말을 많이 들었기 때문에 충분히 믿을 수는 있었으나, 어디로 가는지를 몰라 바야흐로 주저하고 있었다. 그러자 위태랑이 말했다.

"만약에 제 말을 믿지 않으시면 반드시 나라가 망할 것이니, 상공께서는 과감하게 결단하십시오."

장 어사가 스스로 생각해 보았다.

'내 일의 형세가 나아갈 수도 물러날 수도 없는 골짜기에 갇힌 것 같으니, 마땅히 가서 다음을 보아야겠다.'

그러고는 말했다.

"상선(上仙)께서 자비하셔서 힘써 도랑물에 빠져 말라가는 고기를 구해 주시니, 감히 마음을 다해 따르고 명하시는 대로 달려가지 않을 수 있겠습니까?"

위태랑이 크게 기뻐하면서 장 어사와 함께 학의 등에 올랐다. 학은 울음소리를 한번 내고 날개를 박차며 높이 올랐다. 파란 하늘을 한 바퀴 돌고 아득히 날아오르니 구름 속의 하늘을 나는 새의 깃이라 할 수 있었다. 장 어사는 양쪽 겨드랑이가 시원하고 귓가에 바람이 일어 마치 하늘로 날아 올라가는 것 같았다.

삽시간에 한 자락 산사에 내려앉으니 산은 푸르고 물은 수려하며 누대와 전각이 아득했다. 어사는 멍청이가 된 듯 꿈을 꾸는 듯하여 어디로 가야 할지를 모르고, 다만 입을 연 채 눈이 휘둥그레져서 무엇을 해야 할지 모르고 있었다. 그러자 태랑이 말했다.

"상공께서는 안심하십시오. 이곳은 서번과의 경계에 있는 구봉산(九鳳山) 천화사(天花寺)입니다. 상공께서 며칠만 머물러 계시면 빈도가 전장의 기미를 탐지하고 와서 묘한 계책을 말씀드리겠습니다. 지금이 상공께서 공을 이룰 수 있는 때니, 상공께서는 정신을 수습하고 정기를 기르면서 고민하지 말고 계십시오."

위태랑은 거듭 당부하고 다시 학을 타고 갔다. 장 어사는 영문을 알지 못해 다만 조각상처럼 서 있을 뿐이었다.

각설. 이 원수는 대군을 양주에 주둔시키고 서번의 소식을 탐지했으나, 병마의 흔적은 그림자조차 볼 수 없었다. 마음속으로 괴이쩍게 여기고 의심해 여러 장수들과 더불어 상의를 하는 한편, 척후를 충분히 풀어 순찰을 돌면서 사방의 동정을 살피게 했다. 다음 날 탐지하러 나갔던 병사가 돌아와 한 무리의 서번 병사들이 붉은 깃발 천여 개를 높은 관문 위에 꽂았지만, 병마가 크게 이르는 것은 보지 못했다고 보고했다. 원수가 말했다.

"이것은 필시 군대가 있다 의심케 해 우리를 속이려는 것이다."

그리고 또 소식을 기다리고 있는데, 하루는 서번의 군사들이 붉은 깃발을 철거하고 밤사이에 모두 사라져 그림자 하나 보이지 않는다고 했다. 그러자 선봉인 조개지가 나아와 말했다.

"서번의 병사들이 있다가 없어졌다가 하니 적정을 헤아리기가 매우 어렵습니다. 사방으로 병사들을 풀어 매복했다가 변화에 응하고 적의 간계에 빠지지 않게 했으면 합니다. 이것이 모두를 온전케 하는 계책인 것 같습니다."

원수가 말했다.

"내게 승산이 있으니 많은 말을 할 필요가 없소."

선봉은 비록 원수의 귀신같은 계책에 마음으로 복종하는 바였지만, 그것이 어떤 계책인지 알 수 없어서 두세 번 괴롭게 간했다.

"제가 본부대대를 이끌고 먼저 30리 앞에 가서 진을 치고 적정을 살피게 해 주십시오. 그러다가 적이 오면 그들이 생각지 못한 시점에 그 날카로움을 꺾을 수 있을 테니, 이것은 필승의 계책입니다."

원수가 허락하니 선봉이 부하 병사 3만을 데리고 캄캄한 밤중인 삼경 무렵에 아무도 모르게 진군했다.

조개지가 진군해 성성산(猩猩山)에 이르니, 전면에는 단지 한 떼의 서번 병마들이 대열을 잃고 산야에 규율이 없이 흩어져 있어, 그 세력이 매우 보잘것없었다. 조개지는 이것이 상대를 방심시키는 계책임을 알고 군진의 모퉁이를 견고하게 지키고 병사들을 단속하면서 예측 못한 적병들이 갑자기 뛰쳐나올까 대기하고 있었다. 그러나 4, 5일이 지나도록 털끝만큼의 움직임도 없었다.

서번의 대도독 가달자(可達刺)는 신출귀몰한 계책을 지니고 있었으며, 선봉 호눌아(胡吶兒)는 만 사람이 덤벼도 당하지 못할 용맹함이 있었는데, 대군인 50만의 기병을 거느리고 세 갈래 길로 나누어 진군했다. 일군(一軍)은 호눌아가 거느리고 성성산의 왼쪽 길을 따라 고요하게 원수의 성채 뒤로 나왔으며, 일군은 가달자가 거느리고 성성산의 오른쪽 길을 따라 원수의 성채 앞으로 직접 치고 들어왔으며, 일군은 유격대의 진세를 형성해 장군 합합적(哈哈赤)이 거느리고 좌우로 돌격했다.

조개지는 그들의 움직임을 탐지하지 못했을 뿐만 아니라, 이 원수가 보낸 앞뒤의 척후병과 열 길로 순찰을 돌던 병사들도 지세가 험하게 가로막혀 있고 인심도 친근하지 않아서 다시 서번병이 노출될 때만 기다리고 있었으니, 누가 캄캄한 밤중에 앞뒤에서 적의 공격을 받을 줄 알았겠는가?

짙은 안개가 하늘로부터 드리워져 사면이 막막해 지척

사이도 분간할 수 없게 된 어느 날이었다. 단지 병사와 말발굽 소리만이 앞뒤에서 들리자, 원수가 궁노수(弓弩手)들에게 활을 쏘라고 명했으나, 다만 백만 개의 화살만 소비했을 뿐이었다. 하늘이 밝아 오자 안개가 반쯤 걷히고 동쪽에 해가 솟으니, 다만 보이는 것이라고는 빽빽하게 꽂힌 깃발들과 가득 모인 창칼뿐이었다. 서번병이 철통처럼 둥글게 둘러싸고 있어서 물조차 샐 수 없을 지경이었던 것이다. 원수가 크게 놀라 모든 장수들에게 명하여 네 모퉁이를 견고하게 지키라 하고 싸움에 응할 계책을 논의했다.

서번병은 힘이 강하고 진세가 웅대해 꼭꼭 둘러싸고 있으면서도 싸움을 하자는 글을 보내오지 않았다. 사흘이 지나자 군량을 보급할 길이 끊어지고 후발대도 오지 못하게 됐다. 원수에게 비록 귀신같은 지략이 있다고 한들 손을 쓸 수가 없어 어찌할 바를 모르고 있었다.

그때 서번의 진중으로부터 항복을 권하는 편지가 날아들었다. 원수는 노하여 편지를 가지고 온 사자의 목을 베고 배달된 편지를 발기발기 찢어 버리면서 결사전의 의지를 보였다. 그러나 군사들의 마음이 소란해 싸우고자 해도 싸울 수 없었고, 무너뜨리고자 해도 무너뜨릴 수 없었다. 하루 동안에만도 놀라 움직이고 달아나 숨는 자가 수없이 발생했다. 원수는 마음이 산란해서 곤경에 빠지게308) 됐다.

이 무렵 위태랑은 서량 땅에 이르렀다. 서량 총독은 군사

30만을 거느리고 서쪽에 주둔하고 있었는데, 병사들은 훈련이 잘되어 있었고 군량은 풍족해 사기가 아주 강성했다. 하루는 백학의 소리가 들리더니, 선인이 공중으로부터 내려와서 길게 읍(揖)[309]하고 말했다.

"저는 대명국의 사자인 위태랑입니다."

그리고 품속에서 한 통의 조서를 꺼내 총독에게 보여 줬다. 총독이 다 읽고 말했다.

"천자의 군대가 변경에 들어왔어도 아직 싸움이 없었는데 구원병을 부르는 것은 왜입니까?"

위태랑이 말했다.

"대군이 풍토에 익숙하지 않고 만 리 길이나 멀리 원정을 온 까닭에 병기가 한 번 접한 적도 없는데 지금 마음이 산란하고 곤경에 처해 있습니다. 지금 구하지 않으면 서쪽 변방은 국가의 소유가 되지 못하니, 장군은 빨리 원병을 조발해 만대에 빛날 공을 세우시기 바랍니다."

총독이 말했다.

"천자의 사자가 네 마리의 말이 끄는 수레를 타지 않고

---

308) 원문은 '곤재해심(困在亥心)'으로 되어 있다. '해심'의 용례를 찾을 수 없어, 문맥에 따라 '마음이 산란해서 곤경에 빠지게'라고 번역했다.

309) 인사하는 예의 하나로, 두 손을 맞잡아 얼굴 앞으로 들고 허리를 앞으로 공손히 구부렸다가 펴면서 손을 내리는 방식이다.

이런 조잡한 문서를 가지고서 한 마리의 학을 타고 구름 속에서부터 내려오니 행색이 이상해 마음속으로 가만히 괴이쩍게 여기는 바이오."

위태랑이 말했다.

"장군이 모르고 있군요. 만 리나 떨어진 이역인데 도로는 끊어지고 장비 지원도 막혀 버렸습니다. 어떻게 네 마리의 말이 끄는 수레와 사신이 지닌 부절(符節)310)을 가지고 서서히 올 수 있겠습니까? 하물며 지금 왕사는 곤경에 처해 호흡도 통하지 않으니 시일이 매우 급합니다. 이런 때에 신통한 술책이 아니면 어떻게 여기에 올 수 있겠습니까? 장군이 만약 군사들과 더불어 공을 이룬다면, 공훈과 명예가 만세에 으뜸이 되어 초상은 능연각(凌煙閣)에 걸리게 될 것이고 이름은 역사책에 길이 남게 될 것입니다. 하물며 변방에서 복속한 신하로서 나라의 위급함을 보고 편안히 수수방관하려 하십니까?"

총독이 말했다.

"군대를 들어 구원하는 것은 진실로 감히 거부치 못하겠으나, 다만 이 늙은 몸이 여러 부대를 거느리고 있으니 직접 호랑이 꼬리를 밟을 수는 없을 것 같습니다. 그렇다고 여러

---

310) 돌이나 대나무, 옥 따위로 만든 물건에 글자를 새겨 다른 사람과 나눠 가졌다가 나중에 다시 맞추어 증거로 삼는 물건.

장수들에게 맡겨 두면 일이 이루어지지 않을까 두려우니, 이 때문에 어려워하는 것입니다."

위태랑이 말했다.

"천자의 군대를 구원할 생각이 있으시면, 다만 부하 장수 한 사람에게 10만의 정병을 거느리게 해 전선의 구역으로 데려다만 주십시오. 지휘행군어사(指揮行軍御史)인 장소(張沼)가 단신으로 지금 안에 머물고 있습니다. 장 어사는 조정의 대신입니다. 가슴속에는 만 가지 둔갑법을 감추었지만, 수중에 조금의 군사도 없어서 우울하니, 장군은 갈팡질팡하시지 마십시오. 병사를 징발해 구원병을 보내면 공업은 모두 장군에게 돌아갈 것입니다. 그러나 만일 제 말을 따르지 않는다면 다섯 걸음 안에 칼이 붉게 물들 것이니, 장군께서는 헤아리십시오."

말을 끊으면서 여덟 자의 백제검(白鵜劍)311)을 뽑으니 서릿발이 번쩍번쩍했다. 총독이 이 소리에 응하여 말했다.

"어찌 군사를 내어 왕사를 구원하지 않겠으며 서번이 나라를 병합하도록 내버려두겠습니까? 사자는 걱정하지 마십시오."

그리고 위태랑과 더불어 연병장으로 함께 나아가 5만 명의 굳세고 날카로운 기병을 점고했다. 그리고 그의 아우인

---

311) '백제'는 흰 두견이란 뜻인데, 백제검에 대해서는 자세하지 않다.

표기장군 마작(馬綽)으로 하여금 거느리고 그날로 출발하게 했다. 위태랑이 앞길을 인도해 천화사 입구에 이르러, 군사들을 머물게 하고 천화사로 들어갔다. 장 어사가 한번 보고 크게 기뻐하며 왕사의 소식을 물으니, 위태랑이 전체의 판국을 자세히 설명했다. 그러고는 어사와 함께 서량군의 진중으로 가서 마작과 서로 대면했다. 마작이 어사에게 말했다.

"제 형님께서 천자의 군대가 바야흐로 곤경에 처해 있다는 소식을 듣고 굳세고 날카로운 기병 5만을 조발해 소장으로 하여금 거느리고 오게 했습니다. 그러나 주둔하거나 작전을 펼치거나 나아가고 물러나는 권리에 대해서는 어사께서 친히 거느리십시오."

그러고는 영전(令箭)[312]을 어사에게 헌납했다. 어사가 말했다.

"장군과 더불어 큰일을 함께 도모하는 것이 옳으니, 장군은 노력해서 공을 세우십시오."

그러고는 영전을 가지고 군중에 호령했다.

"나는 조정의 행군지휘어사 장소다. 이 영전은 서량 총독 마소(馬紹)의 호령이니 삼군은 감히 명을 어기지 말라. 명을 따르지 않는 자는 목을 벨 것이다."

---

312) 군령을 전하는 화살.

이에 삼군이 숙연해지며 명령에 응했다. 어사는 마작으로 선봉을 삼고 위태랑을 유격장군(遊擊將軍)313)으로 삼고 자신은 군중에 있으면서 왕사의 본부가 있는 성채를 향해 진군해 갔다.

원수가 곤경에 처한 지 이미 12일이 지나고 있었다. 서번병의 포위는 날로 급해지고, 날마다 몰려와 천자의 군사를 살해했다. 이때 중군을 향해 곧장 치고 들어와 원수를 잡아끌어내리려고 했는데, 원수는 단신필마(單身匹馬)로 나아가 싸우려고 했으나, 군대의 심리가 흉흉해 시각이 매우 급했다.

그때 갑자기 서남쪽 귀퉁이에서 엄청나게 큰 우렛소리가 일며 구름의 색깔이 변했다.

장 어사가 기운이 왕성한 철기병 3만을 거느리고 서남쪽을 맹렬하게 타격해 여러 겹의 포위를 무너뜨렸다. 선봉인 마작에게는 만 명이 감당하지 못할 용맹이 있었으나, 타고난 얼굴이 관옥 같았으며 눈은 가을의 별 같고 눈썹은 봄의 산 같고 입술은 연지를 바른 것처럼 붉어 이 원수의 용모와 흡사했다. 그가 한 자루 개산대부를 들고 대완(大宛)의 도화마(桃花馬)에 올라앉았으니, 사람은 하늘의 신 같고 말은 나

---

313) 공격할 적을 미리 정하지 않고, 임기응변으로 적을 공격하는 임무를 맡은 장수.

는 용 같았다. 마작이 선두에 서서 도끼를 휘두르며 좌충우돌하니 그 기세는 마치 거대한 신령이 산을 깎는 것 같았고 사납기는 오정(五丁)314)이 길을 뚫는 것 같았다. 호랑이나 사자와 같이 용맹한 서번의 명장은 서남쪽을 향해 온 힘을 다해 막았지만, 도끼가 빛을 발할 때마다 썩은 나무와 풀이 베어지는 것처럼 목이 어지럽게 떨어졌다.

두 시간도 안 되어 서남쪽 모퉁이를 깨뜨리니, 왕사들은 구원병이 온 것을 알고, 비록 굶주리고 피곤했으나 일시에 북을 울리며 나아와 힘을 다해 적을 무찔렀다. 안팎에서 협공해 서번병의 태반을 죽이고 이 원수를 구출하려고 했으나, 이 원수가 간 곳을 알 수가 없었다. 장 어사는 마작과 함께 앞을 열고 힘을 떨치면서 사방으로 이 원수를 찾았다.

원래 서번의 선봉 합합적이 이 원수가 필마로 싸움을 벌이는 것을 보았는데, 그 미모를 보고 여자인 것을 알아서 열 겹으로 포위하고 바야흐로 투항을 권하고 있었다. 이 원수가 하늘을 우러러 한 번 탄식하고 막 칼을 빼어 자기의 목을 베려 하는데 합합적이 팔뚝을 잡아당겨서 정말로 위급한 상태에 있었다. 장 어사는 서번병이 겹겹으로 둘러싸고 있는 속에 커다란 장대에 붉은 깃발이 바람에 휘날리는 것을 보았다. 언뜻 보니 분명히 깃발 위에는 '이(李)' 자가 쓰여 있었

---

314) 촉왕(蜀王) 때 있었다는 전설상의 다섯 명의 역사(力士).

다. 이 원수가 그곳에 있는 것을 알고 마작에게 부탁했다.

"천조(天朝)315)의 이 원수는 얼굴이 꽃과 같아 그대와 흡사하오. 오로지 원수를 구출하는 것에만 모든 정신을 쏟아 소홀함이 없게 하시오. 만약에 원수를 구한다면 그대는 하늘을 덮을 만한 공을 세우는 것이오."

마작이 고개를 끄덕이며 말에 채찍을 가하고 도끼를 휘두르며 포위 속으로 돌입했다. 서번의 복장을 한 얼굴이 검은 사나운 장수가 옥 같은 얼굴을 한 장군을 잡고 있거늘, 마작은 이 사람이 이 원수임을 알고 도끼로 조천세(朝天勢)를 펼쳐서 합합적의 정수리를 쪼개니, 부절이 두 조각으로 나뉜 모양으로 몸뚱이가 갈라졌다. 장 어사는 말을 박차고 뛰어 들어가 이 원수의 옥 같은 손을 잡았다. 이 원수가 잠시 장 어사의 모습을 보고는 부끄러워 얼굴이 빨개졌다. 입을 열어 말하려고 하는데, 장 어사가 타고 있던 말을 이 원수에게 양보해 타게 하고, 벌 떼가 옹위하는 것처럼 하여 서량주 군사들의 본부로 돌아왔다. 장 어사는 원수에게 정신을 안정시키라 하고는 다시 마작과 함께 도망가는 적들을 추격해 성성산으로 들이쳤다.

여기에 또 조개지가 거느린 기운이 왕성한 병사들과 합세해 30리를 추격하니, 서번의 군사들은 사방으로 흩어져

---

315) 천자의 조정(朝廷)을 제후국에서 일컫던 말.

괴멸됐다. 서번병의 원수를 잡아서 목을 베어 장대에 매달게 명하니, 나머지 적병들도 모두 항복했다. 이에 그들의 무장을 해제하고 위로해 깨우치고 풀어서 보내 주었다. 항복한 자들은 모두 하늘땅만큼 기뻐하고 제멋대로 뛰면서 귀국했다. 방을 걸어 인민들을 안심시키고 힘써 편안케 하니 서쪽 변방이 드디어 평정을 찾았다.

장 어사가 마작과 더불어 크게 승리를 얻고 본부에 돌아와 이 원수를 보고 말했다.

"제가 행군 지휘의 책임을 잃어서 원수께 번뇌를 끼쳐드리고 낭패한 지경에까지 이르게 했으니, 죽을죄가 극에 달했습니다."

원수는 얼굴이 빨개지면서 말했다.

"책임은 원수에게 있는데, 말을 많이 해 무엇에 쓰겠소?"

그리고 장 어사와는 대화하지 않고 마 장군에게 말했다.

"장군이 의롭게 구원병을 거느리고 힘써 왕사를 구했으니, 공이 천지를 덮을 만하오."

마작이 사양하며 말했다.

"소장이 형의 명을 받들고 왕사를 구원하러 와서 다행스럽게도 승리를 얻었으니, 하나는 국가에 커다란 복 때문이며 하나는 어사의 충성심 때문입니다."

원수가 물었다.

"장군의 형은 직위가 무엇이오?"

"나라가 세워질 때부터 서량의 총독으로 봉해져서 대대로 작위를 세습하며 번신의 예를 받들었고, 제 형에 이르기까지 대대로 황제의 은혜를 입고 있습니다."

원수가 말했다.

"장군은 직위가 무엇이오?"

말했다.

"현재는 표기장군을 맡고 있습니다. 황제의 조정으로부터 봉작을 받을 때에 한 명의 총독과 두 명의 도호(都護)316)와 여섯 명의 장군 직책을 두었는데, 제가 외람되이 그 가운데 하나에 있습니다."

원수가 말했다.

"장군의 얼굴이 옥 같아서 여자와 아주 흡사한데 만 사람도 당하지 못할 용맹을 지녔으니, 어찌 천하에 기이한 일이 아니겠소?"

마작이 웃으며 답했다.

"소장이 보니 원수의 신비한 빛은 소장보다 열 배나 더한데, 어찌 도리어 칭찬을 더하십니까?"

원수도 역시 웃으며 말했다.

---

316) 한나라 선제(宣帝) 때 서역 각국과 소수민족의 감독을 위해 서역도호(西域都護)를 설치한 것을 시작으로 존폐를 거듭하다가 명나라 때에 없어진 벼슬이다.

"내가 장군에게 보는 눈이 있음을 알겠소."

마작이 말했다.

"소장이 서쪽 변방에서 나고 자라서 황제께서 계신 조정의 위엄 있는 모습을 보지 못했으니, 대군을 따라갈 수 있게 해 주십시오. 천자의 용안을 뵙고 절하는 것이 소망입니다."

원수가 말없이 있으니, 어사가 곁에서 말했다.

"내 뜻도 장군과 함께 조정으로 돌아가고 싶지만, 귀하의 병사들을 거느리고 돌아갈 사람이 없어 고민입니다."

위태랑이 나아와 말했다.

"빈도가 재주는 없으나 군사를 거느리고 서량으로 가겠습니다."

어사가 크게 기뻐하며 천자에게 승전보를 띄웠다. 위태랑이 구원병을 청한 공과 마 총독이 군사를 내어준 충성심과 표기장군 마작이 승리를 거둔 수고로 말미암아 서번에서 일어난 전쟁의 먼지를 다 쓸어버리고 서쪽 변방이 모두 평안을 되찾았다는 내용을 자세히 기록했다. 또한 수고롭게도 구원병은 서량으로 돌려보내고 마작의 소망을 들어주어 함께 조정으로 돌아간다는 내용도 덧붙였다. 이 기별은 좌장군 양만으로 하여금 역마를 타고 조정에 보고하라 했다.

그리고 오래된 관문인 연융대(練戎臺)317)에서 승리를 축

---

317) 군사를 훈련시키는 곳이라는 뜻으로, 우리나라에서는 영조 때 북

하하는 잔치를 크게 베풀고 소고기와 술과 금과 비단을 크게 상으로 주니, 서량의 병사들이 천지에 가득하도록 기뻐하며 축하하는 춤을 추었다.

그러고는 위태랑으로 하여금 마 총독의 영전(令箭)과 장 어사의 깃발을 대신 지니고 서량병을 통솔해 먼저 서량으로 가게 했다. 위태랑이 마 총독을 만나 감사를 표하고 3만의 정병을 점고하니 사상자가 하나도 없었다. 마 총독이 채찍을 들어 만세를 부르고 말했다.

"이것은 조정의 커다란 복이 변방에까지 미친 것이오. 재앙의 기운을 깨끗이 쓸어버리고 모든 군사들이 돌아왔으니 황제의 신령함이 함께한 바요."

위태랑이 말했다.

"장 어사가 친히 와서 치하를 드려야 하지만, 개선하는 것이 당장 급해 본인으로 하여금 대신 군마를 거느리고 귀하의 번진으로 가게 했습니다. 일변으로 조정에 보고했으니 공을 논하고 벼슬과 상을 내리면 반드시 능연각에 마 총독의 초상이 첫 번째로 걸릴 것입니다."

이 말을 듣고 총독이 매우 기뻐했다. 바야흐로 개선하고 군사를 돌이키는 일에 대해 논할 때 이 원수가 천자에게 표

한산성 안에 두었다. 중국에 동일한 이름의 군사 훈련장이 있었는지는 자세하지 않지만, 명칭의 일반성으로 볼 때 충분히 가능성이 있다.

문을 올려 말했다.

죄신(罪臣) 이형경은 군기를 제대로 살피지 못해 군사들이 낭패를 겪었으니, 형세가 원수의 직책을 지키면서 군사를 거느리는 임무를 맡지 못하게 됐사옵니다. 원하옵건대 폐하께서는 잘 헤아리시어 원수의 직임을 거두시고 신을 도끼 아래에서 죽여 주시옵소서.

천자가 표문을 다 읽고 아래와 같이 비답을 내렸다.

병가(兵家)에서는 이기고 지는 것으로 허물을 삼을 수는 없는 것이니, 경은 하루속히 군사를 되돌리라.

원수가 이에 날을 가리고 삼군에게 명을 내려 군사를 돌리도록 했다. 조개지에게 명해 전군을 담당하게 하고 장 어사는 중군, 원수는 후군을 담당하면서318) 옹주의 경계에 이르렀다. 그런데 갑자기 일대의 군마가 앞길을 막아서는 것이었다. 그 대장은 삼진(三秦)319)의 총독 사마걸(司馬傑)이

---

318) 군대에서는 후퇴하거나 회군할 때 후군을 담당해야 용감하다고 한다. 배후에서 적이 공격할 때 바로 맞아 싸워야 하기 때문이다.
319) 항우(項羽)가 관중(關中)을 셋으로 나누어 진나라에서 항복한 장

었다. 원수가 사정방(史廷芳)을 출전시키니 사정방이 군진 앞으로 출마해 채찍을 들고 말했다.

"너는 조정에서 임명한 관리인데 어찌하여 왕사를 가로막는가?"

사마걸이 답했다.

"나처럼 대대로 내려온 삼진의 장수로 공훈을 세웠는데도 공후의 작위를 주지 않고 아녀자 무리 같은 자에게 대원수의 직위를 주었으니, 오랑캐들이 복종하지 않고 군대가 피를 흘리며 인민이 불안해하는 것이다. 이것은 다 조정의 책임이다. 지금 우리의 모든 장사들로 하여금 너와 자웅을 겨뤄 관중이 요동치면 양회(兩淮)320) 이북은 명나라의 소유가 되지 않을 것이다. 데굴데굴 구르는 공과 같이 생긴 둔갑한 마귀 같은 계집애는 네 머리를 받아들고 와라."

정방이 크게 노해 칼을 빼 들고 말을 달려 나가 곧장 사마걸을 향해 쳐들어갔다. 사마걸이 크게 웃으며 말했다.

"너는 한낱 죽은 귀신일 뿐이다."

사마걸에게는 만 사람도 당해내지 못할 용맹함이 있어서

수들에게 봉한 옹(雍)·색(塞)·적(翟)의 세 나라를 지칭하기도 하고, 오호십육국(五胡十六國) 시대의 전진(前秦)·후진(後秦)·서진(西秦)을 이르기도 한다.

320) 회남(淮南)과 회북(淮北)으로, 지금의 강소성(江蘇省) 내부다.

한번 제대로 싸워 보기 전에 한칼로 정방을 두 조각내 버렸다. 원수가 보고 크게 노해 바로 칼을 빼 들고 말을 달려 죽기로 싸우려고 했다. 그런데 마작이 곁에서부터 유성처럼 뛰어나가 사마걸에게 말했다.

"네가 반역하여 난을 일으키고 감히 왕사가 개선하는 길을 막으니, 네 죄는 만 번 죽어도 마땅하다."

사마걸이 웃으며 말했다.

"천명은 늘 일정한 것이 아니다. 영웅호걸들이 어찌 뜻이 없겠으며 제왕에 어찌 씨가 있겠느냐? 나는 백만의 군사를 길렀고 용맹한 장수들이 구름처럼 모여 있다. 원근에서 불복하고 곧장 황성으로 향해 가서 천하를 맑게 할 뜻이 있음을 밝히는 바다. 서량의 이름 없는 너처럼 우스운 졸개가 어찌 감히 농지거리를 하는 것이냐?"

마작이 크게 노해 곧장 치고 들어가 혼전을 거듭하니 오륙십 합에 이르도록 승패를 가를 수 없었다. 사마걸이 마음속으로 갈채를 했다.

'나이도 어리고 모양도 아름다운 젖내 나는 어린아이가 무예가 뛰어나서 나와 싸워 여기에 이르다니 기이하구나.'

그러고는 싸움을 거두려고 했다. 원수는 사마걸이 흉하고 사나운 것을 보고 징을 쳐서 군사를 거두었다. 그러고는 필승의 방책을 의논하고 있는데 마침 위태랑이 서량으로부터 돌아와 이 원수에게 말했다.

"사마걸이 군사를 기른 지 여러 해이고 관중에 웅거해 반역을 하려는 뜻을 품은 지가 오래됐습니다. 지금 전패한 군졸로는 생기가 넘치는 병사들을 상대로 이길 수 없습니다. 또 저들이 패배한 서번과 연대해 몰래 복수할 계획을 세운다면 위기가 될까 두렵습니다. 원수께서는 서둘러 공격해, 저들이 세월을 늘여 가면서 뿌리를 기르게 하지 마십시오."

원수가 말했다.

"이것이 계책이오."

그러고는 이날 밤에 휘하에 있는 여덟 명의 장수들에게 말해 이리저리하라고 분부했다. 또 조개지 등 열 명의 장군들에게는 정예병 3천 명을 거느리고 좁은 관문을 지키면서 이렇게 저렇게 하라고 명령했다. 군사들의 배치를 마치자 호유춘(胡唯春)에게 명해 군진의 앞을 크게 열라 하고 높은 소리로 떠들면서 나아가니, 사마걸의 진중에서 대포 소리가 나며 뛰쳐나왔다.

각설. 이 원수가 위태랑의 말을 듣고 군중에 명을 내렸다.

"오늘 적군이 와서 도전하거든, 진영의 벽을 엄밀하게 지키면서 절대로 북을 치거나 나팔을 불지 말 것이며, 모든 깃발은 눕혀 놓아라."

연이어 명을 내렸다.

"선봉은 부하 병사들을 이끌고 좌우 성벽에 매복해 이리저리하도록 해라. 중군은 허술하게 쭈그러진 진영에 매복해 이리저리하라."

그리고 원수는 스스로 후대를 거느리고 북소리를 울리면서 북쪽 길로 나가서 서량을 향해 진군했다. 그러면서 서량의 총독에게 구원병을 구하러 간다는 소문을 퍼뜨리게 했다. 삼진의 첩자들이 나는 듯이 가서 이 소식을 사마걸에게 보고했다. 그러자 걸이 크게 웃으며 말했다.

"여기에서 서량까지는 5백 리니까, 갔다 오려면 십오 일 안에는 되지 않을 것이다. 나는 마땅히 사흘 안에 적들의 본진을 빼앗을 것이고, 그러면 관중 땅은 내 손에 들어올 것이다. 또 서량 총독은 나와 친하니 분명 구원에 응하여 원병 내지는 않을 것이다."

그러고는 종일토록 술을 마시며 대비할 생각을 하지 않았다. 원수는 20리를 가서 진을 치고, 정예병 백 기를 뽑아 모두 짧은 창을 들고 투구에는 흰 깃털을 꼽게 했다. 색깔을 구별해 은밀하게 움직여 본진의 동쪽 일 리 되는 지점에서 매복하게 했다. 이때 사마걸은 부하 장수에게 말했다.

"내가 듣자 하니 이 원수는 서량으로 구원병을 구걸하러 갔다 한다. 진영은 긴장이 풀어져서 반드시 방비를 하지 않았을 테니, 오늘 밤 오경에 습격할 것이다."

이에 진영의 문을 열고 몰래 행군해 즉시 명나라 군대의 진영에 이르렀는데, 북과 나팔 소리가 울리지 않고 깃발들도 날리지 않았다. 이에 공격을 가해 관문을 열고 곧장 첫 번째 군영으로 들어갔으나 사방에 사람의 자취가 없었다. 그래서 말을 몰아 두 번째 군영으로 가니 다만 등불만이 환하게 밝을 뿐이었다. 비로소 계략에 빠진 것을 알고 말을 돌리려 했다.

그때 바로 한 줄기 대포 소리가 들리더니 왼편에서 조개지 오른편에서 왕만세 두 장수가 매복했던 군사들을 거느리고 일시에 돌파했다. 사마걸의 군사들은 크게 혼란스러워하며 서로 밟고 밟혔다. 사마걸은 다만 한 줄기 혈로(血路)321)를 찾아 도주하려고 했다. 그런데 갑자기 흰 깃털을 꽂은 한 무리의 기병이 번개처럼 빠르고 우렛소리를 울리면서 벼락처럼 쪼개며 나왔다. 비록 사마걸에게는 산을 뽑을 만한 힘이 있었으나, 싸울 마음을 잃고 스스로 목을 베어 죽고자 했다. 그때 이 원수의 부하 정병이 사마걸을 산 채로 잡았다. 나머지 적병들은 도망가거나 투항했다.

이 원수가 본진으로 돌아오니 하늘이 밝아 왔다. 즉시 사마걸의 목을 베어 머리를 적진에 돌리니 아장(亞將) 호원춘(胡元春)이 부하 병사 10만을 거느리고 왕사에게 투항해 왔다. 이 원수가 왕만세에게 적들을 진무하면서 그들이 과연 마음으로부터 복종하는지 살펴보라 하고, 그날로 군사를 돌리니 관중이 모두 평정을 되찾았다.

---

321) 적의 포위망을 뚫고 벗어나는 구사일생의 길.

왕사는 다른 사고를 겪지 않고 여러 날에 걸쳐 황성으로 돌아왔다. 천자가 남문에 행차해 여러 신하들의 조회와 축하를 받고 출정했던 장사들을 접견했다. 이 원수와 장 어사 이하 모든 문무백관이 천자의 앞에서 절을 하니 천자의 얼굴에는 기쁨이 넘쳤다. 이에 술을 내어 출정했던 군졸들을 크게 먹이고 이 원수에게 웃으며 말했다.

"경은 동우(東隅)에서 잃고 상유(桑楡)에서 거두었다고 할 만하구료."322)

원수가 사례하며 말했다.

"신이 지은 죄가 산과 같으니 비록 몸이 백 개라도 어떻게 씻겠사옵니까?"

천자가 말했다.

---

322) 원문에는 '가위실지동우(可謂失之東隅)오 수지상유(收之桑楡)로다'라고 되어 있다. 《후한서(後漢書)》〈풍이전(馮異傳)〉에 나오는 말이다. '시작할 때는 비록 회계(回谿, 중국 하남성 낙녕현(洛寧縣)의 북동쪽에 있는 땅으로, 후한 때 여기에서 풍이와 적미(赤眉)가 격전을 치러 풍이가 대패했음]에서 날개를 접었으나, 종국에는 민지[黽池, 한나라 때의 현 이름. 인상여(藺相如)가 조왕(趙王)을 도와 진(秦)의 소왕(昭王)과 회맹한 곳이며, 풍이가 적미의 군대를 대파한 곳에서 떨치고 날아올랐으니, 동쪽에서 잃고 서쪽에서 얻었다고 할 만하다'라는 말이 나온다. '동우'는 해가 뜨는 곳으로 시작 단계를 의미하고, '상유'는 해 질 무렵 석양빛이 뽕나무와 느릅나무 끝을 비춘다는 데서 나온 말로 해가 지는 곳을 뜻하여 마무리 단계를 비유한다.

"관중에서 일어난 난리를 북소리 한 번 울려 평정했으니, 경이 아니었다면 어떻게 이런 공을 세웠겠소?"

또 장 어사에게 말했다.

"경이 서량에서 구원병을 얻어 서번의 병사들을 잘 평정했으니, 이른바 우주를 세우는 공을 이루었소."

장 어사가 아뢰었다.

"신은 군대의 기약을 어겼으니 그 죄는 만 번 죽어도 마땅한데, 특별히 원수의 은혜를 입어 죄를 무릅쓰고 관대하게 용서를 받았사옵니다. 신의 거취를 너무도 감당하기 어려워 외딴 절에 기탁하고 있었는데, 다행히 위태랑의 힘을 얻어 마소(馬紹)를 설득할 수 있었사옵니다. 그리하여 3만의 정예병을 빌릴 수 있었고 아울러 마작의 빼어난 용맹을 얻어 난리를 평정할 수 있었으니, 신에게는 한 치의 공도 없사옵니다. 첫째는 위태랑이요, 둘째는 마소이며, 셋째는 마작입니다. 이 세 사람이 아니었다면 서방이 위험했을 것이니, 어찌 오늘 군신이 서로 만나는 기약이 있었겠사옵니까? 원하옵건대 폐하께서는 세 사람의 벼슬과 상을 논하시어, 능연각에 초상을 그려 붙이시고, 역사책에 기록해 썩지 않을 빛을 드리워 주시옵소서."

천자가 또 위태랑에게 말했다.

"선관이 우리나라를 돌아봐 만 대를 이어 갈 공을 세웠으니 감사함을 어떻게 다 표현할 수 있겠소?"

위태랑이 절하고 사례하며 말했다.

"이것은 폐하의 커다란 복이니, 어찌 신에게 공이 있겠사옵니까?"

천자가 또 마작에게 말했다.

"경이 서쪽 변방에서 생장해 국가를 보호할 것을 도모함이 마치 손발로 머리와 눈을 막는 것처럼 했으니, 기린각(麒麟閣)323) 위에 첫째로 그려질 만하오."

마작이 절하고 사양하며 말했다.

"신이 어찌 감히 공을 자랑하겠사옵니까? 다만 하늘의 빛을 우러러보아 지존의 귀함을 알게 되었사오니, 신은 만 번 죽어도 한이 없사옵니다."

천자가 웃고 마작에게 말했다.

"그대의 얼굴이 꽃과 같으니 남자 가운데 첫 번째라 할 수 있소. 나이도 어린데 어떻게 그처럼 재주와 슬기가 뛰어나 굳센 진영을 깨뜨리고 사나운 적장의 목을 벨 수 있었으며, 여러 겹의 포위를 무너뜨리고 원수를 구출할 수 있었소? 굳세고 강한 무예와 매서운 용기는 매가 높이 올라가듯이 무용을 떨친 것이라 할 수 있소. 충성심과 정절과 용기와 지

---

323) 중국 전한의 무제(武帝)가 기린을 잡았을 때 지은 누각이다. 이후 선제(宣帝)가 공신 11인의 초상을 그려 이 전각에 걸었는데, 뒤에 공신의 초상을 보관하는 누각을 지칭하는 의미로 사용됐다.

략이 어떻게 그처럼 장할 수 있소?"

마작이 아뢰었다.

"폐하께옵서 신에게 물으시니, 신이 어찌 감히 천자의 총명하심을 속일 수 있겠사옵니까? 신은 본래 남자가 아니라 서량 총독 마소의 누이옵니다. 어릴 적부터 신의 아비가 사랑하심이 너무 도타와 남자의 옷으로 갈아입히고, 무예를 가르치셨사옵니다. 격술과 검술과 말 달리기와 육도삼략324)을 가르치고 이루게 해 장전교위(帳前校尉)325)로 삼아 아비를 따라 출정케 했사온데, 매번 적장을 죽이고 깃발을 빼앗는 공을 세우곤 했사옵니다. 신의 오라비가 아버지에 이어 직임을 맡자, 신에게 표기장군의 직임을 주어 오늘에 이르기까지 종군하고 있사옵니다."

천자가 크게 놀라 말했다.

"그대의 나이가 지금 얼마인가?"

---

324) 병서(兵書)인 《육도(六韜)》와 《삼략(三略)》을 아울러 지칭하는 말이다. 《육도》는 태공망(太公望)이 지었다고 하는데, 〈문도(文韜)〉·〈무도(武韜)〉·〈용도(龍韜)〉·〈호도(虎韜)〉·〈표도(豹韜)〉·〈견도(犬韜)〉의 여섯 편으로 구성되어 있다. 《삼략》은 황석공(黃石公)이 지었다고 하는데, 상·중·하 세 편으로 구성되어 있다. 중국에서는 병법의 고전으로 인식되고 있지만, 후대의 위작(僞作)이라는 설도 있다.

325) '장'은 임금이 거둥할 때 임시로 머물 장막을 뜻하고, '교위'는 한나라 때 궁성의 방위와 여러 민족의 통치 등을 맡았던 무관을 뜻한다. 임금이 행차할 때 호위를 맡았던 부대의 지휘관이라고 할 수 있다.

답하여 말했다.

"스물다섯이옵니다."

조정에 가득한 모든 신하들 가운데 놀라며 얼굴빛을 잃지 않는 사람이 없었다. 천자가 이 원수를 보고 말했다.

"마작이 임금을 속임이 없으니 이 어찌 충신이 아니겠는가?"

원수는 얼굴에 붉은 흔적을 남기면서 천자를 향해 아뢰었다.

"마작이 여자 가운데 영웅이옵니다."

승리를 축하하는 잔치를 크게 열고 종일토록 기쁘게 즐겼다. 천자가 말했다.

"이와 같은 경사스러운 잔치에 어찌 시 한 수씩 지어서 기념을 하지 않겠는가?"

장 어사가 만세를 부르며 먼저 악장 한 곡을 불렀다.

황제의 위엄이 사해를 떨치니
서쪽 괴수가 그 머리를 바친다네.
변방에 전쟁 기운이 씻기니
봄바람이 온 세상에 불어오는구나.
한 세상에 원망하는 여인이 없으니
기쁘고 기쁜 얼굴빛이라.
장사가 병장기를 던져 버리니

성상의 은혜가 만국을 적시는구나.
皇威震四海　西醜獻其馘
邊陬淨氛祲　春風吹九域
一世無怨女　欣欣有喜色
壯士投金戈　聖恩涵萬國

천자가 크게 칭찬하며 상을 주시니 위태랑이 이어서 악장을 한 곡 불렀다.

구름이 봉래산 근처에 있어 항상 오색을 띠니
태평시절에 천자를 알현하는 날이라.
개선가 부르며 돌아와 일제히 경하를 드리니
온화한 기운이 세상에 가득 넘치는구나.
雲近蓬萊常五色　太平天子朝元日
唱凱歸來齊獻賀　和氣洋洋四海溢

마작이 일어나 대무(大武)326) 춤을 추고 개선가를 한 곡 불렀다.

치우327)를 쓸어버리고 깃봉을 떨어뜨렸도다.

---

326) 주나라 무왕이 지었다는 악무(樂舞)의 이름.

낭연328)이 없어지니 바닷가에 가을이 오는구나.

장사가 돌아오니 성상께서는 근심이 사라진다네.

掃蚩尤兮　落旄頭

狼烟一晴兮　海岱生秋

壯士歸來兮　聖主無憂

여러 신하들과 모든 장수들이 차례로 노래를 드렸다. 이 상서만 홀로 추녀 끝에 엄숙하게 서서 한 소리도 내지 않으니, 천자가 물었다.

"경은 어찌 노래를 올려 그 즐거움을 돕지 않는가?"

이 상서가 아뢰었다.

"신은 패한 장수로 바다와 같은 성은을 입어 잠시 하늘과 땅 사이에서329) 용서를 받았을 뿐이옵니다. 어찌 감히 그 반

---

327) 전설상의 구려족(九黎族)의 군주다. 황제(黃帝)와 탁록(涿鹿)에서 안개를 일으켜 철제 무기로 싸웠으나, 지남거(指南車)를 만들어 맞선 황제에게 패해 잡혀 죽었다고 한다. 염제(炎帝) 혹은 황제의 신하라는 설도 있으며, 후대에는 군신(軍神)으로 숭배되기도 했다. 악인(惡人)을 이르거나, 점성과 관상에서 흉신(凶神)의 이름으로도 쓰인다. 또한 안개나 전쟁의 기운을 이르는 말로도 쓰이는데, 이는 치우가 황제와 싸울 때 안개를 만들어 사방을 분간하지 못하게 했다는 전설에서 유래했다..

328) 옛날 전쟁 때에 신호로 쓰던 불로, 이리의 똥을 나무 속에 섞어서 불을 피우면 바람이 불어도 연기가 똑바로 하늘로 올라간다고 한다.

열에 끼어 노래를 부를 수 있겠사옵니까?"

천자가 위로하며 말했다.

"경은 기둥과 주춧돌 같은 신하로 국민들과 더불어 기쁨과 슬픔을 함께하니, 어찌 물러나는 말을 하는가?"

이 상서가 아뢰었다.

"신이 올린 표문을 이미 읽으셨으니 신의 본모습을 이미 헤아려 살피셨을 것이옵니다. 그런데도 비답을 내리지 않으시고 서쪽으로 정벌을 떠나게 하셨사옵니다. 분주히 명을 받들다가 스스로 흐리터분한 짓을 하고 말았으니, 이는 신의 죄이옵니다. 10년 벼슬살이를 하면서 지위가 팔좌(八座)330)의 끝에 올라 마땅히 크게 보답할 마음을 지녀야 함에도 불구하고, 아주 작은 공도 없었으니 이는 신의 죄이옵니다. 신이 본모습을 감추어 임금을 속이고 외람되이 영화로운 벼슬을 훔쳐서, 방자하고 신뢰가 없게 했으니 이는 신의

---

329) 원문의 '부재지간(覆載之間)'을 '하늘과 땅 사이로'라고 번역했다. '부재'란 하늘은 만물을 덮고 땅은 만물을 실으니, 감싸고 보호해 길러 준다는 말이다. 하늘과 땅 또는 제왕의 은덕을 비유한다.

330) 중앙정부에서 여덟 자리의 고급 벼슬아치를 말한다. 역대 왕조에서 그 제도와 지칭 대상은 일정하지 않다. 후한 시대에는 육조의 상서와 영(令)·복야(僕射), 삼국 시대의 위나라와 남조(南朝)의 송제(宋齊)는 오조의 상서와 이복야·일영, 수·당에서는 육상서와 좌우복야·영을 지칭했고, 청나라에서는 육서의 상서에 대한 칭호로 썼다. 문학작품에서는 주로 상서와 같은 고관을 이르는 말로 사용된다.

죄이옵니다. 폐하께서는 하늘만큼 높고 땅만큼 낮은 것도 모두 아셔서 이미 신의 일을 헤아리시고 기어코 신의 본색을 드러내려고 하셨사옵니다. 그런데도 신이 한사코 거부하며 나가서는 투구를 머리에 쓰고 갑옷을 몸에 두른 채 만군의 윗자리에서 진퇴를 호령했고, 들어와서는 조복의 띠를 늘어뜨리고 옥홀을 잡은 고귀한 지위에 올라331) 모든 신료들 가운데서 벼슬을 올리는 일을 주관했으니, 이는 신의 죄이옵니다. 왕사가 개선하는 때에 온 조정이 함께 경축해 노래를 부르며 하례를 드리는데, 신이 홀로 입을 다물고 있었으니 이는 신의 죄이옵니다. 신의 천성이 괴팍하고 상도(常道)에 어긋나, 나름대로 부지런을 떨며 아녀자의 모양으로 있으려 하지 않았으니, 이는 신의 죄이옵니다. 신에게는 이 여섯 가지의 죄가 있어 죽음으로도 용서를 받지 못할 것이옵니다. 신은 오늘로부터 관작을 다 돌려드리고 엎드려 애걸하옵니다. 폐하께서는 신의 상서 직책과 공후로 봉해 주신 관작을 거두시고 도끼를 내려 신의 중한 죄를 다스리신다고 해도 죄신은 감히 할 말이 없사옵니다. 하늘처럼 적시

---

331) 원문의 '우황타자(紆黃拖紫)'를 '고귀한 지위'라고 번역했다. '우주타자(紆朱拖紫)'·'우청타자(紆靑拖紫)'라고도 하는데, 황·주·청 자는 모두 고관이 차는 인끈의 색깔을 지칭한다. 지위가 높고 귀함을 형용하는 표현으로 사용된다.

고 땅처럼 기르시어 신의 죄를 용서하시고, 신이 원하는 바에 따라 이름난 산수에서 거닐면서 스스로 만족하면서 여생을 마칠 수 있게 해 주신다면 성은으로 내려 주신 것이옵니다. 아무것도 가진 것 없는 이 신하가 쌓인 감회를 안고 폐하 앞에서 한결같이 고백하오니, 원하옵건대 폐하께서는 헤아려 주시옵소서."

그러고는 관과 관복을 벗고 인끈과 도장을 풀어 놓고 섬돌 앞에 꿇어앉았다.

천자가 위로하며 말했다.

"경은 진실로 여영웅(女英雄)이로다. 옛날에 여와(女媧)332)는 제왕이 됐었고, 가까이는 목란(木蘭)이 장군이 됐으니, 여자로서 남자보다 뛰어난 자가 많았노라. 그러나 여자를 교육하는 것이 근세에 없어져서 인재를 만들어 공경(公卿)이 되어 나라를 보필하지 못하고, 안방에 갇혀서 시비를 가림이 없이 오직 술상과 밥상을 차리는 거동을 할 뿐이로다. 그 때문에 남자와 더불어 평등한 권능을 누리지 못하

---

332) 중국 고대 신화에서 인류의 시조이며, 복희씨(伏羲氏)의 누이다. 공공씨(共工氏)가 축융(祝融)과 싸워서 지자 분한 마음에 머리로 부주산(不周山)을 받아 하늘을 떠받치는 기둥이 부러지므로, 이에 여와씨가 오색의 돌을 단련해 하늘을 깁고 자라의 발을 잘라 땅의 네 극을 지탱했으며, 홍수를 다스리고 맹수를 몰아내 사람들이 편히 살게 했고, 복희씨를 계승해 황제가 됐다.

게 됐으니, 짐이 매우 통탄하는 바로다. 지금 경은 한 사람의 여자지만, 들어와서는 팔좌의 경월(卿月)333)이 되고 나가서는 만군의 장성(將星)이 되니, 우주의 고금에 짐이 처음으로 보는 바라. 경은 사직하지 말라."

그러고는 전각 위로 오르라고 명하여 손수 관을 씌워 주고 그 도장을 채워 주고 전각 앞에 서게 했다. 이윽고 잔치를 그만두게 하고 특별히 대군총독이부(大軍總督二府)를 설치해 천하의 병마를 좌우부에 나누어 속하게 했다. 대사마 대장군 병부상서 청주후 정서대원수(大司馬大將軍兵部尙書靑州候征西大元帥) 이형경을 좌부병마도총독(左府兵馬都總督)으로 삼고, 표기장군 마작을 부총독으로 삼고, 위태랑을 총독부 참모장으로 삼고, 동정월을 좌장군으로 삼고, 무산운을 우장군으로 삼아 각각 도장과 인끈을 내려 주었다. 그리고 특별히 백모(白旄)334)와 황월(黃鉞)335)을 하사해 정벌하는 일을 전담케 했다. 또 천자는 친필로 '총독부'라는 글

---

333) 대신급의 고위 관료가 해야 할 일을 말한다. 《서경(書經)》의 〈홍범(洪範)〉에 '임금은 한 해를 잘 살펴야 하며, 고위 관리들은 한 달을 생각해야 하며, 관아의 우두머리들은 하루를 생각해야 한다(王省惟歲, 卿士惟月, 師尹惟日)'는 말이 있다.

334) 깃대 끝에 야크의 꼬리로 장식한 군기(軍旗)로, 전군을 지휘하는 데 사용했다.

335) 황금 도끼로, 임금이 적을 정벌하는 데 사용했다.

씨를 써 액자로 만들어 주면서 〈여영웅부(女英雄府)〉라고 부르게 했다. 이 상서 등 모든 사람이 엄숙하게 감사를 표하며 만세를 불렀다.

천자는 또 예부상서 장소를 명하여 우부병마도총독으로 삼고, 조개지를 부총독으로 삼고, 왕만세를 참모장으로 삼고, 호악(胡岳)을 좌장군으로 삼고, 초정국(楚定國)을 우장군으로 삼았다. 장 상서를 비롯한 모든 사람도 엄숙하게 감사를 표하며 만세를 불렀다.

이로써 군세(軍勢)가 크게 떨치고 군대의 전략이 모두 법률에 맞게 됐다.

조회를 파하고 각자 물러나 이·장 두 총독도 각각 본부로 돌아갔다. 이 상서는 그래도 즐겁지 않은 마음이 남아서, 홀로 하당(荷堂)에 앉아 오랫동안 생각에 잠겨 있었다. 그때 동정월과 무산운 등 여러 부하 장수들이 함께 찾아왔다. 이 상서는 술을 받아 두고 기쁘게 마시면서 반쯤 취하자 좌우 장군에게 말했다.

"그대들이 장씨의 세객이 되어 나를 위해 월하노인의 실을 이어 주려고 열심히 주선한 것이 내가 이미 다 알고 있네. 그런데 지금 나와 동료가 됐으니, 바라건대 중매쟁이 노릇을 그만두게나."

두 사람이 사례하며 말했다.

"《시경》에서 말하기를, '여인이 춘정을 품으니 멋진 남자가 유혹하네.336) 아내를 얻으려면 어찌해야 하나? 중매쟁이가 아니라면 얻을 수 없네337)'라고 하였으니, 저희는 공께 한 번도 죄를 얻은 적이 없습니다."

상서가 말했다.

"죄라고는 할 수 없으나, '자신이 하고자 하지 않는 것을 남에게 베풀지 말라'338)고 했네. 그대들이 욕심나는 바가 있으면 왜 스스로 취하지 않고 남에게 베푸는 것인가? 가만히 그대 두 사람을 위해 내가 취하지 않겠네."

동정월과 무산운 등은 서로 얼굴을 마주 바라보면서 목소리를 가지런히 해 함께 대답했다.

"상공이 고집하는 바가 이와 같군요. 필부필부라도 모두 자유로 할 수 있는 권리가 있는데, 하물며 상공께서는 공훈이 우주를 덮고 이름은 국가를 빛내고 있으니, 일생의 자유를 어찌 오로지 편한 대로 할 수가 없겠습니까? 또 저희들도 또한 여자들이라 어찌 백 년을 함께 할 좋은 배필에 대한 생각이 없겠습니까? 이런 까닭에 그 사이를 주선하여, 마치 파리가 말꼬리에 붙어 천 리를 가는 것처럼, 상공을 따르려 했

---

336) 《시경(詩經)》 〈소남(召南)〉 〈야유사균(野有死麇)〉 편에 보인다.

337) 《시경(詩經)》 〈제풍(齊風)〉 〈남산(南山)〉 편에 보인다.

338) 《논어(論語)》 〈위령공(衛靈公)〉에 보이는 말로, 자공(子貢)이 종신토록 실천해야 할 금과옥조를 묻자 공자가 대답한 말 가운데 하나다.

던 것입니다. 그런데 지금 상공이 이미 굳게 작정한 것이 있으니, 저희가 어찌 감히 마음을 먹겠습니까?"

상서가 위로하고 깨우쳐 말했다.

"그대들의 생각이 나쁜 뜻에서 나온 것이 아님은 내가 아는 바이지만, 다만 빠르기가 너무 심하니 내가 악감정을 갖는 것이라네."

그러고는 술을 더 내와 함께 즐겼다. 시간이 조금 더 지났을 때에 푸른 옷을 입은 어떤 사람이 편지를 담은 상자 하나를 바쳤다. 이 상서가 접견해 보니 붉은 비단으로 만든 보자기에 편지 한 통이 싸여 있고 속에는 '장소는 갑오년 삼월 십오일 자시 생'이라고 쓰여 있었다. 이 상서는 다 보지도 않고 발끈 화를 내며 얼굴색을 바꾸고 그 편지를 한 손으로 찢어 버렸다. 그리고 푸른 옷을 입은 사람을 잡아 곤장 서른 대를 마구 때려 쫓아냈다. 동정월과 무산운은 자리에 앉아서 보다가 얼굴색이 변하는 것도 깨닫지 못했다. 이 상서는 웃으며 말했다.

"그대들은 내 처사가 포악한 것처럼 보여 불안한가? 장가(張哥) 짐승은 나와 뜻도 같고 또 같이 급제해 상서의 자리에 함께 있으니 응당 내 지조를 알 것인데, 아직도 불량한 마음이 있어 나를 욕보이고 희롱하는 것이 너무도 심하네그려. 나는 맹세코 그와 함께 하늘 아래에 서지 않을 것이야."

그리고 표문을 올려 사직하고 자연에 틀어박힐 결심을

했다. 동정월이 무산운과 함께 이 상서에게 말했다.

"장 상서는 상서의 마음을 알지 못해서 그렇게 한 것입니다. 저희가 마땅히 장 상서에게 가서 다시는 이와 같은 생각을 품지 말고, 연연해하면서 잊지 못하는 뜻을 빨리 끊어 버리라고 할 테니, 상공께서는 분노를 거두십시오."

이 상서는 분노가 다 풀리지 않은 상태로 말했다.

"나는 여자로서 세상을 속여 온 것이 이미 십여 년에 이르렀네. 오늘 비록 본색을 노출했으나 나는 맹세코 여자의 일을 하지 않겠다고 하늘과 신께 맹세했네. 어디에 여자가 없겠는가? 그런데도 장가는 기어코 나를 업신여기니 내 원수가 아니고 뭐란 말인가? 맹세코 이 짐승과 더불어 삶을 함께할 생각이 없네."

말이 끝나기도 전에 천자가 깃발을 든 사신을 보내 이 상서를 궁궐로 들라 명했다. 이 상서는 곧 조복을 입고 수레를 매는 것을 기다리지 않고 궁궐로 들어갔다. 천자는 목화루(木和樓)로 자리를 옮겨 이 상서에게 물었다.

"짐이 어제 의심스럽고 어려운 부분이 있어 경에게 질문하는 것이니 경은 사실대로 말하라. 《주역》의 상편 머리에 '건곤(乾坤)'이 있고, 《시경》의 〈주남〉 편 머리에 '관저(關雎)'가 있는 것339)은 무슨 뜻인가?"

---

339) 건곤(乾坤)은 각각 하늘과 땅을 뜻하는 글자이므로, 남성과 여성

이형경이 대답했다.

"건곤은 음양(陰陽)의 합이고 관저는 부부(夫婦)의 실마리니, 하늘의 이치와 사람의 일에 어찌 서로 합해지는 이치가 없겠사옵니까?"

천자가 말했다.

"음양이 서로 합해지지 않고 부부가 만들어지지 않으면 어떻게 되는가?"

이 상서가 대답했다.

"하늘과 땅이 서로 교합해야 만물이 순조롭게 되고, 남녀의 정기가 서로 얽혀야 만물이 생겨난다 했사옵니다. 그러니 음양이 합해지지 않으면 만물이 순조롭게 되지 않을 것이며, 남녀의 정기가 서로 얽히지 않으면 만물이 생겨날 수 없을 것이옵니다."

천자가 말했다.

"음양의 이치가 이미 이와 같은데 남녀가 장가가지 않고 시집가지 않으려는 것은 왜인가?"

이 상서가 대답했다.

의 분별과 조화를 이야기하기 위해 물은 것이다. 또한 관저(關雎)는 끼룩거리는 물수리를 뜻하는데, 《시경》에서 이 노래는 남녀의 사랑을 읊은 것이다. 천자가 《주역》과 《시경》의 첫머리를 화제로 꺼낸 것은 이형경에게 혼인을 권하기 위함이다.

"폐하께서 신이 시집을 가지 않으려는 것으로 물으시는 것이 여기에 이르렀으니, 이는 신이 송구스러워하면서 감히 대답할 수 없는 것이옵니다. 그러나 보잘것없는 신에 이르러서는, 형질은 비록 여자이지만 마음과 지혜는 자못 고집하는 바가 있사옵니다. 그래서 구구하게 여자의 역할만 고집하려 하지 않사오니, 이는 신의 개인적인 지조이옵니다.

옛날 관세음보살은 여자의 몸을 가지고 출현했지만 남에게 시집을 가지 않았고, 여와씨도 또한 남에게 시집을 갔다는 말을 듣지 못했사옵니다. 옛날의 성인도 이미 이렇게 한 경우가 있는데, 신으로 하여금 얼굴에 화장을 하고 머리에 쓰개를 쓰고 안채의 대문 안에서만 부지런히 왔다 갔다 하면서 아녀자의 슬픈 태도만 지키게 한다면, 폐하께 무슨 이익이 있으며 나라에는 무슨 도움 되는 바가 있겠사옵니까? 이것은 신이 이해할 수 없는 것이옵니다.

가만히 폐하의 깊은 마음을 헤아려 보면, 한결같은 마음으로 성급하게 서두르시어 신으로 하여금 기어코 장씨 집안의 비첩(婢妾)으로 삼고자 하시는 것이옵니다. 신이 비록 재주가 없으나 지위가 대신의 자리에 있는데, 하루아침에 다른 사람에게 시집을 간다면 첫째는 조정의 체면을 더럽히는 것이고 둘째는 신의 지조를 비천하게 굽히는 것이옵니다. 폐하의 성스러운 뜻을 진실로 잘 헤아려 볼 수 없사옵니다. 원하옵건대 폐하께옵서는 신의 관작을 거두어 조정의 체면을 보존하시고 신의 용퇴를 허락하시어 신으로 하여금 지조를 지킬 수 있게 해 주시옵소서. 그렇다면 진실로 국가를 위하여 천만다행일 것이옵니다."

천자가 말했다.

"짐의 뜻은 이미 정해졌고 경의 관작도 떼어내지 않을 것이니, 경은 많은 말을 하지 말지어다."

이 상서가 아뢰었다.

"그렇다면 관작을 풀지 않고 조정의 끝에 머물게 하면서 남에게 시집을 가 뜻을 굽히라고 하시는 것인데, 이런 형세는 양립할 수 없는 것이옵니다. 신의 소원은 벼슬살이에도 종사하지 않고 남에게도 시집을 가지 않은 채 길이 세상을 끊고 선인들의 지경으로 들어가서 여생을 마치는 것이니, 이것이 신의 뜻과 바람이옵니다. 폐하께옵서 만일에 신의 생각을 따라 주시지 않는다면, 신은 마땅히 인간 세상에 있지 않을 것이옵니다. 신의 생각은 이미 결정이 되었사오니 원하옵건대 폐하께서는 빨리 조서를 내리시어 신이 정당함을 얻게 해 주시옵소서. 그렇다면 하늘이 비와 이슬을 내려 주는 은혜가 신에게 이르러 더욱 두텁게 되는 것이옵니다."

천자는 이 상서의 굳센 고집이 금석과 같이 굳어서 돌이킬 수 없는 것임을 헤아려 알아보고 말했다.

"짐이 다시는 시집가라는 말을 꺼내지 않을 것이니, 경은 관작을 사양하지 말고 조정에 머물러 있으라."

상서가 아뢰었다.

"성상의 뜻이 이와 같다면 실로 천만다행이오니, 원하옵건대 폐하께서는 특별히 황마(黃麻)340)를 내려 천하에 그 뜻을 밝게 보여 주시옵소서."

천자가 이에 다음과 같은 조서를 내렸다.

 짐이 다시는 이형경에게 시집을 가라는 말을 하지 않을 것이며, 이형경의 관작은 그가 원하지 않는 한 풀지 않을 것이니, 모든 사람은 잘 알아 두도록 하라.

이 상서는 엄숙하게 은혜를 표하면서 물러났다. 천자가 이 상서를 내보내고 장 상서를 불러 웃으며 말했다.

"이형경의 고집이 죽음을 자처하니 그 마음을 돌릴 수 없겠소. 그러니 경의 일을 짐이 대신해 매우 고민하는 바이오. 대저 혼인이라는 것은 인륜에서 큰 것인데, 경은 나이가 지금 서른에 이르러서도 아직도 아내를 얻지 못하고 있소. 비록 옛 성인의 가르침을 잃지는 않았더라도, 인륜대사는 비록 필부필부(匹夫匹婦)라도 그 짝이 있는 것이오. 경은 재상이자 공훈이 으뜸인 신하로 그 공이 천하를 덮고 있음에

---

340) 조서(詔書)를 뜻한다. 조서를 황마지(黃麻紙)에 썼기 때문에 이렇게도 표현한다.

도 불구하고 아직 가정을 이루는 즐거움을 누리지 못하고 있으니, 어찌 조정의 큰 수치가 아니겠소? 짐이 조금 있다가 경의 집에 사신을 보낼 것이니 경은 부중에 돌아가서 기다리고 있으시오."

장 상서는 몸을 굽혀 절하고 물러났다.

천자에게는 딸 하나가 있는데, 이름은 옥영(玉英)이고 꽃다운 나이는 열여덟이고 휘호(徽號)는 춘양 공주(春陽公主)였다. 천자는 아직 출가를 시키지 않고 여러 신하들 가운데 영웅의 그릇을 잘 골라서 백년가약을 맺어 주려고 하는 즈음이었다. 공주는 용모가 옥과 같으며 밝은 법과 맑은 덕이 육궁(六宮)341) 가운데 으뜸이었으며 우뚝하게 영웅호걸의 기풍이 있었다. 경전과 역사에 널리 통했고 음률에도 조예가 깊어 예전 제왕들의 득실과 일대 인물들의 맑고 사특한 것을 들어 알지 못하는 것이 없었으니, 한 사람의 여영웅이라고 할 수 있었다.

천자가 내전으로 들어가 말했다.

"오늘 부마의 재목을 얻었으니, 마땅히 춘양을 하가(下嫁)342)시켜서 그 사람을 얻어야겠소."

---

341) 황후의 여섯 궁전. 정침(正寢) 하나와 연침(燕寢, 한가롭게 거처하는 전각) 다섯을 말한다.

342) 지체가 낮은 데로 시집을 보낸다는 뜻으로, 임금이 공주나 옹주를

황후 폐하가 물었다.

"어떤 사람이옵니까?"

천자가 말했다.

"지금 예부상서인 장소라오."

황후가 크게 기뻐하면서 말했다.

"그 사람이 영웅호걸이라는 것을 들은 지가 이미 오래됐는데, 어찌 아직도 아내를 얻지 않은 것이옵니까? 그가 결혼하지 않았다면 얼마나 다행이옵니까? 원컨대 폐하께서는 특별히 충정(衷情)을 드리우시어 부마로 택해 정하시옵소서."

천자가 황후의 말을 듣고 기쁨을 이기지 못해 태극전(太極殿)으로 나와 군신들의 조회를 받았다. 그리고 특명으로 이부상서(吏部尙書) 이구성(李九成)을 공주통혼정사(公主通婚正使)343)로 삼고 예부시랑(禮部侍郞) 원방민(元邦民)을 부사로 삼아 장소의 부중으로 보내 천자의 칙지(勅旨)를 공경스럽게 전하게 했다. 장소가 은혜에 엄숙히 사례하고 말했다.

"삼가 황명을 따르겠나이다."

귀족에게 시집보내는 것을 말한다.

343) 직역하면 공주와 혼인 관계를 위해 신랑 측에 보내는 정사(正使, 수석 사신)라는 뜻인데, 실제로 통혼사(通婚使)라는 임시직 관원을 두고 혼사를 치렀던 적이 있었는지는 자세하지 않다.

정사가 천자에게 돌아와 보고하니 천자가 크게 기뻐하면서 명해 길일을 택하라 하고, 또 의례청(儀禮廳)344)을 설치해 빠른 날에 거행하라고 명했다. 그리고 부사를 부제거(副提擧)345)로 삼아 그 의례와 절차를 바르게 감독하라고 했다. 명을 받아 분주한 가운데 태사(太史)가 흠천감(欽天監)346)으로부터 길일을 가려 올리게 하니, 곧 구월 십오일이었다. 그래서 의빈(儀賓)347)의 동쪽에 심원(沁園)348)을 정해 크게 공주궁(公主宮)을 지으라 했는데, 모든 장인들이 부역을 감독해 밤낮을 가리지 않고 거행했다.

---

344) 직역하면 각종 의례(儀禮, 형식을 갖춘 예의)를 담당하는 관청이란 뜻인데, 이런 관청이 실제로 존재했었는지는 자세하지 않다. 중국에서는 이런 업무를 홍려시(鴻臚寺)에서 담당해, 조회(朝會)·빈객(賓客)·길흉(吉凶)의 의례를 관장했다. 국가의 큰 전례(典禮)·교묘(郊廟)·제사(祭祀)·조회·연향(宴饗)·경연(經筵)·책봉(冊封)·진력(進歷)·진춘(進春)·전제(傳制)·주첩(奏捷) 등의 의례가 있으면 관련 업무를 담당한 것이다. 우리나라에서는 비슷한 업무를 하는 곳으로 예빈시(禮賓寺)가 있었다.

345) 특정 사무를 주관하는 벼슬.

346) 기상·천문·역법 등을 관장하던 기관.

347) 예의에 익숙해 국왕의 손님으로 적합하다는 뜻이다. 부마도위(駙馬都尉) 등과 같이 왕족이 아니면서 왕족과 통혼한 사람을 통칭한다.

348) 후한 명제(明帝)의 딸인 심수 공주(沁水公主)가 소유했던 원림(園林)인데, 후대에는 공주의 원림을 두루 이르는 말로 쓰였다.

각설. 춘양 공주는 장소와 정혼을 했다는 것을 듣고 천자에게 표문을 올리니, 그 글은 다음과 같았다.

신 춘양 공주 옥영은 삼가 머리를 조아리고 백 번 절하며 부황(父皇)께 표문을 올리옵니다. 신은 폐하께옵서 어제 예부상서 장소의 부중에 선정사(善正使)349)를 보내시어 저를 시집보낼 뜻을 허락하시고 날을 가려 예를 이루어 줄 것이라고 하셨다는 말을 들었사옵니다. 신은 이 말을 듣고서 황송해 몸 둘 바를 몰랐사옵니다. 장소는 조정의 대신이며 국가의 으뜸 공신이기 때문이옵니다. 또 어려서부터 이미 이형경에게 마음을 두어 계륵(鷄肋)350)이 아직 해결되지도 않았는데, 그 틈을 타서 신을 시집보내려 하심은 어찌 된 일이옵니까? 폐하께옵서는 이미 헤아려 살피시고도 남음이 있어 둘을 화목하게 만들어 보시려다가 아직 이루지 못하고 계시온데, 어째서 이런 지경에 이르게 됐사옵니까? 이것은 신이 죽음을 맹세코 명을 따를 수 없는 까닭이니, 원하옵건대 폐하께옵서는 명령을 거두어 주시기를 애걸하

---

349) 앞에서 말한 통혼정사(通婚正使)를 잘못 기재한 것으로 보인다.
350) 소용은 없으나 버리기는 아까운 것을 나타내는 말이다. 문제가 아직 해결되지 않아 어정쩡한 상태임을 가리키는 말로 쓰였다.

옵니다. 신은 궁궐에서 늙어 죽을지언정 사람들에게 굴욕을 당하기를 바라지 않사옵니다.

천자가 표문을 읽고 크게 놀라 몸소 내전으로 들어가 황후와 의논한 뒤 춘양 공주를 불러 위로하고 깨우쳐 말했다.
"공주가 올린 표문을 보았다. 어찌 이리 이해를 못하는 것이냐? 이형경은 비록 여자지만 여자의 일을 하고자 하지 않으니 억지로 할 수 없는 것이다. 그러나 공주에 이르러서는 나이도 시집갈 때에 이르렀고, 또 장소의 사람됨으로 보아서 하늘이 내신 배필이라고 할 수 있는데 공주를 시집보내는 것이 어찌 안 될 일이란 말이냐?"

공주가 말했다.
"신이 여자로서 남에게 시집을 가야 한다면, 그것은 이형경도 마찬가지이옵니다. 몸이 여자인데도 그 뜻을 고집하면서 남에게 시집가려고 하지 않는 것은 신과 이형경이 또한 마찬가지이옵니다. 그런데 폐하께옵서는 어째서 이형경의 뜻은 따르시면서 신의 고집은 꺾으려 하시옵니까?"

천자가 재삼 알아듣게 깨우쳤으나, 한사코 고집을 꺾지 않았다. 천자는 즐겁지 않은 안색을 보이면서 나가 버렸다. 그러자 공주가 다시 천자에게 표문을 올리니, 그 글은 다음과 같았다.

신 춘양 공주는 어제 표문을 올렸는데 폐하께서 들어주지 않으셔서, 황송하고 두려웠사옵니다. 재삼 뒤집어 생각해 보았사온데, 폐하께서 장소에게 시집보내겠다고 허락하신 것은 폐하께서 이미 행하신 일이니 지금 그 명령을 그칠 수는 없다는 것을 깨달았사옵니다. 신에게는 소원이 하나 있사옵니다. 폐하께서 이 소원을 들어주지 않으신다면, 맹세코 남에게 시집을 가지 않을 것이고 궁중에서 늙어 죽을 것이옵니다. 신의 소원은 다름이 아니옵니다. 이형경이 비록 시집을 가지 않겠다고 맹세를 했더라도 이미 장소의 부인이니, 지금 이형경으로 장소의 원 부인을 삼으시고 신으로 하여금 그 다음 부인이 되게 해 주시오면, 신은 반드시 따를 것이옵니다. 그렇지 않다면 신도 고집과 뜻이 이미 굳사오니, 원하옵건대 폐하께서는 맑게 살피시옵소서.

천자가 표문을 읽고 깊이 우려했다.

"공주의 뜻도 굳고 고집스러우니 어떻게 해야만 일이 순조롭고도 바르게 돌아갈 수 있을까?"

원로대신 범운(范雲)이 나아와 말했다.

"폐하께옵서 이형경을 부르시어 공주가 시집을 가지 않겠다는 뜻을 들어 깨우치신다면, 이형경이 반드시 감동을 일으키는 바가 있어서 따를 것이옵니다. 원하옵건대 폐하께서는 빨리 이형경을 부르시옵소서."

이에 천자가 중랑을 시켜 이형경을 부르라 했다. 이형경은 그 뜻을 알고 병이 났다고 하면서 대궐로 나아가지 않았다.

천자가 이형경이 병을 칭하면서 오지 않는다는 것을 듣고 범 원로에게 물었다.

"형경이 이르지 않으니 어떻게 하면 좋겠소?"

원로가 아뢰어 말했다.

"형경이 반드시 부름을 받고 들어와 대면하시게 될 날이 있을 것이니 잠시 며칠 기다려 보시옵소서. 만일에 들어오지 않거든 신을 보내 위문케 하시오면 신이 유세할 길이 있사옵니다. 형경으로 하여금 마음을 돌리게 할 수 없다면 신의 늙은 아내로 하여금 그 마음을 위로해 기어코 귀순하도록 도모할 것이옵니다. 신의 늙은 아내 임씨(林氏)는 옛 시랑의 친척 누이뻘 되옵니다. 이형경이 어렸을 때에 특별히 사랑했는데, 길이 호수와 바다로 나뉘어 항상 절실하게 애련히 여겨 왔사옵니다.

신은 지위에 의거해 말하고 늙은 처가 정으로 말하면, 형경이 반드시 거리를 둘 리는 없을 것이옵니다. 또 공주의 혼기가 가까워 오는데 공주께서 올리신 표문의 말 기운은 밝고도 명분이 있으며, 사리도 바르고 크니 공주께서도 한번 사신을 보내 보자는 약속을 피할 수 없을 것이옵니다. 하물며 형경은 서로 친분을 이어 온 것이 십여 년이나 되고 겸하여 통혼하자는 편지도 있지 않사옵니까? 이형경이 만약에 본색을 드러내지 않았다면 그만이겠지만, 지금에 이르러서 형세와 체면에 어찌 영영 반대할 리가 있겠사옵니까? 원하옵건대 폐하께서는 생각을 수고롭게 하지 마시옵소서."

천자가 크게 기뻐하여 또 범 원로에게 물었다.

"경이 짐의 명을 받들어 가려 하오, 아니면 사사로운 뜻으로 말을 하려 하오?"

원로가 아뢰었다.

"지난날 형경이 천자의 칙지를 어겨서 직접 손수 쓰신 칙서를 내려 주셨사오니, 지금 그 일을 바꿀 수는 없사옵니다. 신은 오직 공주께서 올리신 표문의 뜻을 사사롭게 형경에게 말을 할 것이옵니다."

천자가 그럴듯하게 여겨서 범 원로가 멀리 갈 때까지 바라보며 배웅했다.

원로가 가마를 재촉해 이형경의 부중으로 향해 가서 이 상서를 보기를 청했다. 이형경은 이미 세객(說客)이 온 것을 알고 후원의 목단루(牧丹樓)로 맞아 접대했다. 모란이 활짝 피어 있었을 때였다. 상서가 원로를 공경스럽게 맞아 안부 인사를 했다. 범 원로가 모란을 보면서 말했다.

"이 꽃은 꽃 중의 왕으로 칭하네. 낙양의 부귀를 마음대로 하고 한때의 영화를 다 누렸으되 다만 한스러운 것은 씨앗이 없는 것이지. 세상에서 어찌 이 꽃을 칭송하는가?"

상서가 말했다.

"이 꽃이 세상에서 으뜸인 까닭은 바로 씨앗이 없기 때문입니다. 마치 돌피처럼 씨를 떨어뜨려서 땅에 가득하게 되면 어찌 모란을 꽃 중의 왕이라고 할 수 있겠습니까?"

원로가 이내 그 뜻을 헤아리고 말했다.

"지난번 서쪽을 정벌할 때 구원을 청했던 마 장군이 남자가 아니라고 들었는데 과연 그렇소?"

"그렇습니다."

"이 사람은 어찌 여자 가운데 영웅이 아니겠소? 마 장군이 여자라면 시집을 갈 뜻이 없는가?"

"그가 비록 여자이나 이미 영웅의 품격이 있으니, 어찌 부지런 떠는 여자의 태도를 보일 수 있겠습니까?"

"옛날 축융부인(祝融夫人)351)은 비록 남쪽 오랑캐였으나 절세 영웅의 재주와 지략이 있었지. 만왕(蠻王)에게 시집을 가서, 나가면 적장의 목을 베고 깃발을 빼앗아 왔으며 들어와서는 아들딸을 낳았다네. 이것은 천륜의 바른 이치를 얻은 것이고 인간 도리와 조화를 이룬 영재라고 할 수 있지. 여자 중의 영웅이라는 칭송을 들으면서 시집을 가지 않으면,

---

351) 《삼국연의》에 나오는 남만왕 맹획(孟獲)의 아내로, 남편이 여러 차례 붙잡히는 것을 보고 출전을 자청한 여걸이다.

축융부인과 견주어 보건대 죄인이라고 할 수 있지 않겠나?"

"사람은 모두 각자가 붙잡고 있는 생각이 있는 것인데, 어찌 축융부인과 똑같아야만 하는 것입니까?"

"비록 고집스럽게 붙잡고 있는 생각이 있더라도 좋은 말로 서로 깨우치면 반드시 돌이켜 깨닫는 바가 있어야 할 것이네. 사람의 말을 듣지 않고 자기의 생각만 고집하는 것을 어찌 사람의 도리라고 할 수 있겠는가?"

"설사 마작이 시집을 갈 뜻이 있다고 하더라도 천하에 배우자로 삼을 만한 영재가 없으면 범부의 손아래에서 평범하게 지내려 하겠습니까? 그래서 마작이 시집을 가지 않으려는 것입니다. 속담에 '준마는 바보를 태우지 않는다'고 했으니, 이런 경우를 이르는 것이 아니겠습니까?"

"잠깐 상서가 올린 표문에 대해서 들었는데 과연 무슨 뜻인가? 천륜을 끊고 사람의 도리를 등지면 만세토록 꾸짖음을 당할까 두렵네."

"부모님께서 살아계실 때 이미 허락을 받았고 황제의 면전에서도 칙유(勅諭)352)를 입었으니, 일은 이미 바르게 귀결된 것입니다. 어찌 천륜을 끊고 사람의 도리를 저버리는 죄가 있다고 하십니까?"

"나는 상서와 더불어 과갈(瓜葛)353)의 친분이 있고 또 대

---

352) 임금이 직접 가르친 내용, 또는 그것을 적은 포고문.

대로 이어 온 사귐이 있어서 이런 금석(金石)과 같은 말을 하는 것이지 유세를 하는 것이 아니라네. 그런데도 한사코 거절하는 것은 결코 내가 바라는 바가 아니네."

상서가 사과를 하자 원로가 몸을 일으키면서 말했다.

"다시 마음을 터놓고 대화를 나누기를 바라네."

상서는 문밖까지 나가서 배웅했다.

조금 있다가 채색한 가마가 두 가닥 머리를 땋은 사환을 거느리고 와서 범 원로의 부인께서 오셨다고 전했다. 상서가 매우 괴로워하면서 후원의 목단정으로 맞이해 영접했다. 부인이 비록 늙었으나 정신은 가을 물과 같이 맑았고 말의 기운은 찬 이슬처럼 시원했다. 부인이 상서를 보고 말했다.

"너와 서로 보는 것이 거의 10년이나 되어 가는구나. 상서의 어머니께서 살아 계실 때 나와는 사촌뻘이었지. 정은 형제 같았고 친분은 한 가정과 같았어. 불행하게도 세상을 버렸는데 지금 상서의 모습과 얼굴을 보니 돌아가신 부인과 너무나도 닮아 지난날의 감정이 없을 수 없구나. 상서가 벼슬살이한 지 반평생에 이름이 우주를 덮었으니 한 여자의 몸으로는 이미 지극히 과분하지. 비록 평생에 지키고자 하는 고집스러운 뜻이 있더라도, 돌아가신 어머님께서 저세상

---

353) 일가 인척(姻戚)을 뜻한다. 오이와 칡은 다 같이 넝쿨로 자라는 풀이라는 뜻에서 유래했다.

에서 눈을 감지 못할까 두렵다. 이것은 큰 흠이야."

말을 마치자 눈물이 줄줄 흘러내렸다. 상서는 영웅의 심장과 냉정함이 거의 남자를 우습게 알 정도였지만, 이 말에 이르러서는 도리어 여자로서의 태도를 움직이는 바가 있어서 눈물이 주르륵 흘렀다. 말없이 한동안 있다가 말했다.

"부인의 가르침이 돌아가신 어머님의 가르침보다 못하지 않으니, 남의 자식 된 자로서 어찌 감정이 없겠습니까? 그러나 지금에 이르러 뒤집는 것은 사람의 도리가 아니니 감히 그 가르침을 따를 수는 없습니다."

"지금 공주를 시집보내는 일이 결정됐어. 그런데 공주께서 표문을 올려 뜻을 갈구하되 이형경으로 원 부인을 삼지 않으면 죽음을 맹세하고 출가를 하지 않겠다고 하셨다 하니, 이것은 체면을 크게 손상시키는 일이야. 또 아래로 남동생 하나를 두었는데 혼인을 시키지 못하면 필경 둘 다 천륜을 끊게 될 것이니, 이것은 정과 사리를 손상시키는 일이고. 비단 그것뿐만이 아니야. 부모님의 혈통이 영원히 끊어지게 되는 것이니 이는 누구의 죄란 말이냐?"

상서가 이 말 한마디를 듣고 크게 깨닫는 바가 있어 깊이 생각하다가 말했다.

"제가 비록 고집하며 따르지 않는다고 해도 동생이 혼인하지 못한다는 것은 무슨 말씀이십니까?"

부인이 말했다.

"아주 천한 백성도 이와 같은 일에서는 순서를 잃지 않는데, 하물며 대대로 재상을 지낸 집안에서 예절을 잃는다면 한세상에 비웃음거리를 던져 주는 일이라네. 이것은 상서의 생각이 부족함이 매우 심하다는 것이야."

상서가 사죄하며 말했다.

"금석과 같은 가르침을 감히 받으려 하지 않는 것은 아닙니다만, 깊이 생각할 일이 있으니 다시 며칠을 기다렸다가 찾아뵙고 제 뜻과 정성을 전달하겠습니다."

부인이 몸을 일으키며 말했다.

"네가 만약 마음을 바꾸어 깨달을 수 있다면, 어찌 하늘의 도와 사람의 도리 모두에 다행스러운 일이 아니겠니?"

이 상서는 범 부인께 인사하며 전송한 뒤에, 문을 닫아걸고 손님을 사양한 채 여러 번이나 깊이 생각해 보았다.

'부인의 말씀이 참으로 바르고 크니 사람의 가슴을 깊이 감동시키는구나. 이치도 당연하고 말씀도 명백하니까. 그런데 세상에 나선 지 10년에 천자의 명도 받들지 않았는데 지금 뜻을 굽혀 다른 사람을 따른다면 세상의 책망을 면치 못하겠지. 또 장씨의 일이 마음에 분노로 새겨졌는데 어찌 그 가문에서 수건과 빗을 받들 수 있단 말이냐? 차라리 머리를 깎고 중이 되어 사람들 틈에 섞이지 않는 것이 낫겠다.'

이에 결심하고 스스로 맹세한 뒤, 집안일을 남동생에게 맡기고 재삼 당부하면서 말했다.

"내 신세를 헤아려 보니 인간 세상에는 거처할 수가 없구나. 내가 가는 곳은 말할 필요가 없다. 하지만 너는 마땅히 귀한 가문의 숙녀를 맞아들여서, 선조들의 제사를 잇고 가업을 끊지 말아야 할 것이다. 천만 진중해라. 다만 너의 부부 금실과 가정을 화목하게 꾸리는 것을 보지 못하게 된 것은 한이다. 내 몸이 한시도 오래 머물 수 없으니, 너는 학업을 닦아 아버님의 가르침을 잊지 말도록 해라. 이것이 내 유일한 바람이다."

말을 마치고 한 필의 당나귀와 짧은 지팡이만으로 문을 나서려다가 다시 거취를 명백하게 하지 않을 수 없다고 생각했다. 그래서 표문을 한 통 써서 천자께 올리고, 또 한 통의 편지를 써서 범 각로의 부인에게 보냈다. 그러고는 곧장 길을 나서 용문산(龍門山)을 향해 떠났다. 이 상서가 올린 표문을 천자가 열어 보았다.

금자광록대부 병부상서 겸 대사마대장군 청주후 관좌부병마대도독 겸 문연각태학사 경연일강관 자금어대 녹정남일등훈신 이형경은 백 번 절하며 천자께 표문을 올리옵니다. 신은 음인데 양으로 변하고 여자인데 남자로 변장해 천자의 총기를 속이고 가리며 영화로운 관직을 훔쳐 한세상을 속였사옵니다. 신의 죄악이 천지에 가득 찼으니 신과 인간이 반드시 분노할 것이옵니다. 신은 감히 인간 세상에 머물면서 요행수를 바라려고 하지 않사옵니다. 그런 까닭에 신은 산과 바다를 두루 돌아다니면서 세상 밖에 자취를 맡기고 활달하게 길이 떠나서 세상을 영원히 이별하려 하옵니다. 엎드려 바라옵건대 폐하께서는 신의 벼슬과 작위를 거두시고 신의 흔적을 영원히 삭제하시어 죽음을 무릅쓴 소망을 이루어 주시옵소서.

천자가 다 읽고 크게 한번 탄식하고는 즉시 범 각로를 불러 그 일을 의논했다. 범 각로가 아뢰었다.

"일전에 신의 늙은 아내가 가서 이형경을 보고 이해관계의 형세와 명백한 이치를 설명했더니, 형경에게 돌이켜 깨닫는 마음이 있는 것 같았다고 하옵니다. 그런데 오늘 아침에 늙은 아내에게 편지 한 통을 보냈사옵니다. 그래서 신이 그 편지를 소매 속에 넣고 와서 폐하께서 열어 보시게 하려 했사오니, 원하건대 폐하께서 한번 읽어 보시옵소서."

천자가 그것을 보고 원로에게 물었다.

"형경이 이미 뜻을 정했으니 돌이킬 수는 없을 것 같소."

원로가 말했다.

"형경의 생각과 헤아림은 보통 사람이 엿볼 수 없는 경지에 있으니, 가고 머무는 것을 힘써 만류하지는 마시옵소서. 그의 소원에 따라 먼저 군사에 대한 중임은 거두시고 다만 문관직으로 임명한 후작은 그대로 둔 채 지켜보시옵소서."

조금 있다가 비서감(秘書監)354)이 아뢰었다.

"병부시랑이 이형경의 인신부장(印信符章)355)을 가져와 본부에 반납했사옵니다."

천자는 실의해 멍하니 있을 뿐이었다.

---

354) 한나라 때에 처음으로 생긴 관직이다. 수나라에서는 궁궐에 있는 도서와 전적을 관장하는 관아로 삼았는데, 그 장관을 비서감이라 했다. 당나라에서는 수나라 제도를 모방했으며 그 이후의 왕조에서도 같았다. 하지만 원나라에서는 비서감이 관아의 명칭으로 바뀌었으며 그 장관은 비서경(祕書卿)이라 했다. 명·청대에 이르러서 폐지됐다.

355) 도장과 관인 따위를 통칭하는 말.

제7회
청주후는 용문산에서 노닐고,
옥공주는 호선사에게 글을 보내다
青州候雲遊龍門山, 玉公主書送虎禪師

　이 상서는 동쪽으로 도성 문을 나서 복건과 푸른 도포로 말 끈을 놓고 가는 대로 내버려두고 천천히 걸었다. 좌우를 돌아보니 푸르게 우거진 풀과 맥풍(麥風)356)에 실려 온 홰나무 향기가 상쾌해 마치 굴레를 벗은 것 같았고, 옥당금마(玉堂金馬)357)와 높은 벼슬아치들이 사무를 보던 관사는 가물가물한 것이 마치 하늘에 있는 것 같았다.

　가고 또 가서 용문산에 이르니 온갖 암석들이 다투어 수려함을 뽐내고 있었고 모든 골짜기에서는 계곡물이 다투어 흘러 마치 기쁘게 환영하는 것 같았다. 상서는 마치 뭔가 얻은 것 같이 기뻐, 좌우로 돌아보며 한곳만을 응시해 볼 겨를이 없었다.

---

356) 장강(長江)과 회수(淮水) 지역에서 음력 오월에 부는 북동풍.
357) 한나라에서 미앙궁(未央宮)에 부속된 전각인 옥당전(玉堂殿)과 궁내에 있던 관서의 문인 금마문(金馬門)을 아울러 가리키는 말이다. 둘 다 학사들이 천자의 명을 기다리던 곳으로 후세에는 한림원(翰林院)의 별칭으로도 쓰였다.

이 산의 가운데 봉우리에 용광사(龍光寺)라는 절 하나가 있었는데 지어진 지 천 년이나 된 큰 사찰이었다. 아름답고 규모가 웅장했으며 머무는 승려가 수천 명에 이르렀는데, 중국 불교의 조종(祖宗)이라고 칭했다. 상서가 주지승을 불러 그 이름을 물으니 용운화상(龍雲和尙)이라고 했다. 나이는 일흔 정도 됐고 흰 눈썹은 한 치 남짓했는데 정진(精進)한 법도와 기운이 있었다. 상서가 청했다.

"후배가 어르신을 은사로 모시고자 하니, 큰 자비를 내려 주시기를 빕니다."

화상이 예를 마치고 몸을 굽히며 답했다.

"소승이 잠시 관상을 뵈니 어린 상공께서는 뒤에는 부귀가 있고 앞에는 공명이 있으니, 삼공이나 육경 벼슬에 있는 분이 아니라면 육군의 원수일 것입니다. 비록 소승의 눈에 지혜의 빛이 없으나 단번에 알 수 있습니다. 상공께서는 어찌 이런 말씀을 하십니까?"

상서가 웃으며 말했다.

"소생이 어려서는 부모가 없었고 자라서는 아내가 없어 고단하게 떠돌아다니는 것이 이보다 심한 것이 없는데, 어째서 출장입상(出將入相)358)을 말씀하십니까? 어르신께서

---

358) 전쟁터에 나아가서는 장수가 되고, 조정에 들어와서는 재상이 된다는 뜻이다. 조선조 선비들 가운데 문무겸전하기를 바라던 이들이 공

사람을 놀리시는 것이 너무 지나치신 것이 아닙니까?"

화상이 말했다.

"상공께서 불교와 인연이 있으시니, 이곳에 몸을 의탁하고 계시면 백 일이 지나지 않아서 반드시 다시 인간 세상으로 나가실 것입니다. 상공께서는 안심하십시오."

그러고는 차(茶)를 준비해 올리고 별도로 깨끗한 서재 한 곳을 가려 머물 수 있도록 했다. 이 서실(書室)은 이름이 심향재(心香齋)였다. 명산의 아름다운 물가에 깊이 자리하고 있어, '굽이진 오솔길은 그윽한 곳으로 통하고, 선방 둘레엔 꽃나무가 무성하구나'359)라 할 만했다.

상서가 이에 '머물러 하룻밤을 묵으니, 구름은 만 겹이나 둘렀도다. 정토(淨土)는 한 꿈이니, 인간 세상이 그 어딘가? 오색구름이 걸린 봉래(蓬萊)는 구천(九天)에 있는 듯. 삼세의 숙연인 상문(桑門)360)은 문득 후생에게 속했구나'라고

통적으로 추구하던 가치였다.

359) 당나라 현종 연간의 시인 상건(常建)의 〈파산사 뒤의 선원에 제하다(題破山寺後禪院)〉라는 시의 한 구절이다. 시의 전문은 다음과 같다. "이른 새벽에 옛 절을 찾아드니(淸晨入古寺) / 갓 솟은 해가 높은 숲을 비추네(初日照高林). / 굽이진 오솔길은 그윽한 곳으로 통하고(曲逕通幽處) / 선방 둘레엔 꽃나무가 무성하구나(禪房花木深). / 산 빛은 새를 기쁘게 하고(山光悅鳥性) / 연못에 비친 그림자는 사람의 마음을 비우게 하네(潭影空人心). / 세상 모든 소리 일시에 멎은 듯 고요한데(萬籟此俱寂) / 오직 종소리 편경소리만 들려오누나(惟餘鍾磬音)."

읊조리며 한숨을 쉬고 탄식했다.

"떠도는 생애의 본모습은 과연 이와 같구나!"

이에 작은 지팡이를 하나 들고 작은 아이에게 술병을 들려 절을 한 차례 둘러보고는 명산에 올라 마음을 밝게 펴고 종일토록 소나무 아래서 쉬었다. 흰 구름과 붉은 노을은 옷과 두건을 두르고 세상의 모든 먼지는 모두 식었는데, 다만 소나무 소리와 새소리, 흐르는 물소리뿐이었다. 술병이 엎어지고 술에 취해 붓을 들고 시를 쓰다가 해가 져서야 돌아오니, 종소리는 절로 울리고 저녁 기운은 맑았다. 아득한 회포가 일어나는 것을 깨닫지 못해 앉아서 연화게(蓮花偈)[361]를 읊고 온갖 인연을 씻어내니 화상이 저녁상을 올렸다.

이 상서가 들여온 저녁을 다 먹고 부들포로 짠 둥근 방석에 누워 잠을 청했다. 그런데 갑자기 조복(朝服)을 갖추어 입고 옥으로 만든 패를 차고 금으로 만든 홀을 들고 오색구름 속으로 들어가 아홉 계단의 누런 섬돌로 오르는 것이었다. 바라보니 옥황상제가 옥탑에 나와 이 상서를 앞으로 부르고는 정성스럽게 위로하면서 말하는 것이었다.

---

360) 범어인 '스라마나(sramana)'의 음역으로, 식심(息心)·정지(靜志)·근식(勤息)·공로(功勞)라고 번역한다. 선한 법을 열심히 수행해 악한 법을 쉬게 한 자라는 뜻이다.

361) 《묘법연화경(妙法蓮華經)》의 게문(偈文).

"네가 전생의 일을 기억하지 못하느냐? 너는 태을성군으로, 천을성군과 꽃 아래서 희롱하다가 함께 하늘에서 추방됐다. 적강한 천을은 남자가 됐으니 장소가 바로 그이고, 적강한 태을은 여자가 됐으니 이형경이 그다. 둘은 하늘에서는 배필이고 인간 세계에서는 부부인데, 너는 마음과 뜻을 고집하면서 천명을 등져 버리고 있다. 기운과 운세가 그러한데 네가 무슨 능력으로 거부할 수 있겠느냐? 너는 마땅히 마음을 고쳐먹고 빨리 인간에 나아가 장소와 더불어 백년가약을 이루어라. 하물며 소미(少微)362)와 자미(紫微)363) 등 여러 성군(星君)들이 모두 그 안건에 참여해 너와 더불어 평생의 즐거움을 함께 받아야 하는데 말이다."

상서가 몸을 굽혀 절하고 나아와 겨우 몇 발자국을 옮기고서 움찔하며 깨달으니 남가일몽(南柯一夢)364)이었다. 정

---

362) 천자가 직접 다스리는 궁궐을 의미하는 별인 태미원(太微垣, 사자자리를 중심으로 이루어진 별자리로, 자미원·천시원과 더불어 삼원(三垣)이라 부른다) 남쪽에 있는 네 개의 별로 이루어진 별자리로, 처사성(處士星)이라고도 한다.

363) 자미원(紫微垣)에 있는 별 이름이다. 북두칠성의 동북쪽에 있는 열다섯 개의 별 가운데 하나로, 천제(天帝)의 운명과 관련된다고 한다.

364) 당나라 때 순우분(淳于棼)이 자기 집 남쪽에 있는 늙은 회화나무 아래서 술에 취해 자고 있었는데, 꿈에 대괴안국(大槐安國) 남가군(南柯郡)을 다스려 20년이나 부귀를 누리다가 깨었다는 고사에서 유래해, 꿈과 같이 헛된 한때의 부귀영화를 말한다.

신이 어지럽고 당황스러워 일어나 대나무 창 아래 있는 승상(繩床)365)에 앉았다. 마음은 맑고 뼈는 차가워서, 뒤척거리며 평생의 일을 미루어 생각하니 역시 하나의 꿈속이었다. 또 나머지 반생을 생각해 보았다.

"몸에는 머릿수건을 두르고 머리에 장식을 꽂으며, 머리 위에는 화관을 이고, 진하고 엷게 눈썹을 그린 채 온순하게 복종하면서 지아비의 말을 마치 사자의 울음소리처럼 들어야 하고, 자기의 태도를 새장 속의 앵무새처럼 하면서 마음대로 안색을 드러낼 수도 없을 텐데 이를 장차 어찌한단 말인가? 하늘의 뜻과 사람의 마음이 모두 한결같이 내게 뜻을 굽히고 남을 섬기는 것을 지침으로 삼으라 하는데, 이것이 내 운수라니 어찌해야 한단 말이냐?"

천 번 만 번 생각해도 잠이 오지 않아 다시 눈을 붙일 수 없었다. 얼마 후에 동쪽은 이미 새벽이 밝아오면서 빛나는 태양이 솟아올랐다. 겨우 세수를 하고 머리를 빗었는데 갑자기 문밖에서 어떤 관인 하나가 오는데 앞뒤에서 벽제(辟除)366)하고 옹위하면서 수레와 말의 소리가 시끄럽게 들리

---

365) 간편하게 접었다 폈다 할 수 있게 만든 의자로, 판자로 만들기도 하고 노끈을 꼬아 만들기도 한다.

366) 지위가 높은 사람이 행차할 때, 벼슬아치의 집에서 사사로이 부리는 하인이 일반 사람들의 통행을 금하는 일을 이르던 말이다.

는 것이었다. 여러 중들이 분주하게 달려 나가 맞이하고는 대관인(大官人)의 행차가 어느 곳에서 오는지를 물었다. 하인이 크게 외쳤다.

"천자께서 보내신 사신이 천자의 명을 받들고 이 절에 오게 됐으니, 어서 주지의 방을 청소하고 공경스럽게 행차를 맞이하시오."

위엄이 추상과 같으니 중들이 놀랍고 두려워 사신의 행차를 맞이해 방에서 편히 쉬게 하면서 차를 올렸다. 대관인이 주지승에게 물었다.

"이 절에 병부상서의 행차가 있습니까?"

주지승이 말했다.

"병부상서의 행차는 보지 못했습니다만, 한 소년 상공께서 평상복에 두건을 쓰시고 청려(青驢)[367]를 타고 오셔서 절에서 묵으시기는 했습니다."

대관인이 물었다.

"지금 어느 곳에 계시오?"

주지승이 말했다.

"따로 심향재에 거처를 정하고 계십니다."

대관인이 주지승에게 명해 인도케 하고는 심향재에 이르러 그 소년 상공을 바라보고는 공경스럽게 여장을 푼 방으

---

367) 털빛이 검푸른 당나귀.

로 물러났다. 그러고는 조복을 갖추어 입고는 옥함을 받들고 그 소년 상공에게로 나아갔다. 많은 중들이 그 모습을 보고는 크게 놀라 말했다.

"소년 상공이 과연 병부상서 이형경이었구나! 명망이 우주에 차고 넘치는데 무슨 생각으로 쓸쓸한 절, 세상과 완전히 단절된 부처의 땅에 오셔서 묵으신단 말인가?"

그러면서 크게 놀라 얼굴색이 하얘졌다. 그 관인이 꿇어 옥함을 받들고 상서에게 나아가 말했다.

"삼가 천자의 조서를 받들어 각하께 바칩니다."

상서가 이에 책상 앞에서 두 번 절하고 공경스럽게 받아 조서를 읽으니 그 전문은 다음과 같았다.

> 아아! 청주후 이형경아! 짐이 경을 버리지 않았거늘 경은 어찌하여 짐을 등지고 이 도성을 사양한 채 저 절로 달아났는고? 제발 경은 수레를 돌리어라. 짐은 이마에 손을 얹고 마루에 기대어 있노라. 짐은 말을 많이 하지 않을 것이니 경은 깊이 헤아리도록 하라.

상서는 조서를 다 읽은 뒤 옥함을 받들어 책상 위에 놓고 칙사에게 말했다.

"내일 조서에 대한 회신을 써서 올려 그대가 황제 폐하께 복명할 수 있도록 하겠소. 오늘은 그대와 함께 산사에 머물면서 반나절만 담화를 나누고 싶은데 고견이 어떠하오?"

칙사가 말했다.

"임금의 명은 지극히 엄하시고 사신의 일은 지극한 공경을 다해야 하는 것이니, 하루라도 머무를 수 없습니다."

상서가 말했다.

"일은 그러하나 산길에서 말을 달리느라 고단하고 힘들까 저어하니, 이 반나절만 쓰고 새벽에 출발하더라도 사신으로서의 책임을 어기지는 않을 듯하오."

칙사는 누구인가? 곧 문연각 한림편수(翰林編修)368) 왕지룡(王之龍)이니, 그는 문장이 뛰어난 재사(才士)로 일세를 울리는 사람이었다. 이 영험한 지경에 들어왔으니 노닐면서 회포를 펼치고 싶은 생각이 없지 않았기에, 사례하면서 말했다.

"각하의 큰 뜻을 저버리기 정말로 어려우니, 하루만 묵었다가 내일 아침 길을 나서는 것이 아랫사람의 바람입니다."

상서가 크게 기뻐하여 주지승을 불러 깔개와 음식을 장만하게 하고는 한림과 더불어 절 뒤의 금봉산(錦峯山)에 올

---

368) 문연각(文淵閣)은 중국 명·청 대의 궁중 서고인 전각의 하나다. 청나라 때 자금성의 동남쪽에 재건해《사고전서(四庫全書)》와《도서집성(圖書集成)》따위를 두었다. 한림편수는 한림원에 속해 있으면서 황제의 조서를 기초하고, 사서를 정리하며, 경연에서 시강을 하던 정칠품의 벼슬아치였다.

라 한 바퀴 둘러보았다. 그 산은 높이가 천 길이고 사방은 둥글둥글하여 흡사 옥녀(玉女)가 머리에 꽃을 꽂은 것 같은 모양이었다. 기괴한 바위가 층층이 솟았으며 이름난 꽃은 무리 지어 피었고 노송과 푸른 회나무 붉은 계수나무와 푸른 대나무가 좌우에서 그늘을 만들었다. 푸른 원숭이와 백학, 검붉은 제비와 누런 고니가 위아래로 나는데, 한 줄기 샘물이 신령스러운 발원지에서 솟아 나와 시원하게 흘렀다. 그 물소리는 옥으로 만든 경쇠와 금으로 만든 비파가 두 봉우리 사이에서 쟁쟁 울리는 것 같았다.

이에 흐름을 따라 그 원천을 찾아 거슬러 올라가며 걸음걸음마다 완상하며 입으로 '무이산 위에는 신선이 있어, 산 아래로 흐르는 찬물은 굽이마다 맑다네'[369]라는 시구를 읊조리는 것조차 깨닫지 못했다. 장대를 짚고 걸어 올라가니 천 개의 봉우리와 만 개의 골짜기가 점점 깊어져서 마치 용이 기고 봉황이 나는 것 같았다. 상서가 한림과 더불어 세상일을 잊고 나아가다 보니 지나온 거리가 몇 리나 됐는지도 깨닫지 못했다. 문득 산 그림자가 푸른색을 띠면서 하늘이

---

[369] 송나라 성리학자 주희(朱熹)의 〈무이구곡가(武夷九曲歌)〉의 서곡(序曲)에 나오는 구절이다. 원문은 다음과 같다. '무이산 위에는 신선이 있어(武夷山上有仙靈) / 산 아래로 흐르는 찬물은 굽이마다 맑다네(山下寒流曲曲淸) / 그중에서도 빼어난 곳을 알고자 하면(欲識箇中奇絶處) / 한가히 뱃노래를 두세 곡 들어보면 되지(櫂歌閑聽兩三聲)'

저물려 했다. 해가 떨어질까 깜짝 놀라서 걸음을 돌리는데 얼핏 시냇물 사이로 바가지 하나가 떠내려 오는 것이 보였다. 그것을 보고 상서가 한림에게 말했다.

"위에 필시 인가가 있을 것이니 함께 방을 빌려 하루를 묵고 내일 산에서 내려가더라도 늦지는 않을 것 같은데 고견은 어떠하오?"

한림도 또한 시를 읊조릴 줄 아는 선비로, 이 영험한 곳에 이르렀으니 어찌 근원을 찾아볼 생각이 없었겠는가? 그래서 상서에게 말했다.

"지금 산을 내려가더라도 날이 이미 저물었으니, 복지(福地)370)에서 진인을 찾아 함께 하룻밤을 묵는 인연을 맺는 것이 좋겠습니다."

상서가 크게 기뻐서 지팡이와 앞서거니 뒤서거니 하면서 구곡동천(九曲洞天)371)에 이르니 하늘색은 이미 어두컴컴해졌다. 다시 발걸음을 떼 놓지 못하고 사방을 돌아보면서 방황하고 있는데, 얼핏 한 줄기 등잔불 빛이 깊은 숲속에서 비치는 것이었다. 서로 크게 기뻐하며 등불이 비치는 곳을 향해 찾아가니 홀연 한 채의 산장이 나타났다. 사립문을 두

---

370) 신선들이 사는 곳.

371) 아홉 구비의 동천이라는 뜻이다. '동천'은 도교에서 성스럽게 여기는 장소로, 대개 동굴이나 석굴 및 계곡 등 반지하 공간이 해당한다.

드리니 어떤 동자 하나가 문 뒤에서 물었다.

"귀한 손님들께서 어떻게 오셨습니까?"

상서가 말했다.

"사방으로 구름처럼 떠돌다가 마침 이곳에 이르렀으니 하룻밤 묵어가기를 원한다."

동자가 말했다.

"존객께서는 병부상서 청주후 이형경 어른 아니십니까?"

상서가 크게 놀라서 말했다.

"도동(道童)[372]이 어떻게 알았는고?"

동자가 말했다.

"사부님께서 오늘 반드시 존객 아무개 씨가 오실 것이라 하셨기에 알게 됐습니다."

상서가 말했다.

"존경하옵는 사부님께서 계시거든 들어가 고해라."

동자가 말했다.

"사부님께서 저에게 존객을 공경스럽게 맞으라 하셨으니, 다시 고할 필요가 없습니다. 존객께서는 산장 안으로 들어오십시오."

상서가 한림과 더불어 동자를 따라 들어가 좌우를 돌아보니, 꽃나무 울타리와 대나무 사립문 안에 띠로 지붕을 얹

---

[372] 도를 닦는 도사의 심부름을 하는 아이.

은 집 한 채가 매우 정갈하게 서 있었다. 상서가 섬돌 앞에 서니 어떤 노인 하나가 나왔다. 풍채가 넉넉하고 수려했고 수염과 눈썹이 새하얬는데, 칡으로 만든 두건을 쓰고 베옷 차림으로 섬돌을 내려와 맞으며 말했다.

"태을성군이 욕되게도 누추한 오시니 영광373)입니다."

손을 잡고 집으로 오르게 하고는 손님과 주인의 예를 펴고 앉았다. 상서가 공경스럽게 존사(尊師)의 도호(道號)를 물으니 노사(老師)가 말했다.

"노부는 스스로 호를 붙이기를 원소도인(元素道人)이라고 했습니다."

상서가 말했다.

"잠깐 심부름하는 아이의 말을 들으니 존사께서는 이미 속세의 나그네가 올 것을 아셨다고 하던데, 지혜와 견식이 어떠하시기에 그렇게 멀리 비추어보실 수 있습니까?"

노사가 말했다.

"마침 꿈을 꾸었는데 태을군이 내려온 까닭에 알게 됐습니다."

---

373) 원문의 '광휘봉필(光輝蓬蓽)'을 '영광'으로 번역했다. 본래 '봉필생휘(蓬蓽生輝)'에서 나온 말로, 가난한 집에 고귀한 사람이 찾아온 것을 영화롭게 여긴다는 뜻을 지니고 있다. '봉필(蓬蓽)'은 각각 봉호(蓬戶, 쑥으로 만든 집)와 필문(蓽門, 가시로 만든 문)을 뜻한다.

그러고는 왕 한림에게 물었다.

"천자의 사신께서 멀리 제 집에까지 오셨으니 영광이 끝없습니다."

한림이 존경을 표하며 말했다.

"속세의 범부가 선계에 와서 빛을 나눌 수 있게 됐으니, 영화로움과 감동을 이길 수 없습니다."

노사가 말했다.

"한림의 맑은 기품에 어찌 범부라고 할 수 있겠습니까?"

이때 동자가 다과를 올렸다. 상서와 한림이 종일 굶주리고 목도 말라 차를 한 잔 마시고 산에서 딴 과일 몇 알을 씹으니, 깨닫지도 못하는 사이에 정신이 상쾌하고 활달해졌다. 노사가 동자에게 손님들을 죽루(竹樓)로 인도해 편히 쉬시게 하라고 명했다. 죽루는 대나무 숲 깊은 곳에 있었는데, 상서는 동쪽 누각에 잠자리를 정하고 한림은 서쪽 누각에 자리를 정했다. 대나무 창과 소나무 걸상은 정신을 맑게 하고 뼈에 냉기가 돌게 했다.

이 날은 달빛이 희고 깨끗했으며 대나무 그림자가 땅에 가득했는데, 산에 핀 꽃은 저절로 떨어지고 숲속의 새들은 울음을 그쳤다. 모든 소리가 멈추고 온 세상이 깨끗하니, 한림은 자못 시상이 떠올라 읊조리기 시작했다.

　　달 아래 앉아 향을 사르노라니

달빛374)도 한가지로 고요하고 고요하구나

月下坐焚香　桂花同寂寂

아직 끝 구절을 얻지 못해 생각에 잠겨서 잠이 들지 못하니 상서가 말했다.

"한림에게 시상이 떠올랐소?"

한림이 사실대로 대답하니 상서가 바로 이어 지었다.

파리한 학이 가을 하늘을 꿈꾸니

구름낀 하늘은 만 리나 푸르구나

癯鶴夢秋天　雲空萬里碧

한림이 칭송하고 찬미하기를 세 차례나 반복했다. 노사는 지팡이에 의지해 물푸레나무 아래에 서 있다가 상서에게 말했다.

"존객이 진리를 깨우쳤도다."

"존사께서 깊은 밤중에 어째서 이곳에 오셨는지요?"

"달빛이 정말 좋아서 흥취가 얕지 않았습니다."

"존사께서는 왜 진리라고 말씀하셨습니까?"

---

374) '계화(桂花)'는 '계수나무 꽃'이라는 의미로도 쓰이지만, 달리 달을 지칭하기도 한다.

"벼슬길이라는 바다를 분주하게 다니다가 급류처럼 용감하게 물러날 마음을 가지셨으니 이것이 진리를 깨우친 것이요, 명산을 두루 유람하면서 노닐 마음을 지녔으니 이것이 진리를 깨우친 것이요, 밝은 달을 읊조리며 희롱하는 맑고 깨끗한 마음을 가졌으니 이것이 진리를 깨우친 것이지요. 비록 그러하나 존객께서는 전생에 이미 정해진 일을 깨닫지 못하고 계시니 참으로 한탄할 만한 일입니다."

상서가 답했다.

"저는 비록 하늘이 낸 열등생이지만, 자못 한번 정해 바꾸지 않으려는 뜻이 있어 맹세코 죽어도 돌이키지 않으려 합니다. 그런데 하늘의 뜻과 사람의 마음이 일제히 움직이고 흔들어 기어코 그 본심을 지킬 수 없게 만들려 합니다. 알 수 없는 노릇이지만, 필부필부의 마음을 이렇게 빼앗을 수 있는 것입니까?"

노사가 웃으며 말했다.

"하늘의 운세는 이미 정해져 있는데, 어떻게 거스를 수 있겠습니까? 다만 존객께서 마음을 돌리고 돌리지 않고는 이 늙은이가 알 일이 아니지요. 밤이 이미 깊었으니 존객께서는 편히 쉬십시오."

상서가 한림과 함께 각자 잠자리에 나아갔다.

새벽 해가 솟자 대강 양치를 하고 흐르는 물로 세수를 한[375] 다음 노사에게 이별을 고했다. 노사는 지팡이를 짚고 마을 앞까지 나와 전별했다. 상서가 한림과 더불어 걸어 나오면서 회포를 밝히니 기쁨에 겨워 뭔가 얻은 것이 있는 것 같았다. 계곡과 산 밖으로 나오니, 산에 들어갈 때에는 녹음이 온 산을 덮고 꾀꼬리가 울어 댔는데, 나오는 날에는 봄 잔설이 막 녹고 풀이 새로 나기 시작했으며 버드나무는 엷은 노란색을 띠고 복숭아와 살구가 꽃망울을 터뜨리려 했다. 하룻밤 사이에 여름과 가을이 지나고, 추위를 보내고 봄을 맞이한 것이다. 하늘의 한 해는 느릿느릿하고 인간의 한 해는 빠르고 빠른 것을 이것으로부터 알 수 있겠다.

한림이 크게 두려워하며 어찌할 바를 모르니, 상서가 사죄하는 표문을 지어 한림에게 주어 보냈다. 한림이 말했다.

"상공께서 이미 함께 돌아가지 않고자 하시고 제가 명을 받든 것도 해를 넘겼는데 겨우 표문 한 장만을 받들어 올린다면, 제 죄는 도망할 곳이 없으니 어찌하면 좋겠습니까?"

상서가 웃으며 말했다.

"표문에 산에 들어가 겪은 일의 전말을 다 펼쳐 놓았습니다. 한림은 죄를 받을까 걱정하지 않아도 될 것이니 빨리 수

---

375) 원문의 '수석세류(漱石洗流)'를 '대강 양치를 하고 흐르는 물로 세수를 한'이라고 번역했다. 본래 '수석침류(漱石枕流)', 정확히는 '석수침류(石漱枕流)'와 관련이 있다. '돌로 입을 씻고 흐르는 물을 베개 삼는다'는 뜻으로, 싸움에 진 것을 몹시 슬퍼하는 모양을 비유한다. 이 작품에서 사용된 맥락은 본래의 의미와 무관하다.

레를 돌려 돌아가십시오."

한림이 어쩔 수 없음을 알고 수레를 재촉해 서울로 돌아가 천자에게 복명했다. 천자가 불러서 보고 말했다.

"너는 명을 받드는 사신인데 불과 5, 6일이면 돌아올 길을 해를 넘겨 온 것은 어찌된 일이냐?"

한림이 두려움에 떨며 섬돌 앞에 엎드려 일일이 사실대로 대답했다. 천자가 이에 표문을 뜯어보니 표문에서 아뢴 말과 들어맞았다. 천자가 이에 범 각로를 불러 표문을 보여주고 왕 한림에게 다시 한 번 이야기를 하도록 했다. 범 각로가 듣고는 크게 놀라 말했다.

"금봉산이 본디 신선이 사는 곳이라고 일컬어지더니 과연 그러했사옵니다. 매우 황당하지만 또한 하나의 기이한 일이라 할 수 있을 것이옵니다. 그러나 이형경이 끝까지 고집을 피우면서 명으로 부르는데도 오지 않으니 어찌하면 좋사옵니까?"

천자가 웃으며 말했다.

"한 여자의 고집을 돌릴 수 없구려. 오늘 이후로 다시는 이형경을 찾지 않고 그 소원대로 하게 내버려두려 하오."

공주의 결혼식 기한은 점점 다가오는데도 공주는 역시 굳은 고집을 돌리지 않고 두세 번 표문을 올렸다. 천자도 허락하지 않으니 공주가 조용히 천자에게 아뢰었다.

"신이 한번 이형경을 찾아가려 하옵니다. 만약 그 마음을 돌릴 수 없다면 신도 세상 밖으로 구름처럼 떠돌면서 사람들 틈에 있지 않겠사옵니다. 부황께옵서는 제 마음을 헤아리고 용서해 주시옵소서."

천자가 결정하지 못하고 미뤄 둔 채 범 각로에게 물었다.

"공주가 이형경을 찾아가 마음을 돌이킬 수 없다면 저도 사람들 틈에 있지 않겠다고 하는데 어찌하면 좋겠소?"

각로가 말했다.

"공주께서 멀리 산문으로 찾아가시는 것은 있을 수 없는 일이옵니다. 신의 소견으로는 이형경에게 한 통의 편지를 전해 그 마음을 돌리는 것이 묘계가 아닐까 하옵니다."

천자가 크게 기뻐하며 공주에게 말했다.

"네가 멀리 산림에까지 갈 필요는 없고, 마땅히 편지 한 통을 전해 그가 마음으로 느껴 움직이게 하는 것이 가장 좋은 방법 같구나."

공주가 아뢰었다.

"이형경은 마음이 금석 같아 하늘과 땅에 묻고 신명(神明)께 맹세해, 천자의 명령이 있었는데도 받들지 않고, 옥황께서 꿈에 나타나셨는데도 믿지 않고, 모두가 힘써 권했는데도 돌이켜 깨우칠 줄 모르고 있사옵니다. 이는 죽음으로 맹세하면서 자신의 뜻을 지키고 있는 것이라 할 수 있사온데, 어떻게 한 장의 편지로 태산같이 뽑기 어려운 그의 뜻을 돌릴 수 있겠사옵니까? 손을 마주 잡고 마음을 펴는 것 만한 일이 없사옵니다. 만일 그가 마음을 돌리면 다행스럽기 그지없고, 한결같이 곧이곧대로 하면서 따르지 않으면 신도 또한 결심한 바가 있사오니, 어찌 하늘과 땅 사이에서 용렬하게 살겠사옵니까?"

천자가 위로하고 깨우치면서 말했다.

"먼저 편지를 한 장 보냈는데도 그가 따르지 않으면 그때 가서 얼굴을 마주하고 펼쳐내더라도 늦지 않을 것이니 무슨 걱정이 있겠느냐?"

공주는 그가 반드시 마음을 돌이키지 않을 것임을 알았지만, 부황의 명이 이처럼 간절하고 도타우니 감히 거역하지 못하고 낮은 목소리로 아뢰었다.

"삼가 명을 받들겠사옵니다."

그러고는 침소로 돌아와 옥화전(玉花箋)376)을 펼치고 한 번에 써 내려갔다. 사정과 이치가 곡진해 편지지 가득 눈물에 젖으니, 하늘과 사람을 감동시킬 만했다. 이에 궁녀인 월화자(月華子)에게 명해 금봉산 용광사의 심향재에서 쉬며 묵고 있는 이형경에게 전하도록 했다. 월화자는 비록 궁중에 있는 일개 궁녀였지만, 글재주가 뛰어나고 말주변이 물 흐르는 듯해 세객으로서의 풍모가 있었다.

이날 공주의 명을 받들어 편지함을 가지고 거마를 거느

---

376) 화려한 무늬로 장식된 종이.

리고 종을 따르게 해 관문을 넘어 금봉산 용광사에 이르렀다. 절의 여러 중들이 여자 사신이 왔다는 말을 듣고 분주하게 움직이며 환영하지 않는 자가 없었다. 월화자가 심향재에 도착해 이 상서와 더불어 예를 펴고 앉아 공주가 손수 쓴 편지함을 올렸다. 이 상서가 황공하여 그 편지를 펼쳐서 반쯤 읽었을 때 갑자기 백학의 맑은 울음소리가 들리더니, 그 학이 남쪽으로부터 와서 누각 앞에 내려앉았다. 그러더니 어떤 선인이 호리병 속에서 나왔다. 이가 누구인가? 바로 자허관의 주인인 좌부 참모장 위태랑이었다. 상서가 월화자와 함께 살펴보니 위태랑이 꼿꼿한 모습으로 들어와서 예를 표하고는 말하는 것이었다.

"천하의 모든 일이 다 정해져 있는데 상공이 한결같이 미혹된 생각을 고집하는 것은 취하려 하지 않습니다. 지금 춘양 공주는 자미성군(紫微星君)377)의 전신으로 지상에 내려와 황제폐하의 귀한 공주가 됐습니다. 지금 상공께 편지를 보낸 것은 그가 사람의 도리로 그렇게 한 것인데, 어찌 미혹된 생각을 고집하면서 깨닫지 못하고 천명을 거역하고 인륜을 끊는 데 멈춰 있는 것입니까? 상공께서는 다시 생각해 주십시오."

---

377) 큰곰자리 부근에 있는 자미원의 별이다. 북두칠성의 동북쪽에 있는 열다섯 개의 별 가운데 하나로, 천자의 운명과 관련된다고 한다.

이 상서는 마치 취했다가 방금 깨어난 듯해 분명하게 판단하지 못하는 상태로 있다가 낮은 소리로 한 번 탄식하고 말했다.

"한 사람이 뜻을 세울 수 없게 하는 것은 하늘인가 귀신인가?"

월화자가 말했다.

"상공께서는 이 한 말씀만 들어 주십시오."

위태랑이 상서에게 말했다.

"제가 들으니 춘양 공주께서 상서께 편지를 드렸다고 하던데, 그 내용은 무엇이었습니까?"

상서가 공주의 편지를 꺼내 위태랑에게 보여 주면서 말했다.

"공주의 편지를 한번 보시오."

위태랑이 대신해 읽으니, 그 편지에는 다음과 같이 쓰여 있었다.

> 춘양 공주 주숙랑(朱淑娘)은 삼가 두 번 절하고 전 대사마대장군 병부상서 청주후 이형경 각하께 편지를 드립니다. 생각건대 각하와 숙낭은 모두 여자의 몸이로되, 각하는 공훈이 세상을 덮고 명성이 우주에 떨치니 저 숙낭과 같은 사람은 같은 반열에 설 수 없을 것입니다. 그러나 그 말과 기운이 서로 응하며 마음과 뜻으

로 서로 아끼는 것은 자연히 개박(芥珀)378)과 자석이 서로 모아지는 것과 같으니, 이치는 진실로 그러한 것입니다.

또 각하는 천지라도 빼앗을 수 없는 기개가 있어서, 죽기를 맹세코 다른 사람에게 굽혀서 욕되지 않겠다고 하는 것은 뜻을 굳세게 잡고 있어서일 것입니다. 천자도 빼앗을 수 없고 귀신도 돌릴 수 없으니, 자그마하고 구차한 자는 말도 걸어 볼 수 없는 바일 것입니다. 또 듣건대 장 상서가 문명(問名)379)의 약속이 있었다 하니, 각하께서는 비록 따르지 않았다 하더라도 천하와 사해가 모두 이 상서가 장 상서의 어진 부인이 될 것이라고 알고 있을 것입니다. 각하께서 비록 굳세게 고집하더라도 오랜 시간이 흐른 뒤에 올 역사가들은 반드시 풍자하는 바가 있을 것이니, 지금 시끄럽게 많은 말을 할 필요는 없을 것입니다.

생각건대 박명한 숙랑은 부황께옵서 이미 시집보낼 것을 허락하시었으니 지금 식언(食言)을 하실 수는 없을 것입니다. 생각건대 숙랑의 마음과 바라는 바는 각하로 장문(張門)의 원실이 되게 한 뒤에 숙랑도 좇는

---

378) 호박(琥珀)과 겨자. 둘은 서로 달라붙는 성질이 있다고 한다.
379) 혼주가 사자(使者)로 하여금 신부 쪽 생모의 성씨를 알아보는 일.

것입니다. 그렇지 않으면 숙랑도 인간의 일을 버리고 항아(嫦娥)380)를 따라 노닐고자 합니다. 이 일은 오직 각하의 손에 달려 있습니다. 그러니 각하께서는 용단을 내리는 한마디 말씀을 하여서 제가 시원하게 결정할 수 있도록 해 주십시오.

글로는 말을 다 할 수 없으니, 회신의 말씀을 내려 주시기를 바랍니다.

위태랑이 다 읽고서 말했다.

"천명은 거스를 수 없고 인륜은 선택할 수 없으니 상공께서는 한마디로 시원하게 결정하시어 답서를 써 주시는 것이 어떻겠습니까?"

상서가 발끈하며 말했다.

"내가 이미 정한 마음을 억지로 돌릴 수는 없소. 천자의 명도 이미 받들지 않았는데 공주의 글로 뜻을 굽힐 줄 알았소? 체면에 어찌 이처럼 할 수 있겠소?"

위태랑이 말했다.

---

380) 달나라에 산다고 하는 미인의 이름인데, 원래는 예(羿)의 아내였다. 예가 서왕모(西王母)에게 청해 얻은 불사약을 훔쳐 마시고 선인(仙人)이 되어 달로 도망쳐 달의 정령이 됐다. 한나라 문제(文帝)의 이름이 항(恒)이었기 때문에, 한나라 사람들은 항(姮)을 항(嫦)으로 고쳐 항아(嫦娥)라고 했다.

"이것은 그렇지 않습니다. 천자의 명은 받들지 않을 수 있을지언정, 공주의 편지에 이르러서는 단지 각하의 평생만 관련된 것이 아닙니다. 공주의 신세도 상공께 매여 있으니, 이것은 사람의 윤리 가운데서 큰 것이고 사람의 길 가운데서 무거운 것이며, 인정상으로도 따르지 않을 수 없는 것입니다. 그러니 상공께서는 다시 한 번 생각해 주십시오."

상서가 말했다.

"내 한 몸은 이미 국가에 허락했으니 또 다시 장문에 굽힐 수는 없소. 선랑께서 앞뒤로 권고하신 것은 매우 간절하지만, 형경의 뜻을 꺾을 수는 없으니 다시는 많은 말씀을 하지 마시오."

그러고는 답서를 썼다. 여사신(女使臣)이 말했다.

"상공의 말씀을 잠시 들으니 굴하지 않는 뜻을 빼앗을 수는 없을 것 같사옵니다. 그러나 지금으로부터 공주의 일신은 상공의 신상에 달려 있으니, 그 이해(利害)와 화복(禍福)을 상공께서 스스로 짊어지시옵소서."

상서가 말했다.

"공주의 한 몸을 어째서 내가 떠맡아야 한다는 말인가?"

여사신이 말했다.

"형세와 이치가 그렇게 됐는데 상공께옵서 왜 떠맡지 않으려 하십니까?"

상서가 기쁘지 않은 빛을 띠면서 옥 벼루를 펼쳐 놓고 답서를 써서 여사신에게 주면서 말했다.

"내 뜻은 이미 정해졌으니 비록 도끼가 앞에 있더라도 두렵지 않소이다. 그러니 사자는 돌아가서 공주님께 아뢰어 주시오."

여사신이 돌아와 공주에게 고하고 그 편지를 드렸다. 공주가 펼쳐서 읽으니 그 글에는 다음과 같이 쓰여 있었다.

도망자 이형경은 삼가 몸을 깨끗이 하고381) 춘양 공주 저하께 글을 올립니다. 무릇 남녀는 음양으로 부여된 것이 각기 다릅니다만, 남자가 혼인하고 여자가 시집가는 것은 떳떳한 윤리의 시작이니, 남자는 결혼을 하지 않을 수 없고 여자는 시집을 가지 않을 수 없습니다. 그래서 부부에게서 시작된다고 했고,382) 또 부부는 두 성이 합쳐진 것으로 만복의 근원이라 했고,383) 또 부

---

381) 원문의 '훈목(薰沐)'을 '몸을 깨끗이 하고'라고 번역했다. 향료를 옷에 뿌리고 머리를 씻어 몸을 깨끗이 한다는 뜻이다.

382) 원문의 '조단호부부(造端乎夫婦)'는 《중용(中庸)》 제12장의 '군자의 도는 부부에게서 시작된다(君子之道, 造端乎夫婦)'는 구절에서 가져온 것이다.

383) 원문에 '부부는 이성지합(二姓之合)이오 만복지원(萬福之源)이라'고 나온다. 혼례를 가리켜 두 성이 합쳐지는 것이라고 한 말은 《예기(禮記)》〈혼의(昏義)〉 편에 보이는 말이다. '혼례라는 것은 두 성의 좋

부가 있는 뒤에야 부자관계가 생기고 부자가 있는 뒤에
야 군신관계가 생긴다 했으며,384) 또 부부는 삼강의 으
뜸이니 인륜이 여기에서부터 생긴다 했고,385) 또 관저
(關雎)는 집안을 바르게 하는 시초라고 했으며, 또 건
곤(乾坤)은 《역(易)》의 머리라 했고, 또 안으로는 과부
가 없고 밖으로는 홀아비가 없다고 했으며,386) 또 장가

은 교분을 합치는 것이다(昏禮者 將合二姓之好).' 우리나라 문헌 중에서는 《동몽선습(童蒙先習)》의 〈부부유별(夫婦有別)〉 편에 구체적으로 보인다. '부부 이성지합 만복지원(夫婦 二姓之合 萬福之源).'

384) 《주역(周易)》〈서괘전(序卦傳)〉에 나오는 말이다. "천지가 있는 뒤에야 만물이 있고, 만물이 있는 뒤에야 남녀가 있고, 남녀가 있는 뒤에야 부부가 있고, 부부가 있는 뒤에야 부자가 있고, 부자가 있는 뒤에야 군신이 있고, 군신이 있는 뒤에야 상하가 있고, 상하가 있는 뒤에야 예의가 놓여지는 바가 있다(有天地然後有萬物, 有萬物然後有男女, 有男女然後有夫婦, 有夫婦然後有父子, 有父子然後有君臣, 有君臣然後有上下, 有上下然後禮義有所錯)."

385) 한나라 때 인륜의 큰 항목을 지칭하는 삼강(三綱)의 질서를 군신관계, 부자 관계, 부부 관계의 순서로 정하는 논의가 일단락됐고, 《논어》〈양화(陽貨)〉 편에서 공자가 아들 백어(白魚)에게 한 말인 '사람이 〈주남〉과 〈소남〉을 배우지 않는다면 그것은 담장을 마주하고 서 있는 것과 같다(人而不爲周南召南, 其猶正牆面而立也與)'는 말을 마융(馬融)이 해설하면서 '주남과 소남은 국풍의 시작이고, 즐거이 숙녀를 얻어서 군자의 짝이 되게 하는 것은 삼강의 으뜸이자 왕교(王敎)의 실마리다(周南召南 國風之始, 樂得淑女 以配君子, 三綱之首 王敎之端)'라고 한 것으로 보아, 후한 시대에는 완결된 것으로 보인다.

가고 시집가는 것은 때를 잃으면 안 된다 했으니, 이것
은 곧 옛 성인들의 지극한 가르침입니다.

형경이 대략 고서(古書)를 해독해 인륜이 중하다는
것과 성인의 가르침이 지극하다는 것을 모르지는 않습
니다. 그러나 형경의 부모님께서 살아 계실 때에 특별
히 그 가르침을 받들고 남자로 변하여 조정의 벼슬길에
나아갔습니다. 하늘을 속이고 사람을 속인 죄가 막대
한 것이기는 하나, 미천한 한 몸을 이미 국가에 허락했
는데 또 다른 사람에게 허락한다면, 이는 한 몸으로서
두 몸이 되는 것입니다. 어려서부터 성인이 되기까지
결심한 것을 바꾸지 않고 죽음을 맹세코 끝까지 지키려
하는 까닭에, 천자께옵서 칙서를 내려 깨우쳤는데도
뜻을 받들지 않았으며, 상제께옵서 꿈에 나타나시어
가르치셨는데도 불구하고 명을 받들지 않았고, 신과
인간이 힘을 함께 모았음에도 불구하고 말씀을 따르지
않았습니다. 그래서 결국에는 인끈을 풀어 놓고 산천
과 숲속 골짜기 속에서 이리저리 노닐면서 평생을 마치

---

386) 원문에는 '내무원녀(內無怨女)오 외무광부(外無曠夫)라'라고 되
어 있다. 《맹자(孟子)》〈양혜왕 하(梁惠王下)〉에 나오는 말로, 맹자가
제나라 선왕(宣王)에게 호색(好色)하는 문제에 대해《시경》에 나온 말
을 인용하며, 호색하는 것도 백성과 더불어 한다면 문제가 없다는 취지
로 태왕(大王)의 예를 들어 한 말이다.

고자 하는 것입니다.

 지금 만약에 중도에서 길을 바꾸고 뒤집어 남을 따른다면, 이는 한 마음이면서 두 마음이 되는 것입니다. 사람의 도리를 행하는 자가 어찌 차마 이런 짓을 하겠습니까? 상제의 뜻은 따르지 않고 공주의 뜻을 따른다면, 이것은 하늘을 인정하지 않는 것입니다. 또 천자의 명을 받들지 않고 공주의 명을 받든다면 이것은 임금을 인정하지 않는 것입니다. 하늘도 우습게 보고 임금도 우습게 본다면 어찌 사람이라고 할 수 있겠습니까? 형경의 뜻은 여기에 있습니다. 공주 저하께서도 맑은 덕을 아름답게 준수하셔야 나라를 교화할 것이며, 지혜와 앎을 비춰보셔야 성정을 변화시키실 것입니다. 형경의 마음과 상황을 굽어보신다면 반드시 오늘 내리신 가르침은 없었을 것이라 생각합니다.

 원하건대 공주께옵서는 형경을 마음에 두지 마시고 황제 폐하께옵서 내리신 가르침을 따르시고 빨리 장 상서에게 시집가실 것을 기약하시어 백 년의 금슬지락(琴瑟之樂)387)을 받으시고 후세 자손에게 복을 드리우십시오. 장 상서는 일세의 인물을 모조리 둘러보아도

---

387) 거문고와 비파의 조화로운 소리라는 뜻으로, 부부 사이의 다정하고 화목한 즐거움을 말한다.

그보다 나은 사람이 없을 정도이니 심원(沁園)의 봄빛을 함께 하시기에 충분할 것이옵니다. 원하건대 마마께서는 아래로 벌레와 개미의 성품을 살피시고 금옥(金玉)의 마음을 크게 넓히십시오. 형경은 하늘과 땅에 맹세하고 해와 달에 맹세해 이 한 세상을 사는 동안에 영원히 마음을 고치지 않을 것이오니, 공주 저하께서는 살펴 주십시오.

공주가 보기를 마치고 탄식하며 말했다.
"형경은 쇠와 같은 마음이요 돌과 같은 창자라 돌이킬 수 없구나. 그러나 나도 이미 말을 내고 또 그 말을 지키지 않으면 어찌 형경에게 죄를 지은 사람이 되지 않겠느냐?"
그래서 또 황제와 황후에게 표문을 올려 혼사를 사양하니, 천자와 황후가 어렵게 위로하고 깨우쳐 말했다.
"네 고집은 이형경의 고집과 전혀 다르지 않구나. 부모가 명했는데도 어떤 다른 논리가 있기에 한결같이 형경에게 청하는 것이냐? 형경이 따르지 않으면 다시는 마음에 두지 않아야 마땅하거늘 다시 웬 말이 많으냐?"
공주는 이형경이 마음을 돌리지 않을 것임을 알았다. 게다가 황제와 황후 두 분의 명이 은근하고 온화한 것이 마치 봄날 같아 끝내 어찌할 수 없음을 알고 궁녀에게 말했다.
"내 뜻과 기운이 이형경과 같지 않은 것이 아주 현격하구나."

궁녀가 아뢰었다.

"공주님께옵서 위로는 임사(姙姒)388)의 가르침을 이으셨고 아래로는 완만한 덕을 갖추고 계십니다. 그러니 마땅히 두 분의 명을 따르시어 백 년의 즐거움을 누리시는 것이 하늘의 이치를 따르고 사람의 도리를 따르는 것이라고 할 것입니다. 이형경은 비록 나라에는 큰 공이 있으나 하늘을 속이고 사람을 속이고 자기 자신마저 속였으니, 이것을 가지고 뜻과 기운이 높다고 할 수 있겠습니까? 마마께서는 그를 모범으로 삼지 마십시오."

공주는 묵묵히 있을 뿐이었다.

세월이 흘러 공주가 시집갈 길일이 다다르니 장 상서가 육례(六禮)389)를 갖추고 와서 공주를 심원의 봉황루(鳳凰

---

388) 임(姙)은 주나라 문왕(文王)의 어머니인 태임(太姙)이고, 사(姒)는 무왕(武王)의 어머니인 태사(太姒)를 가리킨다. 두 사람은 덕이 있는 부인의 표상으로 일컬어져 왔기 때문에 임사지덕(姙姒之德)이라는 말이 생겼다.

389) 혼인에 따르는 여섯 가지 예를 말한다. 납채(納采, 약혼했을 때 신랑 집에서 신부 집에 보내는 물건), 문명[問名, 혼주가 사자(使者)로 하여금 신부쪽 생모의 성씨를 알아보는 일], 납길[納吉, 신부 될 여자의 양부(良否)를 점쳐 보고 상상길(上上吉)의 점괘가 나오면 여자의 집에 알려 혼인 날짜를 정하는 일], 납징[納徵, 신랑 집에서 신부 집으로 혼서(婚書)와 예물을 보내는 일], 청기(請期, 신랑 집에서 택일하여 그 가부

樓)에서 친영했다. 공주의 모습은 수레바퀴같이 둥글고 밝은 달이 바다 위로 처음 솟은 것 같았고, 부마의 모습은 태산의 높은 봉우리가 우뚝하게 솟아서 기어오를 수 없는 것과 같았다. 대례(大禮)390)가 순조롭게 끝나고 온화하게 즐기니 황제와 황후는 크게 기뻐하고 장 부마의 두 부모님은 대추를 어루만지며 기뻐하니, 기대에 미치지 못할까 두려워하는 것 같았다.

공주는 효성을 다해 시부모를 섬기고 공경을 다해 부마를 섬겼으며, 아랫사람들에게는 너그럽고 온화한 사랑으로 어루만지니 궁중 안이 화락해 마치 따뜻한 봄바람 가운데 있는 것 같았다. 부마는 공주를 아내로 맞은 이래로 황제 내외가 특별히 사랑해 은총이 견줄 바 없게 되니, 스스로 분수를 생각해 봐도 감동과 영광이 충분히 만족스러웠다. 그러나 마음속에는 한결같이 이 상서에 대한 그리움이 자리하고 있었다.

하루는 천자가 범 각로에게 말했다.

를 묻는 편지를 신부 집으로 보내는 일), 친영(親迎, 신랑이 몸소 신부 집에 가서 신부를 맞아 오는 일)의 순서로 진행된다.

390) 왕이 있는 궁궐을 대내(大內), 왕이 하는 일을 대사(大事)라고 하는 것처럼, 대례(大禮)는 왕이 친히 치르는 예를 의미한다. 사람의 일생에 있어서 가장 중대한 예인 혼인을 치르는 큰 의식이나 잔치를 말하기도 한다.

"공주도 이미 시집보냈고 부마도 이미 장가를 들었으니 좋은 일은 다 마친 것이라, 이형경의 신상에는 조금도 막힐 것이 없는데 어째서 빨리 돌아오지 않고 산림에 자취를 맡기고 있는 것이오? 짐이 연연하면서 잊지 못해 마음이 느긋한 날이 없소. 국가에 어려운 일과 근심거리가 많기 때문이오. 군수들은 탐학(貪虐)해 백성들이 안도하지 못하고 지방에는 도적들이 쉬지 않고 일어나니 지방 제도를 개혁해야겠소. 인구와 농지를 조사하고 수령들의 잘잘못을 따져 상주고 퇴출시키는 것이 오늘날의 급선무라고 할 수 있는데, 그 직임을 맡을 자가 이형경이 아니라면 그 누구겠소?"

각로가 아뢰었다.

"폐하의 말씀이 지당하시오니, 폐하께서는 하루속히 시행하시옵소서."

천자가 이에 높은 벼슬아치들을 불러 모으고 지방을 개혁할 일을 논의하니, 모두들 그 의논이 마땅하다고 찬성했다. 그러자 천자가 말했다.

"이형경은 특별히 뛰어난 재주꾼이라서 짐이 시험코자 하는데 어떻게들 생각하시오?"

벼슬아치들이 모두 그렇게 함이 적당하다고 하니, 천자가 결단해 이형경을 이부상서로 제수해 지방의 사무를 정리하게 하고, 비서감승(秘書監丞)391)에게 특별히 명해 조서를 내려 이형경을 불러오게 했다. 이 상서는 산림에서 노닐면서 영화로운 길에 대한 관심을 뚝 끊은 채 지내고 있었는데, 갑자기 천자의 명령이 내려왔다. 황송하고 감격해 그날로 서울로 올라가 대궐에 들어가 사은을 하니 천자가 보고 매우 기뻐하면서 손을 잡고 위로했다. 상서가 아뢰었다.

"신이 반평생을 벼슬살이 하면서 물방울과 티끌만큼이나마 은혜를 갚고자 했는데 지금 본색이 드러나 위신이 서지 않고 있사옵니다. 그래서 부끄러운 마음이 먼저 일어나니 어떻게 조정에 임할 수 있겠사옵니까? 원하옵건대 폐하께옵서는 신의 직임을 바꾸어 주시어 조정을 욕되게 하지 마시옵소서."

"경이 세상에 드문 공훈으로 위엄과 신의가 세상에 퍼졌으니 어찌 본색만 가지고 말을 할 수 있겠는가? 너무 유순하게 사양만 하지 말고 황궁을 빛내고 묘당에 신주를 잘 펼쳐 놓을 수 있게 하라. 짐을 보좌할 수 있다면 되는 것이지 어찌 지나친 겸손[392]이란 말인가?"

이 상서가 아뢰었다.

"신은 여자이지 남자가 아닌데, 폐하의 조정에 인물이 한 사람도 없어서 여자를 취하는 것이옵니까? 신은 여자의 몸

---

391) 비서감(祕書監)의 우두머리라는 뜻으로, 비서감에 대해서는 각주 354) 참조.
392) 원문의 '휘겸(撝謙)은 남을 높이고 제 몸을 낮춘다는 뜻이다.

으로 폐하의 조정에 욕이 될까 하옵니다."

천자는 매우 실망했다. 이 상서가 물러나 글을 올려 책임을 면해 주기를 애걸하려 했는데, 마침 범 각로가 찾아왔다. 상서는 쓰기를 멈췄다.

"폐하께옵서 이부상서의 직임을 제게 맡기려 하셨는데, 저는 쓸모없이 버려진 한 인물에 불과합니다. 위로는 조정의 기강을 문란케 하고 아래로는 인정을 어기게 될까 두려워 표문을 올리려 합니다."

그러자 범 각로가 말했다.

"지금 세상 사람들이 모두 상서의 명성과 공훈과 업적을 다 알고 있는데 어찌 사양하려는 것인가? 빨리 천자의 명에 응해 충실하고 부지런히 힘써 책임을 다해 주기를 간절하고도 간절하게 바라네."

상서가 웃으며 말했다.

"각하께서는 처음엔 제게 장소에게 시집을 가라고 하셨는데 만일에 장씨 가문에서 수건과 빗을 들고 남편이나 봉양하고 있었다면 오늘 황제께서 맡기신 책임은 다시 누구에게 맡기려 하셨습니까?"

각로가 말했다.

"상서는 이미 나라에 몸을 맡겼다 하면서 끝내 장씨 가문에 몸을 허락하지 않았었네. 그런데 지금 시집도 가지 않고 또 벼슬길에도 나서지 않으면 지난날 나라에 몸을 허락했다고 한 것은 어디로 간 것인가? 무릇 사람에게 지극히 굳센 기운이 있는 뒤에야 세상에 설 수 있는 것이지만, 강하게는 잘하면서 부드럽게 하는 것은 잘하지 못하면 조화를 잃게 되는 법일세. 상서는 깊이 성내지 말고, 오직 부드러움과 굳셈에 치우침이 없는 바른 도를 지키기 바라네."

상서가 응하여 말했다.

"제가 평생토록 마음으로 맹세한 것은, 오직 여자의 몸으로도 본색을 드러내지 않고 충성으로써 임금을 섬기며 의로움으로써 나라에 보답해, 역사에 꽃다운 이름을 드리우는 것이었습니다. 그런데 천자께옵서 기어코 장소와 혼인을 시키려 하셨으니, 장소에게는 후하고 저에게는 박한 것에 어찌 그리 하늘과 땅만큼이나 차이가 있었습니까? 성인(聖人)의 뜻은 천륜이 중하다고 여기시어 살리기를 좋아하는 덕에서 나온 것이겠지만, 저의 몸에 이르러서는 세상에 설 수 없게 만든 것이었습니다. 이번에 나왔던 것은 한 번 더 천자의 용안을 뵈옵고 또 집안일을 동생에게 맡겨 길이 인간 세상의 일을 이별하고자 해서였을 뿐입니다. 그러니 각로 각하도 이로써 영원히 이별하게 됩니다."

각로가 들어와 천자에게 고했다.

"형경은 벼슬을 하지 않기로 결심했사오니, 원하옵건대 폐하께옵서는 그 뜻을 따르시어 상서의 직위를 면해 주시옵소서."

천자는 말없이 가만히 있었다. 그러다가 이형경이 올린 표문이 이르자 마침내 그 직위를 거두었다. 이 상서는 집안 일을 동생에게 맡기고 이름난 산에 들어가 다시는 세상에 뜻을 두지 않았다. 천자는 이형경의 공과 업적을 생각해 그의 아우인 한림 이소경(李紹卿)393)을 불러 혼인을 했는지 물었다. 그러자 답했다.

"형경이 혼인을 하지 않았기 때문에 신도 아직 아내를 취하지 않았사옵니다."

그 사람됨을 보니 신선의 풍모가 있었고 문장과 재주는 세상에 으뜸이라서 난형난제(難兄難弟)라 할 만했다. 천자가 내전에 들어가 황후에게 말했다.

"춘양은 이미 사람을 얻어 출가시켰지만 춘순 공주(春淳公主)394)는 아직 시집을 보내지 않았소. 지금 이형경의 아우 소경을 보니 용모는 옥으로 깎은 기린 같고 문장은 세상에서 우뚝하니 춘순을 시집보낼 만하겠소."

황후가 크게 기뻐했다.

---

393) 앞에서는 이름이 연경(延卿)으로 나왔지만, 여기서부터는 모두 소경(紹卿)으로 나온다.

394) 앞에서 천자에게 딸이 하나 있다고 했는데, 여기서 또 다른 딸이 등장한다. 그러나 뒤에서도 둘째 공주가 여러 차례 등장하므로, 여기의 인물 구성이 맞는 것으로 본다.

춘순은 춘온의 누이동생인데 나이는 바야흐로 열여섯으로 재주와 덕이 궁궐에서 으뜸이었다. 이에 범 각로에게 명해 통혼사(通婚使)가 되어 이 한림과 혼사를 정하니, 한림이 두려워하면서 은혜에 감사를 드렸다. 이에 길일을 택하고 또 춘양 공주와 같은 마을에 심원을 정해 지붕이 서로 이어지게 했다. 화려함이 서로 엇비슷하여 사람들은 두 공주의 처소를 쌍춘원(雙春園)이라 불렀다. 육례가 순조롭게 이루어지고 서로 화락한 것이 춘양 공주가 장 부마에게 하는 것과 똑같았다.

장소는 경창부마도위(慶昌駙馬都尉)라 하고 이소경은 문창부마도위(文昌駙馬都尉)라 했다. 문창은 나이가 비록 경창에게 미치지 못했으나 문장의 화려함은 경창보다 훨씬 뛰어나, 천자의 총애가 경창을 넘어섰다.

때는 마침 춘삼월이었다. 온갖 꽃들이 다투어 피고 봄기운이 따뜻하고 고우니 천자가 백화원에서 잔치를 베풀었다. 이때 여덟 명의 왕과 두 공주와 두 부마와 여섯 명의 귀인(貴人)[395]인 모두 참여했다. 천자가 특별히 문창을 사랑해서 시인으로서의 문창의 명성이 세상을 울리고 있는 것을 알았

---

395) 여덟 왕과 여섯 귀인은 전후 맥락 없이 등장한 인물들로 구체적인 사항이 언급되지 않아 정체를 알 수 없다. 아마 여덟 명의 왕은 황제의 아들, 여섯 명의 귀인은 황제의 후궁으로 보인다.

다. 그래서 각기 시 한 수씩 지어 바쳐서 백화원에서 연 태평연을 기념하라 했다. 수운(需雲)396)이 하늘로 오르고 신선의 음악이 바람에 날려 온 세상에 온화한 기운을 아름답게 펼쳤고 온 백성에게 기쁜 빛을 이끌어 맞게 했다. 이날 천자와 황후가 별전(別殿)에 임해 모든 시장(詩章)을 살펴보고 문창의 시가 모든 시들 가운데서 특히 빼어남을 보고 칭찬하고 큰 상을 내리고는 기쁨을 이기지 못했다. 그러다가 문득 이 상서를 생각하고는 뭔가 잃은 듯이 멍해지는 것도 깨닫지 못했다.

각설. 이 상서는 글을 올려 사직하고 이부상서의 직책을 면해 곧장 용광사를 향해 가서·여행에 필요한 물건들을 수습해 명산대천을 유람했다. 한 필의 푸른 당나귀를 타고 다니며 천하의 웅대한 경치를 말없이 응시했다. 남쪽으로는 동정(洞庭)397)과 파릉(巴陵)398)을 유람했으며, 서쪽으로는 무협(武峽)399)과 구당(瞿塘)400)의 험준함을 보았고, 촉도

---

396) 임금과 신하가 잔치를 열어 함께 즐기는 것. 또는 백성에게 베풀어지는 조정의 은택을 비유하는 말. '수(需)'는 구름이 하늘로 올라가는 것을 형용한다.

397) 호남성(湖南省) 북부에 있는 중국 최대의 민물 호수로, 양자강의 흐름을 조절하며 예로부터 많은 시인들에 의해 읊어진 명승지다.

398) 호북성(湖北省) 악양현(岳陽縣)의 서남쪽에 있는 산 이름.

399) 무산(武山)과 협산(峽山)을 아울러 지칭한다. 무산은 강서성(江

(蜀道)의 검각(劍閣)401)에 올라서 성도(成都)402)의 장관을 보았으며, 미함(嵋函)403)을 지나 농서(隴西)404)로 나와 진관(秦關)405)의 석양을 보았고, 황하(黃河)를 건너고 장성

西省) 호구현(湖口縣) 동쪽에 있는데, 일명 검산(劍山)이라고도 한다. 협산은 광동성(廣東省) 청원현(淸遠縣) 동쪽에 있는 산인데, 황제(黃帝)의 두 서자가 이 산에서 대나무를 베어 황종[黃鐘, 음률의 이름. 육률(六律)·육려(六呂)의 기본이 되는 음과 율관(律管, 대나무나 금속으로 만든, 음의 높낮이를 정하는 표준 용기)을 만들었다고 한다.

400) 구당협(瞿塘峽)의 준말. 사천성(四川省) 봉절현(奉節縣) 동쪽에 있는 협곡으로, 광계협(廣溪峽) 또는 기협(夔峽)이라고도 불린다. 장강삼협(長江三峽)의 하나로 깎아지른 듯한 두 벼랑 사이로 급한 물살의 장강이 관통하고 산세가 험준해 서촉(西蜀)의 문호로 일컬어졌다.

401) 장안에서 촉(蜀)으로 가는 길인 대검(大劍)·소검(小劍) 두 산의 요새가 되는 곳.

402) 사천성 중앙의 분지에 위치한 중국 삼국 시대에 촉의 도읍.

403) 아미산(峨眉山)과 함곡관(函谷關)을 아울러 지칭한다. 아미산은 사천성 아미현(峨眉縣)의 남서쪽에 있는 산으로, 불가에서는 광명산(光明山), 도가에서는 허령동천(虛靈洞天)·영릉태묘천(靈陵太妙天)으로 불린다. 절강성(浙江省)의 보타산(普陀山)·안휘성(安徽省)의 구화산(九華山)·산서성(山西省)의 오대산(五臺山)과 함께 불교의 4대 명산으로 불린다. 함곡관은 전국시대 진(秦)나라가 하남성(河南省)의 영보현(靈寶縣) 남서쪽에 설치한 관(關)으로, 높고 험한 절벽의 골짜기 속에 있는 관성(關城)이 마치 함(函)과 같다 해 붙여진 이름이다. 하남성 신안현(新安縣) 북동쪽에 있는 관을 가리키기도 하는데, 이 관은 한나라 무제(武帝) 때에 영보현에 있던 진나라의 관을 옮긴 것이다.

404) 감숙성(甘肅省) 동남쪽에 있던 군(郡)의 이름.

(長城)을 따라 연대(燕臺)⁴⁰⁶⁾의 슬픈 바람을 탄식했으며, 태산(泰山)에 올라 노나라의 명교(名敎)⁴⁰⁷⁾를 보고 회수(淮水)⁴⁰⁸⁾를 건너 제성(齊城)⁴⁰⁹⁾의 번화함을 보니, 사해(四海)와 오악(五嶽)⁴¹⁰⁾이 눈 안에 무성하게 늘어섰다.

그러나 그것으로는 진실로 그 마음을 깨끗이 씻어 내기에는 부족하다고 여겨 동쪽 조선으로 건너오니 의관과 문물이 중국과 더불어 짝을 이룰 만했고, 일본을 향해 곧장 가니

---

405) 관중(關中) 지역을 이르는 말.

406) 하북성 역현(易縣)의 동남쪽에 있던, 전국시대 연(燕)나라 소왕(昭王)이 지은 황금대(黃金臺)를 이르는 말이다. 그 안에 천 금(金)을 두고 천하의 현사(賢士)를 초빙했다 해 현사대(賢士臺) 또는 초현대(招賢臺)라고도 한다. 뒤에 군주나 장관이 현사를 예우함을 뜻하는 전고(典故)로 쓰였다.

407) 인륜의 명분을 밝히는 가르침인 유교를 지칭한다.

408) 하남성 동백산(桐柏山)에서 발원해 안휘성과 강소성을 거쳐 바다로 흘러드는 강이다. 황하의 물길이 남쪽으로 옮겨지며 황화와 합쳐졌으나, 황하가 다시 북쪽으로 이동한 후에 옛 물길을 잃고 홍택호(洪澤湖)로 흘러 들어가 삼하(三河)·소백호(邵伯湖)를 거쳐 강소성 강도현(江都縣) 삼강영(三江營)에서 장강으로 흘러든다.

409) 산동성에 있었던 제나라의 수도인 임치(臨淄)를 말함.

410) 중국에서 나라의 진산(鎭山)으로 존중한 다섯 개의 명산으로, 천자가 몸소 제사를 지내고 순행했다. 동악(東嶽) 태산(泰山), 서악(西嶽) 화산(華山), 남악(南嶽) 곽산(霍山/岱山), 북악(北嶽) 항산(恒山), 중악(中嶽) 숭산(嵩山)이 그것이다.

산천과 인물이 동양에서 족히 이름날 만했다. 바다를 따라 면전(緬甸),411) 섬라(暹羅),412) 안남(安南),413) 서장(西藏),414) 신강(新疆),415) 청해(靑海),416) 파사(波斯),417) 토이기(土耳其)418) 등 여러 나라에 이르러 그 풍토와 기후를 살펴보았다. 그리고 인도양(印度洋)으로 들어가 여러 해 동안 두루 유람하고 탄식하며 말했다.

"동아시아의 풍경이라는 것은 먼지를 한번 쓸어 모으는 것에 지나지 않는구나. 마땅히 널리 지구를 유람하면서 마음과 눈을 씩씩하게 해야겠다."

그러고는 기선(汽船)을 타고 인도양을 출발해 유럽에 도착하니 대륙이 푸르고 푸르러 풍토와 기후가 크게 열렸다. 영국, 프랑스, 독일, 이태리, 포르투갈, 벨기에419) 등 여러 나

---

411) 미얀마의 음역어.

412) 타이(Thailand)의 예전 이름인 시암(Siam)의 한자음 표기.

413) 베트남. 당나라의 안남도호부(安南都護府)에서 유래했다.

414) 티베트.

415) 현재 중국 신강성(新疆省) 위구르 자치구 지역.

416) 중국 청해성(靑海省) 동부에 있는 중국 최대의 염호(鹽湖).

417) 페르시아의 음역어로, 현재의 이란.

418) 터키의 음역어.

419) 열거한 나라들은 원문에 '영법덕의포도아백의이(英法德義葡萄牙

라를 차례로 둘러보고 남아메리카에 이르러 붉은색과 검은색을 띠는 인종들의 미개한 풍토와 기후를 탄식하고 북아메리카에 이르니 이때는 화성돈(華盛頓)420)이 열심히 대중을 모아 어려움을 극복하고 독립한 시대였다. 이에 한숨을 내쉬고 탄식하며 말했다.

"대장부는 마땅히 이와 같아야 할 것이다."

그러고는 살마이도(薩摩伊島)421)에 들어가니 이 섬은 유럽과 아시아 사이인 인도양의 위도 148도에 있었다. 땅은 사방 10만여 리였고 토인들 수백만이 살고 있었다. 풍토와 기운이 열리지 않았고 교화가 행해지지 않아 비록 오랑캐 사회였지만, 물산은 족히 상업을 일으킬 만했고 풍토는 문명을 열 만했다. 그래서 그곳에 거주하면서 민중들을 결합해 날마다 연설하면서 개명주의(開明主義)를 가르쳤다.

그러나 민족이 어리석어서 죽이려고 음모를 꾸미는 자도 있었고, 배척하며 쫓아내려는 자도 있었고, 혹은 복종하는 자도 있었다. 일 년 동안 살면서 거듭해서 친절하게 가르치고 깨우치니, 사람들 마음에 점점 스며들어 자못 기뻐하는 기색이 나타났다. 사람들이 그를 추대해 부락장(部落長)으

白義耳)'라고 표기되어 있다.

420) 미국 초대 대통령인 조지 워싱턴(George Washington)의 음역어.
421) 남태평양의 사모아 군도를 지칭하는 듯.

로 삼았다. 그래서 총명하고 뛰어난 자 2백 인을 가려 뽑아서 대불열전(大不列顚)422)에 유학을 보냈다. 이 상서는 자금을 모아서 이들을 직접 거느리고 영국에 들어가 농·상·공업을 가르치니 3, 4년 사이에 공부를 모두 마쳤다.

원래의 섬으로 돌아와 각종 공장을 세우고 물품을 제조하니 일 년 사이에 출구된 물품이 4백여 종이나 됐고 수입금은 7천여 원에 이르렀다. 이에 학교 백여 곳을 세워 수천 명을 양성하니, 금융이 왕성하게 일어나고 온갖 일들이 널리 펼쳐졌다.

또 청년자제들 수천 명을 뽑아 문명을 이룩한 여러 나라에 파송하니, 보통학교에 들어가 십여 년 사이에 정치·이화(理化)·법률 등의 전문학교를 졸업하고 본도(本島)에 돌아왔다. 이들이 크게 학교를 세워 전국의 자제들을 양성하니 문명이 크게 떨치게 됐다. 이에 대의사(代議士)423)를 뽑아서 중의원(衆議院)424)을 설치했다. 한 대의사가 연단에 서서 말했다.

---

422) 그레이트 브리튼(Great Britain), 곧 영국이다.

423) 국회의원.

424) 중의원(衆議院)은 일본의 의회제도에서 하원의 명칭이다. 이 작품이 연재된 1906년은 일본이 아직 메이지 헌법에 의해 귀족원(貴族院)과 중의원이 제국의회를 구성하고 있었다.

"이 섬의 거칠고 미개함을 문명으로 크게 떨치게 한 것은 누구의 공입니까? 모두 다 이 공의 훌륭한 공과 풍성한 덕 때문이니, 그에 대한 보답이 없을 수 없습니다. 지금 우리 섬의 인민이 추대하여 군주로 삼는 것이 어떻습니까?"

대의사들이 박수를 치고 화답해 호응하면서 말했다.

"옳습니다."

이에 인민의 대표자를 뽑아서 이 공을 청해 임금이 되어 주십사고 청했다. 이 공은 밀쳐 사양하면서 말했다.

"내 본래 뜻은 우매한 것을 계발해 토지를 개척하고 인문을 여는 데 있었을 뿐이지, 남들의 윗사람이 되는 데 있지 않았소. 그러니 여러분은 다른 덕 있는 사람을 뽑아서 백세(百世)를 이끌어갈 큰 계책으로 삼기 바랍니다."

모든 이들이 목소리를 한목소리로 말했다.

"공이 아니면 대중들의 마음이 복종되지 않을 것입니다."

그러고는 모두들 흩어지지 않으니, 이 상서가 말했다.

"여러분의 지극한 소원이 이와 같다면 군주가 아니라 도장(島長)이라 부른다는 조건으로 내 여러분의 소원을 수용하도록 하겠소."

모든 이가 부득이 이 공을 도장으로 삼고 학문과 도덕을 겸비한 자를 가려서 부장(副長)으로 삼았다. 그러고는 인재를 공개적으로 추천해 각각 그 임무를 맡도록 하니 엄연한 강국의 기풍이 일어났다. 이에 육해학교(陸海學校)를 세워

사관(士官)을 양성하고 또 금융부(金融部)를 설치해 재정을 정돈했다.

사람들은 화목을 바르고 종요로운 것으로 삼았고, 모두가 각자 자기의 토지를 아끼고 생명을 사랑했으며, 한 걸음 물러나는 겸양의 마음을 갖지 않는 사람이 없었다. 풍속과 기운이 굳세졌고 활발하고 버젓한 기상이 크게 떨쳤다.

이 상서가 도장이 된 지 수년에 문화가 크게 떨치고 무인들의 용맹스럽고 굳센 기상이 더욱 뚜렷해져 자못 여러 나라들과 어깨를 나란히 할 만한 기상이 생겼다. 도장이 사업이 확장된 것을 조사하니 문학박사가 스물한 명이었고, 이학박사가 여덟 명이었고, 법학박사가 열세 명이었고, 소학교는 천이백 곳이었고, 중학교는 2백여 곳이었고, 전문대학교는 43개였고, 출석하는 교원은 모두 7만여 명이었고, 졸업해 일을 하고 있는 자가 천팔백여 명이었다.

육군은 4만인데 여덟 개 사단으로 나누었고, 해군은 2만에 함대가 두 개였는데, 전투함이 여덟 척이고, 구축함이 50여 척, 수뢰정(水雷艇)425)이 3백여 척, 운송선이 5백여 척이니 육군과 해군의 권능은 외부로부터의 모멸을 충분히 막을 만했다.

농·상·공·예부(農商工藝部)는 실업학교가 7백여 곳

---

425) 어뢰를 가지고 함선을 공격하는 소형 함정.

이었고, 실업 시험장이 6백여 곳이었고, 실업회사가 천오백여 곳이니 한 해 동안 출구되는 물품의 값을 합하면 9천만 원이고, 유통되는 금융액(額)은 ○○○원이었고, 기본 통화인 금화(金貨)는 1억만 원이었고, 보조화폐인 은화(銀貨)와 동화(銅貨)는 모두 5천만 원이었다. 그 교육의 성대함과 불어나는 재산의 융성함과 국방의 엄정함과 재무의 풍부함이 대략 이와 같았다.

이로부터 이 섬이 세계에 널리 드러나자, 여러 나라들이 밀사를 보내 염탐하기 시작했다. 섬이 비록 넓고 컸으나 다만 일개 도장이 있을 뿐이니, 그 명칭은 서로 적수가 되지 않았다. 그래서 군주가 되어 만국으로부터 인정을 받고 자주 독립국이 되니 이로부터 외교가 시작됐다.

세계 여러 나라들은 이곳을 '이상서도국(李尙書島國)'이라 이름 붙이고 이 상서를 상서도국의 왕으로 여겼다. 그러고는 독립국가의 명의로 표준을 삼고 영사(領事)426)를 파견해 통상에 관한 사무를 교섭했다. 이 상서는 사양하거나 일을 그만둘 수 없어서 '도왕(島王)'이라 칭하니, 이것은 19세기 이전의 일이었다.

도왕이 힘써 문명을 여니 나라는 부강한 데로 나아갔다.

---

426) 외국에 있으면서 본국의 통상·교통의 이익을 도모하며, 아울러 거류민의 보호를 담당하고 있는 관리.

조정에 가득한 신하들은 모두 학문을 한 사람들에게서 나왔고, 전국의 인민들에게 모두 나라를 사랑하는 정성이 있어서 나라는 비록 작은 섬에 불과했으나 유럽과 아시아의 문명국들과 나란히 하게 되니, 세계가 모두 그와 마음을 함께 해 힘을 다해 찬양하게 됐다. 하루는 도왕이 여러 신하들과 외국의 영사들을 모아 놓고 한숨을 쉬면서 탄식했다.

"나는 본디 남자가 아니라 여자입니다. 명나라 조정에 있을 때 나가서는 장수가 되고 들어와서는 재상이 되어 이름이 세상에 퍼졌습니다. 그러나 남에게 시집을 가지 않으려 해 천자의 명을 거역하고 글을 올려 사직하고 천하를 두루 유람하다가 이 섬에 이르러 다행히 사업을 이루었습니다. 나는 영원토록 이 섬을 지키면서 영광을 탐하려고 하지는 않습니다. 그러니 덕이 있는 분을 택해 임금으로 추대하십시오. 나는 고국에 돌아가 명산대천을 유람하면서 남은 생을 마치려고 하니, 여러분은 빠짐이 없도록 하십시오."

여러 신하들이 모두 울면서 말했다.

"이 섬은 본디 야만 민족들이 사는 곳으로 해와 달의 밝은 빛을 모르다가, 다행히 전하의 고마운 덕과 높은 공에 힘입어 세계에 사람의 도리를 드러낼 수 있게 됐사옵니다. 이 섬의 인민들은 비록 세세로 다시 태어난다 해도 큰 은혜를 잊지 못할 것이온데, 하물며 인간 세상에 살아 있으면서 전하의 덕과 의를 잠시라도 버릴 수 있겠사옵니까? 신들과 인민들 모두는 전하의 피와 살을 받은 어린 자식들이고 전하께서는 부모이시니 이곳을 버리고 어디로 가신단 말씀이옵니까? 다만 저희는 전하께옵서 떠나시는 날에 모두 바다에 빠져 죽어 결단코 전하의 마음을 등지지 않을 것이오니, 원하옵건대 전하께서는 깊이 헤아려 주시옵소서."

이 상서가 웃으며 말했다.

"비록 나 한 사람이 아니더라도 반드시 덕 있는 자가 나올 것이니 무슨 걱정이 있겠습니까?"

그러고는 왕의 옷을 벗어 놓고 짧은 지팡이 하나를 짚고 표연히 나섰다. 그러자 조정 가득한 여러 신하들과 도성의 백성들이 일제히 통곡하고, 앞뒤에서 길을 막는 자가 다만 천이나 만에 그치는 정도가 아니었다. 이 상서가 발걸음을 떼지 못하고 천 마디 말로 깨우쳐도 듣지 않은 채 한나절이나 서로 버티고 있었다. 가로막고 보호하는 군중들은 점점 많아져 남녀노소들 모두 울부짖으며 둘러싸고 있지 않은 자가 없으니, 이 상서가 벗어나지 못할 것을 알고 말했다.

"여러분들이 막는 바람에 마음대로 하지 못하겠으니, 다시 일 년만 더 있으면서 섬의 중요한 사무를 보다가 기한이 찬 뒤에 내가 원하는 바를 따르려고 하는데 여러분들의 의견은 어떻습니까?"

여러 사람들이 목소리를 한결같이 내어 말했다.

"10년만 머무십시오."

이 상서가 웃고 말했다.

"백성들이 나의 심정을 도와주지 못하는데, 내가 어떻게 백성들의 심정을 도와줄 수 있겠습니까? 또 여러분들이 벌과 개미처럼 모여서 길을 막고 있으니, 질서가 문란해지는 것을 면할 수 없습니다. 여러분은 모두 물러가서 일을 편안히 하고 다만 국민의 총대(總代) 한 사람만 남아서 나와 증서로 약속을 하는 것이 일을 아주 편하게 하는 길입니다."

그러자 모든 사람들이 울부짖으며 흩어지고 총대 한 사람이 나아와 말했다.

"원하옵건대 전하께서는 걸음을 궁궐로 돌리시옵소서."

이 상서가 환궁하여 총대와 함께 증서로 약속하기로 하고 삼 년을 기약으로 증서를 썼다. 그러나 민중들은 모두 삼년은 너무 짧다며 슬퍼하고 두려워하며 떠돌아다니는 자가 이루 셀 수 없을 정도였다. 이것으로써 비로소 이 상서의 공덕과 은의가 사람들의 골수에 깊이 사무쳤음을 알게 됐다.

이로부터 일기는 조화롭고 해마다 풍년이 들어 백성들이 모두 일하기를 즐겨 문명이 날로 진보되니, 섬 위의 한 낙원이라고 할 수 있을 정도였다.

각설. 장 부마는 이형경이 바다 한가운데에 있는 섬에 이르러 그 섬의 왕성한 기운을 떨쳐 일으켰다는 것을 듣고 천자에게 아뢰었다.

"이형경이 지금 반란을 일으켜 바다의 섬에 은거하고 조국에 대하여 신하 노릇을 하려 하지 않으오니, 그 죄를 정벌해야 마땅하옵니다. 원하옵건대 폐하께서는 복종하지 않는 나라를 정벌하시고 죄 있는 도적을 치시옵소서. 무훈과 위엄이 사해에 더해진 뒤에는 만대에 크나큰 업적을 드리우실 수 있을 것이옵니다. 원하옵건대 폐하께서 신에게 10만의 병사를 주시오면 이형경의 죄를 토벌해 거리에 머리를 매달고 천하를 호령하겠사옵니다."

천자가 말했다.

"이형경이 비록 임금의 명을 위반했으나 해외에서 업적을 세운 것은 영웅의 뜻이라 할 것이고, 국내에서 난리를 일으키지 않았으니 어찌 죄라 칭할 수 있겠는가?"

"그가 비록 국내에서 난리를 일으키지는 않았다 하더라도, 천자의 명을 받들지 않고 해외에서 왕이 됐사옵니다. 아마도 은밀히 중국을 엿볼 뜻을 가지고 있을 것이오니, 이것은 궤도를 벗어난 마음이 있는 것이 불을 보듯 뻔하옵니다. 만약 응징하지 않으면, 신은 국내에서 난리를 일으키는 자가 반드시 뒤를 따라 일어날 것이라 저어하옵니다. 하옵건대 폐하께서는 과단성 있는 정치를 행하시어427) 군사를 일으켜 죄를 물으시옵소서."

---

427) 원문에 '확휘건단(廓揮乾斷)'으로, 과단성 있는 정치를 행한다는 뜻이다.

"짐이 듣자 하니 이형경이 문명함과 부강함으로 여러 나라들과 함께 달린다 하니 어찌 중국의 병사들로 하여금 땅과 바다를 달리게 해 만 리 밖에서 전쟁을 할 수 있겠는가?"

"이른바 상서도(尙書島)는 거친 땅을 개간한 지 오래지 않으니 인심이 우매할 것이옵니다. 만약에 왕사가 국경을 압박한다는 것을 들으면 이형경은 반드시 손을 묶고 명을 기다리게 될 것이니, 원하옵건대 폐하께서 신에게 조서를 한번 내려 주시옵소서. 그러면 서울에 주둔하고 있는 군사들을 움직이지 않고 서량의 군사들을 징발해 북 한번 울려 상서도를 빼앗고 이형경을 잡아 올려서 조정의 부끄러움을 깨끗이 씻을 것이옵니다."

천자가 이에 여러 신하들과 회의를 했다. 조정에 가득한 신하들은 평일에 모두 이 상서를 질투했고 또 일개 여자로 총애와 영화와 공훈과 업적이 일세에 으뜸이 됐던 관계로 복종하지 않았던 자들이 많았다. 지금 기회를 맞게 되니 일제히 모두 말하는 것이었다.

"이형경은 평일에 위무와 명성이 사해에 더해져서, 황제의 명을 받들지 않고 발끈 성내면서 해외에서 병사를 길렀으니, 중국으로서는 복이 되지 않사옵니다. 만일에 그 궤도를 벗어난 짓을 그만두게 하지 않는다면 폐하께서는 반드시 후회하실 날이 있을 것이옵니다. 먼저 왕사를 보내 싹이 트기 전에 뽑아내는 것이 사직을 위한 계책으로서는 더 나을 것이 없을 듯하옵니다."

천자는 그 말을 그럴듯하게 여겼으나, 다만 이형경의 평일 공훈이 국가를 위한 노고라고 생각해, 차마 칙명을 내리지 못하고 다음 날을 기다렸다가 어전에서 대회의를 열어 군사를 파견할 방책을 결정할 것이라 했다. 조회를 파하고 깊이 생각하고 있는데 문창부마가 그 일에 대해 듣고 궁궐 문밖에서 석고대죄를 했다. 춘순 공주는 울며 말했다.

"듣자오니 조정으로부터 군사를 보내 이형경을 토벌할 의논을 한다고 하는데, 형경에게 무슨 죄가 있사옵니까? 형경은 본디 정도에서 벗어나려는 마음을 가지고 있지 않았사옵니다. 그 한 몸이 남자와 다른 관계로 시집을 가서 절개를 굽히지 않으려고 해외에서 떠돌다가 작은 섬에서 그 사업을 세운 것일 뿐이니, 이것은 중국과 관계가 없사옵니다. 무슨 죄명으로 군대를 더하여 토벌하려 하시옵니까? 원하옵건대 폐하께서는 그 의논을 잠재우시고 천하에 웃음거리를 야기하지 마시옵소서."

천자가 말했다.

"조정에서의 큰 의논은 네가 알 바가 아니다."

그러고는 문창부마에게 명해 본부로 돌아가라 하고, 어둠이 밝기를 기다렸다가 일어나서 대회의를 열었다. 모든 문무백관이 일제히 만세를 부른 뒤 천자가 군대를 보내는 일의 가부를 물으니, 백관이 모두 말했다.

"옳사옵니다."

그러나 오직 범 각로만이 반대했다.

"아니 되옵니다. 이형경에게는 이름을 붙일 만한 죄가 없으니 토벌할 수 없사옵니다."

장 부마는 이때 우부도독(右部都督)의 직책을 맡고 있었는데, 반열에서 몸을 빼어 나와 말했다.

"이형경의 죄는 극악하고 도리를 크게 벗어났다고 할 수 있는데, 어찌 이름을 붙일 수 없다고 하십니까? 천자의 명을 받들지 않았으니 첫 번째 큰 죄요, 해외에서 군대를 기르면서 중국을 엿보니 두 번째 큰 죄요, 여자로서 남자로 변해 일세를 속이고 희롱하니 세 번째 큰 죄입니다. 어찌 죄가 없다고 하십니까? 만약에 그 죄를 응징하지 않으면 국가의 백성들에게 편안한 날이 없을까 두렵습니다."

천자가 그 아뢰는 내용이 옳다고 했다.

"장소는 우부대도독으로서 특별히 정벌을 전담케 할 것이니, 경은 스스로 군사들을 가려서 출발하라."

부마가 사은하고 아뢰었다.

"폐하께서 이미 신에게 정벌을 허락하셨사오니, 서량의 군사들을 징발할 수 있는 부절(符節)을 내려 주시어 10만의 군사를 점고할 수 있게 해 주시옵소서. 수로를 따라 진군하고자 하옵니다."

천자가 이에 부절을 내려 주니 부마가 크게 기뻐하고 연

무장에서 크게 열병하면서 우부도독부의 부하 장수 스무 명과 철기병 3천 명을 가려냈다. 날을 가려 출발하는데, 황모백월(黃旄白鉞)428)과 동궁여시(彤弓旅矢)429)를 세우고 서량을 향해 출발하니, 그 누가 같은 조정 내에서 우부도독이 좌부도독에게 출정할 줄을 알았겠는가? 좌부도독의 부하인 여러 여장군들인 위태랑과 마작과 동정월과 무산운 등은 비록 좌부에 속해 있었으나, 모두 장소의 심복이었다. 장 부마가 출정한다는 소리를 듣고 남의 눈에 띠지 않는 깊숙한 곳에서 비밀리에 상의해 말했다.

"평일에 이 상서는 여자임에도 우리를 아끼지 않고 교만하게도 고집을 피워서 뜻을 굽혀 시집을 가려 하지 않았으니, 우리는 모두 무료했는데 이는 우리가 복종하지 않는 까닭이지요. 지금 장 부마가 명을 받들어 출정하는 것은 아주 기쁜 일입니다. 그러나 이형경은 육군과 해군의 군비를 크게 갖추어 편안한 상태에서 피로한 군대를 기다리고 있는 상황입니다. 장 부마는 무예와 지략이 빼어나지 않고 중국의 병사들은 기계가 예리하지 않으며 배는 제대로 갖추어져

---

428) 누런색의 술을 단 흰색 도끼로, 천자의 권위를 상징하는데 정벌을 하는 장수에게 하사했다.

429) 붉은 칠을 한 활과 화살. 천자가 공이 있는 제후나 대신에게 하사해 정벌을 전담하게 했다.

있지 않고 군량도 계속 조달할 수 없으니, 우리는 장 부마의 이번 행군이 이롭지 않을까 두려워하고 있습니다. 그러니 마음을 합치고 동맹해 장 부마의 한 쪽 어깨를 도와주는 것이 큰 기회가 아닐까 합니다."

이렇게 해 밀약을 했다.

장 부마는 행군해 서량대도호부에 이르러 부절을 합하고 군사를 징발하려 했다. 그러자 서량도호가 말했다.

"이들은 육군이고 평소에 전선(戰船)도 두고 있지 않습니다. 나무배로 육군을 운송하면 바닷길이 익숙지 않고 방비도 미치지 못할 것이니, 반드시 이길 수 있는 좋은 계책이 전혀 아닌 것 같아 두렵습니다."

"오직 나무배로만 운송한다면 절로 그 계책이 생길 듯하니, 지나치게 걱정하지 마십시오."

"그 계책에 대해 듣고 싶습니다. 지금의 소견으로는 10만의 산목숨을 죽을 곳으로 보내는 것이니 징발할 수 없는 첫 번째 이유입니다. 육지에서 말 달리고 활 쏘던 군사로 바다 위를 떠가서 윤선(輪船)[430]의 충돌과 대포의 번개 같은 공격을 어떻게 당해낼 수 있겠습니까? 이것이 징발할 수 없는 두 번째 이유입니다. 설령 육지에 상륙한다 해도, 군량을 계속 조달할 방법이 없고 구원병을 계속 보낼 길이 없으니, 이

---

430) 수레바퀴 같은 것이 양 옆에 달린 기선(汽船).

것이 징발할 수 없는 세 번째 이유입니다. 금지옥엽이신 부마께서 만 리나 되는 먼 곳으로 싸움에 나가 몸소 호랑이 굴에 들어가면 분명 면할 방법이 없을 것이니 다시 생각하십시오."

부마가 도호의 말을 들으니 형세와 이치가 그럴듯했다. 하지만 이미 출정했으니 비록 죽어도 돌아갈 수 없다고 생각해 용맹스럽게 전진할 것을 결심하고 말했다.

"큰 배를 젓는 노 2만 개를 빌려주시오."

도호가 말했다.

"배를 젓는 노라 하시니, 여기에서 바닷가까지는 천 리나 되는데 어디에 배 젓는 노가 있겠습니까?"

부마가 크게 노했다.

"부절이 여기에 있는데도 병사를 징발하지 않으니, 이것은 황제의 명을 거역하는 것이다."

도호도 크게 노해 칼을 만지면서 서로 노려보고 말했다.

"장수가 밖에 있으면 임금의 명이라도 받지 않는 것인데 어찌 황제의 명을 거역하는 것이라 하시오?"

그러자 부마가 옷깃을 떨치고 나가 부하 병사들을 거느리고 해구(海口)에 모이니, 육지로 움직인 거리가 천여 리나 됐다. 이에 배들을 사서 수십 척을 모아 철기병 3천과 약간의 식량과 말먹이를 실었다. 바람을 따라 돛을 날리면서 곧장 인도양으로 향했다.

이 섬은 서인도의 뒷면에 있었다. 섬의 변방을 감시하는 척후병은 바다에 무수한 장삿배들이 바람을 따라 오는 것을 망원경으로 탐지했다. 배 안에 깃발과 병기가 있는 것이 은은히 전쟁을 하려는 형상이었다. 이에 해군부(海軍部)에 보고하니, 해군 사령관이 특별히 경계를 엄하게 하라고 했다.

해군 사령관이 척후에게 그 배들을 자세히 살펴보게 했더니, 뱃머리에는 청룡아기(靑龍牙旗)[431]가 꽂혀 있었고 중앙에 있는 배에는 분명하게 '우부도독 장(右部都督 張)'이라고 쓰여 있었다. 뱃머리와 꼬리는 서로 이어져 순풍에 돛을 펴고 달리고 있었다. 급히 망보는 배에게 명해 앞에서 오는 길을 막으라 하니, 오던 배가 닻을 내리고 나아가지 않았다.

척후병의 지휘관이 급히 해군 사령부에 보고하니 해군 사령부를 거쳐 도왕에게 보고가 올라갔다. 도왕은 우부도독 장소의 소식을 듣고 하하 웃으면서 말했다.

"장소라! 천하에 바보 같은 남자구나. 내가 시집가지 않은 것을 미워해 천자의 총명을 속이고 만 리나 군사들을 거느려 반드시 죽을 수밖에 없는 곳으로 깊이 들어오니 가련하게도 죽은 목숨을 전송하게 됐구나."

그러고는 참모본부에 명해 막을 방책에 대해 회의를 하

---

431) 청룡이 그려진 대장군의 깃발인데, 대장군의 기는 상아로 장식됐으므로 아기(牙旗)라고 했다.

라고 하니, 참모부에서 회의를 열고 여러 사람이 말을 했다.

"저들은 나무배로 피로한 약간의 병사들을 이끌고 요새지에 침범해 들어왔습니다. 대포 한 문으로 한순간에 다 쓸어버릴 수 있으니 무슨 어려움이 있겠소이까?"

참모가 말했다.

"그렇지 않습니다. 먼저 그들이 오게 된 사정을 묻고 나쁜 뜻이 드러난 뒤에 공격해도 늦지 않을 것입니다. 부관을 파견해 그들이 오게 된 사정을 묻고 다시 상의해 기회를 따라 변통에 응합시다."

여러 사람들이 그 의견이 옳다고 여겨 부관을 파송해 이유를 물었다. 장 도독은 중앙선에 앉아 있었다.

"대명제국 우부도독 장소가 3천의 기병을 거느리고 천자의 명을 받들어 상서도를 빼앗으려 하노라."

묻고 답한 것을 보고하니 도왕이 말했다.

"화력으로 다투지 말고 구축정(驅逐艇) 10여 척을 보내 장소의 군함을 좌군항(左軍港)으로 몰아오게 하고 특수 수비대로 하여금 지키게 하라. 한 달만 지키고 있으면 반드시 항구 안에서 고사(枯死)할 것이다."

이에 명을 받들어 구축 수뢰정(驅逐水雷艇)432) 열 척을

---

432) 구축함은 어뢰 따위를 무기로 사용해 적의 주력함이나 잠수함을 공격하는 배인데, 크기가 작은 배였으므로 정(艇)이라고 한 것이다. 수

거느리고 가서, 호수에 물이 가득 불었을 때를 타 왼편에서 대포를 쏘았다. 장소의 배에 타고 있던 장수와 군졸들은 갑자기 하늘에서 우렛소리가 들리자 크게 놀라 어찌할 줄 몰랐다. 장 도독은 칼을 손에 들고 말했다.

"한 번 교전도 하기 전에 겨우 대포 소리 한 번 듣고 쓸개가 떨어지고 넋을 잃는가?"

어언간에 배들을 묶어 두었던 줄이 끊어지고 뱃머리가 억지로 끌려 순식간에 이미 좌군항으로 들어가 버렸다. 장 도독이 괴이하게 여겨서 보니, 따르던 수십 척의 배들이 모두 각각 흩어져 둥실둥실 떠다니는 부평초처럼 항만(港灣) 안으로 밀려 들어가는 것이었다. 그 밖에는 철갑을 두르고 대포를 실은 함정이 장성(長城)처럼 둘러싸서 항구를 가로막고 있어서, 이른바 호랑이 입속에 들어가 있는 형국이었다. 장 도독이 이에 계략에 빠진 것을 알고 죽음으로써 결심하고 스스로 헤아렸다.

'내 비록 저를 모르고 망령되게 잘못된 길로 움직였지만, 이 또한 나의 죄이렷다. 지난 일을 어찌 돌릴 수 있겠는가?'

명을 내려 흩어진 배들을 다시 한 곳으로 모으고 여러 장수들과 상의했다. 전날에는 중국의 맹장이라고 하던 자들이

뢰는 어뢰나 기뢰 따위와 같이 물속에서 폭발시켜 적의 배를 파괴하는 무기인데, 일본이 일제강점기까지 사용하던 용어다.

얼굴이 흙빛이 되어 감히 찍소리도 내지 못하고 있었다. 장 도독이 이에 군중들을 깨우쳐 말했다.

"우리가 천자의 명을 받들고 만 리를 수고롭게 와서 생사를 함께하게 됐는데, 이것은 모두 천자의 명이니 어찌하겠는가? 만약 다행히 공을 이룰 수 있다면 모두 공신이 될 것이고, 불행히 다 죽는다면 모두 충신이 될 것이니 무엇이 두려운가?"

여러 군사들과 장수들에게 간혹 심장 뛰는 기색이 생겨나기도 했지만, 고립되어 죽을 곳에 빠졌으니 비록 양쪽에 날개가 생긴들 어찌 하늘로 오를 수 있겠는가? 3천여 명의 기병은 모두 육상에서 말을 달리던 사람들이었다. 그러니 만 길이나 되는 눈같이 흰 물결이 하늘과 땅을 쳐 대는데, 썩은 나무로 만든 배에는 새어 들어오는 물이 화살 쏟아지듯 하고 높은 발굽을 자랑하던 말들은 우거진 풀처럼 쓰러져 가니, 형세는 물과 불처럼 상반됐다. 어찌 죽고 싶은 마음이 없었겠는가?

장 부마가 수십 척의 함대를 이끌고 좌군항 속에 빠져 고립된 채 중무장한 병사들에게 포위되니, 원군은 개미만큼의 힘도 보탤 수 없고 군량은 사마귀 한 마리 먹을 만큼도 전해질 수 없었다. 고립된 지 20여 일에 말들이 모두 죽으니 다 베어 먹고 뼈 한 조각도 남지 않았다. 장 부마는 반드시 죽고야 말 것이라는 것을 알고 장사들을 독려해 한번 싸우고자 했다. 그러나 병사들에게는 굶주린 기색이 있어서 감히 악전고투를 하려는 자가 없었고, 또 나아가지도 물러서지도 못하는 골짜기에서 앞뒤로 엄하게 경계를 당하고 있으니 엄숙한 것이 마치 뇌문(雷門)433) 같았다. 그래서 하늘을 우러러 탄식하면서 말했다.

"내가 죽는 것은 아깝지 않으나, 다만 사졸들이 가련하구나!"

사졸들이 듣고 감동해 눈물을 비 오듯 흘리며 다투어 부마를 향해 울며 부르짖기를 그치지 않았다. 그 소리가 바다와 하늘을 울려 구름과 해조차 슬퍼하더니, 홀연 하늘 밖에서 학이 우는 소리가 들렸다. 장 부마가 탄식하며 말했다.

"만일에 위태랑으로 하여금 이 위험한 지경을 한번 돌아볼 수 있게 한다면 얼마나 감격스러울 것이며 얼마나 다행스럽겠는가?"

그러고는 손을 들어 이마에 대고 머리를 끄덕이면서 하늘에 빌고 주목해 살펴보았다. 정말로 어떤 선인 하나가 엄숙한 모습으로 학을 타고 멀리서부터 가까이 오는 것이었다. 자세히 살펴보니 과연 위태랑이었다. 부마가 하늘만큼

---

433) 옛날 회계성(會稽城)의 성문 이름이다. 성문에 매달아 놓은 북이 우레처럼 소리가 커서 붙여진 이름이라고 한다. 그러나 여기서는 감옥을 뜻하는 '뇌옥(牢獄)'이 잘못 식자된 것으로 보인다.

땅만큼 기뻐하면서 손을 잡고 울부짖으며 말했다.

"큰 자비심을 가진 선랑께서는 우리 3천 명의 산 영혼이 열에 아홉은 죽게 된 처지에 빠진 것을 돌아보시오. 나 같은 사람 하나 죽는 것은 진실로 아깝지 않으나, 애처로운 저 사졸들은 어찌 비참하지 않겠소?"

위태랑이 분개하면서 말했다.

"빈도가 동정월 형제들과 상의해 위험에서 벗어날 계책을 마련했으니, 상공께서는 너무 염려하지 마십시오."

장 부마가 깊이 사례하고 모든 병사들에게 널리 고했다.

"선관이 우리들의 산 영혼을 구원하려고 노고를 꺼리지 않고 학을 타고 오셨으니, 그대들은 마음을 놓으라."

그리고 또 위태랑에게 말했다.

"장사들이 굶주린 것이 이미 열흘이고 적정을 헤아릴 수 없으니, 구급성(救急星)[434]은 언제나 빛을 드리울 것 같소?"

태랑이 말했다.

"저와 동행을 한 동정월과 무산운은 곧장 이형경에게로 갔고 저 혼자 여기에 왔으니, 생각건대 하루가 지나지 않아 반드시 좋은 기회가 있을 것입니다."

---

[434] 위급한 때에 구원해 주는 별이라는 뜻인데, 어느 별을 지칭하는지는 자세하지 않다. 구고성(救苦星)의 오식이라면 사람들의 괴로움을 건져 주는 별인 태을구고천존(太乙救苦天尊)을 지칭한다.

장 부마가 말했다.

"정말로 고맙고 또 고맙소이다."

태랑이 몸을 일으키면서 말했다.

"저도 도왕의 궁중으로 향해 가서 그가 어떻게 결말을 짓는지 보고 또 소식을 가지고 오겠습니다."

그리고 곧장 학을 타고 공중을 향해 날아올라 갔다.

동정월과 무산운은 위태랑과 이별하고 칼춤을 추면서 하늘에 올라 한 줄기 무지개를 이루면서 가서 곧장 상서도 도왕의 궁중에 이르렀다. 왕이 마침 여러 신하들과 항복을 받아낼 꾀를 의논하고 있었는데, 갑자기 하늘에서 차가운 기운이 끼치고 음산한 바람이 스산하게 불어오고 한 줄기 금빛이 바늘 끝처럼 내리는 것이었다. 그러더니 갑자기 두 명의 장사가 한 사람은 손에 석 자의 보검을 들었고 또 한 사람은 손에 작은 상자를 들고 금색의 관과 채색한 옷을 입은 채 구슬 소리를 쟁쟁 울리면서 내려왔다. 그들은 도왕에게 길게 예를 표하고 말했다.

"대왕은 이별한 뒤로 별고 없으셨습니까?"

도왕이 답례를 하면서 말했다.

"존귀한 분들께서 욕되게 오신 것은 실로 바람 밖의 일이오."

동정월이 작은 상자를 받들고 나아와 말했다.

"이것은 춘순 공주께서 직접 쓰신 편지니 대왕께서는 자세히 살펴보십시오."

왕이 열어 보니 그 편지에는 다음과 같이 씌어 있었다.

춘순공주 주애랑은 삼가 두 번 절하고 전 병부상서 좌부병마도독 청주후 이형경 각하께 글을 올립니다. 비록 예전에는 한 군데서 모여 본 적은 없지만, 지금 형제의 의의를 이루었습니다. 덕의를 우러러 사모하고 있는데 인척(姻戚)435)이 되니 더욱 두터워집니다. 지금 사사로운 정에 크게 난처한 것이 있습니다. 춘양은 저의 언니인데 그 지아비의 착오로 하늘을 대하여 울면서 뜻을 결정해 반드시 죽으려 하고 있으니, 차마 눈 뜨고 보지 못할 지경입니다. 글로는 말은 다하지 못하니 오직 각하께서는 밝게 헤아려 주십시오.

이 상서가 다 보고 한동안 생각하다 동정월에게 말했다.
"적잖은 담화를 한 번도 펴서 이야기하지 못했으니, 오늘 밤에 만찬 모임을 갖고 함께 한 잔 기울이며 마땅히 은근한 정을 다 펴려고 하오. 청컨대 존경하는 두 분 형제께서는 함께 와 주십시오."

---

435) 원문에는 과갈(瓜葛)로 나온다. 이 말은 오이와 칡이 다 같이 넝쿨로 자라는 풀이라는 뜻에서, 일가 인척을 일컫는 말로 사용된다.

그러고는 명하여 귀빈 여관에 숙소를 정하라 하고 동정월 형제로 하여금 묵을 수 있게 했다. 동정월이 몸을 일으키려고 하는데 무산운이 손으로 칼집을 어루만지고 눈썹을 가파르게 세우면서 동정월에게 말했다.

"언니가 여기에 술잔을 기울이고 정담을 나누려고 온 거였어? 지금 두 분 공주의 마음이 번뇌에 타고 있고 많은 사람의 목숨이 경각에 달려 있는데, 한마디 말로 결정하면 되지 왜 여관에 가서 쉰다는 거야?"

그리고 이 상서에게 말했다.

"공주의 편지에 답을 하면 그만인데, 무슨 결정하지 못할 것이 있습니까?"

상서가 말했다.

"답장을 써 줄 수 있지만, 내가 이해하지 못하는 곳이 있어 여러 날 생각해 봐야만 답장을 써 줄 수 있소."

무산운이 노기를 띠고 발끈하며 말했다.

"글 속에 무슨 이해하지 못할 말이 있습니까?"

상서가 말했다.

"사사로운 정에 크게 난처한 것이 있다는 말은 내 정말로 이해하지 못하는 것이오."

무산운이 말했다.

"각하의 문장 이해도가 부족해서 그 뜻을 이해하지 못하는 것입니까? 각하의 평생 고집이 스스로 하늘을 거역하고 이치를 등지는 것이었기에 그런가요, 무슨 원망이 그리 심합니까?"

이 상서도 크게 노해 말했다.

"군대를 일으켜 만 리나 달려와 가해하려고 하는 게 원망하는 것인가, 적을 막고 근심을 방어하는 게 원망하는 것인가? 그대의 말이야말로 하늘을 거역하고 이치를 등지는 것이다. 무슨 이유로 내 고집을 꺾으려는 것인가? 적선이 국경 안으로 들어온 날에 한 말의 화약을 아끼려고 한 것이 아니라, 다만 왕사이기에 의리상 그렇게 하지 않고 좋은 방법을 찾아보려고 했던 것이다. 그런데 그대가 말로 협박을 하니 내 먼저 배들을 박살내고 원수의 적을 끊어 버린 뒤에 길고 짧은 것을 논할 것이다."

그러고는 해군 사령관에게 명해 포화로 해면(海面)을 뒤덮어 티끌 하나도 남기지 말라고 했다. 그러자 동정월은 시초가 잘못 됐음을 보고 조용히 말을 꺼냈다.

"제게 한 가지 드릴 말씀이 있으니 어두운 빛을 거두시고 기운을 조금 낮춰 주시기를 애걸합니다."

이 상서가 말했다.

"얘기해 보시오."

"당초 일이 잘못 꼬여서 좋은 인연이 나쁜 인연이 되고 유정한 하늘이 박정한 하늘로 바뀌어 여기까지 왔습니다. 어찌 원수가 되어 서로 가해할 수 있겠습니까? 지금 춘순 공주님께서 하늘과 땅에 빌면서 각하께서 마음을 넓히고 크게 살펴 주시기를 부탁하셨습니다. 천자께옵서 명하시고 장 제후가 동조하더라도 각하의 깊은 원망은 바르지 않은 생각에서 나온 것은 아닌지 두렵습니다. 지금 돌이켜 해면을 쓸어 버리면 단지 조국과의 인연을 끊어 버리는 데서 그치는 것이 아니니, 각하의 명성이 과연 어떻게 되겠는지 생각해 주십시오."

상서는 노기가 풀리지 않아 옷깃을 떨치고 장막 안으로 들어갔다. 동정월도 한숨을 크게 삼키고 밖으로 나갔다. 오직 무산운만은 봉황의 눈동자처럼 크게 뜨고 당상에서 얼어붙은 듯 서 있었다. 동정월이 걸어서 궁궐 문밖으로 나오니 위태랑이 지나가다가 물었다.

"일이 어떻게 되었습니까?"

동정월이 대답했다.

"해면에 화약 연기가 가득하고 포탄의 비가 내릴 것입니다."

위태랑이 깜짝 놀라서 말했다.

"뭐라고요? 형은 먼저 귀국해 이런 광경을 알리도록 하세요. 나는 장 공을 구호해야겠어요."

그리고 급히 학을 타고 가서 바다 위를 빙 돌아보았다. 그런데 해군 장교가 수뢰정 함대를 이끌고 포에서 불을 뿜을 준비를 하더니 하늘과 땅을 뒤흔드는 소리가 한 차례 들리고 큰 물결이 일더니 장 부마의 배에 타고 있던 사람들의 몸과 뼈가 가루가 되는 줄 알았다. 섬나라 사람들도 바다 위에 널린 배들이 날리는 재처럼 일시에 없어지는 줄 알았다. 과연 신출귀몰한 기이한 일을 누가 다시 헤아릴 수 있었겠는가?

화약 연기가 하늘에 가득하고 대포 소리가 바다를 뒤흔들었지만, 장 부마가 거느리고 있던 배는 손실을 입은 곳이 전혀 없이 온전히 푸른 물결 위에 둥실둥실 떠 있었다. 해군 함대가 괴이하고 의심스러움을 깨우치지 못하고 연달아 백여 발을 쏘았지만 한결같이 편안한 것이었다. 그러자 신명(神明)으로부터 도움을 받고 있는 것을 알게 되어 발사를 멈추었다. 장 부마와 장사들은 서로 축하하기는 했지만, 그 연유는 알지 못한 채 대개는 신령의 기이함 때문이라고 생각했고, 간혹 위태랑의 보호 때문이라고 의심하는 사람도 있었다. 얼마 후에 마침 위태랑이 도착해 배를 타고 있는 장사들을 위문하고 장 부마에게 말했다.

"지금 배를 빼낼 수 있습니다."

부마가 말했다.

"쇠로 된 성이 겹겹인데 어떻게 한 치라도 움직일 수 있겠소?"

위태랑이 손으로 쇠줄을 잡아 닻을 들어 올리고 배를 운행하게 하니, 돛을 펴지 않고 노를 움직이지 않았는데도 배가 나는 듯이 달려 여러 겹의 포위망을 뚫고 나올 수 있었다. 철갑선의 견고함으로도 부딪치기만 하면 가루처럼 부서지니, 섬나라 해군은 크게 두려워하며 감히 가까이 다가가지 못했다. 삽시간에 장소의 배는 이미 멀리 가 버렸다.

보고가 나는 듯이 도왕에게 이르니, 도왕이 크게 노해 군법원에 명하여 해군 사령관을 군법 어지럽힌 죄로 처형하라고 했다. 무산운은 여태껏 곁에 있었는데, 장소의 배가 멀리 달아났다는 소식을 듣고 천천히 칼을 집고 나왔다. 동정월은 백화원에 있다가 무산운을 불러 말했다.

"위태랑이 곧장 백경도인(百鏡道人)에게로 가서 도움을 애걸해 그가 신비한 술책을 베풀어 장 부마의 배를 풀어 보낸 것이다. 다행하기는 그지없으나 이는 장 부마가 스스로 취한 것으로, 이 상서에게 억지로 원한을 둘 수는 없는 노릇이니 어떻게 하면 좋으냐?"

무산운이 말했다.

"백경도인은 과연 어떤 본색을 가지고 있어요?"

동정월이 말했다.

"곧 소미성군(少微星君)이니 양씨 성을 가진 여자로 내려와 태행산(太行山)436)에 숨어서 도술을 수련하고 있어.

---

436) 하남성에 있는 산 이름으로, 산서성 진성현(晉城縣)의 남쪽 태행산맥의 주봉이다.

하늘로 숨고 땅으로 숨는 비술도 가지고 있고 저승을 드나드는 문과 우레가 나오는 문을 출입하는 영험함도 가지고 있어서, 산을 옮기고 바다를 메우는 변화를 못하는 것이 없지. 진정 천하에 둘도 없는 신비한 도술이야. 태랑의 친구인 까닭에 가서 도움을 애걸해 한번 산문을 내려오게 된 거지."

"지금은 어디에 계셔요?"

"지금 멀지 않은 곳에 있어."

무산운이 함께 가서 보기를 청하니, 동정월이 무산운과 더불어 그곳으로 갔다. 그녀의 거처는 팔달산(八達山)에 있는 한 도교 사원이었다. 백경도인이 타고 다니던 학을 멈추게 하고는 경석산(磬石山)437) 소나무 그늘에 앉아 원기를 회복하기 위해 운신하며 눈을 감고 있었다. 무산운과 동정월이 가서 참배하니 도인이 자세히 보고 크게 기뻐하며 말했다.

"이별한 이래 다른 근심은 없었는가?"

무산운과 동정월이 서로 돌아보다가 말했다.

"일찍이 한 번도 얼굴을 보고 사귄 적이 없는데 이별한 뒤라는 것은 무슨 까닭입니까?"

도인이 말했다.

---

437) 중국 안휘성(安徽省) 영벽현(靈壁縣) 북쪽에 있는 산인데, 경쇠를 만들기에 적합한 미석(美石)이 나오므로 붙여진 이름이다.

"저절로 서로 모이게 될 날이 있겠지만, 지금은 서로 떨어져 있으니 한스러운 바네."

무산운이 말했다.

"장 부마와 이 상서는 모두 숙세의 인연이 있는데 지금 원수가 된 것은 무슨 까닭입니까?"

"업보의 거울이 깨끗해지지 않아서이니, 액운이 다 지나고 좋은 인연이 절로 이르면 반드시 서로 화락하는 날이 있을 것이네."

"이 상서의 마음은 상제께서도 돌릴 수 없고 천자께서도 돌릴 수 없으니, 어떻게 해야 합니까?"

"나의 일곱 번째 거울을 비춰 보면 반드시 그 마음을 돌릴 것이네. 무슨 어려움이 있는가?"

무산운이 크게 기뻐하면서 말했다.

"원컨대 도인께서는 그 업경(業鏡)438)을 비춰 주소서."

"그 거울을 비출 수 있으면, 열 가지의 어려움을 겪은 뒤에 큰 인연이 하나로 합쳐질 수 있을 것이네."

"이 혼인이 이루어지지 못함으로써 허다한 사람의 힘을 써 버리고 있고 허다한 세월을 소진하고 있는데, 아직도 열 개의 어려움이 있고 그것이 다 지나야 큰 인연을 합칠 수 있

---

438) 염마왕(閻魔王)이 갖고 있는 거울로, 죽은 이가 생전에 지은 선악의 행적이 나타난다고 한다. 여기서는 본래의 의미로 쓰이지 않았다.

다고 하니, 어째서 그 곤란함이 그리도 심합니까?"

"하늘의 꾸지람이 지극히 중해 이런 어려움을 겪는 것이니, 하늘이 정한 것을 어떻게 면하겠나?"

"도인께서 이미 거울을 비춰 본다 말씀하셨으니, 그 업경을 비춰 열 가지 어려운 일을 면하게 할 수는 없는지요?"

"내게는 백 개의 거울을 쓰는 비술이 있네. 첫 번째 거울은 천상의 일과 관련된 것이고, 두 번째 거울은 땅의 일과 관련된 것이고, 세 번째 거울은 인간의 일과 관련된 것이고, 일곱 번째 거울에 이르러서야 혼인해 화합하는 일과 관련되는 것이니, 모두 하늘이 정한 기회를 따라서 행하는 것이네. 만일에 때가 아닌데 행하면, 단지 거울이 신령한 빛을 잃게 되는 것에서 그치는 것이 아니네. 설혹 요행히 이루게 되더라도 이는 이치를 거스르는 것이라서, 하늘의 꾸지람이 내게 돌아오는 까닭에 행할 수 없는 것이라네."

"하늘의 꾸지람이 과연 어떠한 것입니까?"

"사람 사는 세상의 법률과 같아서 그 경중에 따라 다르니 미리 말할 수 없다네."

"우리들의 혼인과 관계된 일을 거슬러서 행하면 하늘의 꾸지람이 과연 어느 정도일까요?"

"속세에 세 겁이나 있게 되는 것이지."

"도인께서 말씀하신 열 가지 어려움은 어떤 업장(業障)439) 때문입니까?"

"천기를 미리 누설할 수 없네."

"일의 기미가 이렇다면 도인께서 계셔야 하는 곳은 어디입니까?"

"업이 끝나 산을 내려간 것이니, 열 가지 어려움을 만난 뒤에 열 개의 거울을 비춰 보아야 면할 수 있을 뿐이라네."

"하늘이 정한 것이 지극히 엄하고 비밀스러워서, 비록 업경이 있더라도 면할 수 없고, 또 반드시 지나가야 하는 것이라면, 그 거울은 비춰서 무엇에 쓰겠습니까?"

도인이 웃으며 말했다.

"그렇다네. 그대가 이미 그 이치를 깨달았구먼. 장 부마의 배가 벗어나 도망칠 때에도 그 때가 지났다면 스스로 재앙에서 벗어날 편의가 있었겠지만, 그 사람들의 마음을 어지럽힌 것일 뿐이라네. 나는 이제 산으로 돌아가려네."

무산운이 사죄하면서 말했다.

"제가 바르지 못한 말로 예를 잃었기에 산으로 돌아가시려 하는 것입니까?"

"내가 없더라도 그대가 주선할 수 있을 것이네. 열 가지 어려움이 지나가는 날에 내가 다시 산에서 내려와 단란하게 즐길 것이니 그대는 지나치게 염려하지 말게나."

말을 마치자 옷깃을 떨치고 일어나 한 줄기 맑은 바람을

---

439) 전생에 지은 허물로 이승에서의 어떠한 일에 마(魔)가 생기는 일.

일으키고 가 버리니, 무산운이 동정월에게 말했다.

"도가 높고 덕이 두터워 평범한 사람이 따라갈 수 없네요."

장 부마가 거느린 배가 쏜살같이 달려가 인도양의 산호초(珊瑚礁)440)에 이르니 이곳은 바다 관문의 요충지였다. 도왕이 일찍이 이곳에 몰래 기뢰를 부설해 놓았는데, 장 부마의 배가 기뢰에 부딪혀서 다 부서져 버렸다. 기병 3천여 명은 가는 곳을 모르는 채 떠내려갔고 장 부마는 겨우 한 조각 널빤지를 타고 바람 따라 표류하다가 상서도 앞에 닿았다. 섬의 탐험대가 장 부마를 묶어 도왕에게 바치니, 도왕은 그가 장 부마인 줄을 알고 군대의 위용을 크게 베풀었다. 이것이 첫 번째 어려움인가!

장 부마를 몰아 장막 아래로 오니 도왕이 노기가 가득한 채 말했다.

"짐승 같은 놈이 명분 없는 군대를 내서 우리의 경계를 침범하니 무엇 때문이었느냐?"

장 부마가 말했다.

"네가 천자의 명에 반역하고 해외에서 군대를 양성해 은밀히 중국의 국경을 엿보고 있으니, 조정에서 군대를 보내

---

440) 바다에 사는 산호충의 유해나 분비물들이 얕은 바다에 쌓여 만들어진 석회질의 암초.

죄를 묻자는 논의가 나오는 것은 당연하지 않으냐?"

도왕이 말했다.

"폐하를 위하여 기왕에 군대를 출동시켰다면 섬 하나를 쓸어버리는 데에 무슨 어려움이 있기에, 단번에 사로잡힌 것은 무엇 때문인가?"

장 부마가 크게 노해 큰 소리로 꾸짖어 말했다.

"죽이려면 죽이면 될 것이지 무얼 따지느냐?"

도왕이 크게 노해서 무사에게 명해 군 법원으로 압송하라 하니, 장 부마가 차고 있던 칼을 당겨 스스로 목을 베려 했다. 그러자 도왕이 문득 자선심이 일어나 무사에게 그 묶은 것을 풀어 주게 하고 휘장 안으로 올라오라 하였다. 장 부마도 뿌리치며 말했다.

"너와 나는 서로 볼 수 없는 미움이 있으니 차라리 칼에 맞아 죽을지언정 어떻게 휘장 안으로 올라가겠느냐?"

도왕이 이에 장 부마를 삼별루(三別樓)로 보내고 궁녀에게 술을 가지고 가서 그 놀람을 진정시키라고 했다. 장 부마는 부하들이 빠져 죽은 것을 돌이켜 생각해 보고 자기 신세가 위험한 것도 생각해 보았지만, 상쾌하게 쾌락한 모습을 보이고 있었다.

궁녀 중에 만리안(萬里雁)이라는 아이가 있었는데, 뜻과 기운이 크고 호걸스러웠으며 지식과 견해가 고상했다. 앉아서 장 부마의 기색을 살펴보고는 혼자서 생각했다.

'산 채로 포로가 됐는데도 얼굴에 온화한 기색이 있으니, 이것이 대인의 기상이요 지극히 귀한 품격이로구나.'

그래서 진실한 마음으로 성심과 공경을 다하고, 정성을 도탑게 하여 대우했다. 장 부마가 이렇게 있은 지 십여 일이 되니 우울하기가 마치 새장 안에 갇힌 새 같아서, 하늘로 날아갈 수 있는 날개가 없음을 한스러워했다. 그러자 만리안이 한가한 틈을 타서 말했다.

"상공께서 머물러 계신 것이 이미 오래됐으니, 어찌 귀국하고 싶은 생각이 없으시겠습니까?"

그러면서 자못 고민하는 빛이 있으니, 부마가 보고 감사하는 마음이 크게 일어나 장난스럽게 말했다.

"도왕이 나와 동창이고 또 같은 나이로 같은 조정에서 임금을 섬긴 것이 십오 년이나 됐는데, 그의 뜰아래 포로가 될 줄을 어찌 알았으리오?"

만리안이 웃으며 말했다.

"상공께서는 괴로워하지 마십시오. 같은 집에서 화락할 날이 있을 줄 어찌 알겠습니까?"

부마가 한동안 슬퍼하다가 말했다.

"그대처럼 옥 같은 아가씨를 보는 것이 꿈속 같아서 황홀한 줄도 깨닫지 못하겠소."

만리안이 부마가 기뻐하고 사랑하는 마음이 있음을 알고 도왕에게 말했다.

"장 부마께서는 임금께 충성하는 뜻을 두고 매번 북두성을 따르는 정성이 있으니, 여기에 머물게 하면서 제거하지 않으면 다른 변고가 있을 것입니다. 일찌감치 죽여서 싹을 자르고 뿌리를 뽑아 버리는 것만 못하겠습니다."

도왕이 말했다.

"나와는 동창이고 함께 과거에 급제한 우의가 있으니 죽일 수는 없다. 하물며 나와는 평생을 서로 알아보는 높은 의리가 있다. 중간에 한 줄기 미움과 의심이 생겨 서로 뿔을 맞대고 싸우면서 여기까지 왔지만, 어떻게 죽일 수 있겠느냐?"

만리안이 말했다.

"만일에 일찌감치 죽일 것이 아니라면 일찍 돌려보내 은혜와 원수 모두 끊어 버리는 것이 낫습니다. 하필 오래 억류해 두고 악감정을 끌어낼 필요가 있겠습니까?"

도왕이 듣고 한참 있다가 말했다.

"네 말이 옳다."

이에 해군 사령부에 명해 물에 빠져 죽은 자를 조사하고 거두어 가장선(假葬船)441)에 실으라 하고, 백화원에서 특별히 잔치를 베풀어 장 부마를 청해 송별하고자 했다. 장 부마는 슬프게 잔치에 임하여 도왕과 더불어 서로 아는 체를 했

---

441) 가장(假葬)은 시신을 임시로 땅에 묻는 것을 뜻한다. 시신을 본국으로 송환하기 위해 실은 배로 보인다.

지만, 불평한 기색을 나타내지 않고 단지 술잔으로 서로 기뻐했다. 군악대가 〈파진악(破陣樂)〉442)을 연주하니 장 부마가 일어나 우쭐대며 춤을 추고는 화답하여 〈출새곡(出塞曲)〉443) 한 곡조를 불렀다.

    하늘이 높고 바람 찰 때는 호랑이와 표범이 싸웠고
    날씨가 따뜻하고 바람이 화창할 때는 암수 봉황이 서로 싸웠다네.
    호랑이와 표범이 싸우는 것은 말할 수 있어도
    봉황이 서로 싸우는 것은 말할 수 없다네.
    天高風寒兮 虎與豹鬪　　天暖風和兮 鳳與凰鬪
    虎與豹鬪猶可言　　　　　鳳與凰鬪不可言

노래가 끝나자 또 일어나 덩실덩실 춤을 추었다. 도왕이 장 부마의 풍채가 사람을 감동시키는 것을 보고 속으로 생각했다.
    '저 같은 인물은 천고에 두 번 만나기 어려운 기이한 물건이다.'

---

442) 당나라 태종 때의 악곡 이름인데, 태종이 진왕(秦王)으로서 사방을 평정하고 지은 것이다.
443) 국경을 넘어 나오는 노래라는 뜻.

그리고 은연중에 감동하는 마음이 생겨났다.

'나는 여자로 하늘과 땅 사이에 태어나 음양의 이치를 모르고 또 금슬의 즐거움이 없으니, 비록 영웅의 업적이 있더라도 무엇에 쓸 것인가?'

은근히 즐거운 마음이 생겨나 부마에게 말했다.

"우리가 세상에 나서 둥근 지구상에 회오리바람처럼 이리저리 떠돌고 있는데, 오늘 도리어 원수가 될 줄을 어찌 생각이나 했겠나? 오늘부터는 얼음이 녹듯 확 풀어 버리고 지난날의 온화한 기운을 함께 지켜 가는 것이 어떠한가?"

장 부마가 말했다.

"온화한 기운이 어긋난 것은 내가 할 수 있는 바가 아니니, 깊이 생각해 보기를 바라네."

도왕이 의연하게 얼굴색을 바꾸고 말했다.

"영웅의 일은 귀신도 헤아리기 어려운 것이라네."

그리고는 군악대에 명해 〈석별곡(惜別曲)〉[444]을 연주하게 했다.

봄바람 부니 꽃이 흐드러지게 피고
봄비가 오니 풀조차 흐릿하구나.
옛 친구를 먼 곳으로 보내니

---

444) 이별을 아쉬워하는 내용을 담은 악곡.

서로 다시 만날 날이 언제인가?

春風兮 花爛熳　　春雨兮 草迷離
送故人兮 天涯　　更相逢兮 何時

만리안이 탑전에 일어서서 〈이별곡〉 한 곡조 부르기를 청하니 도왕이 허락했다.

바다는 넓고 하늘은 장구한데 고국으로 돌아가시어
소식이 없을 테니 근심은 가득하겠지.
만리안으로 소식을 전해 주신다면
하늘의 이치가 큰 곳으로 돌아가리니 즐거움도 끝이 없으리라.

海闊天長兮 歸故國　消息范范兮 憂戚戚
萬里雁兮 傳消息　　天理回泰兮 樂不可極

도왕이 장 부마를 부둣가에서 전송하며 손을 들어 바다 위를 가리키며 말했다.

"상공을 바다 위에서 다시 볼 수 있겠는가?"

부마가 말했다.

"왜 서로 볼 날이 없겠는가?"

부마가 배에 오르니 휘하에는 바다에 빠졌다가 구출된 자 서른세 명이 기다리고 있었고, 그 나머지는 그림자도 찾아볼 수 없었다. 근심스러움에 기쁜 마음이 사라져 배를 출발시켜 수뢰에 부딪힌 곳으로 가보니 부러진 노와 찢어진 돛들이 해구에 어수선하게 흩어져 있었다. 지난날의 감상을 이기지 못하고 서른세 명을 이끌고 고국으로 돌아왔다.

천자는 장 부마가 패한 것을 알고 분노를 이기지 못해 전국의 군대를 크게 일으켜 몸소 상서도를 정벌하려고 했다. 부마는 궁궐 문 아래에서 죄를 기다리고 있었다. 천자는 산기상시445)에게 명해 부절을 가지고 가서 죄를 용서한다고 하고, 궁전으로 불러들여 그 전말을 물었다.

장 부마가 하나하나 고하니 천자가 크게 노해 신상병(神廂兵)446) 백만을 조발해 마작, 동정월, 무산운, 위태랑 등 좌부도독부를 거느리고 장 부마로 하여금 좌부도독을 겸하게 해 전선 천여 척을 마련했다. 날을 가려 출발하는데 천자는 황룡가(黃龍舸)447)를 타고 중앙에서 지휘하며 나아갔다. 피

---

445) 벼슬 이름이다. 진한(秦漢)시대 산기(散騎, 황제의 기마 시종)와 중상시(中常侍)를 두었는데, 삼국 시대 위나라가 통합해 산기상시(散騎常侍)라 하고, 황제의 측근에서 잘못을 간하고 자문에 대비하게 했다. 실질적인 권한은 없으나 대신으로 겸직시킨 존귀한 벼슬이었다.

446) 전거가 보이지 않아 자세히 알 수 없으나, 신출귀몰하는 능력을 지닌 상병(廂兵)을 지칭하는 것으로 보인다. 상병은 송나라 초에 각 주(州)에 머물면서 훈련에 참가하지 않고 노역에만 충당됐던 병사들을 지칭한다.

리와 북소리가 비장하게 울리고 깃발들은 바람에 나부꼈다. 마침 가을 팔월 보름께라 밝은 달은 하늘에 떠 있고 가을 물결은 거울과 같았다. 천자가 하늘 가로 향하는 아득한 생각이 들어 술을 잔에 부어 들고 시를 읊조렸다. 그러나 시가 다 완성되기도 전에 전전행군지휘사(殿前行軍指揮使)448) 조개지(晁盖之)가 들어와 아뢰었다.

"민왕(閩王)449) 세기(世基)가 정도에 어긋난 마음을 품고 군사 수십만을 움직여 오월(吳越)450) 땅에 웅거하여 반란을 일으키고 나라를 세웠사옵니다. 주군(州郡)들이 바람을 바라보듯 항복해 복건 이남은 이제 대명국의 소유가 아니옵니다. 원하옵건대 폐하께서는 칙서를 내려 주시옵소서."

천자가 크게 놀라 여러 장수들을 불러 의논하니, 좌부 표기장군 마작이 나와 말했다.

"상서도의 죄를 묻는 것은 천천히 해도 될 것이고, 민월

---

447) 황제가 타는 배의 이름.

448) 송나라 때 군대에 관한 일을 통할하던 전전사(殿前司)의 총지휘자인 전전지휘사를 지칭한 것으로 보인다.

449) 민(閩)은 오대십국의 하나로 지금의 복건성(福建省) 지역에 살던 미개 민족에 의해 건국된 나라다.

450) 오(吳)는 중국 양자강 하류 지역으로, 오늘날의 강소성(江蘇省)에 있었다. 월(越)은 오와 이웃했던 나라로 서로 원수지간이었다.

(閩越)의 군대를 막아 공격하는 것은 급하게 해야 할 일이옵니다. 원하옵건대 폐하께서는 천천히 해도 될 일은 버려두시고 급하게 해야 할 일을 따르시어 먼저 대독(大纛)451)을 남쪽으로 옮기시옵소서."

천자가 그 의견이 그럴듯하다고 생각해 조서를 내려 명했다.

> 지금 민왕이 오월에서 반란을 일으켜 주군(州郡)을 석권하고 있으니, 실로 종사에 급한 일이로다. 군사를 옮겨 먼저 공격하니 장사들은 명령대로 짐을 도울지어다.

그러고는 마정방(馬廷芳)을 선봉을 삼고, 장소를 좌부대도독으로 삼고, 조개지를 행군지휘도어사(行軍指揮都御史)로 삼고, 왕만세(王萬歲)를 좌익대장군(左翼大將軍)으로 삼고, 단호(鄲虎)를 우익대장군(右翼大將軍)으로 삼고, 사태세(史太歲)를 진후도독(鎭後都督)으로 삼고, 호유악(胡唯岳)을 수사제독(水師提督)452)으로 삼고, 이여호(李如虎)를 운향제독(運餉提督)453)으로 삼았다. 천자는 몸소 대군을

---

451) 소꼬리 또는 꿩의 꼬리로 위를 장식한 임금의 깃발.
452) 수군을 지휘하는 사령관.

거느리고 강회(江淮)454)를 따라 나아가니 배를 탄 군사들이 천 리나 이어졌다.

민왕은 황실과 친밀한 친척이었는데, 자연 자원을 잘 개발해 돈을 모으고455) 조정에서 망명한 자들을 받아들이고 영웅호걸들과 교제를 맺었으며, 황제의 신하 노릇을 하지 않을 생각을 두고 병을 핑계로 조정에 조회하지 않은 것이 수년이었다. 그는 대병을 거느리고 석두성(石頭城)456)으로 깊이 들어갔다.

왕사는 합비(合肥)457)에 주둔하면서 사신을 보내 싸울 때를 약속하니, 민왕이 수군을 거느리고 시끄럽게 북을 울

---

453) 군량 운반을 책임지는 사령관.

454) 양자강과 회수.

455) 원문의 '주산자해(鑄山煮海)'로, 산의 구리를 캐 돈을 주조하고 바닷물을 끓여 소금을 만든다는 뜻이다. 소식(蘇軾)의 〈표충관비(表忠觀碑)〉에 '산에서 채굴한 광석을 녹여 동을 만들고 바다의 물을 끓여 소금을 만드는 등… 자원이 풍부하기가 천하에 으뜸이었다(鑄山煮海… 甲於天下)'라는 대목이 있다.

456) 강소성(江蘇省) 남경시(南京市)의 청량산(淸凉山)에 있었던 성인데, 초나라의 금릉성(金陵城)을 한나라 건안(建安) 연간에 손권(孫權)이 증축하고 고친 이름이다.

457) 한나라 때에 둔 현(縣)인데, 동진(東晉) 때는 여음(汝陰)이라 했다. 안휘성(安徽省)의 동쪽, 회수(淮水)와 비수(肥水)가 합류하는 곳에 위치해 있었기 때문에 붙여진 이름이다.

리면서 진군했다. 왕사는 삼강구(三江口)458)에서 민왕의 군사와 만나 크게 진을 치고 군병의 위의를 보였다. 선봉 마정방은 가볍고 빠른 배 열 척을 거느리고 배 위에 황룡기(黃龍旗)를 세우고 민왕과 만나 보았다. 민왕이 용주(龍舟)459) 위에서 황금빛 겉옷을 입고 금관을 쓰고 있었는데 좌우에 의장을 갖춘 것이 천자의 예460)와 같았다. 마정방이 옥 채찍을 들어 민왕을 가리키며 꾸짖어 말했다.

"적신(賊臣)이 황제의 은혜를 배반하고 황령(皇靈)461)을 호위하지 않고 반란을 일으켜 주군에 웅거하면서 제멋대로 날뛰고 있으니, 그 죄는 죽어 마땅하다. 그러나 네가 만일 얼굴을 보이면서 스스로 손발을 묶고 귀순하면, 천자께서 몸소 임해 계시니 네 머리는 보존해 줄 것이다. 만약에 복종하

---

458) 세 강이 합쳐지는 어귀라는 뜻이다. 중국에 이런 지명을 가진 곳이 십여 개에 이른다. 여기서 말하는 곳이 복건성에 있는 삼강구라면 포전현(蒲田縣)의 남동쪽 해안에 있는 곳을 이르는 것이 되고, 호남성에 있는 곳을 가리킨다면 악양현(岳陽縣) 북쪽 동정호의 물이 양자강으로 들어가는 곳에 있는 지명을 이르는 것이 되며, 남쪽에 있는 곳을 지칭하는 것이라면 절강(浙江)이 조아강(曹娥江)·전청강(錢淸江)과 합류하는 곳을 가리키는 것이 된다.

459) 뱃머리에 용의 머리를 조각한 배로서, 제왕의 배를 지칭한다.

460) 원문의 '노부(鹵簿)'는 천자의 행렬을 뜻한다.

461) 제왕의 신령(神靈).

지 않으면 고래를 찢어 죽이듯 죽여서 황제의 위의를 크게 떨칠 것이다. 너는 다시 생각해라."

민왕이 크게 웃고 말했다.

"선봉의 말이 틀렸다. 주씨(朱氏)의 종사가 어찌 지금 천자 한 사람만 독점할 수 있는 것이겠느냐? 너는 많은 말 할 것 없이 나와 한번 겨뤄 보자꾸나."

민왕이 수군들을 지휘해 일시에 돌격하니 마정방이 싸움을 더욱 급하게 독려해 민왕의 군사들을 물리쳤다. 그리고 왕사를 호령하여 석두성까지 진격하니, 꼭

> 산은 옛 성곽을 빙 둘러 있고
> 밀물은 빈 성에 부딪혀 쓸쓸히 돌아가네.
> 山圍古郭周遭在 潮打空城寂寞廻462)

라고 할 만했다.

민왕은 군사를 거두어 성에 들어가 쇠로 만든 화살을 성 아래로 쏘아 댔다. 마정방은 바람을 따라 불을 놓아 그 군량

---

462) 유우석(劉禹錫)의 시 〈금릉오제(金陵五題)〉에 나오는 대목이다. 전문은 다음과 같다. "산은 고국을 빙 둘러 있고(山圍故國周遭在) / 조수는 빈 성에 부딪쳐 쓸쓸히 돌아가네(潮打空城寂寞回) / 회수의 동쪽 가에 돋던 달은(淮水東邊舊時月) / 깊은 밤 여장 넘어 비쳐 오네(夜深還過女墻來)."

들을 태우고 돌아왔다. 민왕이 여러 장수들과 말했다.

"왕사의 선봉이 날카로우니 가벼이 볼 수 없고, 마땅히 지략을 써서 이겨야겠다. 이제 길을 세 갈래로 나누되, 수군부대는 합비의 상류로부터 왕사의 배후를 습격하라. 또 한 부대는 육지를 따라 시상구(柴桑口)463)를 막고, 나머지 한 부대는 면전에서 적을 막아서 이리저리하라."

여러 장수들이 명령을 받들었다.

마정방이 돌아와 대본영에 보고했다.

"민왕은 지략이 많고 민병은 약간의 용맹이 있으며 또 수전(水戰)에 뛰어나니 북군이 감당할 수 있는 바가 아니옵니다. 원하옵건대 폐하께서는 조서를 내려 화친을 구하시옵고 서서히 병사를 돌려 회군하시옵소서. 민왕이 귀화하면 다행이지만, 만일에 명을 듣지 않는다면 근왕병(勤王兵)464)을 독려하고 어루만져 싸움을 거두시옵소서."

천자가 노해 말했다.

"선봉의 본분은 견고한 갑옷을 입고 날카로운 병기를 들고 중요한 땅에 들어가 삼군의 마음을 독려하고 권장하며

---

463) 한나라 때에 강서성 구강시(九江市)의 남서쪽, 시상산(柴桑山) 곁에 둔 현(縣)의 입구. 삼국 시대 제갈량이 손권과 함께 조조를 막기로 도모했던 곳이다.

464) 임금에게 충성을 다해 복무하는 군사.

적병의 기세를 꺾는 것이다. 그런데 이런 일은 하지 않고 감히 오랑캐 같은 말을 지껄여 우리의 날카로운 기세를 꺾으니 이는 필시 적과 내응하는 것이다."

그러고는 끌고 나가 목을 베라 명했다. 마정방은 하늘을 우러러 통곡하며 말했다.

"밝은 해가 내 정성을 돌아보지 않아 나는 죽게 됐으나, 내 눈을 뽑아 중앙의 황룡 돛 위에 걸어 주면 적벽의 낭화(浪花)465)를 내 반드시 보고야 말 것이다."

이에 그의 머리를 자르고 군중에 호령하니, 가석하구나! 마 장군은 백전노장이요 충성심과 의리와 지혜와 용맹이 삼군에 으뜸이었다. 그런데 진을 치고 적과 맞설 때 먼저 상장군을 제거하니 명나라 군대가 반드시 패할 것은 여기에서 이미 조짐이 보였다. 민왕이 듣고 크게 기뻐하면서 말했다.

"명나라 진영에 마정방과 같은 장사가 없어, 매우 꺼렸었는데 지금 그 큰 해로움을 없앴으니 이제 근심거리가 없다."

이에 화공을 쓸 방책을 의논했다. 민왕의 휘하 장수 예무기(倪無忌)에게는 만 사람도 당해내지 못할 용맹이 있었다. 그가 한 무리의 수군을 청했다.

"바람을 타고 불을 놓으면 횃불 하나로도 다 태워 버릴

---

465) 파도가 서로 부딪쳐 생기는 하얀 파도의 거품을 말하는데, 여기에서는 명나라 군대의 패배를 뜻한다.

수 있는데, 대저 무슨 비밀스럽거나 쓰지 말아야 할 계책이 있겠습니까?"

민왕이 예무기의 말을 시험해 보려고 하자, 참모군사인 호유귀(胡惟鬼)가 나아와 말했다.

"이것은 한때의 계획에 지나지 않습니다. 만일에 요행을 얻지 못하면 이것은 패배하는 처사이니 어찌 감히 잠시라도 그 위험한 계책을 시행하겠습니까?"

이에 예무기에게 명해 밤에 배들을 집결시키고 기름과 갈대와 유황과 인화물을 준비하고 성 머리에 푸른 깃발이 날리거든 곧장 나아가서 불을 놓으라 했다.466) 예무기는 명을 받들어 몰래 준비하면서 기다렸다.

천자는 장 부마를 불러 말했다.

"짐이 일찍이 들으니 적벽에서 처음 싸움을 했을 때, 만일에 동남풍을 얻지 못했다면 주랑467)이 어떻게 승리를 얻었겠는가?"

장 부마가 조용히 아뢰었다.

"이곳은 예부터 싸움터였기에 화공(火攻)을 써서 이긴

---

466) 흐름상 이 문장 앞에 작자나 식자공의 실수로 빠진 부분이 있는 듯하다. 호유귀의 말에 민왕의 반응이 이어졌어야 한다.

467) 조조가 적벽에서 오나라와 촉한의 연합군과 크게 싸웠을 때, 오나라의 주장이었던 주유(周瑜)를 말한다.

것을 역력히 셀 수 있사옵니다. 적군의 정세가 헤아리기 어려우니 준비하여 불을 일으킬까 두렵사옵니다. 원하옵건대 폐하께서는 준엄하게 살피시옵소서."

천자가 웃으며 말했다.

"동남풍이 없는데 어떻게 화공을 쓸 수 있겠는가?"

장 부마가 재삼 간청했으나 천자는 듣지 않았다.

장 부마는 몰래 본부를 독려해 두루 준비하게 했다.

민왕은 꼭 맞는 날씨를 기다리면서 화공을 쓰려고 하고 있었다. 마침 동남풍이 크게 일어나자 민왕이 예무기에게 말했다.

"하늘이 우리를 도우셔서 제사를 지내지 않았는데도 바람을 빌려주시니, 명나라의 종사는 내 손아귀 속에 들어왔다. 장군은 여러 장사들과 더불어 일시에 명령을 받들어 무궁한 복을 누리도록 하라."

예무기는 화공을 쓸 수 있는 배 열 척을 독려해 준비하고 있다가, 한밤중에 고요하게 왕사의 본진에 이르렀다. 그리고 군사들이 눈을 붙이고 있는 틈을 타서 바람결을 좇아 불을 놓았다.

불의 열기는 점점 사나워져 타닥타닥 소리를 내며 활활 번져 순식간에 중앙에 있는 황룡가(黃龍舸)로 옮겨붙었다. 눈을 붙이고 있던 왕사는 드르렁거리며 코를 골던 중에 매캐한 연기와 그슬러 대는 열기에 깜짝 놀라 일어났다. 그러나 정신이 몽롱해 마치 꿈속에 있는 것과 같았다. 가련한 백만의 왕사는 불빛이 가득한 세상에 있다가 각자 도망치려고 배를 저어 분주하게 달아났다. 그 가운데 불에 타서 죽은 자와 물에 빠져 죽은 자는 전체 군사의 반이 넘었다.

장 부마는 미리 단속했던 부하들의 배를 거느리고 바삐 천자를 모시고 아홉 번 죽다가 열 번 살아나 불 산과 불바다를 열어 가며 곧장 시상구로 탈출했다. 그런데 한 무리의 배들이 강의 입구를 가로질러 막고 있었다. 또 민왕이 군사들을 거느리고 뒤를 쫓아오고 있으니, 형세가 매우 위험해 곤란한 지경 한가운데 빠진 꼴이었다. 날개를 달고 하늘로 올라가더라도 또한 살길이 없었다.

이때 동정월과 무산운과 마작과 위태랑이 따르고 있었는데, 위태랑이 그 형세가 매우 위험한 것을 보고 곧장 천자를 받들어 모시고 호리병 속으로 들어가 백학을 타고 하늘로 솟구쳐 올랐다. 동정월과 무산운과 마작도 함께 칼을 던져 무지개를 만들어 천자를 보호하면서 따라갔다.

오직 장 부마 한 사람만 홀로 배 위에 남아 있었다. 앞뒤로 온통 붉게 타들어 오니 불빛이 마치 대낮과 같이 밝은데, 타고 있는 배 위에 황룡기가 꽂혀 있으니 민왕은 그 배가 천자의 전용선임을 알았다. 일제히 힘을 다해 모두 황룡기를 둘러싸니 천 겹 만 겹 포위된 것이 마치 철통과 같았다. 장 부마는 어찌할 줄 모르고 오직 천자가 화를 피하게 된 것만을 다행으로 여겼다.

"내가 죽는 것이 뭐가 아깝겠는가?"

그러고는 곧장 칼을 빼어서 스스로 목을 베려 했다. 이것이 두 번째 어려움이었다. 그때 갑자기 하늘로부터 한 줄기 금빛이 황홀하기가 마치 바다를 탐지하는 등처럼 장 부마 몸 위로 쏟아졌다. 장 부마는 깨닫지도 못하는 사이에 금빛 속으로 몸을 숨겨 들어갔다. 다만 가련한 백만의 생명은 다 불 속으로 들어갔다.

장 부마는 그 금빛을 따라 한 곳에 이르니, 이는 곧 춘양 공주의 궁중이었다. 그 누가 금관과 철갑옷으로 의젓하게 대원수의 위무를 뽐내며 출정한 사람이 그슬린 머리털과 불에 탄 옷으로 난간 앞에 초라하게 서 있게 될 줄 알았겠는가? 춘양 공주가 크게 놀라 말했다.

"왕사가 패전했다는 소식을 들은 적이 없는데, 상공의 형용이 어째서 이 지경에 이르렀습니까?"

"폐하께서는 어디에 계시오?"

"폐하께서 출정하실 때에 상공이 함께 계시지 않았습니까? 이 무슨 잠꼬대란 말입니까?"

부마는 호흡이 가빠져서 자세히 이야기하지도 못했다.

"원컨대 공주는 궁중에 들어가 천자께서 환궁하셨는지 탐지해 보도록 하시오."

공주가 즉시 수레를 재촉해 궁궐에 들어가니, 천자는 이미 환궁해 있었고 조정에는 바야흐로 여러 신하들이 달려들어 오는 중이었다. 그들은 차고 있는 칼들을 어지럽히면서 구름처럼 모여들었다. 공주가 문안 인사를 여쭙고 부마가 왔다고 하니 천자가 크게 기뻐하면서 즉시 입조하라고 명했다. 부마는 명을 받들어 얼굴을 씻고 관복을 입고 황제 앞에 들어와 대기했다. 천자는 부마가 살아 돌아온 연유를 묻고 놀람과 괴이함을 이기지 못했다. 이것은 백경도인이 멀리서 업경을 비추어 탐해등(探海燈)468) 빛을 만들어 다행스럽게도 장 부마를 끌어낸 것이었다.

천자는 크게 부끄러워하는 빛을 보이고, 전군이 모두 전멸하게 된 것을 탄식하며 가슴 아파하기를 그치지 못했다. 그래서 장충대(獎忠臺)469)를 세우고 전쟁에서 죽은 장졸들을 위해 제사를 지냈다. 천자는 백관을 거느리고 몸소 술을 따라 깃발에 뿌리고는, 친히 조사(弔詞)를 읽고 술을 부었다. 또 전쟁에서 죽은 자들의 유족을 기록해 구휼하는 금전을 크게 내렸다. 또한 동정월과 무산운과 마작과 위태랑의 공을 기록하고, 천자가 직접 위태랑에게는 대훈위 백학대수장(大勳位白鶴大綬章)470)을 달아 주고, 그 나머지에게는

---

468) 군함이나 요새 따위에서, 바다를 비추어 적함이 공격해 오는 것을 경계하는 데에 쓰는 탐조등(探照燈).

469) 충성심을 장려하는 누대라는 뜻.

모두 일등 보검장(寶釰章)471)을 내렸다.

그러는 한편 민왕의 동정을 살피니 변방의 정세가 더욱 급해 낭자한 봉화(烽火)가 경보를 알렸다. 천자가 크게 우려해 편하게 잠자리에 들지472) 못하니, 범 각로가 아뢰었다.

"천하에 조서를 내리시어 번진(藩鎭)473)으로 하여금 근왕케 하시옵소서."

이때는 군대를 동원하는 일이 빈번하고 기근이 거듭 들어서 군국(郡國)이 텅 비어 있으니, 비록 군권을 장악해 감독하고 순찰하는 자라도 대군을 징발할 수 없었다. 간혹 허약한 군사들과 빈약한 병참으로 전쟁터로 향하는 경우가 있기는 했으나, 길은 멀고 힘은 고갈되어 군대로서의 명성이 떨쳐질 수 없었다. 그러니 강남을 석권하는 것이 민병(閩兵)에게는 마치 무인지경에 들어가는 것 같았다. 조정에는 대응할 방책이 없고 각 주군(州郡)에서는 구원할 길이 없으니,

---

470) 대훈위로 임명된 사람에게 수여되는 훈장인데, 백학의 모양을 수놓은 대수(大綬, 훈장을 다는 가장 큰 끈)로 달았다는 뜻이다. 일본에서 메이지유신 이후에 만들었다.

471) 보검으로 만든 훈장 또는 보검이 새겨진 훈장 정도로 읽을 수 있다. 실제로 있었는지는 자세하지 않다.

472) 원문의 '병침(丙枕)'은 하룻밤을 다섯으로 나눈 세 번째 시각으로 임금이 잠자리에 들던 시간을 뜻한다.

473) 중국에서 변방을 평정하기 위하여 군대를 주둔시키던 곳.

조정은 허둥거렸고 전국은 어수선하고 시끄러웠다.

민병이 곧장 양자강에 이르니, 마작 등이 비록 출전하기를 원했으나, 한 명의 군사와 한 필의 말과 한 톨의 식량과 말에게 먹일 꼴 한 단 가져올 곳이 없으니, 그저 다만 손을 놓고 있을 뿐이었다. 천자는 놀랍고 겁나고 의심스럽고 두려워 도읍을 옮길 방책을 논의에 부쳤다. 그러자 장 부마가 나아가 말했다.

"형세가 매우 어지럽고 유동적이며 적에게 대응할 방책이 전혀 없사오니, 격문을 내려 유연군(幽燕軍)474) 10만을 소집하시옵소서. 그러면 반드시 열흘 이내에 황성까지 이를 수 있을 것이옵니다. 연군(燕軍)은 군사가 정예롭고 말이 강해 충분히 적을 막아낼 수 있사옵니다. 민병은 비록 승세를 타고 빠르게 밀고 들어오고 있긴 하지만, 한 달 안에 도성 근처에 이르지는 못할 것이옵니다. 원하옵건대 폐하께서는 안심하시고 인민들의 동요를 누르시어 종사를 위한 큰 계책으로 삼으시옵소서. 파천(播遷)475)한다는 명이 한번 내리게 되면, 인심은 흙이 무너지고 기와가 부서지는 것처럼 흩어져 중간에 다시 일으킬 수 없을 것이옵니다."

---

474) 유주(幽州)와 연지(燕地)에 나아가 북쪽 오랑캐와 싸운 경험이 많은 노련한 군사들.

475) 도읍을 옮기는 일.

천자가 그 계책을 그럴듯하게 여겨 애통한 조서를 내려 천하에서 모두 근왕을 하라 했으나, 적개심을 가지고 응하는 자가 하나도 없었다. 천하의 대세는 이를 따라 가 버리는 것 같았다. 그러나 한 줄기 생생한 기운이 하늘로부터 내려 올 줄 그 누가 알았으랴?

한밤중에 갑자기 대포 소리가 콰르릉콰르릉 울려 대고 노 젓는 소리가 삐꺽거리는 것이 마치 천병만마(千兵萬馬)가 시끄럽게 싸우는 소리 같았다. 강가에서 척후를 보던 장졸들과 부근의 인민들은 매우 놀라 하얗게 질린 채 모두 민병들이 이미 구강(九江)476)에 들어온 줄 알았다. 하늘이 밝아진 뒤 보니 전함이 천 리를 이었는데, 깃발에 그려진 기호가 이상하고 북과 피리도 매우 다른 것이었다. 모두 의심스럽고 놀라서 혹하지 않는 사람이 없었으나, 그것이 어느 나라 군함인지는 알 수 없었다. 민병은 양자강의 상류에 있다가 엄청나게 많은 군함들이 바다 쪽으로부터 거슬러 올라오는 것을 보고 곧장 십 리를 달려가 상대했다. 그러나 어느 곳의 원병(援兵)이 이르러 싸움을 벌이는지 알 길이 없었다.

---

476) 중국 강서성(江西省) 북부의 도시다. 포양호(鄱陽湖)에 가깝고 양자강의 남안(南岸)에 접해 있는 항구로, 차·쌀·자기(磁器)의 집산지다. 부근에 백낙천(白樂天)의 〈비파행(琵琶行)〉으로 유명한 비파정(琵琶亭)과 풍광이 아름다운 여산(廬山)이 있다. 옛 이름은 심양(潯陽)이다.

군함들은 모두 파란색이었고 깃발과 휘장도 모두 파랗기 때문에 이름 붙이기를 그냥 취군(翠軍)이라 했다.

민병이 대포를 한 방 쏘고 서로 교전했는데, 취군은 당황하지 않았다. 뱃머리에 코끼리 코처럼 생긴 군기(軍器)를 부착해 놓았는데 그 수를 헤아릴 수 없을 정도였다. 민병은 몹시도 괴상하게 여기고 의심스러워했다. 또 그 배는 거북의 등껍질 같은 철갑을 단단하게 둘러서 비록 쇠 화살을 쏘고 불화살을 쏘아 대더라도 맞힐 수 없었다. 매우 당황스럽고 어지러워하며 뭍으로 올라가 진세(陣勢)를 이루었다.

그런데도 취군은 한 사람도 상륙하지 않고 단지 앞머리의 코끼리 코 모양으로 생긴 물건을 쳐다보고 있었다. 그러더니 갑자기 벼락 치는 소리가 들리고 한 덩어리의 우레 공이가 푸른 연기 속에서 떨어져 수천의 군마를 살상했다. 민병은 크게 놀라 하얗게 질린 채 어찌할 바를 모르고 쥐들처럼 달아나기에 바빴다. 또 우레 공이가 때때로 하늘에서 내려오는데 소리는 땅이 갈라지는 것 같았고[477] 세력은 불덩이처럼 뜨거워, 한번 서로 닿으면 사람이고 말이고 다 사라져 가는 곳을 알지 못했다. 민왕이 크게 놀라 말했다.

---

477) 원문의 '지탑(地榻)'은 전고가 보이지 않는 말이다. 다만 '탑(榻)'자에 모직[布]이라는 뜻이 있어, 그것이 찢어지는 소리를 연상해 위와 같이 번역했다.

"내 들기에 서양 여러 나라에 자로 · 백회 · 정포(刺盧伯回旌砲) 등의 사나운 무기가 있다더니, 과연 이런 악신권(惡神拳)[478]일 것이다."

그러고는 모두 도망을 하였지만, 삽시간에 수천 척의 배가 가루로 변하고 말았다. 민왕이 작은 배를 타고 나는 듯이 도망치면서 전군이 모두 빠져 죽는 것을 돌아보지 않으니, 명나라 천자가 전멸한 왕사의 원수를 비로소 갚을 수 있게 됐다.

취군의 장수 을례(乙禮)에게는 만 사람도 당해내지 못할 용맹이 있었다. 민왕이 달아나는 것을 보고 갑옷을 벗고 강에 뛰어들어 헤엄을 쳐서 뒤쫓아 나는 듯이 따라잡았다. 한 손으로는 배를 끌어당기고 한 손으로는 민왕을 사로잡아 오니, 그 누가 민왕과 같은 뛰어난 지략과 절대적인 용맹을 지닌 사람이 하루아침에 취군의 포로가 될 줄 알았겠는가? 명나라의 인민들은 이런 상황을 보고 또 이런 성세(聲勢)를 듣고, 그 연유도 모른 채 다만 간담을 쓸어내릴 뿐이었다.

민병을 소탕하고 민왕을 결박한 저 원병은 하늘로부터 내려온 것인가? 대 명나라의 종사와 목숨을 다시 만들어내고 민월(閩越)[479]에서 일어난 전쟁의 비바람을 없애 버린

---

478) 악신의 주먹, 혹은 악신의 힘.
479) 민월(閩越)은 동월(東越)이라고도 하는데, 중국의 진한 시대의 복

이는 과연 누구란 말인가? 그는 다른 사람이 아니라 곧 지난 날 대 명나라 병부상서 청주후 이형경이요, 지금의 아세아 남부 상서도왕이었다.

  도왕은 천자가 직접 상서도를 정벌하려 한다는 소식을 듣고 너무나 황송하고 마음이 움츠러들어서 스스로 결박하고 대본영(大本營)480)에 나아가 죄를 청할 생각도 했다. 그러던 중 갑자기 민왕의 반란이 크게 일어나 천자가 백만의 군사를 거느리고 몸소 민왕을 정벌하다가 크게 패했고, 민병은 천 리를 석권하여 오는데 맞서 대적할 자가 하나도 없

건성(福建省) 민장강 유역에서 활약한 월족(越族) 또는 그들이 세운 국가(BC 202~135)를 말한다. 중국 춘추 시대 이후 화남(華南)에서 베트남 북부에 걸쳐 널리 분포했던 민족으로, 진시황제는 중국을 통일하자 월왕 구천(句踐)의 후손인 추무제(鄒無諸)를 폐하고, 이곳에 영중군(郢中郡)을 설치했다. 진나라 말기에 추무제가 한나라에 협조하므로, BC 202년 한나라 고조는 무제를 왕으로 삼고 동야(東冶)를 서울로 삼아 민월국(閩越國)을 세우게 했다. 추무제의 후손인 영(郢)은 동구(東甌)·남월(南越) 등의 주변 국가를 침범했다. 한나라 무제(武帝)가 군사를 동원해 민월을 공격하자, 영의 동생 여선(餘善)은 영을 죽이고 한나라에 항복했다. 얼마 뒤 여선은 자립해 동월국(東越國)을 세웠는데, 한나라에서도 이를 인정했다. BC 110년 동월국도 건국한 지 약 20년 만에 멸망했다.

480) 태평양전쟁 때 일본 천황의 직속으로 최고의 통수권을 행사하던 지휘부를 말하나, 이 작품의 연재 시점을 생각하면 전시의 최고사령부 정도로 이해하는 것이 옳다.

어 명나라의 운명이 조석에 달려 있다는 소식을 들었다.

도왕은 가슴 가득한 충성심이 나라와 임금을 걱정하는 데에 있어, 본국을 잊지 못하고 있던 차였다. 명나라 황실이 더욱 위급해졌다는 소식을 듣고는, 즉시 가볍고 빠른 군함을 징발해 해군 만 명과 대포 백 문을 싣고 육지에서 바다로 이어지는 통로를 따라 들어가 곧장 양자강에 이르렀다. 그런데 민병들이 산과 들에 가득해 세력을 당할 수 없을 것 같아, 즉시 포격을 명했는데, 그 형세가 마치 대나무를 쪼개는 것 같았다. 이에 건장한 장수를 명해 민왕을 잡아다가 천자의 조정에 포로로 보내고는 명나라 천자에게 편지를 올렸던 것이다.

이때는 천자가 백관을 거느리고 달밤을 초조하게 보내면서 바야흐로 파천할 계책을 제시하고 있었을 즈음이다. 종묘사직의 신주를 받들고 각종 부절과 옥새와 서적을 싸는 한편, 남쪽에서 오는 소식을 탐문하고 있었다. 그런데 갑자기 상서도의 임금이 사신을 보내 민병을 격파한 표문을 폐하에게 올리는 것이었다. 천자는 크게 기쁘고 놀라 그 표문을 펼쳐 보았다. 그 표문에는 다음과 같이 적혀 있었다.

　전 병부상서 청주후 이형경이 삼가 백 번 절하고 황제 폐하께 표문을 올리나이다. 신이 한 번 폐하를 떠난 이래 만 리를 떠돌면서 인도양 한 모퉁이에서 죄를 기다리고 있는데, 국가에 조석을 가늠하기 어려운 근심이 있다는 소식을 들었사옵니다. 폐하께 충성하고자 하는 적개심으로 국가의 근심과 어려움을 쓸어버리고 민왕을 묶어 바쳐서 남방을 맑고 평안하게 했사옵니다. 신이 공으로 죄를 대속하면서 황제 폐하와 조정의 처분을 기다리옵니다.

천자가 표문을 보고 즉각 이형경을 불렀다. 이형경이 배와 군사들을 구강에 정박해 두게 하고는 건장한 장수 열 명을 거느리고 육로를 따라 천자에게 조회했다. 천자는 백관을 거느리고 손을 잡고 근심스럽게 물었다.

"경은 국가의 기둥과 주춧돌 같은 신하로 종사를 다시 만들어낸 공로가 있으니, 짐은 마땅히 경을 제수해 월왕(越王)으로 삼고 아울러 민왕의 영토까지 관할케 하려 하노라. 본국으로 돌아와 태평시절의 복을 함께 누리기를 진정으로 바라노라."

그러고는 통명전[481]에서 큰 잔치를 베풀고 천자와 황후, 육궁의 비빈과 공주 및 귀빈이 함께 잔치 자리에 임했다. 직

---

481) 통명전(通明殿)은 창경궁 내전이며 왕의 생활공간이자 연회 장소로 쓰였던 건물이다. 도교에서 옥황상제의 궁전이기도 하다. 중국에도 이런 명칭을 가진 전각이 있었는지는 자세하지 않다.

접 자신의 손으로 백옥으로 만든 술잔에 술을 가득 부어 이형경에게 내리니, 형경이 은혜에 감사하고 받아 마셨다. 또 형경이 거느리고 온 장수 열 사람에게도 술을 내리고는, 어전에서 함께 식사를 할 수 있는 광영(光榮)을 베풀었다. 그 총애와 영광은 천고에 드문 일이었다.

이형경이 아뢰었다.

"신이 남월왕으로 봉하시는 은혜로운 명을 받으오니, 황제의 은혜가 마치 하늘이 적시고 바다가 길러 주는 것과 같은지라, 몸 둘 바를 모르겠사옵니다. 하오나 군대를 거느리고 만 리나 와서 다행히 공을 이루기는 했지만, 지금 만약 고국에 머물면서 홀로 영광을 입는다면, 이는 대중들에게 신망을 잃게 되는 것이옵니다. 신이 그들을 거느리고 섬에 돌아가 대중들에게 널리 알리고 서서히 귀국해 그 복을 편안하게 누리기를 원하옵니다."

천자가 흔쾌하게 허락하고 특별히 황금 10만 근을 주며 장졸들에게 나눠 주라고 했다. 또 열 사람의 장수들에게는 각각 일등 훈장을 수여하고, 이형경에게는 특별히 대훈위 대수장(大勳位大綬章)을 내렸다. 이형경은 열 명의 장수들과 함께 은혜에 감사하며 기쁜 마음으로 도성을 나와서, 멀리 강 위의 섬에 있는 정자를 바라보니 말과 수레가 구름처럼 모여 있었다.

도왕이 말이 가는 대로 놔두어 정자 아래에 도착해 보니,

백관이 모두 모여 있었고 병사들이 엄숙하게 둘러싸고 있었다. 도왕이 그 이유를 알지 못해 말을 세우고 둘러보니, 벌써 천자가 친히 임해 있는 것이었다. 천자는 도왕이 도착한 것을 보고 발걸음을 옮겨 누각에서 내려왔다. 그리고 손을 잡고 이별을 한스러워하며 은근하게 그가 빨리 돌아오기를 재촉했다. 도왕이 사은을 마치고 즉시 이별을 고하니 천자는 뚝뚝 눈물을 흘리며 술을 부어 송별했다. 장 부마가 반열에서 나와 아뢰었다.

"이형경이 황실을 다시 일으켜 세운 큰 공과 업적이 있는데, 지금 이별을 당해 한마디 이별을 고함이 없을 수 없사옵니다. 원하옵건대 노래 한 곡으로 이별482)의 잔을 권할 수 있도록 해 주시옵소서."

천자가 허락하니 장 부마가 황금대초엽(黃金大蕉葉)483)에 가득 부어 도왕에게 올리고 노래를 지어 술을 권했다. 그 노래는 다음과 같다.

구정(九鼎)484)과 대려(大呂)485)는 귀한 것이 아니

---

482) 원문의 '조도(祖道)'는 먼 길을 여행하는 이에게 술자리를 베풀어 이별해 보내는 일, 혹은 그 술자리를 뜻한다.
483) 황금으로 만든 큰 초엽잔(蕉葉盞)이란 뜻인데, 초엽은 춤이 얕고 조그마한 술잔의 이름이다.

요, 태산과 황하는 긴 것이 아니로다.

연각(烟閣)486)과 운대(雲臺)487)는 높은 것이 아니요, 옥이(玉彝)488)와 태상(太常)489)은 귀한 것이 아니로다.

대명국의 해와 달이요, 만세를 이어나갈 하늘과 땅이로다.

그 빛이 꺼지지 않으며 그 풍모가 더욱 오랠 것은

오직 이형경 한 사람이로다.

돌아오라, 돌아오라.

함께 태평성대의 복을 누리며

아들 손자 백대까지 이르리라.

---

484) 하나라의 우왕(禹王)이 구주(九州)에서 금을 거둬들여 주조한 솥이다. 하(夏)·은(殷) 이래로 천자의 보물로서 보존됐다. 한편 정(鼎)은 두 개의 손잡이와 세 개의 발이 달린 솥을 가리킨다.

485) 주나라 종묘에서 사용하던 큰 종으로, 구정과 함께 주나라의 보물이었다.

486) 능연각(凌煙閣)의 약칭으로, 당 태종 때 공신을 표창하기 위해 짓고 초상화를 그려 건 누각이다.

487) 후한 명제(明帝) 때 공신 스물여덟 명의 초상을 걸어둔 곳.

488) 자세하지 않으나, '이(彝)'가 종묘에서 쓰이는 예기(禮器)의 총칭이기에 귀한 그릇을 뜻하는 것으로 보인다.

489) 종묘의 의례와 관리의 선발 시험을 관장하던 벼슬 혹은 일월(日月)·성신(星辰)·교룡(交龍)을 그린 깃발.

九鼎大呂가 不是重이오 泰山黃河가 不是長이라

烟閣雲臺가 不是高오 玉彛太常이 不是貴로다

大明日月이오 萬世乾坤이라

其光이 不泯兮여 其風이 彌長ᄒᆞ니

唯李炯卿一人兮로다

歸來乎 歸來乎

共享太平之福ᄒᆞ야

子兮孫兮百世兮로다

이형경이 백옥쌍룡배(白玉雙龍盃)490)에 술을 부어 장부마에게 권하고 노래를 지어 화답했다.

나는 태을이요, 그대는 천을이로다.

천상의 묵은 인연을 증험하고, 인간의 업장을 짓는구나.

한잔 술로 이별하니, 백 년을 함께 할 아름다운 기약은 그 어느 날이런고?

我是太乙兮며 君是天乙兮로다

證天上之宿緣兮여 做人間之業障이라

一盃相別兮여 百年佳期是何日고

---

490) 두 마리의 용이 그려진 백옥 술잔.

노래를 마치고 손을 잡으며 서로 이별했다. 장 부마는 노래를 듣고 그 속에 미묘한 뜻이 있음을 알아 기쁨을 감추지 못하고 은근한 마음을 드러냈다.

도왕이 구강으로 돌아오니, 휘하의 모든 장사와 병졸이 도왕이 돌아오는 것을 보고 하늘만큼 땅만큼 기뻐하면서 채찍을 들고 만세를 불렀다. 그 소리가 산하를 진동시킬 만했다. 도왕이 천자가 직접 내린 말씀에 대해 들려주고, 모든 군사들을 위무하며 천자가 내려 준 황금을 일일이 나누어 주니 환성이 하늘을 울렸다.

도왕이 해군을 독려해 상서도로 돌아오니, 섬의 모든 인민이 다 부두로 나와 환영했다. 집집마다 깃발과 둥근 등을 걸었으며, 사람마다 만세를 불렀다.

각설. 장 부마가 천자를 모시고 조정으로 돌아와 춘양 공주에게 말했다.

"이형경이 이별하는 자리에서 화답한 노래에 미묘한 뜻이 있는 것 같은데, '백 년을 함께 할 아름다운 기약은 그 어느 날이런고'와 같은 구절이 있기 때문이오. 아직 모르겠으나 만약 이형경이 마음을 돌리면 공주의 고견은 과연 어떠하겠소?"

춘양 공주가 웃으면서 말했다.

"상공의 물음이 무슨 뜻인지 모르겠습니다. 지난날 결혼하기 전에는 머리 하나를 형경에게 두고 계시더니 오늘은 어찌 그 시작과 끝이 바뀌셨습니까?"

장 부마가 말했다.

"공주의 인덕이 미물에게도 미치니 소생이 어찌 감히 이형경에게 뜻을 둘 수 있겠소이까? 그렇지만 이형경에게 힘들이고 마음을 쓴 것이 지금까지 15년이나 됐소. 형경의 고집이 금석과 같이 굳어서 비록 하늘과 사람과 귀신과 부처라도 그 마음을 돌릴 수 없었던 까닭에, 소생도 역시 그를 잊지 못했던 것이오. 만약에 한번 그 고집을 꺾는다면 세계를 연합하고 그 맹약하는 제단에서 소귀를 잡고[491] 천하의 패자가 되는 것보다 오히려 낫다고 생각하오. 그러나 시 한 편에 담긴 미묘한 뜻으로 어찌 그 만년이 되어도 돌리기 어려운 고집이 하루아침에 하늘의 해가 돌아오는 것처럼 바뀌었다는 것을 알 수 있겠소?"

그러고는 궁궐에 들어가 천자를 모시고 이형경이 남쪽 지방을 정벌한 공훈과 함께 노래 속에 들어 있던 뜻으로 이야기를 나누었다. 천자도 기쁘게 웃으며 말했다.

"짐도 의아한 점이다. 그러나 이형경에게 뜻을 굽히고 절

---

491) 원문의 '집우이(執牛耳)'는 우두머리[盟主]가 되는 것을 뜻한다. 옛날 제후들이 모여서 맹세할 때 희생이 되는 소의 왼쪽 귀를 찢어서 피를 받아 마셨는데, 이때 맹주가 소귀를 잡았다.

개를 구부러뜨리는 날이 있겠는가? 그가 귀국하면 반드시 노래 속의 뜻을 차례로 알게 될 것이다. 만약에 돌아오지 않으면 그만이겠지만, 이번에 남쪽을 평정한 공을 누가 상상이나 했겠는가? 충성스럽고 의로운 간담이 한세상에 으뜸이라 손으로는 종사를 부축했고 나라를 다시 평안하게 했으니, 다만 초상을 그려 기린각에 다는 것에 머물 수 없겠다. 마땅히 황금으로 그 형상을 주조해 그가 남쪽을 평정한 공을 기념해야 할 것이다."

그리고 장 부마에게 당장에 공사를 시작하라고 명했다. 장 부마는 명을 받들어 즉시 실력 있는 장인을 불러 모으고 황금상(黃金像)을 제작해 상림원(上林園)492) 안에 세웠다. 또 사방의 인사들에게 명해 상림원을 유람하며 그 일을 기념하는 시를 지으라 하니, 천하에서 한결같이 구름처럼 모여 금상을 구경하는 자가 하루에 만 명을 헤아렸다.

도왕은 귀국하려는 뜻이 있어 섬의 상하 의원과 대의사들을 크게 모으고 조서를 내려 말했다.

"과인은 고향을 향한 그리움이493) 있어서 본토로 돌아가

---

492) 진(秦)나라 때 만든 임금 전용의 정원이다. 지금의 섬서성(陝西省) 장안현(長安縣)의 서쪽인데, 진시황이 아방궁을 지은 곳이다.

493) 원문의 '越鳥南枝(월조남지)'는 남방의 새는 남쪽 가지에 둥지를 튼다는 뜻인데, 고향이나 고국을 그리워하는 마음을 비유한다.

남은 해를 거기에서 마치려 하오. 섬사람들이 덕 있는 사람을 뽑아 준다면, 과인이 그 자리를 양위할 것이오."

섬사람들은 말없이 듣고 있다가 다시 열흘의 기한을 주면 깊이 생각해 보고 다시 아뢸 것이라 했다. 도왕이 허락하니 섬의 인민들이 서로 의논해 말했다.

"만약에 도왕을 잃게 되면 사람도 멸종될 것이고 영토도 다 쪼개져 마치 남아프리카공화국의 형편[494]이 될 것입니다. 만약에 덕 있는 사람을 선출하더라도 학문과 지식이 우리 도왕과 같은 분은 없을 것이니, 무슨 계책을 써야만 머물게 만든단 말이오?"

한 사람이 나서서 의견을 제시했다.

"내게 꾀가 하나 있는데, 10년은 가능할 것 같소이다."

사람들이 그를 보니, 곧 문학박사 주을나(周乙那)였다.

각설. 장 부마가 이 상서의 노래에 담긴 뜻을 느끼고 마음으로 홀로 기뻐하고 자부하면서 거의 병이 날 지경이었다. 그러던 중 홀연히 한 도인이 문을 두드리는 것이었다. 장 부마가 놀라고 괴이하게 여겨 누각 아래로 내려가 맞으니, 곧 백경도인(百鏡道人)이었다. 머리에는 칠성건(七星巾)[495]을 쓰고 몸에는 여섯 수의 비단으로 짠 황색 옷을 입

---

494) 보어 전쟁(1899~1902) 전후에 남아프리카 지역의 혼란했던 상황과 이후 식민지화 과정에 따른 일련의 혼란을 뜻하는 것으로 보인다.

고, 발에는 비운석(飛雲鳥)496)을 신고, 허리에는 두 마리의 용이 새겨진 옥 허리띠를 둘렀으며, 손에는 흰색 여의주를 들고, 한 마리의 매화록(梅花鹿)497)을 타고 있었다. 그는 기쁘게 나아와 말했다.

"상공께서 이 상서를 보셨습니까?"

"보았습니다."

"이 상서의 노래를 들어 보셨습니까?"

"들어 보았습니다."

"하늘의 연분이 가깝지만, 다만 업장이 아직 다 제거되지 않았으니 어찌하리오?"

"나는 이미 아내가 있으니 다시 무엇을 바라겠습니까마는, 이 상서의 고집이 사람과 하늘과 귀신과 부처를 꿰뚫었는데 아직도 돌이켜 깨우치지 못하는 까닭에, 내게는 골수에 깊이 박혔습니다. 큰 소원을 한번 이룰 수 있다면, 진실로 한낮에 하늘에 날아올라 세대를 건너뛰어 장수하고 천상과

---

495) 도사가 쓰는, 북두칠성이 새겨진 두건.

496) 당나라의 백거이(白居易)가 여산(廬山)의 초당(草堂)에 살 때 만들었다는 신발을 비운리(飛雲履)를 가리키는 것으로 보인다. '석(鳥)'은 바닥을 여러 겹으로 붙인 신을 말한다.

497) 사슴의 한 종류. 여름철이 되면 털빛이 갈홍색을 띠고, 등 부위에 매화와 비슷한 흰 반점이 생긴다.

인간 세계를 두루 돌아다니는 것보다 낫겠습니다. 내가 일찍이 백만의 군사를 거느리고 큰 승리를 얻었어도 충분히 흔쾌하지는 않았습니다. 이 상서를 굽힐 수만 있다면, 제 소원은 이루어진 것이니 도인께서 인도해 주시기 바랍니다."

"제가 지금 상서도로 날아가 한마디 말로 결단하려 하는데, 도중에 상공의 문하를 지나게 된 까닭에 발길을 멈추고 인사를 나누는 것입니다."

장 부마는 은근히 정성을 다했고, 함께 만화원(萬花園)498)으로 들어가 술을 마시며 서로 기꺼워했다. 그때 마침 위태랑과 동정월과 무산운과 마작 등이 함께 이르렀다. 부마가 만화원으로 맞아들여 백경도인과 함께 이야기를 나누니, 도인이 위태랑을 돌아보며 말했다.

"우리는 모두 천상의 별들로서 인간 세상에 귀양 와서 도인과 범인으로 서로 다른 길을 가고는 있으나, 인연과 결과는 한집에 매어 있습니다. 아득한 앞날을 미리 말할 수는 없으나, 다만 업경(業鏡)이 아직 한 겁을 지나지 못했으니, 반드시 기한을 기다리며 천명을 따르십시오. 내 지금 상서도로 향해 가니, 돌아오는 길에 다시 여러분들을 찾아오겠습니다."

이렇게 말을 나누고 있는 사이에 또 한 손님이 찾아와 문

---

498) 온갖 꽃이 심어진 정원.

밖에서 뵙기를 청했다. 부마가 금동(琴童)⁴⁹⁹⁾에게 시켰다.

"바깥채로 모시어라. 마땅히 내가 나가서 맞을 것이다."

도인이 말했다.

"그 방문객을 상공께서 혹시 아십니까?"

부마가 말했다.

"아직 모릅니다."

"이 사람은 분명 동해 용왕의 딸일 것입니다."

부마가 놀라 말했다.

"용왕의 따님께서 왜 여기에 오셨을까요?"

"그가 반드시 청하는 바가 있을 것인데, 다만 '백경도인에게 물어본 뒤에 허락하겠다'고 말씀하십시오."

부마가 머리를 끄덕이고 나가서 그 손님을 맞으니, 그 손님은 한 명의 소년이었다. 풍채가 아름답고 거동도 아리따운데 머리에는 옥화관(玉華冠)⁵⁰⁰⁾을 썼고, 금실로 짠 도포를 입었다. 꼿꼿이 서서 들어와 자리를 정하고 차를 마신 다음, 두 손을 모으고 부마에게 말했다.

"후배는 동해에서 왔습니다. 상공께 간절하게 드릴 말씀이 있어서 천 리를 멀다 하지 않고 왔는데, 상공께서는 과연 승낙을 해 주시겠습니까?"

---

499) 옛날 문인의 곁에서 시중을 들던 아이.
500) 옥으로 꽃을 만들어 장식한 관.

부마가 말했다.

"선생이 천 리를 멀다고 하지 않고 강호를 건너 영광스럽게도 이 누추한 곳에 오셨으니, 느낌이 매우 남다릅니다. 그러나 다만 간구하시는 바가 무슨 일인지 모르니 청컨대 한 번 말씀해 주시면, 마땅히 응낙할 것은 응낙하겠지만 응낙할 수 없는 것이야 어찌 단언할 수 있겠습니까? 그러니 선생께서는 쌓인 바를 말씀해 보십시오."

소년이 말했다.

"저희 집에 늙으신 아버님이 계시온데, 백여 년을 수련하시어 도가 높고 덕이 두터워져서 남들로부터 추앙을 받고 계십니다. 그런데 며칠 전 저에게 명하시어, 가서 상공을 맞이해 오라 하셨습니다. 아버님의 명을 받들고 왔으니 존장을 공경스럽게 모시고자 합니다."

장 부마가 말했다.

"무슨 긴한 일인지 상세하게 말씀해 주시기를 바랍니다."

소년이 말했다.

"내용은 이 후배가 알 바 아니오니, 잠시 몸을 굽혀 함께 가 주십시오."

장 부마가 주저하는 뜻을 보이며 미처 답변하기도 전에, 갑자기 바람과 구름이 하늘에 가득하고 우레와 벼락이 땅을 흔들었다. 그러고는 한 줄기 금빛 속으로 그 소년이 장 부마와 함께 서로 앞뒤를 이루어 비바람처럼 빠르게 나아갔다.

부마는 정신이 황홀해 거의 꿈속에 있는 것 같았다. 이것이 세 번째 어려움이었다.

도인은 위태랑 등과 장 부마가 들어오기를 기다리고 있었는데, 반나절이 지나도록 좀처럼 소식이 없었다. 백경도인이 눈을 들어 동쪽을 바라보고는 위태랑과 무산운에게 말했다.

"일이 급하게 됐소."

그리고는 소매 속에서 스물네 번째 참마경(斬魔鏡)501)을 꺼내 동쪽 하늘을 향해 비추니, 문득 한 줄기 금빛이 생겨 장 부마가 타고 있는 금빛 속으로 들어갔다. 백경도인이 곧장 그 소년이 멈춘 곳으로 향하니, 그 소년은 백경도인의 본령을 알지 못해, 갑자기 백경도인을 향해 손에 쥐고 있던 금여의(金如意)502)로 후려쳤다. 백경이 업경으로 막으니, 금여의는 조각조각 부서져 각기 호랑나비가 되어 날아 공중에 흩어졌다. 그 소년은 당해내지 못할 것을 알고 푸른 용으로 변해 구름을 타고 숨었다. 이에 백경은 장 부마와 함께 황도(皇都)로 향해 돌아왔다.

그런데 조금 있다가 한 줄기 검은빛이 금빛 위에 달라붙고, 소리가 천지를 진동하더니 한순간에 한 곳으로 가 버렸

---

501) 마귀를 베는 거울이라는 뜻.
502) 금으로 만든 여의주.

다. 백경이 장 부마에게 말했다.

"이것은 동해 용왕이 한 짓이니, 특별히 정신을 붙잡고 그 계산에 잘못 빠지지 않도록 조심하십시오."

잠시 후 수백 명의 무장한 병사들이 큰 칼과 긴 창을 지니고 장 부마를 향해 돌진해 왔다. 백경이 업경을 비추니 삽시간에 병사들이 모두 물로 변했다. 또 보니 서너 명의 선관이 우당(羽幢)503)을 받들고 오는 것이었다. 백경이 또 업경을 비추니 선관이 손에 용 비늘 한 조각을 잡고 업경에 마주 비추었다. 그러자 오색의 영롱한 빛이 천지를 환하게 밝혔다. 백경은 선관이 수행한 본령이 있음을 알고 다시 마흔두 번째 파혜경(破慧鏡)504)을 비추니, 선관이 물러났다. 또 보니 한 마리 독룡(毒龍)이 어금니와 발톱을 드러내고 곧장 장 부마를 향해 검은 불꽃을 토해내는 것이었다. 백경이 다시 참요경(斬妖鏡)505)을 비추니 독룡이 악어로 변해 입으로 흰 거품을 토했다. 백경이 다시 도마경(屠魔鏡)506)을 비추니 악어가 다시 이무기로 변해 남쪽을 향해 숨었다. 그래서 백경은 장 부마와 함께 돌아오려고 했다.

---

503) 깃으로 만든 기(旗)의 하나.

504) 교활함을 물리치는 거울.

505) 요괴를 베는 거울.

506) 마귀를 잡는 거울.

백경이 장 부마와 함께 금빛 광선을 타고 돌아오려고 하고 있는데, 한 줄기 푸른 무지개가 하늘을 가로지르더니 갑자기 한 거인이 금관을 쓰고 옥홀(玉笏)을 든 채 길을 막으며 말했다.

　　"장 상공께서는 별고 없으십니까?"

　　장 부마가 채 답을 하기도 전에 백경이 곁에서 말했다.

　　"그대가 딸을 장 상공에게 시집보내려 하면 마땅히 중매쟁이를 보내 통혼하고 육례(六禮)를 갖추어 맞이하면 될 것을, 어찌하여 마술을 써서 장 상공을 유인하여 가려는 것이오? 이것은 정식 혼인이 아니고 거미의 정령이 저팔계(豬八戒)507)를 혼미하게 해 사로잡는 요술과 똑같으니, 어찌 이런 만행을 저지르시오? 대왕도 바다 궁전의 우두머리 신이고 하늘 별의 정령 직책을 맡고 있는데, 어째서 작위와 신분을 돌아보지 않고 감히 헤아릴 수조차 없는 죄를 감행했소? 가만히 대왕을 위해 취하지 않겠소이다."

　　거인이 노해 말했다.

　　"너는 어떤 요괴이기에 감히 나 같은 하늘의 대신을 희롱

---

507) 중국의 4대 기서 가운데 하나인 《서유기(西遊記)》의 등장인물이다. 본명은 저오능(猪悟能)인데, 돼지의 머리에 뚱뚱한 사람의 몸뚱이를 갖고 있다. 저팔계는 당나라 삼장법사인 현장의 두 번째 제자가 되어 손오공, 사오정과 함께 삼장법사를 보호하며, 천축에 있는 뇌음사에 불경을 구하러 간다.

하느냐? 마땅히 상제께 아뢰어 네 머리를 베게 하겠다."

백경이 웃으며 말했다.

"그대가 비록 하늘의 대신이라고 말하나, 나는 그대가 맡은 하늘의 성군(星君) 직책을 뗄 수도 올려 줄 수도 있소. 그대가 맨눈으로 신선과 범인도 구분하지 못하니, 그대의 죄는 무슨 법으로 다스려야 하는가?"

"네가 성군이면 무슨 본령이 있느냐? 마땅히 나와 더불어 재주를 시험하고 자웅을 가려 보자."

"기왕에 재주를 시험하고자 한다면 어떤 물건을 걸겠소?"

"네가 지면 장 상공을 그냥 내게 주면 될 것이고 내가 지면 나의 천금(千金) 같은 딸을 너에게 주겠다."

"그대의 딸이 어디에 있소?"

"수정궁(水晶宮)508)에 있다."

"이미 도박에 거는 물건을 입 밖으로 뱉어냈으니, 마땅히 그대의 딸을 불러 장 상공과 좌우에 함께 서서 재주를 시험한 결과를 기다리게 하시오."

"내가 마땅히 불러올 것이다."

그러고는 휘파람을 길게 부니 그 딸이 바람을 타고 이르렀다. 그는 곧 전에 장 부마와 함께 오던 소년이었다. 백경이 말했다.

---

508) 수정으로 만든 아름다운 궁전으로, 용궁을 말한다.

"한마디 말로 이미 정해졌으니, 무슨 재주로 겨루겠소?"

"내가 너를 만 길 얼음산에 떨어뜨릴 것이니 괴롭다는 말은 하지 말거라."

"그대의 본령에 따라 마음대로 재주를 써 보시오."

거인이 공중을 향해 주문을 외니 우레와 비가 크게 쏟아지고 파도가 갑자기 일어났으며, 한 줄기 광풍에 엄청나게 큰 얼음산이 만들어졌다. 그러자 백경이 웃으며 말했다.

"그대는 내 가슴에 가득한 열을 녹일 수 없소."

그러고는 서른여섯 번째 거울로 얼음산을 비추니 봄바람이 따뜻하게 불면서 일시에 녹아 버리고, 뜨거운 바람이 크게 일어나 얼음산이 만 길의 불 산으로 변해 붉은 불꽃이 하늘로 치솟았다. 거인은 견디지 못했다.

"내가 졌다, 졌어. 너는 빨리 내기에 건 물건을 가지고 가거라."

그러고는 다시 한 마리 청룡으로 변해 있었다. 백경은 장 부마와 함께 그 여인을 데리고 금색의 광선에 올라서 돌아왔다. 여인은 마음속으로 분해하면서 말했다.

"부왕께서는 왜 패배를 당해서 내 한 몸을 내기 물건으로 삼아 돌아보지도 못하고 하염없이 가게 하시는 거야? 내가 저놈을 따라가서 그 형세를 보다가 원수를 갚고야 말겠다."

백경도인은 장 부마와 더불어 여인을 데리고 돌아왔다. 그 여인은 용왕의 첫째 딸인데, 이름은 혜광주(惠光珠)로 온갖 조화를 다 부릴 줄 알았고 재주를 비할 자가 없었다. 동정월·무산운·마작·위태랑 등과 서로 보고 나이를 이야기해 보니 백경도인은 나이가 서른하나였고, 위태랑은 서른이었고, 동정월은 스물아홉이었고, 마작은 스물여덟이었고, 무산운은 스물일곱이었고, 혜광주는 스물여섯이었다. 나이 순서대로 서로 차례를 정해 형제의 정을 맺었다.

마작의 호는 무릉춘(無陵春)인데 자못 영웅의 기질을 지니고 있어서 평소에도 무인의 옷차림을 해 위풍이 늠름했고 굳센 기개에 서슬이 있었다. 그래서 그의 스승인 적양도인(赤陽道人)509)이 무릉춘이라고 호를 지어 줬다. 무릉춘이라고 한 것은 그 '무(武)' 자를 빌어 그의 기상이 굳센 것을 말하고, '춘(春)' 자는 온화한 기운으로 평생의 계율을 삼으라고 한 것이었다. 마작은 항상 '춘' 자가 의롭다고 생각하지 않은 적이 없었다. 자기를 굽히고 고집을 꺾었기 때문에, 말이 온화하고 부드러웠으며 얼굴이 아름다워 황홀하기가 마치 맑은 바람 속에 한 개의 달을 앉혀 놓은 것 같았다. 그래서 공경하며 복종하고 우러러보지 않는 자가 없었다. 혜광주는 무릉춘을 한번 보고 마음으로 기뻐하며 정성을 다해 복종하고 마치 형제처럼 정을 나누었다. 무릉춘도 마치 한 핏줄처

---

509) 적양도인(赤陽道人)은 중국 무협지 등에 간혹 보이는 인물이다. 실제로 도가에서 상정한 신선인지는 자세하지 않다.

럼 여겨서 정성스럽게 대했다.

천자는 장 부마가 동해 용왕의 딸을 얻어서 데려왔다는 소식을 들었다. 그래서 특별히 동명부인(東溟夫人)[510]이라는 작위를 내리고, 또 춘행원(春杏園)에 있는 정자를 주어 거주하게 했다. 혜광주는 황제의 은혜에 감사를 표하고 춘행원으로 거처를 옮겼다. 이곳은 봉래원의 동쪽이자 백화원의 서쪽에 있었다. 봉래원은 이 상서의 부중에서 북쪽에 있는데, 여기에는 무릉춘이 거주했다. 백화원은 장 부마의 별장인데, 여기에는 위태랑이 거주했다. 취화원은 봉래원의 서쪽에 있는데, 여기에는 동정월과 무산운이 거주했다. 이들은 서로 왕래하면서 아침저녁으로 끊이지 않았다. 춘양 공주의 만수원(萬壽園)과 춘순 공주의 태평원(太平園)과도 숲이 서로 접해 있었고 맑은 시내는 서로 이어져 있어서 세상 사람들이 육원(六園)이라고들 불렀다.

각설. 상서도의 문학박사 주을나는 중의원에서 연설하고 또 대의사 여러 사람들과 그 꾀에 대해 비밀스럽게 말을 나눴다. 중의사들이 말했다.

"무슨 꾀로 도왕을 머물게 하고 고국에 돌아가지 못하게 할 수 있겠소이까?"

주을나가 말했다.

---

510) 동명(東溟)은 동쪽 깊은 바다라는 뜻.

"그 계획은 매우 비밀스러운 것인데, 이리저리 행하면 도왕이 귀국할 수 없을 것이오."

중의사들이 크게 기뻐하면서 말했다.

"이 꾀라면 세상을 다시 세워도 어그러지지 않을 것이오."

그러고는 주을나로 하여금 영미 여러 나라를 유람하게 했다. 이어서 중의원 의사가 도왕에게 말했다.

"전하께서는 반드시 고국으로 돌아가시고자 하나, 섬 안의 모든 인민이 모두 이별을 애석해하는 뜻이 있으니, 원하옵건대 다시 일 년만 머물러 계시다가 기한이 차면 환국하시옵소서."

도왕이 말했다.

"또 머물면 어떻게 하란 말이오?"

의사가 말했다.

"특별히 증서를 만들어 서로 간에 약속을 실천하도록 하시옵소서."

도왕이 허락하고 이에 일 년 기한으로 특별히 증약서(証約書)를 작성하고 신문에 널리 알렸다.

각설. 주을나는 영국을 유람하면서 국무경(國務卿)[511]

---

511) 이 이름이 처음 보이는 것은 1911년 신해혁명으로 청나라가 멸망하고 중화민국이 건국되면서부터이다. 중화민국에 대총통(大總統)의

과 사귐을 맺고 상서도가 독립하고자 하는 뜻과 소원을 말했다. 국무경이 영국의 황제에게 나아가 아뢰니 영국의 황제가 국무경으로 하여금 만국회의소(萬國會議所)512)에 위원으로 특파해 특별히 상서도의 독립을 공인해 주도록 청했다. 만국이 특별히 공인하니 위원이 영국 정부에 복명했다. 영국 정부는 특별히 상서도에 전권공사(全權公使)513)를 파견해 약장(約章)514)을 정하고 공사관을 건축해 영국의 기장을 걸었다. 미국·프랑스·독일·러시아·오스트리아·이탈리아 등 여섯 나라도 차례로 약속을 정하고 공사를 파견

정무를 돕는 벼슬로 두었는데, 《여영웅》이 신문에 연재된 것이 1906년이기 때문에, 중화민국의 국무경과는 관련이 없다. 작자가 미국에 국무장관이 있다는 사실을 알고서 사용한 것으로 보인다.

512) 유럽 열강의 경쟁적인 영토 확장으로 긴장감이 높아지자 러시아 황제 니콜라이 2세의 제안으로 1899년 네덜란드 헤이그에서 26개국이 참가한 가운데 처음으로 만국회의가 열렸다. 여기에서 전쟁이 아닌 법으로 국가 간의 분쟁을 해결하자고 합의했다. 제2차 만국회의는 1907년에 네덜란드의 헤이그에서 열리기로 되어 있었는데, 우리나라에서는 이준·이상설·이위종 세 명을 파견해 을사늑약의 부당성과 대한제국이 주권국가임을 알리고자 했다. 그러나 회의에 늦게 도착했을 뿐만 아니라 정식으로 초청을 받지 않았다는 이유로 참가를 거절당했고, 이준은 자결함으로써 이에 항의했다.

513) 외국에 파견되어 전적으로 나라를 대표하고 자국민 보호와 파견국에 대한 정보 수집을 주된 임무로 하는 외교관.

514) 국제적으로 맺어진 약속을 성문화한 법의 문장.

해 조약을 맺었다.

도왕은 국회를 소집해 섬 이름을 아란국(阿蘭國)이라고 고쳤고, 도왕의 호칭을 높여 대군주(大君主)라고 했으며, 연호를 정해 신명(新命) 원년이라 했다.

그러고는 대명국에 사신을 파견해 조약을 맺기를 청했다. 명나라의 천자는 백관들과 의논해 대사(大使)로 장 부마를 파견하면서 그에게 명해 특별히 약장을 정하도록 했다. 장 부마는 아란국에 도착해 대군주와 더불어 회견을 했다. 대군주는 아름다운 얼굴을 화려하게 해 양국의 교호(交好)를 밝히면서 국경 밖으로 만 리나 나온 것을 위로했다. 또 국빈을 맞는 예로 대우하고 특별히 어전에서 회식을 하도록 했다. 장소의 수행원은 평서대장군(平西大將軍)인 무릉춘과 좌부도독부 참모관인 동정월·무산운과 부마도위 이소경이었고, 부속 관원으로는 한림인 장호(張湖)와 동명부인 혜광주가 있었다. 아란왕이 장 부마에게는 특별히 대훈위 서일대수장(大勳位瑞日大授章)515)을 수여하며 옥으로 가슴에 차도록 했다. 그러자 장 부마가 말했다.

"특별히 은혜로운 훈장을 받들게 되니 감사와 기쁨에 영

---

515) 일본식 훈장 이름이다. 그러나 일본에 욱일대수장(旭日大綬章)과 서보대수장(瑞寶大綬章)은 있었지만, 서일대수장은 존재는 자세하지 않다.

광이 백배나 됩니다."

아란왕은 웃음을 머금은 채 말없이 훈일등 보성장(寶星章)을 모든 수행원에게 수여하고 훈이등 서성장(瑞星章)을 부속 관원들에게 수여했다. 그러고는 백화궁(百花宮)516)에 여장을 풀도록 했다. 다음 날 아란왕이 몸소 빈관(賓館)에 찾아와 멀리 온 노고에 다시 감사를 표하고, 말고삐를 나란히 하여 함께 봉황교(鳳凰橋) 공원으로 가서 꽃과 버드나무를 감상하고 품평했다. 또 반드시 박물관과 동물원과 철공장과 각종 제조소를 봐야만 한다고 해 일일이 구경하고 함께 궁궐로 돌아와 연회를 베풀었다. 군악은 하늘을 진동하고 불꽃은 유성처럼 흘러서 전무후무하게 성대한 상황을 보여 줬다.

장 대사가 돌아갈 때 아란왕이 바닷가의 망화정(望華亭)517)에서 송별연을 크게 베풀고 은근한 뜻을 보여 줬다. 대사는 한탄과 근심을 금치 못하고 주르륵 눈물을 흘렸다.

"바다와 산으로 멀리 떨어져 있고 청춘은 이미 늙어 가니 이 생애에서 만나고 이별하는 것이 모름지기 슬픔 속으로

---

516) 원나라의 마지막 황제인 순제(順帝) 때 이런 이름의 궁전이 지어진 적이 있다.

517) 꽃을 바라보는 정자, 중국을 그리워하며 바라보는 정자로 해석될 수 있다.

들어가게 됐습니다. 높은 뜻과 기이한 기상을 언제 다시 볼 수 있겠습니까?"

아란왕이 말했다.

"내게는 머리를 고향 땅으로 두려는 생각이 있으니, 반드시 고국에 돌아가 부모의 고향에서 늘그막[518]을 보낼 것입니다. 한때의 부침과 영화를 어찌 마음에 담아 두십니까?"

대사가 말했다.

"하늘이 부여한 나이는 한스럽고 한스러우며 세상은 바쁘고 바쁘니, 흰 머리로 서로 만난들 어찌 슬프고 흠이 되지 않겠습니까?"

아란왕이 말했다.

"모든 일은 이미 정해져 있는 것이라서 사람이 억지로 할 수 없으며, 나뉘고 합해지는 것은 운명이니 슬퍼하고 기뻐해서 무엇에 쓰겠습니까? 다만 만 리의 바람과 물결에 건강을 유지하면서 별 탈 없이 귀국하기를 비는 바입니다."

대사가 잔을 들고 세 번 만세를 부른 다음 슬픈 모습으로 배에 올랐다.

각설. 주을나가 돌아다니면서 큰 경륜을 발휘하며 큰 사업을 이루었으니, 그 뛰어난 공훈은 천지와 더불어 나란하다고 할 수 있었다. 그러나 그 공을 스스로 자랑하려 하지 않

---

518) 원문의 '수로(垂老)'는 일흔이 가까운 노인을 일컫는 말이다.

고 문명한 각국을 두루 유람하면서 한 해가 지나도록 돌아오지 않았다. 아란국에서는 모든 인민이 주을나의 공훈을 모두 칭송해 여론이 끓어오르게 됐다. 아란왕이 중의원들과 의논해 말했다.

"주을나를 반드시 불러들여 귀국하게 하고 큰 공훈에 맞는 지위에 배치하면 되겠지만, 그 위대한 공은 우주에 빛을 드리웠다고 할 수 있을 정도이니 그의 형상을 금으로 주조해 봉황교 공원에 세우려 하오. 그대들의 마음에 어떠하오?"

여러 사람들이 일시에 응하여 모두 그것이 옳겠다고 말하였다. 이에 대장부(大藏部)519)에 명해 예산에 없던 자금을 지출하여 주을나의 황금상을 주조하라 했다. 그러자 중의사들이 말했다.

"이 나라의 문명과 독립이 실로 대군주께서 창업하신 커다란 공으로 유래한 것이니 함께 금상을 주조해 우주에 빛을 드리우는 것이 옳지 않겠습니까?"

중의원들이 한목소리로 동의하니 그 의견을 깰 수가 없었다. 아란왕은 재삼 사양했으나, 돌이킬 수 없음을 알고 중

---

519) 과거 일본에 있었던 정부 부처로 근세에 대장성(大藏省)으로 고쳤다. 메이지 2년인 1869년에 설치됐고 2001년에 폐지되어 재무성으로 개편된 일본의 행정기관이다. 재정 · 통화 · 금융에 관한 모든 업무를 처리했다. 작자가 일본의 행정기관을 모델로 사용한 것이다.

의원과 정부에서 의논해 결정하라고 했다. 정부의 대신들이 회의를 통해 대군주의 금상은 한 길 여섯 자로 하고 주을나의 금상은 한 길 두 자로 만들기로 정했다. 공사를 빨리 진행해 백 일 내에 속성으로 준공해 봉황교에 세우게 됐다. 왼쪽 동대(銅臺)520)에는 대군주의 금상을 세우고 오른쪽 동대에는 주을나의 금상을 세웠다. 커다란 옷과 신발, 의젓한 면목은 황홀하기가 천지를 지탱하고 일월을 떠받칠 기상이었다. 전국의 인민이 축하회를 크게 열어 일곱 날을 놀며 즐기니 만국이 함께해 성황을 이루었다.

전국의 인민이 주을나를 불러들이기를 원하니, 아란왕이 시종무관(侍從武官)521) 장례노사(長禮魯斯)를 명하여 특파대사로 삼아 영국의 황제에게 국서를 전달했다. 두 나라의 돈독한 우의를 치하하고 주을나를 불러들이겠다는 내용이었다. 주을나는 대사를 보고 말했다.

"대군주께서는 명나라 출신으로 항상 고국으로 돌아가고자 하는 그리움을 품고 계셔서, 아란국에 오래 머물려 하시지 않을 것이오. 그러니 만일 명나라에 돌아가시지 않겠다는 서약을 증서로 주시면 나는 마땅히 그날로 고국으로 돌아갈 것이오. 그렇지 않으면 전 세계를 돌아다니며 방황

---

520) 구리로 만든 좌대.
521) 조선 말기 궁내부의 시종무관부에 딸려 임금을 호위하던 무관.

할지언정 맹세코 돌아가지 않을 것이오. 그러니 대사께서는 제 뜻을 아뢰어 그 허락이 떨어질 수 있도록 해 주시오. 이것이 내 소원이오."

대사가 귀국해 주을나의 말을 고했다. 아란왕은 항상 귀국하고자 하는 그리움이 있어 길이 마음에 잊지 못하는 터였는데, 만일에 그런 약속을 맺으면 반드시 아란국의 귀신이 될 것이라며 맹서를 하지 않고 잠시 유보하고 있었다. 그런데 중의원으로부터 많은 의견들이 끓어올라 서로 의논을 하면서 말했다.

"만일에 약속 증서를 써 주시면 주을나를 환국시킬 수 있고 대군주께서도 돌아가지 않을 것입니다. 이런 약속이 한 번 이루어지게 되면 이는 아란국 전 인민의 행복이 될 것이니, 어찌 아름답지 않겠습니까?"

정부에 고해 빨리 약속 증서를 청하게 하니, 정부의 여러 신하들이 어전회의를 열고 약속 증서를 작성하시어 주을나를 돌아오게 해 달라고 청했다. 그러자 아란왕이 말했다.

"나는 영원히 귀국하지 않겠다는 약속을 할 수 없고, 10년간 돌아가지 않겠다는 약속을 해서 주을나가 들으면 다행이고 안 들으면 약속을 할 수 없소."

여러 대신들은 그 마음을 돌이킬 수 없음을 알고, 주을나에게 사자를 보내 10년 동안 돌아가지 않겠다는 약속 증서를 전달했다. 그러자 주을나가 말했다.

"애초에 나는 10년을 머물게 하겠다는 꾀로 여러 의원들에게 큰소리를 쳤소이다."

그러고는 짐을 싸서 귀국하니 전국의 인민이 부두에 모여서 환영했다. 아란왕도 여러 대신을 거느린 채 그 뒤에 있는 해천정(海天亭)에서 환영회를 열기 위해 이마에 손을 얹고 주을나를 바라봤다. 기적 소리가 한 번 울리고 주을나가 타고 있는 군함 해룡호(海龍號)가 대월만(大月灣)의 군항에 정박했다.

각설. 혜광주는 동해 용왕의 딸이었다. 동해 용왕은 두 딸을 두었는데 첫째는 혜광주였고 둘째는 수광주(壽光珠)였다. 용왕은 그 딸들의 혼처를 걱정해서 날마다 아름다운 신랑감을 구하고 있었다. 그러던 어느 날 상제께 조회하러 갔다가 천을성이 적강하여 장소가 됐다는 말을 듣고, 사위로 삼기 위해 신술(神術)로 속여 데려오려다가 백경도인에게 패배했던 것이다.

그가 딸 혜광주를 빼앗기고 울분에 싸인 채 수부로 돌아오니, 차녀 수광주가 나아가 말했다.

"언니가 오지 않았는데 무슨 까닭인가요?"

용왕이 부끄러워 얼굴이 빨개지며 말했다.

"네 언니를 내기 물건으로 걸었다가 내기에 져서 나는 돌아왔고, 네 언니는 백경에게 빼앗겼다."

수광주가 말했다.

"부왕께서 백경에게 졌다는 말은 이웃 나라에서 듣게 해서는 안 될 것인데, 하물며 어떻게 언니를 빼앗겼다는 말까지 듣게 할 수 있겠어요? 신검(神劍)을 빌려주시면 제가 백경의 머리를 베어 부왕의 치욕을 씻고 언니를 편히 돌아오게 해 세상에 부끄러움과 비웃음을 남겨 두지 않겠습니다."

용왕이 말했다.

"내가 어찌 분하지 않겠냐마는 백경의 도술은 신성해서 적수가 될 수 없다. 우리 할아버지 오광(敖光)[522]이 나타(哪吒)[523]에게 패해 그 원수를 아직도 갚지 못하고 있는데, 지금 만약에 원수를 갚으려고 하다가 백경의 독수(毒手)에 맞을까 두려우니 굳게 참는 것이 낫겠다. 또 혜광주는 천을성과 연분이 있어서 그 집안으로 들어간 것이고, 반드시 월하노인의 실이 맺어질 것이니 너도 분노를 식히고 치욕을 참아라."

---

[522] 중국 사방의 바다를 지키는 용왕 가운데 하나다. 동해 용왕은 청룡(靑龍)인 창녕덕왕(滄寧德王) 오광(敖光), 남해 용왕은 적룡(赤龍)인 적안홍성제왕(赤安洪聖濟王) 오윤(敖潤), 서해 용왕은 백룡(白龍)인 소청윤왕(素淸潤王) 오흠(敖欽), 북해 용왕은 흑룡(黑龍)인 완순택왕(浣旬澤王) 오순(敖順)이다.

[523] 호법신(護法神)의 이름으로, 범어인 나라쿠바라(Nalakuvara)의 음역이다. 비사문천왕[毘沙門天王, 다문천왕(多聞天王)]의 아들로, 얼굴이 셋이고 팔이 여덟이며 큰 힘을 지녔다고 한다.

부왕이 부탁을 들어주지 않자, 수광주는 분노를 감출 수 없었다. 또 언니를 이별한 이래로 몸의 반쪽을 잘라낸 것처럼 애처로웠다. 슬픔을 억누를 길이 없어 날마다 복수할 방책을 생각했으나, 힘이 솜처럼 약함을 한할 뿐이었다.

하루는 동해 바닷가에 놀러 갔다가 한 동자가 바다 물결 위에서 목욕하는 것을 보았다. 그에게 신기한 술법이 있는 것을 알고 파도 위를 걸어 그 동자에게 다가가 절을 하고 고했다.

"선동에게는 어떤 본령이 있어서 바다 물결 위에서 놀 수 있나요?"

동자가 답례하고 말했다.

"저는 천상의 별로 잠시 바다 나라에 놀러 왔으니, 무슨 본령이랄 게 있겠습니까?"

다시 물었다.

"하늘의 별이라니 어떤 별인지 모르겠습니다."

그 동자가 말했다.

"저는 천랑성(天狼星)[524]입니다."

천랑성은 또한 천서(天書)[525]의 성군으로 굳세고 사나우

---

[524] 큰개자리에 속하는 매우 밝은 항성(恒星)으로, 침략을 관장한다고 해 잔혹한 침략자로 비유되기도 한다.

[525] 도교에서 원시천존(元始天尊)의 말을 쓴 책이나, 맥락상 '천상(天

며 위협적이고 무예가 있어 천상과 인간의 병권(兵權)을 관장하는 존재였다. 그런데 상제에게 죄를 얻고 바닷가 어부의 자제로 태어나 나이 열일곱에 이르러 크고 많은 본령을 얻게 됐다. 하늘로 오르고 땅속으로 들어가는 일과 바람을 부르고 비를 부르는 등 못하는 것이 없었다. 항상 바닷가에서 헤엄치며 놀았는데 엄청난 바람과 물결 속에서도 마치 평지를 밟는 것처럼 하면서 우주를 흘겨보았다. 사람들의 근심과 어려움을 보면 미처 구해 주기를 다하지 못할까 걱정했고, 옳지 못한 일을 보면 죽이기를 마치 부족한 것처럼 해 영웅의 의젓한 풍모가 있었다.

지금 수광주가 와서 하는 말을 듣고 괴이하게 여겨서 물었다.

"너 여승(女僧) 같은 여자는 무엇 하는 여인인고?"

"부르는 말이 어째 그리 건방진가?"

"네가 하늘의 살성(殺星)526)을 모르느냐?"

수광주는 그에게 본령이 있음을 알고 나아가 절하고 애걸하며 말했다.

"저는 동해 용왕의 딸입니다. 제 언니 혜광주가 백경도인과 내기에 걸린 물건이 되어 지금 장소의 집에 포로로 잡혀

上)'이라고 쓰는 것이 더 알맞다.

526) 사람의 운명을 맡았다고 말하는 흉한 별.

가 있으니, 저와 원수가 되는 집안입니다. 공자께서는 사람을 급하게 여기는 풍모를 드리워서 제 언니를 구출하고 그 부끄러움을 씻어 주신다면, 마땅히 저를 바쳐서라도 은혜를 갚겠습니다."

"동해 용왕의 신령스러움으로도 백경도인의 조화를 제거하지 못했는데, 내가 어떻게 너의 수치를 갚아 줄 수 있겠느냐?"

"듣건대 공자께 강하고 위협적인 권세가 있다고 하니, 반드시 백경의 도술을 이길 수 있을 것입니다. 특별히 위대한 무공을 드리워 주십시오. 백경을 죽이면 다행이고, 죽이지는 못하더라도 제 언니를 빼앗아 오기만 하면 그 은혜는 바다처럼 클 것입니다."

천랑성이 보니, 수광주는 안색이 정대했고 말이 측은하고 간절해 그 본성을 감동케 하는 바가 있었다. 그래서 개탄하면서 허락하고 말했다.

"마땅히 너를 위해 원수를 갚아 줄 것이다. 만일 이루지 못하더라도 그 또한 하늘에 달린 것이니 진실로 내 재주를 다해 볼 뿐이다."

그러고는 옷을 수습하고 물결을 밟고 나와 수광주와 함께 한 쌍의 보라매로 변해 곧장 장 부마의 부중으로 날아갔다. 그리고 혜광주를 급히 움켜잡아 한 마리의 흰 매로 변신시키고 세 마리의 매가 함께 공중을 돌면서 백경도인을 찾았다. 백경은 혜광주를 빼앗아 간 것을 알고 한 마리의 송골매로 변해 공중으로 날아올라 흰 매와 싸웠다. 흰 매가 구름 속으로 올라가자 송골매가 추격했다. 한 쌍의 보라매가 힘을 합쳐 막다가, 그 가운데 한 마리가 송골매의 오른쪽 날개를 확 물어뜯었다. 송골매는 이기지 못할 것을 알고 일흔두 번째 환왕경(還王鏡)527)을 취해 그 보라매에게 비췄다. 보라매는 금여의(金如意)로 그 거울을 격파했다. 그러자 거울 속에서 불 광선이 튀어나와 궁중에 서리면서 뜨거운 불꽃이 화산처럼 분출했다. 보라매가 물빛을 뿜어내니 불꽃이 모두 꺼져 버렸다. 백경이 또 거울 하나를 꺼내 비추니 큰 바람이 공중으로 불어 닥치면서 보라매의 깃털이 마구 휘날려 버티고 있을 수 없었다. 백경이 곧장 흰 매를 취하려 하니 흰 매가 또 도망가려고 했다. 송골매는 쇠 발톱으로 흰 매를 낚아채 갔다. 그러자 보라매가 금여의로 송골매의 오른쪽 날개를 쳐서 부러뜨렸다. 송골매는 당해내지 못할 것을 알고 흰 매를 놓아주었다.

천랑성은 백경도인에게 승리를 거두고 혜광주를 빼앗아 휘휘 날아서 돌아왔다. 백경도인은 자기의 재주와 술책이 천랑성에게 미치지 못하는 것이 부끄러웠고, 또 그 오른쪽 날개가 꺾인 것을 분하고 한스럽게 생각했다. 그래서 무산

---

527) 본래의 모습으로 돌아오게 만드는 거울.

운에게 청해 무지개다리를 놓아 달라고 청했다. 무산운도 매우 분하고 한스러웠기 때문에 무지개로 다리를 만들고 앞에서 백경을 인도해 건원산(乾元山)의 금광동(金光洞)에 있는 연등도인(燃燈道人)528)의 부중에 이르렀다. 백경은 도인에게 절하고 간절히 고했다.

"제자 백경이 천랑성에게 모욕을 당했기에, 원수를 갚아 주시기를 애걸합니다."

연등이 말했다.

"천랑성은 나와 팔배지교(八拜之交)529)가 있으니, 내가 마땅히 가서 보게 된다면야 반드시 혜광주와 그 아우 수광주를 되빼앗아 돌아올 수 있겠지만, 그 분함을 씻어 줄 수는 없다."

"그 형제를 빼앗아 오면 그 분함이 씻기는 것이라고 하겠지만, 제 오른쪽 팔뚝을 부러뜨린 원수는 어떻게 해 주시렵니까?"

"이것이 수광주의 일이었다면, 그 몸을 포로로 잡는 것은

---

528) 중국 소설 《봉신연의(封神演義)》에 등장하는 선인이다. 연등도인의 모델이 된 것은 불교의 삼불 중 하나인 연등불(燃燈佛)이다. 영취산(靈鷲山) 원각동(元覺洞)에 동부를 열고 있으며, 도교에서 원시천존 다음가는 서열 2위의 존재다. 《봉신연의》의 말미에서 서방교(불교)에 귀의해 성불하고, 선인에서 부처인 연등불이 된다.

529) 의형제 · 의남매 · 의자매 관계를 맺는 일.

부끄러움을 씻는 것이고 원수를 갚는 것이니 어찌 그리 극도에 이르고자 하느냐?"

백경이 거듭 감사를 드리며 빨리 원수를 갚아 주기를 원했다. 연등이 옥홀(玉笏)을 공중으로 던지니, 그 옥이 변해 한 쌍의 흰 제비가 되어 구름 밖으로 날아올라 갔다. 가다 보니 문득 한 쌍의 보라매가 흰 매 한 마리를 거느리고 해송(海松) 위에 앉아 있었다. 그 흰 제비는 한 쌍의 보라매가 혜광주 형제라는 것을 알고 곧장 몸을 뒤집어 충돌하니 한 쌍의 보라매가 땅에 떨어졌다. 또 흰 매를 치니 그 매도 땅에 떨어지는 것이었다. 그런데 문득 보니 보라매 한 마리가 몸을 일으켜 천랑성 본래의 몸으로 변해 금여의로 한 쌍의 흰 제비들을 사납게 두드려 팼다.

한 쌍의 제비는 곧 하늘 상제의 옥홀이니, 천랑성의 매를 좋이 맞으려 하겠는가? 제비들이 날아서 천랑성의 이마를 치니 천랑성이 소리를 크게 지르며 눈에서 별이 번쩍했다. 제비들과 한바탕 크게 싸움을 벌이니, 제비들이 들이받은 곳에 마치 철봉으로 맞은 것처럼 통증이 일었다. 그래서 감히 가까이 가지 못하고 소나무 가지에 앉으니 한 쌍의 제비가 각각 보라매와 흰 매 한 마리씩 보호해 공중으로 날아올라 가 버렸다.

천랑성이 앉아서 헤아려 보았다.

'혜광주 자매를 일시에 빼앗겼으니, 동해 용왕이 만일 나를 책망한다면 대답할 말이 없겠다. 내가 마땅히 우리 스승님께 구원을 청해 그 한 쌍의 제비들을 죽이고 혜광주 자매를 빼앗아 와야겠다.'

그리고 곧장 그의 스승에게 향해 가서 애걸했다.

그 스승은 다른 사람이 아니라 바로 용호산(龍虎山) 장대사(張大師)였다. 천랑성이 울면서 대사에게 고했다.

"어린 제가 백경과 서로 맞서 싸웠는데, 백경이 연등도인에게 호소해 용궁의 혜광주와 수광주 자매를 빼앗기게 되어 마음이 매우 분하고 한스럽습니다. 스승님께서 가련하게 여기시어 둘을 다시 빼앗아다가 세상에 부끄러움을 끼쳐 주지 않도록 해 주시면, 소자는 죽어도 여한이 없습니다."

대사가 웃으면서 말했다.

"이것은 한때의 희극이다. 대국할 때는 서로 싸우고 파국하면 웃어 버리는 것이 이런 것 아니겠느냐?"

천랑성이 다시 고했다.

"스승님께서 소자의 청을 들어주지 않으신다면 소자는 반드시 동해 가운데에 빠져 죽겠습니다. 돌과 나무를 물고 동해를 메울지라도 그 원한이 녹지 않을 것입니다. 그러니 제발 스승님께서는 제 원한을 씻어 주십시오."

대사가 말했다.

"너는 본디 하늘의 천랑성인데 남자의 몸으로 변해 내려온 것이다. 비록 위엄과 무력을 쓰는 본성이 있으나 마음 내키는 대로 따라서 할 수는 없는 일이고, 백경에게 곤란을 겪는 것도 하늘의 뜻이다. 그러니 너는 원수를 갚는다는 생각을 하지 말아라."

천랑성이 세 번째 고했다.

"만약에 제 원한을 씻어 주지 않으신다면, 스승님 앞에서 죽겠습니다."

대사가 말했다.

"네가 내 말을 듣지 않고 오로지 어리석은 고집을 피우고 있구나. 해서는 안 되는 일을 억지로 하면 반드시 일은 이루어지지 않는다. 이루어지지 않는 날에는 너의 분노와 한이 열 배나 되어 노부의 힘으로도 다시는 어떻게 할 도리가 없다. 그때 너는 어디에 가서 열 배의 분노와 한을 씻을 것이냐? 여기에 하늘이 정한 것이 있다. 네가 마땅히 돌이키고 깨우쳐 원수의 집안으로 보지 않으면, 반드시 얼굴을 대하고 기쁘게 웃으며 오늘 일을 재미있게 이야기하게 될 것이다. 어째서 늙은이의 말을 헤아리지 못하고 한곳으로만 목을 뻣뻣하게 하여 하늘과 이치를 거역하려는 것이냐?"

천랑성이 사부의 훈계를 듣고 돌이킬 수 없음을 알고 하늘을 우러러 길게 탄식하다가 사부에게 절하고 곧장 봉래원으로 향했다. 그러면서 헤아려 보았다.

'연등이 없는 기회를 타서 백경의 목을 베고 두 날개 사이에 두 공주를 끼고 돌아오면 누가 나와 대적할 수 있겠는가?'

다시 보라매로 변해 서울을 향하여 날아가 바로 백경이 있는 곳에 이르렀다. 백경도인은 방금 전 꽃에 물을 뿌리고 산보를 하고 있었다. 그러다 문득 보니 보라매 한 마리가 깃털을 세우고 사나운 모습으로 채 다섯 걸음도 걷지 않아 아가씨로 변하는 것이었다. 손에는 보검을 들고 바로 백경의 머리를 잘랐는데, 머리는 땅에 떨어지지 않고 문득 한 줄기 금빛이 용과 같이 솟아올라 천랑성의 몸을 얽어매 숨도 못 쉬게 하는 것이었다. 천랑성이 비로소 백경의 도술임을 알고 문득 백경에게 말했다.

"어째서 서로 궁색하게 하는 것이오?"

백경도인이 말했다.[530]

각설. 혜광주와 수광주 두 사람은 백경의 신기한 술수 때문에 어쩔 수 없이 태평원 안에 맡겨져 머물러 있었다. 그러나 첫째는 포로로 잡힌 원한이 있었고 둘째는 고향 집에 대한 미련이 있었으며 셋째는 백경에 대한 원한이 있어서, 시름이 얼굴에 가득하고 분노에 애가 끊어질 지경이었다. 잠자리와 음식이 달지 않고 정신은 어지러워 날마다 천랑성이 와서 구출해 주기를 바랐다. 하지만 천랑성은 소식이 없어 아득한 동쪽 하늘을 보며 목을 길게 빼고 기다렸다.

---

[530] 문맥이 제대로 연결되지 않는 것으로 보아, 113회분과 114회분 사이에 빠진 부분이 있는 것으로 여겨짐.

하루는 동정월과 무산운이 두 공주의 안색이 초췌한 것을 보고 매우 가련하게 여겼다. 그래서 봉래원에서 잔치를 열고 혜광주 자매를 청해 맞이했다. 두 자매는 고민스럽고 우울한 가운데 있다가 동정월의 부름을 받고 함께 잔치 자리에 나아갔다. 양편의 자매들이 서로 보고 인사를 했다. 둘은 모두 하늘에서 성군이었던 형제이고 둘은 용왕이 사랑하는 형제이니, 얼굴빛이 옥처럼 빛나고 윤택했으며 신비한 기운은 봄볕과 밝은 달 같았다. 술을 마시고 담소하는 사이에 속에 있는 말을 쏟아내며 형제처럼 친해졌다.

한창 마시고 있는 사이에 한 쌍의 보라매가 노송의 꼭대기 가지 위에 앉아서 노려보는 것이 골령(鶻伶)의 눈[531]을 가졌다고 할 만했다. 수광주가 그 언니를 돌아보며 말했다.

"저 매가 천랑성이 아닐까?"

혜광주가 말했다.

"비슷한 모양과 거동을 가졌지만, 물어서 알아볼 수는 없지."

무산운이 말했다.

---

531) 원문에는 '골령녹로(鶻伶綠老)'라고 되어 있다. '골령'은 눈빛이 예리한 새의 일종으로, 눈빛이 맑고 민첩함을 형용하는 말이다. '녹로'는 눈[目]의 속칭이다. 따라서 골령녹로(鶻伶綠老)는 골령안(鶻伶眼)과 같은 말이 되는데, 밝고 민첩한 눈을 뜻한다.

"지난번에 보았던 보라매인가?"

동정월이 말했다.

"그래요."

담화를 나누는 사이에 보라매가 날아와 옥난간 위에 앉았는데, 마치 사람과 친한 것 같은 기색이 있었다. 수광주가 일어나 보라매에게 가서 말했다.

"그대가 천랑성이라면 날아가지 않기를 바라요."

그러면서 손으로 그 깃털을 쓰다듬으니, 매는 순종했다. 수광주가 은으로 만든 허리띠로 그 발을 묶어 비단옷 위에 앉혔다. 잔치가 끝나자 동정월 자매에게 하직 인사를 하고 언니와 매를 데리고 돌아와 비단 장막 안에 감춰 두었다. 그날 밤에 아이가 놀라 우는 것 같은 소리가 들려 수광주가 장막을 들어 올리고 봤더니, 과연 천랑성이었다. 놀라고 기뻐 앞으로 뛰어나가 손을 잡고 말했다.

"선생께서 어떻게 여기에 오셨습니까? 우리 형제가 동쪽 하늘로 머리를 돌리고 목이 빠져라 발자국 소리를 기다리다가 지금 다행히 만나 보게 되니 죽어도 여한이 없겠습니다."

그러면서 그 정성에 사례했다.

천랑성이 말했다.

"내가 이곳에 온 까닭은 오직 그대들 두 자매 때문이오. 내가 어제 분함을 이기지 못해, 와서 백경을 만났더니 백경이 말하기를, '다시는 신술을 사용하지 않을 것이오. 오직 도덕상으로 서로 믿는 것이 있을 뿐이니, 원컨대 천랑성은 오직 혜광주 자매를 만나 보시고 돌아가거나 머무는 일을 그들의 자유에 맡겨 두시오. 내가 다시 그 사이에서 종용하고 부추긴다면 태양이 분명히 보게 될 것이오'라 했소. 내가 이 말을 듣고 백경과 화해해 평생지교(平生之交)를 맺고 와서 그대들 자매를 보려 했소. 그래서 아직 돌아가지 못한 회포를 위로하고 그 답답한 마음을 채워 주면서 앞으로의 일을 지켜보려 하는데, 이것이 옳지 않다고 할 수는 없을 것이오. 그러니 그대들 자매는 마음을 놓으시길 바라오. 나는 마땅히 분노를 거두고 치욕을 참고 바닷가로 돌아가서 마음 내키는 대로 노닐겠소."

혜광주 형제가 수고롭게 애걸하면서 그 이유를 물으니, 천랑성이 말했다.

"내가 일전에 우리 사부이신 장 대사께 구원을 청하러 갔었소. 대사께서는 과거와 미래의 운수를 모두 아시는데, 무수한 별들이 여러 겁 동안이나 다하지 않고 업장이 해소되지 않아 호랑이처럼 싸우고 있으나 반드시 한 동산에 모일 것이고, 봄바람과 따뜻한 기운 속에 있어도 천상에서 모이는 것은 정해진 운수를 따른다고 하셨소. 나는 분명하게 깨달았으나 제 성질을 참지 못하고 곧장 백경에게 가서 원수를 갚고자 했소. 그런데 얼마나 다행인지 백경이 절개를 꺾고 스스로 후회하며 내게 한 자리를 양보하면서 따뜻한 말로 서로 화해하게 됐소. 그래서 그 화합하는 것이 좋다는 것을 알게 되어, 그대들 형제에게도 권하면서 진행되는 과정을 보려는 것이오. 이곳은 그대들을 방해할 곳임을 알아 권하는 것이라오."

혜광주가 말했다.

"천랑성께서는 어디로 가시려 합니까?"

천랑성이 말했다.

"나는 사해에 집이 없는 나그네이니 어디로 간들 마땅치 않겠소?"

혜광주 형제가 울면서 말했다.

"일이 모두 하늘에서 정한 것이라면 우리 형제만 홀로 여기에 머물 수는 없으니, 천랑성께서도 우리와 끝까지 함께 하면서 친척처럼 지내는 것이 어떻습니까?"

천랑성이 말했다.

"나 또한 서로 사귀고 친하게 지내면서 머물고 싶은 마음이지만, 주인의 의지가 어떤지 알 수 없으니 억지로 머물 수는 없소."

형제가 말했다.

"그것은 우리 형제가 주선하겠습니다. 우리에게는 진귀한 보물이 있는데, 만금은 받을 수 있는 비녀와 팔찌와 가락지와 패물입니다. 그대를 위해 이것을 팔아 함께 나아가고 따르면서 여생을 즐기는 것이 진정 원하는 것입니다. 그러니 선생께서는 흔쾌하게 허락해 주십시오."

천랑성이 사례하면서 말했다.

"그대가 말한 대로라면 나는 그대들과 함께하겠소."

혜광주는 봄바람이 만물을 포용하는 도량이 있어 매우 기뻐했다. 그러나 수광주는 차갑기가 얼음과 서리 같은 데다가 포로가 된 것 같은 치욕이 있어, 마음속 가득히 분노와 한이 차 있었다. 그런데 또 천랑성이 귀화하는 것을 보고 믿고 따를 곳이 없어져 마음이 매우 편치 않았다. 그러자 천랑성이 말했다.

"수광주는 나와 백 년을 누리는 게 기쁘지 않소?"

수광주가 사죄하면서 말했다.

"어찌 기쁘지 않겠습니까? 우리 형제가 모두 포로가 됐는데, 선생께서 주선하시겠다는 말씀을 들으니 겉으로는 어수선하고 어지럽지만 그 감사함을 차마 말로 다할 수 없습니다."

혜광주가 말했다.

"많은 말이 필요 없다. 모두가 한곳에 거처하면서 일이 어떻게 진행되어 가는지 지켜보도록 하자."

그러고는 매번 동정월 형제와 만나면서 정과 우애가 자못 깊어졌다. 매번 나그네의 마음을 이야기하다가 길고 짧은 한숨을 뱉으니 무산운이 말했다.

"내가 들으니 여자는 부모형제를 멀리한다고 했네. 시집온 셈 치고 마음을 편하고 너그럽게 가지시게."

수광주가 말했다.

"이게 시집온 사람의 꼴인가요?"

한창 담화를 나누고 있는 사이에 무릉춘이 찾아왔다. 모두 일어나 기쁘게 맞으며 인사를 나누고 차를 마셨다. 무릉춘이 말했다.

"우리가 모두 여자의 몸으로 꽃다운 나이가 이미 지나 서른에 이르렀는데도 금슬의 즐거움을 누리지 못하고 있습니다. 뜻을 사방에 두고 온 힘을 다해 경영한 것이 모두 뜬구름으로 돌아가게 생겼습니다. 우리네 생애가 얼마나 됩니까? 다만 우리가 의지할 것은 오직 장 부마 한 사람인데 부마는 두 마리의 봉황과 히히대며 즐거움이 이미 극진합니다. 다만 고집을 꺾지 않는 이형경 한 사람 때문에 여러 사람이 고통받고 있습니다. 하늘의 뜻이고 사람의 힘으로 할 수 없는 것이라고는 하나, 또한 사람의 힘이 아니라면 하늘의 뜻을 이룰 수 없다고도 합니다. 우리 모두 함께 상서국에 가서 이형경을 데려다가 함께 단란하게 즐기는 것이 어떠할지 모르겠습니다."

그러자 모두가 일제히 응했다. 그래서 그 이름을 열거해 함께 맹세를 세웠고, 무릉춘이 붓을 당겨서 이를 적었다.[532]

---

[532] 위태랑의 이름이 빠져 있는데, 그 순위는 동정월의 자리에 올라야

1. 이형경
2. 춘양 공주
3. 동정월
4. 무산운
5. 무릉춘
6. 옥봉황(즉 백경)
7. 혜광주
8. 수광주
9. 천랑성

이를 보고 혜광주가 말했다.
"우리 세 사람은 포로이자 나그네인데 어찌 함께 나열해 적으십니까?"

마땅하다. 작자의 실수로 누락된 것으로 보인다.

원문

緒言

　盖人之稟 大無男女之別 而奚獨有英雄之人於男子 而無於女子也 女子之稟氣 尤有勝於男子 則必有英雄之人於女子焉 見此李炯卿一事 可以知女中之英雄 支那風俗 唯以男子爲活動物 以女子爲幽閉物 棄却天生之無限英雄 不可勝嘆也 腐俗流於韓國 以女子爲社會上一棄物 國之不能進進明 亦可嘆也 於是一穗春燈揭李炯卿故事 一通表彰女中之有英雄也

제1회

變陰幻陽魁捷登龍 弄假成眞勢似騎虎

1회분(1906. 4. 5)

有明嘉靖年間 淸州地方에 有李永道者ᄒᆞ니 直節淸風이 世襲家訓ᄒᆞ야 擧于孝廉 而除吏部侍郞ᄒᆞ이샤 家在洛이러니 一月之間에 運數不幸ᄒᆞ야 侍郞夫妻ㅣ 溘然其逝ᄒᆞ니 膝下에 有十歲幼女 三歲稚子 而遠居遐方ᄒᆞ야 無一親戚於京師ᄒᆞ니 子女無賴ᄒᆞ고 家産散落ᄒᆞ야 只有餘三個婢僕而已라 纔畢送葬禮ᄒᆞ고 難具朝夕之奠ᄒᆞ니 見者가 莫不哀之러라 其女名은 炯卿이오 其子名은 延卿이니 聰明英邁가 恰似一雙荊璧ᄒᆞ야 異寶奇材를 無分優劣 而炯卿小姐ᄂᆞᆫ 身雖女子나 有過人之膽略과 超世之奇岸ᄒᆞ야 ○空當世ᄒᆞ며 睥睨諸子矣러라 自三歲로 能屬文ᄒᆞ야 經史百家를 無讀不轍ᄒᆞ야 才學이 日就月將ᄒᆞ니 至八九歲ᄒᆞ야 文章이 已成ᄒᆞ야 幾千言을 能成於七步之間ᄒᆞ며 ○○事理를 明決於三寸之間ᄒᆞ야 ○○若決江河而注大海也러라

2회분(1906. 4. 6)

父母ㅣ 雖愛其才나 每見其豁達俊邁가 太過於人ᄒᆞ고 還有不懌之色ᄒᆞ야 常戒之曰 汝身爲女子ᄒᆞ야 無一有意於女職ᄒᆞ고 專務男子之事業者ᄂᆞᆫ 何意也오 炯卿이 對曰 人生世間ᄒᆞ야 心受先聖之遺訓ᄒᆞ며 口吐泣鬼之文章ᄒᆞ고 內修立身之行義ᄒᆞ며 外建事君之名節이 足矣라 焉能效世俗兒女子ᄒᆞ야 徒

事針線之任而已哉잇가 小女ㅣ 雖未免女子나 世上碌碌之庸
才를 心窃笑之ᄒᆞ노니 脫女裳衣男服ᄒᆞ야 得伸爲子之道於父
母之前이 唯心所願이로소이다 父母ㅣ 初爲責其妄言ᄒᆞ야 折
之러니 至於小姐再三懇告ᄒᆞ야 侍郎이 以爲幼稚之兒가 不識
常道ᄒᆞ야 雖有是事나 漸至長成 則豈無自愧反本之理哉리오
故從其意ᄒᆞ야 徐視所爲ᄒᆞ리라ᄒᆞ니 盖父母則戲之 而炯卿則
眞情也러라 小姐ㅣ 自八歲로 改着男裝ᄒᆞ고 日侍侍郎之側ᄒᆞ
니 親朋之來訪者ㅣ 皆稱爲永道之兒子ᄒᆞ야 愛其才貌之優美
而焉知其女化爲男哉아 小姐ㅣ 年甫十歲 而侍郎夫婦之棄世
也에 執喪之節을 一依禮制ᄒᆞ니 士人之臨弔者ㅣ 見其幼稚喪
人의 哭泣之哀와 顔色之戚ᄒᆞ고 莫不收淚 而感嘆曰 小兒之知
禮哉로다 李兄이 雖有十歲之兒나 猶勝於他人長成之十者也
라ᄒᆞ더라 歲月如流ᄒᆞ야 三朞奄過ᄒᆞ니 除服之日에 年已十三
이라 如玉之容과 如花之態가 足以驚鬼神 而眩人目也러라 矧
乎三年居廬에 惟事詩書ᄒᆞ야 才華贍富ᄒᆞ고 聲名膾炙ᄒᆞ니 宰
相家少年子弟가 負笈相從者ㅣ 六七人이라 禮部侍郎張琥之
長子張浹 次子張汎 三子張沼 及處士鄭公之子 鄭安 太○[上]
卿朴관之次子朴弘 修撰魏正瑾○子魏紋 等이 爲同榻之友ᄒᆞ
니 六人이 皆年未滿弱冠 而聰明詞藻가○足爲一代奇才나 然
이나 皆不敢以其涯涘於炯卿矣로ᄃᆡ 惟張侍郎의 第三子 沼는
天資聰慧ᄒᆞ고 志氣淸爽ᄒᆞ야 風度가 不下於謫仙ᄒᆞ고 ○思之
富가 遠邁於東坡ᄒᆞ야 與炯卿으로 甲子同而志氣合ᄒᆞ야 其許
知音 而無少磳磷也러라 一日에 炯卿이 與諸友로 酬唱於外
堂ᄒᆞ고 暮入內舍 則乳母이 解衣接之曰 小姐小姐아 恩公棄世
에 至於小公子相[向]幼ᄒᆞ니 非但急於婚娶라 況身爲女子ᄒᆞ야
跡化男子ᄒᆞ야 不願其婦ᄒᆞ니 未知前頭之事가 將如何오

3회분(1906. 4. 7)

小姐ㅣ 笑曰 母言이 可謂碌碌矣로다 吾將男服ᄒᆞ야 以終平生이니 豈以婚嫁로 爲念哉아 乳媼ㅣ 撫然而退러라 荏苒數年에 張沼ㅣ 來訪曰 聞天子ㅣ 期以來秋謁聖ᄒᆞ실ᄉᆡ 杜閣老ㅣ 以爲貢士甚急이라ᄒᆞ야 奏達天陛ᄒᆞ야 將以明日設科云ᄒᆞ니 以兄之文章으로 可[爲]魁頭니 豫爲奉賀ᄒᆞ노라 炯卿이 笑曰 窮通은 天也오 昇沈은 數라 難可逆睹 而況小弟는 以蒲柳之質로 且兼才疎ᄒᆞ니 將不堪任事於場屋이어든 安敢望進步於靑雲乎아 張生曰 不然ᄒᆞ다 以兄之奇才로 取黃甲을 如摘驪珠라 寧可無故而失天時乎아 炯卿이 心思曰 吾旣變幻陰陽이라 名題金榜ᄒᆞ고 身登靑雲ᄒᆞ야 以慰祖先之靈이 豈不美哉리오 遂決意許之ᄒᆞ니 明日에 與鄭生 等 諸人으로 聯襼就試ᄒᆞ니 明皇帝陛下ㅣ 率諸文臣ᄒᆞ시고 御金鑾殿ᄒᆞ샤 親問製策ᄒᆞ실ᄉᆡ 時限午鍾이라 若非昌黎之文과 右軍之筆이면 難免曳白이라 同伴이 皆閣筆而欲退어늘 炯卿이 與張生으로 起草五策ᄒᆞ야 以賜鄭生等 五人ᄒᆞ니 張生則方取試券ᄒᆞ야 以賦自家之策이로되 炯卿은 緩步逍遙ᄒᆞ야 了無對策之念이러니 午時當迫ᄒᆞ고 鼓聲方催어늘 炯卿이 於是에 特立衆人之中ᄒᆞ야 披華箋揮巨筆ᄒᆞ야 吐出潮湧之策ᄒᆞ야 終一瞬之間에 筆法之精妙 則龍蛇飛動ᄒᆞ고 風雲變色ᄒᆞ며 文思之雄傑 則珠玉交輝ᄒᆞ고 鬼神垂泣ᄒᆞ니 鄭生等은 心悅誠服 而健羨ᄒᆞ고 張生은 彈指稱善曰 李氏之才ᄂᆞᆫ 平生之敬仰者 而今日之神速으로 觀之 則雖曹王之七步成章이라도 莫能及也라ᄒᆞ되 炯卿이 微笑不答이러니 移時에 自紅雲殿上으로 鴻臚郞이 呼名曰 壯元郞은 吏部侍郞 李永道長子 李炯卿은 年十五라ᄒᆞ고 探花郞은 禮部侍郞

張琥 第三子 張沼의 年은 十五라ᄒᆞ고 其次 鄭生等 五人이 次第聯名於天門黃金榜上ᄒᆞ니 其文章之卓越을 槩可知矣로다 皇帝ㅣ 命招李張兩郎於龍榻下ᄒᆞ시고 天顔有喜ᄒᆞ샤 見其狀貌ᄒᆞ시니 丰容秀色이 逈出其群ᄒᆞ야 怳如紅蓮之幷吐와 玉樹之交映ᄒᆞ야 莫能上下焉이라 帝乃大悅ᄒᆞ샤 以李炯卿으로 爲翰林學士ᄒᆞ시고 張沼로 爲翰林編修ᄒᆞ시니 百官이 山呼拜舞ᄒᆞ야 賀其得人이러라

제2회

無情之感有意而漸　合理之諫背道而拒

4회분(1906. 4. 9)

　炯卿等三十人新恩이 靑盖花童과 金鞍白馬로 仙樂이 前導ᄒᆞ며 皂隷謁道ᄒᆞ야 遊於街上일ᄉᆡ 滿朝公卿이 紛紛致賀ᄒᆞ니 行路觀光이 人山人海ᄒᆞ야 望見其學士絶代之容ᄒᆞ니 飄飄然 有瀋岳之容과 杜預之雅ᄒᆞ고 翰林俊邁之貌ᄂᆞᆫ 隱隱然 有李謫仙之英彩와 杜樊川之豪風ᄒᆞ야 皆以爲上界眞仙이 下降人間矣러라 炯卿이 以少年學士로 入直靑瑣ᄒᆞ야 直言正論으로 足以格君心之非ᄒᆞ니 天下ㅣ 想望其風采라 皇帝ㅣ 甚奇愛之ᄒᆞ야 榮寵이 冠於百僚矣러라 一日에 張翰林이 退朝後에 訪李學士不遇ᄒᆞ고 至於李生之第ᄒᆞ야 直入中堂ᄒᆞ야 問于侍女왈 相公이 安在오 答曰 在寢室看書矣니이다 翰林이 回身向之ᄒᆞ니 學士가 未及盥洗ᄒᆞ고 倚書而臥러니 翰林이 遽呼曰 賢兄이 何故로 尙未視○오 學士ㅣ 慌忙推枕ᄒᆞ고 攬帶而立ᄒᆞ야 迎入謝曰 昨日公堂에 簿牒이 倥偬ᄒᆞ야 日晚歸家러니 事務繁多ᄒᆞ야 夜分乃寢ᄒᆞ니 賤軀失攝ᄒᆞ야 早未梳洗러니 不意光臨에 有失禮迎ᄒᆞ니 謝罪謝罪로다 翰林이 見學士之玉面星眸에 新覺春眠ᄒᆞ야 蓬髮雲頰ᄒᆞ고 變臉微紅ᄒᆞ니 嬋娟之態와 綽約之容이 正似牧丹花一枝가 飄拂乎春風이라 翰林이 十分歎服ᄒᆞ야 如醉如痴ᄒᆞ야 流目而視之而已러라 學士ㅣ 梳洗旣畢에 鄭詹事 魏舍人이 相繼而到ᄒᆞ야 談笑相歡ᄒᆞ니 時致三月이라 日花交紅ᄒᆞ야 彈于玉欄이어늘 鄭生이 手弄一枝花而微

笑曰 若得如此之美人爲配 則寧不快哉리오 魏生曰 花有光彩
로되 不久零落이니 莫如明月之淸娟과 美玉之溫潤矣라ᄒᆞ니
伊時에 酒行數巡이라 翰林이 面帶微笑ᄒᆞ니 彷佛乎紅白牧丹
之交映이라 半轉星眸ᄒᆞ야 流視諸生而笑曰 諸兄이 俱有賢妻
ᄒᆞ야 已極琴瑟之樂이어늘 何若是牽情於花月也아 小弟ᄂᆞᆫ 年
方十五에 尙未得河汾之淑女ᄒᆞ니 窹寐之求가 寧容自歇이리
오 雖稱花月之姿나 有時乎虧落은 不可較也라 若以女子而言
之면 必求西施之色이오 若以男子而論之면 必求李兄之容 然
後에 快於心이라 然이나 西施ᄂᆞᆫ 已無及矣오 李兄은 亦難爲
女子니 言之無益이라 終身而誓不娶矣리라ᄒᆞ야늘

5회분(1906. 4. 10)

諸生이 大笑曰 眞如子操之言이면 李子直이 男化爲女ᄒᆞ
야 將作張子操之妻호아 座中이 仍拍手不已ᄒᆞ니 學士ㅣ疑張
生이 審知自家之事 而有如此之言이라ᄒᆞ야 頗有不平之心이
나 然이나 不形乎外ᄒᆞ고 琅琅而笑러라 此時 諸宰相閣老家ㅣ
爭慕李學士張翰林之貌ᄒᆞ야 求婚者雲集이로되 翰林則志高
ᄒᆞ고 學士則女子也라 皆推辭不許ᄒᆞ니 翰林이 謂學士曰 小弟
ᄂᆞᆫ 父母在堂ᄒᆞ야 不能自斷이오 且無淑女ᄒᆞ야 尙未有室이어
니와 抑兄은 奚遲河汾之路乎아 學士ㅣ笑曰 所謂淑女ᄂᆞᆫ 何謂
難得於兄 而易得於弟也아 況年尙少ᄒᆞ고 氣猶弱ᄒᆞ야 無有早
娶之意ᄒᆞ야 欲遂聖人三十有室之敎ᄒᆞ노라 翰林이 答曰 兄言
太過로다 兄喪考妣ᄒᆞ고 令弟尙幼ᄒᆞ니 及時婚娶ᄒᆞ야 一則主
內事而奉先祀ᄒᆞ고 二則有子孫而慰先靈이 豈不孝哉리오 學
士答曰 賢兄之敎가 令人感激이나 然이나 有后無后ᄂᆞᆫ 繫於身
數ᄒᆞ니 何關娶妻之早晩이리오 翰林이 大笑曰 此兄이 若得○

○之夫人 則將恐未得接踵於靑樓酒肆矣로다 學士曰 靑樓酒肆는 乃路上放浪者遊蕩之所也라 豈正人君子之所昵近者哉아 雖終身不娶라도 無使娼妓로 呈履於門庭也로다 張生이 哂然曰 以兄之風流로 能使人魂迷眼眩이어든 若有絶代之色ᄒᆞ야 獻笑呈態 則能作斷腸之貞操乎아 學士ㅣ 以金扇掩面而笑曰 尤物淫媚이 能先動正人心志乎아 兄은 無他說語 而觀弟之有終也ᄒᆞ라 言罷에 相與大笑러라 皇帝 以炯卿으로 爲都察院都御史ᄒᆞ시니 謝恩畢에 就職ᄒᆞ니 時에 國舅王世忠者는 王貴人之父也라 權傾一時ᄒᆞ야 滿朝側目而致敬焉ᄒᆞ니 世忠이 自恃威權ᄒᆞ고 恣行放縱ᄒᆞ야 聞士人劉晏妻耿氏之美ᄒᆞ고 命送數十家丁ᄒᆞ야 劫奪而來ᄒᆞ라ᄒᆞ니 劉晏이 慴勢ᄒᆞ야 不敢抗命ᄒᆞ니 耿氏가 耻其强暴ᄒᆞ야 方欲自決이라가 强忍隱不發ᄒᆞ고 行至中路라가 前導喝道聲이어늘 轎丁曰 御史之行이 當前ᄒᆞ니 暫避路左ᄒᆞ라ᄒᆞ되 耿氏가 從簾隙窺見ᄒᆞ니 紅凉傘下一位 如玉少年宰相이 頭戴烏紗帽ᄒᆞ고 身披紫錦袍ᄒᆞ고 腰橫黃金帶ᄒᆞ야 趨出甚衆而前導靑旗ᄒᆞ고 以黃金字書之曰 翰林學士都察院左都部御史李炯卿이라ᄒᆞ야늘

6회분(1906. 4. 11)

耿氏內自思念曰 此必是前春魁捷之李御史야라 此人이 素有名節而適逢路上ᄒᆞ니 正當報讎雪冤之秋也라ᄒᆞ고 遂捲簾躍下ᄒᆞ야 飛身而前ᄒᆞ야 大聲疾呼曰 神明老爺는 特雪匹婦之至冤ᄒᆞ소서 言未畢에 前導呵退어늘 御史命止之ᄒᆞ고 用花扇而掩後에 問之曰 見夫人이 必是士族이라 有何含寃而若是乎아 耿氏垂淚而對曰 妾乃士人劉晏之妻耿氏也라 以內外簪纓之族으로 一入劉門ᄒᆞ야 産出四子ᄒᆞ니 雖被斧鐵之誅나 寧有

二三之隱이리오 國舅王世忠者는 恃權自恣ㅎ야 靑天白日에 多送僕夫ㅎ야 如是劫奪ㅎ니 一心到此에 固知萬死之甘 而恐禍及家夫ㅎ야 忍而受命ㅎ야 決死於世忠府中이라 若非皇天矜憫이면 寧逢相公於今日乎리오 伏望閣下는 快雪賤妾之憤冤ㅎ야 扶持聖世之風敎ㅎ소서 御史ㅣ聽罷에 勃然大怒ㅎ야 使左右로 結縛世忠之家丁ㅎ야 送于巡軍獄ㅎ고 慰勞耿氏曰 將奏皇上ㅎ야 盡雪夫人之深恥ㅎ리라 耿氏叩頭拜謝ㅎ다 明日朝賀畢에 御史ㅣ出班奏曰 臣은 聞人倫이 有五에 夫婦據中이라 自古聖帝明王之治天下也에 必先正五倫之敎ㅎ야 無貴無賤이 盡臻男女居室之人倫이어늘 至於我朝ㅎ야 綱紀悉張 而唯一王世忠이 恣行國舅之勢ㅎ고 任肆强暴之毒ㅎ야 劫奪士人劉晏之妻耿氏於白日之下ㅎ니 臣이 以事出外라가 目睹其變ㅎ니 傷風歇俗이 莫此爲甚ㅎ기로 臣이 先付家丁於巡獄ㅎ니 伏惟陛下는 垂察焉ㅎ소서 昔者 薄昭ㅣ以皇帝之舅로 殺國家之使 而終令自死ㅎ야 前漢이 以之興隆ㅎ고 竇憲이 以皇后之兄으로 奪公主之園 而不能正其罪ㅎ니 後漢이 以之傾頹라 須以前代興亡으로 爲鑑戒ㅎ야 聲罪世忠ㅎ샤 付之法司ㅎ야 以杜外戚專恣之僭ㅎ샤 以勵聖世風化之敎 則三代之治를 指日可期矣리이다 辭氣激勵ㅎ고 顔色이 懿嚴이어늘 滿朝ㅣ莫不驚憚焉이라 天子ㅣ於是에 幷召王世忠及耿氏於前ㅎ야 招問得情ㅎ시고 天怒赫然하샤 乃削王世忠國舅職ㅎ시고 籍沒其家ㅎ샤 特賜耿氏千金而歸ㅎ시고 下詔表炯卿之門曰 李御史直諫門이라ㅎ니 一時名士ㅣ莫不嘆服ㅎ니 由是 權門屛跡ㅎ고 男女ㅣ不同路ㅎ야 儼成文明之氣像矣러라 一日에 天子ㅣ罷朝後에 命大小臣僚ㅎ샤 課製以進ㅎ라ㅎ시니

7회분(1906. 4. 13)

　李炯卿及張翰林之所製首居甲乙이어늘 帝乃嘉獎ᄒᆞ샤 特陞兩人ᄒᆞ야 兼文延閣太學士ᄒᆞ시니 其早達榮貴가 當世無二라 兩人이 다 謝恩歸嫁ᄒᆞ니 學士之乳母見其小姐가 金帶紫袍로 玉佩錚錚ᄒᆞ며 氣像昂昂ᄒᆞ야 儼成大臣之骨格ᄒᆞ고 少無娉亭[婷]綽約之態어늘 不勝驚懼ᄒᆞ야 改容近前ᄒᆞ야 曉諭眞情曰 小姐ᄂᆞᆫ 身捿黃閣ᄒᆞ야 爲一代名士ᄒᆞ니 眼前之樂이 可謂快矣로되 日後之事를 何以念之오 學士不悅曰 吾於父母在堂時에 已換男服ᄒᆞ니 非母之所憂也라 況且 身登靑雲ᄒᆞ고 職居大臣ᄒᆞ니 已至難處地境이라 何及屑屑進言ᄒᆞ야 感劫吾身之樂乎아 吾雖女子나 忍不作畏家夫敬舅姑ᄒᆞ며 奉巾櫛任箕箒 而備嘗酒食之饋와 待客之供ᄒᆞ야 唯事閨中之態也로다 紅袍玉帶와 赤車駟馬로 少作公侯ᄒᆞ고 名流竹帛ᄒᆞ야 致君澤民ᄒᆞ고 高大門閭가 是吾所願也니 願母ᄂᆞᆫ 勿復多言ᄒᆞ라 乳母ㅣ 黙黙而退러라 學士ㅣ 自聞乳母之言으로 懷緖不平이나 外若坦然ᄒᆞ야 一日置酒高會於碧流亭ᄒᆞ니 時政春三月이라 萬花爛發ᄒᆞ고 百鳥交囀ᄒᆞ야 楊柳如烟ᄒᆞ고 芳草如織ᄒᆞ니 可以暢開春興이라 學士의 号ᄂᆞᆫ 春山이니 與張翰林碧蕉 鄭詹事林亭 魏舍人玉山 李侍郎春園 尹員外蘭山 余侍講五峯 袁待制秋潭으로 作八仙吟ᄒᆞ야 名曰八仙春吟集이라ᄒᆞ고 拈得春字韻ᄒᆞ야 各賦聯句ᄒᆞᆯᄉᆡ 其聯句에 曰

　　春花春柳滿城春　燕子飛來畵棟春(碧蕉)
　　五雲彩動金樓日　萬歲聲高玉殿春(春山)
　　四海升平無事日　萬年賁飾有聲春(玉山)
　　鳳凰含詔金門日　鷄敕鳴珂紫洞春(林亭)

千門白鶴三淸月　万柳黃鶯百囀春(春園)
南樓澹澹詩筵月　北海盈盈酒國春(蘭山)

　吟罷에 令詩妓로 唱其詞ᄒᆞ야 定甲乙之詞ᄒᆞᆯᄉᆡ 有皎然者 ㅣ 唱萬柳黃鶯百囀春句어늘 西班中에 有紅拂妓者ᄒᆞ야 唱燕子飛來畵棟春之句ᄒᆞ니 諸朋이 大笑曰 牧丹은 天下之名妓라 此妓가 可以定甲이라ᄒᆞ야늘 牧丹이 拂傾國之色ᄒᆞ고 手鼓白玉檀板ᄒᆞ고 斂笑凝眸ᄒᆞ야 高唱萬歲聲高玉殿春之句ᄒᆞ야 歌聲이 瀏亮ᄒᆞ야 逗雲停日ᄒᆞ며 繞梁飛塵이어늘 衆賓이 拍手喝采ᄒᆞ야 向學士壯元郞이라ᄒᆞ야 請其披露宴ᄒᆞ되 學士ㅣ 含笑ᄒᆞ고 乃設一大宴於玉瀑亭이러라

제3회

名妓獻態假男子無心 賊會隕首眞女兒多勇

8회분(1906. 4. 15)

　學士ㅣ乃大設華宴於玉瀑亭호니 亭在於太淸園裏玉華山前이라 一座洞天이 闢在瀛壺間호야 松篁交翠호고 鸞鶴相舞호며 奇花瑤草와 奇岩蒼壁이 別設一乾坤혼데 有百丈飛瀑이 落于玉華山頂호야 注于百花沼中호니 遙見如水晶簾이오 近觀如眞珠盤호니 怳似廬山三千尺飛流銀河水也러라 亭角이 翼然호야 翠甍金壁과 玉欄丹梯가 屹于雲宵호야 可容千餘人이라 一代文章과 四英傑이 咸集于此호니 錦袍羅衫과 烏紗幅巾이 聚如星宿호니 然竹迭奏호야 如鳳聲鸞音호며 觥籌交錯호야 如花飛月盈호니 一隊紅紛이 左右羅列호야 陳陳香風이 吹勒華筵호니 眞一世之盛宴이러라 妓女中 有名于英者호니 年纔十四라 頗有沈魚落雁之容이라 願結世上好男子호야 以托平生之望이러라 先是 張侍郎이 以其子靑春榮達로 方有英名호야 時未婚娶호야 跡遍花間호야 恐有放浪之行이라호야 戒嚴甚繁호니 翰林이 雖慕于英之色이나 畏犯嚴父之訓호야 隱蓄于中 而不敢發於外矣러라 是時에 于英이 行酒於席上이라가 見李學士玉面英彩가 如白蓮之新吐호고 千姿百態가 若丹鳳之飛호니 不覺魂迷眼奪호야 較看張翰林之風流光彩不及於學士遠矣라 于英이 大驚心服曰 世上에 豈有如此奇男子乎리오 一注明眸에 春心難抑호야 乍拂羅裳호며 輕曳蓮步호야 獻酌鴛鴦之杯호고 含嬌進前호야 低聲告之曰 小妾은 楊州

422

賤妓라 靑春未闌ᄒᆞ고 時未經人ᄒᆞ니 今拜相公은 足愜素想이라 妾이 學得鼓琴ᄒᆞ니 願以一曲으로 侑酒ᄒᆞ노이다 仍扶三尺綠綺琴ᄒᆞ고 挑撥調絃ᄒᆞ고 乃奏鳳求凰一弄ᄒᆞ니 此曲則新作腔調오 非古代樂府라 席上賓朋이 不解其音이로ᄃᆡ 唯學士與翰林이 能解之矣라 彈罷에 學士ㅣ 櫻脣을 半啓ᄒᆞ고 琅琅然笑曰 汝以楊州之名妓로 我無杜牧之風采어늘 欲爲投橘은 何意也오 我本有定ᄒᆞ니 ○○徐期他日ᄒᆞ라 于英이 不勝無聊ᄒᆞ야 赧然而退ᄒᆞ니 左右ㅣ 始知其意ᄒᆞ고 鼓掌大笑曰 子眞[直]은 可謂拙丈夫也로다

9회분(1906. 4. 17)

于英이 不覺羞愧ᄒᆞ야 含淚而退어늘 翰林曰 李兄이 曾有大言於弟故로 雖似薄情於于英이나 內豈無心哉리오 學士ㅣ 含笑不答ᄒᆞ야 端莊之容과 嚴肅之氣가 正若透人骨髓ᄒᆞ야 衆不敢喧笑ᄒᆞ니 張生兄弟ㅣ 改容致敬矣러라 乃至日暮에 本府ㅣ 趨從이 來促張李兩學士入直ᄒᆞᆫᄃᆡ 衆賓이 乃散이라 李翰林이 與張學士로 幷車而行ᄒᆞᆯᄉᆡ 一雙金蓮紅燭이 煌煌前導ᄒᆞ고 共至文延閣ᄒᆞ야 紅毯靑綾에 相對論文이러니 忽聞牎外佩玉聲ᄒᆞ고 開戶視之ᄒᆞ니 皇帝以微服으로 乘月散步ᄒᆞ샤 悄然獨立於太湖石畔이어시늘 兩人이 大驚ᄒᆞ야 未及朝服ᄒᆞ고 只以幅巾鶴敞으로 正襟曳帶ᄒᆞ야 顚倒出迎이어늘 帝見兩人之慌忙ᄒᆞ시고 笑而溫諭曰 君臣父子ᄂᆞᆫ 一體也라 父入子堂에 其可驚惶也아 卿等은 安心ᄒᆞ라ᄒᆞ시고 帝乃坐於學士綾被之上ᄒᆞ시니 其恩寵遇愛가 果如是矣러라 兩人이 侍立於左右ᄒᆞᆫᄃᆡ 帝曰 朕이 獨處深宮ᄒᆞ야 雖爲鬱懷 而方有秘密之國事ᄒᆞ야 欲與卿等으로 商議方策ᄒᆞ야 微服到此ᄒᆞ니 卿等은 何乃大驚乎아

李學士ㅣ對曰 臣等이 直宿寓掖ᄒᆞ야 不能謹愼ᄒᆞ오니 罪死無赦로소이다 未審勅語中秘密이 果何事乎잇가 上이 引李學士近前細語曰 南京周王이 有叛狀ᄒᆞ야 丞相景泰가 乃爲內應云ᄒᆞ니 景泰今不難處也로ᄃᆡ 國[周]王은 朕之叔父라 此將奈何오 學士ㅣ奏曰 私情이 不可以掩國法이니 陛下ㅣ 鞫問景泰ᄒᆞ샤 若得周王叛狀이면 則告太廟ᄒᆞ고 頒布天下ᄒᆞ야 命將討罪ᄒᆞ옵소셔 張翰林이 亦同李學士奏辭ᄒᆞᄃᆡ 上이 悅之ᄒᆞ샤 將還宮ᄒᆞ실ᄉᆡ 學士ㅣ進前奏曰 外有敵國ᄒᆞ고 內有叛臣ᄒᆞ니 凶機ㅣ將難測이니 至尊은 當詳審動駕ᄒᆞ소셔 掖宮이 雖嚴密이나 耳目煩多ᄒᆞ니 甚可懼也로소이다 請陛下ᄂᆞᆫ 愼勿輕易微行ᄒᆞ샤 以防難言之變ᄒᆞ쇼셔 帝悅然心動ᄒᆞ샤 暫停玉趾ᄒᆞ시고 命進鸞輿ᄒᆞ샤 始乃還宮ᄒᆞ시나 翰林이 責李學士之妄言이러니 果有二刺客이 伏於禁川橋下ᄒᆞ야 懷抱匕首어ᄂᆞᆯ 前導ㅣ索之ᄒᆞ야 未及逃躱而伏法ᄒᆞ니 一時人이 皆服學士之先見 而皇帝ㅣ盖加寵優ᄒᆞ야 命書之史冊ᄒᆞ라ᄒᆞ시니 翰林이 歎服曰 吾與子直兄으로 同庚同榜으로 且兼同官 而其先見遠大之智를 難可及也니 眞所謂 燕雀이 不知鴻鵠志也로다ᄒᆞ고 自後로 待之加尊敬焉이러라

10회분(1906. 4. 18)

皇帝ㅣ乃親臨大審院ᄒᆞ샤 大設鞫廷ᄒᆞ시고 嚴訊景泰ᄒᆞ시니 周王叛狀이 已露라 天威震疊ᄒᆞ샤 還於太極殿ᄒᆞ시샤 大會文武將相公卿百官ᄒᆞ시고 乃問平南之策ᄒᆞ신ᄃᆡ 元老大臣湯如夔奏曰 南京이 遐遠ᄒᆞ야 不服王化者久矣라 況以骨肉懿親으로 有此不軌之狀ᄒᆞ니 周之管蔡와 漢之吳楚가 未嘗無之라 今當命將出師ᄒᆞ샤 征討不服ᄒᆞ소셔 參知政事王廷詔奏曰 元

老之言이 政合時機이오나 軍國大事를 不可獨任이오 江南諸國이 必懷不安이니 宜遣一大臣中重望所服과 才局特邁者ᄒᆞ야 按節南征ᄒᆞ야 巡撫諸邦及郡縣ᄒᆞ야 懷綏人心ᄒᆞ며 戡靖軍旅케ᄒᆞ소서 上이 乃嘉其奏ᄒᆞ사 內命徐雲으로 爲征南大都督ᄒᆞ시고 賜尙方之劒ᄒᆞ시니 徐雲은 卽魏國[公]徐達之曾孫也라 沈深有畧ᄒᆞ고 用軍最精ᄒᆞ니 乃命督右衛軍士兵部ᄒᆞ야 卽日點軍ᄒᆞ라ᄒᆞ시고 以李炯卿으로 爲大司馬兼巡撫都御史ᄒᆞ야 使之撫綏南方ᄒᆞ고 凡於軍務에 參謀於大都督ᄒᆞ라ᄒᆞ시니 張沼ㅣ 奏曰 徐雲은 將種也라 能鍊習兵馬ᄒᆞ니 可奮武威오 李炯卿은 乃白面書生也라 〇〇〇〇〇〇〇〇〇〇職이니 參謀於軍國大事ᄂᆞᆫ 恐誤其任이니 臣은 窃恐國家大事가 從此而去也일까ᄒᆞ노이다 上曰 朕이 豈不知리오 只令從事參謀ᄒᆞ야 運深謀決勝負ᄒᆞ며 撫綏南方ᄒᆞ야 使之風化而已라ᄒᆞ시니 張沼ㅣ 默然而退러라 徐雲等이 卽出敎場ᄒᆞ야 調練兵馬ᄒᆞ야 大起十萬兵ᄒᆞ야 向之南京ᄒᆞ니 劒戟如霜ᄒᆞ고 旌旗蔽空ᄒᆞ야 將士如雲ᄒᆞ며 軍馬如龍이니 井井之陣과 堂堂之旗와 淵淵之鼓로 行行之南京ᄒᆞᆯᄉᆡ 一路人民이 提壺相迎ᄒᆞ며 紀律嚴明ᄒᆞ야 秋毫不犯ᄒᆞ니 南國人民이 咸服王士之無暇러라 未至南京城下寨ᄒᆞ고 趨步入城中ᄒᆞᆫᄃᆡ 周王이 大怒ᄒᆞ야 率十萬鐵騎ᄒᆞ고 對陣相圓이라 周王이 望見天兵左邊紅旗下에 大都督徐雲이 以金甲紅袍로 騎雪毛馬ᄒᆞ고 高牙大纛이 環列左右ᄒᆞ며 左邊靑旗下에 有一少年이 頭戴紫金冠ᄒᆞ며 被八卦桃紅袍ᄒᆞ며 腰圍白玉帶ᄒᆞ고 手執珊瑚鞭ᄒᆞ야 乘連鐵[錢]白色馬ᄒᆞ니 玉貌美風이 奪人眼光이로ᄃᆡ 隊伍錯亂ᄒᆞ고 行陣失伍어ᄂᆞᆯ 周王이 大笑不已ᄒᆞ고 擧鞭指徐元帥曰

11회분(1906. 4. 19)

汝以名將之孫으로 鍊習兵法ᄒ니 何如是無知耶아 又指李御史曰 黃口小兒로 將汚我劍이 甚爲矜憐이로되 無名小卒이 敢對兵陣ᄒ니 可笑爾朝廷無人이로다 李御史ㅣ笑曰 吾乃天朝大司馬兼巡撫都御史 李炯卿也이어늘 汝以藩臣으로 陰蓄不軌ᄒ니 罪當膏斧라 何用亂言고 王이 笑曰 狗子가 不知虎狼이로다 爾堅ᄂᆫ 不是我敵手라ᄒ고 乃拍馬舞刀ᄒ야 直取徐元帥어늘 元帥ㅣ 乃命先鋒胡唯虎로 迎戰數合에 周王이 勇氣百倍ᄒ야 不敢抵敵이어늘 元帥ㅣ 乃命金收軍ᄒ고 佯敗逃走ᄒ고 李御史ㅣ 亦引軍望西北走어늘 周王이 乘勝追及ᄒ야 將行五十里ᄒ니 山高路轉ᄒ고 樹木叢雜ᄒ야 仍不知元帥之去處ᄒ고 李御史ᄂᆫ 以匹馬로 拒逆大叱曰 汝以叛國之賊으로 何敢逼迫天朝大將耶아 汝猶不悛惡ᄒ고 敢欲與我決雌雄耶아 王이 大怒ᄒ야 直取李御史ᄒᆫ딘 御史ㅣ 身無片甲ᄒ며 手無片鐵ᄒ고 只以珊瑚一鞭으로 迎周王戰홀ᄉᆡ 手法이 少無慌亂ᄒ야 王之方天畵戟이 不敢近前ᄒ니 王이 怒氣大發ᄒ야 盡力惡戰이라 御史ㅣ 乃回馬佯敗而走ᄒ니 王이 追擊ᄒ야 轉轉至盤龍谷中ᄒ니 御史ㅣ 拍馬上山ᄒ야 回顧周王曰 逆天朝者ㅣ 安敢侮我오 王이 大怒欲上이어늘 忽一聲邦[砲]子響에 四面喊聲이 振震ᄒ고 殺氣連空ᄒ야 千兵萬馬가 圍之十重ᄒ야 如鐵筒也相似ᄒ니 水泄不得이라 王이 大驚ᄒ야 欲以衝出일ᄉᆡ 力難潰圍ᄒ야 正慌忙之間에 李御史ㅣ 揮鞭ᄒ야 與王論爭이라가 自料天子ㅣ 仁厚ᄒ시니 若生擒이면 必放其罪ᄒ야 將貽保命이니 必殺之無赦라ᄒ고 乃令軍士ᄒ야 督戰益急ᄒ니 王이 益怒ᄒ야 咬牙切齒ᄒ고 恨不能全呑御史ᄒ야 乃擧戟奮追어늘 御史ㅣ不慌忙ᄒ고 乃謂周王曰 我ᄂᆫ 宣上天子之都御史也

라 搴旗斬將이 非我之責이로되 奈爾惡意가 一直不改ᄒᆞ니 爾
雖結果性命이라도 毋怨望我ᄒᆞ라ᄒᆞ고 乃以一尺菖蒲刃[刀]로
與之迎戰ᄒᆞ야 不至三合에 一道閃光이 忽從劍上起ᄒᆞ야 周王
頭已墜地ᄒᆞ고 鮮血淋淋이라 御史ㅣ 繫頭馬鞍ᄒᆞ고 號令三軍
ᄒᆞ야 敵軍之投降者는 毋妄殺ᄒᆞ라ᄒᆞ니 南軍이 解脫袒歸降者
過半이오 其後軍은 已徐元帥之所殺盡이러라

12회분(1906. 4. 20)

天色이 已晩ᄒᆞ야 鳴金收軍ᄒᆞ니 大獲勝捷ᄒᆞ야 降者數萬
人이라 元帥ㅣ 拱手謝曰 今日之一擧成功은 皆御史之鬼算神
籌라 逆賊이 隕首ᄒᆞ고 群醜束手ᄒᆞ니 幸何言哉리오 御史ㅣ 謙
讓曰 一是國家之洪福이오 一是元帥之雄略이라 小生이 何豫
言이리오 今賊首獻馘이나 城中人心이 洶洶未定ᄒᆞ니 時不可
失也라ᄒᆞ되 元帥然其言ᄒᆞ야 引兵圍城홀시 周王之妃가 聞王
之死ᄒᆞ고 不勝悲憤ᄒᆞ야 乃會集文武ᄒᆞ고 議其復讐之策일시
大將楚如虎ㅣ 進曰 王師壓城에 將士沽勇ᄒᆞ고 兼之以李炯卿
之神謀와 徐雲之智略을 無以抵敵이라 不若以城池納降ᄒᆞ야
保存宗社ᄒᆞ야 當應天而順人이라ᄒᆞ야늘 妃乃大怒ᄒᆞ야 命武
士로 推出斬之ᄒᆞ라 左右諫曰 敵臨城下에 斬殺大將이 不祥之
甚이라ᄒᆞ되 乃命杖五十이어늘 楚如虎ㅣ 垂淚嘆曰 周之社稷
은 從此邱墟矣라ᄒᆞ니라 周王妃ᄂᆞᆫ 前大將軍胡惟德之女라 將
家遺風으로 頗有武勇ᄒᆞ야 切齒咬牙ᄒᆞ야 麾動將卒ᄒᆞ야 黑夜
二更에 鼓噪吶喊ᄒᆞ고 乘弔橋而下ᄒᆞ야 大戰於壕上ᄒᆞ니 王師
ㅣ 出其不意ᄒᆞ야 大折一陣ᄒᆞ고 退之二十里下寨ᄒᆞ니 元帥與
御史로 責元[先]鋒之失守ᄒᆞ고 乃作商議홀시 忽報周王妃胡氏
가 大罵陣前ᄒᆞ야 挑決雌雄이라ᄒᆞ야늘 元帥與御史로 出陣前

縱觀ᄒᆞ니 那胡妃가 頭戴白金嵌珠冠ᄒᆞ고 身被霜練袍ᄒᆞ고 坐下雪花馬ᄒᆞ야 手執梨花槍ᄒᆞ고 馳驟於陣前ᄒᆞ야 耀武揚威ᄒᆞ야 傍若無人焉이라 先鋒票騎將軍王萬歲ㅣ 挺戟出馬ᄒᆞ야 戰未十合에 胡妃槍法이 運如梨花片片ᄒᆞ야 一閃地便刺下馬라 元帥ㅣ 急命諸將救護ᄒᆞ니 胡妃乘勝長驅ᄒᆞ야 一道電光이 東閃西忽ᄒᆞ니 王師如崩角이라 元帥ㅣ 勅欲收軍이러니 胡妃督戰愈急ᄒᆞ야 追至中軍이라 御史暗想彼女子ㅣ 有萬夫不當之勇ᄒᆞ니 吾當與之一戰이라ᄒᆞ고 乃被甲上馬ᄒᆞ야 擧珊瑚鞭罵之曰 爾是何人고 胡妃怒曰 聞得何用고ᄒᆞ고 拍馬直衝이어늘 御史ㅣ 乃以腰間所佩七星寶劍으로 迎戰百餘合에 兩女將이 神氣愈勵ᄒᆞ며 手法益精ᄒᆞ야 互相頡頏이어늘 元帥恐御史有失ᄒᆞ고 乃鳴金收軍이러라

13회분(1906. 4. 21)

御史ㅣ 言於元帥曰 彼女將이 有絶世之勇ᄒᆞ야 不可以力勝이니 不若設計而擒之라ᄒᆞ고 翌日에 遂以錦囊一秘計로 授元帥曰 如此如此ᄒᆞ라 元帥大喜ᄒᆞ야 乃令三軍ᄒᆞ야 深溝高壘ᄒᆞ야 堅壁不出ᄒᆞ고 擇其老病羸弱一隊ᄒᆞ야 或遊戲於陣前ᄒᆞ며 或坐臥於城下ᄒᆞ라ᄒᆞ고 乃揀八隊健剛之兵ᄒᆞ야 埋伏於盤龍山谷中일시 第一隊唐廷明 第二隊晁盖之 第三隊黃廷樞 第四隊陳尙志 第五隊堯萬年 第六隊王文忠 第七隊胡安 第八隊張駱之로 各領精兵三千ᄒᆞ야 次第設伏이라가 聞得號砲어든 救得一陣ᄒᆞ고 收拾其戰利品ᄒᆞ야 特賞於麾下ᄒᆞ라 且命工兵將軍으로 率鍬子軍一千名ᄒᆞ야 鑿大陷穽於盤龍山谷之第九谷桃花洞中ᄒᆞ라 調發已畢ᄒᆞ고 元帥ᄂᆞᆫ 麾動中軍ᄒᆞ야 拔寨退行ᄒᆞ야 至飛鳳山下結陣ᄒᆞ야 以視畏劫之意ᄒᆞ고 御史ᄂᆞᆫ 乃與文

官數三人으로 携酒張宴於盤龍山口花雲峯絶頂ᄒᆞ야 高張黃蓋ᄒᆞ고 飮酒數巡에 大張軍樂이어늘 胡妃探得一路消息ᄒᆞ고 知元帥ㅣ 已退가 必爲劫我라ᄒᆞ야 恃勇自負ᄒᆞ야 頗有驕色이러니 忽聞高峯上에 鼓吹大作ᄒᆞ고 不覺熱火之心窩衝上來ᄒᆞ야 被甲上馬ᄒᆞ야 直向山頂ᄒᆞ니 矢石이 雨下ᄒᆞ야 不能上山ᄒᆞ고 更回城中ᄒᆞ야 圍得華雲山十重이어늘 御史ㅣ 乃與文官으로 高張黃旗ᄒᆞ고 緩轡徐行ᄒᆞ야 直入盤龍山去라 胡妃ㅣ 乃命手下之猛將ᄒᆞ야 督軍馳逐ᄒᆞ야 至于第○谷靑草坡ᄒᆞ니 御史張黃旗徐行ᄒᆞ야 在于數百步之前이라 胡氏奮擊之ᄒᆞᆯᄉᆡ 政行間一聲砲響에 從山谷中一枝軍馬ㅣ 蜂擁而出ᄒᆞ니 爲明大將唐廷明이라 酣戰一場이라가 奪其輜重馬匹ᄒᆞ야 讓他一路ᄒᆞ고 閃入山谷間이어늘 胡妃ㅣ 見得張旗下李御史가 猶緩步在前이라 胡妃憤氣撑腸ᄒᆞ야 盡力追之ᄒᆞ야 近至第二谷雲門嶺ᄒᆞ니 樹木參天이요 岩石奇險ᄒᆞ야 魚貫而進ᄒᆞᆯᄉᆡ 人馬俱困니라 左先鋒袁八凱進曰 山路險截에 恐有埋伏이니 願停軍斥候ᄒᆞ야 搜其狙伏而後에 進軍ᄒᆞ소셔 胡妃ㅣ 怒曰 殺得彼黃旗下渠者ᄒᆞ야 雪我憤恨이 足矣라 何關於今之勝敗리오 遂不聽ᄒᆞ고 疾馳直向ᄒᆞ야 不分東西러니 忽然一聲砲響에

14회분(1906. 4. 23)

 一員大將이 攔住去路ᄒᆞ니 胡妃ㅣ 拭目見之 則票旗上에 大書第二隊晁라ᄒᆞ야늘 乃憤氣冲發ᄒᆞ야 揮槍奮鬪ᄒᆞ니 混戰一場에 又爲讓路어늘 胡妃乃麾軍前進ᄒᆞ니 黃旗가 又復在前이라 一連七谷險地에 皆爲伏兵廝殺ᄒᆞ야 片甲이 不存ᄒᆞ고 惟有胡妃一身이 單鎗[槍]匹馬로 奮死向前ᄒᆞ야 恨不能活吞黃旗下之李御史라 御史回顧一笑曰 胡妃ᄂᆞᆫ 一路辛勤이 無乃太苦

아 若束手歸降이면 當奏于天子ᄒᆞ야 赦爾罪犯ᄒᆞ고 封爾茅土
ᄒᆞ야 乃子乃孫이 永享其福ᄒᆞ리니 胡不思諒ᄒᆞ고 絶地孤踪이
屑屑於釖樹刀山之中ᄒᆞ니 弔慰可憐이로다 胡妃聞其言ᄒᆞ고
髮竪冲冠ᄒᆞ며 目裂生火ᄒᆞ야 咬牙盡噴曰 恨不捉汝ᄒᆞ야 碎死
萬段이라ᄒᆞ고 奮力策馬어늘 御史自嘆曰 彼女子血性이 足以
感動天地니 吾當受他雪恨하리라ᄒᆞ고 乃馳入陷穽中ᄒᆞ야 挿
其黃旗ᄒᆞ고 脫其戰袍ᄒᆞ야 掛於戟枝ᄒᆞ고 從狹路而馳歸於飛
鳳山大寨러라 胡妃馳入其谷ᄒᆞ야 望見黃旗下紅袍人이 凝立
於數步前이어늘 奔馬馳入ᄒᆞ야 一槍刺擊ᄒᆞ니 便是戟枝로ᄃᆡ
淋淋鮮血이 噴出袍上ᄒᆞ니 可知其血性所感이니라 乃知中於
奸計ᄒᆞ고 又爲馳走ᄒᆞ야 未及十步에 塔塔的一聲에 連連帶馬
ᄒᆞ야 滾入於陷穽中이라 守直軍士ㅣ 伏於叢林中이라가 一時
躍出ᄒᆞ야 欲縛出胡妃ᄒᆞᄃᆡ 胡妃倒伏坎中ᄒᆞ야 擲槍一閃에 無
不中倒나 然이나 旣有生擒之令ᄒᆞ야 不敢下手ᄒᆞ고 一齊向前
ᄒᆞ야 綑縛團團ᄒᆞ니 便似蝟縮이라 乃解納於大寨ᄒᆞᄃᆡ 元帥ㅣ
與御史로 大陳兵威ᄒᆞ고 伏胡妃於帳下ᄒᆞ야 厲聲問曰 汝는 一
個兒女子로 敢抗天師ᄒᆞ니 罪重於爾夫라 爾能回悟ᄒᆞ야 肯降
服耶아 胡妃ㅣ曰 殺則便殺이라 胡爲多聲고 我不能復夫之讐
ᄒᆞ고 今爲階下之俘ᄒᆞ니 雖死나 不能瞑目이라 何降服之有리
오 御史ㅣ 深憐其形狀ᄒᆞ며 敬仰其志槩ᄒᆞ야 乃親解結縛曰 吾
知胡妃之血性이 足感神靈이라 君亦天子之至親이니 今若投
降ᄒᆞ야 受其福祿이 好莫好矣어늘 何其執迷之甚耶오 乃賜酒
壓驚ᄒᆞ니 胡妃ㅣ 一聲長嘆曰 周王이 非行不軌之謀라 乃爲景
泰所誘ᄒᆞ야 無君側之惡으로 爲密勿之謀어늘 予乃固諫이라
가 天師遽至에 不幸斬首ᄒᆞ니 吾悲其夫死而欲爲報仇而已라

15회분(1906. 4. 24)

不欲抗衡王師러니 今夫讐을 不復ᄒ고 乃作俘虜ᄒ니 唯一死而已라ᄒᆫᄃᆡ 御史ㅣ曰 俄於桃花山谷口에 爾不斫倒黃旗下戰袍否아 胡妃曰 果斫倒戰袍에 腥血이 淋漓라ᄒᆫᄃᆡ 御史ㅣ曰 然則爾讐已復이라 君不聞豫讓之事乎아 胡妃ㅣ黙然無語ᄒ고 汪汪垂淚어늘 御史ㅣ再三解諭ᄒᆫᄃᆡ 胡妃ㅣ乃降이라 御史ㅣ言于元帥曰 胡妃ᄂᆞᆫ 罕世之才勇이니 當爲國家之大用이라 故로 惜其殺死而生擒之ᄒ야 慰諭而勸降之ᄒ니 當馳奏于天子ᄒ야 俱白其殺周王降胡妃ᄒ고 江南已平之捷報ᄒᆫᄃᆡ 天子覽之ᄒ시고 與群臣議ᄒ샤 周王은 不幸而死ᄒ니 特赦其罪ᄒ고 封胡妃爲歸命夫人ᄒ야 降封王楚縣千戶ᄒ야 以存其祀ᄒ라ᄒ시니 胡妃謝恩이러라 時에 南蠻이 大擧入寇ᄒ야 交趾以南에 邊烽日急이어늘 天子ㅣ聞之ᄒ시고 大會群臣ᄒ샤 乃議平南蠻之策ᄒ실ᄉᆡ 大臣이 奏曰 周亂이 已平ᄒ니 移其乘勝之師而攻之면 一鼓平蠻矣리이다 天子大喜ᄒ샤 乃令殿前都尉로 持節佈勅于徐元帥營中ᄒᆫᄃᆡ 時에 徐元帥有疾請勉이어늘 都尉ㅣ還告于天子ᄒᆫᄃᆡ 天子ㅣ乃以李炯卿으로 爲大元帥ᄒ시고 張沼로 爲巡撫都御史ᄒ샤 使張御史로 乘馹下去ᄒ라ᄒ시니 張御史受命ᄒ고 倍道往赴ᄒ야 傳其勅旨ᄒᆫᄃᆡ 李御史ㅣ交受大元帥印劒ᄒ고 徐元帥ᄂᆞᆫ 舁歸京師러라 翌日에 命唐廷明으로 爲左先鋒ᄒ고 王萬歲로 爲右先鋒ᄒ야 率精騎五千ᄒ야 斥候而進ᄒ라ᄒ고 晁盖之로 壓住後軍ᄒ라ᄒ고 歸命夫人胡妃로 爲帳前翼衛將軍ᄒ야 近在麾下ᄒ고 張御史로 爲參謀官ᄒ야 李元帥ㅣ麾動大軍ᄒ야 向南蠻國進發ᄒᆯᄉᆡ 紀律嚴明ᄒ고 軍容整齊ᄒ야 征討不服에 所向無敵이러라 行至交趾戕[牂]柯郡ᄒ니 在熱帶下ᄒ야 天氣暄熱ᄒ고 地氣薰濕ᄒ며

章[瘴]霧漫日ᄒ고 常多陰雨ᄒ니 諸葛武侯之五月渡瀘ᄒ야 深入不毛와 伏波將軍之萬里遠征에 標立銅柱가 盖此地也러라 前哨探馬ㅣ 報道蠻兵이 已迫於三十里外ᄒ야 兵勢滿山遍野ᄒ고 殺氣漫漫ᄒ야 其鋒이 甚惡이라ᄒ야늘 李元帥乃下令軍中曰

제4회

雁飛山歸命夫人大成功 獅子洞巡撫御史好奏捷

16회분(1906. 4. 25)

　　却說 李元帥ㅣ 下令曰 前路에 有溪ᄒᆞ니 渴者勿飮水ᄒᆞ라 又命曰 凡對敵時에 有猛獸來어든 勿驚怪ᄒᆞ라 又命曰 敵若敗走어든 勿追北ᄒᆞ라 令下에 三軍이 勿疑信이어라 張御史ㅣ 問曰 當此夏天ᄒᆞ야 軍馬大渴이라 安得見水而不飮乎며 自古蠻兵이 多用猛獸前驅어늘 軍馬ㅣ 見其凶惡에 安得不驚이며 對敵混戰에 敵若敗走면 軍馬乘勝이라 安得不追之리오 元帥ㅣ 按劍曰 軍有紀律이라 將有下令ᄒᆞ니 胡得亂言고 張御史ㅣ 慚然而退러라 翌日에 蠻兵이 大進ᄒᆞ야 兩陣이 對圓ᄒᆞ니 蠻將一員이 面汝鐵色ᄒᆞ고 髥如戟枝ᄒᆞ고 赤條條不着一絲로ᄃᆡ 全身鱗甲이 陵層周匝ᄒᆞ야 有撼山倒海之勢라 坐下一匹捲毛馬ᄒᆞ고 手執開山大斧ᄒᆞ야 大喝一聲에 天地轟震이라 李元帥與張御史로 出觀陣勢라가 見此怪凶ᄒᆞ고 顧謂衆將曰 誰能斬却那怪鬼오 帳前翼衛左將軍王文忠이 應聲出馬ᄒᆞᄃᆡ 御史ㅣ 戒之曰 蠻兒가 勢甚凶獰ᄒᆞ니 不可輕敵이라ᄒᆞᄃᆡ 文忠이 挺方天畵戟ᄒᆞ고 拍馬直前曰 蠻將은 通下姓名ᄒᆞ라 蠻將曰 俺은 南國元帥達達哥어니와 爾是甚麽오 文忠曰 我는 天朝翼衛左將軍王文忠이 是也라 爾是蠻種으로 不服皇化ᄒᆞ고 弄戲南徼ᄒᆞ야 犯我綏服ᄒᆞ니 罪固難赦라 爾且束手ᄒᆞ야 勿汚我刃ᄒᆞ라 蠻將이 大怒ᄒᆞ야 直取文忠ᄒᆞ야 酣戰數十合에 文忠이 雖有萬夫不當之勇이나 如何抵敵那蠻者리오 氣力漸漸ᄒᆞ야 方欲拍馬

回走라가 不意一道電光에 開山大斧가 勢劈將脛[頸]門下ᄒᆞ야 可憐王文忠이 死於陣前이라 御史ㅣ 大愕ᄒᆞ야 致要收軍이러니 票騎將軍董岳이 見此憤怒ᄒᆞ야 流星也似拍馬出陣ᄒᆞ야 直槊一戟ᄒᆞ니 那蠻子鱗甲이 堅剛ᄒᆞ야 戟枝已折이라 不及措手에 蠻將大斧가 已落于董將軍頭上ᄒᆞ니 腦劈一片ᄒᆞ야 腥血突流로ᄃᆡ 董岳이 恨死撞前ᄒᆞ야 用拆戟再槊那蠻子的眼窩ᄒᆞ니 眼珠突出이라 董岳이 力雖絶大나 奈劈腦門에 何能料生이리오 乃彊死於馬下어ᄂᆞᆯ 蠻將이 不勝憤怒ᄒᆞ야 閃了隻眼ᄒᆞ고 血流披面ᄒᆞ야 直衝陣前이어ᄂᆞᆯ 董岳之弟董嵩이 官在虎奮[賁]都尉러니 當日에 見其兄之死ᄒᆞ고 咬呀切齒ᄒᆞ야 奮力出戰ᄒᆞ니 如對山嶽이라 那能抵敵이리오

17회분(1906. 4. 26)

董嵩이 知不可抵敵ᄒᆞ고 撥馬回走어ᄂᆞᆯ 達達哥ㅣ 不管他敗走的將ᄒᆞ고 直衝陣前ᄒᆞ야 欲刺李元帥ᄒᆞᄃᆡ 元帥左右侍將八員이 一齊出馬ᄒᆞ야 周匝如鐵筒ᄒᆞ고 八枝戟이 一齊便刺로ᄃᆡ 達達哥ㅣ 視若虫豸ᄒᆞ야 左拒右劈ᄒᆞ야 勢如霹震ᄒᆞ야 一瞬間에 八個將이 盡被死傷ᄒᆞ고 蠻將이 如入無人之境이어ᄂᆞᆯ 元帥ㅣ 浩嘆曰 天朝將士에 一無敵得此一個畜生者ᄒᆞ니 豈非關盛衰之運이리오ᄒᆞ고 直欲上馬出戰이어ᄂᆞᆯ 忽見一個將軍이 裝束得頭戴黃金雙鳳日月盔ᄒᆞ고 身被七寶水犀鎖十甲ᄒᆞ고 上掛猩紅雲錦戰袍ᄒᆞ고 腰束白玉獅蠻帶ᄒᆞ고 手執一枝梨花槍ᄒᆞ야 長揖于元帥曰 死罪人은 願與彼蠻子로 決一死戰ᄒᆞ야 成功則幸이어니와 不然이면 誓不更還이니 願元帥ᄂᆞᆫ 允可ᄒᆞ라 元帥ㅣ 見之ᄒᆞ니 則帳前翼衛將軍歸命夫人前周王妃胡鐵玉이라 元帥ㅣ 大喜ᄒᆞ야 急止出馬ᄒᆞ고 乃於白玉元帥髀에 滿

美合衆國葡萄酒而勸之ᄒᆞᆫ듸 胡妃曰 若斬蠻子면 當以賞飮이
오 若不幸而不還이면 侑招我魂ᄒᆞ소셔 ᄒᆞ고 直上大宛桃花馬
ᄒᆞ야 更不托話ᄒᆞ고 直取蠻將ᄒᆞ야 大戰百餘合에 不分勝負라
蠻將이 大憤大怒曰 我平生臨陣에 不踰十合이어ᄂᆞᆯ 這顔玉的
少年兒ㅣ 敢與我鬪ᄒᆞ야 百合未決ᄒᆞ니 我不捉汝면 誓不更立
於天下ᄒᆞ리라ᄒᆞ고 又相酣戰ᄒᆞ야 兩將如龍ᄒᆞ고 兩將如神ᄒᆞ
야 遠遠觀之에 怳如掠水飛燕이 雙雙往來於荒蕪之上이라 相
拒相推야 轉輾近至於飛雁[雁飛]山下라 那山은 一座雄豪之洞
天이라 林木이 叢鬱ᄒᆞ고 岩石이 險峻ᄒᆞ야 人馬ㅣ 俱不可以接
近이어ᄂᆞᆯ 兩將이 俱棄馬匹ᄒᆞ고 互相混合이라 想是一男將一
女將이 混成一團이 可是一笑事也로다 日陽西墜ᄒᆞ고 山谷이
昏黑ᄒᆞᆫ듸 互有斬殺之心ᄒᆞ야 憤氣如火ᄒᆞ며 眼突如星ᄒᆞ야 一
斧一鐵을 盡擲于地ᄒᆞ고 手拳亂托ᄒᆞ야 頭角相觸ᄒᆞ며 足端相
躅ᄒᆞ야 竟夜惡戰이라가 乃至黎明에 相看은 一塊血이라 蠻將
達達哥ㅣ 氣力漸盡ᄒᆞ고 精神迷亂ᄒᆞ야 口稱哀苦曰 將軍神力
은 果難對敵이니 願乞一命ᄒᆞ소셔 胡妃大喝曰 爾蠻子ㅣ 多詐
驅我니 何肯相信이리오 但結果爾性命ᄒᆞ야 請賞于天子ᄒᆞ리
라 蠻將이 乞縛其兩手ᄒᆞ고 投降于大寨ᄒᆞ라ᄒᆞᆫ듸

18회분(1906. 4. 27)

胡妃笑曰 爾蠻子ㅣ 降則降矣라 有何畏怖[怖] 而縛爾之手
也리오 爾要納降이어든 爾當先導于馬前ᄒᆞ야 投于大寨어다
蠻將이 俯首聽命ᄒᆞ고 將行之ᄒᆞᆯ식 蠻將이 先導ᄒᆞ고 胡妃押後
ᄒᆞ야 行出谷口ᄒᆞ니 胡妃之所乘大宛馬ㅣ 立於松林中ᄒᆞ야 若
爲待候라가 見胡妃來ᄒᆞ고 長嘶一聲에 跪於路左어ᄂᆞᆯ 胡妃騎
之ᄒᆞ고 加鞭急行ᄒᆞ니 那蠻將이 喘息氣急ᄒᆞ야 步步顚倒라가

將近大寒前ᄒᆞ야 蠻將이 心中에 忽生羞愧ᄒᆞ야 自料得我與彼
鬪가 連至三晝夜라가 逢彼之辱ᄒᆞ고 束手屈膝이 死亦難洗라
寧當結果彼性命이면 死亦榮焉이라ᄒᆞ고 乃拾得一塊大石子
ᄒᆞ야 盡其死力ᄒᆞ야 擲之于胡妃胸窩前이라 胡妃ㅣ 政策馬急
行이라가 忽然彭彭的一聲에 一個流星石이 如一道金光來어
늘 急以槍枝로 猛打一打에 那石子ㅣ 還打那蠻將ᄒᆞ야 劈破腦
門後ᄒᆞ야 昏仆于地어늘 胡妃ㅣ 想得那蠻子ㅣ 力盡詐降ᄒᆞ고
忽生歹心ᄒᆞ니 無信無義라 生亦何用고ᄒᆞ고 乃斬其首ᄒᆞ야 懸
于馬鞍ᄒᆞ고 馳入大營ᄒᆞ니 元帥ㅣ 見胡妃ㅣ 生還ᄒᆞ고 喜不自
勝ᄒᆞ야 乃以葡萄酒로 勸之ᄒᆞ딕 胡妃ㅣ 一飲乃盡ᄒᆞ고 俱述其
惡戰之顚末ᄒᆞ고 且以蠻將頭顆로 獻之ᄒᆞᆫ딕 元帥ㅣ 乃以其頭
로 號令於陣前ᄒᆞ고 麾動紅招搖旗ᄒᆞ니 左右兩軍이 鼓喊一聲
에 大潰蠻兵ᄒᆞᆫ딕 蠻兵이 大敗奔走ᄒᆞ니 車騎輜重과 糧草金帛
이 積如太山者ㅣ 盡爲王師之所有러라 蠻之敗殘兵이 跟踏至
蠻都ᄒᆞ야 告耳敗衂ᄒᆞᆫ딕 蠻王이 聞達達哥死ᄒᆞ고 如失一臂ᄒᆞ
야 大憤長痛ᄒᆞ고 乃與諸酋로 商議退師之策홀식 左酋長이 進
計曰 大王이 躬往九貘國ᄒᆞ야 幸得一援이면 必得大勝이라ᄒᆞ
ᄂᆞᆫ딕 蠻王이 大喜ᄒᆞ야 亟日發行일식 騎一匹梅花鹿ᄒᆞ고 卽向九
貘ᄒᆞ야 會與貘王ᄒᆞ고 乞發一枝生力軍相救ᄒᆞᆫ딕 貘王曰 我聞
明師中元帥之神通과 胡妃之英勇은 世所罕有라 如與其求勝
인딘 莫如請降於大寨라ᄒᆞᆫ딕 蠻王이 大怒ᄒᆞ야 拂袖而起ᄒᆞ야
將回本邦일식 行至中路에 有一女子ㅣ 哀哀痛哭于路邊이어
늘 蠻王이 怪而問之ᄒᆞᆫ딕 那女子ㅣ 收淚而答曰 大王이 不能請
援於貘國ᄒᆞ고 今見單馬而返ᄒᆞ시니 上而國耻를 未雪ᄒᆞ고 下
而私讐를 不報라 是以痛哭ᄒᆞ노이다 蠻王이 改容問曰 女子는
果是何人고 女子ㅣ 答曰

19회분(1906. 4. 28)

 臣妾은 前元帥達達哥之妻石虎子야라 達達哥는 兩服之人物이라 但勇而無智ᄒᆞ야 見敵而當先ᄒᆞ고 知死而不避ᄒᆞ야 乃至敗績ᄒᆞ니 死固當然이로되 但國事危急이 方在呼吸ᄒᆞ니 不效杞妻之哭而敢進無壚之計ᄒᆞ니 願大王은 賜一封親書와 車馬一輛ᄒᆞ시면 當入九貊國ᄒᆞ야 請得犀象軍一隊ᄒᆞ야 臣妾이 雖不才나 願爲先鋒ᄒᆞ야 決一死戰ᄒᆞ노이다 蠻王曰 我之不得援者를 爾何以要之오 石虎子曰 臣有一計ᄒᆞ니 若不得其援이면 請自絶而不還ᄒᆞ리이다 蠻王이 大喜ᄒᆞ야 遂許之ᄒᆞ고 其與還都ᄒᆞ야 裁一角書ᄒᆞ고 幷車馬十輛黃金百斤ᄒᆞ야 賜之石虎子ᄒᆞ디 石虎子ㅣ拜受啓行ᄒᆞ야 至九貊國ᄒᆞ야 嚴粧盛飾ᄒᆞ고 用賂如水ᄒᆞ야 求見貊王ᄒᆞᆫ디 貊王은 本是好色之流라 聞達達哥之妻石虎子ㅣ素有姿色ᄒᆞ고 接見于別館ᄒᆞᆯᄉᆡ 蠻[貊]王이 一見石虎子之顔色이 有閉月羞花之態ᄒᆞ고 心甚歡喜ᄒᆞ야 掬躬致敬曰 夫人이 遠涉江湖ᄒᆞ야 有勞玉踏ᄒᆞ니 寡人之願이 畢矣라 敢問有何高誨오 石虎子ㅣ 起而再拜ᄒᆞ고 從容言之曰 妾이 不幸喪夫ᄒᆞ야 懇求天下之英雄일ᄉᆡ 一見大王ᄒᆞ고 若不遂願이면 更遊于安南暹羅波斯等諸國ᄒᆞ야 將求英雄ᄒᆞ노이다 貊王이 起身ᄒᆞ야 與椅織ᄒᆞ고 邀石虎子于密室ᄒᆞ고 特設大宴ᄒᆞ야 盡誠致款ᄒᆞ고 問曰 夫人高眼에 果貊國之爲妃否아 石虎子曰 大王神彩가 如龍虎之恣ᄒᆞ니 不問更論이로되 臣妾有所願ᄒᆞ니 未知大王이 果肯之否아 貊王曰 若率淸誨면 敢不從請이리오 石虎子ㅣ 蹙眉良久에 嘆息呑聲曰 妾之夫達達哥가 死於明軍ᄒᆞ니 妾若無信而他適이면 恐取天下之貽笑니 願大王은 矜憫情曲ᄒᆞ샤 發犀象軍一隊ᄒᆞ야 許付於妾ᄒᆞ시면 妾當領率

ᄒᆞ고 其決死戰ᄒᆞ야 因復夫讐ᄒᆞ고 伸設國恥면 妾之願遂니 未知大王之意가 若何오 貔王連聲諾諾曰 發一大軍이 有何難事리오 窃恐夫人이 萬一有失일까ᄒᆞ노니 寡人이 當其助一臂ᄒᆞ리라ᄒᆞ고 卽與石虎子로 共出練軍場ᄒᆞ야 點其犀象軍三萬ᄒᆞ야 當日發行ᄒᆞ니 石虎子ㅣ知事已偕ᄒᆞ고 乃呈奉親書而自請爲前鋒ᄒᆞ되 貔王이 卽以印劒으로 授之ᄒᆞ고 令于軍中曰 不從先鋒令者ᄂᆞᆫ 殺無赦ᄒᆞ리라ᄒᆞ니 一軍이 肅然이러라 到于南蠻之境ᄒᆞ니 蠻王이 出迎ᄒᆞ야 大饋三軍畢에 直向明陣ᄒᆞ니

20회분(1906. 4. 30)

石虎子ㅣ率犀象軍ᄒᆞ고 壓陣于明陣前ᄒᆞ되 王師ㅣ見得勒勒健勇的蠻兵이 驅犀象爲前驅ᄒᆞ야 陵層之角과 穹隆之鼻가 咆哮大踏에 殺氣彌天이어늘 三軍이 見得股慄膽落ᄒᆞ야 面面相視ᄒᆞ고 黙黙無言ᄒᆞ야 不敢向戰이어늘 一軍尉語之曰 向日元帥將令을 倘不記念가 有如何猛獸라도 毋得驚慌之令ᄒᆞ니 不測元帥神算矣라 必有制勝之方矣리니 有何驚懼리오 軍心이 少得安定이러라 石虎子ㅣ出陣挑戰이어늘 元帥與張御史로 出陣視之ᄒᆞ니 軍勇馬强ᄒᆞ고 猛獸前驅ᄒᆞ야 勢甚凶狞ᄒᆞᆫ데 石虎子ㅣ白袍銀甲으로 騎一匹金睛獸ᄒᆞ고 使得一口大刀ᄒᆞ니 重可百斤이라 顔貌如奇花朗月이나 氣色如秋霜烈日ᄒᆞ야 沽勇揮揚에 傍若無人이라 元帥ㅣ命王萬歲出戰ᄒᆞ되 似有退縮之色이어늘 胡妃ㅣ出曰 當一死戰이라ᄒᆞ고 憤然出馬ᄒᆞ되 元帥ㅣ又勸葡萄斝ᄒᆞ되 胡妃ㅣ痛飮ᄒᆞ고 提梨花鎗[槍]一枝ᄒᆞ고 直出陣前曰 石虎子야 爾知我高名否아 石虎子答曰 無名小卒을 何以知也리오 胡妃笑曰 名動天地ᄒᆞ고 威震四海之周王胡妃芳春[鐵玉]名을 汝不聞知ᄒᆞ니 汝不過是一個蠻之採珠的

女子라 亦安足責이리오 然이나 汝能束得武裝ᄒᆞ고 出馬陣前
ᄒᆞ니 問是何意오 石虎子ㅣ大笑曰 汝能早獻頭級ᄒᆞ야 母作勞
死的孤魂ᄒᆞ라 胡妃曰 爾的夫達達哥도 與我惡戰ᄒᆞ야 竟作我
劍下寃死鬼어늘 況如汝之面塗之粉ᄒᆞ고 手按針線的軟骨子
乎아 石虎子ㅣ聞得達達哥之說ᄒᆞ고 眼忽生火ᄒᆞ야 若金光一
線이 直冲太陽上이라 更不他話ᄒᆞ고 直取胡妃ᄒᆞ야 大戰三百
餘合에 日已西沒ᄒᆞ니 石虎于[子]ㅣ從黃昏中ᄒᆞ야 拍馬望南而
逃어늘 胡妃ㅣ奮力追之ᄒᆞ야 未及百餘步에 石虎子ㅣ從腰間
으로 探得一探에 一條流星鎚兒가 直打胡妃的胸窩어늘 胡妃
ㅣ閃了一閃ᄒᆞ야 幸避鎚兒이어늘 胡妃ㅣ大發怒ᄒᆞ야 用飛槍
法ᄒᆞ야 亂下數三枝에 石虎子ㅣ眼明手快ᄒᆞ야 以手로 接得鎗
[槍]枝ᄒᆞ니 可謂兩個女將이오 一雙天神이러라 兩陣이 點起
燈燭ᄒᆞ고 金鼓融融ᄒᆞ야 方督夜戰ᄒᆞᆯ식

21회분(1906. 5. 1)

石虎子ㅣ接得胡妃之擲槍ᄒᆞ니 胡妃暗暗喝采道這蠻婆本
領이 逈出尋常이로다ᄒᆞ고 乃謂石虎子ㅣ曰 金鼓不倦ᄒᆞ고 夜
氣淸和ᄒᆞ니 不分爾活我死ᄒᆞ며 我生爾殺ᄒᆞ고 兩虎相鬪에 雌
雄이 便決이라 吾曹가 俱以女子로 臨陣沽勇이 亦是人世上一
英物이라 可以樹勳沙場이오 名傳歷史니 豈可與碌碌丈夫比
哉아 我勸一大白ᄒᆞ니 爾酬一盃酒ᄒᆞ야 相慰生世上之懷ᄒᆞ고
決一死戰ᄒᆞ야 雖爲劍頭相弔라도 亦無所恨일까ᄒᆞ노라 ᄒᆞ고
乃於黃金大斗에 滿酌江南第一春ᄒᆞ야 左手로 執梨花鎗[槍]
ᄒᆞ고 右手로 奉勸石虎子ᄒᆞᆫ딕 石虎子ㅣ少無疑忌ᄒᆞ고 神色自
若ᄒᆞ야 停刀在前ᄒᆞ고 以手交擧ᄒᆞ야 痛飮而盡ᄒᆞ고 乃命本陣
中酒保來ᄒᆞ야 於碧玉大罍에 斟交趾紅椒酒ᄒᆞ야 酬于胡妃ᄒᆞ

딕 胡妃] 亦一飮而盡ᄒᆞ니 兩陣將士] 無不喝采러라 胡妃謂
石虎子曰 一盃相勸이 足以盡平生知己之神契오 亦足以表彰
一世英雄之氣岸이라 從今以後로 人世鬼關이 永相決矣니 豈
不鳥突이리오 石虎子] 笑曰 爾有多少勇氣로딕 不免兒女子
屑屑之態也로다 王事靡鹽ᄒᆞ니 勿復多言ᄒᆞ라ᄒᆞ고 乃拍馬舞
刀而進이어늘 胡妃] 提鎗[槍]交戰ᄒᆞ야 一上一下ᄒᆞ며 一左一
右ᄒᆞ야 酣戰至百餘合에 石虎子之刀法은 如閃閃金光ᄒᆞ고 胡
妃之鎗[槍]術은 若片片梨花ᄒᆞ야 雷霆이 忽起ᄒᆞ며 風雲이 忽
變이러니 嗟嗟胡妃之星數가 不幸已盡ᄒᆞ야 不意鎗[槍]枝가
中斷ᄒᆞ야 手法이 慌亂일시 閃들大刀之金光에 可憐胡妃之一
道淸魂이 悠蕩升天而去어늘 石虎子] 揮動犀象兵ᄒᆞ야 直冲
天兵ᄒᆞ니 勢與風雨ᄒᆞ야 撼掀天地라 王師] 大亂이어늘 李元
帥] 拍馬出陣ᄒᆞ야 急命諸將으로 壓住陣角ᄒᆞ고 擧以珊瑚鞭
으로 一揮ᄒᆞᆫ딕 犀象軍이 股慄ᄒᆞ야 不敢前進ᄒᆞ고 反向本陣
ᄒᆞ야 自相踐踏이어늘 兩軍이 急鳴金收軍ᄒᆞ니 天色이 乃明이
라 石虎子] 歸與九貌王與蠻王으로 共議曰 胡妃ᄂᆞᆫ 雖爲除去
나 李元帥之神術이 世所罕有라 如可得勝인딘 可分軍三路ᄒᆞ
야 爲疑兵而可勝이니 貌王은 分犀象軍兵一隊ᄒᆞ야 從桃花山
小路ᄒᆞ야 直冲王師背後ᄒᆞ고 蠻王은 率土兵ᄒᆞ고 從八雲山ᄒᆞ
야 夜劫糧草ᄒᆞ고 遊擊左右ᄒᆞ야 或進或退라가 王師敗走어든
追劫其後ᄒᆞ고 貌王이 有失이어든 赴爲援助ᄒᆞ라 貌王이 問曰
石虎子ᄂᆞᆫ 果欲何爲오

22회분(1906. 5. 3)

石虎子曰 我ᄂᆞᆫ 單刀匹馬로 自當一隊ᄒᆞ야 首尾相應ᄒᆞ고
腹背相援ᄒᆞ야 爲連環遊擊之勢矣리니 兩大王은 小心進戰ᄒᆞ

야 無先其械ᄒ쇼서 貔王與蠻王이 各率本部ᄒ고 取路而行이
러라 李元帥ㅣ 召張御史議之曰 胡妃英勇은 天下無敵이라 建
立大功ᄒ고 不幸獻命ᄒ니 固切傷憾이라 石虎子ᄂ 勇力絶倫
ᄒ고 智謀兼備ᄒ야 雖英雄男子라도 更無與敵者ᄒ니 當用奇
計而誘之어니와 聞貔王은 入桃花山ᄒ야 有撞後之計ᄒ고 蠻
王은 從八雲山ᄒ야 有劫寨之謀ᄒ니 貔王之雄强이 非同蠻蠢
이니 非御史之算이면 無以建功이라 請御史ᄂ 率勇將八員과
精騎一萬ᄒ고 依此一套錦囊中心計ᄒ야 如此如此而行ᄒ라
又召晁盖之曰 將軍은 率精兵一萬ᄒ고 埋伏於桃花山後ᄒ야
見紅旗ᄒ고 如此如此ᄒ라 召王萬歲曰 將軍은 率精兵一万ᄒ
고 入含枚馬摘鈴ᄒ고 晝伏夜行ᄒ야 從桃花山前谷口ᄒ야 見
白旗ᄒ고 如此如此ᄒ라 又召史太歲曰 將軍은 率善射火弓手
三千ᄒ고 如此如此ᄒ라 召胡廷安曰 將軍은 率精兵五千ᄒ고
狙伏於霞之中이라가 如此如此而行ᄒ라 調發已畢에 元帥ㅣ
政思石虎子生擒之計ᄒ야 率侍兒數人ᄒ고 登北醮樓ᄒ야 進
數斗酒ᄒ고 無適當可使的良人ᄒ야 政在鬱鬱中이러니 門吏
ㅣ報一位女官道人이 請謁元帥이니이다 元帥大喜ᄒ야 下樓
邀之ᄒ니 那女官이 生得面如白玉ᄒ고 眼如秋星ᄒ며 八字春
山이 隱隱有江河秀氣ᄒ고 頭戴眞珠八寶蓮花冠ᄒ고 身着杏
黃雲紗六銖衣ᄒ며 腰匝三縱鳳尾帶ᄒ며 足躡雲魚繡穗鞋ᄒ
고 左手에 執翡翠玉如意ᄒ고 右手에 制肉芝花藍子ᄒ야 昻然
而進ᄒ야 鞠躬施禮어늘 元帥ㅣ一見에 神若秋水ᄒ고 氣如長
虹ᄒ야 十分敬愛ᄒ야 答禮問曰 誠緣淺薄ᄒ야 未曾投契러니
幸得拜見ᄒ니 鄙情이 消矣라 敢問住持的名山洞府與高名道
號ᄒ노라 女官이 欠身答曰 貧道ᄂ 金光山靈眞洞紫虛舘主韋
太娘이 是也로다 元帥曰 未知玉仙이 那現塵世오 女官曰 奉

紫虛眞君之命ㅎ고 方往終南山崇福宮玉仙道人洞府라가 適
到此地ㅎ야 重續前遊之緣ㅎ니 此是宿債也로다 元帥] 問曰
仙凡逈絶ㅎ야 一無拍掌之雅어늘 今謂重續前遊之緣者는 何
也오 女官이 琅然一笑曰

23회분(1906. 5. 4)

元帥足下는 無[有]烟火所蔽ㅎ야 渾忘前世事也로다 君爲
白玉京修文學士ㅎ고 貧道는 爲黃金樓太史ㅎ야 俱謫人間ㅎ
니 此豈非重續舊緣이리오 元帥謝曰 仙娘은 修登妙果ㅎ야 福
慧雙全ㅎ고 凡夫는 塵累蔽心ㅎ야 頑宜無比ㅎ니 愧赧何言이
리오 殷勤致款ㅎ야 交獎甚密ㅎ니 一寸靈犀가 若相照焉이라
元帥曰 王師出征이 已經累月而蠢玆蠻人이 一直梗化ㅎ니 勢
將掃淸乃已라 但必蠻將石虎子] 英勇無比ㅎ야 不可輕敵ㅎ
니 借三寸之舌ㅎ야 宋○一旬之期면 南方을 可淸이라ㅎ거늘
女官曰 貧道] 亦大明之臣民이라 當此國事之鞅掌ㅎ야 敢不
效一智之力이리오 我雖不才나 請以試之ㅎ리니 願元帥는 勿
慮ㅎ라 元帥] 握手大喜曰 仙娘丹忱이 赫如晨星ㅎ니 敢不感
謝리오 女官이 曰 那石虎子安在오 元帥曰 今聞調發其貘王於
桃花山ㅎ며 蠻王於八雲山ㅎ고 自爲遊擊之勢라ㅎ야 匹馬單
刀로 向南而去라ㅎ니 窃想南有玉光山古寺라 必留宿於此ㅎ
리니 願仙娘一徙玉鳥ㅎ야 使不得動軍케ㅎ면 此是仙娘之大
勳이라ㅎ듸 仙娘이 慨然起身ㅎ야 縺下戎樓에 一擲玉如意ㅎ
니 便成一道靑虹이라 倐然飛身ㅎ야 踏虹橋而去어늘 元帥知
其道術靈異ㅎ고 不勝神奇ㅎ야 暗暗祝謝而已러라 却說 貘王
이 督犀象兵ㅎ고 入桃花山ㅎ야 從山後小路ㅎ야 將夜半劫寨
홀식 黃昏時分에 出桃花山後ㅎ니 樹林菲薄ㅎ고 岩石險峻ㅎ

야 馬不成列ᄒ고 魚貫而進ᄒ야 千辛萬苦러니 忽見一竿紅旗上에 掛一紅燈ᄒ야 飄揚於山坡前이어늘 十分驚疑ᄒ야 全軍이 無不躊躇危懼러니 忽一聲砲子響에 一枝兵이 攔任去路ᄒ니 爲首大將은 晁盖之라 一號一聲에 矢石如雨ᄒ야 犀象兵이 不敢進前이라 貊王이 大慌ᄒ야 乃思石虎子ᄂᆞᆫ 䧟我於死地ᄒ고 不來援我ᄒ니 奈何奈何오 乃令先鋒으로 爲後ᄒ고 後廂으로 爲先ᄒ야 更入桃花山谷ᄒ야 復至谷口ᄒ니 天色이 已明이라 忽見一竿白旗가 飄楊於高地어늘 又生疑團ᄒ야 停軍躊跚러니 又喊聲이 大起ᄒ야 一彪軍馬ㅣ 從左右山谷中潮湧而出ᄒ야 團得谷口ᄒ야 如鐵筒相似ᄒ야 水泄不能이라 貊王이 乃仰天嘆曰 石虎子ᄂᆞᆫ 不知我困耶아 胡爲乎不來오

24회분(1906. 5. 5)

貊王이 率犀象兵ᄒ고 在桃花山谷中ᄒ야 前後阻隘에 進退維谷이라 政在驚心이러니 忽一聲邦[砲]子響에 史太歲部下火弓手가 萬枝火箭이 一時射下ᄒ니 火着草木ᄒ고 犀象이 俱[懼]爲着熟ᄒ야 怒相冲突ᄒ야 潰出桃花前谷口ᄒ니 無不一當百이라 火着獸毛ᄒ야 滿山狂奔ᄒ니 勢莫能當이라 伊時 御史軍이 方到ᄒ야 令副將甘肅龍으로 捉得貊王ᄒ라ᄒ니 肅龍이 率部下精兵ᄒ고 大號陣前曰 九貊王은 徜降陣前이면 赦其罪ᄒ리라ᄒ니 모[貊]王이 聞得大喜ᄒ야 精頓部曲ᄒ고 乃束手投降한듸 肅龍이 縛到于御史面前이어늘 御史ㅣ 慰諭曰 南蠻이 不服王化ᄒ고 弄兵犯境ᄒ야 罪固罔赦이[라] 爾助其惡ᄒ야 有勞王師ᄒ니 爾當伏誅로듸 歸化待命이 甚爲嘉尙이니 依爾舊爵ᄒ야 還歸舊國ᄒ야 年年入貢ᄒ야 無失藩臣之禮ᄒ라 貊王이 稽首悅服ᄒ야 卽率犀象兵ᄒ고 抱頭鼠竄ᄒ야 歸于本

國홀식 貘王이 感傳石虎子之不來ᄒᆞ야 滿腔冲懷가 不勝烏悒이러라 蠻王이 率士兵ᄒᆞ고 從八雲山小路ᄒᆞ야 方欲劫粮일식 不聞貘王軍之動靖ᄒᆞ며 不知石虎子之消息ᄒᆞ야 政欝憫中에 一枝軍馬가 料外遮斷ᄒᆞ고 爲首大將胡廷安이 挺刀出馬曰 蠻王이 無恙가 吾ㅣ 等候多時라ᄒᆞ고 直取蠻王ᄒᆞ니 蠻王이 無心戀戰이라 胡廷安一手拿下ᄒᆞ야 以鐵鏈으로 緊緊綑縛ᄒᆞ야 納于御史麾下ᄒᆞᆫ딕 御史一厲聲曰 蠢爾蠻種이 梗化跋扈ᄒᆞ야 罪犯罔赦ᄒᆞ니 不可容貸라ᄒᆞ고 卽命武士ᄒᆞ야 推出斬之ᄒᆞ라ᄒᆞ니 蠻王이 哀乞歸化어ᄂᆞᆯ 御史ㅣ 乃幷使其部下投降者ᄒᆞ야 使之歸國ᄒᆞ라ᄒᆞ니 南方이 乃平이라 [破犀]象將이 會集於御史部下ᄒᆞ야 歸于大寨ᄒᆞᆫ딕 元帥ㅣ 乃設大宴ᄒᆞ야 犒賞三軍ᄒᆞ고 一邊奏捷于天子러라 却說 石虎子ㅣ 果投于玉光寺ᄒᆞ야 待曉救援其貘王之後ᄒᆞ야 方卸甲而坐러니 忽有一位仙娘이 乘虹橋自天而降ᄒᆞ야 揖于前曰 太乙이 無恙가 石虎子ㅣ 十分驚訝曰 仙官의 稱我太乙은 何也오 仙娘曰 君是太乙星이 我是天乙星으로 俱爲謫下人間ᄒᆞ야 我爲地上仙娘ᄒᆞ고 君爲世上英豪女子ᄒᆞ니 宿業이 未盡ᄒᆞ고 現緣이 又在ᄒᆞ니 固安得不欣幸이리오 石虎子ㅣ 問曰 仙娘이 安知我太乙星也오 仙娘曰 君之背上에 有七星痣ᄒᆞ니 此豈非明証耶아 君爲塵烱所蔽ᄒᆞ야 忘却前生之事也로다

25회분(1906. 5. 7)

石虎子聞之ᄒᆞ고 十分驚喜曰 上仙淸誨가 有若披雲霧而見靑天ᄒᆞ니 不勝欣豁이라ᄒᆞ고 又問曰 吾人은 南蠻國民也라 以國民義務로도 當此時局缺裂之日ᄒᆞ야 國有大兵에 不可無愛國誠이온 況家夫가 以大元帥로 率兵赴敵이라가 不幸殉身ᄒᆞ

니 公而大義를 未伸ᄒ고 私而大讐를 未復ᄒ니 生在人間ᄒ이 沸動熱血이라 令請援于九貌國ᄒ야 方在督戰이니 敢問勝敗가 果將何如오 仙娘이 笑曰 人間是非도 不必相干이온 而況 國之興亡과 兵之勝敗를 何可推論이리오 但君有仙果ᄒ야 自有定數ᄒ니 今日逢場에 只可談天而已라ᄒ고 推於袖中에 出仙果一顆ᄒ야 勸啖之ᄒᄃᆡ 石虎子 ㅣ 稱謝啖下에 不覺精神이 爽豁ᄒ야 悠然生覺ᄒ니 前生之事가 如在目前이라 仙娘이 又笑曰 情兄이 念得過去事乎아 石虎子[曰] 兄[與]我가 俱是以淸仙界星曹眞官으로 日相朝元殿蕤珠宮時에 玉皇이 賞賜之物이 如在昨日ᄒ니 其時 賜君以香ᄒ시고 賜我以劒이라 而今思之컨댄 兄爲道舘主ᄒ고 弟爲女將軍이 其非徵乎아 不覺尾尾談話ᄒ야 石榻竹窓에 已過三宿이라 仙娘이 曉起告別ᄒᄃᆡ 石虎子快然行送之ᄒ니 仙娘이 復乘紅虹橋ᄒ고 倏然騰空而去어늘 石虎子 ㅣ 徒想戰機之茫然ᄒ고 披甲上馬ᄒ야 馳至桃花山谷口ᄒ니 戰氛已晴ᄒ여늘 乃問其由ᄒᄃᆡ 村民之避亂者 ㅣ 紛紛會集ᄒ야 答曰 王師大捷ᄒ고 貌王與蠻王은 大敗投降ᄒ야 逃命歸國이라ᄒ야늘 石虎子 ㅣ 仰天長嘆曰 我爲仙娘이 所誤ᄒ야 大失軍機ᄒ야 使國王而狼貝者ᄂᆞᆫ 不忠也오 使貌王而困窮者ᄂᆞᆫ 不義也오 借兵而不踐約이면 不信也니 有此三過에 以何面目으로 生於世乎리오ᄒ고 遂拔劍自刎而死ᄒ니 前後英勇이 無愧天地ᄒ고 無怍鬼神ᄒ니 可謂千古英雄이러라 却說 李元帥 ㅣ 南方을 已定ᄒ야 慰撫安民ᄒ고 亟日班師ᄒ니 一枝春風에 旗䰀이 徐徐ᄒ고 金鼓隆隆ᄒ야 馬敵金鈕響이오 人唱凱歌聲이러라 行至京師ᄒ니 天子率百官ᄒ시고 出接郊外ᄒ샤 玉手로 執李元帥之手ᄒ시고 勅語慰諭ᄒ시고 又慰勞張御史ᄒ샤 優渥溫存이 十分隆摯ᄒ시니 亦是稀有之盛典이라

제5회

凱旋日大宴五雲亭 詩賦夜賜落百花池

26회분(1906. 5. 8)

李元帥凱旋之日에 天子ㅣ率文武百官ㅎ시고 出郊歡迎ㅎ샤 并轡還宮ㅎ샤 御太極殿ㅎ시고 受群臣賀ㅎ시니 李元帥ㅣ奏上出師後平問[周]平蠻之顚末ㅎ디 上이 龍顔有喜ㅎ샤 特進李炯卿爲兵部尙書封勳一等靑州侯ㅎ샤 掌督六軍兵馬ㅎ시고 賜白旄黃鉞ㅎ샤 以專征伐케ㅎ고 進張沼爲禮部尙書封勳二等徐州伯ㅎ시고 進徐雲爲兩廣大都督封勳三等雲南伯ㅎ시고 王萬歲晁盖之以下諸將을 并進爵賞ㅎ시고 大賞將校士卒ㅎ시고 贈周王妃胡芳春[胡鐵玉]ㅎ야 封忠烈荊州國夫人ㅎ샤 錄殉國勳一等ㅎ시며 封其子爲周王ㅎ야 復享其祀케ㅎ시고 特封石虎子義烈夫人ㅎ야 表其爲國殉身之忠ㅎ야 奬勸臣民ㅎ시고 特封韋太娘ㅎ야 紫虛觀捉擧ㅎ시니 李元帥張御史等第一般諸將이 叩首謝恩ㅎ며 山呼拜舞ㅎ며 將尉軍卒이 齊呼萬歲ㅎ니 聲動天地러라 上이 特命內藏府ㅎ샤 下帑銀百萬兩ㅎ야 設飮領至宴於五雲亭ㅎ라ㅎ시니 時政夏四月望間이라 綠陰如水ㅎ야 一境이 便成紺珠海러라 時에 大建凱旋門ㅎ니 高可建大將旗ㅎ야 團圓如月ㅎ고 雲窿干霄ㅎ며 大設大幕於五雲亭下蓬萊園ㅎ야 軍樂이 轟大ㅎ고 火花ㅣ如星ㅎ데 皇帝陛下ㅣ與如嬪으로 戎衣甲冑로 臨於亭上ㅎ샤 玉手로 執白玉大畀ㅎ시고 滿酌葡萄酒ㅎ야 勸於李元帥曰 卿以柱石重望으로 樹立功勳ㅎ고 唱凱班師ㅎ야 淸靖邊方ㅎ고 安全社稷ㅎ

야 使朕無憂於邊方ᄒᆞ니 卿之巍勳究業을 可以畫凌烟而汗竹帛이로다 元帥ㅣ 雙手受飮ᄒᆞ고 奏曰 臣이 杖天威賴皇靈ᄒᆞ야 平定南服ᄒᆞ니 陛下之洪福이 因壯士之忠勇也라 於臣何有리잇고 上이 乃次第宣醞ᄒᆞ시니 將卒이 咸被天恩ᄒᆞ야 歡聲動地러라 忽聞笙篁鶴聲이 瞭亮於雲霄間ᄒᆞ야 自遠漸近이어ᄂᆞᆯ 衆皆異之ᄒᆞ야 仰首而觀之ᄒᆞ니 有一位仙娘이 乘一隻白鶴ᄒᆞ고 悠然而下ᄒᆞ야 拜舞於玉榻前ᄒᆞ니 上이 問曰 仙官이 降此塵世ᄒᆞ니 豈非大瑞耶아 元帥ㅣ 進前熟視之ᄒᆞ니 乃韋太娘也라 跪奏于上曰 此是牢籠石虎子ᄒᆞ야 樹立大功之韋太娘也로소이다 上이 問曰 有勞仙人ᄒᆞ야 爲樹奇功ᄒᆞ니 多謝多謝也로다 仙娘이 奏曰

27회분(1906. 5. 9)

貧道ᄂᆞᆫ 方外之流라 豈以錙銖之效로 敢受功爵之賞哉잇가마ᄂᆞᆫ 昨日朝元於芷[蕋]珠宮이러니 玉皇이 降勅ᄒᆞ샤 爾受大明之爵賞ᄒᆞ니 宜拜謝天子ᄒᆞ라ᄒᆞ시기로 今來謝恩ᄒᆞ노이다 願[顧謂]李元帥曰 相公은 勳業功名이 光動一世ᄒᆞ니 固可賀也어니와 但佳緣이 在邇ᄒᆞ니 愼勿執迷ᄒᆞ고 順受天命ᄒᆞ라 元帥ㅣ 應承曰 敢不從命이리오 滿朝百官이 皆不解其意로ᄃᆡ 獨張尙書ㅣ 心怪之曰 愼勿執迷之句語가 甚爲殊常이라ᄒᆞ더라 天子ㅣ 乃命太史로 奉韋太娘玉牒ᄒᆞ야 進之于前ᄒᆞᆫᄃᆡ 仙娘이 拜謝訖에 謂李元帥曰 更有相逢之日矣리니 勿孤我言ᄒᆞ라ᄒᆞ고 吹笙騎鶴ᄒᆞ고 倏然騰空而去러라 日暮宴罷ᄒᆞ고 各歸府中ᄒᆞ야 李元帥ㅣ 上表乞解元帥之職ᄒᆞ고 只帶大司馬之任이러라 一日 李尙書退朝之暇에 與張尙書三兄弟及呂翰林胡學士等十數人으로 說南征之事라가 語及周王妃胡芳春[胡鐵玉]과

達達哥的妻石虎子之英勇蓋世ᄒ고 尾尾讚揚이어늘 張尙書 | 曰 女中에 盖有英雄이언마ᄂᆞᆫ 此兩者ᄂᆞᆫ 以女子本色으로 露出 英雄本領이어늘 或欺其本色 而以凰爲鳳ᄒ며 以麒爲麟ᄒ야 眩惑於一世者ᄂᆞᆫ 豈非可惜이리오 李尙書ᅵ 笑曰 天下에 豈有 如此哉리오 夫英雄者ᄂᆞᆫ 如龍之變化ᄒ야 露爪牙於東天ᄒ며 藏鱗甲於西雲ᄒ야 人莫知其千變万幻之狀이라 豈有測知其 英雄之本色者哉리오 張尙書ᅵ 笑曰 昔에 木蘭이 從軍十二年 에 征胡大捷而歸ᄒ야 功盖一國이로ᄃᆡ 脫其銃衣而看其火伴 ᄒ니 其火伴이 始知木蘭之爲英雄이라 木蘭은 可謂女中英雄 이로다 李尙書暗想張尙書之言이 出於疑似之間ᄒ야 深忦其 言辭之戲慢이나 亦不必形於色이오 但應承做面ᄒ야 如窺葫 蘆中金丹一粒이 左轉右旋[旋]而已러라 張尙書ᅵ 十分有滋惑 之端ᄒ야 九疑山光이 聳翠於眉端ᄒ야 太若成病焉이러니 忽 想一計ᄒ야 乃於端午日에 設大宴於翠華園ᄒ고 廣遨公卿學 士ᄒ야 作競渡會ᄒᆞᆯᄉᆡ 翠華園은 在太華山下ᄒ니 園裡에 有太 液池ᄒ고 池中에 有十隻龍舟ᄒ니 盖帝都之壯觀處라 是日에 車馬雲集일ᄉᆡ 李尙書ᄂᆞᆫ 少不疑訝ᄒ고 促車先赴ᄒ니 一代名 侒가 次第畢集이라

28회분(1906. 5. 10)

方開宴於翠華園ᄒᆞᆯᄉᆡ 忽有一使者ᅵ 奉白羽信箭ᄒ고 走馬 來到ᄒ야 急急語曰 李尙書等一般文臣를 天子ᅵ 有詔宣召라 ᄒ야늘 李尙書ᅵ 乃不俟駕卽行ᄒ야 步入丹鳳門ᄒ니 中使ᅵ 連促而出이라 一般文臣이 隨後齊到ᄒ니 李尙書ᅵ 當先而入 ᄒ야 拜跪於文華殿ᄒᆞᆫᄃᆡ 天子ᅵ 降勅曰 今日은 端午佳節이라 百官이 製進端午帖이 已有盛代之開韻이라 今四方無事ᄒ고

萬姓同樂ㅎ니 可以賦端陽詩ㅎ야 庸代鳳儀之簫韶라ㅎ시니
一般文臣이 恭承勅語ㅎ고 山呼拜舞어늘 天子ㅣ 乃命各賜筆
硯華箋ㅎ시고 乃先昌飮御醞ㅎ시고 先製一首ㅎ야 命唱和以
進ㅎ라ㅎ시니 其詩에 曰

　天中佳節宴群臣　蒲綠櫻紅物物新
　南風吹到南薰殿　幸値昇平樂萬民

一篇詩意에 可見其聖人之氣像이러라 李尙書ㅣ 接筆成章
ㅎ야 雙韻奉進ㅎ니 其詩에 曰

　風雲際會樂群臣　舜代詩歌今日新
　金樽泛泛菖蒲綠　聖化同添億兆民

張尙書ㅣ 繼成以進ㅎ니 其詩에 曰

　生逢聖王得賢臣　宇宙同春萬物新
　拜醉端陽佳節宴　大明日月照人民

群臣이 次第깅[更]和以進이어늘 天子ㅣ 天顔華麗ㅎ샤 玉
聲朗吟ㅎ시고 玉手로 擧金批筆ㅎ샤 題其甲乙ㅎ시고 乃命賜
浴於百花池ㅎ시니 群臣이 承命謝恩이로되 獨李尙書는 心中
에 有不安諸意ㅎ고 張尙書는 若有喜色焉이러라 那百花池는
有太液池上源ㅎ니 淸流白石이 淸凉可愛ㅎ야 水深이 可沒脛
而四方이 平均ㅎ야 無深淺處ㅎ고 臨其沐浴時ㅎ야 分得溫泉
水一時頃이면 冷川이 有溫溫氣ㅎ며 有潑潑香ㅎ야 塵垢皆滌

ㅎ고 可謂溫泉水滑洗汗脂者ㅣ 政謂此也러라 天子乃以微服
으로 率諸群臣ᄒ시고 暫移玉步ᄒ샤 臨百花池上ᄒ시니 百花
爛漫ᄒ야 四時長春이오 鴻雁麋鹿과 鳥獸魚鼈이 欣欣有咸若
意ᄒ야 涵育於春風化囿中이러라 天子乃命群臣ᄒ샤 脫衣沐
浴於池中ᄒ라ᄒ시니 群臣이 拜謝ᄒ고 乃解衣於花池中ᄒ야
紛紛亂入水中ᄒ니 天子ㅣ 歡笑而樂之ᄒ샤ᄃᆡ 獨李尙書ㅣ 不
肯入이어ᄂᆞᆯ 天子命促李尙書沐浴ᄒ시니

29회분(1906. 5. 11)

李尙書ㅣ 承赴浴之命ᄒ고 乃正色對曰 君臣은 則父子一體
라 豈敢有隱이리오마ᄂᆞᆫ 雖非君父之面前이라도 身爲公卿者
ㅣ赤身裸體ᄒ고 澡浴水中ᄒ야 有如雁鴨ᄒ니 褻慢이 極矣오
輕蔑이 深矣라 而況至尊之前에 行此猥屑[褻]之行乎잇가 臣
雖伏斧鉞之誅라도 不敢應命이로소이다 天子ㅣ 撫[憮]然ᄒ샤
誓曰 卿言이 是矣라ᄒ시고 乃有不豫之色ᄒ샤 還于便殿ᄒ신
ᄃᆡ 李尙書ㅣ 上表待罪어ᄂᆞᆯ 天子乃下優旨ᄒ시고 從此敬愛隆
摯ᄒ샤 乃命特陞文延閣太學士經筵日講官ᄒ시고 每夜召對
於便殿ᄒ샤 討論經義ᄒ시며 硏究史記ᄒ샤 講論古今治亂得
失ᄒ시니 恩渥이 日加焉이러라 唯張尙書ᄂᆞᆫ 心知其李尙書之
非男是女ᄒ고 日益滋惑ᄒ야 欲爲發明其踪跡이나 無計可施
ᄒ야 潛使金帛ᄒ야 薦求一色娼妓於天下ᄒ니 是에 杭州妓洞
庭月者ㅣ年可二八이라 詩文琴棋歌舞書畵를 無不精通ᄒ고
月態花容이 冠于天下라 乃以黃金十斤으로 贖其身以傳至京
師ᄒ야 置于別庄ᄒ고 從容謂之曰 爾侍李尙書一幸이면 身必
富貴어니와 我當傾家賞賜矣리니 爾或僥幸致之否아 洞庭月
이 心疑之ᄒ야 從容問曰 相公이 使妾으로 得李尙書一幸이

必有曲折이라 假使得幸이라 於相公에 有何益哉완딕 有傾家賞賜之敎하시니 此非尋常事也니 願相公은 明敎之ᄒᆞ시면 妾이 當僇死力ᄒᆞ야 以報相公ᄒᆞ리이다 張尙書ㅣ 知其明敏慧捷ᄒᆞ고 乃携入密室ᄒᆞ야 罄告無隱曰 我ㅣ 年今三十에 尙今未娶室ᄒᆞ고 廣求天下淑女로딕 亦未容易ᄒᆞ야 有轉輾反側之心焉ᄒᆞ니 今李尙書炯卿은 文武兼備ᄒᆞ고 富貴雙全之一代豪傑이오 千古英雄이라도 但有疑似而不明者ᄒᆞ니 此是非男而是女라 如其女子면 其配匹則非我而誰오 向於百花之賜浴時에 天子ㅣ 親降勅語ᄒᆞ샤 會百官赴浴이 出於非常之特恩이로딕 李尙書ㅣ 正色直諫ᄒᆞ고 至於上表謝罪ᄒᆞ니 其踪跡之隱秘가 十分殊常이라 是以使爾天下之名妓로 慾恩之ᄒᆞ야 快知其陰陽이면 此是難忘之恩也로다 洞庭月이 沈吟良久에 鼜眉對曰 妾若爲相公之所使ᄒᆞ야 入于李府면 必有疑雲이 千疊이라 妾之踪跡을 從此自爲之ᄒᆞ야 不數十日之間에 明知其裡許矣리니 願得黃金百斤ᄒᆞ노이다 張尙書ㅣ 乃賜百斤ᄒᆞᆫ딕 洞庭月이

30회분(1906. 5. 12)

買得一樓於李尙書私邸一觸ᄒᆞ니 李府ᄂᆞᆫ 在於長樂觀[宮]之北 永春園之東ᄒᆞ니 山明水紫ᄒᆞ고 松篁交翠ᄒᆞ야 依然有山林之趣라 那一樓ᄂᆞᆫ 大可數十笏이오 金碧玲瓏ᄒᆞ고 外有十二玉欄干ᄒᆞ야 臨於鴛鴦池上ᄒᆞ니 可謂一座神仙樓觀이라 樓上에 貯藏古盡奇畵萬餘卷ᄒᆞ고 階除에 排置其[琪]花瑤草數千種ᄒᆞ며 一樹盤松이 擁腫屈曲ᄒᆞ야 伏於欄干一曲ᄒᆞᆫ딕 下置銅古銚ᄒᆞ야 豪趙州月團茶ᄒᆞ고 碧玉四圍的月 圓似池沼中에 荷葉은 新舖如錢ᄒᆞ고 一隊金朗은 從綠萍中吹沫ᄒᆞᄂᆞᆫ데 一雙紅鴛鴦은 盤旋於島嶼間ᄒᆞ며 左塢一畔에 種牧丹花四五品ᄒᆞ니 魏家

紫姚家黃이 爛漫交映호데 數丈太湖石이 峭立於花叢中 ㅎ며 右塢一畔에 垂金絲葡萄一架 호데 一雙白鶴이 交舞於綠陰中 ㅎ며 篁硯床에 安一坐萬里長城瓦古硯 ㅎ며 列哥窰紋高麗磁器水滴數種 ㅎ고 漢玉長頸香爐에 焚蝙蝠香一炷 ㅎ며 碧梧桐七尺綠綺琴에 掛蜀然絃 ㅎ야 貯金線匣立于書架邊 ㅎ고 龍眠古畫障子에 垂七寶流蘇銷金帳 ㅎ고 烏絲案上에 申太平廣記一卷 ㅎ고 洞庭月이 頭戴臥龍冠 ㅎ고 身被鶴敞衣 ㅎ고 手弄玉如意 ㅎ야 端坐於其間 ㅎ니 怳惚如春風中에 坐了一個月이라 仰見其樓額 ㅎ니 碧絲籠裡煌煌金字가 書着江南第六橋之樓라 ㅎ얏더라

31회분(1906. 5. 14)

洞庭月이 偃仰於其間 ㅎ야 置酒高會而與名士交 ㅎ며 拈韻朗吟而與詩人好 ㅎ고 或彈琴圍棋讀畵[書]評花 ㅎ야 淸致高雅가 冠於一世러라 一日 李尙書公退之暇에 坐於嘯雲亭 ㅎ야 閑看古史라가 至涓涓水中之曲 ㅎ고 不覺悠然興感이러니 忽聲[聽]琴聲이 東東然從一線淸風 ㅎ야 鳴入耳朶邊이라 尙書ㅣ 翹首尋聲曰 此何聲也며 且從何處來者야오 呼侍者曰 爾出聽之 ㅎ라 侍者ㅣ 悄悄尋聲 ㅎ니 聲從花林中 ㅎ야 分明透過竹塢邊至어늘 乃知其出自六橋樓 ㅎ고 告于相公曰 琴聲이 從六橋樓中出이니다 尙書曰 彈此琴者는 解其指頭之妙者라 伊何人也오 侍者ㅣ 對曰 名冠江南의 杭州妓洞庭月也니이다 李尙書思欲一見其面 ㅎ며 一聽其香[響] ㅎ야 乃命侍者 ㅎ야 呼洞庭月來 ㅎ라 侍者ㅣ 奉命至六橋樓 ㅎ야 尙書ㅣ 敬邀라 ㅎ니 洞庭月이 招琴童 ㅎ야 奉霹[碧]梧琴 ㅎ고 拂衣裊裊 ㅎ야 至嘯雲亭 ㅎ니 尙書ㅣ 命上樓賜座 ㅎ니 洞庭月이 拜謝曰 恩公이 寵召賤妾 ㅎ

시니 敢不從命이리잇고 尙書見其顔色이 淸秀洒落ᄒᆞ야 有若
神仙中人이라 乃十分愛之ᄒᆞ야 命彈琴一曲ᄒᆞ딕 洞庭月이 避
席欠謝ᄒᆞ고 挑發調絃ᄒᆞ야 彈出一曲ᄒᆞ니 聲甚悽絶이어늘 尙
書麤眉曰 此非十八拍蔡琰所製胡笳曲乎아 洞庭月曰 尙書昔
出征南方에 有石虎子所製也니 北方에 有十八拍ᄒᆞ니 南方에
豈無十八拍이리오 此所以悽絶也라 恩公이 功盖宇宙ᄒᆞ고 名
振日月ᄒᆞ니 石虎子之歌頌이 非怨恩公也오 乃自傷也라 是以
奏之ᄒᆞ노이다 尙書ㅣ曰 願聞一曲之淸閑幽靜者ᄒᆞ노라 洞庭
月이 對曰

32회분(1906. 5. 15)

夫琴者ᄂᆞᆫ 禁也라 禁其邪心也니 古者聖人之製樂也에 以
琴으로 爲天地之正音ᄒᆞ니 丹鳳翺翔ᄒᆞ며 白鶴翩翩ᄒᆞ고 雷霆
震盪ᄒᆞ며 風雨疾作ᄒᆞ야 神人變色者ᄂᆞᆫ 師曠之審音也오 海天
寥遠ᄒᆞ며 海山蒼翠ᄒᆞ야 若有其音於杳杳茫茫之間者ᄂᆞᆫ 成連
之學音也오 高山峩峩ᄒᆞ며 流水洋洋ᄒᆞ야 淸絶曠遠而靈犀相
照者ᄂᆞᆫ 伯牙之知音也니 先得其境而乃求其正音이라 夫高堂
大廈에 寵榮之心이 馳逐ᄒᆞ며 是非之言이 奔爭ᄒᆞ야 滔滔之紅
塵所蔽와 汨汨之慾浪所激에ᄂᆞᆫ 非正音之所可發也라 相公이
如欲聽其正音인딕 暫移玉躅ᄒᆞ야 淸神曠心而聽之ᄒᆞ시면 正
音을 乃可得也리이다 尙書曰 何處是佳境고 洞庭月이 對曰
妾之所處六橋樓是也니이다 尙書曰 此亦在城市中이라 胡謂
得其境이리오 洞庭月曰 相公이 一見之ᄒᆞ시면 乃知其佳境而
得其正音之發ᄒᆞ리니 相公은 裁量焉ᄒᆞ쇼셔 尙書ㅣ 乃起身曰
第往觀之ᄒᆞ리라ᄒᆞ고 命從者로 奉玉如意而行ᄒᆞ야 至六橋樓
ᄒᆞ니 間[澗]水淙淙ᄒᆞ며 蒼璧[壁]熒熒ᄒᆞ고 松桂成行ᄒᆞ야 門巷

淸洒ᄒᆞ니 只隔一弓之距離에 便有神仙洞府라 不覺精神이 洒落에 如服一粒金丹이러라 乃入竹扉子ᄒᆞ니 透迆花逕이 盤蛇也似三十六曲이오 洞庭月이 蟠導至六橋樓ᄒᆞ니 十二玉欄干이 便似廣寒殿이라 尙書ㅣ 謂洞庭月曰 可謂一部佳境이로다 對曰 時政夕陽이라 靑黃紫綠이 雖如錦繡中이나 固非彈琴之時候也라 樹影暝黑ᄒᆞ고 露氣蒼凉ᄒᆞ야 林鶴警咳ᄒᆞ며 洞猿長嘯라가 移時 月上於峯頭ᄒᆞ야 一境幽邃ᄒᆞ며 萬籟寥寂이 是其時也이니다 尙書ㅣ 意欣然ᄒᆞ야 負手徐行於花塢蓮沼之間ᄒᆞ야 左右玩賞에 心若有怡然所得ᄒᆞ야 心謂那洞庭月은 是塵界中一尤物이라ᄒᆞ고 彷徨顧眄이러니 明月一輪이 宛轉於東山上이라 洞庭月이 乃告於尙書曰

33회분(1906. 5. 16)

相公이 光臨陋地ᄒᆞ야 逗留玉趾者ᄂᆞᆫ 欲聞琴之正音也니 妾心이 不勝感悚이어니와 妾이 今齋戒薰沐而來ᄒᆞ야 方調絃挑音이니 願相公은 辨其音ᄒᆞ쇼셔 乃換着羅衣寶帶ᄒᆞ고 危坐於珠墩上ᄒᆞ야 信手一弄ᄒᆞ니 其聲이 和暢ᄒᆞ야 令人喜悅이라 尙書曰 此非大羽歟아 又變一曲ᄒᆞ니 其聲이 如雉登木이라 尙書曰 此非大角歟아 又變一曲ᄒᆞ니 其聲이 如牛鳴谷이라 尙書曰 此非大宮歟아 又促絃轉撥ᄒᆞ야 彈得一曲ᄒᆞ니 其聲이 哀而傷ᄒᆞ야 令人泣下라 尙書曰 此非淸商歟아 洞庭月이 停手斂襟曰 相公이 可謂善知音矣라 此所謂琴之正音也로이다 尙書曰 此音之不傳이 久矣라 廣陵散松風曲도 今人이 猶爲不彈이어든 況如樂聲正希之正音乎아 君은 可謂 琴師也라 何以學得靈琴ᄒᆞ야 透此十調之妙耶아 願聞其變音ᄒᆞ노라 洞庭月이 避席對曰 昔에 師廣이 奏其變羽變徵之音일ᄉᆡ 齊王이 失色ᄒᆞ니

相公이 雖英雄之氣像이라도 必不能定神이니 還不如不彈이로다 尙書曰 萬里出戰에 露[霹]靂撼天이로딕 猶不變色이라 雖豪傑大丈夫라도 無有如我者어던 豈聞一曲之琴而胡爲失色이리오 洞庭月은 明敏慧捷者라 聞其言而確知其非男ᄒ고 乃應承曰 相公은 雖古之女渦氏造琴者라도 無以加於知音也로소이다 尙書ㅣ 乃覺其失言ᄒ고 便起身曰 夜已半矣라 神氣困憊ᄒ니 變音은 留竢後日而聽之ᄒ리라ᄒ고 歸于本府어늘 洞庭月이 送別尙書ᄒ고 潛告于張尙書ᄒ되 張尙書心知其事ᄒ고 獨喜自負ᄒ야 寤寐之望이 政急이나 萬無月姥之路ᄒ야 晝宵憂慮而已러라 一日에 洞庭月謁張尙書어늘 尙書ㅣ 邀之密室ᄒ야 慇懃致情曰 明知李尙書之非男是女이나 無計可施ᄒ니 爲之奈何오 洞庭月이 良久曰 妾有一計ᄒ니 可如此如此而行之면 必無不中之理오 如或疎漏면 李尙書ᄂ 雖婦人이라도 有特鍾之性ᄒ니 一忤면 不可得也니 尙書ᄂ 十分愼密ᄒ소셔 尙書ㅣ 大喜曰 君言이 亦復佳矣라 當深愼之ᄒ리라 洞庭月이 知張尙書ㅣ 有英豪之風ᄒ고 欲托百年之約ᄒ야 盡心周旋於李尙書之婚ᄒ야

34회분(1906. 5. 17)

十分熱心이러라 時에 山東이 大饑ᄒ야 人民之餓莩遊離者ㅣ 日以千數라 上이 大憂之ᄒ야 命張尙書로 特除山東省巡撫都御史ᄒ샤 持節往諭諸道ᄒ고 巡撫人民ᄒ며 發倉移粟ᄒ야 救恤困苦ᄒ라ᄒ시니 張尙書ㅣ 卽日治行ᄒ야 發軔登途일시 百官이 設祖帳於東門外ᄒ고 餞送尙書일시 滿朝畢集이로딕 唯李尙書不至어늘 張상[尙書]ㅣ 大爲疑怪ᄒ야 佇待移時로딕 竟無形影이어늘 事奈無何라 不得已 發程이로딕 現有恨

然之色이어늘 百官이 相顧謂曰 張尙書는 豪傑男子오 忠貞王臣이라 奉命東征에 玉節施施이어늘 顔色屑屑ᄒᆞ야 若有兒女子之態ᄒᆞ니 未知何故也로다 張尙書ㅣ與李尙書로 同年同窓이오 又是同心同志ᄒᆞ야 有知己之情 而況深有所望ᄒᆞ야 幷駕於入朝之路ᄒᆞ며 聯襟於休沐之暇ᄒᆞ야 暫時不移어늘 今回使命이 甚急ᄒᆞ야 未得握手告別ᄒᆞ고 意謂出餞東門이라ᄒᆞ야 苦心凝佇에 未得一面而千里遠征에 往還이 有跨年之期라 安得不沖悵於中心이리오 麗水明山과 驛柳亭花에 黯黯有李尙書之思ᄒᆞ야 口欲吟詩而心緖擾亂ᄒᆞ야 默默無語ᄒᆞ고 信馬推輪ᄒᆞ야 行至五十里山陽驛ᄒᆞ니 有一大去處的樓臺라 那樓臺는 本是山陽郡有名的景勝이오 有名的結構라 屬於御苑이러니 天子ㅣ賞賜李尙書ᄒᆞ야 休暇沐浴之別庄이라 張尙書는 不知這樓臺之本領ᄒᆞ고 無心玩賞ᄒᆞ야 只爲促駕而行이러니 忽見有一羣人衆이 待候路左라가 呈上一角書函이어늘 張尙書ㅣ折見之ᄒᆞ니 乃李尙書之玉札也라 其書에 曰

炯卿은 聞知吾兄이 奉命東征ᄒᆞ고 先詣別庄ᄒᆞ야 致款一別ᄒᆞ니 願吾兄은 光顧ᄒᆞ라

張尙書ㅣ覽書畢에 心中大喜ᄒᆞ야 不覺笑容을 可掬이라 乃命候使로 前導ᄒᆞ고 回轅而向那去處ᄒᆞ야 行至數弓地에 抵一大庄ᄒᆞ니 珠欄畵閣에 金碧輝煌ᄒᆞ고 山光水聲에 松桂掩暎ᄒᆞ니 可謂神仙洞府오 福地洞天이라 張尙書ㅣ方下車至玉欄橋ᄒᆞ니 李尙書ㅣ角巾烏衫으로 幷筇而出ᄒᆞ야 欣然迎接이라 張尙書ㅣ握手曰 台兄仙範을 豈意相接於此地리오 李尙書ㅣ笑曰 男兒何處不相逢耶아 張尙書曰

35회분(1906. 5. 18)

　張尙書ㅣ 見李尙書曰 賢兄은 休暇名園ㅎ야 逍遙自適ㅎ고 愚弟는 千里驅馳ㅎ야 皇華有事ㅎ니 俱是聖恩攸曁라 更得何時에 與賢兄으로 攜手同歸ㅎ야 耕於鹿門耶아 李尙書笑曰 休退則綠野堂이오 自適則鏡湖水라 胡謂耕於鹿門也오 張尙書曰 梁鴻은 古之烈士也라 與其妻孟德耀로 歸隱於鹿門이라ㅎ니 此豈非一生樂事耶아 李尙書ㅣ曰 兄之言이 誤矣라 吾與兄은 兄弟也오 朋友也라 何爲比之於梁鴻耶아 相與拍手談笑러니 已而日暮어늘 張尙書ㅣ 留宿於林庄이러라 話分兩頭 洞庭月이 尋思張尙書婚事ㅎ야 無計可施러니 一日에 忽有白鶴一隻이 翩翩下于六橋樓前荷花之上ㅎ야 憂然長鳴이어늘 洞庭月이 異之ㅎ야 急曳繡履ㅎ고 往于前ㅎ야 以手調其羽ㅎ니 鶴亦如馴者ㅎ야 不爲驚動이어늘 洞庭月이 忽見左腋下에 排一箇小葫蘆로 心甚驚異ㅎ야 開葫蘆口ㅎ니 忽有一位仙人이 從葫蘆而出ㅎ야 揖于洞庭月曰 別來無恙가 吾聞仙兄이 謫降人間ㅎ야 學得靈琴ㅎ야 有奪其造化者ㅎ니 可賀其才로다 洞庭月拜謝請邀ㅎ야 共至樓後蓬萊亭ㅎ야 敍賓主而坐ㅎ고 敢問仙人은 有何淸誨而光降塵世ㅎ야 辱訪鄙人耶아 仙人이 笑曰 我는 紫虛觀主韋太娘이 是也 向於李元帥出征時에 有些少效責ㅎ야 厚蒙聖恩ㅎ고 且聞仙兄이 前生在天曹時에 與天乙星戱謔ㅎ야 謫降人間이오 天乙이 亦降人間ㅎ니 現受業障ㅎ야 名在靑樓어니와 將爲天乙星之副ㅎ야 有百年之富貴ㅎ니 爲君一賀ㅎ노라 洞庭月이 問曰 天乙星은 果誰也오 禮部尙書張沼ㅣ是也니라 又問曰 然則 天乙星之元室은 果誰也오 出征南蠻之李元帥ㅣ是也니라 洞庭月이 呀然驚問曰 李元帥는 傾動

宇宙之豪傑男子라 胡爲乎爲人之妻也리오 韋太娘이 笑曰 自
有氣數之使然者ᄒᆞ니 不必漏泄이로다 洞庭月이 又問曰 仙娘
이 明知李張之有天緣 則何不爲元姥之媒오 韋太娘曰 時期未
至ᄒᆞ니 不可預動이어니와 貧道ㅣ奉玉皇之命ᄒᆞ고 將結秦晉
之好라 故로 先訪仙兄者ᄂᆞᆫ 有所一言이로다 洞庭月이 問曰
願安承敎ᄒᆞ노라

36회분(1906. 5. 19)

韋太娘이 曰 張李兩尙書가 雖有三生之緣이나 推以現時
之人事컨딘 萬不可以露其陰陽이니 時機漸迫일새 奉命來到
ᄒᆞ야 使男其男女其女 而成桃夭之約ᄒᆞ노니 如行其事인딘 費
盡無限心力ᄒᆞ며 過盡無限層節이라야 可以玉成其事이니 仙
兄은 願如此如此而行ᄒᆞ야 憛憛在心ᄒᆞ라 洞庭月이 拜謝慇懃
曰 謹當奉敎ᄒᆞ리이다 韋太娘이 曰 貧道ᄂᆞᆫ 今告別이라ᄒᆞ고
乃入葫蘆裡ᄒᆞ야 吹笙一聲에 白鶴이 沖天而去러라 時에 天子
ㅣ御紫震[宸]殿ᄒᆞ야 如百官으로 開御前會議ᄒᆞ샤 論山東救恤
之策ᄒᆞ시며 且議四方邊警[境]과 各省政治ᄒᆞ샤 擇賢良之材ᄒᆞ
라ᄒᆞ시니 群臣이 次第進奏ᄒᆞ야 每事停當일새 星官이 方奏午
點鍾漏어늘 忽有笙簧聲이 自碧空中嗄然而鳴ᄒᆞ야 漸漸而近
이러니 一隻白鶴이 下于殿庭碧琉璃陛前이라 有一仙娘이 頭
戴眞珠八寶冠ᄒᆞ고 身着雲錦六銖衣ᄒᆞ고 足躡金履ᄒᆞ며 手執
玉笙ᄒᆞ고 悄然而降于鶴背ᄒᆞ야 拜舞於殿下ᄒᆞ니 天子ㅣ見之
ᄒᆞ시고 使太史問曰 仙娘이 自天而降ᄒᆞ니 有何高誨오 仙娘이
曰 貧道ᄂᆞᆫ 向日受恩之紫虛觀主韋太娘이 是也로소이다 貧道
ㅣ奉玉皇之命ᄒᆞ고 方入崑崙西王母玄圃道觀이러니 路過皇
城일새 暫見殺氣滔滔ᄒᆞ야 亙於鳳闕ᄒᆞ니 下必有謀上者라 貧

道ㅣ雖是方外나 素是大明骨肉이오 且受天恩ᄒᆞ야 不敢如路人이라 以是告之ᄒᆞ노이다 太吏[史]告于天子ᄒᆞᄃᆡ 天子ㅣ使太史로 從容問其由ᄒᆞ라ᄒᆞ시니 仙娘이 密言曰 戚里에 有不軌者ᄒᆞ야 必有犯上之謀ᄒᆞ니 如其防杜인ᄃᆡ 預先設伏ᄒᆞ야 以備不虞ᄒᆞ라 太史問曰 果用何等設伏이라야 以備不虞오 仙娘曰 此非擧兵捍衛오 須用劍士ᄒᆞ야 伏於殿間壁衣中이면 不過三日에 必防杜大變ᄒᆞ리라 又問曰 釰士를 何以求之오 仙娘曰 蓬萊園左側六橋樓에 有洞庭月者ᄒᆞ니 善解琴曲者오 其弟巫山雲은 亦傾國之色而素從仙界ᄒᆞ야 學得公孫太娘渾脱舞法ᄒᆞ야 釰術如神ᄒᆞ니 須求此人이면 可敵十萬之兵矣리니 幸勿疎忽ᄒᆞ고 小心行之ᄒᆞ라 太史告于天子ᄒᆞᄃᆡ 天子ㅣ傳語致謝ᄒᆞ시고 留心防備ᄒᆞ리라ᄒᆞ시니 仙娘이 翻身騎鶴ᄒᆞ고 飄然騰空而去어ᄂᆞᆯ

37회분(1906. 5. 20)

天子ㅣ乃召李尙書ᄒᆞ시니 李尙書ㅣ方在山陽別業ᄒᆞ야 與張尙書로 話別이라가 承宣勅ᄒᆞ고 乃向皇都而行ᄒᆞ야 俯伏于榻下ᄒᆞᄃᆡ 上이 密謂曰 日前紫虚觀主韋太娘이 來言曰 如此如此ᄒᆞ니 不可深信이로ᄃᆡ 所言이 乖常ᄒᆞ니 當何以措處耶오 李尙書ㅣ奏曰 雖是方外之流ㅣ나 決非弔詭之言이니 必有所見이라 不可尋常過之니 願爲防備ᄒᆞ소셔 假使防備ᄒᆞ야 無他事變이라도 固無害矣어니와 若有實事면 幸何如之리잇가 願聖上은 急爲設備ᄒᆞ쇼셔 上曰 卿當太史陳廷芳으로 商議爲之ᄒᆞ라ᄒᆞ시니 尙書ㅣ受命ᄒᆞ고 卽還本府ᄒᆞ야 密召陳太史問之ᄒᆞᄃᆡ 太史ㅣ以當日所經으로 細細告之ᄒᆞᄃᆡ 尙書曰 此事를 不可造次니 君須往邀巫山雲者ᄒᆞ야 秘密而行事ᄒᆞ라 太史ㅣ卽往

洞庭月家ᄒᆞ야 告其顚末ᄒᆞᆫᄃᆡ 洞庭月이 曰 阿弟巫山雲은 現在 巴陵ᄒᆞ니 此去千里라 若欲召之인ᄃᆡᆫ 家有傳書狗ᄒᆞ니 日行千里오 見其書則必霎時而至ᄒᆞ리니 明日黃昏以前에 可以抵此리라 太史ㅣ再三叮囑ᄒᆞᆫᄃᆡ 洞庭月ㅣ乃書一角函ᄒᆞ야 繫于家養名狗ᄒᆞᆫᄃᆡ 那狗子ᄂᆞᆫ 高可六尺이오 兩耳垂地ᄒᆞ야 口雖不言이나 能聽人語라 帶書于頸ᄒᆞ고 卽時發行ᄒᆞ야 翌日早朝에 達于巴陵之巫山雲家ᄒᆞ니 巫山雲이 方曉起澆花ᄒᆞ고 散步於庭除러니 忽見阿兄家千里狗ㅣ 帶書而至어ᄂᆞᆯ 巫山雲이 欣然曰 爾來耶아 手解其書角而見之ᄒᆞ니 其書에 曰

近日無恙가 方有大事商議ᄒᆞ니 愼勿遲延咠刻ᄒᆞ고 揷翅 [霎時]來到ᄒᆞ라 留在面晤ᄒᆞ야 彷徨佇待ᄒᆞ노라

見書畢에 腲狗以餠肉ᄒᆞ야 戒之先行ᄒᆞ고 換着短後衣ᄒᆞ고 戒嚴裝束ᄒᆞ야 舞劒成虹ᄒᆞ야 一霎時飛到六橋樓ᄒᆞ니 太史ㅣ 又到ᄒᆞ야 方與洞庭月共待라가 便見一陣淸風에 一位美人이 仗三尺劒ᄒᆞ고 飄然而至어ᄂᆞᆯ 洞庭月이 欣然握手曰 來也來也로다 乃與太史로 共叙寒喧ᄒᆞ고 具道其事ᄒᆞᆫᄃᆡ 巫山雲이 慨然曰 國家有事에 敢不盡瘁리오 乃與太史로 密密約束ᄒᆞ고 及趁其期ᄒᆞ야 十分裝束ᄒᆞ고 狙伏於紫宸殿壁衣中이러니 果時至夜半에 有一道白虹이 揷于殿角ᄒᆞ고 腥風이 忽起어ᄂᆞᆯ 巫山雲이 知其有事ᄒᆞ고 乃淬勵精神ᄒᆞ야 猛察其幾微ᄒᆞ니

38회분(1906. 5. 22)

巫山雲이 忽見一道靑紅이 揷于殿角ᄒᆞ고 有一女人이 鱗甲稜層ᄒᆞ며 頭角崢嶸者ㅣ 手執三尺匕首ᄒᆞ고 大踏步而來ᄒᆞᆯ

시 又有一女子ㅣ 手執大刀ᄒᆞ고 躡後而至ᄒᆞ야 直入殿中이어
늘 巫山雲이 知其驍溪蹤迹ᄒᆞ고 探頭探腦라가 仗劍從後ᄒᆞ야
大喝一聲曰 鬼輩ᄂᆞᆫ 烏得無禮오 那女子ㅣ 大驚遞魄ᄒᆞ야 回頭
熟視라가 便欲擊刺어늘 巫山雲은 眼明手活ᄒᆞ고 技術通神者
라 以劍防遮ᄒᆞ니 一女ㅣ 又爲夾攻이어늘 巫山雲이 一左一右
ᄒᆞ야 一劍雙戰에 金光閃閃ᄒᆞ야 少無虧失ᄒᆞ고 倍加情神이라
鬪至半向에 猛用飛龍上天勢ᄒᆞ야 斫倒鱗甲的女子ᄒᆞ니 頭已
落地에 大如銅盆이라 乘勢便捉那女子ᄒᆞ야 便爲生擒이라 一
手로 把得那女子臂ᄒᆞ고 大呼 甲士ᄂᆞᆫ 安在오 原來 李尙書ㅣ
恐巫山雲有失ᄒᆞ야 命武士百人으로 伏於廡下라가 甲士聽得
号令ᄒᆞ고 一時幷出ᄒᆞ야 縛那女子ᄒᆞ야 赴錦衣獄押囚ᄒᆞ니 由
是禁中騷動ᄒᆞ야 兵部尙書ㅣ 命點起火炬ᄒᆞ고 審查殿中ᄒᆞ니
果有不測之變ᄒᆞ야 已爲乾淨了라 命巫山雲으로 待功於禁中
ᄒᆞ라ᄒᆞ고 大設形具ᄒᆞ고 拷訊那女子ᄒᆞ니 女子ㅣ 供曰 死的女
子ᄂᆞᆫ 卽越國有名的劍士一枝青이오 小女ᄂᆞᆫ 卽其弟子一枝紅
이라 承相嚴世蕃이 以萬金購募ᄒᆞ야 願除何妃 則當以其女로
將承君寵이라ᄒᆞ야 擧事至此ᄒᆞ니 死罪死罪로소이다 尙書俱
奏ᄒᆞᆫ대 上이 大怒ᄒᆞ샤 命拿鞠嚴世蕃ᄒᆞ라ᄒᆞ시고 特赦一枝紅
ᄒᆞ라ᄒᆞ시고 乃召巫山雲ᄒᆞ시니 雲이 入伏于榻下어늘 上曰 爾
成大功ᄒᆞ야 淸靖社稷ᄒᆞ니 封爾爲楚國夫人ᄒᆞ라ᄒᆞ시고 賞黃
金百斤ᄒᆞ시며 何貴妃ᄂᆞᆫ 賞黃金五百斤ᄒᆞ니 雲이 頓首謝恩이
라 陳太史ㅣ 奏曰 巫山雲之兄洞庭月이 盡力周旋ᄒᆞ야 能成大
功이니 願陛下ᄂᆞᆫ 特降天恩ᄒᆞ소셔 上이 乃命召洞庭月ᄒᆞ라ᄒᆞ
샤 封齊郡夫人ᄒᆞ시며 賜金五十斤ᄒᆞ시고 何貴妃가 賞金三百
斤ᄒᆞ니 月이 拜舞謝恩이라 李尙書ㅣ 奏曰 洞庭月은 善於琴曲
ᄒᆞ야 能解南風解慍之曲이라ᄒᆞ니 琴者ᄂᆞᆫ 禁其爲非ᄒᆞ야 格君

心之非者也니 願一奏於前ᄒᆞ노이다 上이 大喜ᄒᆞ샤 命奏琴ᄒᆞ라ᄒᆞ시니 月이 奏南風曲一解ᄒᆞᆫᄃᆡ 殿上薰風이 時至ᄒᆞ고 庭下陰雲이 開除ᄒᆞ야

39회분(1906. 5. 24)

上曰 朕當留念이니 爾當勿煩ᄒᆞ라 月이 退出이어늘 上이 乃召兵部尙書李炯卿與詞臣ᄒᆞ샤 賜宴於沈香亭ᄒᆞ시고 酒至半酣에 上이 笑曰 自古忠臣良佐와 元勳名將이 何必有之於男子 而無於女子也오 夫男女ᄂᆞᆫ 一天稟也오 同一人類로ᄃᆡ 女子之無其人은 何也오 朕所歎惜이로라 李尙書ㅣ 奏曰 女子ᄂᆞᆫ 與男子로 有同等之權이로ᄃᆡ 無敎育ᄒᆞ며 無學問 故로 失同等之權ᄒᆞ야 未聞女子之出類發萃者로ᄃᆡ 若有特出之天材면 固不可屑屑於閨門之內ᄒᆞ야 徒作兒女子之態也니 豈曰無其人잇가 上이 笑曰 固然矣라 雖然이나 若有特出之女子ᄒᆞ야 幻陰變陽ᄒᆞ야 活動於世上인ᄃᆡ 其婚姻之道ᄂᆞᆫ 果何如耶오 假使卿으로 爲女子而化男ᄒᆞ야 立功勳於國家ᄒᆞ며 發光輝於天下면 當何如也오 李尙書ㅣ奏曰 心性之所發이 各有所主ᄒᆞ니 若使臣意揣之컨ᄃᆡ 區區於閨閣之中ᄒᆞ야 不能有四方之經營ᄒᆞ고 拘束脂粉ᄒᆞ며 栖屑針線ᄒᆞ야 奉巾櫛而事箕箒가 固非英雄家所能挫氣也니 如臣所見은 不必婚嫁也로이다 上曰 然이나 爾非女子라 以男子之性으로 豈知女子之情態리오 乃召六宮妃嬪ᄒᆞ야 乃問 爾若化爲男子ᄒᆞ야 翶翔世路인ᄃᆡ 竟至於從夫之道에 果何如也오 諸妃嬪이 對曰 臣妾은 深處宮中ᄒᆞ야 不知民間嫁婚之樂ᄒᆞ니 安能知也리잇고 一宮人이 對曰 假使臣妾이 幻爲男子ᄒᆞ야 立功建名ᄒᆞ야 耀輝萬國이라도 不有男女之道 而不知陰陽之樂 則決非天生萬物之理也니 改着女裝ᄒᆞ고

從一時之權宜ㅎ고 取百年之佳配ㅎ야 永其關雎之樂이라가 如有國家大事면 隨分盡忠이 未爲不可일싸 ㅎ노이다 上이 大喜賞賜ㅎ시고 乃罷宴ㅎ시니 李尙書ㅣ心想聖上이 若有微意於語次之間ㅎ시니 吾ㅣ竟不可欺罔聖聰이 一也오 吾ㅣ名動於天下 而只以男子 則亦非異彩가 二也니 不若上表ㅎ야 露出平生之氣槩라ㅎ고 閉戶思量이라가 又思露出本色이면 有請婚之男子矣리니 此는 決不可爲라ㅎ고

40회분(1906. 5. 25)

踟躕彷徨ㅎ야 尋思處身之計러니 忽聞天際에 玉簫一聲이 憂然從風而來러니 一隻白鶴이 飄飄而下어늘 李尙書見那白鶴左翼上에 掛一小葫蘆ㅎ고 乃啓其口ㅎ니 有一仙人이 爽然而出ㅎ야 揖于李尙書曰 別來無恙가 貧道는 紫虛觀主韋太娘이 是也로다 李尙書曰 吾聞 先生이 有功於國家ㅎ고 告警於聖上ㅎ니 可謂撐天之勳이라 感謝銘心이어니와 今此玉躅이 飄然光臨ㅎ니 必有高誨라 十分欣喜ㅎ노라 仙娘이 曰 相公은 倘憶前生事乎아 相公之前身은 卽太乙星君이[오] 今禮部尙書張公은 卽天乙星娘이러니 太乙이 有一言相戱於天乙이라 是以遭其天譴ㅎ야 謫降人世ㅎ니 公雖韜晦나 終必無違天命이니라 尙書曰 何謂也오 仙娘曰 相公이 遍欺一世로되 不能欺貧道니 相公은 順其天命ㅎ라 李尙書曰 仙兄所誨가 恐非吾心之所合이니 願勿多言ㅎ노라 仙娘이 焉然一笑ㅎ고 顧謂尙書曰 他日紅閨閤之中ㅎ야는 我一事가 必在屬耳어늘 何出夸大之言耶오 遂乘白鶴ㅎ고 翺翔騰空而去어늘 李尙書心知宿業未消ㅎ고 大緣目眉ㅎ니 吾之壯心를 必如氷消矣라[1] 長歎不已러니 一日에 洞庭月이 與其弟巫山雲으로 聯袂而來어늘 李

尙書ㅣ 特邀于山亭ᄒᆞ야 點茶訖에 歡然相話러니

41회분(1906. 5. 26)

洞庭月이 言于李尙書曰 現世人物之出衆者를 閱歷甚多로
딕 無若相公之俊豪溫重과 張尙書之淸朗秀雅ᄒᆞ니 若非前佛
之修行이면 必是星君之謫降이니 甚爲異之ᄒᆞ노라 李尙書ㅣ
笑曰 豈特若是罕少也며 豈特吾輩數人而已也리오 政譚話間
에 忽報元老吳國公范齊賢이 至라ᄒᆞ야늘 尙書ㅣ 謝留月雲二
客於山亭ᄒᆞ고 出外堂ᄒᆞ야 迎接來賓이러니 已而오 復入于山
亭이어늘 洞庭月이 問曰 大賓이 臨門ᄒᆞ야 有何重大議事耶아
尙書笑曰 不然ᄒᆞ다 范元老ㅣ 年老無育ᄒᆞ고 只有一個令孃인
딕 年今十七芳春이라 故無議婚之適當處ᄒᆞ야 桃夭之期가 太
晚이라 故로 親自通婚于我ᄒᆞ야 枉駕委訪也러라 月이 致賀曰
婚禮不賀ᄂᆞᆫ 人之序也로딕 另有所賀者ᄒᆞ니 嘗聞窈窕淑女ᄂᆞᆫ
君子好求[述]라ᄒᆞ니 吾知范元老之令孃이 容貌如花ᄒᆞ고 德性
如玉ᄒᆞ니 可配相公이라 此爲賀者ㅣ 一也오 且相公이 勳業旣
高ᄒᆞ고 春秋方壯ᄒᆞ되 尙未有宜室之樂이어늘 今求其難得之
賢淑處子가 出於公卿之門ᄒᆞ니 可合於相公이라 此爲賀者ㅣ
二也니 願相公은 勿失佳期ᄒᆞ소셔 尙書ㅣ 笑曰 吾之所志ᄂᆞᆫ 垂
紳正[玉]笏ᄒᆞ야 措天下於泰山之安ᄒᆞ고 急流勇退ᄒᆞ야 休閑於
綠野平泉之間ᄒᆞ야 與同志朋友로 日相吟咏ᄒᆞ야 以終其餘年
이오 無意於家室ᄒᆞ니 此ᄂᆞᆫ 冲年之所定者라 豈可中道改路ᄒᆞ
야 區區爲嫁娶之累也리오 月이 笑曰 相公之言이 誤矣라 夫

---

1) 이 부분에 궐문이 있는 듯, 맥락이 잘 통하지 않음.

婚嫁는 百福之源이라 相公이 既非宦者오 又非僧徒方外之流
則其可敢傷人倫ᄒᆞ야 得罪於祖宗ᄒᆞ며 貽笑於宇宙也리오 相
公之言을 窃爲不取也ᄒᆞ노라 尙書ㅣ知其理屈ᄒᆞ고 乃拍手大
笑曰 月娘은 女子也라 何不擇人而嫁之ᄒᆞ고 勸人嫁娶也오 月
이 曰 妾은 無足可論이어니와 相公은 早决之ᄒᆞ라ᄒᆞ고 因與
巫山雲으로 歸于六橋樓ᄒᆞ니 巫山雲이 怪問曰 李尙書는 特出
之男子라 胡不欲娶妻오 吾見尙書컨딘 似是女子也오 非男子
也로다 月이 曰 何以知之오 每到婚嫁之語ᄒᆞ야 若有微紅之色
이 露於眉睫ᄒᆞ니 氣槪英俊이나 女子之本色을 恐未免也로다
月이 曰 似是幻做也라 故로 此事는 天曹仙班이 皆周旋之ᄒᆞ
며 聖皇陛下ㅣ勸諭之ᄒᆞ시며 一世之人이 皆有疑團 而終無解
決之道ᄒᆞ야 爲近日之一問題也라

42회분(1906. 5. 28)

巫山雲은 不知李尙書之是男是女ᄒᆞ고 聞其兄洞庭月이 與
李尙書酬酌之際에 頗有疑辭어늘 心乃疑怪ᄒᆞ야 問于其兄曰
哥哥ㅣ俄與李尙書로 一席茶話가 甚有疑團處ᄒᆞ니 何以然也
오 洞庭月이 曰 李尙書는 似是女子오 非男也라 故로 九疑靑
山이 竦出眉端이러니 今知其非男是女로듸 一直抵賴ᄒᆞ니 更
無發明之道라 是以爲慮ᄒᆞ노라 雲이 曰 彼之男也女也를 曉得
何關고 月이 曰 我有平生依托之望者有張尙書一人而已로듸
張則已結心於李ᄒᆞ야 娶爲元室然後에 娶我爲副라ᄒᆞ니 是以
로 我欲發明其李之是女로듸 李之天性을 不可挽回ᄒᆞ야 是以
爲慮ᄒᆞ노라 雲曰 哥哥ㅣ既欲許身인듸 天下에 豈無如張之男
子也며 且欲區區爲李之副乎아 如我所見인듸 另求四海之英
豪ᄒᆞ야 以托百年之約이 未爲不可라 何爲屑屑若是오 月이 曰

此是前生大緣이라 天緣已定ᄒᆞ니 不可改也로다 雲曰 天緣이 果若有定이면 只爲待時而已라 那得用心竭慮而致之리오 月이 曰 天之所定도 必得人之所做而成之라 是以用心ᄒᆞ노라 雲이 尋思一計曰 使李尙書로 有不得不從之計ᄒᆞ니 哥哥ᄂᆞᆫ 或試之否아 月이 欣然曰 願聞其計ᄒᆞ노라 吾以一釼으로 往而脅之ᄒᆞ야 如其從之면 幸矣오 若不然이면 殺之何妨고 月이 曰 李尙書ᄂᆞᆫ 千古罕有之人物이라 爲國家之棟梁이어늘 何可殺之며 且其武術이 非汝所可比也니 爾欲班門弄舞[斧]耶아 雲은 俠流라 品性이 桀驚ᄒᆞ고 少無芥滯ᄒᆞ야 有雲外鴻鵠品質이라 聞得班門弄斧之說ᄒᆞ고 性起如電光奔激ᄒᆞ야 乃拂袖而起身曰 哥哥ᄂᆞᆫ 暫止ᄒᆞ라 吾當一試之ᄒᆞ야 不關彼死我活ᄒᆞ고 一場角勝ᄒᆞ리라ᄒᆞ고 欲飄然而去어늘 月이 挽手曰 我與李로 旣有心交ᄒᆞ니 爾不可造次니라 雲이 愈愈激烈ᄒᆞ야 不能忍住라 月이 萬端解諭어늘 雲이 不得已沮止나 中心에 有不平之氣러라 一日에 亭前牧丹이 盛開어늘 洞庭月이 詣李尙書曰 妾之獘庄에 有洛陽紅一朶ᄒᆞ야 花方盛開라 故로 略備小罇ᄒᆞ고 敢請相公一酌ᄒᆞ노니 相公이 不鄙惠然否아 尙書ㅣ 欣然ᄒᆞ야 乃以幅巾으로 步至蓬萊亭ᄒᆞ니 萬朶牧丹이 玲瓏燦爛ᄒᆞ야 怳然如入紫雲洞이라 不勝歡喜ᄒᆞ야 徘徊玩賞이러니 月이 置酒於亭上ᄒᆞ고

43회분(1906. 5. 29)

洞庭月이 迎尙書於亭上ᄒᆞ고 進白玉觴ᄒᆞᆫ딩 尙書欣然曰 人生於世間ᄒᆞ야 對花一醉가 豈易得之樂耶리오 連倒十大觥ᄒᆞ고 陶然泥醉ᄒᆞ야 談笑自若이어늘 巫山雲이 進曰 相公이 身帶樞要ᄒᆞ며 名中寰宇ᄒᆞ시니 未知有壯觀之志否아 尙書ㅣ

曰 豈無其志리오마는 但不能放曠於靈源ᄒᆞ니 何以致壯觀이리오 雲이 笑曰 若在於咫尺이면 相公이 果欲逍遙否아 尙書曰 然ᄒᆞ다 雲이[曰] 此去太華山이 在於皇都之北ᄒᆞ니 路與蓬萊亭으로 通이라 暫以玉鳥ᄒᆞ시면 麗水名山이 非徒快悅心目이라 仙佛拍肩ᄒᆞ야 共討過去未來之事矣리니 幸一運動否아 尙書曰 何以致之오 雲이 曰 願隨我一行ᄒᆞ노이다 尙書ㅣ 乃命肩輿로 偕巫山雲ᄒᆞ야 軋軋入亭一弓之地矣러니 洞天이 忽開ᄒᆞ고 山色이 明麗ᄒᆞ야 如入神仙洞府라 乃下肩輿ᄒᆞ고 步步緣谿而行이러니 行過一曲ᄒᆞ니 一座樓閣이 縹眇於丹霞彩雲之間이라 尙書ㅣ 意欣然謂巫山雲曰 此是六鰲金柱之三神山耶아 古松流水之白鶴觀耶아 白雲黃竹之瑤池宴耶아 萬竅玲瓏ᄒᆞ고 十目恍惚ᄒᆞ야 杳不知其天上人間이로다 政談話間에 忽有一神仙이 金冠玉佩로 將然步來ᄒᆞ야 握尙書之手而欣然歡迎曰 吾兄이 謫降人間ᄒᆞ야 栖屑於十丈紅塵之中이라가 今忽到此ᄒᆞ니 豈非天緣所重이리오 尙書ㅣ 笑曰 俗世凡夫가 敢蹈仙界ᄒᆞ니 仙兄厚眷이 固多感謝로되 自顧妄想이 不覺愧忸이로다 仙人이 携尙書之手曰 前生之事를 不必呶呶說去이니 願共飮一瓢靈液ᄒᆞ야 洗滌塵心이로다 共至石閣下ᄒᆞ니 蒼壁千尋이오 靈泉一粱이라 刻三字丹篆於壁上ᄒᆞ니 名曰 洗心泉이라 尙書ㅣ 先飮一瓢ᄒᆞ니 忽覺精神洒落ᄒᆞ고 心竅開豁ᄒᆞ야 擧目一眄ᄒᆞ니 便是前生所遊之地라 乃謂仙人曰 先生이 無乃少微星君耶아 曰 然ᄒᆞ다 又曰 此地는 無乃靈源洞耶아 曰 然ᄒᆞ다 又曰 此樓는 無乃朝元樓耶아 曰 然ᄒᆞ다 前日弟與仙兄及天乙星君으로 共飮瓊林春ᄒᆞ고 賦牧丹花詩호ᄉᆡ 仙兄之詩가 無乃有白玉樓前第一香之句耶아 仙人이 曰 吾兄이 倘不忘耶아 其時天乙星君이 對兄之句曰 黃金地上無雙艶者를 亦不忘耶

아 尙書ㅣ曰 似有生覺이로다 仙人曰

44회분(1906. 5. 30)

　吾兄이 降於塵世ᄒᆞ야 立不世之功ᄒᆞ며 揚不成之名ᄒᆞ니 固是本分外特出之事라 自古及今에 環顧于宇宙컨ᄃᆡ 豈有如吾兄之光輝者乎아 雖然이나 吾兄이 變化氣質ᄒᆞ야 將從其天年乎아 苟若如是면 不順天命也오 不從人道也니 兄於天人之際에 拗違元理가 恐是大欠이니 願兄은 順天命從人道ᄒᆞ야 表彰萬古之奇事가 未知高明이 如何오 尙書ㅣ曰 未知仙兄之何以爲敎也로다 仙人이 拍手笑曰 兄이 欺盡一世어니와 那能欺我리오 尙書曰 吾ᄂᆞᆫ 正一光明으로 爲一生之本領이어늘 何謂欺盡一世오 仙人이 曰 不欺之欺가 欺誰오 欺天乎아 尙書ㅣ亦笑曰 吾亦未當無思慮로ᄃᆡ 旣張之舞를 不可斂袖오 已拔之劒을 不可韜鞘니 吾已出世ᄒᆞ니 今何變質이리오 吾ᄂᆞᆫ 雖不順天命ᄒᆞ며 不從人道라도 將終其天年而已라 豈有他也리오 仙人曰 不然ᄒᆞ다 君이 生覺前緣ᄒᆞ니 必有所思어니와 不若目睹ᄒᆞ니 願兄은 與我去一遭ᄒᆞ야 看得這一看이면 必渙然心釋ᄒᆞ야 必有回掉之念矣리라ᄒᆞ고 携手至一處ᄒᆞ니 石壁上에 有古篆ᄒᆞ니 天乙星張沼가 娶太乙星李炯卿이라ᄒᆞ야늘 仙人이 指示尙書曰 兄이 見此則可以知天定矣리니 尙無覺悟耶아 尙書ㅣ沈唫曰 皇天이 何以生我爲女子ᄒᆞ야 區區作爲人之箕箒婦耶아 長嘆一聲에 壯氣가 頓消라 仙人이 慰之曰 君有無限福祿이니 不必長嘆이니라 尙書曰 但吾所愧所限者ᄂᆞᆫ 不欲爲人之妻ᄒᆞ야 俯首從心이니 若背天定이면 雖遭神譴이라도 誓不畫蛾眉施粉朱ᄒᆞ야 作屑屑之態矣리니 決心一死則萬事已矣라 後何疑哉리오 仙人曰 兄之寸心이 何若是固塞耶아 以一女

子로 名動天下ᄒᆞ니 若不露出本色이면 誰知一女子李炯卿은 立盖天之鬼勳耶리오 兄이 再思之ᄒᆞ라 尙書勃然怒曰 我有一定之心이어늘 君之盡力勸諭者ᄂᆞᆫ 抑何意也오

45회분(1906. 5. 31)

李尙書ㅣ終不回掉ᄒᆞ니 仙人이 再三勸諭ᄒᆞ며 再三苦懇이로ᄃᆡ 一向執迷ᄒᆞ거늘 仙人이 勃然大怒ᄒᆞ야 便從左腋下繡囊中으로 拔出三尺龍泉劍ᄒᆞ니 金光閃閃ᄒᆞ야 奪人眼光이라 乃舞劒直取曰 爾是逆天命亂人道之尤物也니 雖有國家之功이나 不可留於世間이라ᄒᆞ고 變成一道白虹ᄒᆞ야 繞於身邊ᄒᆞ니 寒氣逼骨이어늘 李尙書ㅣ不覺神眩精奪ᄒᆞ야 雖有雄豪之機나 便一時消沈了ᄒᆞ야 乃悔於曰 吾當改過나 亦不可以發諸口라 ᄒᆞ야 黙然凝立이어늘 仙人이 乃厲聲曰 爾奉玉帝命이라ᄒᆞ고 乃挾李尙書於虹光中ᄒᆞ야 直至玉淸境中ᄒᆞ니 一朶紅雲이 乃是上帝座라 隱隱有聲曰 李炯卿아 天數有定이니 爾勿執迷ᄒᆞ고 卽爲回心ᄒᆞ야 大享福祿ᄒᆞ라 李尙書ㅣ乃叩頭曰 敢承玉勅ᄒᆞ리이다 又命曰 爾旣回心奉勅이면 書上証狀ᄒᆞ라 左右ㅣ乃持筆硯來어늘 尙書ㅣ揮毫書呈于玉陛ᄒᆞᆫᄃᆡ 又命曰 特赦爾罪ᄒᆞ노니 爾歸皇都ᄒᆞ야 上表于天子ᄒᆞ야 露其本色ᄒᆞ라 李尙書ㅣ受命而退ᄒᆞ야 方出玉淸門일ᄉᆡ 一聲鍾磬에 頓覺精神洒落ᄒᆞ야 回顧左右ᄒᆞ니 依舊立於蒼壁下라 巫山雲이 在傍曰 相公이 收神凝立ᄒᆞ야 有何思想乎아 李尙書曰 暫登天門而下로라 巫山雲이 謝曰 相公이 仙果至重ᄒᆞ고 福分且大ᄒᆞ니 不可如尋常人比之니 攢賀萬萬이로이다 李尙書ㅣ乃有忸怩之色ᄒᆞ야 乃歸于本府러라

一場 李尙書之這光景이 不是別般事라 無山雲은 學劍에

透得神術이라 乃於洞庭月所在六橋樓後園蓬萊亭下一區地
域을 幻作福地靈源ᄒᆞ고 巫山雲이 自幻得做仙人ᄒᆞ야 施無限
奇奇怪怪變化之術ᄒᆞ야 乃得李尙書手筆証狀이라 雲이 歸語
于洞庭月曰 証狀이 在此ᄒᆞ니 事已諧矣라 哥哥ᄂᆞᆫ 先該桃夭宴
ᄒᆞ야 賜我一斗酒飮來ᄒᆞ야 解得困惱의 便了라ᄒᆞ고 相與大笑
ᄒᆞ더라

46회분(1906. 6. 1)

李尙書ㅣ 歸于本府ᄒᆞ야 鬱鬱不樂ᄒᆞ야 杜門謝客ᄒᆞ고 獨處
後園修篁舘ᄒᆞ야 百方思慮ᄒᆞ야 鎭日沈吟이러니 姨兄柳天齡
이 來訪叩見이라 那柳氏ᄂᆞᆫ 天性이 直實ᄒᆞ고 知見이 敏達ᄒᆞ
야 現居吏部郎中이니 稱爲柳中郎이라 尙書ㅣ 邀接ᄒᆞ야 寒喧
茶罷에 柳中郎이 見尙書曰 近日은 有何病氣耶아 神彩大減ᄒᆞ
니 胡爲乎若是也오 尙書曰 別無他病이오 只管乘春ᄒᆞ야 自然
飮食이 減少ᄒᆞ고 神氣鬱悒ᄒᆞ야 閉門修養ᄒᆞ노라 中郎曰 相公
이 性情이 傑鷔ᄒᆞ고 體質이 健康ᄒᆞ야 甚無春風之貽苦攝養이
어늘 奈之何減損神氣ᄒᆞ야 殆若中病ᄒᆞ니 必有憂慮過度之色
이라 願聞其實ᄒᆞ노라 尙書ㅣ 再三應承이라가 知其眞實沈深
ᄒᆞ고 乃言曰 哥哥ㅣ 知吾之本事乎아 中郞曰 君居江南ᄒᆞ고 我
生泗川ᄒᆞ니 相距數千里오 阻隔이 二十年이라 何以知得細碎
事狀이리오 尙書曰 今兄弟通情이 靈犀相照ᄒᆞ니 何言不道이
리오 我本女子오 非男子也라 自兩堂俱存時로 換着男裝ᄒᆞ고
讀書學武ᄒᆞ야 今至十餘年에 中間萬事ᄂᆞᆫ 哥哥所知者라 至于
今日ᄒᆞ야 天子ㅣ 疑之하샤딕 一向抵賴러니 日前蓬萊亭에 有
弔詭之事ᄒᆞ야 一以憂慮也라ᄒᆞᆫ딕 中郎이 忽然曰 吾嘗聞諸慈
闈ᄒᆞ니 只有男妹兩人이라ᄒᆞ기로 心常疑之러니 誰料藏踪秘

跡ᄒᆞ고 立功建名이 至于此耶아 眞一世之奇事也나 然이나 到此地頭ᄒᆞ야 果何以處之也오 且弔詭之事ᄂᆞᆫ 甚麽오 尙書ㅣ 細述一遍ᄒᆞᆫᄃᆡ 中郎曰 巫山雲兄弟ᄂᆞᆫ 俱有傾國之色ᄒᆞ고 且有多大本領ᄒᆞ야 洞庭月은 精通音律ᄒᆞ야 奪其造化ᄒᆞ며 巫山雲은 學得釰技ᄒᆞ야 神妙不測이오 至於千變萬化之術은 有難盡述ᄒᆞ니 此人이 必做弔詭之事라 靑天白日에 那有上帝命이리오 尙書曰 吾亦疑眩이로ᄃᆡ 當日所遭ᄂᆞᆫ 雖聖人當之라도 無他道理ᄒᆞ니 奈何오 中郎이 沈吟良久曰 吾鄕에 有一個女仙ᄒᆞ니 學通丹術ᄒᆞ야 白日飛昇을 如踏平地ᄒᆞ고 呼喚丁甲ᄒᆞ야 解人危難에 神通莫測ᄒᆞ니 喚做救苦星이라 若邀來此人이면 足可以覔其証狀ᄒᆞ야 不露其天然本色ᄒᆞ야 不貽羞於一世也리로다 尙書曰 方外奇怪之流를 豈可深信이리오

47회분(1906. 6. 2)

柳中郎曰 相公은 休管ᄒᆞ고 只任着我們身上이면 當傋力周旋ᄒᆞ야 使相公으로 得任其天性而不爲天下之笑柄케ᄒᆞ리니 未知相公句意에 如何오 尙書沈吟曰 吾未必深信이니 哥哥은 唯自揣之ᄒᆞ라 中郎曰 吾當奉邀女仙來ᄒᆞ리라 ᄒᆞ고 卽日治行ᄒᆞ야 卽往泗川省九龍山ᄒᆞ야 見救苦星ᄒᆞ고 獻以禮幣ᄒᆞ야 俱來道意ᄒᆞ니 救苦星曰 貧道ㅣ 不出山門이 五十年이라 塵界是非와 浮生禍福을 何必干涉이리오 中郎曰 此事ᄂᆞᆫ 非同小可니 願暫移玉躅ᄒᆞ야 恩施善果면 亦豈非功圓行滿之一事乎리오 況仙君은 綽号以救苦星ᄒᆞ니 必有救苦之慈善心이라 顧名而思義ᄒᆞ라 星이 熟思半向에 乃言曰 貧道素心이 非無慈善心이로ᄃᆡ 但李尙書ᄂᆞᆫ 已有天定ᄒᆞ니 雖不欲露出本色이ᄂᆞ 其可得乎아 中郎曰 畢竟露出本色은 今不必預料오 但巫山雲之要

弄이 非徒一時之歹意라 矯制上帝之命이 豈非大罪案乎아 星
曰 此亦定數中一算이라 一場劇戲를 亦何提擧리오 中郞曰 萬
里叩門에 一心誓天ᄒᆞ니 若不得奉邀仙駕ᄒᆞ야 偕往一往이면
當投之於河ᄒᆞ야 誓不生還ᄒᆞ리라 星이 慨然曰 貧道ㅣ不惜一
往이니 願高客은 安心ᄒᆞ라 手捉八葫蘆ᄒᆞ야 放出一線金光ᄒᆞ
니 星이 携中郞手曰 便從那裡去라ᄒᆞ고 暫移數步에 金光이
射目ᄒᆞ야 不敢顧盻ᄒᆞ고 但兩耳邊有風聲而已러니 一瞥間에
星曰 柳中郞은 開眼視之ᄒᆞ라 中郞이 擧目一視ᄒᆞ니 已到洞庭
月所居之蓬萊亭이라 忽聞得霹靂之聲이 劈將耳朶來어늘 大
驚欲避러니 見金甲神將이 押到一美人ᄒᆞ니 便是巫山雲이라
那美人이 嫣然一笑ᄒᆞ고 謂救苦星曰 爾是甚麽妖怪이완듸 敢
侵辱我修行之人也오 星이 大怒曰 爾能矯制上帝之命ᄒᆞ야 勒
捧李尙書之証狀ᄒᆞ니 爾之罪案이 當墮阿鼻利地獄ᄒᆞ야 受一
千劍苦況이라 焉敢胡言亂語오 巫山雲이 開口一呪에 有無數
的神將이 從定中來ᄒᆞ야 打開金甲神이어늘 雲이 舞着手裡七
星劍ᄒᆞ야 直取救苦星ᄒᆞ니 星이 用手裡玉如意ᄒᆞ야 左提右防
ᄒᆞ야 便鬪了一場이라 星이 揣了巫山雲之本領ᄒᆞ고 便用朝天
勢一排ᄒᆞ니 雲이 知其詭術ᄒᆞ고

48회분(1906. 6. 4)

乃用飛劍法ᄒᆞ야 猛刺了這女仙ᄒᆞ되 星이 乃幻作一朶白雲
ᄒᆞ야 飛騰於空中이어늘 雲이 亦幻作一金雕ᄒᆞ야 以翼으로 鼓
之ᄒᆞ며 以爪로 攫之하야 雕入雲ᄒᆞ며 雲擁雕ᄒᆞ야 相持半向에
雲與鵰ㅣ俱落于地ᄒᆞ야 一時에 換出本形이라 雲與星이 幷是
修行學術之人이로되 星은 主慈善心ᄒᆞ고 雲은 主肅殺心이나
然이나 雲之術이 不下於星이로되 星之本領은 出於仙果ᄒᆞ고

雲之本領은 出於俠家ᄒᆞ니 互相不敵ᄒᆞ야 乃幻本形ᄒᆞ고 星이 便謂雲曰 相加以厮殺之心이 本非好意니 願捨下凶器ᄒᆞ고 說話利害ᄒᆞ야 共決勝負가 未知如何오 雲이 舍其金甲神押來之舉ᄒᆞ야 期欲結果了性命이라 乃不悅于色曰 爾有活心時에 便劫辱人ᄒᆞ고 爾有死心時에 便阿諛人ᄒᆞ니 我死我活의 一場決了ᄒᆞ리라 星이 笑曰 此非因緣仇家之私怨이라 乃爲人而謀忠은 爾我一般也니 何必以歹意로 相觸이리오 雲이 聞其言而稍解其色이나 終有不穩意어늘 洞庭月이 見其一場風雲ᄒᆞ고 乃解諭曰 此事를 不必如是角勝ᄒᆞ니 當以好顏做去라ᄒᆞ고 乃迎導救苦星於蓬萊亭上ᄒᆞ고 又喚巫山雲ᄒᆞ야 相與叙賓主而坐定일새 柳中郞이 在門外徘徊어늘 乃問于星ᄒᆞᆫ딕 星曰 此是吾故卿[鄕]人柳中郞이라ᄒᆞ야늘 月이 知其李尙書之說客ᄒᆞ고 乃邀入于座ᄒᆞ야 四個ㅣ茶訖에 月이 問曰 仙人이 果以何意로 光始于塵界ᄂᆞᆫ 未可知也어늘 阿季愚昧ᄒᆞ야 不敬于上仙ᄒᆞ니 貽罪大矣라 願上仙은 看我面皮ᄒᆞ야 幸垂包容ᄒᆞ라 星이 未及言에 雲이 罵曰 這蓄生이 爲李炯卿說客으로 賣來的[이]라 相以言語로 解決이 事理當然이오 若以本領으로 抵抗인딕 亦當各盡精神ᄒᆞ야 決其勝負가 亦事理當然이어늘 用金甲神押住於吸氣朝元之時ᄒᆞ야 恰受輕蔑ᄒᆞ니 貽其侮辱에 大矣라 今哥哥ㅣ看我面皮ᄂᆞᆫ 何也오 是不足爲上仙之淸果니 吾豈不有侮慢心이리오 月이 叱曰 爾有多少之麤氣ᄒᆞ야 每不濟事이어든 況不敬大賓이리오 乃謝于救苦星曰 大抵李尙書炯卿은 世界罕有之英雄이라 人所崇仰如山斗이어늘 但不露本分으로 爲近日之一大問題ᄒᆞ니 此未可知也로다

49회분(1906. 6. 5)

巫山雲이 曰 以李尚書言之컨딘 欺盡一世ᄒᆞ야 過了平生
이 可乎아 救苦星이 曰 李尚書之丁寧是女도 未可知也어니와
假令是女라도 換着男裝이 不是罪案이어든 而況立不世之功
於國家乎아 爲男爲女ᄂᆞᆫ 是個人之自由權利야어늘 何必注目
於此ᄒᆞ며 傾心於此ᄒᆞ야 擧世紛然에 皆欲露眞ᄒᆞ니 此豈非怪
事乎아 是以一下山門ᄒᆞ야 欲解其紛이니 更勿以李尚書本事
로 呶呶則幸矣로다 巫山雲이 曰 爾知其一이오 未知其二로다
李尚書之以陰變陽은 非徒人所皆疑라 明明有天命ᄒᆞ니 不可
多卞也어늘 爾以賣來的說客으로 露出些少本領ᄒᆞ야 侮辱我
ᄒᆞ니 爾的做怪事라 誰做怪事오 星曰 明明有天命云ᄒᆞ니 有何
証據乎아 雲曰 李之手筆証狀이 豈非明証이리오 星曰 今在何
處오 雲曰 何處的說이 甚麽오 現在玉淸境中靈宵寶殿이라 在
乎那處리오 星曰 不在多言이오 爾當與我로 共往玉淸境中ᄒᆞ
야 叩于上帝ᄒᆞ야 若無實據면 爾遭大譴이오 若有之면 當令李
尚書露眞이니 何必暄聒而已리오 雲이 心料渠亦大言이라 豈
有升天之道也리오 乃奮然曰 爾能有升天之道면 吾豈不肯이
리오 星이 乃擲頭上玉釵ᄒᆞ야 成一大紅橋ᄒᆞ니 白光輝輝ᄒᆞ고
寒氣凛凛이라 星이 顧謂雲曰 爾能從我否아 雲이 聞言憤然曰
豈從爾橋去麽아 我亦有升天之橋라 ᄒᆞ고 擲劒成一紅橋ᄒᆞ니
一雙紅橋와 一雙仙娥가 矯矯於達雲之間이라 倏然數步에 雲
이 見得白玉京芙蓉城門이 縹渺在前이라 心料是眞個天上也
아 是亦如蓬萊園天上耶아 九分疑訝ᄒᆞ야 方在躊躇러니 星이
便從城門入이어늘 雲이 昻然從之ᄒᆞ니 珠光玉氣가 玲瓏璀璨
ᄒᆞᆫ데 一座金殿이 翼然在紅雲中이라 四字金篆이 煌煌在額ᄒᆞ
니 曰 玉皇寶座라 星이 俯伏于階下어늘 雲이 亦俯伏이라 移

時 一紅袍仙官이 立于殿頭傳旨曰 爾等이 有何告訴오 星이 告曰 塵界李炯卿証狀이 在于寶座前이라ᄒᆞ니 願得一見ᄒᆞ노이다 仙官曰 當稟奏라ᄒᆞ고 入于殿中이라가 回旨曰 李炯卿은 明國之宰相元勳이라 有何証狀고 此是巫山雲之矯稱上帝命이니 罪當難赦라ᄒᆞ야ᄂᆞᆯ 星이 再告曰 李炯卿은 是男乎잇가 是女乎잇가 仙官이 考諸一丹籍曰 是男이니라 又告曰 以李之疑男疑女로 爲一國之大疑案ᄒᆞ니 願賜丁寧是男之一証書ᄒᆞ야 以解下界之疑ᄒᆞ쇼셔

50회분(1906. 6. 6)

仙官이 傳旨曰 不必以証書相信이라 天上에 有一銅鏡ᄒᆞ니 卽李炯卿이 謫降人世時에 銘其鏡背曰 天乙星은 化出英豪男子于東瞻郡洲大明國ᄒᆞ야 名曰 李炯卿이라 ᄒᆞ얏스니 此鏡이 在此라 上帝ㅣ 特賜ᄒᆞ시니 歸于人間ᄒᆞ야 不復呶呶ᄒᆞ라 救苦星이 拜受銅鏡ᄒᆞ고 指示巫山雲曰 明証이 在此ᄒᆞ니 爾看以分明ᄒᆞ라 雲이 心中深異之로되 口頭說荒曰 銅鏡이 旣是天上之寶物이면 何不直言其實事而書之ᄒᆞ니 必不可深信이로다 仙官이 聞巫山雲之說ᄒᆞ고 勃然大怒ᄒᆞ야 特命黃巾力士로 押付豊[酆]都獄ᄒᆞ라 ᄒᆞ니 救苦星이 哀懇曰 愚迷不開ᄒᆞ야 終是因執ᄒᆞ야 拒逆天旨ᄒᆞ니 罪固當死로되 必當悔悟有日이니 願赦其罪ᄒᆞ야 共還人間케 하쇼셔 再三苦乞ᄒᆞ되 仙官이 乃以上帝玉勅으로 判付曰 赦其罪而生還人間이로되 一若執迷면 當受霹靂罰이니 納佉以入ᄒᆞ라 ᄒᆞ니 巫山雲이 不得已納供曰 更言李炯卿是女면 當受天誅라ᄒᆞ야 書上于仙官ᄒᆞ되 救苦星이 謝恩拜謝ᄒᆞ고 與巫山雲으로 共出天門ᄒᆞ야 復乘虹橋而降ᄒᆞ야 共到于蓬萊亭ᄒᆞ니 洞庭月與柳中郞이 待其回音이라가 歡

然迎之ᄒᆞ야 俱述其事ᄒᆞ되 洞庭月은 半信半疑ᄒᆞ야 心神未定ᄒᆞ고 柳中郞은 稍有喜色ᄒᆞ야 與救苦星으로 辭月雲二娥ᄒᆞ고 歸于李尙書ᄒᆞ야 細告轉[顚]末ᄒᆞ니 李尙書ㅣ稱謝救苦星이로되 此是一時的瞞過之術이라 百年前程을 將未知何以善處ᄒᆞ야 頗有憂形於色이러라 却說 巫山雲이 謂洞庭月曰 俱是上帝玉旨로 批判者로되 一是男一是女가 尙未副[剖]決ᄒᆞ니 將何以則有好結果耶아 月이 尋思曰 我有一計ᄒᆞ니 使李尙書로 不得藏其本色케 ᄒᆞ리니 爾勿過憤ᄒᆞ라 巫山雲曰 有何妙計오 月이 曰 吾姑未熟思ᄒᆞ니 午餐後에 共成其事가 豈非大妙리오

51회분(1906. 6. 7)

却說 張尙書ㅣ使事旣畢ᄒᆞ고 復命于天子ᄒᆞ되 天子大悅이샤 特陞右閣老一等勳ᄒᆞ샤 乃下勅旨曰 今回張沼於山東道에 活生靈屢萬人ᄒᆞ야 使朕赤子로 得蒙再生之恩ᄒᆞ니 此乃張沼之功야라ᄒᆞ시니 名振一世러라 天子ㅣ一日에 乃召張閣老ᄒᆞ샤 卿年이 已踰三十에 尙不娶室ᄒᆞ니 上而不得蘋蘩甘旨ᄒᆞ고 下而不得嗣後血肉ᄒᆞ니 是ᄂᆞᆫ 得罪於祖宗父母也오 且卿以宰相公卿으로 尙無其配ᄒᆞ니 於朝廷之體에 亦不無損이라 卿이 有何所尙而固執若是오 張閣老ㅣ奏曰 臣有所志ᄒᆞ야 荏苒到此로되 杳無竟成之日ᄒᆞ니 是臣所恨이로소이다 天子曰 卿이 有何所志면 何不詳言于朕耶아 朕唯君父오 卿是臣子니 渾如家人父子之間에 何言不道며 且婚娶ᄂᆞᆫ 人倫大事라 不可尋常閣置ᄒᆞ야 虛送日月이니 卿若有志而不肯言于朕이면 是ᄂᆞᆫ 卿之負朕也니 盡告而無隱ᄒᆞ라 閣老ㅣ俯伏謝恩ᄒᆞ고 從容奏曰 兵部尙書臣李炯卿은 與臣으로 結竹馬之交ᄒᆞ고 且有同年之誼ᄒᆞ야 情若兄弟로되 察其顔色ᄒᆞ며 挑其言語에 微有處子之

態나 於事業功勳에 無所不爲卓然有古大臣之風ᄒ며 且其品
性이 嚴毅正大ᄒ야 不可以狎昵이니 是以로 注意而尙未得破
惑이오나 臣之一心이 傾向於此ᄒ야 雖老死不娶라도 不能忘
也 ㅣ로소이다 天子 ㅣ 聞之ᄒ시고 啷然一笑曰 卿은 可謂望門
守節이로다 朕亦聞此言이 亦久矣로듸 不能卞其男女ᄒ니 朕
之惑이 亦滋甚이라 閣老ㅣ 奏曰 陛下從何處而洞澈(徹)乎잇가
天子曰 琴師洞庭月이 注意於此ᄒ야 細細奏白어 所明入聞也
라 然이ᄂ 近日에 與其弟巫山雲으로 盡力周旋ᄒ야 欲回李烱
卿之心云이나 如何消息은 未得聞焉ᄒ니 其庸鬱鬱이라ᄒ시
고 卽召洞庭月ᄒ라ᄒ시니 洞庭月이 與其弟巫山雲으로 方議
妙計러니 忽聞天子宣召ᄒ시고 喜謂巫山雲曰 事已諧矣라 今
日則必成이라ᄒ고 卽改着禮服ᄒ고 隨使者入紫禁中ᄒ야 俯
伏于榻下ᄒᄂ듸 時에 張閣老ㅣ 亦在傍俯伏이라 天子ㅣ 曰 李烱
卿之事를 汝已識其本色否아 洞庭月이 細述顚末ᄒ고 奏曰 李
烱卿이 終不露現ᄒ니 甚爲難處로쇼이다 天子笑曰 事已如此
면 甚不難이라ᄒ시고 乃召李烱卿ᄒ라ᄒ시니

52회분(1906. 6. 8)

李尙書ㅣ 承天子宣召ᄒ고 乃衣朝服ᄒ고 馳詣鳳闕ᄒ야 俯
伏於榻前ᄒ니 張閣老洞庭月이 已在御前奏事라 心知其宣召
之意ᄒ고 心中不安ᄒ야 叩頭仰奏曰 山東이 大饑어ᄂᆯ 御史臣
張沼 ㅣ 賑濟生靈ᄒ니 爲陛下賀ᄒ노이다 天子ㅣ 龍顔有喜ᄒ
샤 曰 山東之救濟ᄂ 朕甚喜之어니와 朕有一憂ᄒ야 尙未解釋
ᄒ니 是所關心이로다 尙書曰 陛下ㅣ 君臨四海ᄒ시고 親總萬
機ᄒ시니 豈無宵旰之宸憂시리오마ᄂ 聖旨內朕有一憂者ᄂ
臣所未解로소이다 天子曰 朕之憂ᄂ 非他憂也라 則憂在於卿

이로다 尙書曰 陛下之憂臣이 果何也니잇고 天子ㅣ 笑曰 卿之
父侍郎在世時에 膝下에 有男女二人而已는 朕所聞之也어늘
今則卿與翰林兄弟二人이니 又有一妹乎아 尙書ㅣ 奏曰 嘗無
一妹也로소이다 天子ㅣ曰 然則但有兄弟二人乎아 曰 然ㅎ이
다 天子曰 昔侍郎在時에 有上表于先朝ㅎ니 其表에 嘗云臣有
一子一女ㅎ얏스니 朕이 所以知之也어늘 今但有卿之兄弟二
人云ㅎ니 朕甚疑之로다ㅎ시고 只送張閣老ㅎ시니 張閣老與
洞庭月이 俱退出이라 天子ㅣ 謂尙書曰 君臣父子之間에 豈有
一毫相蔽之事哉리오 尙書ㅣ 奏曰 臣豈敢欺罔君父乎잇가 臣
奏辭長皇ㅎ야 時當暴炎에 不敢敷袵ㅎ오니 願陛下는 特垂包
容之仁ㅎ야 暇臣數日ㅎ시면 當上表陳情矣리이다 上이 許之
ㅎ시니 李尙書ㅣ 退出ㅎ야 乃閉門謝客ㅎ고 治袖表一通ㅎ야
堅封皮匣ㅎ야 袖呈于天子ㅎ딕 天子ㅣ 親受之ㅎ시니 尙書退
出이라 時是]에 天子ㅣ 方披讀上表未半에 殿頭官이 入奏西
蕃吐谷渾檄文이 入於秘書省ㅎ야 方來待于閤外矣니이다 天
子ㅣ 命捧入ㅎ샤 坼見其檄ㅎ시니 其文에 曰

西蕃天子는 傳檄于大明天子ㅎ노니 天高馬肥ㅎ야 率鐵騎
百萬ㅎ고 方欲會獵於關中ㅎ니 故로 通知ㅎ노라

天子ㅣ 覽畢에 此非李炯卿이면 不可與議라ㅎ야 乃匿其尙
書上表ㅎ시고 乃召諸臣于法殿ㅎ샤 商議此事홀식 諸臣이 皆
奏曰 此非李炯卿이면 無可擔其任也로소이다 天子ㅣ 乃宣召
李炯卿ㅎ라ㅎ시니

제6회
李尙書出戰西蕃　張閣老議婚北闕

53회분(1906. 6. 9)

却說 天子ㅣ覽西蕃檄ᄒᆞ시고 急命殿前中郎將ᄒᆞ야 持節召李尙書ᄒᆞ신되 李尙書曰 君이 命召어시든 不俟駕而行은 聖人이 已行之시니 事君之道를 豈敢不敬이리오마ᄂᆞᆫ 臣炯卿은 已表據義ᄒᆞ야 未承批旨ᄒᆞ니 人臣出處에 不敢奉命이니이다 使者ㅣ回奏其言ᄒᆞ되 天子ㅣ乃命龍圖學士徐階로 往諭李炯卿ᄒᆞ고 與之偕來ᄒᆞ라ᄒᆞ시니 徐學士ㅣ奉諭之ᄒᆞ고 往李府傳諭ᄒᆞ되 李尙書祗受奉讀ᄒᆞ니 其諭文에 曰

國家有事에 必須柱石이니 西蕃告警ᄒᆞ니 非卿이면 不可與議라 卿卽赴召ᄒᆞ야 毋惱朕衷ᄒᆞ라

李尙書ㅣ讀訖에 附奏於徐學士ᄒᆞ되 上이 覽其奏ᄒᆞ시니 曰

臣이 半世事君에 足跡糢糊ᄒᆞ야 上表乞解ᄒᆞ고 身退邱壑ᄒᆞ니 負罪大矣라 乞被斧鉞ᄒᆞ오니 願陛下ᄂᆞᆫ 收臣官爵ᄒᆞ시며 降臣司敗ᄒᆞ샤 以肅朝綱ᄒᆞ소셔

天子ㅣ大驚ᄒᆞ샤 命太學士胡維中ᄒᆞ샤 口傳曰 卿其不來면 朕當往訪ᄒᆞ리라 李尙書ㅣ承奏回啓曰 臣은 不避斧鉞ᄒᆞ고 今

向邱下ᄒ오니 願陛下ᄂᆞᆫ 恕臣焉ᄒᆞ소셔 ᄒ고 卽解兵部尙書印信符節ᄒ야 齎納于兵部ᄒ고 卽以幅巾靑袍로 騎一匹靑驥ᄒ고 馳出東門外三十里錦樹庄止宿이러니 忽聞夜半에 警蹕之聲喧塡於門外ᄒ고 燈燭輝煌이러니 朱衣殿頭官이 告于尙書曰 聖駕方臨이라ᄒ야ᄂᆞᆯ 尙書ㅣ 乃以葛巾野服으로 迎天子於庄前ᄒ고 從容陪立ᄒ야 伏候聖旨ᄒᆞ되 天子ㅣ 下車ᄒ사 握尙書手曰 卿何負朕이 若是甚也오 尙書ㅣ 對曰 臣罪ㅣ 萬死無措[惜]이니 不敢盡對로소이다 天子ㅣ 又曰 卿何負朕也오 尙書對曰 非臣負陛下라 陛下負臣也니이다 天子曰 朕何負卿也오 對曰 臣之踪跡를 陛下ㅣ 何其摘發也잇가 臣之平生所志ᄂᆞᆫ 但事君以忠ᄒ고 事親以孝오 立功建名於世ᄒ야 垂於竹帛이 臣之大願이어ᄂᆞᆯ 陛下ㅣ 强欲奪臣之志ᄒ시기로 上表辭職ᄒ야 終身於山林之下로 已決臣志ᄒ니 陛下ㅣ 垂斧鉞之誅라도 臣志ᄂᆞᆫ 不可回也니이다

54회분(1906. 6. 10)

天子曰 國家社稷은 顧不重歟아 對曰 國家社稷은 皆膂力方剛之男子責也라 豈係於區區一女子잇가 天子ㅣ 慰解萬端曰 此是張沼之所奏故로 爲之一言이라 當此危急之日ᄒ야 朕이 縱有一遭過失이나 卿何以若是爲慍乎아 朕이 自此以後로 更不言此等事라ᄒ시고 命左右史書之ᄒ시고 又降諭曰 朕이 當與卿으로 同車而還朝이리니 卿勿多言ᄒ라 尙書奏曰 貽惱聖衷이 亦臣之罪也오 勞動聖駕도 臣之罪也니 臣이 負罪如山이라 安敢立於朝乎잇가 天子ㅣ 再三曉諭ᄒ사 辛勤懇摯ᄒ신ᄃᆡ 尙書ㅣ 奏曰 臣志已決이ᄂ 聖諭至嚴ᄒ시고 國事又急ᄒ니 臣雖不才나 試一出之ᄒ야 裹尸馬革이 臣之願也로소이다 天

子ㅣ大喜ㅎ사 乃命朝服ㅎ시고 玉手로 親佩大司馬印綬ㅎ시고 同乘駟馬而還朝ㅎ실ᄉᆡ 尙書ㅣ垂紳正[玉]笏ㅎ고 侍入於天子之側ㅎ니 望之若泰山氣像이라 鑾蹕이 入於都門일ᄉᆡ 萬姓人民이 擧手加額曰 李尙書入都ㅎ니 國家無憂矣라ㅎ더라 天子ㅣ還朝ㅎ샤 大會群臣ㅎ시고 商議征蕃之策ㅎ실ᄉᆡ 左閣老趙岳이 奏曰 西蕃이 養兵十年에 覬覦中原ㅎ니 其强이 莫當이니 先爲遣使結和ㅎ야 以避其鋒이 可也니이다 太學士王廷龍이 奏曰 左閣老를 當誅也니이다 西蕃이 雖曰强悍이나 皇朝精兵이 百萬이오 壯士千員이오 粟支十年ㅎ니 不與一戰而先言結和者는 賣國之賊也니 先斬趙岳ㅎ샤 以謝萬民ㅎ시고 亟發精師ㅎ야 征討不服ㅎ샤 奮國之武威焉ㅎ쇼셔 天子ㅣ可其奏ㅎ샤 免閣老官ㅎ시고 以發兵爲斷案ㅎ니 一朝ㅣ 肅然이라 天子ㅣ乃李炯卿으로 爲大元帥ㅎ시고 票騎將軍徐廷芳으로 爲副元帥ㅎ시고 發京師兵十萬 關中兵十萬 河兵二十萬ㅎ야 統轄元帥麾下ㅎ라ㅎ시고 乃賜御前黃蓋ㅎ샤 以專征伐之威ㅎ시니 大元帥ㅣ乃點兵於練戎場ㅎ고 亟日發行ㅎ니 旌旗蔽日ㅎ고 鼓角喧雷러라 天子ㅣ乃命右閣老張沼로 爲監軍御史ㅎ샤 隷屬於大元帥部下ㅎ시니 張沼ㅣ心中怏怏이나 然이ᄂ 皇命遽降ㅎ시니 義難回避ㅎ야 卽日發行ㅎ야 軍駐於三十里萬馬關ㅎ니 正正堂堂ㅎ야 肅然若不可犯焉이더라

55회분(1906. 6. 12)

　王師ㅣ行行至函谷關ㅎ야 取調關中兵二十萬일ᄉᆡ 元帥ㅣ命張御史曰 御史旣在指揮之任ㅎ니 先入關中ㅎ야 監督調發ㅎ야 以十日定限ㅎ야 與大軍으로 約期會合於古雍州府호ᄃᆡ 如違令者ᄂᆞᆫ 斬ㅎ리라 御史曰 十日之限은 不過入關之期라 何

暇調兵登道ᄒᆞ야 會合於雍州乎아 元帥曰 加五日限ᄒᆞ노니 更勿多言ᄒᆞ라 御史ㅣ 怏怏不樂ᄒᆞ야 此ᄂᆞᆫ 欲尋殺我也라 吾與元帥로 有東窓同榜之雅分ᄒᆞ야 情若兄弟어늘 有何嫌隙ᄒᆞ야 故欲按法乎아 元帥曰 王事靡塩이라 君以宰相之重任으로 當此王事ᄒᆞ야 豈敢呶呶言其勞乎리오 此非所望於今昔이니 竊爲御史不取也ᄒᆞ노라 御史又欲開口而言이어늘 元帥勵聲曰 御史ᄂᆞᆫ 皇朝大臣이라 不勤王事ᄒᆞ고 不從軍紀ᄒᆞ니 是ᄂᆞᆫ 大不敬이라 況以行軍御史로 若有多言이면 必按軍法ᄒᆞ리라 御史ㅣ 憤氣沖膛이나 勢無奈何ᄒᆞ야 退歸本部ᄒᆞ야 只率部下ᄒᆞ고 直向關中ᄒᆞ야 緩轡而行ᄒᆞ야 纔到關中ᄒᆞ니 已過十二日이라 乃以節鉞符命으로 方合符於關中總督ᄒᆞ야 調兵二十萬일시 又過十二日이라 大軍이 已到[雍]州府三日에 御史ㅣ 率關中兵ᄒᆞ고 纔到雍州ᄒᆞ니 元帥ㅣ 大怒ᄒᆞ야 大張軍威ᄒᆞ야 拿入張御史ᄒᆞ야 訊問曰 軍期가 已過十日ᄒᆞ니 御史ᄂᆞᆫ 無視軍律乎아 御史曰 勢之自然이라 不欲慢法이니 元帥ㅣ 欲按法則按法而已라 有何怒問이리오 元帥叱刀斧手推出斬之ᄒᆞ라ᄒᆞ니 刀斧手ㅣ 擁御史出轅門外어늘 御史ㅣ 少不變色ᄒᆞ고 出於敎場ᄒᆞ니 左右諫曰 御史ᄂᆞᆫ 隸屬元帥麾下之皇命이 雖存이나 係是奉命使臣之資格也오 且臨陣未戰ᄒᆞ야 先殺大吏가 恐非吉兆니 願元帥ᄂᆞᆫ 恕原ᄒᆞ쇼셔

56회분(1906. 6. 13)

元帥ㅣ 怒色稍解ᄒᆞ야 命軍狀吏ᄒᆞ야 書行御史張沼待罪擧行이라 ᄒᆞ야늘 張御史ㅣ 嘆一口氣ᄒᆞ고 歸于本部ᄒᆞ야 稱病而臥ᄒᆞ야 欲治表乞罪于天子ᄒᆞ고 又以病氣로 不能察職이라 ᄒᆞ야 上表于天子ᄒᆞ고 待其批旨ᄒᆞ야 不從軍而行이어늘 元帥ㅣ

率大軍ᄒ고 直行至西凉ᄒ니 西蕃이 尙未動兵이라 駐札大軍 ᄒ고 待其動靖ᄒ야 以備不虞러라 張御史ㅣ 稱病上表ᄒ고 留 在雍州府觀雲寺ᄒ야 暗想李元帥之擧指컨된 畢竟是忌嫌於 欲爲露出本色也니 今番之所遭도 亦出構索也니 吾所不服이 어니와 至於他日求婚之計ᄒ야ᄂ 亦未可團圓成就니 將何以 爲得計오 ᄒ고 百端尋思ᄒ야 仍成直病ᄒ야 寢食不安이어ᄂᆯ 部下屬官中右司馬趙之春이 進曰 相公이 位至於崇品이오 功 勳名績이 超過於李元帥어ᄂᆯ 李元帥之所擧가 可謂壓制勒成 耳라 必不可服이로되 相公之職은 在行軍指揮ᄒ니 王事重大 라 公不可不盡悴어ᄂᆯ 相公이 鬱鬱成病ᄒ야 漸至危境ᄒ니 公 私俱不得當이니 奈何오 御史會曰 雖如是나 吾已上表乞解ᄒ 야 未見回批ᄒ니 今之情勢ᄂ 進不可從軍이오 退不可回廷이 라 是以成病也로다 正說話間에 忽報驛騎來到ᄒ야 殿前左丞 이 奉金批宣諭어ᄂᆯ 張御史ㅣ 强振禮服ᄒ고 設香案祇受訖에 讀其批旨ᄒ니 曰

朕聞 卿이 駈馳万里에 疾病이 嬰身ᄒ니 宵肝深慮로되 但 先於公事가 義分攸重이니 況提出重師ᄒ야 莫知利鈍이리오 卿은 爲念國家ᄒ고 終始戮力ᄒ야 樹勳亟返을 朕所深望

讀訖에 深感聖皇帝之慰諭殷勤이나 然이나 一是與元帥不 合ᄒ고 二是眞病在身ᄒ니 莫可奈何라 十分煩惱러니 忽聞白 鶴一隻이 憂然長鳴截雲東來ᄒ야 徘徊于碧空이라가 下于庭 欄下ᄒ니 御史ㅣ 見得一位仙人이 坐于白鶴背上이라가 羽衣 道冠으로 從容步入于御史臥內ᄒ니 御史ㅣ 起居問曰 仙人이 遠辱塵界ᄒ니 有何淸誨오

57회분(1906. 6. 14)

　仙人曰　相公은　不知我也로다　貧道是紫虛觀主韋太娘이
是也니　今出師萬里에　相公이　上表乞解ᄒᆞ고　雖承聖勅이나　勢
甚浪當은　人已所推知也니　若失此機면　國家事ㅣ去矣오　相公
事亦狼狽矣니　願相公은　勿以我誕ᄒᆞ고　與我로　同騎此鶴ᄒᆞ고
去一遭第觀下回ᄒᆞ라　張御史ㅣ稔聞韋太娘之神通ᄒᆞ고　十分
信仰이나　未知出處之如何ᄒᆞ야　方躊躇未決이어늘　韋太娘이
曰　若不信吾言이면　國家必亡이니　相公은　果斷ᄒᆞ라　張御史ㅣ
自想吾之事勢가　可謂進退維谷이니　當第往觀之ᄒᆞ리라　ᄒᆞ고
乃諭曰　上仙慈悲ᄒᆞ야　力救涸魚ᄒᆞ니　敢不盡心從之ᄒᆞ야　奔走
其命이리오　韋太娘이　大喜ᄒᆞ야　乃與張御史로　共登鶴背ᄒᆞ니
憂然一聲에　拍翼高升ᄒᆞ야　盤于碧空之中이라가　悠然逸飛ᄒᆞ
니　可謂雲宵羽毛러라　張御史ㅣ兩腋冷冷ᄒᆞ고　耳朶生風ᄒᆞ야
若飛昇天上이러니　一霎時에　下于一座山寺ᄒᆞ니　山靑水麗ᄒᆞ
고　樓觀縹眇라　御史ㅣ若痴如夢ᄒᆞ야　不知那箇去處라　口實目
瞠ᄒᆞ야　莫知所爲어늘　太娘이曰　相公은　安心ᄒᆞ라　此處ᄂᆞᆫ　乃
西蕃境上之九鳳山天花寺라　相公이　留在數日이면　貧道ㅣ探
其戰機ᄒᆞ고　來言妙計ᄒᆞ리니　此是相公成功之秋也니　願相公
은　收神養精ᄒᆞ고　無爲煩惱ᄒᆞ소셔　再之叮囑ᄒᆞ고　乃乘鶴而去
어늘　張御史ᄂᆞᆫ　莫知其故ᄒᆞ고　但如塑而已러라　却說　李元帥ㅣ
駐札大軍於涼州ᄒᆞ고　探其西蕃消息ᄒᆞ니　杳無兵馬之影이라
心甚怪疑ᄒᆞ야　乃與諸將商議ᄒᆞ고　又十分斥候ᄒᆞ고　十分巡哨
ᄒᆞ야　四察動靜이러니　翌日에　探馬忽報一隊蕃兵이　乃以紅旗
千章으로　揷于十里外高關上이오　不見兵馬之大至라　ᄒᆞ야ᄂᆞᆯ
元帥曰　此必疑兵而騙我也라ᄒᆞ고　且待其消息이러니　一日에

蕃兵이 撤去紅旗ᄒᆞ고 盡皆夜遊ᄒᆞ야 一不見影이라 先鋒晁盖
之進曰 蕃兵이 或在或沒ᄒᆞ니 賊情이 甚爲叵測이라 願縱兵四
出ᄒᆞ야 設伏應機ᄒᆞ야 毋中賊計가 乃是萬全之策也니이다 元
帥曰 我有勝算ᄒᆞ니 不必多言ᄒᆞ라 先鋒이 雖心服元帥之神算
이나 不知其有何長策ᄒᆞ야 再三苦諫이라가 願率本部大隊ᄒᆞ
고 先行三十里下寨ᄒᆞ야 以探賊情이라가 賊至則出其不意ᄒᆞ
야 挫其鋒銳則 此ᄂᆞᆫ 必勝之計也이니이다 元帥ㅣ 許之ᄒᆞ니 先鋒
이 乃点起部下兵三萬ᄒᆞ고 黑夜三更에 暗暗進行이러라

58회분(1906. 6. 15)

晁盖之進軍至猩猩山ᄒᆞ니 前面에 只有一枝西蕃兵馬ᄒᆞ야
老弱病殘이 失其行伍ᄒᆞ고 散漫山野者ㅣ 勢甚零星이라 晁知
慢兵之計ᄒᆞ고 堅守陣角ᄒᆞ며 團束軍伍ᄒᆞ야 以待奇兵之突出
이러니 經至四五個日에 一無動靜이러라 西蕃大都督可達剌
ᄂᆞᆫ 有神出鬼沒之策ᄒᆞ며 先鋒胡吶兒ᄂᆞᆫ 有萬夫不當之勇ᄒᆞ야
統率大軍五十萬騎ᄒᆞ고 分作三路ᄒᆞ야 一軍은 胡吶兒ㅣ率之
ᄒᆞ야 從猩猩山左路ᄒᆞ야 悄悄出元帥大寨地後ᄒᆞ고 一軍은 可
達剌ㅣ率之ᄒᆞ야 從猩猩山右路ᄒᆞ야 直衝元帥大寨之前ᄒᆞ고
一軍은 爲遊擊之勢ᄒᆞ야 將軍哈哈赤이 率之ᄒᆞ야 突擊左右ᄒᆞ
니 不但晁先鋒이 不能探其氣脈이라 李元帥後入面斥候ᄒᆞ며
十路巡哨라도 地勢險阻ᄒᆞ고 人心未慣ᄒᆞ야 只待西兵之露出
이러니 誰想暗地黑夜에 腹背受攻이리오 忽有一日大霧垂天
ᄒᆞ야 四面漠漠ᄒᆞ야 咫尺不分이라 只聞兵馬之聲이 前後匝至
어늘 元帥ㅣ乃命差射弓弩手로 射之ᄒᆞ라 ᄒᆞ니 只損百萬枝鐵
箭而乃至天明에 霧氣가 半消ᄒᆞ고 旭日이 東升ᄒᆞ니 只見前後
左右에 族族旗幟와 林林劒戟이 如鐵筒也似團匝ᄒᆞ야 水泄不

得이라 元帥ㅣ 大驚ㅎ야 令諸將으로 堅守四角ㅎ고 方議對戰
之策일시 西蕃兵이 力强勢大하야 緊緊圍住ㅎ고 不下戰書ㅎ
야 過之三日에 糧道不通ㅎ며 後發不至ㅎ니 元帥ㅣ 雖有神算
이나 措手不得ㅎ야 莫知所爲러니 忽自西蕃陣中으로 投下勸
降書어늘 元帥ㅣ 怒斬來使ㅎ고 扯裂來書ㅎ야 以示戰死之義
나 然이는 軍心이 騷亂ㅎ야 欲戰而不得戰ㅎ며 欲潰而不得潰
ㅎ야 一日之間驚動奔竄者無數라 元帥ㅣ 政困在亥心이러니
伊時韋太娘이 逕至西凉ㅎ니 西凉總督이 率兵三十萬ㅎ고 屯
戍西方ㅎ야 兵精糧足ㅎ야 士氣方强ㅎ더라 一日에 忽聞白鶴
仙人이 自空而下ㅎ야 長揖而言曰 我는 大明使者韋太娘이 是
也라ㅎ고 自懷中으로 出一道詔命ㅎ야 呈于總督ㅎ되 總督이
覽畢에 天兵臨境ㅎ야 姑未下戰이어늘 召此援兵은 何也오 韋
太娘曰 大軍이 不習風土ㅎ고 萬里遠征ㅎ야 一未接刀에 方在
亥心ㅎ니 在此不救면 西陲는 非國家之有也니 願將軍은 亟發
援兵ㅎ야 樹功於萬世ㅎ라 總督曰 天使ㅣ 不以四牡皇華로 臨
此樊賦ㅎ고 一隻白鶴으로 乘雲而降ㅎ니 行色이 異常이라 心
切怪之ㅎ노라 韋太娘이 曰 將軍이 未知也로다

59회분(1906. 6. 16)

萬里殊域에 道路備隔ㅎ고 干戈阻絶ㅎ니 苟何以四牡玉節
로 徐徐而來也리오 況王師ㅣ 方在亥心ㅎ야 呼吸不通ㅎ니 時
日爲急이라 當此之時ㅎ야 若非神通之術이면 何以達于此也
리오 將軍이 若與兵成功이면 勳業名譽가 冠于萬世ㅎ야 畵凌
烟而垂竹帛이니 況以蕃服之臣으로 見國家之危而晏然袖手
乎아 總督이 曰 擧兵救援이 固不敢辭로되 但老身이 坐鎭重
戍ㅎ야 身不能履虎之尾ㅎ니 若以諸將任之면 恐事不成일가

ᄒ노니 是以難也로라 韋太郎[娘]曰 若有救援王師之意면 只以部下一將으로 管領十萬精師ᄒ며 發至戰線區域內면 有指揮行軍御史張沼ᄒ야 以單身留在於此ᄒ니 張御史는 乃朝廷之大臣이라 胸藏萬甲이로되 手無尺寸之兵ᄒ야 鬱鬱在此ᄒ니 願將軍은 幸勿歧貳ᄒ고 發兵援師면 功業은 全歸於將軍이어니와 若不從我言이면 五步之內에 劍氣成紅矣리니 將軍은 猛省ᄒ라 言絶에 拔八尺白鵝劍ᄒ니 霜光이 閃閃이라 總督이 乃應聲曰 豈不出師ᄒ야 救援王師ᄒ며 蕃屛國家리오 願使者는 勿慮ᄒ소셔 卽與韋太郎[娘]으로 共出練兵場ᄒ야 點起三萬勁騎ᄒ야 使其弟票騎將軍馬綽으로 率之ᄒ야 卽日起程ᄒ니 韋太郎[娘]이 導其前路ᄒ야 至天花寺洞口ᄒ니 韋太郎[娘]이 使駐其軍ᄒ고 入天花寺ᄒ니 張御史ㅣ 一見大喜ᄒ야 問其王師消息ᄒ되 韋太郎[娘]이 細述一遍ᄒ고 與御史로 往于西凉軍陣中ᄒ야 與馬綽相見ᄒ되 馬綽이 言于御史曰 鄙兄이 聞王師ㅣ 方在亥心ᄒ고 發勁騎三萬ᄒ야 使小將으로 領率以來나 然이나 及其坐作進退之權은 御史ㅣ 親統之ᄒ소셔 ᄒ고 乃以令箭으로 獻于御史ᄒ되 與將軍으로 共圖大事ㅣ 可矣니 願將軍은 努力建功ᄒ라 御史ㅣ 乃以令箭으로 號令軍中曰 我는 天朝行軍指揮御史張沼也오 此令箭은 卽西凉總督馬沼[紹]之號令也니 三軍은 毋敢違命ᄒ라 不用命者는 斬ᄒ리라 於是에 三軍이 肅然聽命이라 乃以馬綽으로 爲先鋒ᄒ고 韋太郎[娘]으로 爲遊擊將軍ᄒ고 自在中軍ᄒ야 卽向王師大寨而行ᄒ니 元帥之在亥心이 已過十二日이라 西蕃兵이 圍匝日急ᄒ고 厮殺日迫ᄒ야 直至中軍ᄒ야 方欲拿下元帥홀ᄉᆡ 元帥ㅣ 單身匹馬로 政欲出戰이나 軍心이 洶洶ᄒ야 方在時急이러니 忽從西南角上으로 雷霆이 轟震ᄒ고 風雲이 變色이라

60회분(1906. 6. 17)

　張御史ㅣ率生力兵三萬鐵騎ᄒᆞ고 猛打西南角ᄒᆞ야 潰其重圍일ᄉᆡ 前鋒馬綽은 有萬夫不當之勇이라 生得面如冠玉ᄒᆞ야 目若秋星ᄒᆞ고 眉如春山ᄒᆞ며 唇若抹朱ᄒᆞ야 悅恰似李元帥面貌而使一枝開山大斧ᄒᆞ고 坐下大宛桃花馬ᄒᆞ니 人如天神이오 馬似飛龍이라 馬綽이 當先揮斧ᄒᆞ야 左衝右突ᄒᆞ니 勢若巨靈之鑿山ᄒᆞ며 猩如五丁之通道ᄒᆞ야 西蕃兩將이 猛如虎獅者ㅣ全力向西南角抵敵이라가 大斧閃光에 紛紛若朽木腐草ᄒᆞ야 不過一時辰間에 打破西南角ᄒᆞ니 王師ㅣ知援兵在後ᄒᆞ고 雖飢餓困乏이나 一時鼓發ᄒᆞ야 奮力厮殺ᄒᆞ니 內外合攻ᄒᆞ야 殺得西蕃兵太半ᄒᆞ고 方救出李元帥ᄒᆞᆯᄉᆡ 李元帥ㅣ不知所向이라 張御史ㅣ與馬綽으로 開前奮力ᄒᆞ야 四尋李元帥ᄒᆞ니 元[原]來西蕃先鋒哈哈赤이 見李元帥ㅣ匹馬搦戰ᄒᆞ고 見其美貌ᄒᆞ야 知其女子ᄒᆞ고 十重圍住ᄒᆞ야 方督投降이어ᄂᆞᆯ 李元帥ㅣ仰天一嘆ᄒᆞ고 方欲拔劍自刎ᄒᆞᆯᄉᆡ 哈哈赤이 執臂挽止ᄒᆞ야 政在危急이러니 張御史ㅣ見西蕃兵重重圍住中에 大竿紅旗가 因風飛揚ᄒᆞᄃᆡ 瞥然見得分明是旗面上에 書着李字라 心知李元帥在此ᄒᆞ고 乃囑馬綽曰 天朝李元帥ᄂᆞᆫ 面貌如花ᄒᆞ야 與君恰似ᄒᆞ니 只救出元帥로 十分地住着精神ᄒᆞ야 無或疎忽ᄒᆞ라 若救元帥면 君有盖天之功이라 ᄒᆞᄃᆡ 馬綽이 點頭ᄒᆞ고 策馬揮斧ᄒᆞ야 突入重圍ᄒᆞ니 一蕃裝的黑面猩將이 執着玉顔的將軍이어ᄂᆞᆯ 心知是李元帥ᄒᆞ고 一斧朝天勢로 劈得哈哈赤腦門來ᄒᆞ야 分作符節樣二片身子어ᄂᆞᆯ 張御史ㅣ躍馬早入ᄒᆞ야 携出李元帥玉手ᄒᆞ니 李元帥暫見張御史神光ᄒᆞ고 十分羞赧ᄒᆞ야 未及開口에 張御史ㅣ以所乘馬로 讓與李元帥騎坐ᄒᆞ야 蜂擁

而歸于西涼州兵本部ᄒᆞ야 使之安神ᄒᆞ고 再與馬綽으로 追奔逐北ᄒᆞ야 突入猩猩山ᄒᆞ니 又得晁盖之生力兵一隊ᄒᆞ야 追至三十里에 蕃兵이 四散分潰어ᄂᆞᆯ 拿得蕃兵元帥ᄒᆞ야 梟首號令ᄒᆞ고 餘衆皆降이어ᄂᆞᆯ 乃解其武裝ᄒᆞ야 慰諭送解ᄒᆞ니 降者ㅣ 無不欣天喜地ᄒᆞ야 狼蹌歸國ᄒᆞ니 乃出榜安民ᄒᆞ고 勞來安集ᄒᆞ니 西郵ㅣ 悉平이라

61회분(1906. 6 20)

張御史ㅣ與馬綽으로 大獲勝捷ᄒᆞ고 歸于本部ᄒᆞ야 見李元帥曰 本職이 失行行軍指揮之責ᄒᆞ야 貽惱於元帥ᄒᆞ야 幾至良貝[狼狽]ᄒᆞ니 死罪萬萬이로다 元帥赧然曰 責在元帥라 何用多言이리오ᄒᆞ고 不與張御史對話ᄒᆞ고 乃向馬將軍曰 將軍이 義携援兵ᄒᆞ야 力救王師ᄒᆞ니 功盖天地로다 馬綽이 謝曰 少將이 奉阿兄之命ᄒᆞ고 赴援王師ᄒᆞ야 幸得勝捷ᄒᆞ니 一是國家之洪福이오 一是御史之忠心也니이다 元帥問曰 將軍之阿兄이 職在何官고 自國初封西凉總督ᄒᆞ야 世世襲爵ᄒᆞ고 奉藩臣之禮ᄒᆞ야 至于阿兄히 世受皇恩이니이다 元帥曰 將軍은 職在何官고 曰 現居票騎將軍이니 亦是皇朝受封時에 有一總督二都護六將軍之職ᄒᆞ야 爵이 叨參其一이니이다 元帥曰 將軍이 顔貌如玉ᄒᆞ야 政似女子로ᄃᆡ 有萬夫不當之勇ᄒᆞ니 豈非天下奇事리오 馬綽이 笑而答曰 少將이 見元帥神光이 有勝於少將十倍어ᄂᆞᆯ 胡爲乎反加賞讚乎잇가 元帥ㅣ 亦笑曰 吾知將軍이 有本領이로다 馬綽이 曰 少將이 生在西陲ᄒᆞ야 不見皇朝威儀ᄒᆞ니 願隨大軍ᄒᆞ야 拜瞻天光이 少將之願也니이다 元帥ㅣ 默然이어ᄂᆞᆯ 御史ㅣ 從傍曰 吾意亦欲與將軍으로 共歸皇朝로ᄃᆡ 但貴部兵을 無人統歸ᄒᆞ니 是可憫也로다 韋太郞[娘]이 進曰 貧

道 l 不才나 當率軍歸西凉ㅎ리이다 御史 l 大喜ㅎ야 一邊上表獻捷於天子일시 盛言韋太郞[娘]救援之功과 馬總督出兵之忠과 馬票騎勝捷之勞ㅎ야 落塵을 掃除ㅎ고 西陲가 悉平이라 ㅎ며 又言勞送援兵于西凉ㅎ며 從馬綽之願ㅎ야 同歸于天朝라ㅎ야 使左將軍楊萬으로 乘驛騎ㅎ야 報于朝廷ㅎ라ㅎ고 大設勝捷宴于古關練戎臺ㅎ야 牛酒金帛으로 大賜犒賞ㅎ니 西凉兵이 歡天喜地ㅎ야 蹈舞拜賀러라 乃使韋太郞[娘]으로 代馬總督令箭及張御史手旗ㅎ고 統率凉兵ㅎ야 先歸于西凉ㅎ야 見馬總督致謝ㅎ고 點附三萬精兵ㅎ니 無一人死傷者라 馬總督이 擧鞭呼萬歲曰 此는 天朝洪福이 及于藩服ㅎ야 掃淸氛祲ㅎ고 全師歸土ㅎ니 皇靈之攸曁也로다 韋太郞[娘]이 曰 張御史親到致謝로듸 凱旋方急ㅎ야 使本人으로 代領軍馬ㅎ야 送致貴藩ㅎ고 一邊捷報于天朝ㅎ야 論功爵賞이면 凌烟閣上에 必畵馬總督於第一位ㅎ리이다 總督이 大喜러라

62회분(1906. 6. 21)

方議凱旋班師일시 李元帥上表于天子曰 負罪臣李炯卿은 不察軍機ㅎ야 全師良貝[狼狽]ㅎ니 勢不可以守元帥之責 而當振旅之任이라 願陛下는 思諒ㅎ샤 遞任元帥ㅎ시고 伏臣鐵鉞焉ㅎ쇼셔 上이 覽畢에 下諭批曰 兵家勝敗는 不必爲咎니 卿其亟日班師ㅎ라 元帥 l 乃下令三軍ㅎ야 擇日班師ᄒᆞᆯ시 命晁盖之로 爲前軍ㅎ고 張御史로 爲中軍ㅎ고 元帥는 自當後隊ㅎ야 行至雍州界ㅎ니 忽有一大軍馬 l 欄住前路어ᄂᆞᆯ 爲首一員大將은 乃三秦總督司馬傑이라 元帥 l 乃命史廷芳으로 出戰ㅎ듸 史廷芳이 出馬陣前ㅎ야 擧鞭指曰 爾是朝廷命吏로 胡爲反拒王師오 司馬傑이 答曰 吾以世世三秦之將으로 樹立功勳

이로디 不賜公侯之爵ᄒᆞ고 如兒女輩를 乃授以大元帥職ᄒᆞ야 夷狄이 不服ᄒᆞ고 軍戎이 流血ᄒᆞ며 人民이 不安ᄒᆞ니 此朝廷之責也라 今使我諸士ᄒᆞ야 與汝決雌雄ᄒᆞ야 關中이 搖動이면 兩淮以北은 非明朝之所有也니 爾屑屑鞠一個變魔的女郞兒 ᄂᆞᆫ 授爾頭來ᄒᆞ라 廷芳이 大怒ᄒᆞ야 拔劍出馬ᄒᆞ야 直取司馬傑ᄒᆞ디 傑이 大笑曰 爾一個送死鬼라ᄒᆞ고 未合一戰에 傑有萬夫不當之力ᄒᆞ야 一刀로 斫廷芳爲兩段ᄒᆞ니 元帥見之大怒ᄒᆞ야 便拔劒出馬ᄒᆞ야 有欲對戰일시 馬綽이 從傍流星也似突出ᄒᆞ야 與司馬傑討話曰 爾做亂逆ᄒᆞ야 敢阻王師凱旋之路ᄒᆞ니 爾罪ㅣ 合受萬死라ᄒᆞ디 司馬傑이 笑曰 天命靡常이라 英傑이 豈無大志며 帝王이 豈有遺種이리오 孤ᄂᆞᆫ 養兵百萬이오 猛將如雲ᄒᆞ니 今日遐邇不服ᄒᆞ고 直向京師ᄒᆞ야 有澄淸天下之志ᄒᆞ니 笑爾西凉無名之小卒은 焉敢要弄고 馬綽이 大怒ᄒᆞ야 直取混戰ᄒᆞ야 至五六十合에 不分勝敗라 司馬傑이 暗暗喝采曰 彼年少貌美之口尙乳臭輩가 有十分本領ᄒᆞ야 與我鬪至於此ᄒᆞ니 奇材也로다ᄒᆞ고 更欲撤戰이어늘 元帥見司馬傑凶獰ᄒᆞ고 鳴金收軍ᄒᆞ고 商議必勝之責이러니 適韋太娘이 自西凉歸ᄒᆞ야 言于李元帥曰 司馬傑이 養兵多年에 有反據關中之志가 久矣라 今不可以全敗之卒로 得勝其生力之兵이오 且或連到西藩ᄒᆞ야 暗奮復讐之計면 恐是危機也니 元帥ᄂᆞᆫ 急擊之ᄒᆞ야 無至延久歲月ᄒᆞ야 養成根抵ᄒᆞ라 元帥ㅣ曰 此是得策이라ᄒᆞ고 是夕에 命麾下八將等分付曰 如此如此ᄒᆞ라ᄒᆞ고 命晁盖之等 十將軍으로 率精兵三千名守關隘曰 如此如此ᄒᆞ라 調發已定에 命胡唯春으로 大開陣前ᄒᆞ고 高噪而進ᄒᆞ니 自司馬軍中으로 應砲而出ᄒᆞᆯ시

63회분(1906. 6. 22)

却說 李元帥ㅣ聞韋太娘之言ㅎ고 乃下命軍中曰 今日賊來挑戰이어든 嚴守營壁ㅎ고 勿吹鼓角ㅎ고 盡偃旌旗ㅎ라 令先鋒曰 先鋒은 率部下兵ㅎ고 伏於左右壁ㅎ야 如此如此ㅎ라ㅎ고 第二中軍은 伏於老營ㅎ야 如此如此ㅎ라 第三後隊는 元帥ㅣ自率之ㅎ고 鼓鼓行出北路ㅎ야 向西凉進發ㅎ야 聲言求救於西凉總督이라ㅎ니 探馬飛報司馬傑ㅎ되 傑이 大笑曰 此去西凉이 五百里니 來往이 不下十五個日이라 我當於三日內에 拔下大營이면 關中이 歸於吾手也라 況西凉總督은 與我有雅ㅎ니 必不出兵應援ㅎ리라 ㅎ고 終酒快飮ㅎ야 不以爲意러라 元帥ㅣ行至二十里下寨ㅎ고 乃發精銃[銳]百騎ㅎ야 皆執短戟ㅎ고 盔盔一枝白羽ㅎ야 分別其色ㅎ고 悄悄潛行ㅎ야 伏於大營之東一里라 是也에 司馬傑이 謂部下將曰 吾聞李元帥는 向西冷[凉]求援去了ㅎ고 營陣이 懈怠ㅎ야 必無防備矣리니 今五更時分에 當襲擊之ㅎ리라 ㅎ고 乃開陣門ㅎ고 暗暗行軍ㅎ야 卽至王師陣前ㅎ니 鼓角不鳴ㅎ고 旌旗不揚이어늘 乃攻開關門ㅎ고 卽入第一營ㅎ니 四無人跡이라 驅至第二中軍ㅎ니 但燈燭輝煌이어늘 方知中計ㅎ고 卽欲回馬홀시 卽一聲砲響에 左有晁盖之 右有王萬歲二猛將이 率狙伏軍ㅎ고 一時突破ㅎ니 司馬軍이 大亂ㅎ야 自相踐踏이라 司馬傑이 只尋一條血路ㅎ야 方欲逃去러니 忽然揷白羽的騎兵一隊가 電的閃閃ㅎ야 雷的轟轟ㅎ며 霹靂的劈將來ㅎ니 司馬傑이 雖有拔山之力이나 無心戀戰ㅎ야 方欲自刎이어늘 李元帥部下精騎가 一手生擒ㅎ니 餘衆이 或逃或降이라 李元帥ㅣ歸于大寨ㅎ니 天色乃明이라 卽斬司馬傑ㅎ야 以頭로 巡于賊陣ㅎ니 亞將胡元春이 率部下兵十萬ㅎ고 歸降于王師어늘 李元帥ㅣ使王萬歲로

鎭撫之ᄒᆞ야 以觀其心服ᄒᆞ라ᄒᆞ고 卽日班師ᄒᆞ니 關中이 悉平이러라 王師ㅣ 多日에 一路無事ᄒᆞ야 歸于皇城ᄒᆞ되 上이 御南門ᄒᆞ샤 受羣臣朝賀ᄒᆞ시고 乃見出征壯士ᄒᆞᆯᄉᆡ 李元帥張御史以下 一般文武官員이 拜舞於上前ᄒᆞ되 上이 天顔有喜ᄒᆞ샤 乃宣御醞ᄒᆞ시며 大饋出征軍卒ᄒᆞ시고 上이 笑謂李元帥曰 卿은 可謂失之東隅오 收之桒[桑]楡로다 元帥ㅣ 謝曰

64회분(1906. 6. 23)

臣이 負罪如山ᄒᆞ오니 雖百身이나 何以贖之乎잇가 天子曰 關中之亂을 一鼓以平之ᄒᆞ니 非卿이면 何以建此功이리오 又謂張御史曰 卿以求救西凉이야 克平蕃兵ᄒᆞ니 所謂建宇宙之功이로다 張御史ㅣ 奏曰 臣이 有失軍期ᄒᆞ야 罪當萬死로되 特蒙元帥之恩ᄒᆞ야 戴罪寬恕로되 臣之去就가 十分郎當ᄒᆞ야 身寄孤寺러니 幸得韋太郎[娘]之力ᄒᆞ야 遊說馬紹ᄒᆞ야 乞援三萬精兵ᄒᆞ며 兼得馬綽之英勇ᄒᆞ야 平定禍亂ᄒᆞ니 非臣尺寸之功이라 一卽韋太郎[娘] 二卽馬紹오 三卽馬綽이니 非此三者면 西方이 危矣라 豈有今日君臣之相會之期哉잇가 願陛下ᄂᆞᆫ 論三者之爵賞ᄒᆞ야 畫之凌烟ᄒᆞ며 書之太○○史册ᄒᆞ야 垂不朽之光輝ᄒᆞ소셔 天子ㅣ 又謂韋太郎[娘]曰 仙官이 眷顧我邦ᄒᆞ야 樹萬世之勳ᄒᆞ니 感謝何極이리오 韋太郎[娘]이 拜謝曰 此是陛下之洪福이라 豈有於臣哉잇가 天子ㅣ 又謂馬綽曰 卿이 生長西陲ᄒᆞ야 圖報國家를 有若手足之捍頭目ᄒᆞ니 可謂麒麟閣上第一丹靑이로다 馬綽이 拜謝曰 臣이 豈敢伐功잇가 但仰瞻天光ᄒᆞ야 知至尊之貴ᄒᆞ오니 臣이 萬死無恨이로쇼이다 天子ㅣ 笑謂馬綽曰 爾顔이 如花ᄒᆞ니 男中一色이라 年少英勇이 何其俊邁ᄒᆞ야 破堅陣斬猛將ᄒᆞ며 潰重圍救元帥ᄒᆞ니 桓桓

之武와 洗洗之勇이 可謂鷹揚이라 忠貞勇略이 何其壯也오 馬綽이 奏曰 陛下ㅣ問臣ᄒᆞ시니 臣何欺敢[敢欺]罔天聰이리잇가 臣이 本非男子오 卽西凉總督馬紹之妹也러니 自兒時로 臣父ㅣ愛之甚摯ᄒᆞ야 換着男裝ᄒᆞ시고 敎以武事ᄒᆞ야 擊劒馳馬와 六韜三略을 敎育養成ᄒᆞ야 爲帳前校尉라가 從父出征ᄒᆞ야 每有斬將搴旗之功이러니 臣兄이 代父莅任ᄒᆞ야 以臣으로 充票騎之職ᄒᆞ야 至今從戎이로쇼이다 天子ㅣ大驚曰 爾年이 今幾何오 答曰 二十五歲로소이다 滿朝諸臣이 莫不驚愕失色이러라 天子ㅣ顧謂李元帥曰 馬綽이 不欺其君ᄒᆞ니 此豈非忠臣이리오 元帥面有紅痕ᄒᆞ야 方向奏曰 馬綽이 可謂女中英雅이로소이다 乃大設祝捷宴ᄒᆞ야 盡歡終日이라 天子ㅣ曰 如此慶宴에 豈無一詩ᄒᆞ야 以侑其紀念乎아

65회분(1906. 6. 24)

張御史ㅣ拜舞山呼ᄒᆞ야 先唱一樂章曰

皇威震四海ᄒᆞ니
西醜獻其馘이라
邊陬淨氛祲ᄒᆞ니
春風吹九域이라
一世無怨女ᄒᆞ니
欣欣有喜色이라
壯士投金戈ᄒᆞ니
聖恩涵萬國이라

天子ㅣ大加賞讚ᄒᆞ시니 韋太娘이 續唱一樂章曰

雲近蓬萊常五色ᄒᆞ니
太平天子朝元日이라
唱凱歸來齊獻賀ᄒᆞ니
和氣洋洋四海溢이라

馬綽이 起舞大武ᄒᆞ고 唱凱歌一章ᄒᆞ니 其歌에 曰

掃蚩尤兮어[여] 落旄頭로다
狼烟一晴兮여 海岱生秋로다
壯士歸來兮여 聖主無憂로다

羣臣諸將이 次第獻頌이로듸 獨李尙書ㅣ 凝立軒頭ᄒᆞ야 不發一聲ᄒᆞ니 天子ㅣ 問曰 卿은 胡不獻頌ᄒᆞ야 以助其樂고 李尙書ㅣ 奏曰 臣은 敗軍之將이라 只荷聖恩之如海ᄒᆞ야 姑容於覆載之間이어늘 何敢列其班綴ᄒᆞ야 唱頌樂章이잇가 天子ㅣ 慰諭曰 卿은 柱石之臣이라 與國民休戚이라 有何嫌抑之辭乎아 李尙書奏曰 臣之上表를 已經乙覽則臣之本領을 自有洞燭이라 不下批旨ᄒᆞ시고 使之西征ᄒᆞ시니 承命奔走라가 自致糊塗ᄒᆞ니 此臣之罪也라 十年從宦에 位極八座ᄒᆞ니 宜有大報之念而少無涓埃之効ᄒᆞ니 此臣之罪也오 臣이 掩匿踪跡ᄒᆞ야 欺罔聖上ᄒᆞ고 濫竊榮宦ᄒᆞ야 肆然無賴ᄒᆞ니 此臣之罪也오 陛下ㅣ 天高地卑ᄒᆞ샤 已諒臣事ᄒᆞ시고 期欲露出本色ᄒᆞ시되 臣이 一向抵賴ᄒᆞ야 出則兜盔在頭ᄒᆞ며 甲冑在身ᄒᆞ고 號令進退於萬軍之上ᄒᆞ며 入則垂紳正[玉]笏ᄒᆞ며 紆黃拖紫ᄒᆞ야 周旋升官於百僚之中ᄒᆞ니 此臣之罪也오 王師凱旋時에 擧朝同慶ᄒᆞ야 唱

頌獻賀에 臣獨緘口ᄒᆞ니 此臣之罪也오 臣이 天性猖狂ᄒᆞ야 不欲區區屑屑ᄒᆞ야 作兒女子之態ᄒᆞ니 此臣之罪也라 臣이 有此六罪ᄒᆞ니 罪不容於死라 臣自今日로 盡獻官爵ᄒᆞ오니 伏乞陛下ᄂᆞᆫ 收臣尙書封侯之爵ᄒᆞ시고 降之斧鉞ᄒᆞ사 置臣重辟이라 罪臣不敢辭오 天涵地育ᄒᆞ샤 恕臣罪狀ᄒᆞ시고 從臣所願ᄒᆞ사 逍遙自適於名山勝水之間이라가 以終餘年케ᄒᆞ시면 聖恩所賜라 罄臣蘊抱感懷ᄒᆞ야 一白於聖明之前ᄒᆞ오니 願陛下ᄂᆞᆫ 裁諒焉ᄒᆞ소셔 脫下冠冕朝服ᄒᆞ고 解去印綬符章ᄒᆞ야 跪伏於玉陛之下어ᄂᆞᆯ

66회분(1906. 6. 26)

上이 慰之曰 卿은 眞個女英雄이로다 古之女媧ㅣ爲帝王ᄒᆞ고 近之木蘭이 爲將軍ᄒᆞ니 女子之鍾出이 出勝於男子者ㅣ盖亦多矣로ᄃᆡ 女子之敎育이 近世無之ᄒᆞ야 不能作成人材ᄒᆞ야 爲公爲卿而輔弼邦國ᄒᆞ고 禁錮於閨門之內ᄒᆞ야 無是無非오 唯酒食是儀ᄒᆞ니 所以與男子로 無平等之權能者ᄂᆞᆫ 朕甚痛之ᄒᆞ노라 今卿以一女子로 入則爲八座之卿月ᄒᆞ고 出則爲萬軍之將星ᄒᆞ니 宇古宙今에 朕所初見이라 卿勿爲辭ᄒᆞ라 命陞殿上ᄒᆞ라 ᄒᆞ샤 玉手로 戴其冕ᄒᆞ시며 佩其印ᄒᆞ시고 命立於殿頭ᄒᆞ시고 乃命撤宴ᄒᆞ시고 特設大軍總督二府ᄒᆞ샤 令天下兵馬로 分屬於左右府ᄒᆞ고 令大司馬大將軍兵部尙書靑州候征西大元帥李炯卿으로 爲左府兵馬都總督ᄒᆞ시고 票騎將軍馬綽으로 爲副總督ᄒᆞ시고 韋太娘으로 爲總督府參謀長ᄒᆞ시고 洞庭月로 爲左將軍ᄒᆞ시고 [巫山雲으로 爲右將君ᄒᆞ야] 各賜印綬ᄒᆞ시며 特賜白旄黃鉞ᄒᆞ사 以專征伐케 ᄒᆞ시고 上이 親筆賜額於總督府ᄒᆞ사 曰 女英雄府라ᄒᆞ시니 李尙書等諸人이 肅

謝拜舞ㅎ며 上이 又命禮部尙書張沼로 爲右府兵馬都總督ㅎ시고 晁盖之로 爲副總督ㅎ시고 王千[萬]歲로 爲參謀長ㅎ시고 胡岳으로 爲左將軍ㅎ시고 楚定國으로 爲右將軍ㅎ시니 張尙書諸人이 肅謝拜舞ㅎ니 武備大振ㅎ고 軍畧盖律이러라 罷朝各退ㅎ야 李張兩總督이 歸于本府러라 李尙書ㅣ 猶有不樂之心ㅎ야 獨坐荷堂ㅎ야 沈吟良久러니 洞庭月巫山雲一班部下諸將이 適至어늘 李尙書ㅣ 置酒快斟ㅎ고 酒至半酣에 謂左右將軍曰 君等이 爲張氏說客ㅎ야 爲我結月姥之繩ㅎ야 熟心周旋을 吾已知悉이러니 今爲我同寮ㅎ니 幸勿爲媒妁之人이면 吾之大望也로다 兩人이 謝曰 詩云 有女懷春에 吉士誘之라ㅎ며 娶妻如之何오 匪媒不得이라ㅎ니 僕等이 未嘗得罪於公也ㅣ로다 尙書曰 不可爲罪나 然이나 己之不欲을 勿施於人이라ㅎ니 君等이 旣有所欲이면 何不自取之ㅎ고 竟欲施之於人耶아 窃爲二君不取也ㅎ노라

67회분(1906. 6. 27)

洞庭月巫山雲等은 面面相觀ㅎ고 齊聲共對曰 相公之所執이 如此ㅎ니 匹夫匹婦도 皆有自由之權이어늘 況相公은 功盖宇宙ㅎ고 名光國家ㅎ니 一生之自由을 豈不可擅便이리오 且下寮도 亦是女子一流라 豈無百年良配之思想이리오 是以周旋於其間ㅎ야 實欲附尾而致千里者로뒤 今相公이 旣有牢定ㅎ니 下寮等이 何敢生心호잇가 李尙書ㅣ 慰諭曰 君等之思想이 不出於惡意늠 吾所知也로뒤 但疾之以甚ㅎ니 吾所以有惡憾情也로다 乃進酒相歡ㅎ더니 已而오 有一綠衣人이 獻一書函이어늘 李尙書接視之ㅎ니 紅錦褓子에 裹着一玉簡ㅎ고 裏面에 書曰 張沼는 甲午三月十五日子時生이라 ㅎ얏거늘 李尙

書ㅣ見未畢에 勃然變色ᄒᆞ야 一手裂其簡ᄒᆞ고 拿下綠衣人ᄒᆞ야 猛打三十棍而逐出之어늘 洞庭月巫山雲이 在座見之ᄒᆞ고 不覺色變이라 李尙書ㅣ笑曰 君等이 見我處事가 出於暴疏ᄒᆞ니 心懷不安乎아 張業畜이 與我同意同榜이오 位共八座ᄒᆞ니 應知我之所操也어늘 尙有不良之心ᄒᆞ야 辱我戱我가 若此已甚ᄒᆞ니 我ㅣ誓不與共立於此天之下라ᄒᆞ고 乃決心上表ᄒᆞ야 辭職而歸于杜泉이라 ᄒᆞ더라 洞庭月이 與巫山雲으로 言于李尙書曰 張尙書ㅣ不知尙書之心而然이니 下寮等이 當往言于張尙書ᄒᆞ야 使之更不若是慾慁之意로 快絶其戀戀不忘之意ᄒᆞ리니 願相公은 息怒ᄒᆞ쇼셔 李尙書ㅣ怒氣未解曰 我是女子로 欺着一世가 已至十餘年이라 今雖露出本色이나 我ㅣ誓不行女子之事ᄂᆞᆫ 吾所盟天誓神이어늘 何處에 豈無女子리오 張也ㅣ期欲侮慢ᄒᆞ니 此非我仇敵而何也오 我誓不與此業畜으로 共生이로다 言未畢 天子ㅣ送使臣持節至ᄒᆞ야 召李尙書詣闕이라 ᄒᆞ야ᄂᆞᆯ 李尙書ㅣ卽着朝衣ᄒᆞ고 不俟駕而入于鳳闕ᄒᆞ니 天子ㅣ御木和樓ᄒᆞ시고 問李尙書曰 朕이 昨日에 有疑難處ᄒᆞ야 質于卿ᄒᆞ노니 卿其實對ᄒᆞ라 周易上篇首에 乾坤ᄒᆞ며 詩傳周南首에 關雎ᄂᆞᆫ 何意也오 李炯卿이 對曰 乾坤은 陰陽之合也오 關雎ᄂᆞᆫ 夫婦之端也니 天理人事가 豈無相合之理乎잇가

68회분(1906. 6. 30)

天子ㅣ曰 陰陽이 不相合ᄒᆞ고 夫婦ㅣ不造端이면 何如也오 李尙書對曰 天地相交에 萬物이 化淳ᄒᆞ고 男女**搆**精에 萬物이 化生이라ᄒᆞ니 陰陽이 不相合이면 萬物이 不化淳이오 男女ㅣ不**搆**精이면 萬物이 不能化生이니이다 天子ㅣ曰 陰陽

之理가 旣爲如此ᄒᆞ니 男女之不欲嫁娶는 何也오 李尙書ㅣ對曰 陛下ㅣ以臣之不欲嫁로 淸問이 下及於此ᄒᆞ시니 此臣所以悚慄而不敢對也로되 至於微臣ᄒᆞ야는 形質이 雖爲女子나 心智는 頗有固執ᄒᆞ야 不欲區區而執女子之役ᄒᆞ니 臣是一個人所操라 昔者觀世音菩薩이 現出女子之身而不曾嫁於人ᄒᆞ고 女嵒[媧]氏가 亦未聞嫁於人ᄒᆞ니 古昔聖人도 已有行之者라 設使臣으로 塗粉抹黛ᄒᆞ고 換着巾幗ᄒᆞ야 屑屑於閨門之內ᄒᆞ야 守其兒女子之悲態면 於陛下에 有何所益이며 於國家에 有何所補乎잇가 此臣所以不能解也어늘 竊想陛下之淵衷컨되 一心慥慥ᄒᆞ야 以臣一人으로 期欲張家婢妾케ᄒᆞ시니 臣雖不材나 位躋公卿이라 一朝而從嫁於他人이면 一則汚辱朝廷之體面이오 二則卑屈小臣之志操也니 陛下之聖意를 誠未可揣見也로소이다 願陛下는 解臣官爵ᄒᆞ야 以存朝廷之體面ᄒᆞ시고 許臣勇退ᄒᆞ야 以順小臣之志操ᄒᆞ시면 誠爲國家萬幸也로소이다 天子曰 朕志已定ᄒᆞ야 不欲解卿之官爵ᄒᆞ니 卿勿多言ᄒᆞ라 李尙書奏曰 然則不解官爵而留之朝端ᄒᆞ시고 從嫁於人而使之屈志ᄒᆞ시니 此는 勢不兩立이라 臣之所願은 不從于官ᄒᆞ며 不嫁于人ᄒᆞ야 永絶塵寰ᄒᆞ고 入道仙區ᄒᆞ야 以終天年이 臣之志願也니 陛下如不從臣ᄒᆞ시면 臣當自裁ᄒᆞ야 不在人間이 是臣之決意也니 願陛下는 亟降旨意ᄒᆞ샤 使臣得正焉케ᄒᆞ시면 上天雨露之恩이 於臣優渥也니이다 上이 揣知李尙書之堅執이 牢若金石ᄒᆞ야 必不可回ᄒᆞ고 乃曰 朕이 更不言從嫁之意ᄒᆞ리니 卿은 勿辭官爵ᄒᆞ고 留於朝廷之上ᄒᆞ라 尙書ㅣ奏曰 聖意ㅣ如此ᄒᆞ시면 實是萬幸이니 願陛下는 特降黃麻ᄒᆞ샤 明示其意於天下ᄒᆞ쇼셔 天子ㅣ乃降詔書曰 朕更不言李炯卿從嫁之事矣요 李炯卿之官爵은 不可從其願而解之니 咸須知悉

499

호라 李尙書ㅣ肅謝而退호더라

69회분(1906. 7. 1)

天子ㅣ出送李尙書호시고 召張尙書호사 笑曰 李炯卿之固執이 以死自處호니 不可遽回其心이라 然則卿之事勢를 朕甚代憫호노라 夫婚嫁는 人倫之大者라 卿이 年今三十에 尙妓未娶호니 雖不失於古聖人之訓이나 人倫大事는 雖匹夫匹婦라도 猶有其配어늘 卿以宰相元勳으로 功盖天下호야 尙無室家之樂호니 豈非朝廷之大羞恥耶아 朕이 少頃에 派送使臣于卿府호리니 卿은 歸府而待之호라 張尙書ㅣ鞠躬而出이러라 天子有一女호시니 名은 玉英이오 芳年은 十八이오 徽号는 春溫公主라 尙未下嫁호시고 極擇羣臣中英雄姿品者호야 以定百年之佳約호시고 公主ㅣ容貌如玉호며 閫範淑德이 冠于六宮호시며 卓然有英豪之風호샤 博通經史호시며 和諧音律호샤 千古帝王之得失과 一代人物之淑慝을 無不聞畜호시니 可謂一個女英雄니러라 上이 入于內殿호샤 今日에 得駙馬之材호니 當下嫁春溫이 得其人이로다 皇后陛下問曰 何人也잇고 上曰 今禮部尙書張沼로이다 皇后ㅣ大喜曰 其人之英豪를 聞已久矣어늘 何以尙今不娶也이오 如其不娶면 何幸如之니잇고 願陛下는 特垂聖衷호샤 擇定駙馬호소셔 上이 聞皇后之言호시고 不勝喜悅호샤 出於太極殿호샤 受羣臣朝호시고 特命吏部尙書李九成으로 爲公主通婚正使호시고 禮部侍郞元邦民으로 爲副使호야 差送于張沼府中호샤 欽傳勅旨호딕 張沼ㅣ謝恩肅謝호고 謹遵皇命호오리다 正使ㅣ復命于天子호딕 天子ㅣ大喜호샤 命擇吉日호시고 命設儀禮廳호샤 亟日擧行호라 호시고 副使로 副提擧호야 監董其儀節호라 호시니 奉

命奔走ㅎ야 太史] 自欽大[天]監으로 擇呈吉日ㅎ시니 卽九月 十五日이라 乃定沁園于儀賓之東ㅎ야 大築公主宮ㅎ라 ㅎ시 니 百工이 董役ㅎ야 罔夜擧行이러라 却說 春溫公主聞定婚于 張沼ㅎ고 乃上表于天子ㅎ니 其表에 曰

70회분(1906. 7. 3)

臣春溫公主玉英은 謹頓首百拜上表于父皇陛下ㅎ노이다 臣은 聞陛下] 昨送領善正使于禮部尙書張沼府ㅎ야 許臣以 下嫁之意ㅎ시고 擇日成禮云ㅎ니 臣이 聞不勝惶悚罔措로쇼 이다 張沼는 朝廷大臣이오 國家之元勳이라 自年少時로 已與 李炯卿有意ㅎ야 終始鷄肋[肋]이 尙今不解ㅎ니 乘其間隙ㅎ야 許臣下嫁는 何也니잇고 陛下] 已爲洞燭無餘ㅎ야 欲爲和衷 [衷]而不得也어시늘 何以至於此也니잇고 此臣所以誓死而不 從命也니 願陛下는 乞寢成命焉ㅎ소셔 臣이 老死宮闕ㅎ야 不 欲屈辱於人間也로소이다

上이 覽表大驚ㅎ야 親入內殿ㅎ야 與皇后議ㅎ시고 召春 溫公主慰諭曰 見公主之上表ㅎ니 何其不解之甚也오 李炯卿 은 雖是女子나 不欲爲女子之事ㅎ니 不可强也어니와 至於公 主ㅎ야는 年至嫁期ㅎ고 且張沼之爲人이 可謂天生配匹也니 公主之下嫁가 有何不可乎아 公主曰 臣爲女子ㅎ야 從嫁于人 은 李炯卿與小臣이 俱爲一般也오 身爲女子而固執其意ㅎ야 不欲從嫁于人은 臣與李형[炯]卿으로 亦是一般也니 陛下何爲 而順李炯卿之志而奪臣之所執也잇가 上이 再三解諭ㅎ샤되 一直不解어늘 上이 有不懌色而出이어시늘 公主] 再上表于 天子ㅎ니 其表에 曰

臣春溫公主는 日昨上表ᄒᆞ야 陛下不從ᄒᆞ시니 臣이 悚惶凜震ᄒᆞ야 再三反思則陛下之許臣下嫁于張沼는 陛下ㅣ已行之事也오 小臣已許之嫁也니 今不可寢其成命은 猛然覺得이어니와 臣有一願ᄒᆞ니 陛下ㅣ不從此願ᄒᆞ시면 臣이 誓不嫁人ᄒᆞ고 老死宮中이오니 臣之所願은 非他라 李炯卿은 雖誓不許嫁라도 卽張沼之家室也라 今以李炯卿으로 爲張沼之元室ᄒᆞ고 以臣으로 爲其副ᄒᆞ시면 臣必從之어니와 不然이면 臣亦執志已堅ᄒᆞ니 願陛下는 澄省焉ᄒᆞ소셔

上이 覽表ᄒᆞ시고 深爲憂慮ᄒᆞ샤 公主之志을 亦爲堅執ᄒᆞ니 何以爲之則歸于順且正耶아 元老大臣范雲이 進曰 陛下召李炯卿ᄒᆞ사 諭之公主不嫁之意ᄒᆞ시면 李必興感而從之矣리니 願陛下는 亟召李炯卿ᄒᆞ소셔 上이 乃使中郎으로 召李炯卿ᄒᆞ라 ᄒᆞ시니 李炯卿이 知其意ᄒᆞ고 乃稱病不進于闕이어늘

71회분(1906. 7. 4)

天子ㅣ聞李炯卿稱病不進ᄒᆞ고 下問于范元老曰 炯卿이 不至ᄒᆞ니 爲之奈何오 元老ㅣ奏曰 炯卿이 必有承召入對之日矣니 姑待數日ᄒᆞ야 如其不入이어든 使臣委問ᄒᆞ시면 臣이 有遊說之道ᄒᆞ니 使炯卿으로 如其不回心이어든 使臣老妻로 慰解其心ᄒᆞ야 期圖歸順케ᄒᆞ리이다 臣의 老妻林氏는 卽古侍郎之戚妹라 李炯卿幼時에 特爲鐘愛러니 路分湖海ᄒᆞ야 恒切愛憐이오니 老臣은 以位言之ᄒᆞ고 老妻는 以情言之면 炯卿이 必無相距之理ᄒᆞ옵고 且玉主婚期在邇에 玉主之上表가 辭氣光名ᄒᆞ고 事理正大ᄒᆞ니 玉主도 不能避一使之約이오 況炯卿은

相持十餘年에 兼有通婚之簡書乎잇가 李若不露本色則已어
니와 到今事體가 豈有永永反對之理乎잇가 願陛下는 勿勞聖
慮ᄒᆞ소서 天子ㅣ 大喜ᄒᆞ샤 又問范元老曰 卿이 奉朕命而去乎
아 卿以私意言之乎아 元老ㅣ 奏曰 向日李炯卿이 違反聖旨ᄒᆞ
샤 賜以手勅ᄒᆞ시니 今不可更言其事라 臣이 唯以玉主上表之
意로 私言于炯卿ᄒᆞ리이다 天子ㅣ 然之ᄒᆞ샤 目送范元老ᄒᆞ시
더라 元老ㅣ 促駕ᄒᆞ야 卽向李府ᄒᆞ야 請見李尙書ᄒᆞᆫ딕 李尙書
ㅣ已知說客來ᄒᆞ고 邀接于後園牧丹樓ᄒᆞ니 時에 牧丹盛開라
尙書ㅣ 敬邀元老ᄒᆞ야 叙寒喧畢에 范元老ㅣ 指牧丹曰 此花는
名稱花中王이라 擅洛陽之富貴ᄒᆞ고 得一時之榮華로딕 但所
恨者는 無種子耳라 天下에 寧稱是花리오 尙書曰 此花가 冠
于一世者는 無種子故耳라 若梯[稊]稗之落種ᄒᆞ야 遍滿于阡陌
이면 豈以牧丹으로 爲花中王乎잇가 元老ㅣ 微揣其意ᄒᆞ고 乃
言曰 向者西征時에 請援之馬將軍이 卽聞非男子也라ᄒᆞ니 果
然乎잇가 曰然ᄒᆞ이다 元老曰 此豈非女子中英雄이리오 馬是
女子則無從嫁之意乎아 尙書曰 渠雖女子나 旣有英雄之品格
ᄒᆞ니 安能有區區屑屑之態乎잇가 元老ㅣ曰 古之祝融夫人은
雖南蠻人이나 有絶世英雄之材略이라 猶爲嫁于蠻王ᄒᆞ야 出
則斬將搴旗ᄒᆞ고 入則生男生女ᄒᆞ니 此는 得天倫之正理ᄒᆞ고
諧人道之英材어늘 以一女子之雄稱而不嫁면 比之於祝融夫
人인딘 豈不爲罪人乎아 尙書曰 人皆有所執意ᄒᆞ니 豈可無祝
融一般乎잇가 元老曰 雖有所執이나 善言相諭면 必有回悟之
道也어늘 不聽人言ᄒᆞ고 自意是執이면 豈曰人道乎아

72회분(1906. 7. 5)

尙書曰 設使馬絑으로 有從嫁之意라도 天下에 無可配之

英材면 肯爲碌碌於凡夫之手乎아 故로 馬綽所以不嫁者也니
이다 諺에 云 駿馬不騎痴漢者ㅣ 豈非此之謂乎리오 元老曰 暫
聞尙書之上表는 果何意也오 窃恐絶其天倫ᄒᆞ고 背其人理면
天下萬世예 必有其譏也일가 ᄒᆞ노라 尙書曰 父母在時에 已承
敎訓ᄒᆞ고 皇帝面前에 且蒙勅諭ᄒᆞ니 事旣從正歸決이라 抑豈
有絶天背人之罪也리오 元老曰 老夫는 與尙書로 有瓜葛之分
ᄒᆞ고 且有世守之交ᄒᆞ야 發此金石之言이오 非爲遊說也어늘
一直拒絶이 決非所望也로다 尙書ㅣ 謝之어늘 元老ㅣ 起身曰
更圖拜晤ᄒᆞ리라 尙書ㅣ 出門送之러니 已而오 一座彩轎에 率
雙叉鬟而來ᄒᆞ야 范元老夫人이 來到矣라ᄒᆞ되 尙書ㅣ 甚苦之
ᄒᆞ야 迎接于後園牧丹亭ᄒᆞ되 夫人이 雖老나 精神若秋水ᄒᆞ고
辭氣若肅霜이라 謂尙書曰 與君相見이 幾乎致十年이로다 尙
書太碩人在世時에 與我爲四寸戚이라 情若兄弟ᄒᆞ고 誼同家
庭이러니 不幸棄世에 今見尙書之儀形面目ᄒᆞ니 酷肖先夫人
ᄒᆞ야 不無昔日之感이로다 尙書ㅣ 從宦半世에 名冠宇宙ᄒᆞ니
以一女子身으로 已極過分이라 雖有所執之見ᄒᆞ야 欲守平生
之志는 竊恐太碩人이 不能瞑目於九泉矣리니 是所缺然也로
다 言訖에 淚下汕然이어늘 尙書는 雄心冷情이 殆若鷟牲男子
로되 至於此言ᄒᆞ야는 反動女子之態ᄒᆞ야 淚下汕然이라 含默
半晌에 言曰 夫人之訓이 不下於先慈之敎ᄒᆞ니 爲人子息者ㅣ
亦豈無感乎잇가마는 到今反覆이 決非人道니 不敢承敎也니
이다 夫人曰 今玉主定嫁에 上表乞旨ᄒᆞ야 不以李炯卿으로 爲
元室則誓死不嫁라ᄒᆞ니 此는 有害於體面也오 下有一男ᄒᆞ야
亦不得逆婚則畢竟爲兩個絶倫이니 此는 有損於情理也라 非
徒唯然이라 先人宗嗣는 從此永絶則是誰之罪也오 尙書ㅣ 聞
此一言ᄒᆞ고 大有悟意ᄒᆞ야 尋思半晌[餉]에 言曰 後生이 雖執

志不從인들 一男之不婚은 何也잇가 夫人曰 下賤平民도 亦不
得如是失序어늘 況喬木公卿之家에 遽失禮節ᄒᆞ야 貽笑於一
世乎아 此는 尙書ㅣ不思之甚也로다 尙書ㅣ謝曰 金石之訓을
非敢不受라 有所尋思ᄒᆞ니 更待數日ᄒᆞ야 進于門庭而仰達寸
衷ᄒᆞ리이다 夫人이 起身曰 君若幡然改悟면 豈非天道人理之
兩幸이리오

73회(1906. 7. 6)

李尙書ㅣ謝送范夫人ᄒᆞ고 杜門謝客ᄒᆞ고 尋思再三日 夫人
之言이 十分正大ᄒᆞ니 感人寸丹이라 理旣當然이오 語且明白
이로되 十年出世에 不奉天子之命이러니 今若屈志從人이면
不免爲天下誚오 且張氏之事가 刻心憤怒ᄒᆞ니 豈可奉巾櫛於
其門乎아 不若削髮爲僧ᄒᆞ야 不在人間이라ᄒᆞ고 乃決心自誓
ᄒᆞ야 以家內事로 囑托於男弟ᄒᆞ고 再三丁寧曰 商量身世ᄒᆞ니
不可處於人世之上이라 吾之去就는 不必言也오 爾當婚娶於
高門淑女ᄒᆞ야 以承祖宗之祀ᄒᆞ고 不隆門戶之業이 可也니 千
萬珍重ᄒᆞ라 但未見爾之宜室宜家ᄒᆞ니 是所恨也로되 吾身이
不可一時久留니 爾修學業ᄒᆞ야 不忘先訓이 是所泰○○○之
望也로다 言訖에 一匹靑驢와 一個短鍾[錫]으로 方欲出門이
라가 更思去就를 不可不明白이라ᄒᆞ고 治一道章ᄒᆞ야 上于
天子ᄒᆞ며 又書一角書札ᄒᆞ야 送于范閣老夫人ᄒᆞ고 直爲發行
ᄒᆞ야 向龍門山去了ᄒᆞ니라 李尙書上表를 天子覽之ᄒᆞ시니 其
表에 曰

金紫光祿大夫兵部尙書兼大司馬大將軍靑州候管左府兵
馬大都督兼任文淵閣太學士經筵日講官紫金魚袋錄征南一等

勳臣李炯卿은 百拜上表于皇帝陛下ᄒᆞ노이다 臣이 以陰變陽ᄒᆞ며 以女幻男ᄒᆞ야 欺蔽天聰ᄒᆞ며 濫叨榮職ᄒᆞ야 要弄一世ᄒᆞ니 臣之罪惡貫盈에 神人必憤이라 臣不敢寄留人世ᄒᆞ야 企圖僥倖이라 故로 臣今周遊海嶽ᄒᆞ야 托跡方外ᄒᆞ야 浩然長逝에 永辭人世ᄒᆞ오니 伏願陛下ᄂᆞᆫ 收臣官爵ᄒᆞ야 永削臣籍ᄒᆞ샤 副臣冒死之願ᄒᆞ소셔

天子ㅣ 覽畢에 浩然一嘆ᄒᆞ시고 卽召范閣老ᄒᆞ샤 議其事ᄒᆞ시니 范閣老ㅣ 奏曰 日前 臣의 老妻ㅣ 往見李炯卿ᄒᆞ고 說畫利害之勢와 明白之理ᄒᆞ니 炯卿이 若有回悟之心이러니 今朝에 送一函于老妻라 故로 臣이 袖其書函ᄒᆞ고 欲閱聖鑑ᄒᆞ오니 願陛下ᄂᆞᆫ 一覽ᄒᆞ소셔 天子ㅣ 見之ᄒᆞ시고 問于元老曰 炯卿之志ᄅᆞᆯ 已決ᄒᆞ니 不可回也로다 元老曰 此臣意量이 非凡人所可窺也ㅣ니 行止ᄅᆞᆯ 不可力挽이라 從其所願ᄒᆞ야 先收其軍國重任ᄒᆞ시고 只帶文任候爵ᄒᆞ샤 第觀其下回ᄒᆞ소셔 已而오 秘書監이 奏曰 兵部侍郎이 齎李炯卿印信符章ᄒᆞ야 納于本部이니이다 天子憮然하시더라

제7회

靑州候雲遊龍門山　玉公主書送虎禪師

74회분(1906. 7. 7)

李尙書ㅣ東出都門ᄒᆞ야 幅巾靑袍로 縱轡徐行ᄒᆞ야 左右顧眄ᄒᆞ니 綠陰芳草와 麥風槐薰에 爽然若脫其羈絆ᄒᆞ야 玉堂金馬와 靑雲黃閣이 杳然如在天上이라 行行至龍門山ᄒᆞ니 千岩競秀ᄒᆞ고 萬壑爭流ᄒᆞ야 依然若有歡迎之色ᄒᆞ니 尙書ㅣ欣然如有所得ᄒᆞ야 左顧右眄에 應接不暇라 此山中峯에 有一座龍光寺ᄒᆞ니 千年盖造的大刹이라 結構가 壯麗宏闊ᄒᆞ고 僧徒가 至數千이라 名稱中國佛家之祖宗이라ᄒᆞ니 尙書ㅣ喚住持僧ᄒᆞ야 問其名ᄒᆞᆫᄃᆡ 曰龍雲和尙이라 年可七十이오 自[白]眉寸餘니 若有精進之法氣러라 尙書ㅣ問曰 晩生이 欲以長老로 爲恩師ᄒᆞ노니 乞垂大慈悲ᄒᆞ소셔 和尙이 禮畢에 欠身答曰 小僧이 暫見相字ᄒᆞ니 年少相公이 富貴在後ᄒᆞ고 功名在前ᄒᆞ니 若非三公六卿이면 卽是六軍元帥라 小僧肉眼이 雖無慧光이ᄂᆞ 一見에 可以識破라 相公은 何出此言이니잇고 尙書ㅣ笑曰 晩生이 幼無父母ᄒᆞ고 長無室家ᄒᆞ야 孤單栖屑이 莫此爲甚이어늘 胡爲乎出將入相云耶아 長老之戱人이 豈非太過오 和尙曰 相公이 有法界之緣ᄒᆞ시니 寄身於此ᄒᆞ시면 不過百日에 必復出人間矣리니 相公은 安心ᄒᆞ소셔 乃進茶方丈ᄒᆞ고 別擇精造書室一座ᄒᆞ야 爲寄宿處所ᄒᆞ니 此書室은 名曰心香齋라 深在名山麗水之傍ᄒᆞ니 可謂曲逕通幽處에 禪房花木深이러라 尙書ㅣ乃留下一宿ᄒᆞ니 雲山萬疊이오 淨土一夢이라 人間何處

오 五雲蓬萊는 如在九天이오 三宿桑門은 便属後生ᄒᆞ니 喟然
一嘆曰 浮生本色이 果如此矣로다 乃携一錫ᄒᆞ고 拿短僮携壺
ᄒᆞ야 周覽一寺ᄒᆞ고 登陟名山ᄒᆞ야 舒暢心懷ᄒᆞ야 盡日休憩于
松下ᄒᆞ니 白雲丹霞는 圍繞衣巾ᄒᆞ고 萬塵俱息흔데 但松聲鳥
聲流水聲而已러라 倒壺酩酊ᄒᆞ고 擧筆品題ᄒᆞ야 竟日而歸ᄒᆞ
니 鍾磬이 自發ᄒᆞ고 夕氣澄淸이라 不覺悠然有懷ᄒᆞ야 坐誦蓮
花偈ᄒᆞ고 洗磨萬緣이러니 和尙이 進夕餐이어늘

75회분(1906. 7. 8)

李尙書ㅣ 進夕餐訖에 就寢於蒲團上이러니 忽俱朝服ᄒᆞ고
玉佩金笏로 騰騰於五雲之中ᄒᆞ야 登九級黃陛ᄒᆞ니 見得玉皇
이 御于玉榻ᄒᆞ사 招李尙書前ᄒᆞ라ᄒᆞ시고 諄諄慰諭曰 爾不記
前生之事乎아 爾是太乙星君이라 與天乙星君으로 有花下之
戲ᄒᆞ야 俱遭天譴ᄒᆞ야 降天乙爲男ᄒᆞ니 張沼是也오 降太乙爲
女ᄒᆞ니 李炯卿이 是也니 天上配匹이오 人間夫婦어늘 汝固執
心志ᄒᆞ야 背棄天命ᄒᆞ니 氣數之所使에 汝何能力拒耶아 汝當
回心ᄒᆞ고 速出人間ᄒᆞ야 與張沼로 成百年之約ᄒᆞ라 況少微紫
微等一班星君이 皆參其案ᄒᆞ야 與爾로 共受平生之樂ᄒᆞ리라
尙書ㅣ 鞠躬而出ᄒᆞ야 纔移數步에 輒欠伸而覺ᄒᆞ니 乃南柯一
夢이라 精神이 惶惶ᄒᆞ야 竹窓繩床에 心淸骨冷ᄒᆞ야 轉輾推思
平生事ᄒᆞ니 亦是一夢中이라 又思後半生事ᄒᆞ니 身邊巾幗과
頭上花冠으로 畵黛淺深ᄒᆞ고 承順服從ᄒᆞ야 夫君之言을 如聞
獅子吼ᄒᆞ며 自己之態를 如守籠中鸚ᄒᆞ야 區區屑屑不可爲顔
色이니 此將奈何오 天意人心이 俱以我屈志事人으로 爲一般
指針ᄒᆞ니 此是吾身數也니 奈何오 千思萬量에 更不着睡러니
已而오 東方이 旣曙ᄒᆞ고 旭日方升이라 方洗櫛畢에 忽聞山門

外에 有一官人이 至ᄒ야 前呵後擁ᄒ며 車馬喧聞이어늘 諸僧이 奔走出迎ᄒ야 問大官人行駕是何處來臨이니잇고 皁隷喝道欽差使臣이 奉天子命ᄒ고 來臨此寺ᄒ시니 掃除丈室ᄒ고 敬邀行駕ᄒ라 威如秋霜이어늘 山僧이 驚懼ᄒ야 迎接使駕ᄒ야 安處於方丈中進茶러니 大官人이 問住持僧曰 此寺에 有兵部尙書行次否아 住持僧이 答道不見兵部尙書行駕오 只有一位少年相公이 幅巾野服으로 乘靑驢而留宿寺中이니이다 大官人이 現住何處오 住僧曰 別定一舘於心香齋中이니이다 大官人이 命住僧引導至心香齋ᄒ야 望見其少年相公ᄒ고 敬退方丈ᄒ야 乃具朝服ᄒ고 奉玉函ᄒ야 進于那少年相公ᄒᆫ딕 山僧一夥件이 見之大驚曰 少年相公이 果兵部尙書李炯卿也로다 名望이 盈溢宇宙러니 何意來住於蕭寺寂滅之地也리오 大驚失色이러라 那官人이 跪奉玉函ᄒ야 進于尙書曰 欽奉天子之璽詔ᄒ야 進于閣下ᄒ노이다 尙書ㅣ乃再拜祇受於香案前ᄒ야 跪讀詔書ᄒ니 其全文에 曰

76회분(1906. 7. 10)
咨爾靑州候李炯卿아 朕不棄卿이어늘 卿何負朕ᄒ고 辭此帝城ᄒ야 遁彼佛舍오 唯卿은 卽日旋駕ᄒ라 唯朕은 加額憑軒ᄒ노라 朕不多言ᄒ노니 卿其深亮ᄒ라

尙書ㅣ見畢에 奉玉函于案上ᄒ고 謂飭使曰 明日에 修詔回上ᄒ야 使大人으로 復命於玉陛ᄒ리니 願大人은 今日共留山寺ᄒ야 半日談話가 未知高意에 何如오 飭使曰 君命이 至嚴ᄒ시고 使事ㅣ至敬ᄒ니 不可一日淹留이니다 尙書ㅣ曰 事體然矣나 山路驅馳에 恐有勞攘이니 消此半日ᄒ고 淸晨發軔

이 恐未違於使事也로다 飭使는 是誰也오 卽文淵閣翰林編修 王之龍是也니 以文章才士로 鳴於一世者라 來此靈區ᄒᆞ야 未嘗無逍遙暢懷之想이라 乃謝曰 閣下之盛意를 正難孤負ᄒᆞ니 留下一宿ᄒᆞ고 明曉登塗가 卽下寮之願也로소이다 尙書ㅣ 大喜ᄒᆞ야 乃命住持僧ᄒᆞ야 俱伊蒲饌ᄒᆞ라 ᄒᆞ고 與王翰林으로 共登寺後之錦峯山ᄒᆞ야 周覽一回ᄒᆞ니 那山은 高可千尺이오 四面圓滿ᄒᆞ야 恰如玉女揷花之容이라 奇石이 層層ᄒᆞ고 名花簇簇ᄒᆞ며 老松蒼檜와 丹桂翠竹이 掩映於左右ᄒᆞ고 靑猿白鶴과 紫燕黃鵠은 飛翔於上下ᄒᆞᄃᆡ 一道鳴泉이 從靈源流ᄒᆞ야 淙淙泠泠ᄒᆞ며 如玉磬金瑟이 淙琤於兩峯之間이라 乃隨其流而溯尋其源ᄒᆞ야 不覺步步玩賞ᄒᆞ야 口吟武夷山上有仙靈 山下寒流曲曲淸之句ᄒᆞ고 竿步登登ᄒᆞ니 千峰萬壑이 漸漸邃ᄒᆞ야 如龍蟠鳳飛라 尙書與翰林으로 忘機而進ᄒᆞ야 不覺行至幾里러니 山影이 蒼然ᄒᆞ야 天光이 欲暮라 猛驚日沈ᄒᆞ고 方欲旋步러니 忽見澗水中에 有一瓢子隨流而下어늘 尙書ㅣ 謂翰林曰 上源에 必有人家니 共借一宿ᄒᆞ고 明日下山이라도 亦爲未晩이니 高意如何오 翰林이 亦騷人韻士라 到此靈源ᄒᆞ야 安得無窮源之遐想이리오 謂尙書曰 縱欲下山이라도 日色已暮ᄒᆞ니 政宜尋眞於福地ᄒᆞ야 共結一宿之緣이로다 尙書ㅣ 大喜ᄒᆞ야 隨筇先後ᄒᆞ야 躡至九曲洞天ᄒᆞ니 天色이 已爲暝黑이라 更不能進步ᄒᆞ고 四顧彷徨이러니 忽見一線燈光이 照出深林間이어늘 相與大喜ᄒᆞ야 覓向燈光處ᄒᆞ니 忽一座山庄이라 叩其柴門ᄒᆞᄃᆡ 有一童子應門曰 尊客이 何至오

77회분(1906. 7. 11)

尙書曰 雲游四方이라가 適到于此ᄒᆞ니 願借一宿ᄒᆞ노라

童子曰 尊客이 莫是兵部尙書靑州候李炯卿乎아 尙書ㅣ大驚
曰 道童이 何能識得고 童子曰 師父ㅣ今日에 必有尊客某氏가
臨門이라ᄒᆞ기로 是以知之ᄒᆞ노이다 尙書曰 尊師ㅣ在堂이어
든 入告之ᄒᆞ라 童子曰 師父ㅣ使小子로 敬邀尊客ᄒᆞ시니 不必
再告오 願尊客은 臨于庄上ᄒᆞ소셔 尙書ㅣ與翰林으로 隨童子
而入ᄒᆞ야 左右顧眄ᄒᆞ니 花籬竹扉에 一笏茅茨가 極其蕭洒라
尙書ㅣ臨于階前ᄒᆞ니 有一位老人이 風彩丰秀ᄒᆞ고 鬚眉晧白
ᄒᆞ야 葛巾野服으로 降階相迎曰 太乙星君이 辱臨陋室ᄒᆞ시니
光輝蓬蓽이라 握手登堂ᄒᆞ야 叙賓主坐定에 尙書ㅣ敬叩其尊
師道號ᄒᆞᆫ디 老師曰 老夫ᄂᆞᆫ 自號元素道人이로이다 尙書ㅣ曰
俄聞貴价之言ᄒᆞ니 尊師ㅣ已識塵客入門ᄒᆞ시니 慧鑑이 何以
遠照乎잇가 老師曰 時夢太乙君이 降臨故로 是以知之라ᄒᆞ고
乃問王翰林曰 皇華使星이 遠辱敝庄ᄒᆞ니 光榮이 極矣로쇼이
다 翰林이 致敬曰 塵區凡夫가 得到仙界ᄒᆞ니 匪分光輝가 不
勝榮感이로이다 老師曰 翰林淸致가 豈可謂凡夫리오 於是에
童子ㅣ進茶果어ᄂᆞᆯ 尙書與翰林이 竟日飢渴ᄒᆞ야 啜茶一鍾ᄒᆞ
고 啖山果數顆ᄒᆞ니 不覺精神爽闊이라 老師ㅣ命童子로 導尊
客于竹樓上安歇ᄒᆞᆯᄉᆡ 竹樓ᄂᆞᆫ 在竹林深處ᄒᆞ니 尙書ᄂᆞᆫ 舍于
東樓ᄒᆞ고 翰林은 舍于西樓ᄒᆞ니 竹窓松榻에 神淸骨冷이라 是
也에 月色이 皎潔ᄒᆞ고 篁影滿地ᄒᆞᆫ데 山花ㅣ自落ᄒᆞ고 林禽이
不鳴이라 萬籟ㅣ俱寥ᄒᆞ고 三界淸淨이어ᄂᆞᆯ 翰林이 頗有詩思
ᄒᆞ야 乃吟曰

月下坐焚香 桂花同寂寂

이라 未得末句ᄒᆞ야 沈吟不寐어ᄂᆞᆯ 尙書ㅣ曰 翰林이 有詩

思乎아 翰林이 乃以實對ᄒᆞᆫ디 尙書ㅣ 應口輒足曰

癯鶴夢秋天 雲空萬里碧

翰林이 稱美三復이어늘 老師ㅣ 依筇ᄒᆞ야 立於木犀花下라가

78회분(1906. 7. 12)

問尙書曰 尊客이 悟眞矣로다 尙書曰 尊師ㅣ 深夜에 何以至於此地也오 老師ㅣ曰 月色이 政佳ᄒᆞ야 興復不淺이로라 尙書曰 尊師ㅣ 何以謂語眞乎잇가 老師曰 奔走宦海라가 有急流勇退之心ᄒᆞ니 此悟眞也오 周遊名山ᄒᆞ야 有逍遙之心ᄒᆞ니 此悟眞也오 吟弄明月ᄒᆞ야 有淸淨之心ᄒᆞ니 此悟眞也라 雖然이나 尊客이 不能悟前生己定之事ᄒᆞ니 此可歎也로다 尙書曰 晩生이 雖天賦殘劣이나 頗有一定不易之志ᄒᆞ야 誓死不回어늘 天意人情이 一齊動搖ᄒᆞ야 期欲不能守其本心케 ᄒᆞ니 未知匹夫匹婦之心을 若是可奪乎잇가 老師ㅣ笑曰 天數已定이라 豈可逆行이리오 但尊客之回心不回心은 老夫의 所未可知也로다 夜氣已深ᄒᆞ니 願尊客은 安歇ᄒᆞ라 尙書與翰林으로 各自就寢이라가 曉日已升이라 乃漱石洗流ᄒᆞ고 告別于老師ᄒᆞᆫ디 老師ㅣ 携筇ᄒᆞ고 出餞于洞天之口ᄒᆞ니 尙書與翰林으로 步出暢懷ᄒᆞ야 欣欣然 如有所得이러니 漸出溪山之外ᄒᆞ니 入山之時에 綠陰滿山ᄒᆞ고 黃鳥百囀이러니 出山之日에 春雪方消ᄒᆞ고 芳草新生ᄒᆞ며 楊柳輕黃ᄒᆞ고 桃杏欲綻이라 一夜之間에 想是經夏經秋ᄒᆞ고 送寒迎春이라 天歲遲遲ᄒᆞ고 人歲忙忙을 從此可知矣러라 翰林이 大懼ᄒᆞ야 罔知所措어늘 尙書ㅣ 乃修謝表

ㅎ야 拜送翰林ᄒᆞᆫ딕 翰林曰 相公이 旣不伴駕ᄒᆞ고 奉命經歲ᄒᆞ야 乃以一表奉呈이면 晚生之罪ᄂᆞᆫ 無所逃矣라 爲之何哉오 尙書ㅣ 笑曰 表文中에 舒盡入山之顚末ᄒᆞ니 翰林은 必不罹罪矣니 趁速旋駕ᄒᆞ라 翰林이 知無奈何ᄒᆞ고 乃促駕歸京ᄒᆞ야 復命於天子ᄒᆞᆫ딕 天子ㅣ 召對問之曰 爾以奉命使价로 不過五六日 回還之路에 經會閱歲ᄂᆞᆫ 何也오 翰林이 惶恐震凜ᄒᆞ야 俯伏天陛ᄒᆞ야 一一實對ᄒᆞᆫ딕 天子乃坼表覽之ᄒᆞ시니 表中奏辭가 亦爲符合이라 天子ㅣ 乃召范閣老ᄒᆞ샤 示之以表ᄒᆞ시고 又使王翰林一述ᄒᆞ라 ᄒᆞ시니 閣老ㅣ 聞之大驚曰 錦峯山이 素稱有神仙洞府라 ᄒᆞ더니 果然이로소이다 事甚荒唐이오나 亦可以謂一奇라 ᄒᆞ노이다 然이나 李炯卿이 終是固執ᄒᆞ야 不赴命召ᄒᆞ니 如之何則可也니잇고 天子ㅣ 笑曰 一女子之固執을 不可回也로다 從今以往으로 更不覓李炯卿ᄒᆞ야 從其所願케 ᄒᆞ리라 ᄒᆞ시더라 公主之婚期가 漸臻이어늘 公主ㅣ 亦堅執不回ᄒᆞ야 再三上表어늘 天子ㅣ 亦不允許ᄒᆞ시니 公主ㅣ 乃從容言于天子曰 臣이 欲一次訪覓其李炯卿ᄒᆞ야 若不能回其心이면 臣도 雲游方外ᄒᆞ야 不在人間이니 父皇陛下ᄂᆞᆫ 恕鑑情原ᄒᆞ소서

79회분(1906. 7. 13)

　　天子ㅣ 猶豫未決ᄒᆞ시고 召問范閣老曰 公主ㅣ 欲尋李炯卿ᄒᆞ야 若不能回心이면 渠亦不在人間이라ᄒᆞ니 奈何오 閣老ㅣ 曰 玉主ㅣ 遠遊山門은 必不可得이어니와 以臣所見으로ᄂᆞᆫ 致一函書札於李炯卿ᄒᆞ야 挽回其心이 恐是妙計일까 ᄒᆞ노이다 天子ㅣ 大喜ᄒᆞ샤 謂公主曰 汝不必遠適山林이니 宣送一札ᄒᆞ야 希其憾動心이면 似良策也로다 公主ㅣ 奏曰 李炯卿之心이 堅如金石ᄒᆞ야 質之天地ᄒᆞ고 誓之神明ᄒᆞ야 天子有命而不奉

ᄒ며 玉皇이 有夢而不信ᄒ고 一世人心이 擧皆力勸而不欲回悟ᄒ니 此可謂誓死自守라 豈可以一張書로 挽回其泰山不拔之志乎잇가 不如握手舒情ᄒ야 如其回心이면 幸莫幸也오 一直不從이면 臣亦決心이라 豈可碌碌於天地之間乎잇가 天子ㅣ 慰諭曰 先致一書ᄒ야 如其不從이면 面叙未晩이라 何憂之有리오 公主ㅣ 知其必不可得이로ᄃᆡ 父皇之命이 若是懇摯ᄒ시니 不敢拒逆ᄒ야 低聲奏曰 謹奉命矣리이다 ᄒ고 歸于寢所ᄒ야 展玉花箋ᄒ고 寫出一通ᄒ니 情理曲盡ᄒ야 滿幅林[淋]漓ᄒ니 可以感動天人이라 乃命宮娥月華子로 傳書于錦峯山龍光寺心香齋歇泊之李尙書라 ᄒ니 月華子ᄂᆫ 雖在宮中之一紫袖昭容이로ᄃᆡ 文識이 淵深ᄒ고 言辭如流ᄒ야 有說客之風焉이라 是日奉玉主命ᄒ고 齋有書函ᄒ고 率車馬僕從ᄒ고 開關至錦峯山之龍光寺ᄒ니 寺中諸僧이 聞女使臣之來到ᄒ고 莫不奔走歡迎이러라 月華子ㅣ 到心香齋ᄒ야 與李尙書로 叙禮坐定ᄒ야 寄呈公主手緘ᄒ니 李尙書ㅣ 惶恐ᄒ야 披閱其書未半에 忽聞白鶴이 알[戛]然淸唳ᄒ고 自南方而來ᄒ야 下于樓前이러니 有一仙人이 自葫蘆中出來ᄒ니 此是何人고 卽紫虛觀主左府參謀長韋太娘也라 尙書與月華子로 注目觀之라가 韋太娘이 晏然而入ᄒ야 施禮而言曰 天下萬事가 皆有所定이어늘 相公之一直執迷ᄂᆫ 竊爲不取也ᄒ노이다 今春溫公主ᄂᆫ 卽紫微星君前身으로 降爲萬歲皇命之貴玉主어늘 今致書於相公者ᄂᆫ 爲其人道而然也니 豈可執迷不悟ᄒ야 逆天命絶人倫而止哉잇가 願相公은 再思之ᄒ라 李尙書ㅣ 如醉方醒ᄒ며 如夢方覺ᄒ야 政在迷離間이러니 低聲一嘆曰 使一人之志로 不得立者ᄂᆫ 天耶아 鬼耶아 月華者ㅣ曰 相公은 聽此一言ᄒ쇼셔

80회분(1906. 7. 14)

韋太娘謂尙書曰 余聞春溫公主致書于相公云 其辭意가 何如오 尙書ㅣ 出公主書札ᄒᆞ야 示韋太娘曰 公主之書函을 願經一覽ᄒᆞ노라 韋太娘이 大讀之ᄒᆞ니 其書에 曰

春溫公主朱淑娘은 謹再拜致書于前大司馬大將軍兵部尙書靑州候李炯卿閣下ᄒᆞ노라 唯閣下與淑娘은 俱是女子身也로ᄃᆡ 閣下ᄂᆞᆫ 功勳이 盖世ᄒᆞ고 聲名이 振宇ᄒᆞ니 如淑娘者ᄂᆞᆫ 不可同日而齒也로ᄃᆡ 及其聲氣相應ᄒᆞ며 心志相愛ᄒᆞ야ᄂᆞᆫ 自然有芥珀磁鐵之相合者ᄒᆞ니 理之固然이라 且閣下ᄂᆞᆫ 有天地不拔之氣ᄒᆞ야 誓死而不屈辱於人은 志之所執이라 天子도 不可奪ᄒᆞ오 鬼神도 不可回니 如屑屑苟苟者의 所不可說也로ᄃᆡ 且聞張尙書ㅣ 有問名之約ᄒᆞ야 閣下ㅣ 雖不從이나 天下四海가 皆知李尙書ᄂᆞᆫ 爲張尙書之賢夫人이라 ᄒᆞ야ᄂᆞᆯ 閣下雖堅執이라도 千秋史筆에 必有諷刺矣리니 今不必呶呶多言이로다 唯薄命之淑娘은 父皇이 已許之以下嫁ᄒᆞ시니 今不可食言矣로ᄃᆡ 唯淑娘之情愿은 以閣下로 爲張門之元室 然後에야 淑娘이 亦可以從之矣라 不然이면 淑娘이 亦棄人間事ᄒᆞ고 願從嫦娥遊ᄒᆞ노니 唯此一事ᄂᆞᆫ 懸於閣下之手矣라 唯閣下ᄂᆞᆫ 勇斷一言ᄒᆞ야 快決我心ᄒᆞ소셔 書不盡言ᄒᆞ노니 乞降回音ᄒᆞ라 ᄒᆞ얏거ᄂᆞᆯ

韋太娘이 覽畢에 曰 天命을 不可逆矣오 人倫을 不可斁矣니 相公은 快決一言ᄒᆞ야 裁送答函이 未知如何오 尙書ㅣ 勃然曰 惟我已定之心을 不可强回라 天子之命을 旣不奉承이어ᄂᆞᆯ

以公主之書로 可以屈志乎아 體面이 豈有若是리오 韋太娘이
曰 此는 不然ᄒᆞ다 天子之命은 不可奉承이언정 至於公主之書
ᄒᆞ야는 非但閣下之平生所關이라 玉主之身世을 係於相公ᄒᆞ
니 此是人倫之大者오 人道之重者오 人情之不得不從者也니
願相公은 再思之ᄒᆞ라 尙書曰 吾之一身은 已許於國家ᄒᆞ니 又
不可再屈於張門이라 仙娘之前後勸告가 甚庸懇切이로되 炯
卿之志는 不可奪也니 勿復多言ᄒᆞ라 乃裁答書ᄒᆞᆯᄉᆡ 女使ㅣ進
曰 相公之言은 暫得聞焉ᄒᆞ니 不屈之志를 不可奪也로되 從玆
以往으로는 玉主之一身은 擔在相公身上ᄒᆞ니 其利害禍福을
相公이 自擔之ᄒᆞ라 尙書曰 玉主之一身을 吾何以擔着乎아 女
使曰 勢理之所然이라 相公이 何能不擔着乎리오 尙書ㅣ有不
豫色ᄒᆞ야 展玉硯ᄒᆞ야 書其答函ᄒᆞ야 付于女使曰 小人之志는
已定ᄒᆞ니 雖斧鉞在前이라도 無所懼焉이니 願使者는 回告于
玉主娘娘ᄒᆞ라

81회분(1906. 7. 15)

女使ㅣ歸告于公主ᄒᆞ고 呈其書函ᄒᆞᆫ듸 公主ㅣ披讀之ᄒᆞ니
其書에 曰

逋逃者李炯卿은 謹薰沐再拜ᄒᆞ야 上書于春溫公主邸下ᄒᆞ
노이다 夫男女는 陰陽之賦가 各殊ᄒᆞ고 婚嫁는 彛倫之常이
爲始ᄒᆞ니 男不可以不婚이오 女不可以不嫁라 故로 造端乎夫
婦라 ᄒᆞ시고 又夫婦는 二姓之合이오 萬福之源이라 ᄒᆞ얏고
又曰 有夫婦然後에 有父子ᄒᆞ고 有父子然後에 有君臣이라 ᄒᆞ
고 又曰 夫婦는 三綱之首也라 人倫이 從此而生이라 ᄒᆞ고 又
曰 關雎는 正家之始라 ᄒᆞ고 又曰 乾坤은 易之首라 ᄒᆞ고 又曰

內無怨女오 外無曠夫라 ᄒᆞ고 又曰 婚嫁를 毋失其時라 ᄒᆞ니 此皆古昔聖人之至訓也라 炯卿이 畧解古書ᄒᆞ야 非不知人倫之重과 聖訓之至也로ᄃᆡ 炯卿의 先父母在時에 特受其訓ᄒᆞ야 化男爲女ᄒᆞ야 出仕聖朝ᄒᆞ야 欺天欺人에 罪莫大矣로ᄃᆡ 一身之微를 已許於國家ᄒᆞ고 已從而許於人이면 是ᄂᆞᆫ 一身而二身也오 自幼至壯에 決心不變ᄒᆞ야 誓死竟守故로 天子勅諭而不奉旨ᄒᆞ며 上帝ㅣ夢諭而不承命ᄒᆞ며 神人이 咸力而不從言ᄒᆞ야 至于解印綬而逍遙倘佯於山川林壑之間ᄒᆞ야 欲將終其身矣라 今若中道改路ᄒᆞ고 幡然聽從이면 此ᄂᆞᆫ 一心而二心也니 爲人道者ㅣ豈忍乎此哉잇가 不承上帝之旨而承娘娘之旨면 是ᄂᆞᆫ 不有其天也오 不奉天子之命而奉娘娘之命이면 是ᄂᆞᆫ 不有其君也니 無天無君이면 是可曰人乎잇가 炯卿之志ᄂᆞᆫ 至於此矣라 娘娘邸下도 懿範淑德이 足以化邦國이오 藻鑑慧識이 足以化性情이시니 俯鑑炯卿之情狀이면 想必無今日之垂誨矣라 願娘娘은 勿以炯卿으로 留心ᄒᆞ시고 順皇帝陛下命ᄒᆞ야 剋期下嫁于張尙書ᄒᆞ사 受百年琴瑟之樂ᄒᆞ시고 垂後世子孫之福ᄒᆞ소셔 張尙書ᄂᆞᆫ 環顧一世之人物이 無出於其右者ᄒᆞ니 足以偕沁園之春光矣라 願娘娘은 下察虫蟻之性ᄒᆞ시고 恢弘金玉之心焉ᄒᆞ소셔 炯卿은 盟天盟地ᄒᆞ고 誓日誓月ᄒᆞ야 此生一世에 永不改心ᄒᆞ오니 唯娘娘邸下ᄂᆞᆫ 垂察焉ᄒᆞ소셔

公主ㅣ覽畢에 喟然嘆曰 炯卿은 可謂鐵心石腸이라 不可回也니 吾旣發言ᄒᆞ고 又不立言이면 豈非炯卿之罪人乎아 又 上表辭婚于兩殿陛下ᄒᆞᄃᆡ 天子與皇后ㅣ辛勤慰諭曰 女之固執은 與李炯卿之固執으로 大相不同이라 父母ㅣ命之어늘 有何歧論ᄒᆞ야 一請于炯卿 而炯卿이 不從이면 更不當留心者라

復何多言고

82회분(1906. 7. 17)

　公主ㅣ 知李炯卿之不可回心ㅎ고 兩殿之命이 融和如春ㅎ시니 無可奈何ㅎ야 謂昭容曰 吾之志氣가 不如李炯卿이 遠矣로다 昭容이 奏曰 玉主娘娘이 上承妊似[姒]之訓ㅎ시고 下有婉娩之德ㅎ시니 宜從兩殿之命ㅎ야 永享百年之樂이 此是順天理順人道之事也라 李炯卿이 雖有功於國家나 欺天欺人ㅎ고 自欺一身ㅎ니 是可謂志氣乎잇가 願娘娘은 勿以此人으로 爲模範ㅎ쇼셔 公主ㅣ 黙然이러라 日月이 荏苒ㅎ야 公主下嫁之吉日이 乃至ㅎ니 張尙書ㅣ 俱六禮親迎于沁園之鳳凰樓ㅎ니 公主는 一輪明月이 初升於海上이오 駙馬는 泰山高嶽이 巖巖而不可攀이라 大禮順成ㅎ고 雍雍和樂ㅎ니 兩殿이 大喜之ㅎ시고 張駙馬兩堂이 撫棗歡喜에 如恐不及이러라 公主ㅣ 事舅姑以孝ㅎ며 事駙馬以敬ㅎ고 御下寬以[怡]ㅎ며 撫衆以愛ㅎ니 一宮이 翕然如在春風和氣中이러라 駙馬ㅣ 娶公主以來로 兩殿이 鍾愛之ㅎ샤 恩寵無比ㅎ시니 自分感榮이 十分滿足이로딕 心中에 恒有李尙書思想ㅎ야 一念耿結이러라 天子ㅣ 一日에 謂范閣老曰 公主ㅣ 已嫁ㅎ고 駙馬ㅣ 已娶ㅎ니 能事ㅣ 畢矣라 小無障碍於李炯卿身上ㅎ니 李炯卿은 何不早歸ㅎ고 托跡山林乎아 朕之戀戀不忘이 無日少弛오 此國步ㅣ 多有艱虞ㅎ야 郡守ㅣ 貪虐ㅎ야 民不安堵ㅎ고 郡國有事ㅎ야 盜賊不息ㅎ니 地方制度를 政合改革ㅎ니 人口田結之調査와 守令臧否之黜陟이 爲今日急先務ㅎ니 任其職者는 非李炯卿伊[而誰]오 閣老ㅣ 奏曰 陛下之言이 至當ㅎ시니 願陛下는 亟日行之ㅎ쇼셔 天子乃會公卿ㅎ시고 議其地方改革事ㅎ딕 公卿이 可其議

어늘 乃曰 李炯卿은 特絶之才也라 朕欲試之ᄒᆞ노니 未知如何
오 公卿이 亦可其人ᄒᆞᆫ듸 上이 斷之ᄒᆞ사 乃以李炯卿으로 特
拜吏部尙書ᄒᆞ샤 命整理地方事務ᄒᆞ라 ᄒᆞ시고 特命秘書監丞
ᄒᆞ샤 降表召還ᄒᆞ시니 李尙書ㅣ 逍遙於山林之間ᄒᆞ야 念絶榮
塗러니 忽聞天宮之命이 降自天上이라 惶隕悚感ᄒᆞ야 卽日上
京師ᄒᆞ야 詣闕謝恩ᄒᆞᆫ듸 天子ㅣ 見之ᄒᆞ시고 十分歡喜ᄒᆞ샤 握
手慰諭ᄒᆞ신듸 尙書ㅣ 奏曰 臣이 歷仕半世에 圖報涓埃러니 至
今本色이 綻露ᄒᆞ야 威信이 不立ᄒᆞ야 羞愧之心이 先萌於心ᄒᆞ
니 何以臨於朝廷之上乎잇가 願陛下ᄂᆞᆫ 遞臣之職ᄒᆞ야 勿辱朝
廷焉ᄒᆞ소셔

83회분(1906. 7. 18)

天子ㅣ 曰 卿이 以世功勳으로 威信이 播于海內ᄒᆞ니 豈可
以本色으로 言之哉아 愼勿辭巽ᄒᆞ고 煥乃皇獻[軒]ᄒᆞ며 展乃
廟籌[主]ᄒᆞ야 補朕龍袞이면 有何撝謙이리오 李尙書ㅣ 奏曰
臣은 女子也오 非男子也니 陛下朝廷에 何嘗無一人男子而獨
取其女子乎잇가 臣은 不欲以女子之身으로 貽辱於陛下之朝
廷일가 ᄒᆞ노이다 天子ㅣ 撫[憮]然이러라 李尙書退出ᄒᆞ야 欲
上表乞解러니 適范閣老ㅣ 來訪이라 尙書ㅣ 叙畢에 陛下ㅣ 以
吏部之職으로 委於晩生ᄒᆞ시니 晩生은 一個無用見棄之物이
라 窃恐上紊朝綱下咈人情일가 ᄒᆞ노니 晩生이 方欲上表ᄒᆞ노
이다 范閣老曰 方今天下에 皆知尙書之名勳與功業이라 豈可
以辭之乎리오 亟爲膺命ᄒᆞ야 懋盡忠勤之責을 切切爲望ᄒᆞ노
라 尙書ㅣ 笑曰 閣下ᄂᆞᆫ 初以晩生으로 從嫁於張門이러니 若執
巾櫛於張門이련들 今日天宮之責任은 更委於何人乎아 閣老
ㅣ 曰 尙書ㅣ 旣委許身於國이라 ᄒᆞ야 竟不許身於張門이라 今

不從嫁而又不從宦이면 前日許身於國은 竟歸於何處乎아 夫人有至剛之氣然後에 可以立於天地로딕 能剛而不能柔면 此는 失其和也니 願尙書ㅣ는 勿以此深以爲慍호고 唯以柔剛으로 爲中正之道호라 尙書應承曰 晩生之一生心期는 唯以女子之身으로도 不出本色호고 事君以忠호며 報國以義호야 垂芳名於竹帛이러니 天子ㅣ期欲與張紹[沼]婚호시니 厚於紹[沼]而薄於炯卿이 何其如霄壤乎아 聖人之意는 亦以天倫으로 爲重호야 出於好生之德호시나 至於炯卿之身호야는 不可以立於世矣라 今番之行은 一瞻天光호고 且委托於家事於阿弟호고 永辭人間事耳라 閣老閣下도 從此永辭호노이다 閣老ㅣ入告于天子曰 炯卿決心不仕호니 願陛下는 從其所志호야 遞其尙書之職호소셔 天子ㅣ黙然無語러시니 已而오 李炯卿이 表章이 至어늘 乃許遞職호시니 李尙書ㅣ乃以家事로 委托於弟호고 乃入名山호야 不復留意於人世러라 天子ㅣ思李炯卿才德功業호시고 召其弟翰林學士李紹卿호샤 問娶妻與否호시딕 答曰 以炯卿之不婚으로 臣이 尙未娶室이로쇼이다 見其爲人이 仙風道骨이오 文章才藝가 冠於一世호니 可謂難兄而難弟矣러라 天子ㅣ入于內殿호샤 謂皇后曰 春溫은 旣爲得人而嫁之어니와 春淳公主ㅣ尙未下嫁호야 當以爲今見李炯卿之弟紹卿이 貌如玉麒麟호고 文章이 鴻于一世호니 可以下嫁春淳이라 호딕 皇后ㅣ大喜호시더라 春淳은 春溫之弟이니 年方二八이라 才德이 冠于宮闕이러라 乃命范閣老로 通婚使호샤 定婚于李翰林호딕 翰林이 惶恐謝恩이러라 乃擇吉日호시고 又定沁園于春溫公主府之同巷호야 屋角相接호고 華麗相擬호니 人謂之雙春園이러라 六禮順成에 相與和樂호야 一與春溫之於張駙馬焉이라

84회분(1906. 7.19)

　　張紹[沼]曰慶昌附[駙]馬都尉오 李紹卿曰文昌附[駙]馬都尉 니 文昌年紀가 雖不及慶昌이나 文章華譽는 太過於慶昌ᄒᆞ니 天子寵愛가 過於慶昌이러라 時値春三月이라 百花爭發ᄒᆞ야 春氣喧然이어늘 天子ㅣ賜宴于百和園ᄒᆞ시니 時에 八王二公 主二附[駙]馬六貴人이 皆參焉이라 天子ㅣ特愛文昌ᄒᆞ실ᄉᆡ 知 文昌之詩名이 鳴世ᄒᆞ고 乃以一首詩各呈ᄒᆞ야 紀念百和園太 平宴ᄒᆞ라 ᄒᆞ시니 需雲이 上天ᄒᆞ고 仙樂이 飄風이라 賁飾一 世之和氣ᄒᆞ고 導迎萬民之喜色이러라 是日에 天子與皇后로 臨觀于別殿ᄒᆞ시고 考閱諸詩章이라가 見文昌之詩가 特絶于 詩章中ᄒᆞ시고 大加賞讚ᄒᆞ샤 不勝喜悅이라가 忽然想起李炯 卿事ᄒᆞ시고 不覺惘然如失이러라 却說 李尙書ㅣ上表辭職ᄒᆞ 야 解吏部尙書ᄒᆞ고 卽向龍光寺ᄒᆞ야 收拾行李ᄒᆞ야 遊覽於名 山大川之間ᄒᆞᆯᄉᆡ 騎一匹靑驢ᄒᆞ고 觀書天下之大觀ᄒᆞ야 南遊 洞庭巴陵之勝ᄒᆞ며 西觀巫峽瞿塘之險ᄒᆞ며 登蜀道劒閣ᄒᆞ야 觀成都之壯ᄒᆞ고 歷崤函出隴西ᄒᆞ야 觀秦關之夕陽ᄒᆞ며 渡黃 河沿長城ᄒᆞ야 嘆燕臺之悲風ᄒᆞ며 登泰山而覽魯國之名敎ᄒᆞ 며 渡臨淮而瞻齊城之繁華ᄒᆞ니 四海五嶽이 森羅目中이라 固 不足以盪其胸襟이라 ᄒᆞ야 東渡朝鮮ᄒᆞ니 衣冠文物이 足以伴 中華오 直向日本ᄒᆞ니 山川人物이 足以名東洋이라 沿海至緬 甸暹羅安南西藏新疆靑海波斯土耳其等諸國ᄒᆞ야 采其風氣 ᄒᆞ고 入于五印度ᄒᆞ야 遊歷數年에 嘆曰 東亞風景이 不過이 [以]是一撮塵이라 當遍遊環球ᄒᆞ야 以壯心目이라 ᄒᆞ고 搭乘 汽船ᄒᆞ고 發印度洋ᄒᆞ야 至于歐洲ᄒᆞ니 大陸이 蒼蒼ᄒᆞ고 風氣 大闢이어늘 歷覽英法德義葡萄牙白義耳諸國ᄒᆞ고 至南阿美

里加ᄒᆞ야 嘆紅黑人種未開之氣像ᄒᆞ고 至北阿美里加ᄒᆞ니 伊時 華盛頓이 熱心合衆ᄒᆞ야 克復獨立之時代也라 喟然嘆曰 大丈夫ㅣ 當如此矣라ᄒᆞ고 乃入薩摩伊島ᄒᆞ니 是島ᄂᆞᆫ 在於歐亞之間 印度洋緯線一百四十八度라 地方面積이 十餘萬方里오 土蠻人種이 數百萬이라 風氣未闢ᄒᆞ고 敎化不行ᄒᆞ야 雖爲蠻族社會로되 物産이 足以興商況이오 風土가 足以闢文明이라 ᄒᆞ야 仍以居焉ᄒᆞ고 結合民衆ᄒᆞ야 日以演說ᄒᆞ야 敎之以開明主義ᄒᆞ니 民族이 闇昧ᄒᆞ야 有欲謀殺者ᄒᆞ며 有欲斥逐者ᄒᆞ며 或有服從者어ᄂᆞᆯ 居之一年에 諄諄敎諭ᄒᆞ야 人心이 漸漬ᄒᆞ야 頗有歡悅這(這자는 뒤의 衆人자 앞으로 가야 맞음: 역자)色ᄒᆞ야 衆人이 推之爲部落長이라 乃簡選其聰明俊秀者二百人ᄒᆞ야 游學于大不列顚일ᄉᆡ 李尙書ㅣ 鳩聚資金ᄒᆞ야 率入英國ᄒᆞ야 敎之以農商工業ᄒᆞ야 三四年間에 其業이 乃卒이라 歸于同島ᄒᆞ야 設各般工場ᄒᆞ고 製造物品ᄒᆞ니 一年之間에 出口品이 爲四百餘種이오 收入金이 乃至七千餘圓이라 乃設學校百餘區ᄒᆞ야 養成數千人ᄒᆞ니 金融이 興旺ᄒᆞ고 百務擴張이라 又選靑年子弟數千人ᄒᆞ야 派送于文明列邦ᄒᆞ야

85회분(1906. 7. 20)

入于普通學校ᄒᆞ야 十餘年間에 卒業于政治理化法律等專門學校ᄒᆞ야 歸于本島ᄒᆞ야 大設學校ᄒᆞ고 養成全國子弟ᄒᆞ니 文明이 大振이라 於是에 選代議士ᄒᆞ야 設衆議院ᄒᆞ고 立於演壇ᄒᆞ야 一議士提議曰 此島之野昧를 大振於文明者ᄂᆞᆫ 是誰之功也오 全是李公之偉功盛德也니 不可無其報라 今我全島人民이 戴爲君主가 未知如何오 衆議士ㅣ 拍手和應曰 可라ᄒᆞ야ᄂᆞᆯ 乃選擧人民代表者ᄒᆞ야 請李公爲君主ᄒᆞ되 李公이 推讓曰

吾人之本意가 在乎啓發愚昧ᄒᆞ야 開拓土地ᄒᆞ고 開牖人文者而已오 不在乎爲人上者也니 願衆人은 選他有德者ᄒᆞ야 爲百世之大計ᄒᆞ라 衆皆齊聲唱道非李公이면 衆心不服이라ᄒᆞ고 衆皆不散ᄒᆞ니 李尙書ㅣ曰 衆人之至願이 如是어든 稱以島長이오 不以君主면 我自副其衆願ᄒᆞ리라 ᄒᆞᆫ되 衆이 不得已ᄒᆞ야 乃以李公으로 爲島長ᄒᆞ고 擇其學問道德兼備者로 爲副長ᄒᆞ고 公薦人材ᄒᆞ야 各執其任ᄒᆞ니 儼然爲强國之風焉이러라 乃設陸海學校ᄒᆞ야 養成士官ᄒᆞ고 又設金融部 整頓財政ᄒᆞ니 政簡人和ᄒᆞ고 民皆愛其土地ᄒᆞ며 惜其生命ᄒᆞ야 無不有烝烝退步之心ᄒᆞ니 風氣堅剛ᄒᆞ고 步武大振이라 李尙書ㅣ爲島長數年에 文化大振ᄒᆞ고 武氣益彰ᄒᆞ야 頗有列邦並馭之氣焉이라 島長이 調査其事業擴張者ᄒᆞ니 文學博士ㅣ二十人이오 理學博士ㅣ八人이오 法學博士ㅣ十三人이오 小學校ᄂᆞᆫ 一千二百區오 中學校ᄂᆞᆫ 二百餘오 專門大學校ᄂᆞᆫ 四十三이오 出席學員이 統計七萬餘人이오 卒業執務者ㅣ一千八百餘人이오 陸軍은 四萬이니 分爲八師團ᄒᆞ고 海軍은 二萬이오 艦隊ᄂᆞᆫ 爲二隊ᄒᆞ니 戰鬪艦이 八隻이오 驅逐艦이 五十餘隻이오 水雷艇이 三百餘오 運送船이 五百餘隻이니 陸海之權이 足以禦侮오 農商工藝部ᄂᆞᆫ 實業學校가 七百餘所오 實業試驗場이 六百餘所오 實業會社가 一千五百餘니 一歲出口物이 合爲九千萬圓이오 土地稅가 輕於物品稅ᄒᆞ니 統額勢入이 爲四千萬圓이오 人口稅가 平等每人口爲二圓餘오 流行金融額이오[2] 原位金貨가 一億萬元[圓] 補助銀貨銅貨가 合爲五千萬元[圓]이니 其敎

---

2) 이어지는 문장 사이에 한 줄의 결문(缺文)이 있는 듯.

育之盛과 殖産之隆과 國防之嚴과 財務之富가 大略如是焉이러라 由是 此島가 表彰於世界ᄒᆞ야 列邦이 多遣使通款일ᄉᆡ 島雖廣大ᄂᆞ 只有一島長而已라 其名稱이 不相敵이라 乃以君主로 爲萬國認許ᄒᆞ야 爲自主獨立國ᄒᆞ니 外交가 自此始焉이라

86회분(1906. 7. 21)

世界列邦이 命名李尙書島國이라ᄒᆞ고 以李尙書로 陞爲尙書島國王ᄒᆞ야 標準以獨立名義ᄒᆞ야 派送領事ᄒᆞ야 交涉通商事務ᄒᆞ니 李尙書ㅣ 不得辭免ᄒᆞ야 稱爲島王이라 ᄒᆞ니 事在十九世紀以前이러라 島王이 力闡文明ᄒᆞ며 步進富強ᄒᆞ고 滿廷諸臣이 皆出於學問ᄒᆞ며 全國人民이 擧皆有愛國誠ᄒᆞ야 國雖一小島나 幷列於歐亞文明之邦ᄒᆞ니 世界가 皆表其同情ᄒᆞ야 極力讚揚焉이러라 島王이 一日會羣臣與外國領事ᄒᆞ야 喟然嘆曰 我ᄂᆞᆫ 非本男子오 卽是女子라 在明朝時에 出將入相ᄒᆞ야 名播宇內러니 不欲從嫁於人ᄒᆞ야 違反天子命ᄒᆞ고 上表辭職ᄒᆞ고 周流天下라가 至於此島ᄒᆞ야 幸成事業ᄒᆞ니 吾不欲永守此島ᄒᆞ야 貪其榮光이라 幸擇其有德者ᄒᆞ야 戴之爲君ᄒᆞ라 吾ᄂᆞᆫ 當歸于故國ᄒᆞ야 遊歷於名山大川ᄒᆞ야 以終其餘年矣리니 諸君은 幸勿缺然ᄒᆞ라 諸臣이 皆泣曰 此島ᄂᆞᆫ 本是土蠻民族으로 不知日月之光明이러니 幸賴殿下感德鬼功ᄒᆞ야 表彰人道於世界ᄒᆞ니 此島人民이 雖世世生生이라도 不忘大恩이온 況生在人間ᄒᆞ야 暫捨殿下之德義乎잇가 臣民一同은 皆殿下之血胞赤子오 殿下ᄂᆞᆫ 父母也시니 捨此何之오 但臣民은 捨殿下之日에 俱溺於海中ᄒᆞ야 不決以負殿下之心이니 願殿下ᄂᆞᆫ 深諒焉ᄒᆞ소셔 李尙書ㅣ 笑曰 雖非吾一人이라도 必有德者ㅣ 生

之라 何患之有리오 乃脫去王服ㅎ고 執一短杖ㅎ야 飄然而出이어늘 滿廷諸臣及市都百姓이 一齊慟哭ㅎ고 前後擁路者ㅣ 不但以千萬으로 計라 李尙書ㅣ步移不得ㅎ고 千言喩不入ㅎ야 相持半日에 益益擁護ㅎ야 男女老少ㅣ 無不號泣環匝이어늘 李尙書ㅣ知不可免ㅎ고 乃曰 爲諸君所遮ㅎ야 不得從心이니 更有一年ㅎ야 幹島中事務라가 期滿然後에 從吾所願이 未知何如오 諸民이 齊聲曰 願留十年ㅎ노이다 李尙書ㅣ 笑曰 此는 民不副吾心이니 吾何副其民心이리오 且爾等이 蜂擁蟻集ㅎ야 防遮道路ㅎ니 旋不免秩序紊亂이라 爾等이 皆退去安業ㅎ고 只留國民總代者一人ㅎ야 與吾証約이 事甚便宜라ㅎ되 衆人이 皆號泣而散이라 總代一人이 進曰 願殿下는 回鑾ㅎ소셔 李尙書ㅣ 還宮ㅎ야 與總代로 相爲証約ㅎ야 約期三年ㅎ고 証立約書러라 於是 衆民이 皆以三年이 爲期短이라ㅎ야 悲惶栖屑者ㅣ 不可勝數焉ㅎ니 始知李尙書之功德恩義가 浹人骨髓矣러니 由是로 時和年豊ㅎ고 民皆樂業ㅎ야 文明이 日進ㅎ니 可謂島上一樂國이러라

　却說 張附[駙]馬ㅣ 聞李炯卿이 至於海島中ㅎ고 奮激一島 憤氣ㅎ야 乃奏于天子曰 李炯卿이 今反據海島ㅎ야 不臣于祖國ㅎ니 其罪可伐이라

87회분(1906. 7. 22)

願陛下는 征不服之國ㅎ시고 伐有罪之賊ㅎ야 武威가 加於四海然後에 可以垂鴻業於萬世라 願陛下는 借臣十萬兵ㅎ시면 討李炯卿之罪ㅎ야 懸首藁街ㅎ야 號令於天下ㅎ리이다 天子ㅣ曰 李炯卿이 雖違反君命이나 樹業於海外者는 英雄之志也오 非造亂於國內也니 豈可稱罪리오 附[駙]馬ㅣ曰 渠雖

不造亂於國內이라도 不奉天子之命ᄒᆞ고 爲王於海外ᄒᆞ야 隱有窺覦中國之意ᄒᆞ니 此是不軌之心이 明若觀火라 若不膺懲이면 臣은 恐造亂於國內者ᅵ 必接踵而起矣리니 願陛下ᄂᆞᆫ 廓揮乾斷ᄒᆞ샤 克興問罪之師ᄒᆞ쇼셔 天子ᅵ 曰 朕聞李烔卿이 文明富强이 與列邦으로 並興駈馳云ᄒᆞ니 豈能以中國之兵으로 駈馳陸海ᄒᆞ야 轉戰於萬里之外哉리오 附[駙]馬ᅵ 奏曰 所謂尙書島ᄂᆞᆫ 開荒이 未久ᄒᆞ고 人心이 愚昧ᄒᆞ야 若聞王師가 壓境이면 李烔卿이 必束手而待命이니 願陛下ᄂᆞᆫ 降臣一詔ᄒᆞ시면 不動京師之兵ᄒᆞ고 發西諒之戍ᄒᆞ야 一鼓而拔尙書島ᄒᆞ고 擒獻李烔卿ᄒᆞ야 快雪朝廷之耻焉ᄒᆞ쇼셔 天子ᅵ 乃與羣臣議ᄒᆞ시니 滿廷諸臣이 皆嫉妬李尙書於平日ᄒᆞ고 且以一女子로 寵榮勳業이 冠於一世ᄒᆞ야 心乃不服者ᅵ 多矣러니 今當其機會ᄒᆞ야 一齊皆奏曰 李烔卿은 平日威名이 加於四海ᄒᆞ야 不奉皇命ᄒᆞ고 悖悖自由ᄒᆞ야 釀[養]兵於海外者ᄂᆞᆫ 非中國之福也니 若不戢其不軌者면 陛下ᅵ 必有後悔之日也니 不若先發王師ᄒᆞ야 懲於未萌之前이 大是社稷之計也일까 ᄒᆞ노이다 天子ᅵ 然其言ᄒᆞ시나 但李烔卿之平日功勳이 爲國家勤勞라ᄒᆞ야 不忍發旨ᄒᆞ시고 更俟翌日ᄒᆞ야 開御前大會議ᄒᆞ야 決其發兵之策ᄒᆞ리라 ᄒᆞ시고 罷朝深思ᄒᆞ시니 文昌附[駙]馬ᅵ 聞知其事ᄒᆞ고 席藁於宮門之外어ᄂᆞᆯ 春淳公主ᅵ 泣奏曰 聞自朝廷으로 有發兵討李烔卿之議云ᄒᆞ오니 烔卿이 有何罪乎잇가 烔卿은 本非有不軌之心이라 乃以一身이 異於男子로 不欲從嫁屈節ᄒᆞ야 流落於海外라가 樹其事業於一小島ᄒᆞ니 此乃不關於中國也라 以何罪名으로 加其兵而討之乎잇가 願陛下ᄂᆞᆫ 寢其議ᄒᆞ사 勿惹起天下之笑柄ᄒᆞ소셔 天子ᅵ 曰 朝廷大議ᄂᆞᆫ 非汝의 所知라 ᄒᆞ시고 乃命文昌附[駙]馬歸第ᄒᆞ라 ᄒᆞ시고 待昧爽而起ᄒᆞ

샤 開大會議ᄒᆞ시니 一般文武百官이 齊聲山呼畢에 上이 問發兵之可否ᄒᆞ신ᄃᆡ 百官이 皆曰可라 ᄒᆞ되 惟范閣老ㅣ曰否라 李炯卿이 無可名之罪ᄒᆞ니 不可伐也니이다 張附[駙]馬ㅣ 伊時에 帶右部都督之職이라 挺身出班曰 李炯卿之罪ᄂᆞᆫ 可謂極惡大不道어ᄂᆞᆯ 胡爲無其名也오 不奉天子命ᄒᆞ니 一大罪也오 養兵海外ᄒᆞ야 窺覘中國ᄒᆞ니 二大罪也오 以女變男ᄒᆞ야 欺弄一世ᄒᆞ니 三大罪也라 豈可曰無罪리오 若不懲其罪면 竊恐國家生靈이 無安寧之日也리이다 天子ㅣ 乃可其奏ᄒᆞ사 張紹[沼]ᄂᆞᆫ 以右部大都督으로 特專征伐ᄒᆞ니 卿可自擇發兵ᄒᆞ라 附[駙]馬ㅣ 謝恩ᄒᆞ고 奏曰

88회분(1906. 7. 24)

陛下ㅣ 旣許臣以征伐ᄒᆞ시니 願下西凉戌發軍符節ᄒᆞ야 點其十萬兵馬ᄒᆞ야 從水路而進ᄒᆞ노이다 天子ㅣ 乃下符節ᄒᆞ시니 附[駙]馬ㅣ 大喜ᄒᆞ야 乃大閱於鍊武場ᄒᆞ고 簡出右部都督部部下猛將二十員及鐵騎三千ᄒᆞ야 擇日出師ᄒᆞᆯᄉᆡ 建黃旌白鉞彤弓旅矢ᄒᆞ야 發向西凉路進發ᄒᆞᆯᄉᆡ 誰知一朝廷內右部都督이 出征左部都督이리오 左部都督部下一班女將軍韋太娘馬綽洞庭月巫山雲等이 雖屬於左部나 皆是張紹[沼]部下心服이라 聞張附[駙]馬出征之說ᄒᆞ고 乃秘密商議於隱僻曰 平日李尙書ㅣ 同是女流로 不撫愛吾等ᄒᆞ고 驕傲固執ᄒᆞ야 不欲從嫁屈志ᄒᆞ야 吾等이 俱在無聊ᄒᆞ니 吾等之所不服也라 今者張附[駙]馬ㅣ 奉命出征이 大是快事라 然이나 李炯卿은 大設陸海軍備ᄒᆞ야 以逸待勞ᄒᆞ고 張附[駙]馬ᄂᆞᆫ 武畧이 不長ᄒᆞ고 中國之兵이 機器不利ᄒᆞ고 船隻이 不備ᄒᆞ고 糧餉不繼ᄒᆞ니 吾知張附[駙]馬之此行이 恐不利也일ᄉᆡ ᄒᆞ노니 吾等이 合心同盟ᄒᆞ

야 援助張附[駙]馬之一臂가 大是機會라 ᄒ고 相如密約而已러라 張附[駙]馬ㅣ 行行至西凉大都護ᄒ고 合符發兵ᄒ니 西凉都護曰 此是陸軍이라 素無戰船ᄒ니 唯以木舟로 運送陸軍이면 海路不熟ᄒ고 防備不及이니 窃恐萬無必勝之長筭일가 ᄒ노라 附馬曰 唯以木舟運送이면 自有其策ᄒ니 勿而[以]過慮ᄒ라 都護曰 願聞其策ᄒ노라 以今所見으로 送死于十萬生命이니 一不可發也오 以陸地騎射之卒로 泛泛於海上ᄒ야 輪船之雷擊과 大砲之電掣을 何能當乎아 二不可發也오 設令登陸이라도 四顧에 無糧餉之運繼ᄒ고 一路無援兵之續進ᄒ니 三不可發也라 附[駙]馬ㅣ 以金枝玉葉으로 轉戰萬里에 身入虎穴이면 必不可免이니 唯再思之ᄒ라 付[駙]馬ㅣ 聞都護之言ᄒ니 勢理則然矣로ᄃᆡ 旣爲出征에 雖死不可返이라 ᄒ야 決心勇前ᄒ고 乃曰 大舟楫二萬艘를 願爲借用ᄒ노라 都護曰 舟楫은 此去海門이 千里라 安有舟楫이리오 付馬ㅣ 大怒ᄒ야 符節이 在此而不發兵ᄒ니 此ᄂᆞᆫ 拒逆皇命也라 都護ㅣ 亦怒ᄒ야 按劍相視曰 將在外ᄒ야 君命을 有所不受어ᄂᆞᆯ 胡爲乎拒逆皇命이리오 附[駙]馬ㅣ 拂袖而出ᄒ야 率部下兵ᄒ고 驟至海口ᄒ니 陸行이 千有餘里라 乃募買船隻ᄒ야 聚集數十艘ᄒ야 搭載三千鐵騎ᄒ고 略載糧秣ᄒ야 順風揚帆ᄒ고 直向印度洋ᄒ니 是島ᄂᆞᆫ 在西印度之背面이라 島邊斥候卒이 望見海에 無數商船이 順風而來어ᄂᆞᆯ 以望遠鏡探之ᄒ니 中有旌旗刀戟ᄒ야 隱隱有兵像이라 乃告于海軍部ᄒᄃᆡ 海軍司令官이 特加戒嚴이러라

89회분(1906. 7. 25)

尙書島海軍司令官이 斥侯[候]로 瞭望那船ᄒ니 船頭에 揷

靑龍牙旗ᄒᆞ고 中央船에 分明書右部都督張이라 ᄒᆞ야 舳艫相連ᄒᆞ야 順風張帆而進이어늘 急令哨船으로 前拒來路ᄒᆞᆫ듸 來船이 定錨而不進이라 侯[候]官이 急報于海軍司ᄒᆞ니 自海軍司로 上報于島王ᄒᆞᆫ듸 島王이 聞得右部都督張之消息ᄒᆞ고 呵呵大笑曰 張紹[沼]也라 可謂天下痴男兒也로다 渠以我不嫁之嫌으로 欺罔天聰ᄒᆞ고 萬里提兵ᄒᆞ야 深入於必死之地ᄒᆞ니 這是可憐送死之性命이로다 乃命參謀本部로 會議拒守之策ᄒᆞ라 ᄒᆞᆫ듸 自參謀部開議曰 彼以木船으로 携若干之疲勞兵ᄒᆞ고 犯入要塞之地ᄒᆞ니 不過以大砲一門으로 盪剿於一瞬之間이라 有何難哉리오 參謀ㅣ 曰 不然ᄒᆞ다 先問其來情ᄒᆞ야 惡意露出然後에 剿之未晚이니 派送副官ᄒᆞ야 問其來情ᄒᆞ야 再作商議ᄒᆞ야 隨機應變이라 ᄒᆞᆫ듸 衆이 可其議ᄒᆞ야 乃派送問其由ᄒᆞᆫ듸 張都督이 坐於中央船中ᄒᆞ야 大明帝國右部都督張沼가 率三千餘騎ᄒᆞ고 奉天子命ᄒᆞ야 拔向書島ᄒᆞ노라 質問以告ᄒᆞᆫ듸 島王이 曰 不爲交火ᄒᆞ고 發驅逐艇十餘隻ᄒᆞ야 驅入張艦於左軍港ᄒᆞ고 令要塞隊守之ᄒᆞ야 守之一個月이면 必枯死於港中矣리라 乃奉其令ᄒᆞ고 率驅逐水雷艇十隻ᄒᆞ고 乘湖水大漲時ᄒᆞ야 從左翼放砲ᄒᆞ니 張艦將卒이 忽聞雷霆이 自天上至라 大喫驚惶ᄒᆞ야 罔知所措어ᄂᆞᆯ 張都督이 按劍在手曰 未及一交戰에 纔聞一砲聲而落膽喪魂耶아 於焉間錯繩이 已斷ᄒᆞ고 船舳이 俱勒ᄒᆞ야 一瞬間에 已入於左軍港矣라 張都督이 怪之ᄒᆞ야 見從數十船隻이 散在各處ᄒᆞ야 泛泛如散萍而陷入於港灣之中ᄒᆞ고 外以鐵甲砲艦이 環若長城ᄒᆞ야 橫亘港口ᄒᆞ니 所謂入於虎口之中矣러라 張都督이 乃知中計ᄒᆞ고 以死決心ᄒᆞ야 自料吾雖不知其彼ᄒᆞ고 妄動誤路라도 亦是吾之罪戾也니 旣往이라 何可回也리오 乃命船隻集合ᄒᆞ야 會之一處ᄒᆞ고 與衆將

商議ᄒᆞ니 前日所謂中土猛將이 面如土色ᄒᆞ야 不敢發言이어
늘 張都督이 乃諭衆軍曰 吾等이 奉天子命ᄒᆞ고 萬里勞苦ᄒᆞ야
與同死生ᄒᆞ니 死生이 俱天子命也라 俱之何爲오 幸若成功이
면 皆爲勳臣이오 不幸陷軍이면 皆爲忠臣矣리니 懼之何爲오
衆軍壯士ㅣ 略有鼓動之色이나 陷於死地絶地ᄒᆞ니 雖左右生
翼인들 何以飛上天乎리오 三千餘騎ᄂᆞᆫ 皆馳騁於陸上者라 萬
丈雪浪이 拍天撼地ᄒᆞᄃᆡ 朽木船艙이 漏水如射ᄒᆞ고 高蹄戰馬
가 不嗜芳草ᄒᆞ니 勢是水火相反이라 豈無死心이리오

90회분(1906. 7. 26)

張附[駙]馬ㅣ 引數十艦隊ᄒᆞ고 陷於左軍港ᄒᆞ야 爲重兵의
所圍ᄒᆞ니 援軍은 無一蟻之助ᄒᆞ고 糧餉은 無一螳之轉이라 陷
在二十餘日에 戰馬盡斃어늘 屠而食之ᄒᆞ야 無遺一骨ᄒᆞ니 張
附[駙]馬ㅣ 知必死乃已ᄒᆞ고 督將士一戰ᄒᆞᆯᄉᆡ 士有飢色ᄒᆞ야 無
敢惡戰이오 且進退維谷ᄒᆞ야 前後戒嚴이 肅若雷門이라 乃仰
天嘆曰 吾死ᄂᆞᆫ 不足惜也로ᄃᆡ 但士卒이 可憐이로다 士卒이
聞之ᄒᆞ고 感泣如雨ᄒᆞ야 爭向附[駙]馬ᄒᆞ야 哭泣不絶ᄒᆞ니 聲
動海天ᄒᆞ야 雲日이 悲慘이러니 忽然天外에 有鳴鶴聲이어늘
張附[駙]馬ㅣ 嘆曰 若使韋太娘으로 一顧危境이면 何感如之리
오 何幸如之리오 擧手加額ᄒᆞ고 點頭祝天ᄒᆞ야 注目看看ᄒᆞ니
果然有一位仙人이 儼然騎鶴ᄒᆞ고 自遠而近이어늘 熟視之ᄒᆞ
니 果韋太娘이라 附[駙]馬ㅣ 歡天喜地ᄒᆞ야 握手號泣曰 仙娘
大慈悲ᄂᆞᆫ 眷顧我三千生靈이 陷在十生九死之地ᄒᆞ니 若我一
人은 死固不惜이로ᄃᆡ 哀彼士卒이 豈不悲慘이리오 韋太娘이
慨然曰 貧道ㅣ 與洞庭月兄弟로 爛漫商議ᄒᆞ야 已定脫危之策
ᄒᆞ니 願相公은 勿爲過慮ᄒᆞ쇼셔 張附[駙]馬ㅣ 十分致謝ᄒᆞ고

佈告衆士曰 仙官이 救我等生靈ᄒ야 不憚勞苦ᄒ고 遠致鶴駕
ᄒ니 諸君은 放心ᄒ라 又謂太娘曰 壯士ㅣ 飢已一旬이오 敵情
을 匪測이니 救急之星이 光垂何時오 太郎[娘]曰 與我同行者
洞庭月巫山雲이 直向李炯卿ᄒ고 我獨此ᄒ니 想不踰一日에
必有好奇[機]ᄒ리라 張附[駙]馬曰 多謝多謝로다 太郎[娘]이
起身曰 我亦向島王宮中而去ᄒ야 見其如何結梢ᄒ고 且來報
消息ᄒ리라 ᄒ고 卽騎鶴騰空而去러라 洞庭月巫山雲이 與韋
太娘相別ᄒ고 舞劒騰空ᄒ야 成一道白虹而去ᄒ야 直向尙書
島島王宮中ᄒ니 王이 政與諸臣으로 方議受降之計러니 忽然
寒氣習習ᄒ며 陰風栗栗ᄒ고 一道金光이 綾綾垂芒이러니 忽
見兩個壯士가 一人은 手仗三尺寶劍ᄒ고 一人은 手執一小函
ᄒ고 金冠彩衣로 佩玉錚錚ᄒ야 大踏步而來ᄒ야 長揖于島王
曰 大王은 別來無恙가 島王이 答禮曰 尊駕辱臨이 實是望外
로다 洞庭月이 奉進一小函曰 此書函은 是春醇[淳]公主之手
札也니 願大王은 細察焉ᄒ라 王이 開視之ᄒ니 其書에 曰

91회분(1906. 7. 27)

　春淳公主朱愛娘은　謹再拜致書于前兵部尙書左部兵馬都
督靑州候李炯卿閣下 雖無盍簪之舊나 今成兄弟之誼ᄒ니 慕
仰德義가 益厚瓜葛이라 今有情私之大難處者ᄒ니 春溫은 僕
之姉也라 以其家君之錯誤로 對天号泣ᄒ야 志決必死ᄒ니 目
不忍見이라 書不盡言ᄒ니 唯閣下ᄂᆞᆫ 裁亮

　李尙書ㅣ 覽必에 沈吟半向이라가 對洞庭月曰 多少情話를
一未叙述ᄒ니 今夜에 設晩餐會ᄒ야 共頃一盃ᄒ고 當叙盡殷
勤之情矣리니 請尊兄弟ᄂᆞᆫ 共臨焉ᄒ라 乃命定貴賓旅舘ᄒ야

使洞庭月兄弟로 下處케 ᄒᆞ니 洞庭月은 便欲起身이어늘 巫山雲이 手撫劍鞘ᄒᆞ고 眉勢崢嶸ᄒᆞ야 謂洞庭月曰 兄之來此者ᄂᆞᆫ 欲傾酒叙話ᄒᆞ야 歡其平生耶아 今兩公主玉心이 煩懣ᄒᆞ야 衆多生靈이 命在時刻ᄒᆞ니 一言之間에 決之而已라 安用旅舘間歇이리오 因言于李尙書曰 公主書信을 裁答而已니 有何未決耶아 尙書曰 答函은 可裁어니와 書意를 我有未解處ᄒᆞ니 必多日商量이라야 可以裁答이로라 巫山雲이 怒氣勃然曰 書中에 有何未解處耶아 李尙書曰 情私之大難處者를 吾固未解也로다 巫山雲曰 閣下ㅣ 文理不足ᄒᆞ야 未解其意耶아 閣下之平生固執이 自有逆天背理之事어늘 何啁之甚也오 李尙書ㅣ 亦大怒曰 起兵万里ᄒᆞ야 欲相加害者ㅣ 啁之耶아 拒敵防患者ㅣ 啁之耶아 君之言이 可謂逆天背理라 我之所執을 胡爲深責고 所謂敵船入境之日에 一斗硝烟을 非爲惜之언마ᄂᆞᆫ 但王師也라 義不可造次ᄒᆞ야 姑待善後之策일가 ᄒᆞ얏더니 君이 以言相迫ᄒᆞ니 吾必先屠船隻ᄒᆞ야 以絶仇敵然後에 可以說論短論長이라 ᄒᆞ고 乃命海軍司令官ᄒᆞ야 卽以砲火로 剿盪海面ᄒᆞ야 無有纖芥ᄒᆞ라 洞庭月이 見不是頭ᄒᆞ고 乃從容進言曰 我有一言ᄒᆞ니 幸乞霽色降氣ᄒᆞ노라 李尙書曰 第言之ᄒᆞ라 曰 當初事狀이 好因緣이 變作惡因緣ᄒᆞ고 有情天이 幻成薄情天ᄒᆞ야 以至於此也라 豈有仇敵之相加哉아 今春醇[淳]公主弟娘娘이 祝天祝地ᄒᆞ고 仰荷閣下之恢弘ᄒᆞ니 天子ㅣ 命之ᄒᆞ시고 張侯ㅣ 倡之라도 閣下之深啁은 恐是不思也라 今反爲掃盪海面이면 非但絶其祖國이라 閣下之名聲이 果何如也리오 願思之ᄒᆞ라 尙書ㅣ 怒氣未解ᄒᆞ야 拂衣而入于帳內어늘 洞庭月이 呑得一口氣ᄒᆞ고 亦出于外ᄒᆞ되 唯巫山雲은 睁得鳳眼ᄒᆞ고 凝立于堂上이라 洞庭月이 步出宮門外ᄒᆞ니 韋太娘이 過之라가 問曰 今

日事ㅣ 何如오 洞庭月이 答曰 海面에 方有硝烟砲雨矣라 韋太娘이 大驚曰 奈何오 寮兄은 先歸于國ᄒᆞ야 報道此般光景ᄒᆞ라 吾當救護張公ᄒᆞ리라ᄒᆞ고 急急駕鶴而行ᄒᆞ야 盤于海上이러니 海軍尉ㅣ 率水雷艇隊ᄒᆞ고 準備砲火러니 一門天掀地撼的 聲響이 轟震了鯨波中이어늘 張附[駙]馬舟中人이 皆知粉身糜骨ᄒᆞ며 島國人이 亦知了海上獻船이 一時飛灰也似消滅矣러니 果有神出鬼沒的奇怪事를 更誰得料出來也리오

92회분(1906. 7. 28)

硝烟이 漲天ᄒᆞ고 砲雷撼海로ᄃᆡ 那張附[駙]馬的所率船隻이 完全無損ᄒᆞ고 泛泛於蒼波之上이어늘 海軍艦隊가 不覺怪疑ᄒᆞ야 一連百餘發에 張船이 一直安寧이라 知爲神明所助ᄒᆞ야 乃止發放ᄒᆞ니 張附[駙]馬ㅣ 與諸軍壯士로 互相祝賀로ᄃᆡ 亦不知其由ᄒᆞ야 大爲神奇靈異ᄒᆞ야 或以疑韋太娘之保護焉이러니 已而오 韋太娘이 適至ᄒᆞ야 慰問船中壯士ᄒᆞ고 言于張附[駙]馬曰 今可發船이어다 附[駙]馬ㅣ 曰 鐵城이 重重ᄒᆞ니 安得暫移尺寸이리오 韋太娘이 手攬鐵索ᄒᆞ야 發錨行船ᄒᆞ니 不張帆ᄒᆞ며 不搖櫓而船行如飛ᄒᆞ야 突出重圍內흘ᄉᆡ 以鐵甲船之堅固로도 冲突則如糜粉而碎ᄒᆞ니 大懼不敢近이라 一霎時에 張船이 去已遠矣라 飛報島王ᄒᆞᄃᆡ 島王이 大怒ᄒᆞ야 命軍法院ᄒᆞ야 海軍司令官을 以軍律亂紀로 處之砲刑이라 ᄒᆞ니 巫山雲이 猶爲在傍이라 巫山雲이 聞張船遠遁ᄒᆞ고 徐徐杖劒而出이어늘 洞庭月이 在百花園이라가 呼巫山雲曰 韋太娘이 直往乞援于百鏡道人ᄒᆞ야 施其神術而解送張船하니 幸莫幸矣나 張附[駙]馬之自取也니 不可肆怨於李尙書ᄒᆞ니 爲之奈何오 巫山雲이 曰 百鏡道人은 果有何如本領耶아 月曰 卽少微星君

也니 降爲楊氏女子ᄒᆞ야 隱於太行山中ᄒᆞ야 修鍊道術ᄒᆞ야 有天遁地遁之秘ᄒᆞ며 有鬼門雷門之靈ᄒᆞ야 移山塡海ᄅᆞᆯ 莫不幻化ᄒᆞ니 眞天下之無雙神術이라 卽太娘之友也 故로 往乞其援ᄒᆞ야 一下山門이라 ᄒᆞᆫ딕 巫山雲이 曰 今住何處오 月曰 今在不遠之地라 ᄒᆞ니 雲이 請偕往見之어ᄂᆞᆯ 月이 與雲으로 同往其所ᄒᆞ니 那個居處ᄂᆞᆫ 卽八達山이라 山中에 有一道院ᄒᆞ니 百鏡道人이 駐其鶴駕ᄒᆞ고 坐于磐石山松陰下ᄒᆞ야 運回元神ᄒᆞ고 瞑目而往[住]어ᄂᆞᆯ 雲與月이 往參之ᄒᆞᆫ딕 道人이 熟視之ᄒᆞ고 乃大喜曰 別來無恙가 雲與月이 相顧曰 曾無一面之交而稱別來者ᄂᆞᆫ 何也오 道人이 曰 自有相會之日이어니와 今相落落ᄒᆞ니 是所恨也로다 雲이 曰 張附[駙]馬與李尙書ᄂᆞᆫ 俱有宿世之緣而今爲仇敵者ᄂᆞᆫ 何也오 道人曰 業鏡이 未盡ᄒᆞ니 過盡厄運ᄒᆞ고 好緣自至면 必有和樂之日矣리라 雲이 曰 李尙書之心ᄋᆞᆯ 上帝도 莫可回오 天子도 莫可回ᄒᆞ니 如之何哉오 道人이 曰 照我第七鏡이면 必回其心矣리니 何難之有리오 雲이 大喜曰 願道人은 照其業鏡ᄒᆞ소셔 道人曰 其鏡ᄋᆞᆯ 可照면 亦有十難然後에 可得大緣之合矣리라

93회분(1906. 7. 29)

以此婚姻之未合으로 費盡許多人力ᄒᆞ며 消盡許多歲月이로딕 尙有十難之期ᄒᆞ야 期盡而大緣ᄋᆞᆯ 可合이라 ᄒᆞ니 何其困難之甚耶오 道人曰 天譴이 至重ᄒᆞ야 有此困難ᄒᆞ니 天定이라 何以免乎리오 雲曰 道人이 旣有照鏡之說ᄒᆞ니 照其業鏡ᄒᆞ야 無免且十難之事乎아 道人曰 我有百鏡之術ᄒᆞ니 第一鏡은 關天上事ᄒᆞ고 第二鏡은 關地中事ᄒᆞ고 第三鏡은 關人間事ᄒᆞ고 至於第七鏡ᄒᆞ야 關婚姻和合事ᄒᆞ니 皆隨其天定之機會而行

之라 若非其時而行之면 非但鏡無神光이라 設或幸而致之라
도 是눈 逆理也니 天譴이 歸于我矣라 故로 不可用而行之也
로다 雲曰 天譴이 果何如耶아 道人曰 此如人世上法律ᄒᆞ야
隨其輕重而當之니 不可預言也니라 雲曰 如我等婚姻之事를
若逆而行之면 天譴이 果何居오 道人曰 有塵世三劫이니라 雲
曰 道人所謂十難은 有如何業障고 道人曰 天機를 不可預泄也
니라 雲이 曰 事機如是則道人은 當住在何오 道人曰 業已下
山ᄒᆞ니 遭此十難之時에 照了十個鏡이라야 可以逭之耳라 雲
曰 天定이 至嚴至秘ᄒᆞ니 雖有業鏡이라도 不可免之오 雖有業
鏡이라도 亦可經過則其鏡은 照之何用고 道人이 笑曰 然矣라
君이 已悟其理矣라 張船逃脫之時에도 過其時則自逃禍之便
이어늘 眩其人心而已라 貧道눈 從此歸山ᄒᆞ노라 雲이 謝曰
不佞이 語涉失禮ᄒᆞ야 欲爲歸山耶아 道人이 曰 貧道ㅣ 不在라
도 君可周旋이니 當其十難經過之日ᄒᆞ야 貧道ㅣ當下山ᄒᆞ야
有團樂之日ᄒᆞ니 君勿過慮ᄒᆞ라 言訖에 拂袖而立作一道淸風
而去ᄒᆞ니 雲이 謂月曰 此人이 道高德重ᄒᆞ야 非凡人의 所可
擬也로다 張附[駙]馬所率船隻이 揷翅似馳行ᄒᆞ야 至于印度洋
珊瑚礁ᄒᆞ니 此地눈 海門之要衝이라 島王이 曾設伏水雷於海
門이러니 張船이 爲水雷所觸ᄒᆞ야 船皆破碎어늘 騎병[兵]三
千與壯士눈 飄流不知去處ᄒᆞ고 張附[駙]馬눈 纔乘一葉木板ᄒᆞ
고 隨風漂流ᄒᆞ야 到泊於尙書島前이라 島中探險隊가 縛張附
馬ᄒᆞ야 獻之于島王ᄒᆞ니 島王이 知其張附[駙]馬ᄒᆞ고 乃大設
軍容ᄒᆞ고 拿入張附[駙]馬ᄒᆞ니 此是第一難歟아

94회분(1906. 7. 31)

驅張附[駙]馬至帳下ᄒᆞᄃᆡ 島王이 盛色曰 畜生的눈 兵出無

名ᄒ야 犯我境界ᄂᆞᆫ 何也오 張附[駙]馬曰 爾ᄂᆞᆫ 反逆天子之命ᄒ고 養兵海外ᄒ야 隱有窺伺中國之漸[疆]ᄒ니 自朝廷으로 出師問罪가 豈非當然이리오 島王曰 旣爲出師則掃蕩一島가 有何難事이건ᄃᆡ 今爲陛下一俘ᄂᆞᆫ 何也오 張附[駙]馬大怒ᄒ야 厲聲罵曰 殺則便殺이라 胡爲相詰고 島王이 亦怒ᄒ야 乃命武士ᄒ야 押付軍法院ᄒ라 ᄒ니 張附[駙]馬ㅣ 乃掣佩劍ᄒ야 欲爲自刎이어ᄂᆞᆯ 島王이 忽感發慈善心ᄒ야 乃命武士로 解其縛ᄒ고 升帳中ᄒ라 ᄒ니 張附馬ㅣ 亦牢却曰 爾與我ᄂᆞᆫ 有不相見之嫌ᄒ니 寧死於釰下언뎡 豈升於帳中이리오 島王이 乃送三別樓ᄒ고 令宮娥로 携酒壓驚ᄒ라 ᄒ니 張附[駙]馬ㅣ 回思部下之沈沒ᄒ며 自念身世之危險이로ᄃᆡ 爽然有快樂之像이어ᄂᆞᆯ 宮娥中有萬里雁者ᄒ니 志氣宏傑ᄒ고 識見高尙이라 坐見張附[駙]馬氣色ᄒ고 自謂生爲俘虜ᄒ야 顔有和色ᄒ니 此ᄂᆞᆫ 大人之像이오 至貴之格也라 ᄒ고 乃實心誠敬ᄒ야 待遇款摯라 張附[駙]馬有得十餘個日에 鬱鬱如籠中鳥이로ᄃᆡ 恨無乘天之翼이어ᄂᆞᆯ 萬里雁이 乘閑言曰 相公이 留連已久ᄒ니 安得無歸國之想이리오 ᄒ고 頗有憂憫之色이어ᄂᆞᆯ 附[駙]馬見之ᄒ고 大有感謝之心ᄒ야 以言戱之曰 島王이 與我同窓이오 又是同年으로 同朝事君이 頗至十五年인ᄃᆡ 豈意爲俘虜階下耶아 萬里雁이 笑曰 相公은 勿爲煩惱ᄒ라 又安知有同室之和樂乎리오 附[駙]馬ㅣ 愀然良久에 乃言曰 如君玉娘을 見之如夢ᄒ야 不覺悅惚也로다 萬里雁이 知附[駙]馬有欣愛之心ᄒ고 乃言于島王曰 張附[駙]馬ㅣ 有忠君之志ᄒ야 每有依斗北望之忱ᄒ니 留此不除면 有他變이니 不若早殺ᄒ야 斬草除根이라 ᄒᆫᄃᆡ 島王曰 與我有同窓同榜之誼ᄒ니 不可殺也라 況與我有平生知己之高義로ᄃᆡ 中間에 惹出一線嫌疑ᄒ야 互相犄[掎]角ᄒ야

至於此地ᄒᆞ니 豈可殺也리오 萬里雁이 曰 若不早殺이면 又不
若早還ᄒᆞ야 恩怨兩斷이라 何必久留ᄒᆞ야 牽惹惡憾情耶아 島
王이 聽之良久에 曰 君言이 是矣라 ᄒᆞ고

95회분(1906. 8. 1)

乃命海軍司ᄒᆞ야 調査其收容沈沒者ᄒᆞ야 載於假裝[葬]船
ᄒᆞ라 ᄒᆞ고 一面으로 特設一宴於百花園ᄒᆞ야 請張附[駙]馬送
別ᄒᆞᆯᄉᆡ 張附[駙]馬ㅣ 慨然赴宴ᄒᆞ야 與島王으로 行相見式ᄒᆞ고
不惹起不平之端ᄒᆞ고 只以盃酒相歡일ᄉᆡ 軍樂隊가 奏破陣樂
이어늘 張附[駙]馬ㅣ 翩翩起舞ᄒᆞ고 唱和出塞一曲ᄒᆞ니 其歌에
曰

天高風寒兮 虎與豹鬪
天暖風和兮 鳳與凰鬪
虎與豹鬪猶可言
鳳與凰鬪不可言

歌罷에 又翩翩起舞어늘 島王이 見張附[駙]馬風采動人ᄒᆞ
고 暗想如彼人物이 可謂千古難再之奇産이라 ᄒᆞ야 隱有感動
之意ᄒᆞ야 我以女子로 生於天地間ᄒᆞ야 不知陰陽之理ᄒᆞ고 且
無琴瑟之樂ᄒᆞ니 雖有英雄之業이나 亦夫何用이리오 慇懃有
款款之情ᄒᆞ야 謂附[駙]馬曰 吾輩가 生於世上ᄒᆞ야 翩飄於環
地球上矣러니 豈意今日에 反成仇敵이리오 從今以後로 渙然
氷釋ᄒᆞ야 共守前日之和氣가 未知如何오 張附[駙]馬曰 和氣
之乖離ᄂᆞᆫ 非吾의 所能之也니 願熟思之ᄒᆞ라 島王이 儼然作色
曰 英雄之事ᄂᆞᆫ 鬼神의 所難測也라 ᄒᆞ고 乃命軍樂隊ᄒᆞ야 奏

惜別曲ᄒᆞ고 其和歌曰

　春風兮 花爛熳
　春雨兮 草迷離
　送故人兮 天涯
　更相逢兮 何時

　萬里雁이 立于楊前ᄒᆞ야 請唱一곁別離曲ᄒᆞᆫ딕 島王이 許之ᄒᆞ니 其曲에 曰

　海闊天長兮 歸故國
　消息范范[泛泛]兮 憂戚戚
　萬里雁兮 傳消息
　天理回泰兮 樂不可極

　島王이 送張附[駙]馬于埠頭邊ᄒᆞ고 擧手指海上曰 相公이 或更見於海上否아 附[駙]馬曰 豈可無相見之日乎리오 附[駙]馬ㅣ 乘船ᄒᆞ니 麾下沈沒者收容이 纔三十三人이오 其餘ᄂᆞᆫ 杳無影響이라 悒悒不豫ᄒᆞ야 行船至水雷所觸處ᄒᆞ니 敗檣摧帆이 狼藉海口라 不勝昔日之感ᄒᆞ야 率三十三人ᄒᆞ고 歸于故國ᄒᆞ니 天子ㅣ 聞張附[駙]馬之敗ᄒᆞ고 不勝忿怒ᄒᆞ야 欲大起國中兵ᄒᆞ야 親征尙書島ᄒᆞ실ᄉᆡ 附[駙]馬ㅣ 待罪於闕門下어늘 天子ㅣ命散騎常侍ᄒᆞ야 持節赦罪ᄒᆞ시고 召入于殿中ᄒᆞ샤 問其顚末ᄒᆞ신딕

96회분(1906. 8. 2)

 張附[駙]馬ㅣ 一一告之ᄒᆞᆫ디 天子ㅣ 大怒ᄒᆞ사 發神廂兵百萬ᄒᆞ사 率馬綽洞庭月巫山雲韋太娘左部都督部ᄒᆞ시고 張附[駙]馬로 兼左部都督ᄒᆞ야 大發戰船千餘艘ᄒᆞ야 擇日進發ᄒᆞᆯᄉᆡ 天子ㅣ 乘黃龍舸ᄒᆞ시고 泛于中央ᄒᆞ사 笳鼓悲壯ᄒᆞ며 旌旗飄拂ᄒᆞ니 時値秋八月望間이라 明月야[也]正中ᄒᆞ고 秋波如鏡ᄒᆞᆫ데 天子ㅣ 有天涯之遐想ᄒᆞ사 酌酒賦詩ᄒᆞᆯᄉᆡ 詩未成ᄒᆞ야 殿前行軍指揮使晁盖之가 入奏曰 閩王世基가 抱不軌之心ᄒᆞ고 動兵數十萬ᄒᆞ야 反據吳越ᄒᆞ야 進兵建業ᄒᆞ니 州郡이 望風而降ᄒᆞ야 福建以南은 非大明之有이니 願陛下ᄂᆞᆫ 降旨ᄒᆞ소셔 天子ㅣ 大驚ᄒᆞ사 召諸將議ᄒᆞ시니 左部票騎將軍馬綽이 進曰 尙書島問罪은 緩也오 閩越兵拒擊은 急이니 願陛下ᄂᆞᆫ 捨緩而從急ᄒᆞ샤 先移大纛于南天ᄒᆞ소셔 天子ㅣ 然其議ᄒᆞ샤 乃下詔命曰

 今閩王이 反據吳越ᄒᆞ야 州郡을 如席捲ᄒᆞ니 眞宗社之急也라 移兵先擊ᄒᆞ노니 壯士ᄂᆞᆫ 用命ᄒᆞ라 勗哉어다

 乃以馬廷芳으로 爲先鋒ᄒᆞ고 張沼로 爲左右部大都督ᄒᆞ고 晁盖之로 爲行軍指揮都御史ᄒᆞ고 王萬歲로 爲左翼大將軍ᄒᆞ고 鄲虎로 爲右翼大將軍ᄒᆞ고 史太歲로 爲鎭後都督ᄒᆞ고 胡唯岳으로 爲水師提督ᄒᆞ고 李如虎로 爲運餉提督ᄒᆞ야 天子ㅣ 親統大軍ᄒᆞ고 從江淮進發ᄒᆞ니 舟師ㅣ 連絡于千里라 閩王은 卽皇室懿親이니 煮山鑄海[鑄山煮海]ᄒᆞ고 納天朝亡命者ᄒᆞ며 結交豪雄ᄒᆞ고 有不臣之意ᄒᆞ야 稱病不朝者有年矣러니 提大兵ᄒᆞ고 深入石頭城이라 王師ㅣ 屯于合肥ᄒᆞ야 遣使約期ᄒᆞ니 閩

王이 率水軍ㅎ고 鼓譟而進이어늘 王師ㅣ 遇於三江口ㅎ야 大陣兵儀ㅎ고 先鋒馬廷芳이 率輕快船十隻ㅎ고 船上에 樹立黃龍旗ㅎ고 與閩王會見ㅎ니 閩王이 於龍舟上에 着黃袍金冠ㅎ고 左右儀仗이 用天子鹵莽[簿]이라 馬廷芳이 擧玉鞭ㅎ야 指閩王罵曰 賊臣이 孤負皇恩ㅎ고 不仗皇靈ㅎ야 反據州郡ㅎ고 跋扈陸梁ㅎ니 罪合萬死라 爾當面縛歸命이면 天子ㅣ 親臨ㅎ시니 保爾首領이어니와 一若不服이면 屠如鯨魚ㅎ야 大震皇威ㅎ리니 爾는 再思之ㅎ라 閩王大笑曰 先鋒之言이 誤矣라 朱氏宗社는 豈獨今天子一人의 所可裸耶아 君勿多言ㅎ고 與我一決ㅎ리라 ㅎ고

97회분(1906. 8. 3)

閩王이 指揮舟師ㅎ야 一時突進ㅎ니 馬廷芳이 督戰益急ㅎ야 退却閩兵ㅎ고 號令王師ㅎ야 進于石頭城ㅎ니 政是

山圍古郭周遭在潮打空城寂寞廻

閩王이 收兵入城ㅎ야 用鐵箭射下ㅎ니 馬廷芳이 縱風放火ㅎ야 焚其糧秣而來러라 閩王이 與諸將云曰 王師ㅣ 鋒銳ㅎ니 不可輕敵이라 當以智勝이라 ㅎ고 乃分三路ㅎ야 舟師一隊는 從合肥上流ㅎ야 襲王師後ㅎ고 一隊는 從陸ㅎ야 拒柴桑口ㅎ고 一隊는 當面搦戰ㅎ야 如此如此而行ㅎ라 ㅎ니 諸將이 奉命이러라 馬廷芳이 歸報于大本營曰 閩王이 多智ㅎ고 閩兵이 少勇ㅎ며 且善於水戰ㅎ니 非北軍의 所可當이라 願陛下는 詔求和ㅎ시고 緩兵回鑾ㅎ샤 閩王이 歸化則幸矣오 如不用命이면 使督撫勤王ㅎ야 以收捲縮ㅎ소서 天子ㅣ 怒曰 先鋒之責이 被堅執銳ㅎ고 身入重地ㅎ야 鼓勸三軍之心ㅎ여 摧折敵兵之勢ㅣ 是所當然分內事어늘 不此之爲ㅎ고 乃敢胡言亂語ㅎ

야 摧挫我銳氣ᄒ니 此必與敵應이라 ᄒ야 乃命推出斬之ᄒ니 馬廷芳이 仰天痛哭曰 白日이 不顧我誠ᄒ야 吾則死矣어니와 扶我目ᄒ야 掛中央黃龍帆上이면 赤壁之浪花를 吾必睹也라 ᄒ야늘 乃斷其頭ᄒ야 號令於軍中ᄒ니 可惜馬將軍은 百戰之老將이오 忠義智勇이 冠於三軍而臨陣對敵에 先去其上將軍ᄒ니 明師之必敗는 於此已兆矣러라 閩王이 聞之大喜曰 明陣壯士는 無如馬廷芳者라 故로 吾甚忌之러니 今除其大害ᄒ니 吾無患矣라 ᄒ고 乃議火攻之策ᄒ니 閩將倪無忌는 有萬夫不當之勇이라 請得一枝舟師ᄒ야 乘風縱火則一炬燒盡이라 夫有何計之密勿이리오 閩王이 欲試其倪無忌之言ᄒ니 參謀軍師胡惟鬼進曰 此不過一時之計了라 若不得僥倖이면 是는 敗兵之漸也니 豈可造次而行其危險之計也리오 乃令倪無忌로 夜集船隻ᄒ야 準備油葦硝黃引火之物ᄒ고 待城頭靑旗飛動이어든 卽進放火ᄒ라 無忌奉命ᄒ고 暗暗準備停當이러라 天子ㅣ召張附[駙]馬曰 朕이 曾聞赤壁甲子之戰에 若不得東南風이면 周郞이 何以得勝이리오 張附[駙]馬ㅣ從容奏曰 此地는 古來戰地也而火攻得勝이 歷歷可數라 臣恐敵軍之情이 叵測ᄒ야 準備一炬火일까ᄒ오니 願陛下는 猛省焉ᄒ쇼셔 天子ㅣ笑曰 無東南風이라 安用火攻也리오 張附[駙]馬ㅣ再三諫之로ᄃᆡ 天子ㅣ不聽이어시늘

98회분(1906. 8. 4)

張附[駙]馬ㅣ暗督本部ᄒ야 畧畧準備러라 閩王이 政待天候ᄒ야 擬用火攻이러니 一日에 東南風이 大起라 閩王謂倪無忘[忌]曰 皇天이 佑我ᄒ샤 不祭借風ᄒ시니 明之宗社는 在我掌握이라 將軍은 與諸軍壯士로 一時用命ᄒ야 共享無窮之福

ᄒ라 ᄒ니 倪無忘[忌] l 督備火船十隻ᄒ고 夜半에 悄悄至王師大寨中ᄒ야 乘其着睡ᄒ야 因風縱火ᄒ니 火熱風猛ᄒ야 泌泌的 剝剝的 一瞬間에 燒着至中央黃龍舸ᄒ니 睡着的王師가 薰熱焦灼ᄒ야 從舳舳舿雷中驚起來ᄒ니 精神이 朦朧ᄒ야 如在夢魂中이라 可憐의 百萬王師가 盡在火光天地ᄒ야 各自逃命ᄒ야 撑船奔走ᄒ니 燒死者溺死者 l 折其過半이라 張附[駙]馬率團束之部下船隻ᄒ야 慌慌忙忙ᄒ야 奉天子ᄒ고 十生九死ᄒ야 撥開火山火海ᄒ고 直出柴桑口ᄒ니 一隊船隻이 橫截江門ᄒ고 閩王이 率兵躡後ᄒ니 勢甚危險ᄒ야 困陷亥[垓]心ᄒ니 難揷翅升天이라도 亦無可生之道라 時에 洞庭月巫山雲馬綽韋太娘이 從焉이라가 韋太娘이 見勢頭危急ᄒ고 卽奉天子ᄒ야 入于葫蘆中ᄒ야 騎白鶴冲天ᄒ니 洞庭月巫山雲馬綽 等이 俱擲劒成虹ᄒ야 保護天子而去러라 唯張附[駙]馬一人이 方獨在船上ᄒ니 前後火光이 通紅ᄒ야 正如白晝ᄒᆫ데 所乘船上에 揷着黃龍旗라 閩兵이 知天子御用船ᄒ고 一齊用力ᄒ야 盡向黃龍旗圍住ᄒ니 千重萬匝에 勢如鐵筒也相同이라 張附[駙]馬 l 知無奈何ᄒ고 唯幸天子避禍ᄒ시니 吾死何惜이리오 卽欲拔劍自刎ᄒ니 此是第二難이라 忽見自天外로 有一道金光이 怳惚如探海燈來照着張附[駙]馬身上이러니 張附[駙]馬 l 不覺從那金光中遁身入去어늘 但可憐的百萬生靈이 盡入於火光이러라 張附[駙]馬 l 從那金光中ᄒ야 行至一處ᄒ니 卽春溫公主宮中이라 誰知出師之日에 金冠鐵甲으로 儼然有大元帥之威武矣터니 焦的頭髮과 燒的衣衫으로 禿立於欄頭어늘 春溫公主 l 大驚曰 未聞王師敗績이어늘 相公之形容이 何以至於此也아 附[駙]馬曰 陛下 l 安在오 公主曰 陛下 l 出征時에 相公이 不在乎아 此何夢囈耶오

99회분(1906. 8. 5)

附[駙]馬ㅣ喘息方急ᄒᆞ야 不能細述ᄒᆞ고 唯願公主ᄂᆞᆫ 入于禁中ᄒᆞ야 探玉駕還宮ᄒᆞ라 公主ㅣ卽促駕入闕ᄒᆞ니 天子ㅣ已還御ᄒᆞ시고 滿廷諸臣이 方趨朝ᄒᆞ야 紛紛劍珮가 爛然雲集이어늘 公主ㅣ問候畢에 言附[駙]馬亦至라 ᄒᆞᆫ디 天子大喜ᄒᆞ야 卽命入侍ᄒᆞ라 ᄒᆞ시니 附[駙]馬ㅣ承命ᄒᆞ고 盥洗朝服ᄒᆞ고 入侍于御前ᄒᆞᆫ디 天子ㅣ問附[駙]馬生還之由ᄒᆞ시고 不勝驚怪ᄒᆞ시니 盖百鏡道人이 遠照業鏡ᄒᆞ야 作探海燈光而幸得引出張附[駙]馬러라 天子ㅣ大有羞赧之色ᄒᆞ야 嗟嘆全軍之覆ᄒᆞ시고 傷感不已ᄒᆞ샤 乃設獎忠臺ᄒᆞ시고 祭戰亡將卒ᄒᆞ실ᄉᆡ 天子ㅣ親率百官ᄒᆞ시고 侑酒揚幡ᄒᆞ야 親讀哀詞而酹之ᄒᆞ시고 錄戰亡遺族ᄒᆞ샤 大賜恤金ᄒᆞ시고 錄洞庭月巫山雲馬綽韋太娘勳ᄒᆞ실ᄉᆡ 天子ㅣ親手로 佩韋太娘以大勳位白鶴大綬章ᄒᆞ시고 其餘ᄂᆞᆫ 皆賜一等寶釰章ᄒᆞ시고 一邊探閭王動靜ᄒᆞ니 邊情이 益急ᄒᆞ야 狼烽이 告警이라 天子ㅣ大憂之ᄒᆞ샤 丙枕未安ᄒᆞ시니 范閣老ㅣ奏曰 下詔天下ᄒᆞ샤 令藩鎭勤王ᄒᆞ라 ᄒᆞ소서 時에 兵革이 頻數ᄒᆞ고 飢饉이 荐臻ᄒᆞ야 郡國이 蕭然ᄒᆞ니 雖督撫巡撫之掌握軍權者라도 不能徵發大兵ᄒᆞ고 或以疲弱之兵과 零星之輜重으로 發向戰地나 路遠力疲ᄒᆞ야 軍聲이 不振ᄒᆞ니 江南이 席捲ᄒᆞ야 閭兵이 如入無人之境이라 朝廷에 無策應之方ᄒᆞ고 州郡에 無救援之道ᄒᆞ니 擧朝皇皇ᄒᆞ고 全國이 洶洶이라 閭兵이 卽至楊子江岸ᄒᆞ니 馬綽等이 雖願出戰이나 奈無一軍一馬一糧一秣之接應者ᄒᆞ야 但束手而已矣라 天子ㅣ經[驚]刧疑懼ᄒᆞ야 與議播越[遷]之策ᄒᆞᆫ디 張附[駙]馬ㅣ進曰 形勢板蕩ᄒᆞ야 萬無應敵之方이니 檄召幽燕軍十萬이면 必十日之內

에 可運皇城이라 燕軍은 兵精馬强ᄒᆞ야 足可以禦敵이오 閩兵
은 雖乘勝長驅이나 一月之內에ᄂᆞᆫ 不可抵于皇畿ᄒᆞ니 願陛下
ᄂᆞᆫ 安心ᄒᆞ시고 鎭壓人民ᄒᆞ사 以爲宗社大計ᄒᆞ소셔 播遷之令
이 一出이면 人心이 如土崩瓦解ᄒᆞ야 雖欲中興이나 未可得也
니이다 天子ㅣ 然其計ᄒᆞ사 乃下哀痛詔ᄒᆞ사 天下勤王ᄒᆞ라 ᄒᆞ
시나 無一人敵愾者ᄒᆞ니 天下大勢가 從此去矣라 誰知一脉生
氣가 從天降也리오

100회분(1906. 8. 7)

夜半에 忽聞砲聲이 轟震ᄒᆞ며 櫓響伊軋ᄒᆞ야 如有千兵万
馬喧塡之聲이어늘 江畔斥候將卒及附近人民이 驚惶失色ᄒᆞ
야 皆知閩兵이 已到九江이라 及至天明에 乃見艨艟戰艦이 彌
連千里ᄒᆞ야 旗號異常ᄒᆞ고 鼓角이 相殊ᄒᆞ니 無不疑訝驚惑ᄒᆞ
야 莫解其某國軍艦이라 閩兵은 在楊子江上流라가 亦見絶大
軍艦이 從海門溯流ᄒᆞ야 直至十里相對ᄒᆞ니 莫知援兵이 從何
處至ᄒᆞ야 準備相戰일시 其軍艦이 皆靑色이오 旗章이 盡碧ᄒᆞ
니 名曰翠軍이라 閩兵이 一聲放砲ᄒᆞ고 相與交戰ᄒᆞ니 翠軍이
不慌不忙ᄒᆞ고 艦頭에 互着象鼻也似軍器ᄒᆞ야 其數를 不可筭
이라 민[閩]兵이 見得怪疑ᄒᆞ고 且船如龜穀[殼]ᄒᆞ야 鐵甲團團
ᄒᆞ니 雖放發鐵箭ᄒᆞ며 投着火矢라도 幷不能中其鐵甲裝艦이
라 十分慌亂ᄒᆞ야 幷皆登陸ᄒᆞ야 到成陣勢어늘 翠軍이 亦無一
人上陸ᄒᆞ고 只見先頭象鼻樣物에 忽霹靂聲ᄒᆞ야 一種雷杵가
從靑烟中下來ᄒᆞ야 殺得數千軍馬ᄒᆞ니 閩兵이 大驚失色ᄒᆞ야
莫知所措ᄒᆞ고 蒼黃奔竄ᄒᆞ니 又有雷杵가 時時從天門下降ᄒᆞ
야 聲如地榻ᄒᆞ고 勢如火熱ᄒᆞ야 一若相觸이면 人馬靡滅ᄒᆞ야
不知去處라 閩王이 大驚曰 吾聞西洋諸國에 有刺盧伯回旋砲

等猛烈的軍器러니 果是此等惡神拳也라 ᄒᆞ고 此爲逃奔일시 霎時間에 數千船隻이 皆爲纖粉矣러라 민[閩]王이 乘小舸ᄒᆞ고 如飛也走脫ᄒᆞ야 不顧全軍之陷沒ᄒᆞ니 明天子全覆王師之讐를 於此可雪이러라 翠軍將乙禮ㅣ有萬夫不當之勇ᄒᆞ야 見閩王逃奔ᄒᆞ고 乃解甲投身于江ᄒᆞ야 遊泳而追之ᄒᆞ야 飛躍閩王ᄒᆞ야 一手로 挽其舟ᄒᆞ고 一手로 擒閩王來ᄒᆞ니 誰想민[閩]王之大畧絶勇이 一朝爲翠軍之俘虜也리오 明朝人民이 見如此狀況ᄒᆞ며 聞如此聲勢ᄒᆞ고 莫知其故ᄒᆞ야 但掉膽摧肝而已러라

101회분(1906. 8. 8)

那掃蕩閩兵ᄒᆞ고 縛獻閩王之援兵은 從天而降耶아 再造大明之宗社生靈ᄒᆞ며 除却閩越之干戈風雨者ㅣ果誰也오 不是別人이라 卽前日大明之兵部尙書靑州侯李炯卿이오 卽今之亞細亞南部尙書島王也라 島主ㅣ聞天子親征尙書島ᄒᆞ시고 十分惶蹙ᄒᆞ야 意謂自縛而請罪于大本營이라ᄒᆞ얏더니 忽聞閩亂이 大作ᄒᆞ야 天子ㅣ率百萬之師ᄒᆞ고 親征민[閩]王이라가 大敗王師ᄒᆞ고 千里席捲에 無一人抵敵者ᄒᆞ야 明國運命이 迫在朝夕이라 島王은 滿腔忠心이 憂國憂君ᄒᆞ야 耿耿不忘于本國이러니 探聞王家ㅣ益急ᄒᆞ고 卽發輕快軍艦ᄒᆞ야 率舟師萬人ᄒᆞ고 載大砲百門ᄒᆞ야 從海門入ᄒᆞ야 直至于楊子江岸ᄒᆞ니 閩兵이 滿山遍野ᄒᆞ야 勢不可當이라 島王이 卽命砲擊ᄒᆞ야 勢如破竹이라 乃命建將ᄒᆞ야 縛致閩王ᄒᆞ야 送俘于天朝ᄒᆞᆯ시 乃上捷書表一道于大明天子ᄒᆞ니 時에 天子ㅣ率百官ᄒᆞ시고 月夜焦燥ᄒᆞ샤 方獻播遷之計ᄒᆞ야 奉宗社神主ᄒᆞ고 齎符璽書籍ᄒᆞ야 探聞南來消息이러시니 忽聞尙書島主ㅣ送使ᄒᆞ야 獻上

擊민[閩]兵表于陛下니이다 天子ㅣ大喜大驚ᄒᆞ샤 接表披讀ᄒᆞ니 其表에 曰

前兵部尙書靑州侯李炯卿이 謹百拜上表于皇帝陛下ᄒᆞ노이다 臣이 一自辭陛로 萬里流落ᄒᆞ야 待罪于印度洋一隅러니 卽聞國家에 有朝夕之憂ᄒᆞ고 勤王敵愾ᄒᆞ야 掃靖患難ᄒᆞ야 縛獻閩王ᄒᆞ고 淸靖南緻ᄒᆞ니 臣이 將功贖罪ᄒᆞ야 以待皇朝處分云云이라 ᄒᆞ얏더라

天子ㅣ覽表ᄒᆞ시고 卽召李炯卿ᄒᆞ시니 李炯卿이 駐剳船師于九江ᄒᆞ고 乃率健將十員ᄒᆞ고 從旱路ᄒᆞ야 入朝于天子ᄒᆞᆫ듸 天子ㅣ率百官ᄒᆞ시고 握手勞問曰 卿以是[國]家柱石之臣으로 有再造宗社之勳勞ᄒᆞ니 朕當拜卿ᄒᆞ야 爲南越王ᄒᆞ노니 민[閩]王領土를 幷爲管轄ᄒᆞ고 歸于本國ᄒᆞ야 共享太平之福을 區區是望ᄒᆞ노라 乃設大宴于通明殿ᄒᆞ시고 天子與皇后六宮妃嬪及公主貴人이 並臨宴席ᄒᆞ샤 玉手로 滿酌白玉罍ᄒᆞ야 特賜李炯卿ᄒᆞ시니 炯卿이 謝恩引飮ᄒᆞ고 乃賜건[健]將十人ᄒᆞ시고 有御前陪食之光榮ᄒᆞ니 寵光이 千古罕有러니

102회분(1906. 8. 9)

李炯卿이 奏曰 臣이 蒙南越王之恩命ᄒᆞ오니 皇恩이 天涵海育이라 臣不知攸措이오나 携軍万里ᄒᆞ야 幸得成功而今若歸送本島ᄒᆞ야3) 身留故國ᄒᆞ야 獨被榮光이면 是ᄂᆞᆫ 失信於衆

---

3) '歸送本島ᄒᆞ야'는 연문(衍文)인 듯.

也니 臣이 率歸其島ᄒᆞ야 與衆公佈ᄒᆞ고 徐徐歸國ᄒᆞ야 願食其福之安艾ᄒᆞ노이다 天子ㅣ 愜然許之ᄒᆞ시고 特賜黃金十萬斤ᄒᆞ야 分賜將卒ᄒᆞ라 ᄒᆞ시고 各賜一等勳章于十員健將ᄒᆞ시며 特陞大勳位大綬章于李炯卿ᄒᆞ시니 李炯卿이 與十員健將으로 謝恩ᄒᆞ야 卽歡出都러니 遠見江上島亭에 車馬雲集이라 島王이 縱馬至于江亭下ᄒᆞ니 百官이 咸至ᄒᆞ고 兵士ㅣ 肅圍어늘 島王이 莫知其由ᄒᆞ야 停馬環視ᄒᆞ니 天子ㅣ 親臨ᄒᆞ야 車駕先至라 天子ㅣ 見島王至ᄒᆞ고 移玉步下樓ᄒᆞ야 執手恨別ᄒᆞ샤 深托殷勤ᄒᆞ야 囑其還國ᄒᆞ시니 島王이 謝恩畢에 卽爲告別ᄒᆞ니 天子ㅣ 汪汪垂淚ᄒᆞ시고 酌酒送別ᄒᆞ실ᄉᆡ 張附[駙]馬ㅣ 出班奏曰 李炯卿이 有再造皇室之大勳業ᄒᆞ니 今當遠別ᄒᆞ야 不可無一辭告別이니 願以一歌로 侑其祖道之罤ᄒᆞ노이다 天子ㅣ 許之ᄒᆞ시니 張附[駙]馬ㅣ 乃酌黃金大蕉葉ᄒᆞ야 奉于島王ᄒᆞ고 乃作歌而侑之ᄒᆞ니 其歌에 曰

九鼎大呂가 不是重이오 泰山黃河가 不是長이라
烟閣雲臺가 不是高오 玉蠻太常이 不是貴로다
大明日月이오 萬世乾坤이라
其光이 不泯兮여 其風이 彌長ᄒᆞ니
唯李炯卿一人兮로다
歸來乎 歸來乎
共享太平之福ᄒᆞ야
子兮孫兮百世兮로다

李炯卿이 酌白玉雙龍盃ᄒᆞ야 酬張附[駙]馬ᄒᆞ고 作歌而和之ᄒᆞ니 其歌에 曰

我是太乙兮며 君是天乙兮로다

證天上之宿緣兮여 做人間之業障이라

一盃相別兮여 百年佳期是何日고

歌罷에 握手相別 호니 張附[駙]馬聞歌中에 有微意 호고 不勝喜悅 호야 殷勤獻情焉이러라

103회분(1906. 8. 10)

島王이 歸于九江 호니 一般麾下壯士兵卒이 見島王之歸駕 호고 歡天喜地 호야 擧鞭呼萬歲 호니 聲動山河러라 島王이 宣天子勅諭 호야 慰撫諸軍 호고 乃散恩賜黃金 호야 一一頒給 호니 歡聲이 動天이러라 島王이 督舟師歸于尙書島 호니 一島人民이 歡迎于埠頭上 호야 家家旗章이오 戶戶毬燈이오 人人萬歲러라 却說 張附[駙]馬ㅣ奉天子歸朝 호야 言于春溫公主曰 李炯卿이 臨別和歌에 若有微意 호야 有百年佳期是何日之句 호니 未知李炯卿이 若爲回心이면 玉主高見이 果何如耶아 春溫公主ㅣ笑曰 相公之問이 未知何意也로다 前日未嫁之時에 讓其一頭於炯卿者어늘 今何以變其始終이리오 張附[駙]馬曰 玉主仁德이 及於微物 호니 小生이 豈敢有意於李炯卿이리잇가마는 致力勞心於李炯卿者ㅣ今至十五年之久로되 炯卿所執이 堅若金石 호야 雖天人鬼佛이라도 莫能回其心이라 故로 小生이 亦不忘于玆 호야 一若折其所執이면 還勝於聯合世界而執牛耳於盟壇 호야 爲天下之霸主者라 然이나 一詩之微意로 豈知其萬牛難回之固執이 一朝而回天轉日也리오 乃入侍天子 호고 俱言李炯卿南征之勳 호며 且言歌中之意 호되 天子

]亦欣然笑曰 朕亦疑訝者矣라 然이나 李炯卿이 豈有屈志撓節之日乎리오 第見其歸國則必有歌中之意也오 若不歸則已矣로딕 今番平南之勳을 孰能想起리오 忠肝義膽이 冠於一世ᄒ야 手扶宗社ᄒ고 再奠邦國ᄒ니 不可以徒畵於麒麟閣이니 當以黃金으로 鑄其像ᄒ야 紀念其平南之功라 ᄒ시고 乃命張附[駙]馬卽日起工ᄒ라 ᄒ시니 張附[駙]馬承命ᄒ고 卽招集良工ᄒ야 鑄其金像ᄒ야 立於上林苑內ᄒ고 令四方人士로 遊覽苑中ᄒ야 賦詩以紀其事ᄒ라 ᄒ시니 天下一雲集ᄒ야 縱覽金像者 日以萬數러라 島王이 有歸國之意ᄒ야 大會島中上下議員代議士ᄒ야 降旨曰 寡人이 有越鳥南枝之蠻[戀]ᄒ야 欲歸于本土ᄒ야 以終餘年ᄒ노니 島中人士난 另選有德者ᄒ라 寡人이 當巽其位ᄒ리라 島中人士가 黙然無語ᄒ고 更容十日 爲期ᄒ야 熟恩[思]回奏라ᄒ듸 島王이 許之러니 島中人民이 商議曰 若失島王이면 人種滅絶ᄒ고 領土瓦解ᄒ야 必如南阿洲共和國之形便矣리니 若選出有德者라도 學問知識이 無可我島王者라 當以何計留之오 一人이 出議曰 我有一計ᄒ니 當有十年矣로다 衆이 視其人ᄒ니 乃文學博士周乙那也러라

104회분(1906. 8. 11)

却說 張附[駙]馬ㅣ 感李尙書之歌意ᄒ고 心獨喜自負ᄒ야 殆欲成病이러니 忽聞一道人이 剝啄於門下어늘 張附[駙]馬ㅣ 聞之驚怪ᄒ야 下樓迎之ᄒ니 那道人은 則百鏡道人이라 頭戴七星巾ᄒ고 身被六銖吉黃衣ᄒ고 足躡飛雲鳥ᄒ고 腰繫雙龍寶玉帶ᄒ고 手執白玉如意ᄒ고 騎一隻梅花鹿ᄒ고 欣然而語之曰 相公이 見李尙書否아 曰見之矣라 曰聞李尙書之歌否아 曰聞之矣라 曰天緣이 近之矣로딕 但業障未除ᄒ니 奈何오 曰

吾已有室호니 復有何望이리오마는 李尙書之固執이 貫徹於
人天鬼佛호야 尙未回悟故로 吾所以深入骨髓而大願一成이
면 固勝於白日飛昇호고 度世長生호야 周流於天上人間이니
吾嘗統百萬之師호고 大獲勝捷이라도 未足以快로딕 至若屈
其李尙書則吾之願이 成矣라 호노니 願道人은 導之호쇼서 道
人曰 吾今向尙書島호야 斷爲一說호노니 路過相公門下故로
稅駕而寒喧호노라 張附[駙]馬ㅣ 殷勤致款호고 共入萬花園中
호야 飮酒相歡이러니 適韋太娘洞庭月巫山雲馬綽等이 共至
라 附[駙]馬ㅣ 迎入園中호야 與百鏡道人叙話호니 道人이 顧
謂韋太娘曰 吾儕가 共是天上星曹로 謫下人間호야 道凡이 雖
有殊塗나 緣果가 侍係同家호니 蒼茫前程을 不可預言이로다
但業鏡이 未經一刧호니 必待期而順天命矣라 吾今向尙書島
하니 歸路에 更訪諸公矣리라 正言間에 又有一客이 剝啄於門
外라 호야늘 附[駙]馬ㅣ 使琴童으로 迎于外軒호라 吾當出迎
호리라 道人曰 那來客을 相公이 或知之否아 附[駙]馬曰 未知
也로다 此必東海龍王女也로다 附[駙]馬驚曰 龍王女ㅣ 何以至
此也오 道人曰 渠必有所請호리니 只言問議于百鏡道人 然後
에 許之라 호라 附[駙]馬ㅣ 點頭호고 出迎其客호니 客은 一個
少年이라 丰姿嬋娟호고 儀表綽約호야 戴王[玉]華冠호고 着
金線袍호고 昂然而入호야 坐定茶訖에 拱手而言于附[駙]馬曰

105회분(1906. 8. 12)

晩生은 東海上來호야 有所懇告于相公者호야 不遠千里而
來호니 相公이 果諾應否아 附[駙]馬曰 先生이 不遠千里호고
遠涉江潮호야 光臨蓬蓽호니 感荷殊甚이로딕 但所懇이 未知
甚事니 請一述之면 當諾應者는 諾應이오 不當諾應者는 豈可

以斷言이리오 願先生은 言其所蘊ᄒ라 少年曰 家有老親ᄒ야 修煉百餘年에 道高德重ᄒ야 爲人所仰이러니 日前에 命小子ᄒ야 往邀相公ᄒ라ᄒ시니 小子ㅣ奉命前來ᄒ야 敬邀尊駕ᄒ노이다 張附[駙]馬曰 有何緊幹고 幸言其詳ᄒ라 少年曰 內容은 非晚生의 所知니 暫屈尊駕ᄒ소서 張府[駙]馬ㅣ有躊躇意ᄒ야 未及回答에 忽有風雲이 滿天ᄒ고 雷霆이 動地ᄒ야 一道金光中으로 那少年이 與張附[駙]馬로 互相先後ᄒ야 疾如風雨行이라 附[駙]馬ᄂᆫ 精神이 忽忽ᄒ야 殆若夢寐中ᄒ니 此是第三難이러라 道人이 韋太娘等으로 候張附[駙]馬入來러니 至半向에 終無消息이라 百鏡道人이 擧眼車東望ᄒ고 謂韋太娘巫山雲曰 事急矣라 ᄒ고 從袖中出第二十四斬魔鏡ᄒ야 照向東天ᄒ니 便成一道金光이 投入張附[駙]馬所乘金光中이라 百鏡道人이 直向那少年止住ᄒ니 那少年이 不知百鏡道人本領ᄒ고 便向百鏡道人ᄒ야 以手中金如意로 打一打ᄒ니 百鏡이 以業鏡으로 拒之ᄒᆫ듸 那金如意가 片片碎落ᄒ야 作胡蝶ᄒ야 飛散空中ᄒ니 那少年이 知抵敵不住ᄒ고 化作靑龍ᄒ야 乘雲逃遁이어늘 百鏡이 與張附[駙]馬로 便向皇都歸러니 已而오 一道黑光이 擁着金光上ᄒ야 聲動天地러니 一瞬에 便到一處去라 百鏡이 謂張附[駙]馬曰 此是東海龍王의 所爲也니 另着精神ᄒ야 勿爲誤中其算ᄒ라 已而오 數百甲兵이 提大刀長鎗[槍]ᄒ고 直向張附[駙]馬ㅣ殺來어늘 百鏡이 照着業경[鏡]ᄒ니 一霎時에 甲兵이 盡化爲水어늘 又見數三仙官이 捧羽憧[幢]以來어늘 一百鏡以照着業鏡ᄒ니 仙官이 手提一片龍鱗ᄒ야 對照業鏡ᄒ니 五光이 玲瓏ᄒ야 煌焰天地어늘 百鏡이 知仙官이 有修行本領ᄒ고 更以第四十二破慧鏡으로 照之ᄒᆫ듸 仙官이 退去어늘 又見一條毒龍이 張牙張爪ᄒ고 直向張附

[駙]馬ᄒ야 吐出黑錟ᄒ니 百鏡[鏡]이 更以斬妖鏡으로 照之ᄒᆫ되 毒龍이 幻作鰐魚ᄒ야 口吐白沫이어늘 百鏡이 更以屠魔鏡으로 照之ᄒᆫ되 鰐魚가 化作蛟龍ᄒ야 向南而逃遁이어늘 百경[鏡]이 與張附[駙]馬로 方欲回旋이러니

106회분(1906. 8. 14)

百鏡이 與張附[駙]馬로 乘金光線ᄒ고 方在回路러니 一條碧虹이 橫截ᄒ야 忽有一巨人이 金冠玉笏로 攔住曰 張相公이 別來無恙가 張附[駙]馬ㅣ 未及回話에 百鏡이 從旁曰 爾這女娘을 欲嫁於張相公인되 當遣媒通婚ᄒ고 六禮成聘이어늘 胡爲乎使用魔術ᄒ야 誘引張相公去오 此非正式上婚姻이오 卽似蜘蛛精之迷着猪八計[戒]之妖術이니 此何蠻行고 大王도 卽海府雄神이오 天曹靈職이어늘 不顧爵位與身分ᄒ고 敢行叵測之計ᄒ니 竊爲大王不取也ᄒ노라 巨人이 怒曰 爾是何物妖怪로 敢戱我天曹大臣ᄒ니 當奏于上帝ᄒ야 誅爾之首ᄒ리라 百鏡이 笑曰 爾雖曰天曹大臣이나 我能黜陟爾職的天曹星君이어늘 爾以肉眼으로 不卞仙凡ᄒ니 爾罪ᄂᆫ 當用何律고 巨人이 問曰 爾是星君이면 有何本領고 當與我試藝ᄒ야 決其雌雄ᄒ리라 百鏡曰 旣欲試藝면 當賭何物고 巨人曰 爾輸則張相公을 便付於我有ᄒ고 我輸則我的千金愛娘을 府於爾有ᄒ리라 百鏡曰 爾的女娘이 安在오 巨人曰 在於水晶宮中이로다 百鏡曰 旣以賭物로 一發于口ᄒ니 當喚爾女娘ᄒ야 與張相公으로 共立於左右ᄒ야 以待試藝之終局ᄒ라 巨人이 曰 我當召來ᄒ리라 一聲長嘯에 那女娘이 乘風而至ᄒ니 卽前日與張附[駙]馬偕來的少年이라 百鏡曰 一言已定ᄒ고 當試何藝오 巨人曰 我當墮爾於萬仞氷山이니 爾勿言苦ᄒ라 百鏡曰 隨爾本領ᄒ

야 任意使藝ᄒᆞ라 巨人이 忽向空中呪呪ᄒᆞ니 雷雨大作ᄒᆞ고 波濤忽起ᄒᆞ야 一道狂風에 便作萬頃的氷山이라 百鏡이 笑曰 爾不得銷我滿腔熱이로다 便以三十六鏡으로 一照氷山ᄒᆞ니 春風이 溫和ᄒᆞ야 一時消融ᄒᆞ고 一霎時에 炎風이 大起ᄒᆞ야 萬頃氷山이 幻作萬仞火山ᄒᆞ야 赤燄이 騰天이어늘 巨人이 不得堪耐ᄒᆞ고 便叫道我輸了我輸了라 ᄒᆞ야 爾便管領去賭物ᄒᆞ라 ᄒᆞ고 便作一條靑龍而在어늘 百鏡이 與張附[駙]馬로 率那女娘ᄒᆞ고 乘金光線歸來ᄒᆞᆯ식 女娘이 心中不憤道父王本領이 胡爲乎一着見輸ᄒᆞ야 使我一身으로 歸于賭物而望望然不顧而去也오 我便從他去了ᄒᆞ야 見其勢頭而報仇也ᄒᆞ리라

107회(1906. 8. 15)

　百鏡道人이 與張附[駙]馬로 携女娘來ᄒᆞ니 那女娘은 卽東海龍王之第三[一]女라 名은 惠光珠니 變化百出ᄒᆞ고 才術無比라 與洞庭月巫山雲馬綽韋太娘으로 相見叙齒ᄒᆞ니 百鏡道人은 年三十一이오 韋太娘은 年三十이오 洞庭月은 年廿九오 馬綽은 年二十八이오 巫山雲은 年二十七이오 惠光珠ᄂᆞᆫ 年二十六이라 共爲序齒ᄒᆞ야 相叙兄弟之情이러라 馬綽의 號ᄂᆞᆫ 武陵春이니 頗有英武之氣ᄒᆞ야 居常에 武家裝束으로 威風凜凜ᄒᆞ고 剛氣稜稜故로 其師赤陽道人이 以武陵春爲號ᄒᆞ니 武陵者ᄂᆞᆫ 借其武字而言其氣像之剛强이오 春字ᄂᆞᆫ 以溫和之氣로 爲平生之戒也니 馬綽이 常以春字로 願[無]不思義ᄒᆞ야 每對人接物에 折節屈己ᄒᆞ야 語言이 和緩ᄒᆞ고 顔色이 美麗ᄒᆞ야 怡然如靑[淸]風中에 坐于一個月ᄒᆞ니 人皆敬服欽仰이러라 惠光珠ㅣ 一見武陵春에 心悅誠服ᄒᆞ야 情若兄弟ᄒᆞ니 武陵春이 亦如血胞ᄒᆞ야 款款不已러라 天子ㅣ 聞張附[駙]馬得東海龍王

女來ᄒᆞ시고 特賜東溟夫人爵ᄒᆞ시고 又賜春杏園亭子ᄒᆞ샤 居
焉케 ᄒᆞ시니 惠光珠ㅣ 拜謝皇恩ᄒᆞ고 趁居春杏園ᄒᆞ니 是園은
在蓬萊園之東百花園之西라 蓬萊園은 在李尙書之府中北園
ᄒᆞ니 武陵春이 居之ᄒᆞ고 百花園은 張附[駙]馬之別庄也니 韋
太娘이 居之오 翠華園은 在蓬萊園之西ᄒᆞ니 洞庭月巫山雲이
居之ᄒᆞ야 互相往來ᄒᆞ야 晨夕源源ᄒᆞ니 與春溫公主之萬壽園
과 春醇[淳]公主之太平園으로 樹陰相接ᄒᆞ며 淸流相沿ᄒᆞ니
世人이 號稱六園이러라 却說 尙書島中文學博士周乙那ㅣ 演
說于衆議院ᄒᆞ고 又與代議士諸氏로 蠻[密]言其計ᄒᆞ니 衆議士
ㅣ曰 以何計로 留島王ᄒᆞ야 不使歸其故國이리오 周乙那曰 其
計深秘ᄒᆞ니 當如此如此而行이면 島王ㅣ 不能歸國ᄒᆞ리라 衆
議士ㅣ 大喜曰 此計ᄂᆞᆫ 建天地而不悖也로다 ᄒᆞ고 乃使周乙那
로 游覽于英美諸國이러라 衆議院議士ㅣ 言于島王曰 殿下ᄂᆞᆫ
必欲歸故國인ᄃᆡ 全島人民이 皆有惜別之意ᄒᆞ니 願更留一年
ᄒᆞ야 期滿還國ᄒᆞ소셔 島王이 曰 又留면 爲之奈何오 議士曰
特立証書ᄒᆞ야 互相踐約이라 ᄒᆞ야ᄂᆞᆯ 島王이 許之ᄒᆞ고 乃以一
年期限으로 特立証約書ᄒᆞ고 公佈于新聞上이러라

108회분(1906. 8. 16)

却說 周乙那ㅣ 遊覽於大不列顚ᄒᆞ야 交結國務卿ᄒᆞ고 言尙
書島獨立之志願ᄒᆞᆫᄃᆡ 國務卿이 進于英皇ᄒᆞ니 英皇이 使國務
卿으로 特派委員于萬國會議所ᄒᆞ야 特請公認其尙書島獨立
ᄒᆞᆫᄃᆡ 萬國이 特爲公認ᄒᆞ니 委員이 復命于英政府ᄒᆞᆫᄃᆡ 英政府
ㅣ特派全權公使于尙書島ᄒᆞ야 証定約章ᄒᆞ고 建築公舘ᄒᆞ며
飄揚英國旗章ᄒᆞ니 美法德俄奧義六邦이 次第証約ᄒᆞ고 派遣
公使ᄒᆞ야 証立通商條約ᄒᆞ니 島王이 召集國會ᄒᆞ고 改島曰 阿

蘭國이라 ᄒᆞ고 尊島王爲大君主ᄒᆞ고 定年號曰 新命元年이라 ᄒᆞ고 遣使請約于大明ᄒᆞᆫ디 明天子ㅣ 與百官議ᄒᆞ시고 派遣大使일ᄉᆡ 乃命張附[駙]馬ᄒᆞ야 特定約章ᄒᆞ라 ᄒᆞ시니 張附[駙]馬 至阿蘭國ᄒᆞ야 與大君主會見ᄒᆞᆯᄉᆡ 玉顔華麗ᄒᆞ야 諭以兩國交好之誼ᄒᆞ며 且慰萬里出疆之勞ᄒᆞ고 以國禮賓으로 待之ᄒᆞ야 賜御前會食ᄒᆞᆯᄉᆡ 隨員平西大將軍武陵春과 左部都督部參謀官洞庭月巫山雲과 附[駙]馬都尉李紹卿이오 屬員翰林張湖 東溟夫人惠光珠라 阿蘭主ㅣ 親授大勳位瑞日大授章于張附[駙]馬ᄒᆞ야 玉才로 佩之于胸中ᄒᆞ니 張附[駙]馬ㅣ曰 特承寵章ᄒᆞ니 感謝欣喜ᄒᆞ야 百倍光榮이로다 阿蘭主ㅣ 含笑不言ᄒᆞ고 乃賜勳一等寶星章于諸隨員ᄒᆞ며 賜勳二等瑞星章于諸屬員ᄒᆞ며 乃定賓舘于百花宮ᄒᆞ고 翌日에 阿蘭主ㅣ 親臨於賓舘ᄒᆞ야 回謝遠涉之勞ᄒᆞ고 聯轡共往于鳳凰橋公園ᄒᆞ야 賞花評柳ᄒᆞ며 必覽于博物舘動物園及鐵工場各種製造所ᄒᆞ야 一一玩賞ᄒᆞ고 同歸于宮內ᄒᆞ야 賜宴享之禮ᄒᆞ니 軍樂이 轟天ᄒᆞ고 火花流星ᄒᆞ야 呈曠前絶後之盛況이러라 張大使臨歸에 阿蘭主ㅣ 大設祖筵于海上望華亭ᄒᆞ고 致殷勤之意ᄒᆞ니 大使ㅣ 不禁烏悒ᄒᆞ야 枉然垂淚海山隔遠ᄒᆞ고 靑已老ᄒᆞ니 此生逢別이 須屬悵然이라 靑霞奇氣를 何時更見고 阿蘭主曰 我有首邱之惡[思]ᄒᆞ니 必歸故國ᄒᆞ야 垂老於父母之鄕이라 一時浮榮을 何足掛慮리오 大使曰 天歲忩忩ᄒᆞ고 人世忙忙ᄒᆞ니 白頭相逢이 豈非悵缺이리오 阿蘭主曰 萬事已定이라 人不何[可]强이니 分合有明[命]이라 然[悲]歎何用가 但風濤萬里扶持康健ᄒᆞ고 無恙回國이 是所祝也로다 大使ㅣ 擧盃ᄒᆞ야 三唱萬歲ᄒᆞ고 惜然登船이러라

109회분(1906. 8. 17)

却說 周乙那ㅣ 運出大徑綸ᄒᆞ며 成立大事業ᄒᆞ야 偉功巍勳이 與天地齊로ᄃᆡ 不欲自伐其功ᄒᆞ야 周遊於文明各國ᄒᆞ야 經歲而不返이어늘 阿蘭全國人民이 咸頌周乙那之功勳ᄒᆞ야 與論沸勝[騰]이어늘 阿蘭主ㅣ 與衆議曰 周乙那ᄂᆞᆫ 必招延歸國ᄒᆞ야 置之於大勳位어니와 其偉大之功을 可垂光輝於宇宙니 鑄其金像ᄒᆞ야 立於鳳凰橋公園이 未知衆心에 如何오 衆皆一時齊應ᄒᆞ야 皆言其可ᄒᆞᆫᄃᆡ 乃命大藏府[部]로 算外支出ᄒᆞ야 鑄周乙那黃金像ᄒᆞ라 ᄒᆞ니 衆議士ㅣ 會議曰 此國之文明獨立이 實由大君主刱業之大勳이니 幷鑄金像ᄒᆞ야 光垂宇宙가 豈不可哉리오 衆議和同ᄒᆞ야 萬口一談이 守不可破라 阿蘭主ㅣ 再三推讓에 知不可挽住ᄒᆞ고 合衆議院與政府議決ᄒᆞ라 ᄒᆞ니 政府大臣이 會議可決ᄒᆞ야 大君主金像은 一丈六呎[尺]이오 周乙那金像은 一丈二呎[尺]인ᄃᆡ 亟其工役ᄒᆞ야 乃於百日內速成竣工ᄒᆞ니 樹立於鳳凰橋ᄒᆞᆯᄉᆡ 左側銅臺에 立大君主像ᄒᆞ고 右側銅臺에 立周乙那像ᄒᆞ니 穹然衣履와 儼然面目이 怳若撑天地盤日月氣像이라 全國人民이 大起祝賀會ᄒᆞ야 七日游嬉ᄒᆞ니 皆萬國之刱[刱]有盛況也러라 全國人民이 皆願召回周乙那어늘 阿蘭主ㅣ 命侍從武官長禮魯斯ᄒᆞ야 拜特派大使ᄒᆞ야 呈國書于英皇帝ᄒᆞ야 致其敦厚之誼ᄒᆞ고 且召周乙那ᄒᆞᆫᄃᆡ 周乙那ㅣ 見大使曰 大君主ᄂᆞᆫ 大明人也라 常懷古土之蠻[戀]ᄒᆞ야 不欲久住蘭國ᄒᆞ니 若有不歸大明之証約이면 吾當卽日還國이오 不然이면 栖屑彷徨於六洲之間ᄒᆞ야 誓不歸土ᄒᆞ리니 願大使ᄂᆞᆫ 稟告本意ᄒᆞ야 承其發落이 是吾所願이라ᄒᆞᆫᄃᆡ 大使ㅣ 歸國ᄒᆞ야 告其周乙那之言ᄒᆞᆫᄃᆡ 阿蘭主ᄂᆞᆫ 常有歸國之蠻[戀]ᄒᆞ야 長不忘于心者라 若與之締約이면 必爲阿蘭之鬼ᄒᆞ리니 不

可立盟이라 호고 姑爲留案이어늘 自議院으로 衆議沸騰호야 互相議論曰 若立証約이 周乙那를 可還이오 大君主도 不歸호리니 此約一成이면 阿蘭全國之幸福이라 豈不美哉리오 乃告于政府호야 請其速成証約호딕 政府諸臣이 乃開御前會議호고 請其証約호야 召周乙那호소셔 阿蘭主曰 吾不可以永不歸國으로 爲約이니 以十年不歸로 爲約호야 周乙那ㅣ 聽之則可也오 不聽이면 吾不可以立約也로다 諸大臣이 知其不可回호고 乃以十年不歸之意로 遣使于周乙那호야 傳其証約書호딕 周乙那曰 吾以十年挽留之計로 大言于衆議라 호고 乃理裝歸國호니 全國人民이 歡迎于埠頭홀식 阿蘭主ㅣ 亦率諸大臣호고 其後歡迎會于海天亭호고 以手加額호고 望周乙那러니 一聲汽笛에 쥬[周]乙那搭之軍艦海龍이 泊于大月灣軍港이어늘

110회분(1906. 8. 18)

却說 惠光珠는 卽東海龍王之女也라 先是 東海龍王이 有二女호니 長曰 惠光珠오 次曰 壽光珠니 龍王이 憂其女娘之婚處호야 日求佳郞이러니 朝于上帝라가 聞天乙星이 降爲張沼호고 欲爲女婿호야 以神術賺取라가 見敗於百鏡道人호야 見奪其女惠光珠호고 憤憤歸水府中호딕 其次女壽光珠ㅣ 進曰 阿兄이 不來호니 何故也오 龍王이 愧赧曰 爾兄이 爲賭物호야 我ㅣ 見輸而歸호니 爾兄을 見奪於百鏡이로다 壽光珠曰 父王이 見敗於百鏡도 不可使聞於隣國이온 況寧其阿兄乎아 願借神劒이면 兒女ㅣ 請斬百鏡頭호야 以雪父王之耻호고 寧還阿兄호야 不遺耻笑於世界호리이다 龍王이 曰 我豈不憤이리오마는 但百鏡之術이 旣神且聖호야 不可與敵이라 我祖敖光이 爲那托[吒]之所敗호야 其讐를 尙未復호니 今若欲爲復

仇라가 恐中百鏡之毒이니 不如堅忍이오 且惠光珠는 與天乙星有緣則歸其門庭ᄒᆞ니 必結月下之繩矣리니 爾且息憤忍恥ᄒᆞ라 壽光珠ㅣ 見父王不聽ᄒᆞ고 心中不[可不]憤ᄒᆞ며 且別其阿兄以來로 如割半之哀ᄒᆞ야 悲思難抑ᄒᆞ야 日思復讐之策이로ᄃᆡ 但恨力綿而已러니 一日에 游於東海之岸이라가 見一箇董[童]子가 浴於海波上이어늘 知有那神術ᄒᆞ고 乃作凌波步ᄒᆞ야 近至董[童]子而拜告之曰 仙童이 有何來[本]領ᄒᆞ야 能作海上之遊乎아 童子ㅣ 答禮曰 俺은 天上星曹로 暫游海國이라 有何本領이리오 問曰 天上星曹가 未知那個星否아 那童子曰 俺은 天狼星也로다

111회분(1906. 8. 22)

天狼星은 亦是天書星君台剛猂威武ᄒᆞ야 司天上人間之兵權者러니 得罪於上帝ᄒᆞ고 爲曹海上漁戶家子弟ᄒᆞ야 年今十七에 抱得多大本領ᄒᆞ야 升天入地와 呼風喚雨를 無所不爲라 常游泳於海上일식 數萬頃風浪之中이라도 踏之如平地ᄒᆞ고 睨視宇宙ᄒᆞ야 見人患難則첩[輒]救之를 如不及ᄒᆞ며 見人不義則첩[輒]殺之를 如不足ᄒᆞ야 儼然有英雄之風이러니 今見壽光珠來詞ᄒᆞ고 怪而問之曰 爾尼子是何物女人고 壽光珠曰 稱之言辭가 胡爲大慢고 天娘[狼]星이 曰 汝不知天上殺星乎아 壽光珠ㅣ 知其有本領ᄒᆞ고 進前拜乞曰 我是東海龍王之女也라 吾兄惠光珠ㅣ 爲百鏡道人之賭物ᄒᆞ야 今爲張沼家俘虜ᄒᆞ니 吾之仇家也라 願公子는 垂急人之風ᄒᆞ야 救出吾兄ᄒᆞ고 雪其羞恥면 當舍珠而報恩矣리이다 天娘[狼]星이 曰 以東海龍之神靈으로 尙不能除其百鏡之造化ᄒᆞ니 吾何能雪汝之羞恥耶아 壽光珠ㅣ 曰 聞公子ㅣ 有天上剛威之權ᄒᆞ니 必勝其百鏡之

術이라 特垂大武ᄒ야 戮此百鏡則幸矣오 如其不戮이라도 奪
還吾兄이면 恩如海大ᄒ니 幸勿過推ᄒ소셔 天娘[狼]星이 見
壽光珠顔色이 正大ᄒ고 言辭ㅣ惻切ᄒ고 感動其性ᄒ야 慨然
許之曰 當爲爾報仇ᄒ야 如其不成이라도 亦天也니 固盡在我
之道ᄒ리라 ᄒ고 收拾衣衫ᄒ야 跋浪而出ᄒ야 與壽光珠로 幻
作一雙海東靑ᄒ야 直向張附[駙]馬府中ᄒ야 攫取惠光珠ᄒ야
幻作一白鷹ᄒ니 三個鷹이 盤于空中ᄒ야 正尋百鏡道人이러
니 百鏡이 知得取去惠光珠ᄒ고 乃變化一鶻子ᄒ야 飛勝空中
ᄒ야 鬪取白鷹ᄒ니 白鷹이 直上雲霄어늘 골[鶻]子ㅣ逐之어
늘 一雙蒼鷹이 幷力拒之라가 一蒼鷹이 快斷골[鶻]子右翼ᄒ
니 골[鶻]子ㅣ知其不勝ᄒ고 乃取第七十二還王鏡ᄒ야 照其蒼
鷹ᄒ듸 蒼鷹이 乃以金如意로 擊破七十二鏡ᄒ니 鏡中에 突出
一火虹ᄒ야 蟠于宮中ᄒ야 熱燄이 若火山噴出이어늘 蒼鷹이
噴出水光ᄒ니 火燄이 消盡이어늘 百鏡이 又以一鏡으로 照之
ᄒ듸 大風이 飜空이어늘 蒼鷹이 毛羽飛揚ᄒ야 莫可底定이라
百鏡이 直取白鷹ᄒ니 白鷹이 又欲飛遁이러니 골[鶻]子ㅣ以
鐵爪로 攫白鷹而去어늘 蒼鷹이 乃以金如意로 打折골[鶻]子
右翼ᄒ니 골[鶻]子ㅣ知不能抵敵ᄒ고 乃放白鷹ᄒ니

112회분(1906. 8. 24)

天娘[狼]星이 勝了百鏡道人ᄒ고 奪了惠光珠ᄒ야 飛揚而
還이어늘 百鏡道人之才術이 愧不及天狼星ᄒ고 且憤恨其折
其右翼ᄒ야 請巫山雲虹橋術ᄒ듸 巫山雲이 亦甚憤恨ᄒ야 成
虹爲橋ᄒ고 前道[導]百鏡ᄒᆯᄉᆡ 至乾元山金光洞燃燈道人府ᄒ
야 拜見道人ᄒ고 懇告曰 弟子百鏡은 見侮於天狼星ᄒ고 乞其
報仇的行動ᄒ듸 燃燈曰 天狼星이 與我有八拜之交ᄒ니 吾當

見之면 必返奪惠光珠幷其弟壽光珠而還이어니와 不可以雪
其憤矣리라 百鏡曰 奪其兄弟면 雪其憤矣어니와 折我右肱之
讐ᄂᆞᆫ 何如復之오 此是壽光珠之事則俘虜其身이면 羞可雪矣
오 讐可復矣이 何至極度耶아 百鏡이 致謝致謝ᄒᆞ고 願亟後
[復]其讐ᄒᆞᆯ시 燃燈이 以玉笏子로 擲于空中ᄒᆞᆫ시 那玉이 變作
一雙白燕ᄒᆞ야 翶翔雲外而去라가 便見一雙蒼鷹이 率一白鷹
ᄒᆞ고 坐於海松之上이라 那白燕이 知道一雙是惠光珠兄弟ᄒᆞ
고 直以觸衝打ᄒᆞᆯ시 一雙蒼鷹이 一時落地라 又打白鷹ᄒᆞᆯ시 白
鷹이 又爲落地어늘 便見一蒼鷹이 將身起來ᄒᆞ야 幻作天娘
[狼]星本身ᄒᆞ야 卽以金如意로 猛打白雙燕ᄒᆞ니 雙燕是昊天上
帝的玉笏이라 肯受天狼星打倒리오 雙燕이 飛撲天狼星頂門
上ᄒᆞ니 天狼星이 大叫一聲에 電光이 起目ᄒᆞ야 與雙燕大戰一
場ᄒᆞ니 雙燕所撲에 怳若鐵棒也似疼痛이라 不敢近前ᄒᆞ고 飛
坐松枝上이어늘 雙燕이 護着一蒼一白ᄒᆞ야 飛騰空中而去어
늘 天狼星이 坐料惠光珠兄弟를 一時見奪ᄒᆞ고 東海龍王이 若
責我면 必無辭可答이니 吾當請援於吾師ᄒᆞ야 殺其雙燕子ᄒᆞ
고 奪還惠光珠兄弟ᄒᆞ리라 ᄒᆞ고 卽向其師ᄒᆞ야 哀乞ᄒᆞᆫ시

113회분(1906. 8. 24)

其師ᄂᆞᆫ 不是別人이오 乃是龍虎山張大師라 天狼星이 泣
告天[大]師曰 小子與百鏡有相角鬪라가 號訴於燃燈ᄒᆞ야 見奪
龍宮之惠光珠壽光珠兄弟ᄒᆞ니 心甚憤恨ᄒᆞ니 願師父ᄂᆞᆫ 可憐
見ᄒᆞ샤 更奪二珠ᄒᆞ야 毋得貽羞於天下則小子ㅣ 死無所恨이
니이다 天[大]師笑曰 此是一時劇戱라 對局相爭罷局笑者ㅣ 豈
非此耶 天狼星이 再告曰 師父ㅣ 不請小子之言ᄒᆞ시면 小子ᄂᆞᆫ
必溺死於東海之中ᄒᆞ야 含木石塡東海라도 其怨이 必不銷矣

리니 願師父는 雪小子之怨ᄒ쇼셔 天[大]師曰 爾本天上狼星
으로 化下女[男]子之身ᄒ야 雖有威武之性이나 不可隨意而見
困於百鏡者도 亦天也니 爾不必以報仇言之也ᄒ라 天狼星이
三告曰 師父ㅣ 若不雪小子之怨이면 請死於師父之面前ᄒ노
이다 大師ㅣ曰 但爾不聽吾言ᄒ고 一向執迷ᄒ야 强行不可行
之事이면 事必不成이니 不成之日에ᄂ 爾之憤限[恨]이 十倍
增加ᄒ야 以老夫之力으로도 更無如何道理면 伊時에 爾向何
處而欲雪十倍之憤限[恨]이리오 此天定所在라 爾當回悟ᄒ야
勿以仇家見之면 必有對顔歡笑ᄒ야 津津說今日矣리니 爾何
不諒老夫之言ᄒ고 一向强項ᄒ야 逆天逆理耶아 天娘[狼]星이
聞師父之戒ᄒ고 知不可回ᄒ야 仰天長嘆이라가 拜辭師父ᄒ
고 卽向蓬萊園ᄒ야 自料乘其燃燈不在之機ᄒ야 斬其百鏡之
頭ᄒ고 兩便에 挾二珠而還이면 誰可敵我리오 ᄒ고 化作蒼鷹
ᄒ야 飛向京師ᄒ야 卽至百鏡所住處하니 百鏡道人이 方澆花
散步라가 忽見一蒼鷹이 羽勢剽凜ᄒ야 未及五步에 化作一女
娘ᄒ야 手持寶劍ᄒ고4) 直斷百鏡頭ᄒ니 頭不落地ᄒ고 忽見
一條金光이 融融如龍ᄒ야 纏了天娘[狼]星身上ᄒ야 呼吸不得
이라 天娘[狼]星이 始知百鏡之道術ᄒ고 便謂百鏡曰 胡相迫
隘고 百鏡道人曰

114회분(1906. 8. 25)

却說 惠光珠壽光珠兄弟兩人이 以百鏡神術로 寄留於太平
園內나 然이나 一來有俘虜之怨ᄒ고 二來有鄕閨之戀ᄒ고 三

---

4) 이 부분에서 몇 글자 빠진 것이 있는 듯.

來有百鏡之限[恨]호야 愁色이 滿面호고 憤氣撑腸호야 寢食不甘호고 精神怳惚호야 日望天娘[狼]星來救로딕 天娘[狼]星은 杳無消息호야 翹首東天에 沈吟而已러니 一日 洞庭月巫山雲이 見二珠顏色이 焦[憔]悴호고 見甚可憐호야 乃開一宴於蓬萊園호고 請邀惠光珠兄弟호야 兄弟 ㅣ 政右[在]憫鬱中이러니 承洞庭月見招호고 與其弟壽光珠로 共赴宴席호니 兩兄弟 ㅣ 相見叙話에 兩個는 天上星曹的兄弟오 兩個是龍王愛女之兄弟니 顏光이 玉潤珠輝호고 神氣는 春暢月朗호야 盃酒談笑之間에 吐肝傾膽호야 便若血胞라 政飲間에 忽有一雙[隻]鷹蒼이 坐於老松禿枝上호야 俊視耽耽에 可謂鶻伶緣老라 壽光珠 ㅣ 顧謂其兄曰 此鷹이 莫是天狼星否아 惠光珠曰 似有貌儀로딕 不可質知也로다 巫山雲이 曰 向日所見之蒼鷹耶아 曰 然호다 政談話間에 蒼鷹이 飛坐於玉欄干上호야 若有與人親昵之色이어늘 壽光珠 ㅣ 起向蒼鷹호야 曰 君是天娘[狼]星이어든 幸勿飛去호라 호고 以手로 調其羽호니 鷹便馴伏이라 壽光珠 ㅣ 乃以錦帶로 繫其足호야 坐於金의[錦衣]上호고 宴畢에 謝洞庭月兄弟호고 與其兄으로 手鷹而歸호야 藏於錦帳中이러니 其夜에 若有警咳聲이어늘 壽光珠 ㅣ 揭帳視之호니 乃天娘[狼]星이라 驚喜十分호야 踴躍進前호야 握手殷勤曰 先生이 何以來此오 吾之兄弟가 回首東天호야 懸望跫音이러니 今幸見之호니 死無所恨이로다 호고 乃謝其衷情호딕

115회분 (1906. 8. 26)

天娘[狼]星이 曰 吾所以來此者는 唯君兄弟而已라 日昨吾 ㅣ 不勝憤恨호야 來見百鏡호딕 百鏡이 曰 (前號續節) 更不用神術호고 唯以道德上相信而已矣리니 願天娘[狼]星은 唯見惠

光珠兄弟ᄒᆞ고 去留行止를 任其自由ᄒᆞ라 吾ㅣ 更而憖憖於其間이면 白日이 在彼라 ᄒᆞ노라 吾聞此言ᄒᆞ고 與百鏡媾和ᄒᆞ야 共約平生之交ᄒᆞ고 來見君之兄弟者ᄂᆞᆫ 慰其未歸之懷ᄒᆞ고 寘其湮鬱之情ᄒᆞ야 第觀下回가 未爲不可니 願君之兄弟ᄂᆞᆫ 放下心頭ᄒᆞ라 吾當懲忿忍恥ᄒᆞ고 歸去海濱ᄒᆞ야 倘佯自適ᄒᆞ노라 惠光珠兄弟ㅣ 苦苦哀乞ᄒᆞ고 問其故ᄒᆞᆫᄃᆡ 天娘[狼]星이 曰 吾向日에 請救于吾師父張天[大]師ᄒᆞᆫᄃᆡ 天[大]師ㅣ 洞知過去未來之數ᄒᆞ야 無數仙曹가 劫連未盡ᄒᆞ고 業障未消ᄒᆞ야 共如鬪虎나 必歸于一範圍春風和氣中이라도 其會于天上이 亦有定數라 ᄒᆞ니 吾ㅣ 以是明悟나 然이나 不忍其性ᄒᆞ고 卽向百鏡ᄒᆞ야 要爲報仇러니 何幸百鏡이 折節自悔ᄒᆞ고 讓我一頭地ᄒᆞ야 溫言相解ᄒᆞ니 其知其融和之好ᄒᆞ고 勸君兄弟ᄒᆞ야 第觀下回ᄒᆞ노니 此地가 非君妨害之地를 從此可知라 是以勸君ᄒᆞ노라 惠光珠曰 天娘[狼]星은 欲何去오 天娘[狼]星曰 吾是四海無家客이라 安往而不適이리오 惠光珠兄弟ㅣ 泣曰 事有天定이면 吾之兄弟가 不可獨留此地니 願天娘[狼]星은 同爲暨桓ᄒᆞ야 如同親戚이 是吾所望也로다 天娘[狼]星曰 吾之心志ᄂᆞᆫ 念相交之誼ᄒᆞ야 欲爲留住어니와 但主人意志가 未如何ᄒᆞ니 不可强留라 兄弟曰 此ᄂᆞᆫ 吾兄弟之周旋이라 吾有珍寶ᄒᆞ니 可售萬金之釵釧環珮ᄒᆞ야 爲君尋屋ᄒᆞ고 與之進隨ᄒᆞ야 以樂餘生이 固所願也니 願先生은 快諾ᄒᆞ라

116회분(1906. 8. 29)

天娘[狼]星이 謝曰 如君所言인ᄃᆡᆫ 我當如君同周旋ᄒᆞ리라 ᄒᆞᆫᄃᆡ 惠光珠ᄂᆞᆫ 有春風容物之量ᄒᆞ야 甚爲歡喜ᄒᆞ나 壽光珠ᄂᆞᆫ 凛若氷霜ᄒᆞ야 有若俘虜之羞ᄒᆞ야 滿心憤恨ᄒᆞ더니 見天狼星

이 又爲歸化ᄒᆞ고 更無依恃處ᄒᆞ야 心甚不平焉이라 天娘[狼]星이 曰 壽光珠ᄂᆞᆫ 不喜我百年乎아 壽光珠謝曰 豈有不喜也리오 我家兄弟가 俱爲俘虜어늘 先生이 又欲聞周旋ᄒᆞ니 外貌昌皮[披]인들 不可形言也로다 惠光珠曰 不必多言이라 同做一處ᄒᆞ야 第觀下回之如何ᄒᆞ노라 每與洞庭月兄弟로 情誼頗深ᄒᆞ야 每語于覊旅之情ᄒᆞ다가 長吁短嘆이어늘 巫山雲曰 吾聞女子ᄂᆞᆫ 遠父母兄弟라 ᄒᆞ니 視若出嫁ᄒᆞ고 寬下心懷ᄒᆞ라 壽光珠曰 此是來嫁之人乎아 政談話間에 武陵春이 至어늘 衆起歡迎ᄒᆞ야 寒喧茶罷ᄒᆞ고 武陵春曰 我等이 俱以女子之身으로 芳年이 已度ᄒᆞ야 近至三十而無有琴瑟之樂ᄒᆞ야 意在四方에 膂力經營이 俱歸浮雲ᄒᆞ니 百年이 幾何오 但吾等之依仰者ᄂᆞᆫ 唯張附[駙]馬一人 而附[駙]馬ᄂᆞᆫ 雙鳳㦖㦖ᄒᆞ야 樂已極矣오 但固執不回之李炯卿一人으로 衆人이 受苦ᄒᆞ니 此是天意오 非曰人力이나 亦非人力則不可成天意니 唯吾諸人이 共至尙書國ᄒᆞ야 携來李炯卿ᄒᆞ야 共歸團樂이 未知如何오 衆人이 一齊和應이어늘 乃列其名ᄒᆞ야 共爲立誓ᄒᆞᆯᄉᆡ 武陵春이 援筆而書之ᄒᆞ니

  一 李炯卿
  二 春溫公主
  三 洞庭月
  四 巫山雲
  五 武陵春
  六 玉鳳凰 (卽百鏡)
  七 惠光珠
  八 壽光珠

九 天娘[狼]星

 이라 ᄒ야늘 惠光珠ㅣ曰 吾等三人은 卽俘虜也羈旅也어늘 胡爲乎列書오

해 설

《여영웅》은 어떤 소설인가?

《여영웅》은 본명을 밝히지 않고 백운산인(白雲山人)이라는 호를 사용한 사람이, 《대한일보》에 1906년 4월 5일부터 같은 해 8월 29일까지 연재하다가 116회를 끝으로 중단한, 국문현토본 한문 소설이다.

《대한일보》는 1904년 3월 10일에 인천에서 창간된 신문으로, 일본인이 사장으로 있으면서 조선신보사에서 발행했다. 1904년 12월 10일에 서울로 옮겨 발행했고, 《대한매일신보》의 항일 논조에 맞서 일제의 조선 침략을 지지했다. 1906년 8월까지는 국문판으로 펴냈으나, 그해 10월 17일부터 일문판으로 바꿔 발행했다. 《여영웅》의 연재 중단은 아마도 신문을 일문판으로 바꾸는 과정에서 생겨난 논란이나 뒤숭숭한 분위기와 연관이 있을 것이다. 국문판 발행 중단과 함께 연재가 중단된 채 미완으로 남은 부분은 일본어로 연재되면서 완결을 보았는지, 아예 연재를 포기해 버려서 결말을 짓지 못했는지 현재로서는 분명하게 확인하기 어렵다. 다만 마지막 회까지 진행된 사건을 토대로 전체 흐름을 추측해 보면, 적어도 10회 이상은 더 연재됐어야 할 것으로 보인다.

그러나 작가가 제시한 이 소설의 집필 목적이 여성의 교육과 사회 진출의 필요성을 강조하는 데에 있었다는 점을 상기해 보면, 미완으로 끝났다고 해도 작가가 의도한 소기의 목적은 충분히 달성했다고 할 수 있다. 뒷부분은 이른바 천정인연(天定因緣)이 결국 어떻게 실현되는지를 중심으로 서술될 것으로 추측되는데, 그것이 여성의 능력을 펼쳐 보이는 것과는 일정한 거리가 있기 때문이다.

《여영웅》은 고전 소설 《이형경전》을 저본으로 삼아 개작한 소설이기도 하다. 그러나 저본의 서사를 그대로 따르지 않고 심하게 변개를 가했다. 소설의 시공간적 배경은 저본과 같이 중국 명나라 가정(嘉靖, 1522~1566) 연간으로 설정하고 있지만, 주인공이 과거에 급제하고 능력을 발휘하는 시기부터는 상당한 정도로 변개를 시키기 시작한다. 특히 이형경의 정체가 여성이라는 것이 탄로 나고 결혼을 강요받기 시작할 즈음부터는 그 배경이 획기적으로 바뀐다. 공간은 해외로 확장되고, 시간은 19세기와 20세기가 교체될 무렵으로 전환된다. 하지만 중국의 시간은 여전히 변함이 없이 16세기의 절대 왕권 시대에 머물러 있다.

이러한 시공간 배경의 불일치를 의식과 가치관의 대립을 강조하기 위한 의도의 산물이라고 보면, 매우 주목할 만한 구성이다. 주인공 이형경이 해외로 진출해 '미개인'들을 문명화시키고 부국강병을 이루는 인물로 변모하는 동안 중국은 여전히 세상의 변화에 둔감한 암흑의 세계로 묘사함으로써, 가치관과 의식 변화가 만들어 낸 문명의 차이가 극단적인 대립 구도를 갖도록 짜 놓은 것이기 때문이다.

《여영웅》이 저본에서 크게 멀어진 까닭은 작가의 의도가 많이 개입되어 있기 때문이다. 작가 백운산인은 서언에서 "대개 사람의 품성이라는 것은 남녀 사이에 전혀 차별이 없"는데, "중국의 풍속에서는 오직 남자만을 살아 움직이는 존재라 여기고 여자는 깊숙한 곳에 감춰진 존재로 여겨 하늘이 내신 영웅성을 버려두게" 한다고 한탄했다. 이어서 "그런 썩은 풍속이 한국에까지 흘러들어와 여자를 사회적으로 버려진 존재라고 여기게 되어, 나라가 진보되고 개명한 데로 나아갈 수 없게 만드니 또한 한탄스러운 일"이라고 개탄했다.

서언의 이러한 내용을 통해 작품에서 여성의 무한한 잠재력이 실현될 것임을 예측할 수 있고, 또한 개화기 신문에 연재된 소설인 만큼, 전대의 고전 여장군 소설에서 일반적으로 발견할 수 있는 수준을 그대로 따르지 않을 것임을 충분히 짐작할 수 있다. 하지만 《여영웅》은 처음 예상되는 수준을 훨씬 뛰어넘는다. 주인공 이형경이 남성과 동등한 인간으로서, 나아가서는 남성 인물을 월등히 능가하며 능력을 발휘함으로써 여성에 대한 새로운 인식을 보여 주기 때문이다. 이러한 인식 변화는 이형경이라는 주인공에게만 한정되는 것이 아니라, 다른 여성 인물들에게도 공통적으로 나타나는 점이다.

그럼에도 불구하고 열 명이 넘는 여성이 장소라는 이름을 지닌 남주인공과 결연하기 위해 천정인연이라는 운명을 맹종하는 것은, 근대로 향한 작가의 의식이 아직 설익었거나 분열된 상태로 남아 있음을 드러낸다. 그렇지만 주인공 이형경은 운명을 맹목적으로 추종하지 않고 최대한 거부하며 개인의 자유의지 실현을 추구하도록 만들어 감으로써, 발전과 진보에 대한 작가의 열망이 뚜렷하다는 사실은 분명히 하고 있다.

결국 《여영웅》은 이전 시대의 가치관을 반영한 《이형경전》을 새 시대에 맞게 개작함으로써, 낡은 가치와 새로운 가치의 대립, 남녀 간 능력의 전도, 무지와 개명의 효력 차이를 극명하게 보여 준 소설이다. 백운산인이 자신의 인식 수준 안에서 여성에 대한 교육과 사회 진출의 필요성을 역설한 계몽소설인 것이다.

작자 백운산인(白雲山人)은 누구인가?

개화기에 신문 매체를 통해 작품 활동을 한 인사 중에는 본명 대신 별호를 사용한 사람이 적지 않다. 《여영웅》의 작자인 백운산인도 그 가운데 한 명이다. 현재 우리에게는 그의 정체를 확인할 수 있는 직접적인 정보가 아무 것도 없다. 그렇다 보니 그의 정체에 대해 조금이라도 알고자 하면, 소설에 있는 단서들을 통해 추정을 해야만 한다. 소설에 특징적으로 드러나는 국면들에 초점을 맞추어 몇 개의 중요한 실마리를 취하고 작가를 추적해 가는 방법이다. 이런 방식으로 그 교집합에 해당하는 인물을 보면 이해조가 가장 가능성이 높은 인물로 떠오른다.

첫 번째 단서는, 필명으로 사용된 자호인 '백운산인(白雲山人)'이다. 조선 시대의 선비나 식자들은 자기가 태어났거나 거주하는 지역의 산이나 개천 혹은 마을의 이름을 따서 호를 짓는 경우가 허다했다. 이해조는 경기도 포천 출신으로, 포천에서 교원으로 일을 하기도 했고 죽은 뒤에도 포천에 묻혔다. 그 포천에는 해발 900미터가 넘는 백운산이 있다. 물론 백운산이란 이름을 가진 산이 포천에만 있는 것은 아니지만, 이해조의 향리 근처에 그런 이름을 가진 산이 있다는 사실은 주목할 만하다. 백운산은 비록 그가 태어난 신북면이 아니라 이동면에 있기는 하지만, 그의 향리에서 그다지 멀지 않고 아름다운 계곡으로 이름이 높은 곳이다. 벼슬길에 나아가기보다는 고고하게 문학 활동과 사회 개혁 운동에 힘쓰던 이해조였으니, 그 산의 이름을 취해서 호를 삼는 것은 얼마든지 가능한 일이다.

두 번째 단서는, 《여영웅》이 그 이전에 존재하던 소설 《이형경전》을 저본으로 해 개작된 소설이라는 사실이다. 개화기에 고전 소설을 개작해 신소설을 지은 작가라면 당연히 후보 범주에 넣어야 한다. 이해조는 소설을 창작하기도 했지만, 이미 존재하고 있던 판소리계 고전 소설인 《춘향전》·《심청전》·《흥부전》·《별주부전》을 각각 《옥중화》·《강상련》·《연의 각》·《토의 간》이라는 신소설로 개작하기도 했다. 이 개작 소설들은 모두 한글로 표기되었으며 1910년대에 출판된 것들이다. 그런데 《여영웅》은 1906년에 신문에 연재되는 형태로 세상에 나왔다. 그러므로 만일 이해조가 《이형경전》을 저본으로 삼아 《여영웅》으로 개작한 것이라면, 1906년이라는 연도와 한문현토라는 표기법 사이에도 아무런 문젯거리가 없게 된다. 처음으로 고전 소설에 대한 개작을 시도한 시험적인 성격의 작품이기 때문에, 그런 형태를 취한 것은 퇴행적인 것이 아니라 정상적인 발전 단계라고 이해할 수 있는 것이다.

세 번째 단서는, 《여영웅》에 등장하는 유람 모티프다. 개화기에는 외국에 대한 관심으로 해외 유람이나 유학이 빈번하게 모티프로 채용되고는 했다. 그러므로 유람 모티프를 즐겨 채용하던 작가라면 이 소설의 후보로 꼽힐 수 있다. 이해조는 소설에 유람 모티프를 채용한 선구적인 인물이다.

그의 소설 《홍도화》(1908)나 《원앙도》(1909)는 다른 어떤 신소설보다 유람 모티프를 먼저 채용한 것이다. 따라서 이미 신소설 초기 단계에 유람 모티프를 채용한 이해조가 우리에게 알려진 것보다 먼저 《여영웅》을 연재할 때부터 채용했을지도 모른다는 추정에는 충분한 가능성이 있다.

네 번째 단서는, 《여영웅》에서는 특히 여성에 대한 교육과 여성의 능동적이고 적극적인 사회 진출이 긍정적으로 평가받는다는 점이다. 주인공 이형경은 황제에게 자신이 여성임을 밝힌 뒤에도 조정에서 중요한 역할을 수행한다. 황제는 여성으로서의 그의 공적을 모두 인정하여 여장군과 여성으로만 구성된 '여영웅부'를 설치하고, 남성과 동등한 자격으로 군무를 총괄하게 하기도 한다. 이런 사실을 통해 여성 교육과 여성의 사회 진출에 특별히 관심이 많았던 작가를 눈여겨볼 필요가 있다. 이해조는 1905년 무렵부터 신식 교육에 종사했으며, 애국계몽단체인 대한협회에서 교육부 사무장을 맡기도 했고, 미국인 목사 제임스 게일이 창립한 국민교육회에 가입하기도 했다. 특히 여성 교육에 관심이 높아 《자유종》 같은 소설에서는 여성의 사회적 지위 향상과 신교육 고취 및 사회 풍속 개량의 필요성을 주장하기도 했다. 이것은 《여영웅》에서 보여 준 여성에 대한 인식과 일맥상통한다.

다섯 번째 단서는, 소설의 표기 형태를 볼 때 작가는 신식 교육보다는 전통적인 교육을 통해 학문을 익힌 사람일 가능성이 높다는 점이다. 작가는 한글 소설인 《이형경전》을 한문이 주가 되고 국문으로 현토를 다는 방식으로 《여영웅》으로 개작을 했고, 저본에는 없는 한시를 새로 지어 넣은 것이 적지 않으며 유명한 중국 한시의 구절들을 인용하기도 했다. 소설의 내용으로부터 작가가 어렸을 때부터 한문에 익숙하고 유교 경전과 사서, 문학과 제자백가에 대한 지식이 매우 깊은 사람이었을 것임도 충분히 짐작할 수 있다. 이해조는 그의 아버지 이철용과 친했던 김홍집, 그리고 이해조의 집안과 사돈 관계에 있었던 김윤식의 영향으로 어려서부터 한학을 공부했다. 그래서 19세에는 초시에 합격해 진사가 되었으며, 20대 중반의 나이에는 한시를 즐기던 유학자들의 모임인 '대동사문회(大東斯文會)'를 주관하기도 했다. 이런 학문적 토대는 처음으로 지어 보는 소설의 문체와 내용에 상당한 영향을 끼쳤을 수 있다. 그러므로 《여영웅》의 문체는 한문에 토를 달아서 읽던 유학자들의 관습의 부산물이며, 빈번하게 등장하는 한시는 그의 시작 능력을 증명하는 근거라고 보아도 무방하다.

여섯 번째 단서는, 작가가 외국의 사정에 밝은 것으로 보아서 기자 생활을 했거나 외국에 대한 관심이 남달랐던 사람일 가능성이 높다는 점이다. 《여영웅》에는 언론인으로 외국에 대한 기사를 많이 접하거나 외국에 대한 지식이 많았던 사람이라야 알 수 있을 만한 내용이 적지 않게 나타난다. 이해조는 왕가의 후손이고 유학의 가풍이 넘치는 집안에서 태어났으나, 이미 1905년경부터 기독교를 믿었던 사람이다. 그는 일찍이 자신이 출석하던 연동 예배당의 교인인 양재건이 사장으로 있던 《소년한반도》의 찬술원으로 활동하며 소설을 연재한 적이 있었다. 그 잡지가 폐간된 뒤에는 《황성신문》·《제국신문》·《매일신보》 등에서 기자로 활동하며 소설 창작을 병행하기도 했다. 기자가 되었다는 말은 이미 그가 세상 돌아가는 일과 해외에 대한 관심이 컸다는 것을 뜻한다. 이것은 《여영웅》에 투영된 해외에 대한 지식을 그와 연관시킬 때 설득력을 높여 주게 된다. 더구나 그는 국내 최초로 쥘 베른의 《철세계》 및 《화성돈전》·《누구의 죄》 등을 번역하며 외국문학에 대한 관심이 컸음을 보여 주기도 했다. 마침 《여영웅》에는 '화성돈(조지 워싱턴)'이란 이름이 직접 언급되기도 한다.

이해조를 빼면 좀처럼 이 많은 단서들에 무리 없이 합치될 만한 다른 후보를 찾기 어렵다. 나중에라도 이해조가 백운산인과 동일 인물이라는 사실이 확실히 밝혀진다면, 이는 이해조 개인의 이력뿐만 아니라 근대문학사 기술까지도 일부 바꾸어야 하는 유의미한 사실로 자리 잡게 될 것이다. 지금까지 이해조는 《소년한반도》에 1906년 11월부터 1907년 4월까지 연재하던 《잠상태(岑上苔)》라는 미완의 한문 소설을 시작으로 작품 활동을 한 것으로 알려져 있었다. 하지만 《여영웅》으로 인해 그의 소설 창작도 1906년 4월부터 시작된 것으로 앞당겨질 수 있다. 또한 그가 소설에 유람 모티프를 채용하기 시작한 것도 1906년부터이자, 이 모티프를 처음으로 소설에 채용한 사람이라는 사실도 공인을 받게 된다. 하지만 현재로서는 어디까지나 아직 잠정의 단계일 뿐이다. 이에 대해서는 차후에 다른 지면을 빌려 좀 더 상세하게 논해 볼 생각이다.

'신문 연재소설'로서의 특징

《여영웅》은 고전 소설을 개작한 것인 데다가 매일 일정한 분량을 잘라서 신문에 연재한 것인 만큼, 연재 과정의 크고 작은 실수들을 발견할 수 있다. 작가가 나날의 연재물을 쓰면서 착각한 것부터 신문에 글자를 심던 식자공(植字工)이 오식한 것까지 다양하다. 인물의 이름이 아예 달라지기도 하고, 이름의 한자 표기가 앞뒤에서 다르게 나타나기도 한다. 이러한 오류는 1920년대 신문 연재소설에서 종종 발견되는 특징이다.

고전 소설을 개작해 신문에 연재할 때 생겨난 서사 전개 방식의 변화는 무엇이며, 그것이 유발하는 효과는 무엇인지에 대해 관심을 갖는 것은 자연스러운 일이다. 신문 연재소설인 《여영웅》을 살펴보면 서술자가 사건에 대한 서술이나 정보 제공을 의도적으로 지연시키는 경우가 많다는 점을 확인할 수 있다. 일반적으로 신문 연재소설에서 서술자는 고의로 어떤 정보를 일정 시간 동안 은닉하거나 사건의 결과를 천천히 제시하는 전략을 구사한다. 작품마다 편차가 있지만, 중요한 사건에서 결정적인 장면을 앞두고 그날의 연재분을 종결함으로써 독자의 관심을 묶어 두는 것이다. 이는 신문 구독자가 줄어들게 하지 않으려는 신문사의 전략과도 관계가 있다.

물론 단행본으로 묶인 소설에서도 지연 전략은 나타나지만, 그 궁금증은 책의 다음 부분을 바로 이어서 읽음으로써 얼마든지 해소할 수 있기에, 그 효과는 연재소설에 비해 크지 않다. 신문에 연재되는 소설에서는 그 궁금증이 최소한 하루 동안은 풀리지 않은 채 남아 있게 마련이고, 신문이 발행되지 않는 일요일이 끼어 있으면 그 이상으로 남게 된다. 《여영웅》은 신문 연재소설이 가진 그런 경향을 충실히 따르고 있는 소설로, 이러한 경향이 서사 전개에 상당한 영향을 미치고 있다.

이보다 더 장기적인 지연 전략이 구사되기도 한다. 개화기에 새로 나온 고전 소설은 일반적으로 납 활자로 인쇄한 딱지본이었는데, 그 분량은 대략 백여 쪽 안팎에 불과하다.

쇠 활자로 찍은 신소설도 그다지 분량이 길지는 않다. 휴대의 간편성을 고려해 책 한 권에 담는 내용이 그다지 많지 않았기 때문이다. 이와 달리 신문 연재소설은 한 책에 묶어야 할 정도로 작품을 창작해야 한다는 제약에서 비교적 자유로웠다. 이 때문에 사건을 아주 긴 호흡으로 서술할 수 있었고, 책 한 권에 들어갈 만큼의 분량으로 제한해야 한다는 압박 때문에 사건의 흐름을 조절하느라 애써 고민하지 않아도 됐다. 《여영웅》은 연재가 중단된 작품임에도 불구하고, 현대어로 번역한 분량은 당시에 나온 어떤 소설보다 길다.

이 소설에서 오랜 시간 지연되고 있는 가장 큰 사건은 천정인연과의 혼사라는 운명과 관련된 것이다. 뒷부분에서 계속 새로운 인물과 사건이 제시되면서 운명이 이루어지는 과정을 질질 끌게 한 것도, 신문 연재소설이라는 특징과 무관치 않다.

'개화기' 소설로서의 특징

여성이 장수로 출전해 영웅의 업적을 이루는 과정을 조명한 소설은 고전 소설에서도 흔하다. 그렇기 때문에 《여영웅》이 이형경이라는 특출한 여성을 그렸다는 사실만으로는 작품의 개화기적 의미나 가치를 강조할 수 없다. 단지 저본이 된 고전 소설을 충실하게 개화기의 언어로 바꾼 정도라면, 이 소설을 굳이 특별하게 언급할 이유도 없다. 그 이전 소설과 대비되는 이 소설만의 서사적 특징이 언급되어야 하고, 그것이 성취한 의미가 개화기라는 시기의 시대정신과 부합해야 한다. 이 소설이 개화기라는 시기에서만 볼 수 있는 서사적 특징과 의미를 가진 작품이라는 사실은 크게 두 가지 점에서 거론할 수 있다.

첫째는 해외에 대한 관심과 이해다. 주인공 이형경의 능력 발휘는 소설의 배경인 중국 내에서의 활동에 국한되지 않고 해외로까지 이어진다. 이형경은 국내에서 영웅적인 업적을 이루었다. 그러나 결국에는 여성이라는 사실을 밝힐 수밖에 없는 상황이 만들어지고, 천정인연을 내세운 천상의 존재들과 황제까지 개입된 결혼 강요에 피로와 거부감을 느끼며 유람을 떠나게 된다. 그 유람은 국내를 넘어 아시아 제국과 전 세계로 넓어지며, 결국은 살마이도(서사모아)라는 '미개의 섬'에 정착해 섬을 문명화시키는 데에 자신의 능력을 발휘한다.

이형경이 이끄는 나라는 불과 10여 년 만에 교육입국을 통한 부국강병을 이룩하고 국제적으로 인정받는 강대한 나라가 됐다. 부국강병을 이루는 첩경이 교육이라는 사실을 깨어 있는 여성 지도자가 단적으로 보여 준 것이다. 이처럼 주인공을 통해 구체적으로 성취된 각성, 해외 진출과 교육입국이라는 결과물은 작가가 이상으로 삼은 움직일 수 없는 가치이자 명제다. 이형경은 몸소 그 가치를 체현한 여주인공이다. 해외에 대한 관심과 미망에서 깨어나기를 바라는 개화기 선각자들의 의식이 깊이 투영되었다는 점에서,《여영웅》은 분명 시대정신을 담고 있는 소설이라고 할 수 있다.

둘째는 여성 개인의 자유의지를 강조한다는 점이다. 여성이 교육을 받고 사회에 진출해 능력을 실현할 기회를 갖더라도, 그가 운명과 사회의 압력에 굴복해 중도에 좌절한다면 그것을 온전한 의미에서의 자유의지 실현이라고 하기 어렵다. 운명은 개척할 수 있어야 하고, 그것을 개척할 수 있는 의지와 그것을 보장하는 사회적인 합의가 뒷받침되어야 한다. 전대의 소설이었다면, 이형경은 영웅적인 업적을 쌓았어도 20세 언저리의 여성이라는 정체가 밝혀지고 결국은 천정인연이라고 지목된 남성에게 시집을 가야만 했을 것이다. 남편을 능가하는 능력이 있더라도 결국은 부부로서의 관계를 인정하고 받아들여 여성에게 요구되는 역할을 수행해야 했다는 점에서 미진한 성과일 뿐이다. 영웅성의 실현은 사회적인 성취이거나 공동선의 산물이 아니라, 오로지 개인의 특수한 성공 사례일 뿐이기 때문이다.

그러나《여영웅》의 작가는 주인공이 주어진 운명에 따르기를 거부하고 해외로 나아가 새로운 세상을 개척한다는 방식으로 서사를 전개했다. 그 사이에 그의 나이는 40세에 육박하게 됐지만, 여전히 한 남성의 아내가 되는 '여성'으로서의 삶을 거부하고 있다. 뒷부분에서 천정인연과 뒤늦게 결합할 것 같은 뉘앙스를 풍겼지만, 40세가 다 되도록 결혼이라는 운명을 거부하고 자유의지에 따라 살게 만들어 간 것은 대단한 변화다. 더구나 여성 개인의 '자유 권리'와 남녀간의 '평등한 권능'이라는 관념들이 소설의 문면에 그대로 노출된다는 것 또한 대단히 주목되는 변화다. 비록 국문현토체의 한문으로 표기되어 여성 독자들 가운데 얼마나 많은 사람에게 영감을 줬을지는 의심스럽지만, 당시 사회를 이끌어가는 남성들에게 자각하기를 권면하기에는 부족함이 없었을 것이라는 점에서, 이 소설의 개화기적 의미는 결코 부족하다고만 폄하해서는 안 될 것이다.

옮긴이 후기

이 책은 목포대학교 도서문화연구원이 도서해양 학술총서 시리즈의 하나로 기획하고 도서출판 민속원에서 2012년 7월에 간행한 《바다로 나간 최초의 여성영웅 이야기 - 여영웅》을 다시 번역한 것이다. 현재 국내에서는 한국연구원(韓國硏究院)이 유일하게 소장하고 있는 《대한일보》에 미완성인 채로 존재하는 작품이다.

도서출판 민속원에서 《여영웅》의 번역본을 낸 지 벌써 12년이나 지났다. 당시에 상당히 신경을 써서 번역하고 문장을 손보고 각주를 달았다고 자부한 측면도 있었으나, 출간되고 난 뒤에 다시 펼쳐 보니 여전히 오탈자가 눈에 띄었고 번역문에도 거친 곳이 있어 스스로 얼굴이 붉어질 때도 많았다. 이런 아쉬움이 있었으나, 요즘의 세태나 출판 시장의 사정을 들여다보면, 이 책의 재판을 찍거나 번역문을 손봐서 다시 출간하겠다는 것은 그야말로 언감생심이었다. 할 수 있는 것은 오탈자를 체크하고 만일에 대비해 교정용으로 책꽂이에 한두 권 꽂아 놓는 것 외에는, 친분이나 책 빚 때문에 꼭 드려야 할 분들께 얼른 보내고 잊어 버리는 것뿐이었다. 그렇게 10여 년이 지나 서가 구석에 꽂아 둔 채 거의 잊고 있었다.

그러던 중 뜻밖에도 작년 4월 중순에 출판사 지식을만드는지식의 최원빈이라는 낯선 이름을 가진 분으로부터 이 책을 복간하고 싶다는 메일을 받았다. 나는 이 소설이 완결된 상태로 존재하지 않으며, 처음부터 목포대학교 도서문화연구원에 판권을 넘긴 상태였고, 재출간 의향에 대해 도서문화연구원과 민속원이 어떻게 반응할지 모르는 상태였기 때문에, 출판사의 제안에 선뜻 응하기가 어려웠다. 그래서 이 책 대신에 이보다 5년 앞서 번역본이 나온 고전 소설 《남가록》을 복간하는 것이 어떻겠냐는 역제안을 하기도 했다. 그런데 출판사의 대답은 《여영웅》이 미완이라는 것에 대해서 알고 있지만 복간할 가치가 있다고 판단했으며, 《남가록》은 아직 전자책으로 판매되는 중이라서 출판을 제안하지 못했다는 것이었다.

    모든 일이 잘되려고 했는지 도서문화연구원에서도 처음으로 생겨난 이런 사례에 대해 급히 논의한 끝에 출판을 허용하는 것으로 결정했다고 했다. 박이정출판사에서도 다른 출판사에서 《남가록》을 재출간한다면 전자책의 유통을 중지하고 판권을 이양하겠다고 했다. 덕분에 전혀 생각지도 못한 상태에서 출판한 지 10년이 넘은 고전 소설 두 권을 복간하는 작업에 착수하게 됐다. 처음 번역서에 드러난 부족함이 주는 아쉬움과 이제 그 아쉬움을 홀가분하게 털어 버릴 수 있게 되었다는 묘한 흥분으로 말이다. 기왕에 시작한 작업이니 빨리 종결짓자는 욕심이 앞서서, 스스로에게 5월까지 완결하겠다는 무지하고도 순진한 다짐을 하기도 했다. 그래서 낮에는 연구실에서 《여영웅》의 번역문을 손보고 각주를 재검토했으며 밤에는 집에서 《남가록》 번역서를 읽어 가며 문장을 고치고 각주를 새로 달거나 틀린 곳을 수정하는 작업을 하게 됐다.

    그러나 막상 시작하고 보니, 5월 중으로 끝내겠다고 한 생각은 큰 오산이었다. 개역이라는 작업이 그리 만만한 것은 아니라는 사실을 금세 확인했기 때문이다. 처음 출판할 때는 관련 분야를 함께 공부하는 학자들을 대상으로 했기 때문에, 관직명이라든지 특정한 공간에 대한 지식을 따로 설명할 필요가 없다고 생각해 각주를 생략했던 부분이 적지 않았다. 그러나 일반 교양 독자들을 대상으로 하는 출판사의 기획 의도를 보건대, 각주를 달아서 관련 내용을 상세하게 설명해야 할 곳이 적지 않게 늘었다. 이런 부분을 채우다 보니 새롭게 각주를 단 곳이 백 군데를 훨씬 넘는다. 앞에서 나온 부분에 단 각주는 뒷부분에서 다시 달지 않았고, 내용상 고유 명사로 나오지만 실제로 굳이 확인할 필요까지는 없는 부분에 대해서는 각주를 새로 달지 않았는데도 말이다. 게다가 번역도 고쳐야 할 부분도 보였기에, 이곳들을 손보느라고 시간을 적지 않게 들였다. 오탈자를 찾아내거나 비문을 바로잡는 것은 오히려 아주 간단한 작업에 속했다.

  민속원에서 초역서가 나왔을 때는, 한 권의 책에 당시에 내가 이 소설에 대해 쓴 논문 두 편을 앞에 실었고, 각 회차마다 번역문과 원문을 함께 실었다. 독자가 번역 내용이 의아스러울 때 즉각 해당 부분의 원문을 대조해 확인할 수 있도록 하기 위해서였다. 그러나 이런 방식은 번역된 앞뒤 부분의 연결이 끊어지고 사건 전개가 평탄하지 못하다는 의외의 결과를 빚고 말았다. 이번 개역서에서는 일반 교양 독자가 편하게 접근할 수 있도록 연구 논문도 제외했고 매일 신문에 연재되던 소설이라서 가질 수밖에 없는 일종의 끊김

현상을 제거하고 부드러운 연결에 초점을 맞추고자 했다. 또한 매번 원문에서 '○○왈'이라고 서술자가 개입해 중개하는 부분도, 초역에서와는 달리 과감하게 삭제한 곳이 많다. 대화 상황의 현장성을 그대로 살리기 위해서다. 말하자면 고전 소설, 한문 소설의 물을 많이 빼려고 했다는 뜻이다. 독자들께서는 이런 부분에 미리 인지하고 읽으시기를 권한다.

원문의 촬영과 활자화에 자못 많은 공력을 들였고 간혹 원문의 내용이 궁금할 독자나 연구자가 있을지도 모른다고 생각해, 따로 뒷부분에 원문을 실었다. 여하튼 그 결과로 이번에 나온 책은 단순히 절판된 책을 복간하는 데서 그치지 않고 환골탈태한 모습의 번역서가 되었으며, 출판사 지식을만드는지식의 유능한 직원들이 공들여 편집한 체재 덕분에 역작(?)으로 재탄생하게 되었다. 실로 흥분되고 고마운 일이다.

《여영웅》의 소설 내적 배경은 전근대적인 제국 명나라로부터 시작해 개화를 완성하는 아란국으로까지 이어지는데, 그 변모의 선두와 정점에는 늘 여주인공 이형경이 서 있다. 그는 남성을 능가하는 특출한 능력을 지니고 있으며, 그 능력 실현의 결과는 모국을 멸망의 위기에서 구해 내고 해외의 미개지에 나라를 세워 강국으로 변모시키는 여왕으로 등극하는 데로 귀착된다. 그는 과거의 여장군 계열 소설들과는 달리 여성으로서의 신분이 노출된 뒤에도 가정 속으로 주저앉지 않으며, 천정(天定)이라는 이름으로 들씌워지고 강요되는 숙명까지도 거부한 채 자신의 운명을 개척하는 여장부다. 그는 또한 고전 소설의 인물로는 홍길동 이후 처음으로 해외에 나라를 건설해 개화적 이상 군주가 된다는 점에서도 색다른 모습을 지닌 인물이다. 해외 유학이나 해군력 건설과 같은 시대적인 급무에 대해 선구자적인 역할을 수행하고 있다는 점도 그러하다. 그는 전통적인 고전 소설의 측면에서 보면 매우 일탈된 인물일 수도 있지만, 개화기의 시대정신이라는 측면에서는 가장 모범적인 인물이라고 할 수 있다. 독자들은 이런 점에 유의하며 일독하기를 권한다.

《여영웅》의 재번역이자 개역을 대략 마무리하고 책의 편집과 인쇄가 얼마 남지 않은 이 시점에서, 기쁜 마음으로 옮긴이의 후기를 쓰게 됐다. 초역서에서 미진했던 부분을 적잖게 다듬어서 조금은 더 세련되게 만들려고 했다는 점에 대해, 그리고 이 소설을 읽게 될 독자들이 겪을지도 모르는 불필요한 수고를 조금은 더 줄여드릴 수 있게 되었다는 점에 대해 나 스스로는 상당한 안도감을 느낀다. 개역의 결과를 통해 독자가 져야 했을 그 짐을 조금이라도 덜어 드리게 된다면, 그것만으로도 내가 쌓는 선과가 미량이라도 늘어나지 않을까 생각하며 미지의 독자들께 고마움을 표한다. 이것이 재출간되지 않았더라면, 혹시라도 나중에 초역서를 읽고 논문을 쓰거나 좀 더 깊이 알고자 했을 분들에게 얼마나 많은 죄를 짓는 것인지 생각만 해도 등에 식은땀이 흐를 정도이기 때문이다. 그 부담감과 죄책감을 덜어 주고 속을 조금은 편안하게 만들어 준 출판사 지식을만드는지식의 모든 관련자들께 감사의 인사를 전한다.

2024년 3월 춘분 언저리에
목포대 연구실에서
조용호가 쓴다.

지은이에 대해

　　백운산인(白雲山人). 개화기에 신문 매체를 통해 작품 활동을 한 인사 중에는 본명 대신 별호를 사용한 사람이 적지 않다. 《여영웅》의 작자인 백운산인도 그 가운데 한 명이다. 현재 우리에게는 그의 정체를 확인할 수 있는 직접적인 정보가 아무 것도 없다.

옮긴이에 대해

    조용호는 1963년에 경기도 용인에서 태어났다. 출생 신고도 1년 가까이 늦었을 뿐만 아니라 당시에 용인군 강원도라 불릴 정도로 깡촌에서 태어난 관계로, 한국 나이로 아홉 살이 되어서야 초등학교에 입학을 했다. 태어난 집에서 고등학교를 졸업할 때까지 살았으며, 1983년에 서강대학교에 입학하면서 처음으로 낯선 서울에서 생활을 시작했다. 1985년에 SK 산하 한국고등교육재단의 한학연수장학생 8기로 선발되어, 3년간 사서삼경을 위주로 한문 공부를 했다. 이 일은 이후의 삶의 향방을 크게 결정하게 된다.

    고전 문학에 관심이 많아서 처음에는 고전 시가를 공부해 향가를 해독해 보겠다는 야망(?)으로 공부를 시작했다. 하지만 2학년 때 이재선 선생님께서 강의하시던 '현대소설론' 시간에 '학교 도서관 고서실에 《조씨삼대록》이라는 40권짜리 소설이 있는데 국내 유일본이고 가치가 크지만 아무도 읽으려는 사람이 없다'는 요지의 말씀을 듣고, '그렇다면 나밖에 없겠구나'라는 약간의 의무감과 건방진(?) 생각으로 그 소설 읽기에 도전했다. 약 1년간 고서실에서 책을 빌려서 읽고 정리해 학부 졸업 논문으로 제출했는데, 그것으로 끝내

버리기는 너무나 아까워 좀 더 깊이 분석하고 체계화시켜 석사 학위 논문으로 냈다.

이때쯤 전북대에 계시던 선배인 이종주 선생께 '네가 교수가 되고 싶으면 고전 시가로 논문을 쓰는 것이 좋다. 고전 소설을 전공하는 교수들의 연배는 이미 한창때지만, 고전 시가 전공 교수들은 조만간 줄줄이 퇴임을 하기 때문이다'라는 말씀을 들었다. 그러나 이미 기차역을 떠난 기차와 같은 상태이고 온전히 정리하지 못한 아쉬움도 남아서 어쩔 수 없이 삼대록 소설 읽기를 계속했다. 그 결과로《유씨삼대록》·《임씨삼대록》·《조씨삼대록》을 분석해, 〈삼대록 소설 연구〉라는 제목의 논문을 제출하고 박사 학위를 받았다.

박사 학위 과정을 수료한 1993년부터 대학에서 시간강사를 하게 되었으며, 한남대 · 청주대 · 서강대 · 중문의대(현 차의과학대)에서 도합 9년 반 동안 강의를 했다. 시간강사를 하는 동안에는 주로 글쓰기와 읽기 과목을 담당했었는데, 이 경험을 통해 읽기와 쓰기가 매우 중요하다는 사실을 체감했다. 이런 경험 때문에 아직도 대학교수는 개인적인 연구보다 학생들에 대한 교육이 중요하며, 개인의 내면적 성장과 온전한 인간관계 형성을 위해서는 전공보다 교양을 더 중시하고 가르쳐야 한다는 생각을 견지하고 있다.

2002년 9월에 목포대학교 국어국문학과에 전임으로 임용되어 처음으로 붙박이로 강의를 시작했다. 그런데 당시는 물론 현재까지도 국문과에는 고전 문학 전공자가 혼자만 있어서(구비문학 및 민속학 전공자는 따로 있음), 고전 산문·고전 운문·한문학 과목을 모두 담당하고 있다. 그런데 이런 상황이 부담이 되거나 거북하지 않고 성향에 더 맞으며 자유스럽다고 느낀다. 이는 한곳에 얽매이기 싫어하는 성격 때문이기도 하지만, 애초에 고전 시가에 관심이 많았고, 한문을 공부했으며, 고전 산문으로 박사 학위 논문을 작성했다는 사실과 무관하지 않을 성싶다. 말하자면 목포대학교는 옮긴이에게 '득기소재(得其所哉, 딱 알맞은 자리를 얻었구나!)'의 편안한 감정을 느끼게 만드는 곳인 셈이다.

대학에서는 교양과정부장과 기초교양교육원장을 역임하면서 교양 교육을 위한 교육 과정의 개발에 노력했으며, 교양과정부에 교양 교육을 전담하는 교수를 둘 수 있도록 관심을 환기해 철학과 심리학 전공 교수를 뽑게 만들기도 했다. 또한 교수평의회 의장으로 선출되어 대외적으로는 국립 대학의 위상 제고와 교수들의 권익 향상에 노력했고, 대내적으로는 평교수들의 목소리를 반영해 학교의 행정이 원활하고 정상적으로 돌아갈 수 있도록 견제의 기능을 했으며, 총장추천위원장으로서 총장 선거를 중립적이고도 엄정하게 관리했다.

그동안 《삼대록 소설 연구》 외에 단독 및 공저서를 여러 권 냈고, 《19세기 선비의 의주·금강산 기행》·《남가록》 등의 번역서를 출간했으며, 소설·시가·한문학 등 고전 문학 영역 전반에 관한 수십 편의 논문을 썼다.

여영웅

지은이 백운산인
옮긴이 조용호
펴낸이 박영률

초판 1쇄 펴낸날 2024년 4월 3일

지만지한국문학
출판등록 제313-2007-000166호(2007년 8월 17일)
02880 서울시 성북구 성북로 5-11
전화 (02) 7474 001, 팩스 (02) 736 5047
commbooks@commbooks.com
www.commbooks.com

ⓒ 조용호, 2024

지만지한국문학은
커뮤니케이션북스(주)의 한국 문학 출판 브랜드입니다.
이 책은 저작권자와 계약하여 발행했으므로, 본사의 서면 허락 없이는
어떠한 형태나 수단으로도 이 책의 내용을 이용할 수 없습니다.

ISBN 979-11-288-2824-9 03810

책값은 뒤표지에 있습니다.